U1006887

錢鍾書谈艺录读本

周振甫　冀勤◎编著

巴蜀书社

目　录

贰　创作论

叁　作家作品论

肆　文学评论

伍　文体论

陆　修　辞

柒　风　格

前　言

柯灵先生在《促膝闲话中书君》一文中说："钱氏的两大精神支柱是渊博和睿智，二者互相渗透，互为羽翼，浑然一体，如影随形。他博极群书，古今中外，文史哲无所不窥，无所不精，睿智使他进得去，出得来，提得起，放得下，升堂入室，揽天下珍奇入我襟抱，神而化之，不蹈故常，绝傍前人，熔铸为卓然一家的'钱学'。渊博使他站得高，望得远，看得透，撒得开，灵心慧眼，明辨深思，热爱人生而超然物外，洞达世情而不染一尘，水晶般的透明与坚实，形成他立身处世的独特风格。这种品质，反映在文字里，就是层出不穷的警句，因为他本身就是一个天下的警句。渊博与睿智，二者缺一，就不是钱锺书了。"这是柯灵先生对钱先生所作的高度深入的概括。

渊博和睿智的钱先生著作的《谈艺录》补订本，是成为当代显学的"钱学"的名著之一，为读者所爱读。但对一般读者说来，阅读这本书，还需要作些辅导，因此，我们编这本《〈谈艺录〉读本》。我们粗略地分为：一、鉴赏论，二、创作论，三、作家作品论，四、文学评论，五、文体论，六、修辞，七、风格。每类中各选若干则，加上小标题，以便检阅。每则后加简注及说明，以便阅读。前三类由周振甫起草，后四类由冀勤起草，后互相传阅作些订补。

关于《谈艺录》补订本的内容，这里引周振甫《〈谈艺录〉补订本的文艺论》作说明。

钱先生在《谈艺录》补订本里探讨的文艺论，这里只能就浅见所及，作点管窥蠡测，以待海内外学者作更深入的探讨。

其一，谈艺术创作的模写自然与润饰自然，钱先生说：

> 长吉《高轩过》篇有"笔补造化天无功"一语，此不特长吉精神心眼之所在，而于道术之大原，艺事之极本，亦一言道著矣。夫天理流行，天工造化，无所谓道术学艺也。学与术者，人事之法天，人定之胜天，人心之通天者也。《书·皋陶谟》曰："天工，人其代之。"《法言·问道》篇曰："或问雕刻众形，非天欤。曰：'以其不雕刻也。'"百凡道艺之发生，皆天与人之凑合耳。顾天一而已，纯乎自然，艺由人为，乃生分别。(60 页)

钱先生接下去讲西方谈艺术创作，分两大派："一则师法造化，以模写自然为主。""二则主润饰自然，功夺造化。"钱先生在这里引了"天工，人其代之"。人代天工，不同于巧夺天工，近于模仿自然；不过人代天工，说明人的工作不能违反自然，不论学术和艺术都不能违反自然的规律，要合于"天理流行，天工造化"，即"人事之法天"。又引"或问雕刻众形，非天欤。曰：'以其不雕刻也。'"认为自然界的万物具有无数形象，不是天雕刻的，是自然形成的。这就指出"天一而已，纯乎自然"。但"艺由人为"，就模写自然的"人事之法天"来说，钱先生又引"昌黎《赠东野》诗'文字觑天巧'一语，可以括之。'觑'字下得最好；盖此派之说，以为造化虽备众美，而不能全善全美，作者必加一番简择取舍之工。即'觑巧'之意也"。（同上）艺术的模写自然，要加一番简择取舍，选取自然中的巧妙处来模写。再就润饰自然，功夺造化来说，钱先生认为"长吉'笔补造化天无功'"一句，可以提要钩玄。此派论者不特以为艺术中造境之美，非天然境界所及；至谓自然界无现成之美，只有资料，经艺术驱遣陶熔，方得佳观。此所以"天无功"而有待于"补"也。(61 页)

这就是“人定之胜天”。接着钱先生提出他的艺术创作论：

> 窃以为二说若相反而实相成，貌异而心则同。夫模写自然，而曰“选择”，则有陶甄矫改之意。自出心裁，而曰“修补”，顺其性而扩充之曰“补”，删削之而不伤其性曰“修”，亦何尝能尽离自然哉。……造化之秘，与心匠之运，沆瀣融会，无分彼此。及未达者为之，执著门户家数，悬鹄以射，非应机有合。写实者固牛溲马勃，拉杂可笑，如卢多逊、胡钉铰之伦；造境者亦牛鬼蛇神，奇诞无趣，玉川、昌谷，亦未免也。（61—62 页）

钱先生指出模写自然要加以选择，即要“觑天巧”，不能写拉杂可笑的东西；润饰自然，对自然加以“修补”，不能离开自然，即不能写背离自然的荒诞无趣的东西。这既指出“人事之法天”的要求，有选择；又指出“人定之胜天”的要求，不能背离自然，即“人心之通天”。要是在艺术创作上背离这两者，模写的写了拉杂可笑的东西，润饰的写了荒诞无趣的东西，都会遭致失败。前者像卢多逊、胡钉铰的诗写得拉杂可笑，后者如卢仝、李贺的诗不免写得荒诞无趣。在这里，钱先生给我们指出艺术创作的正确道路和错误做法，好像没什么可说了。可是钱先生在《补订》里又说：

> 长吉尚有一语，颇与“笔补造化”相映发。《春怀引》云：“宝枕垂云选春梦”；情景即《美人梳头歌》之“西施晓梦绡帐寒，香鬟坠髻半沈檀”，而“选”字奇创。……作梦而许操“选”政，若选将、选色或点戏、点菜然，则人自专由，梦可随心而成，如愿以作。醒时生涯之所缺欠，得使梦完“补”具足焉，正犹“造化”之能以“笔补”，踌躇满志矣。周栎园《赖古堂集》卷二十《与帅君》：“机上肉耳。而恶梦昔昔（即夕夕）嬲之，闭目之恐，甚于开目。古人欲买梦，近日卢德水欲选好梦”；堪为长吉句作笺。（382 页）

钱先生在这里对“笔补造化”作了补充。“醒时生涯之所缺欠，得使梦完‘补’”，这是补生活中所缺欠的好梦；又身为“机上肉”，夜夜被恶梦所扰，这是补生活中的苦难的恶梦。这种选梦，是反映醒时生活以外的笔补造化，所以“颇与‘笔补造化’相映发”了。经过这样补充，显示作品反映生活的复杂性，看得更全面和深刻了。

其二，钱先生论妙悟和神韵。钱先生说：

> 夫“悟”而曰“妙”，未必一蹴即至也；乃博采而有所通，力索而有所入也。学道学诗，非悟不进。……陆桴亭《思辨录辑要》卷三云：“凡体验有得处，皆是悟。只是古人不唤作悟，唤作物格知至。古人把此个境界看作平常。”又云：“人性中皆有悟，必工夫不断，悟头始出。如石中皆有火，必敲击不已，火光始现。然得火不难，得火之后，须承之以艾，继之以油，然后火可不灭。故悟亦必继之以躬行力学。”罕譬而喻，可以通之说诗。(98 页)

钱先生在这里指出“博采而有所通”，像蜜蜂“采得百花成蜜”；“力索而有所入”，像杜甫的“读书破万卷”的“破”，才能“下笔如有神”。钱先生指出的妙悟，提到“凡体验有得处”，那是读书能破跟实践有得的结合，所以称“躬行力学”。钱先生指出“人事之法天，人定之胜天，人心之通天”，不论是学术或艺术，都有待于实践和力学，才能体验有得，才能得到妙悟，说诗和作诗都有待于妙悟。钱先生又说：“《大学》曰：‘虑而后能得’；《荀子·劝学》篇曰：‘真积力久则入。’皆以思力洞彻阻障、破除艰难之谓：论其工夫即是学，言其境地即是修悟。”（同上）钱先生又指出除了深造有得之悟外，又有“俯拾即是之妙悟，如《梁书·萧子显传》载《自序》所谓：‘每有制作，特寡思功，须其自来，不以力构’；李文饶外集《文章论》附《箴》所谓‘文之为物，自然灵气，惝恍而来，不思而至’，与《大学》《荀子》所言，虽劳逸不同，迟速相悬，而为悟一也。”（102 页）这里指的是像萧子显说的：“登高目极，临水送归；早雁初莺，花开叶落。”就所见所遇引起的感触，把它抓住用诗来表达。这种感触也是一种悟，所以“为悟一也”。

严羽《沧浪诗话》论诗，讲妙悟，讲神韵。钱先生在讲妙悟外，也讲神韵。钱先生说：

> 胡元瑞《诗薮》内篇卷五曰：“作诗大要，不过二端：体格声调、兴象风神而已。体格声调，有则可循；兴象风神，无方可执。故作者但求体正格高，声雄调鬯；积习之久，矜持尽化，形迹俱融，兴象风神，自尔超迈。譬则镜花水月：体格声调，水与镜也；兴象风神，月与花也。必水澄镜朗，然后花月宛然；讵容昏鉴浊流，求睹二者。”……诗者，艺之取资于文字者也。文字有声，诗得之为调为律；文字有义，诗得之以侔色揣称者，为象为藻，以写心宣志者，为意为情。及夫调有弦外之遗音，语有言表之余味，则神韵盎然出焉。(41—42 页)

钱先生指出严羽讲：“‘诗之有神韵者，如水中之月，镜中之花，透彻玲珑，不可凑泊。不涉理路，不落言诠’云云，几同无字天书。”（100 页）钱先生在这里对神韵作了明确的阐述。讲神韵就接触到诗中的“兴象风神”。“兴象风神”可以用镜花水月来比，但不是什么“不涉理路，不落言诠”。钱先生指出诗是“艺之取资于文字”，正要落言诠，兴象要“侔色揣称”，正要涉理路。所谓神韵，还要有“弦外之遗音”，“言表之余味”，那不光有形象格调，还要在形象格调中含有言外之音，这才构成神韵。诗有形象藻采，有情有意，再加上言外之音，又跟妙悟配合，这正是对创作诗的要求。

其三，论理趣。钱先生在论神韵时，又提到“好理趣者，则论诗当见道”(42 页)。钱先生说：

> 余尝细按沈氏（德潜）著述，乃知“理趣”之说，始发于乾隆三年为虞山释律然《息影斋诗抄》所撰序，略曰：“诗贵有禅理禅趣，不贵有禅语。王右丞诗：‘行到水穷处，坐看云起时’；‘松风吹解带，

山月照弹琴'……"乾隆九年沈作《说诗晬语》，卷下云："杜诗：'江山如有待，花柳自无私'；'水深鱼极乐，林茂鸟知归'；'水流心不竞，云在意俱迟'俱入理趣。邵子则云：'一阳初动处，万物未生时'，以理语成诗矣。"……若夫理趣，则理寓物中，物包理内，物秉理成，理内物显。赋物以明理，非取譬于近，乃举例以概也。或则目击道成，惟我有心，物如能印，内外胥融，心物两契；举物以写心，非罕譬而喻，乃妙合而凝也。吾心不竞，故随云水以流迟；而云水流迟，亦得吾心之不竞。此所谓凝合也。鸟语花香即秉天地浩然之气；而天地浩然之气，亦流露于花香鸟语之中。此所谓例概也。（223—228 页）

钱先生认为"理趣之旨，极为精微"（224 页），对它作了深入的阐发。诗贵有理趣，反对下理语。理语是理学家把说理的话，写成韵语，不是诗。理趣是描写景物，在景物中含有道理。理趣不是借景物作比喻来说理，而是举景物作例来概括所说的理。如杜甫绝句："迟日江山丽，春风花鸟香。"《鹤林玉露》卷八认为"见两间莫非生意"，在鸟语花香中见出天地的生气，天地的生气即从鸟语花香中透露，这是例概，举例来概括。理趣不是罕譬而喻，是心与物的凝合。如杜诗："水流心不竞，云在意俱迟。"心不竞和意迟，跟云水的流迟一致，所以心与物相凝合，体会到这种不竞而迟缓的道理。钱先生指出唐诗僧寒山《昨到云霞观》讥道士求长生，说："但看箭射空，须臾还坠地。""高箭终落，可以拟长生必死，然人之生理，并不能包物之动态。皆以事拟理，而非即事即理。"（232 页）所以寒山的比喻，是以事拟理，还不是理趣，理趣要即事即理，事理凝合。钱先生又在《补订》里指出理趣与理语的分别：

常建之"潭影空人心"，少陵之"水流心不竞"，太白之"水与心俱闲"，均现心境于物态之中，即目有契，著语不多，可资"理趣"之例。香山《对小潭寄远上人》云："小潭澄见底，闲客坐开襟。借

问不流水，何如无念心。……”意亦相似，而涉唇吻，落思维，只是“理语”耳。(547页)

“理趣”是写物态，在物态中现心境；理语是借景物来说理，它虽跟道学家的说理不同，还是说理，所以还是理语。

其四，论于山水中见性情。钱先生讲杜诗“水流心不竞”，是“现心境于物态之中”，还不是“于山水中见性情”。钱先生又论于山水中见性情说：

(温庭筠)《晓归曲》有云：“湖西山浅似相笑”，生面别开，并推性灵及乎无生命知觉之山水；于庄生之“鱼乐”“蝶梦”、太白之“山花向我笑”、少陵之“山鸟山花吾友于”以外，另拓新境，而与杜牧之《送孟迟》诗之“雨余山态活”相发明矣。夫伟长之“思如水流”，少陵之“忧若山来”……象物宜以拟衷曲，虽情景兼到，而内外仍判。只以山水来就我之性情，非于山水中见其性情；故仅言我心如山水境，而不知山水境亦自有其心，待吾心为映发也。(53页)

《文心雕龙·物色》称：“自近代以来，文贵形似，窥情风景之上，钻貌草木之中。”即从风景和草木中探索情貌，即近乎于山水中见性情。这跟拟人法不同，拟人法是以物拟人，是一种比拟。这是从景物中看到它的性情，这个性情是景物本身所具有，不是诗人外加上去的。像《庄子·秋水》里讲“鱼乐”，是鱼在乐；又《齐物论》讲“蝶梦”中的蝴蝶栩栩自得，是蝴蝶的栩栩，不是人外加上去的。钱先生又引郭熙《林泉高致集·山水训》说：“身即山水而取之，则山水之意度见矣。春山淡冶而如笑，夏山苍翠而如滴，秋山明净而如妆，冬山惨淡而如睡。”(55页)这就写山本身所具有的情态。这样的观察和描写景物，不限于山水。钱先生又说：

苏东坡《书晁补之藏与可画竹》第一首曰：“与可画竹时，见竹

> 不见人。岂独不见人，嗒然遗其身。其身与竹化，无穷出清新。庄周世无有，谁知此凝神。”……最道得出有我有物，而非我非物之境界。(55—56 页)

画山水或写山水要“于山水中见性情”，画竹也一样，文同（字与可）画竹，怎么从竹中见性情呢？苏轼《筼筜谷偃竹记》讲到文同讲竹子：“竹之始生，一寸之萌耳，而节叶具焉；自蜩腹蛇蚹（比笋箨）以至于剑拔十寻者，生而有之也。今画者乃节节而为之，叶叶而累之，岂复有竹乎！故画竹必先得成竹于胸中，执笔熟视，乃见其所欲画者，急起从之。”这里指出竹的性情，从萌芽到长成竹，它是完整的，是有生机的，画的时候，要把具有生机的完整的竹子成于胸中，要在纸上看到这个竹子的形象，才能把它画好。因为脑子里想的、眼里看的都是这个竹子的形象，忘掉了自己，所以“见竹不见人，嗒然遗其身”。从脑中、眼中到手执笔下到画到纸上都是这个有生机的完整的竹子，这就达到“其身与竹化”的境地，这才能使作品“无穷出清新”。竹子的形态无穷，是清新的，所以笔下的竹子也是“无穷出清新”了。这样集中精神，就达到“凝神”的境地了。“其身与竹化”，就精神说，竹与我合而为一，即脑、眼、手都集中在竹的形象上；就“见竹不见人”说，竹与我还是分而为二，分是“有我有物”，合是“非我非物”，这里指出凝神写物的一种境界。

其五，论“以故为新，以俗为雅”。钱先生在《补订》的山谷诗补注“新补六《再次韵杨明叔·引》”说：

> “盖以俗为雅，以故为新，百战百胜。此诗人之奇也。”天社无注。按《后山集》卷二十三《诗话》云：“闽士有好诗者，不用陈语常谈，写投梅圣俞。答书曰：‘子诗诚工，但未能以故为新，以俗为雅尔。’”……近世俄国形式主义文评家希克洛夫斯基等以为文词最易袭故蹈常，落套刻板，故作者手眼须使熟者生，或亦曰使文者野。窃谓圣俞二语，夙悟先觉。夫以故为新，即使熟者生也；而使文者野，

亦可谓之使野者文，驱使野言，俾入文语，纳俗于雅尔。……抑不独修词为然，选材取境，亦复如是。(320—321页)

钱先生指出黄庭坚认为“以俗为雅，以故为新，百战百胜”。可见黄庭坚正是这样作诗的。试看他的《次韵刘景文登郯王台见寄》之五：“公诗如美色，未嫁已倾城。嫁作荡子妇，寒机泣到明。绿琴珠网遍，弦绝不成声。想见鸱夷子，江湖万里情。”“倾国倾城”比喻美女，已经很熟了。这里用来比刘景文的诗，把刘诗比作倾城，作“未嫁已倾城”，用“未嫁”，说明他的诗才未得任用。这是新的用法，即以故为新。《文选·古诗十九首》：“昔为倡家女，今为荡子妇。”这也是比较熟的诗句，原句下是“荡子行不归，空床难独守”，这是被认为不够雅正的。这里作“嫁作荡子妇，寒机泣到明”，是以俗为雅。再像说范蠡载了西子，浮游江湖，称鸱夷子，这是比较熟的故事。这里作“想见鸱夷子，江湖万里情”，任渊注：“言未逢知己也。”既然刘景文的诗是倾城，即比作西子，西子在想望鸱夷子，说明她未逢知己，则也是以故为新。可见黄庭坚写作，他的所谓脱胎换骨，正是用的“以俗为雅，以故为新”，来达到“百战百胜”，争取胜过同时人，创立江西诗派的。

其六，讲文章布置的“行布”。钱先生在《补订》讲黄山谷诗补注的新补十《次韵高子勉第二首》：“行布佺期近”里说：

范元实《潜溪诗眼》记山谷言“文章必谨布置”，正谓“行布”。……贺子翼《诗筏》曰：“诗有极寻常语，以作发句无味，倒用作结方妙者。如郑谷《淮上别故人》诗云：‘扬子江头杨柳春，杨花愁杀渡江人，数声羌笛离亭晚，君向潇湘我向秦。’盖题中正意，只‘君向潇湘我向秦’七字而已。若开头便说，则浅直无味；此却倒用作结，悠然情深，令读者低徊流连，觉尚有数十句在后未竟者。”……《瀛奎律髓》卷九陈简斋《醉中》起句：“醉中今古兴亡事，诗里江山摇落时”，纪晓岚批：“十四字之意，妙于作起，若作对句便不及。”

> 试就数例论之。倘简斋以十四字作中联，或都官以“君向”七字作起句……皆未尝不顺理成章……然而“光辉”“超妙”“挺拔”之致，荡然无存，不复见高手矣。即如山谷自作《和答元明黔南留别》曰：“万里相看忘逆旅，三声清泪落离觞。朝云往日攀天梦，夜雨何时对榻凉。急雪脊令相并影，惊风鸿雁不成行。归舟天际常回首，从此频书慰断肠。”一、二、三、四、七、八句皆直陈，五、六句则比兴，安插其间，调剂衬映。苟五、六与一、二易地而处，未为序倒而体乖也。就三、四而下，直陈至竟，中无疏宕转换；且云、雨、雪、风四事，分置前后半之起处，全诗判成两截，调度失方矣。(323—325 页)

钱先生在这里讲“行布”，不是讲一般的文章布置，是就诗的意匠经营和文心的钩玄抉微说的，是就创作的成就说的。即如郑谷的诗，倘把“君向潇湘我向秦”跟“扬子江头杨柳春”对调，一开头点明分别，结句却是“扬子江头杨柳春”，把“杨柳春”跟“杨花愁杀”的对照写法，把离别时引起的离愁也破坏了。所以“君向潇湘”句放在句末，不光有无限情深的意味。再像陈与义《醉中》：“醉中今古兴亡事，诗里江山摇落时。两手尚堪杯酒用，寸心惟是鬓毛知。稽山拥郭东西去，禹穴生云朝暮奇。万里南征无赋笔，茫茫远望不胜悲。”方回评：“三、四绝妙，余意感慨深矣。”这首诗主旨在前四句，“今古兴亡事”，今古兴亡，正把北宋的亡包括在内，又碰上宋玉悲秋的“摇落深知宋玉悲”时，因此引起感叹。两手只能举杯浇愁，感叹无所作为，报国的寸心只造成鬓毛斑白，无济于事。这种感慨正是从一、二句来。要是把一、二句跟“稽山”两句对调，完全可通，只是把三、四句的深沉感慨的情绪减淡了。再看黄庭坚的一首，元明送庭坚一直送到黔南，留数月不忍别，所以有“万里相看”的说法；但终于别去，所以有“三声清泪”句；跟元明经过巫峡，所以有“朝云”句；不知何时再会，所以有“夜雨”句。经过这样的经历，才发出“脊令相并影”“鸿雁不成行”两句，《诗·小雅·棠棣》：“脊令在原，兄弟急难。”正指“万里相看”说。“鸿雁不成行”，正指又要分别说。经过一、二、

三、四句的叙述以后，再用“急雪”一联来作比，更显出强烈的感情来。要是把“万里”两句跟“急雪”两句对调，也可以通，但在表达强烈的感情上受到了损害。钱先生从艺术角度说，艺术角度是为抒情服务的，所以也可从抒情角度来说。可见“行布”跟艺术手法和抒情的密切相关。

其七，讲比兴风骚。钱先生说：“《锦瑟》一篇借比兴之绝妙好词，究风骚之甚深密旨，而一唱三叹，遗音远籁，亦吾国此体之绝群超伦者也。”（371 页）这是讲用比兴的手法，来表达风骚的旨趣。举李商隐的《锦瑟》作为“绝群超伦”之作。怎样结合《锦瑟》来说明比兴风骚的写法呢？钱先生在笺释《锦瑟》里作了说明，限于篇幅，稍加摘引：

> 三四句“庄生晓梦迷蝴蝶，望帝春心托杜鹃”，言作诗之法也。心之所思，情之所感，寓言假物，譬喻拟象；如庄生逸兴之见形于飞蝶，望帝沉哀之结体为啼鹃，均词出比方，无取质言。举事寄意，故曰“托”；深文隐旨，故曰“迷”。李仲蒙谓“索物以托情”，西方旧说谓“以迹显本”，“以形示神”，近说谓“情思须事物当对”，即其法尔。五六句“沧海月明珠有泪，蓝田日暖玉生烟”，言诗成之风格或境界……兹不曰“珠是泪”，而曰“珠有泪”，以见虽凝珠圆，仍含泪热；已成珍饰，尚带酸辛，具宝质而不失人气。……言不同常玉之冷、常珠之凝。喻诗虽琢磨光致，而须真情流露，生气蓬勃，异于雕绘汩性灵、工巧伤气韵之作。……珠泪玉烟，亦正诗风之“事物当对”也。近世一奥国诗人称海涅诗较珠更灿烂耐久，却不失为活物体，蕴辉含湿。非珠明有泪欤。（436—437 页）

钱先生在这里指出借蝴蝶、杜鹃的形象来作比喻，表达情思，借物寄意叫“托”，深文隐旨叫“迷”，这就是比兴诗骚。借形象作比，是比兴；寄托深沉的情思，是诗骚。在“迷”和“托”里，既有情思，又含深怨，可以用诗骚来比。在这里，钱先生提出“事物当对”来。《管锥编》629 页指出西方说诗之“事物当对”，如“吴文英《声声慢》：‘腻粉阑干，犹闻凭袖香留'，以'闻'衬'香'，仍属直陈，《风入松》：'黄蜂频探秋千索，有当时纤手香凝'，不道'犹闻'而以寻花之蜂'频探'示手香之'凝''留'，蜂即'当对'闻香之'事物'矣"。《锦瑟》正是这样，《庄子·齐物论》："昔者庄周梦为胡蝶，栩栩然胡蝶也。"在"庄生晓梦迷胡蝶"里，不点明"栩栩然"的自得之貌，而通过"迷胡蝶"来透露，"迷胡蝶"就成为当对的事物。"望帝春心托杜鹃"，这里不点明怨，通过"托杜鹃"来透露，"托杜鹃"就成为当对的事物。李商隐诗里写怨，这点不用说明。他又有什么栩栩自得呢？在《漫成三首》里说："雾夕咏芙蕖，何郎得意初。此时谁最赏，沈范两尚书。"这就是他在诗里写栩栩自得的感情。又"珠有泪""玉生烟"里不点明"带酸辛"和"生气蓬勃"，在"有泪""生烟"里透露，"珠有泪""玉生烟"就成为当对的事物。正符合"情思须事物当对"，成为"此体之绝群超伦"之作了。

其八，钱先生又多次谈到曲喻，称曲喻的修辞，有的有关神韵。钱先生说：

> 至诗人修辞，奇情幻想，则雪山比象，不妨生长尾牙；满月同面，尽可装成眉目。英国玄学诗派之曲喻，多属此体。……而要以玉溪为最擅此，著墨无多，神韵特远。如《天涯》曰："莺啼如有泪，为湿最高花"，认真"啼"字，双关出"泪湿"也；《病中游曲江》曰："相如未是真消渴，犹放沱江过锦城"，坐实"渴"字，双关出沱江水竭也。(22页)

李商隐《天涯》："春日在天涯，天涯日又斜。莺啼如有泪，为湿最高花。"纪昀批："姚平山曰：最高花，花之绝顶枝也。花至此开尽矣。"花开尽正指春尽，有伤春的意思。"莺啼"本指鸟鸣，从啼字转为啼哭，引出泪来，由泪转到湿，湿最高花又表示伤春。结合"春日在天涯"的表示飘泊，"日又斜"的近黄昏，加上伤春，有无限情思，在这个曲喻里，表达这样深沉的情思，耐人体味，这就神韵独绝。又《病中早访招国李十将军遇挈家游曲江》："十顷平波溢岸清，病来惟梦此中行。相如未是真消渴，犹放沱江过锦城。"司马相如有消渴病，即糖尿病，口渴要喝水。说相如不是真的消渴，倘真消渴，会把沱江水喝干，不放它流过锦城了。联系他做梦只做到在十顷平波中行，含有他才是真的消渴，所以只梦到十顷平波，表示要喝水。这跟李十将军游曲江结合，正希望将军帮他消渴。这个消渴，指渴望求偶，希望将军帮他做媒，这种心情形之于梦中，比相如的求偶更急。这里正意没有说出，通过自己真消渴的梦中求水来透露，使人体味，情意这样含蓄，所以称神韵独绝吧。

其九，从创作到修辞，还得注意心手物相应。钱先生说：

> 夫艺也者，执心物两端而用厥中。兴象意境，心之事也；所资以驱遣而抒写兴象意境者，物之事也。物各有性：顺其性而恰有当于吾心；违其性而强以就吾心；其性有必不可逆，乃折吾心以应物。一艺之成，而三者具焉。自心言之，则生于心者应于手，出于手者形于物，如《吕览·精通》篇所谓："心非臂也，臂非椎非石也，非存乎心，而木石应之。"自物言之，则以心就手，以手合物，如《庄子·天道》篇所谓"得手应心"，《达生》篇所谓"指与物化，而不以心稽"。（210 页）

钱先生引了《精通》篇讲"钟子期夜闻击磬者而悲"，这个"悲"是因为击磬者内心悲苦，通过手臂拿了椎击石磬发出悲音来。这个悲音不在手臂和椎石，是手臂和椎石跟心的悲苦相应造成的，即物、手和心的悲苦相应。又引《天道》篇讲轮扁斫木作轮，不快不慢，"得之于手而应于心"，说明手的技巧的重要。又引《达生》篇称"工倕旋而盖规矩，指与物化而不以心稽"。工倕用手指画圆或方，超过用圆规或方矩，手指已经化成规矩，不用留心。这是指技巧。这里说明艺术创作要求心手物相应。兴象意境，即意匠经营是属于心；艺术创作所运用的工具和材料属物；使心物相应的是手；心物手相应才能完成创作。钱先生又指出"物各有性"，像轮扁斫轮，斫木作轮，要顺应木的本性，“徐则甘而不固，疾则苦而不入，不徐不疾，得之于手而应于心”，这就是“顺其性而恰有当于吾心”，这才能做好轮，不能违反物性。文学是用语言来创作的，这就要适应用语言来创作的特点。钱先生在《中国诗与中国画》里，指出：“诗和画既然同是艺术，应该有共同性；而它们并非同一门艺术，又应该各具特殊性。”（《旧文四篇》7页）共同性如“诗中有画，画中有诗”；特殊性如画是用色彩及线条构成，适于描绘形象和色彩，但不容易表达情意；诗是用语言构成，适于表情达意，但不容易描绘形象。艺术家的本领，在适于描绘形象和色彩中表达情意，即“画中有诗”；在适于表达情意的语言中描绘形象和色彩，即“诗中有画”。怎样做到“画中有诗”或“诗中有画”，就要适应线条、色彩或语言特点来进行创作，要“顺其性而恰有当于吾心”，不能“违其性而强以就吾心”，像作诗就要适应语言的特点。

其十，诗意和神韵，保存在诗的词语之中。与说理文的理与词语可以分离有所不同。钱先生说：

> 诗借文字语言，安身立命；成文须如是，为言须如彼，方有文外远神，言表悠韵，斯神斯韵，端赖其文其言。品诗而忘言，欲遗弃迹象以求神，遏密声音以得韵，则犹飞翔而先剪翮，踊跃而不践地，视揠苗助长、凿趾益高，更谬悠矣。瓦勒利尝谓叙事说理之文以达意为究竟义，词之与意，离而不著，意苟可达，不拘何词，意之既达，词亦随除；诗大不然，其词一成莫变，长保无失。是以玩味一诗言外之致，非流连吟赏此诗之言不可；苟非其言，即无斯致。（412—413页）

钱先生指出诗的用文词语言，跟说理文不同。读说理文，只要懂得了这个道理，文词语言都可不用，也可用另外的词语来说明这个道理。诗不同，诗的言外之音，诗的神韵，就保存在诗的词语里，只有吟赏诗的词语，才能体会它的言外之音和神韵，抛开了诗的词语，言外之音和神韵都没有了。即说理文的理与词语可以离，懂得了所说的理，词语都可抛弃。诗跟词语必合。钱先生在《管锥编》里对此作了有力的论证：

> 《易》之有象，取譬明理也，“所以喻道，而非道也”（语本《淮南子·说山训》）。求道之能喻而理之能明，初不拘泥于某象，变其象也可；及道之既喻而理之既明，亦不恋着于象，舍象也可。到岸舍筏，见月忽指，获鱼兔而弃筌蹄，胥得意忘言之谓也。词章之拟象比喻则异乎是。诗也者，有象之言，依象以成言，舍象忘言，是无诗矣，变象易言，是别为一诗甚且非诗矣。故《易》之拟象不即，指示意义之符也；诗之比喻不离，体示意义之迹也。不即者可以取代，不离者勿容更张。取《车攻》之“马鸣萧萧”，《无羊》之“牛耳湿湿”，易之曰“鸡鸣喔喔”，“象耳扇扇”，则牵一发而动全身，著一子而改全局，通篇情景必随以变换，将别开面目，另成篇什。毫厘之差，乖以千里，所谓不离者是矣。（《管锥编》12 页）

这里明白指出《易》的拟象只是一种表示意义的符号，可以改变或舍弃；诗的比喻是表示情意的迹象，不能改变，一改变将别成面目或不成为诗了。钱先生更深刻地指出：

> 倘视《易》之象如《诗》之喻，未尝不可摭我春华，拾其芳草。……苟反其道，以《诗》之喻视同《易》之象，等不离者于不即，于是持“诗无达诂”之论，作“求女思贤”之笺；忘言觅词外之意，超象揣形上之旨；丧所怀来，而亦无所得返。以深文周内为深识底蕴，索隐附会，穿凿罗织；匡鼎之说诗，几乎同管辂之射覆，绛帐之授经，甚且成乌台之勘案。（同上 14—15 页）

这里指出把诗喻看作《易》象的祸害，含意更为深刻。这里说明诗喻和《易》象在运用词语上的各具特点，已经由创作而兼及鉴赏了。

* * *

《谈艺录》补订本中论及前人诗论，钱先生是与其作品对看。如元好问“渠虽大言‘北人不拾江西唾’（《自题中州集后》第二首），读者苟执著此句，忘却渠亦言‘莫把金针度与人’（《论诗》第三首），不识其于江西诗亦颇采柏盈掬，便‘大是渠侬被眼谩’（《论诗三十首》之十四）矣。”（481页）如元好问“《赠答赵仁甫》：‘君居南海我北海’，用山谷《寄黄几复》：‘我居北海君南海’。他如《阎商卿还山中》：‘翰林湿薪爆竹声’，用山谷《观伯时画马》：‘翰林湿薪爆竹声’，《下黄榆岭》：‘直须潮阳老笔回万牛’，本山谷《以团茶洮州绿石砚赠无咎、文潜》：‘张子笔端可以回万牛’……《世宗御书田不伐望月婆罗门引》：‘两都秋色皆乔木’，施注：‘山谷句’；遗山七律《赠答乐丈舜咨》《存殁》均有此句，盖三用也。”（485页）是元裕之于江西诗，再引三引，所谓“不拾江西唾”者，徒虚语耳。

又钱先生于诗论，将文学史上通常习而不察之概念，既为之树藩篱，复为之通墙壁。如称：“至吾州张氏兄弟（惠言、琦）《词选》，阐‘意内言外’之旨，推‘文微事著’之原，比傅景物，推求寄托，‘比兴’之说，至是得大归宿。西方文学有‘寓托’之体，与此略同。……顾二者均非文章之极致也。言在于此，意在于彼，异床而必曰同梦，仍二而强谓之一；非索隐注解，不见作意。”（231—232页）钱先生在这里既指出常州派词论的寄托说，与西方“寓托”之体略同；又指出这种寄托说不免牵强附会。

钱先生于前人诗论，又作出重新估价，如对《沧浪诗话》，郭绍虞先生《中国文学批评史》称：“沧浪论妙悟而结果却使人不悟，论识而结果却使人无识，论兴趣而结果却成为兴趣索然，论透彻玲珑、不可凑泊而结果却成为生吞活剥摹拟剽窃的赝作。”（下卷一，77页）对《沧浪诗话》的论点作了否定。钱先生对《沧浪诗话》作了重新估价，郭先生在《沧浪诗话校释》里就改变了看法，称引钱先生的《谈艺录》所说“最为圆通”，因引“胡应麟《诗薮》云：‘严氏以禅喻诗，旨哉！’”（又21—22页）钱先生因称：“撰《谈艺录》时，上庠师宿，囿于冯钝吟等知解，视沧浪蔑如也。《谈艺录》问世后，物论稍移，《沧浪诗话》颇遭拂拭，学人于自诩‘单刀直入’之严仪卿，不复如李光照之自诩‘一拳打蹶’矣。”（596页）《补订》更论“诗与禅之异趣分途”。“《元遗山诗集》卷十《答俊书记学诗》：‘诗为禅客添花锦，禅是诗家切玉刀’；下句正后村所谓‘将铅槧事作葛藤看’，须一刀斩断，上句言诗于禅客乃赘疣也。”（580—581页）以此论诗禅，较《谈艺录》原本更深入了。

钱先生论文学史，有将历来文学史上的说法澄清的，如论明末诗派之称“七子”“竟陵”而轻“公安”。钱先生说：“余浏览明清之交诗家，则竟陵派与七子体两大争雄，公安无足比数。聊拈当时谈艺语以显真理感。”（418页）此外微言胜义，触处皆是，如论宗师与开派，钱先生称：“是故弟子之青出者背其师，而弟子之墨守者累其师。常言弟子于师‘崇拜倾倒’，窃意可作‘拜倒于’与‘拜之倒’两解。弟子倒伏礼拜，一解也；礼拜而致宗师倒仆，二解也。”（517页）此说尤耐寻味。

《谈艺录》内容极为广博，在一九四八年出版时已经以它的博极群书、学贯中西引起学界的震惊和赞叹。经过了三十五年，钱先生再写《补订稿》，分量跟《谈艺录》相同。钱先生在《谈艺录》补订本的《引言》里说到这次“逐处订益之，补为下编，上下编册之相辅，即早晚心力之相形也”。通过钱先生的逐处订益，来研讨钱先生的早晚心力之相形，这还有待于海内外学人作深入的探讨。在这里只能浅尝辄止。钱先生在《谈艺录》序里说：“《谈艺录》一卷，虽赏析之作，而实忧患之书也。”那时是抗战时期。又称“麓藏阁置，以待贞元”，已望见抗战的胜利。书中也反映当时生活，如引郑子尹《自沾益出宣威入东川》诗：“逢树便停村便宿，与牛同寝豕同兴。昨宵蚤会今宵蚤，前路蝇迎后路蝇。”称：“军兴而后，余往返浙、赣、湘、桂、滇、黔间，子尹所历之境，迄今未改。形羸乃供蚤饥，肠饥不避蝇余”（183—184页），想见抗战中的困境。

钱先生的文艺论，就这里所引的看，已包括了美学、艺术论、诗论、诗的赏析、修辞、创作论等。除文艺论外，本书还有论文学史的，论作家的，评各家诗论的，论作品的，论诗注和补诗注的，就是钱先生在本书里讲的文艺论，方面也很广，不限于上面所举各点，这里只能管窥蠡测罢了。

冀勤从一九三七年的《文学杂志》里读到了钱先生的《中国固有的文学批评的一个特点》，认为在这篇文章里，钱先生对于中国固有的文学批评，即“把文章通盘的人化或生命化”，与西洋的文学批评作了多方面的细致的比较论述，又是属于中西比较文学批评论。不论就中国固有的文学批评说，或就中西比较文学批评说，这篇文章都可以作为《谈艺录》很好的参考，因此附录在后。

由于我们水平的限制，这个《读本》，不论在分类选材上，在简注上，在说明上，一定有许多不恰当或失误处，谨向钱先生表示深切歉意。本书的不恰当和失误处，谨请读者多多指教。

周振甫

一九九〇年七月

附　记

这篇前言写后，我想起钱先生的挚友吴忠匡先生写的《记钱锺书先生》（刊于《随笔》一九八八年第四期），里面引了钱先生的诗，说："中书（钱先生号）离开湘西，蛰居上海沦陷区时期，是他平生最为凄苦的时期……正如他在《谈艺录》序言中所慨叹的：'予侍亲率眷，兵罅偷生，如危幕之燕巢，同枯槐之蚁聚，忧天将压，避地无之，虽欲出门西向笑而不敢也。'杜门寂处，写作《围城》而外，只能用诗笔来陶写、发泄自己的哀伤和苦闷。他抚时感事，写下了不少叩人心弦、催人下泪的诗篇。"按钱先生的《谈艺录序》后有附记，写于一九四八年。附记里说："右序之作，去今六载。"即序作于一九四二年。钱先生在《谈艺录》正文前有一段说明，里面讲到《谈艺录》的创作经过："余雅喜谈艺，与并世才彦之有同好者，稍得上下其议论。二十八年（一九三九）夏，自滇归沪渎小住。友人冒景璠，吾党言诗有癖者也，督余撰诗话。曰：'咳唾随风抛掷可惜也。'余颇技痒。因思年来论诗文专篇，既多刊布，将汇成一集。即以诗话为外篇，与之表里经纬也可。比来湘西穷山中，悄焉寡侣，殊多暇日。兴会之来，辄写数则自遣，不复诠次。"《谈艺录序》又说："始属稿湘西，甫就其半。养疴沪渎，行箧以随。""销愁舒愤，述往思来。托无能之词，遣有涯之日。以匡鼎之说诗解颐，为赵岐之乱思系志。掎摭利病，积累遂多。"可见《谈艺录》的著作，发自冒景璠先生的提议。一九三九年冬，钱先生到湖南安化县的蓝田镇（今名涟源）的“国立”师范学院任教，组建外语系，好照顾他老父钱子泉先生在那里执教。留居蓝田共两年，在这两年中，钱先生写了初版《谈艺录》的一半。两年后，钱先生回到上海，又写了初版《谈艺录》的后一半。在一九四二年完稿，写了序。一九四八年由上海开明书店出版。一九八三年，钱先生又写了补订稿，较原书多一倍，由中华书局于一九八四年出版。

吴忠匡先生说钱先生在上海时期写的诗，今抄两首如下：

故　国

故国同谁话劫灰，偷生坯户待惊雷。壮图空说黄龙捣，恶谶真看白雁来。骨尽踏街随地痛，泪倾涨海接天哀。伤时浑托伤春惯，怀抱明年倘好开。

乙酉元旦

倍还春色渺无凭，乱里偏惊易岁勤。一世老添非我独，百端忧集有谁分。焦芽心境参摩诘，枯树生机感仲文。豪气聊留供自暖，吴箫燕筑断知闻。

吴忠匡先生说：“锺书在诗篇中憧憬着自由，想望着奋飞，希冀着有一天能‘尽复汉唐故地’。他那一时期的诗作，很少有少作的浪漫情调和理想色彩，总是那么肃括，那么凝重。用内心的独白，抒发自己的希望、忧伤和痛苦。他那一时期的诗作，忧患意识和时代感受，极为深刻，极为强烈，有诗史的不朽价值。”

现在对这两首诗作些说明。“故国”当指故园，钱先生的故乡在无锡。钱先生在《谈艺录》开头有一段说明：“余身丁劫乱，赋命不辰。国破堪依，家亡靡托。迷方著处，赁屋以居。先人敝庐，故家乔木，皆如意园神楼，望而莫接。”钱先生在无锡的老家，当时还在沦陷区，钱先生在上海租屋住着。这首诗，当在抗战后期日本投降前一年一九四四年写的。首联说故乡的旧家已经成为劫灰，无人可谈了，偷生在外等待春雷，当时已感到日本总要投降，等待这个像惊雷的消息。坯户：用泥封塞窗隙，防冬天的寒风。这诗当是冬天作的。二联，空说直捣黄龙，即打到鸭绿江边，只看到东北沦亡。白雁来：《左传》哀公七年：“曹鄙人公孙强好弋（射鸟），获白雁。”献给曹君，曹君封他做官听政。曹人有梦见曹君祖上说，公孙强听政，曹要亡国。因此白雁来指东北沦亡。三联本于韦庄《秦妇吟》：“天街踏尽公卿骨”，及孟郊《杏殇》：“踏地恐土痛”。这里借用，指“路有冻死骨”，所以不忍心踏街怕地痛。为国破家毁而洒泪。末联习惯于托伤春来伤时，明年倘抗战胜利，可以开怀了。

《乙酉元旦》即一九四五年元旦写的，当时日本还未投降，所以说春归大地还渺无凭据，又在乱中过了一年。人在忧时感事中容易衰老，这是表忧伤，当时钱先生还只有34岁。三联“焦芽”，吴忠匡按，见《净名经》。大概说心境像发芽就焦枯了，参见佛维摩诘的说法，当指心中的生机受打击。“枯树”，见庾信《枯树赋》：“殷仲文风流儒雅，海内知名。世移时异，出为东阳太守。常忽忽不乐，顾庭槐而叹曰：‘此树婆娑（零落），生意尽矣。’”殷仲文感叹枯树的生机完了，这也比内心的生机受打击。末联说留着豪气来自慰，像伍子胥在吴市吹箫，高渐离在燕国击筑（乐器）那样的事已经听不到了，意即听不到民间豪侠的消息。钱先生这两首诗的用意，吴忠匡先生已经讲了。

吴忠匡先生接下去讲钱先生谈学诗：

> 我曾询问过他的学诗过程和对自己诗作的评价，他沉思了一下，回答我说：他“19岁始学为韵语，好义山、仲则（李商隐、黄景仁）风华绮丽之体，为才子诗，全恃才华为之，曾刻一小册子。其后游欧洲，涉少陵、遗山（杜甫、元好问）之庭，眷怀家国，所作亦往往似之。归国以来，一变旧格，炼意炼格，尤所经意，字字有出处而不尚运典，人遂以宋诗目我。实则予于古今诗家，初无偏嗜，所作亦与为同光体（晚清的宋诗派）以入西江（江西诗派）者迥异。倘于宋贤有几微之似，毋亦曰惟其有之耳。自谓于少陵、东野、柳州、东坡、荆

公、山谷、简斋、遗山（杜甫、孟郊、柳宗元、苏轼、王安石、黄庭坚、陈与义、元好问）、仲则诸集，用力较劬。少所作诗，惹人爱怜，今则用思渐细入，运笔稍老到，或者病吾诗一‘紧’字，是亦知言。”

我们编这本《〈谈艺录〉读本》，事前没有取得钱先生的同意，选文部分，不一定选得恰当；简注部分，有的书名，在北京图书馆里也没有找到，注不出；说明部分，可能更没有体会到钱先生的卓识深心。这本《读本》，也是“不经”的一类，只好求钱先生的原谅了。希望读这个《读本》的读者，进一步去读《谈艺录》原著，以获得更全面更正确的理解，来指出这个《读本》的不足。

周振甫

一九九〇年七月

壹

YI

鉴赏论

JIANSHANGLUN

一　钱先生的“擘肌分理”

余十六岁与从弟锺韩自苏州一美国教会中学返家度暑假，先君适自北京归，命同为文课，乃得知《古文辞类纂》、《骈体文钞》、《十八家诗钞》等书①。绝鲜解会，而乔作娱赏；追思自笑，殆如牛浦郎之念唐诗②。及入大学，专习西方语文。尚多暇日，许敦宿好。妄企亲炙古人，不由师授。择总别集有名家笺释者讨索之，天社两注③，亦与其列。以注对质本文，若听讼之两造然；时复检阅所引书，验其是非。欲从而体察属词比事之惨淡经营，资吾操觚自运之助。渐悟宗派判分，体裁别异，甚且言语悬殊，对疆阻绝，而诗眼文心，往往莫逆暗契。至于作者之身世交游，相形抑末，余力旁及而已。孤往冥行，未得谓得。游学欧洲，都抛旧业。归舶邂逅冒君景璠，因以晋见其尊人疚斋先生④，并获读所著《后山诗天社注补笺》。其书网罗掌故，大裨征文考献，若夫刘彦和所谓“擘肌分理”⑤，严仪卿所谓“取心析骨”⑥，非所思存。余谓补笺洵善矣，胡不竟为补注

---

① 《古文辞类纂》：七十四卷，清姚鼐编。《骈体文钞》：三十一卷，清李兆洛编。《十八家诗钞》：二十八卷，清曾国藩编。

② 牛浦郎：《儒林外史》中人物。

③ 天社两注：任渊所作黄庭坚的《山谷诗内集》注，陈师道的《后山集》注。

④ 疚斋先生：疚斋，冒广生号。有《后山诗天社注补笺》十四卷。

⑤ 刘彦和：南朝梁刘勰字。《文心雕龙·序志》有“擘肌分理”说。

⑥ 严仪卿：宋严羽字。有《沧浪诗话》，后附《答出继叔临安吴景仙书》，称：“其间说江西诗病，真取心肝刽子手。”“吾论诗，若那吒太子析骨还父，析肉还母。”

耶。景璠嗤余："谈何容易。"少年负气，得闲戏别取山谷诗天社注订之。多好无恒，行衢不至，补若干事而罢。出乎一时技痒，初不笃嗜黄诗也。《谈艺录》刊行后，偶与潘君伯鹰同文酒之集。伯鹰盛叹黄诗之妙，渠夙负诗名，至是几欲一瓣香为山谷道人，云将精选而详注之。颇称余补注中欧梅为官妓等数则①，余虽忻感，然究心者固不属此类尔。（346 页）

这一则钱先生讲自己的治学经验，谈关于如何提高对诗歌的鉴赏力问题。钱先生十六岁时从读选本入手，有《古文辞类纂》《骈体文钞》《十八家诗钞》，即对古文、骈文、大家名家诗都读了。进一步结合任渊注来读《山谷集》《后山集》，用法官断案的眼光，把作者和注者看作两造，看注释是否符合作者的情意，用老吏断狱的方法来作判断。这样就要查对书证，寻根究柢，索阅所引书，验其是非。这种老吏断狱的读书法，确实是做到切实的研究。钱先生这样做的用意，还不在于看任渊注得是否正确，在于通过纠正任渊注的疏失与不足，找出黄庭坚诗用词的来历，进而探索他的诗句中所表达的情意，结合他所表达的情意和用词造句来探索他的表达方法，即"体察属词比事之惨淡经营"，运用到自己的创作中去，"资吾操觚自运之助"。通过这样研究，懂得作者怎样形成各个流派，具有怎样不同的风格，甚至用词造句也有不同，从而探索到作者的诗眼文心，诗眼即作者在用词上的惨淡经营，文心即作者在表达情意上的用心。这样的研究，就接触到刘勰讲的"擘肌分理"，对作品的词语结构作细致分析，得出他所要表达的情意和所运用的艺术技巧。也像严羽说的"取心析骨"，"取心"即指探索作者的灵魂，"析骨"即指分析作者的文词。

这一则里讲的，可以从《关于〈宋诗选注〉的对话》里得到印证。日本内山精也君来上海复旦大学从王水照教授研究诗的对话，见《文史知识》一九八九年第五期。《对话》讲到"检阅所引书，验其是非"时说："内山：首先使我们感佩的是钱先生引用资料的严格和他的闻名于世的渊博。有关宋诗的资料，迄今为止似乎还没有作过系统的整理。钱先生却从

① 欧梅为官妓：见《如何纠正诗注》。

基本文献直至个别生僻的零星材料，差不多囊括无遗。他凡有引用，必定是第一手材料，并译注卷次。我们因翻译（《宋诗选注》）所需，一一作了查对，几乎没有什么误脱的地方。资料准确是一切学术工作的前提和基础，但像钱先生这种经得起查核的著作是并不多见的。”

钱先生又说：“欲从而体察属词比事之惨淡经营”，《对话》中讲到：“王：钱先生曾说，‘我有兴趣的是具体的文艺鉴赏和评判’。他正是从苦心搜集的大量资料基础上，加以选择、排比、综合、分析，也就是说，一切从具体特殊的审美经验和事实出发，来进行经验的描述、一般的概括和理论的推演，从具体上升到抽象，来把握古今中外相同和相通的‘文心’或人类一般的艺术思维。例如徐俯有一联名句：‘一百五日寒食雨，二十四番花信风’，《宋诗选注》指出此联名句曾为南宋陆游、楼钥、彭陶孙、钱厚等人所摹仿，又为金人张公药所沿袭，连类引证，充分反映了江西诗派‘脱胎换骨’的时代风尚和影响。”按陆游《春日绝句》：“二十四番花有信，一百七日食犹寒。”陆游的诗句显然摹仿徐俯，一百五日指距冬至一百五日为寒食节，一百七日已过了寒食节，所以徐俯句显得自然。这里既体会到属词比事的不同，也看到江西诗派的影响。

《对话》还讲到：“王：叶绍翁‘春色满园关不住，一枝红杏出墙来’一联，注文引了五个用例，更可看作这一意象的演化小史：唐人的不及叶氏的‘醒豁’，陆游的不及其‘新警’，张良臣的不及其‘具体’。这里有来龙去脉的爬梳，有优劣长短的评赏。一个意象的产生总不是孤立的、静止的。对意象作出历史的动态的描述和分析，此书中是大量的，也使人心折。”这里谈到对意象探讨，已经牵涉到“擘肌分理”“取心析骨”了。

二 论“一字之差，词气迥异”

《弇州山人续稿》卷一百五十《吴中往哲象赞》于归震川曰[①]：“先生于古文词，虽出之自史汉，而大较折衷于昌黎、庐陵[②]。不事雕饰，而自有风味，超然当名家矣。”《赞》曰：“风行水上，涣为文章；当其风止，与水相忘。剪缀帖括，藻粉铺张。江左以还，极于陈梁。千载有公，继韩欧阳。余岂异趋，久而始伤。”钱牧斋《初学集》卷七十九《与唐训导汝谔论文书》、卷八十三《题归太仆文集》、《有学集》卷四十九《题宋玉叔文集》、《列朝诗集》丁集卷六又卷十二重叠引《赞》语[③]，皆窃易“久而始伤”为“久而自伤”，以自坚其弇州“晚年定论”之说。周栎园《书影》卷一记弇州晚年翻然自悔[④]，本牧斋所说，而引《赞》中此句，作“始伤”不误。归玄恭编《震川全集》[⑤]，末附弇州《赞》及《列朝诗集》中震川传，亦作“始伤”，已据弇州原文以校正牧斋引文。而《明诗综》卷四十四、《明史·文苑传》、《四库提要》卷一百七十二均作“自伤”[⑥]，

---

① 《弇州山人四部稿》：一百七十四卷，《续稿》二百零七卷，明王世贞撰。归震川：明归有光，称震川先生。

② 昌黎：唐韩愈。庐陵：宋欧阳修。

③ 钱牧斋：钱谦益号。有《初学集》一百一十卷，《有学集》五十卷，《列朝诗集》八十一卷。

④ 周栎园：清周亮工号。有《书影》十卷。

⑤ 归玄恭：清归庄字。编《震川文集》三十卷，《别集》十卷。

⑥ 《明史》：三百三十六卷，清张廷玉等撰。《四库提要》：《四库全书总目提要》二百卷，清纪昀撰。

则未检《弇州续稿》而为牧斋刀笔吏伎俩所欺。李元仲《寒支二集》卷一《答叶慧生书》云①：“及元美末年为震川赞，乃曰：‘余岂异趣，晚而自伤。’盖伤震川之不可及也。”吕叔讷《白云草堂文钞》卷三《再复严明府书》云②：“究之王李所成，不能轶出于韩欧之徒之上。晚而自伤，竟屈伏于震川之下。”蒋子潇《七经楼文钞》卷四《与田叔子论古文第二书》甚许弇州③，言其非真推震川，乃“老而怀虚，自贬以扬之”，却仍谓弇州有“久而自伤”之语。近贤论著，因循不究。盖众咻传讹，耳食而成口实矣。一字之差，词气迥异。“始伤”者，方知震川之不易得，九原不作，赏音恨晚也。“自伤”者，深悔己之迷途狂走，闻道已迟，嗟怅何及也。二者毫厘千里。曰“岂异趣”者，以见己与震川，同以“史汉”为究竟归宿，特取径直而不迂，未尝假道于韩欧耳。弇州弟敬美《王奉常集》卷五十三《艺圃撷余》云④：“正如韩柳之文，何有不从左史来者。彼学而成为韩为柳，我却又从韩柳学，便落一尘矣。轻薄子遽笑韩柳非古，与夫一字一语必步趋二家者，皆非也。”足资傍参。弇州《读书后》卷四《书归熙甫文集后》须与《四部稿》卷一百二十八《答陆汝陈》合观⑤。陈眉公《妮古录》引弇州语⑥，亦见《续稿》卷一百七十五《与徐宗伯书》，其书与卷一百八十一《与李仲子能茂》、卷一百八十二《与颜廷愉》，胥可阐明此《赞》。《书谱》记王逸少评书云⑦：“钟张信为绝伦⑧。吾书比之钟张，钟当抗行，或谓过之，张草犹当雁行。”弇州晚岁虚憍气退，于震川能识异量之美，而非降心相从，亦不过如逸少之于钟张而已。何尝拊膺自嗟、低头欲拜哉。牧斋排击弇州，不遗余力，非特擅易前文，抑且捏造故事。

---

① 李元仲：清李世熊字。有《寒支初集》十卷，《二集》六卷。

② 吕叔讷：清吕星垣字。有《白云草堂文钞》七卷。

③ 蒋子潇：清蒋湘南字。有《七经楼文钞》六卷。

④ 敬美：明王世懋字。有《王奉常集》六十九卷，中有《艺圃撷余》一卷。

⑤ 《读书后》：八卷，明王世贞撰。

⑥ 陈眉公：明陈继儒字。有《妮古录》四卷。

⑦ 《书谱》：一卷，唐孙过庭撰。

⑧ 钟张：三国魏钟繇、后汉张芝皆善书法。

如记弇州造访汤若士①，若士不见，而尽出所涂抹弇州文集散置几案间，弇州翻阅，默然而去。王山史《砥斋集》卷二《书钱牧斋汤临川集序后》即谓其“欲訾弇州”②，所“述事似饰而未确”：“预出之以度弇州之至耶？抑延弇州至堂而后出之耶？”窃谓征诸《玉茗堂尺牍》卷一《答王淡生》③，则若士“标涂”弇州集，有人“传于”弇州“之座”而已；卷三《复费文孙》明言旧与弇州兄弟同仕南都，“不与往还”。牧斋不应未睹二牍，而悍然杜撰掌故，殆自恃望重名高，不难以一手掩天下耳目欤！牧斋谈艺，舞文曲笔，每不足信。渠生平痛诋七子、竟陵，而于其友好程孟阳之早作规摹七子、萧伯玉之始终濡染竟陵④，则为亲者讳，掩饰不道只字。窜改弇州语，不啻上下其手，正是一例。（385—387 页）

这一则讲钱谦益篡改王世贞《吴中往哲象赞》的归有光赞，把原文的“久而始伤”改为“久而自伤”。这一个字的篡改，用意有很大不同，所以归入鉴赏类。这一个字的篡改，牵涉到王世贞对归有光的态度，牵涉到王世贞对归有光的评价与对自己的评论，所以关系不小。揭发这一个字的篡改，也揭发了钱谦益的用心和为人，这也有关对钱谦益的评价，所以钱先生作了详密的考证。钱谦益的篡改，影响很大，不但《明史·文苑传》里引用了，连博学如纪昀，在《四库全书总目提要》里也引用了，因此使李世熊、吕星垣、蒋湘南都承袭错误，这就不得不加以辨正了。

钱先生揭发钱谦益的篡改：一据《弇州山人续稿》作“久而始伤”，二据周亮工《书影》引作“始伤”，三据归庆编《震川全集》末附引《赞》作“始伤”。除据了这三证外，还引了王世懋《艺圃撷余》的话作旁参一，再引王世贞《读书后》讲归有光的话作旁参二，再引王世贞《四部稿》的《答陆汝陈书》作旁参三，再引陈继儒引王世贞语作旁参四。这样举了三个明证与四个旁参，证明钱谦益的篡改原文，已铁案如山，不可

---

① 汤若士：明汤显祖号。
② 王山史：王弘撰，字无异，号山史，清作家。有《砥斋集》十二卷。
③ 《玉茗堂尺牍》：六卷，明汤显祖撰。
④ 程孟阳：清程嘉燧字。

动摇。钱先生更指出这一个字的篡改的用意。“一字之差，词气迥异。”“始伤”，能识归有光的异量之美，认为归有光的学习韩愈、欧阳修，与自己学问门径不同，但同以学习《史记》《汉书》为归宿，这点起初不认识，这时开始认识，因而伤悼他。不过表示赏识他而已。“自伤”是伤自己的迷途狂走，开道已迟。这一字的篡改，歪曲了王世贞原意，来贬低王世贞。像纪昀的《四库全书总目提要·震川文集》：“初，太仓王世贞传北地信阳（李梦阳、何景明）之说，以秦汉之文倡率天下。”“有光独抱唐宋诸家遗集，与二三弟子讲授于荒江老屋之间，毅然与之抗衡。”“世贞初亦抵牾，迨于晚年，乃始心折。”“自明季以来，学者知由韩柳欧苏沿洄以泝秦汉者，有光实有力焉。”这里讲王世贞“以秦汉之文倡率天下”，又讲有光“由韩柳欧苏沿洄以泝秦汉”，就归宿到秦汉讲，两者并无不同，只是取径不同而已。称作“自伤”，是自伤迷途狂走，变成“异趋”，与世贞说的“余岂异趋”相矛盾了。因此纪昀论述也有矛盾，纪昀既认为两家同趋秦汉，何用“自伤”？钱先生又指出钱谦益捏造故事来贬低王世贞。指出他“舞文曲笔，每不足信”，又举出他痛诋明代七子与竟陵派钟谭，但掩饰他的好友摹仿七子与濡染竟陵，更作了批驳。

三　论诗注引文

方氏《瀛奎律髓》颇薄雁湖《半山诗注》①，屡屡言之。偶观其书，实亦未尽如人意。好引后人诗作注，尤不合义法。如羼入集中之王逢原《寄慎伯筠》诗“宜乎倜傥不低敛”句，雁湖注乃引吕居仁诗。昔李善注《文选》，于《洛神赋》“践远游之文履”句下，引繁钦《定情诗》云：“有此言，未详其本”，亦不过征及同时作者，雁湖则何借口哉。故卷三十六末刘辰翁评曰：“尝见引同时或后人诗注意，不知荆公尝见如此等否。”深中雁湖之病。（79 页）

这一则讲诗注的引文问题，跟鉴赏有关。方回对李壁的王安石诗注不满，如王安石《冬至》：“都城开博路，佳节一阳生。”方回评：“李参政（壁）注：‘博路，未详。’予谓常日禁赌博，惟节日不禁耳。”这里即指出李壁注得不够。钱先生指出李壁注，把王逢原的诗混入王安石集中。还指出李壁又引后人的诗作注，吕居仁，吕本中字。吕本中生在王安石后，王安石看不到吕本中的诗，引吕本中的诗来注王安石诗不合。再说王逢原是王令的字，王令死得比王安石早。引吕本中的诗来注王令的诗也不合。钱先生引李善注《文选》，《洛神赋》中有“践远游之文履”句；“繁钦《定情诗》曰：‘何以消滞忧，足下双远游。’有此言，未详其本。”钱先

① 方氏：元人方回有《瀛奎律髓》四十九卷。雁湖：宋李壁，号雁湖居士，注王安石诗。半山：王安石号。

生认为繁钦与《洛神赋》作者曹植是同时人，曹植可能看到过繁钦的诗。李壁引吕本中的诗句来注王安石诗，王安石没有看到过吕本中诗，这样引用就不合了。引用作者前人的诗句来注作者的诗是可以的，因为作者写诗时，有时用典故，其中有引用前人诗句，从前人诗句中有所触发。引前人诗句来注，可以从前人诗句中体会作者的情思，所以引前人诗句作注是必要的。引作者的后人诗句作注，作者看不到他后人的诗句，作者不可能从后人诗句里得到触发，这样引用就没有必要了。

四　论注诗要识作者手眼

（黄庭坚）《题落星寺》第三首：“小雨藏山客坐久。”青神注引《庄子》：“藏山于泽。”按仅标来历，未识手眼。胜处在雨之能藏，而不在山之可藏。贾浪仙《晚晴见终南诸峰》云①：“半旬藏雨里，今日到窗中”，庶可以注矣。坐久者，待雨晴而山得见；山谷《胜业寺悦堂》诗所谓：“苦雨已解严，诸峰来献状”是也。韩致尧《丙寅二月二十三日抚州如归馆作》云②：“好花虚谢雨藏春”，元遗山《晴景图》云：“藏山只道云烟好”，用“藏”字亦可参观。新补三十、《题息轩》：“万籁参差写明月。”青神注：“万籁见上。”按《有不为斋随笔》丁云③：“用王羲之兰亭诗：‘群籁虽参差，适我无非亲。’”是也。“写”指月中竹影言（参观《管锥编》二五六页）。此句一、二字指声，五、六、七字指影，三、四字双关声影言之，兼逸少之“群籁参差”，与柳子厚《南硐》之“回风一萧瑟，林影久参差”④。（339 页）

这一则讲注解诗要识得作者的手眼即技巧。如黄庭坚诗：“小雨藏山客坐久。”要注意这个“藏”字。这里说成“雨藏山”，贾岛说成山（西南诸峰）“藏雨”，即山藏于雨里，在诗里可说“藏雨里”。用“雨藏山”，

① 贾浪仙：贾岛字，唐诗人。
② 韩致尧：韩偓字，唐诗人。
③《有不为斋随笔》：十卷，清光聪谐撰。
④ 柳子厚：柳宗元字，唐作家。

好像雨是有知，可以藏物，是拟人化。说“藏雨里”，好像山是有知，山藏于雨中了。再说“今日到窗中”，即山到窗中，和“峰来献状”，把山或峰说成是有知的，也是拟人化手法。又黄庭坚诗：“万籁参差写明月。”在这里要了解作者的心情，所以用王羲之兰亭诗“群籁虽参差，适我无非亲”来注，写出了作者以群籁为适我相亲，表达喜爱群籁的心情，这样的注，跟作者心情有关，是好的。“万籁参差”是写声，“写明月”是写影。“写明月”是写于明月的意思，即月亮把竹影写在地上，也是拟人化手法。“参差”既是声的参差，即“群籁参差”，也是影的参差，即“林影参差”。这样细致地分析，才能识得作者的心眼，认得作者的技巧和心情。

这里讲参观《管锥编》256页，即讲“写”字：“《日知录》举师涓‘静坐抚琴而写之’，出《韩非子·十过》，而《外储说》左上又有‘卜子妻写弊袴也’；一言仿效声音，一言仿效形状，先秦以来，此意沿用。”这是说一个“写”字，在“抚琴而写之”里，指仿效声音；在“写弊袴”里，指仿效形状。但在“万籁参差写明月”里，一个“写”字，在一句话里，“万籁”指自然界的声音。“万籁参差”，这个“参差”是写声，仿效声的不齐。“写明月”，指月中竹影参差，是写影，仿效竹影的参差。“参差”是双关声影，“写”兼指写声写影。

五　论引后注前

余此论有笼统鹘突之病①。仅注字句来历，固宜征之作者以前著述，然倘前载无得而征，则同时或后人语自可引为参印。若虽求得词之来历，而词意仍不明了，须合观同时及后人语，方能解会，则亦不宜沟而外之。《文选》开卷第一篇班孟坚《两都赋·序》之“朝廷无事”句下，善注引蔡邕《独断》而自白曰：“诸释义或引后以明前，示臣之任不敢专，他皆类此”；《东都赋》之“体元立制”句下，善注至引晋人杜预《左传注》“体元以居正”为汉文来历，此类时一遇之。《西京赋》之“右平左墄②”句下，善注引《西都赋》“左墄右平”，以班证张，又如以繁钦诗与曹子建赋互印矣。刘须溪评雁湖注语③，亦不可一概而论。如卷三十八《送王覃》云：“山林渺渺长回首，儿女纷纷忽满前”，雁湖注引谢师厚诗④：“倒著衣裳迎户外，尽呼儿女拜灯前”；《姑胥郭》云：“旅病愔愔如困酒，乡愁脉脉似连环”，雁湖注引东坡诗⑤：“下第味如中酒味”；皆牵合无谓，兹不多举。卷四十七《黄鹂》云：“娅姹不知缘底事，背人飞过北山前”，雁

① 鹘突：糊涂。

② 墄（cè）：台阶。

③ 刘须溪：宋刘辰翁号。有《须溪集》。雁湖：宋李壁号。有《王荆公诗注》五十卷。

④ 谢师厚：宋谢景初字，景初与王安石同时人。

⑤ 东坡：宋苏轼号东坡居士。苏轼与王安石同时而稍后。

湖注引苏子美诗①：“娅姹人家小女儿，半啼半语隔花枝”；按《苏学士文集》卷八《雨中闻莺》曰：“娇骙人家小女儿”，雁湖改字以附会荆公诗，尤不足为训。顾复有捉置一处，使人悟脱胎换骨之法者，如卷四十《送望之赴临江》云：“黄雀有头颅，长行万里余”，雁湖注引山谷《黄雀》诗②：“头颅虽复行万里”；卷四十六《韩信》云：“将军北面师降虏，此事人间久寂寥”，雁湖注引山谷：“功成千金募降虏，东面置坐师广武，虽云晚计太疏略，此事亦足垂千古。”然此二注之意，早发于吴曾《能改斋漫录》卷十矣③。又按吴书论《送望之出守临江诗》一条，《苕溪渔隐丛话》后集卷二十五引作《复斋漫录》④。南宋人书中所引《复斋漫录》多见于今本《能改斋漫录》中，即如雁湖注卷二十二《即事》“静憩鸡鸣午”句、卷二十八《张侍郎示东第新居和酬》“恩从隗始诧燕台”句，皆引《复斋漫录》，《丛话》后集卷二十五、卷三十二亦然，而两则均见《能改斋漫录》卷三。《能改斋漫录》卷七考论荆公《张侍郎示东第新居和酬》此联甚详，不应卷三又有寥寥数语，两条之一当出《复斋漫录》；卷三论荷囊条《丛话》后集卷三十六引作《复斋漫录》，而《芦浦笔记》卷三纠《能改斋漫录》有之⑤。斯类疑莫能明。《四库总目》卷一百十八《能改斋漫录》提要云：“辗转缮录，不免意为改窜，故参错百出，不知孰为原帙也”；卷一百三十五《白孔六帖》提要小注云⑥：“按《复斋漫录》今已佚，此条见《苕溪渔隐丛话》所引。”然于两《漫录》之莫辨葛、龚⑦，初未措意也。（389—391 页）

这一则讲注中引文，是帮助鉴赏用的，所以归入鉴赏类。作品中引用

① 苏子美：宋苏舜卿字，较王安石稍早。

② 山谷：宋黄庭坚号山谷道人。黄庭坚后于王安石。

③ 吴曾：宋人。有《能改斋漫录》十八卷。

④《苕溪渔隐丛话》：《前集》六十卷，《后集》四十卷，宋胡仔撰。

⑤《芦浦笔记》：十卷，宋刘昌诗撰。

⑥《白孔六帖》：一百卷，《六帖》唐白居易撰，《后六帖》宋孔传撰。

⑦ 葛、龚：东汉人，善文辞。有人请龚代撰奏文，其人抄写时，并抄龚名，忘写己名。时人语曰：“作奏虽工，宜去葛龚。”

典故，说明作者写作时，想到这个典故，引入作品中。注中把这个典故引出来，可以体会作者引用这个典故时，从这个典故中有什么触发，帮助读者去体会作者的情思。因此注中引文，倘引作者以后人写的文辞，是作者所看不到的，就起不了这个作用。那么注中引文可不可以引用作者以后人的文辞呢？钱先生从《文选》李善注中研究这个问题，认为倘从作者前人的文辞中找不到可以引证的资料，或者找到了前人的资料而看不明白，那么引用作者同时人或以后人的资料来加以证明，还是可以的。比方《文选》里班固《两都赋·序》的注里引了蔡邕的话，即引后人的话来注前人的作品，说明“引后以明前，示臣之任不敢专”。大意是说，引后人的话来做说明，表示我不敢专用自己的话来说。又像引班固的话来注张衡的赋，引繁钦的诗来注曹植的赋，即引作者同时人的话来做注。照李善注看，只要引用得当，也是可以的。

钱先生又引李壁注王安石诗作例来看。如“儿女纷纷忽满前”，这话很明白，用不着引证，李壁却引谢景初的“尽呼儿女拜灯前”，谢诗是讲有贵客到来，所以尽呼儿女来拜见，跟王安石诗的情景不同，这样引用完全没有必要。再像引苏轼的“下第味如中酒味”，来注王安石诗的“旅病愔愔如困酒”，“旅病”当指行旅中的困顿，“下第”指考试落第，两者的心情不同，因此用“中酒”来注“困酒”也不确切。再像李壁引苏舜卿的“娇騃人家小女儿”，改为“娅姹人家小女儿”，来注王安石“娅姹不知缘底事”，“娇騃”指小女儿的神态，王安石的“娅姹”指黄莺的鸣声，这样改字来引证，更不对了。

钱先生又指出引后以明前，也有引得比较好的，如王安石《送吕望之赴临江》：“黄雀有头颅，长行万里余。想因君出守，暂得免苞苴。”黄庭坚《黄雀》诗：“牛犬垂天且割烹，细微黄雀莫贪生。头颅虽复行万里，犹和盐梅傅说羹。”李壁引“头颅虽复行万里”来注。“头颅行万里”，见《后汉书·袁绍传》：袁绍子袁尚、袁熙战败走辽东投公孙康，康把他们捉住，坐在冻地，袁尚求一条席子。康说：“卿头颅方行万里何席之为?”遂斩两人头送给曹操。王安石用这个典故，说黄雀有头颅，可以飞行万里。

想因吕望之出去作临江太守，黄雀得免于被捕杀作苞苴，苞苴指用物包裹。黄庭坚把王安石诗改写成黄雀虽然可行万里，还是要被捕杀来作菜羹。即用王安石诗来分出新意，所以称为“脱胎换骨”。再像王安石诗：“将军北面师降虏，此事人间久寂寥。”见《汉书·韩信传》：韩信领兵击赵陈余，广武君李左东劝陈余深沟高垒勿与战，他引精兵二万袭其粮道。陈余不听，韩信遂进兵击杀陈余，擒李左东。信解其缚，师事之。王安石用这事来赞美韩信。李壁引黄庭坚的诗来作注。黄庭坚把王安石的两句诗化成四句，这也是“脱胎换骨”之法，这样以后注前，可以使人了解怎样“脱胎换骨”，还是有作用的。下面讲《复斋漫录》今已佚，见《苕溪渔隐丛话》中引用，有的又见于《能改斋漫录》，两书引用《漫录》，究竟谁引谁，已不可考了。

六　论纠正误注

（黄庭坚）《次韵文潜立春日》三绝句第一首云①：“眇然今日望欧梅，已发黄州首重回。试问淮南风月主，新年桃李为谁开。”天社谓是忆东坡②，东坡谪于黄州；欧阳修、梅圣俞，则坡举主也。按此诗乃崇宁元年十二月中作，时山谷已罢太平州。《外集》载崇宁元年六月在太平州作二首之一云：“欧靓腰支柳一涡，小梅催拍大梅歌”；又《木兰花令》云：“欧舞梅歌君更酌。”则是欧梅皆太平州官妓。太平州古置淮南郡，文潜淮阴人，阴者水之南；时方贬黄州安置，黄州宋属淮南路。故曰“淮南风月主”。盖因今日春光，而忆当时乐事，与庐陵、宛陵，了无牵涉。南宋吴渊《退庵遗集》卷下《太平郡圃记》自言作挥麈堂③，卷上《挥麈堂诗》第二首云：“欧梅歌舞怅新知”，亦其证验。天社附会巾帼为须眉矣。（10—11页）

这一则讲注释，注释要求正确，一定要对原文有正确理解，才能注得正确。这里说任渊把黄庭坚诗句注错了，所以注错，是因为他只看文字表面是“今日望欧梅”，想到欧阳修、梅圣俞是苏轼应科举考试时的举主，是苏轼在想望他们。他没有查这首诗的写作年代，不考虑他写这首诗时还

---

① 文潜：张耒字，宋诗人。
② 天社：任渊字，宋学者，注黄庭坚诗。
③ 吴渊：南宋文人。有《追庵遗集》。

有别的诗里也提到“欧、梅”。这样一考查，这首诗是崇宁元年十二月中作。他在崇宁元年六月里作的诗里写的欧梅，都指太平州官妓。他在这年十二月，已罢太平州，所以说“今日望欧梅”了。光这样考查还不够，再查诗里的“淮南风月主”是指张耒，张耒时方贬黄州安置，黄州宋属淮南路，故称他为“淮南风月主”，与诗题的“次韵文潜”相合。这样说还不够，再举出吴渊所记“欧梅歌舞”来作证。说明钱先生要纠正任渊注的错误，要经过多方考证，要举出多种证据，才能下一结论。从这里告诉我们，要读懂一首诗，对于诗中的疑难问题，经过怎样的反复探讨，才能得出正确的结论来。

有人对钱先生这种解释提出不同意见，认为黄庭坚诗“眇然今日望欧梅”，任渊注：“王羲之帖云：‘当今人物眇然。’”眇然指人物已不在，故想望欧阳修、梅圣俞，任渊注不误。按王羲之帖的“人物眇然”，“眇然”形容人物，是指人物不在。黄诗“眇然今日望欧梅”，“眇然”指“望”，这个“眇然”，如《庄子·德充符》“眇乎小哉”之意，即有状微小意。因欧梅指太平州官妓，故用眇然来想望；倘指欧阳修、梅圣俞，则为黄庭坚推尊的前辈名公，不能称眇然望了。这是说同一个“眇然”，用来指人物是一个意义，用来指“望”是另一个意义，不可混淆。这更证明钱先生解释的正确。

七　元好问论黄庭坚诗解

遗山诗中“宁”字，乃“宁可”之意，非“岂肯”之意。如作“岂肯”一解，则“难将”也，“全失”也，“宁下”也，“未作”也，四句皆反对之词，偏面复出，索然无味。作“宁可”解，适在第三句，起承而转，将合先开，欲收故纵，神采始出。其意若曰：“涪翁虽难亲少陵之古雅，全失玉溪之精纯，然较之其门下江西派作者，则吾宁推涪翁，而未屑为江西派也”；是欲抬山谷高出于其弟子。然则江西派究何如。乃紧接下一绝曰：“池塘春草谢家春，万古千秋五字新，传语闭门陈正字，可怜无补费精神”；盖举后山以概其余西江诗人，此外比诸郐下，不须品题。遂系以自述一首，而《论诗绝句》终焉。《遗山集》中于东坡颇推崇，《杜诗学引》称述其父言：“近世唯山谷最知子美”，而《论诗绝句》伤严寡恩如彼，倘亦春秋备责贤者之意。遗山所深恶痛绝，则为江西派，合之《中州集自题》绝句，更彰彰可见。(153 页)

这一则讲元好问《论诗》中论黄庭坚的诗：“古雅难将子美亲，精纯全失义山真。论诗宁下涪翁拜，未作江西社里人。”钱先生先抓住“宁”字来讲，认为是“宁可”的“宁”，即宁可向黄庭坚拜倒，不作江西诗派中人。即把黄庭坚突出于江西诗派以外，认为黄庭坚还是可取的。虽然黄庭坚的诗不如杜甫诗的古雅，全失李商隐诗的精纯，但还是好的。元好问为什么要向黄庭坚下拜，在《论诗》里没有说。《论诗》说的“池塘春草谢家春，万古千秋五字新”，称谢灵运“池塘生春草”为“新”。但黄庭坚论诗并不主张“新”，因此这跟黄庭坚无关。又说：“传语闭门陈正字，可怜无补费精神。”这是批评陈师道作诗时，闭门苦思。即把陈师道代表江西诗派，贬低陈师道即贬低江西诗派。钱先生又引元好问《杜诗学引》称“近世惟山谷最知子美”。朱弁《风月堂诗话》：“山谷以昆体工夫，到老杜浑成地步。”元好问“宁下涪翁拜”，可能就为了这点。所以他的诗里就称杜甫的古雅，李商隐的精纯，认为黄庭坚都不及。虽不及，但他“以昆体工夫，到老杜混成地步”，所用的工夫还是好的，所以还推重他吧。

八　元好问评苏诗

《纪文达公文集》卷九《赵渭川四百三十二峰草堂诗钞序》云①："东坡才笔，横据一代，未有异词。而元遗山《论诗绝句》乃曰②：'苏门果有忠臣在，肯放苏诗百态新'；又曰：'奇外无奇更出奇，一波才动万波随，只言诗到苏黄尽，沧海横流却是谁。'二公均属词宗，而元之持论，若不欲人钻仰于苏黄者，其故殆不可晓。余嘉庆壬戌典会试三场③，以此条发策，四千人莫余答也。惟揭晓前一夕，得朱子士彦卷，对曰：南宋末年，江湖一派④，万口同音，故元好问追寻源本，作是惩羹吹齑之论；又南北分疆，未免心存畛域，其《中州集》末题诗⑤，一则曰：'北人不拾江西唾，未要曾郎借齿牙⑥'；一则曰：'若从华实论诗品，未便吴侬得锦

① 纪文达公：清纪昀谥文达。有《纪文达公遗集》文十六卷，诗十六卷。《四百三十二峰草堂诗》四卷，清黄璟撰。

② 元遗山：金元好问号。有《论诗三十首》。

③ 嘉庆壬戌：一八〇二年。会试：在京师考进士试。

④ 江湖一派：南宋陈起编《江湖小集》九十五卷，录六十二家诗，称他们为江湖派，有洪迈、叶绍翁等人。

⑤ 《中州集》：十卷，元好问编，选金代诗。

⑥ 江西唾：江西诗派的残余，即不仿效江西派作品。曾郎：即曾慥。有《皇宋诗选》五十七卷，选诗二百余家，欧阳修、王安石、苏轼、黄庭坚诗都不选，摹仿王安石《唐百家诗选》不选李白杜甫。这是说，金人不取江西诗派，不是仿照曾慥的不选黄庭坚诗。

袍[1]。'词意晓然，未可执为定论也。喜其洞见症结，急为补入榜中"云云。《策问》五道见卷十二。按此说是矣而尚未尽。"华实"二字，正可与李延寿《北史·文苑传序》参观。钱竹汀《十驾斋养新录》卷十六云[2]："吕本中《江西诗派图》意在尊黄涪翁[3]；后山与黄同在苏门，诗格亦不相似，乃抑之入江西派，诞甚矣。元遗山云：'论诗宁下涪翁拜，未作西江社里人'；又云：'北人不拾江西唾，未要曾郎借齿牙。'遗山固薄黄体而不为，亦由此辈尊之过当，故有此论"云云。竹汀是节亦有语病，而差与纪序相发。遗山"诗到苏黄尽"一绝后即曰："曲学虚荒小说欺，俳谐怒骂岂宜时。今人合笑古人拙，除却雅言都不知。"此绝亦必为东坡发。"俳谐怒骂"即东坡之"嘻笑怒骂皆成文章"；山谷《答洪驹父》第二书所谓[4]："东坡文章短处在好骂"，杨中立《龟山集》卷十《语录》所谓[5]："子瞻诗多于讥玩"；戴石屏《论诗》十二绝第二首所谓[6]："时把文章供戏谑，不知此体误人多。""岂宜时"即东坡之"一肚皮不合时宜"，《遗山文集·东坡诗雅引》曰[7]："杂体愈备，则去风雅愈远。诗至于子瞻而且有不能近古之恨"云云，绝句中"坡诗百态新"之"新"字、"雅言都不知"之"雅"字，皆有着落。按《后山诗话》亦云[8]："诗欲其好则不好，苏子瞻以新。"（151—152页）

这一则论元好问《论诗三十首》中论苏轼、黄庭坚诗。纪昀提出问

---

① 锦袍：《隋唐嘉话》：武后游龙门，命群臣赋诗，先成者赐锦袍。东方虬受赐未安，宋之问诗就，文理兼美，乃就夺锦袍赐之。李延寿《北史·文苑传序》："江左宫商发越，贵于清绮，河，朔词义贞刚，重乎气质。气质则理胜其词，清绮则文过其意。理深者便于时用，文华者宜于咏歌，此其南北词人得失之大较也。"

② 钱竹汀：清钱大昕号。有《十驾斋养新录》二十卷。

③ 吕本中：著《江西诗社宗派图》，推尊黄庭坚（涪翁），以陈师道（后山）列入江西派。

④ 洪驹父：宋洪刍字。

⑤ 杨中立：宋杨时字。有《龟山集》四十二卷。

⑥ 戴石屏：宋戴复古字。有《石屏集》六卷。

⑦ 《遗山文集》：四十卷，金元好问撰。

⑧ 《后山诗话》：一卷，宋陈师道撰。

题：元好问《论诗》说：“苏门果有忠臣在，肯放苏诗百态新。”即认为“苏诗百态新”不好，苏门果真有忠臣，应该起来反对“苏诗百态新”。为什么要反对“苏诗百态新”呢？《论诗》接着说：“只言诗到苏黄尽，沧海横流却是谁？”只说诗到苏轼、黄庭坚已到了尽头，沧海横流又是谁呢？这是说苏诗的百态新加上黄诗，造成沧海横流。那么，对苏黄诗不满又是为什么呢？他说“其故殆不可晓”。因为纪昀做考官时出了这么个问题：考生朱士彦认为宋在南，金在北，南北分隔。北人看不起南人，认为南人未必胜过北人，因此元好问的贬低苏黄，未为定论。即认为元好问提的问题，是出于北人贬低南人的私心，并不正确。

钱先生认为这样回答还不够。又引钱大昕说，认为江西派等人推尊黄庭坚过分，引起元好问的反感，所以要贬低苏黄。钱先生认为钱大昕的说法也不够。钱先生指出元好问又有“曲学虚荒小说欺，俳谐怒骂岂宜时”，是批评苏诗好骂的缺点。认为今人学了苏诗的好骂，反去批评古人的拙劣，认为古人除开雅言别的都不知道。即批评苏诗的好骂，苏诗的百态新，都不是雅言，不够雅正。黄庭坚也指出苏轼文章的短处在好骂。杨时指出苏轼诗多讥玩，即讥讽开玩笑。戴复古认为把文章供戏谑是不好的。元好问又说：“杂体愈备，则去风雅愈远。”即批评苏轼文章的不够雅正。这样看，所谓“苏诗百态新”的“新”，即《后山诗话》说的“苏子瞻以新”，认为“新”不好，即认为苏诗的“新”失去雅正，即“不能近古”，不够雅所以不好。

元好问《论诗》又说：“池塘春草谢家春，万古千秋五字新。”谢灵运尝诗思不成，忽梦谢惠连，即得“池塘生春草”之句，以为似有神助。那么元好问是赞成“新”的，为什么又反对“苏诗百态新”呢？原来他反对的“百态新”，即反对苏诗的“俳谐怒骂岂宜时”，认为“俳谐怒骂”不宜入诗，一入诗即有失雅正。“池塘生春草”这句新而自然，不失雅正，所以得到他的称赏。他在《论诗》又说：“一语天然万古新，豪华落尽见真淳。南窗白日羲皇上，未审渊明是晋人。”称赞陶渊明的诗是“天然万古新”的，这个“新”跟自然和性情真淳结合，所以是好的。这样看来，苏诗的“百态新”，除了“俳谐怒骂”以外，也有很多自然真淳的好诗，应该归入元好问赞赏的“新”字中去。元好问反对的苏诗“百态新”，应限于“诽谐怒骂”一类的苏诗。

九　注明诗旨

（黄庭坚）《次韵题粹老客亭诗后》："客亭长短路南北，衮衮行人那得知。惟有相逢即相别，一杯成喜只成悲。"青神注引韦应物诗①："此日相逢非旧日，一杯成喜亦成悲。"按仅道末句来历，未明诗旨。《豫章黄先生文集》卷二十六《跋胡少汲与刘邦直诗》，引其诗有曰："梦魂南北昧平生，邂逅相逢意已倾；同是行人更分首，不堪风树作离声"，可以参印。客亭乃旅途暂歇止处，《楞严经》卷一所谓："譬如行客，投寄旅亭，或宿或食。宿食事毕，俶装前途，不遑安住。"亦有素昧平生，忽同投止，虽云萍偶遇，而针芥相亲，如王子渊《四子讲德论》所谓②："非有积素累旧之欢，皆途觏卒遇，而以为亲者。"羊胛易熟③，马足难停，各趁前程，无期后会，逢真草草，别愈依依。山谷诗即其意。胡诗似反用唐长孙佐辅《别友人》："谁道同衾又分手，不如行路本无情。"（337—338 页）

这一则讲注解要探索诗的意旨，引史容注黄庭坚诗，有"未明诗旨"的。这首诗的末句是"一杯成喜只成悲"。史容注了这句话的出处，这是好的。但这句话包括这首诗的主旨是什么，没有注。再看注引韦应物的诗："此日相逢非旧日，一杯成喜亦成悲。"此日相逢是喜，但此日已非旧

① 青神：宋人史容号。注《山谷外集诗》。
② 王子渊：汉王褒字，论见《文选》。
③ 羊胛易熟：喻时间短促。

日，是悲。这个悲喜的变化，由于此日与旧日的不同。但黄庭坚诗，写本不相识的人，在客亭相会，王勃《滕王阁序》：“萍水相逢，尽是他乡之客。”与韦应物诗写客中与旧友相逢不同，那他的“一杯成喜只成悲”，就与韦应物的所以悲喜是不同的，但又为了什么？没有说，所以“未明诗旨”了。怎样来说明诗旨？钱先生引《楞严经》来说明萍水相逢的相亲，再引王褒《四子讲德论》说明途中猝遇的相亲，这样说明虽本不相亲，却“逢真草草，别愈依依”，即写出客中作别的依依不舍的感情，这样来点出诗旨。又用胡少汲诗来作比照，从中可以说明诗旨。钱先生又指出胡诗反用长孙佐辅诗，长孙佐辅诗认为还不如行路人本来是无情的，胡诗却写离情。这说明注解一首诗，光引字句的出处不够，还要注明诗旨，注明诗旨可用有关的诗句或情事作参照。

一〇　注诗要识用典意

（黄庭坚）《再次韵寄子由》①："风雨极知鸡自晓，雪霜宁与菌争年。何时确论倾樽酒，医得儒生自圣颠。"自注："出《素问》②。"青神注引《国风》："风雨凄凄，鸡鸣喈喈"；《庄子》："朝菌不知晦朔"；小杜诗③："蟪蛄宁与雪霜期"；《难经》④："狂、颠之病，何以别之。自高贤也，自辩智也，自贵倨也，妄笑好歌乐也。"按山谷整联实点化晋唐习用俪词，青神未识其全也。《风雨》诗当引末章之"风雨如晦，鸡鸣不已"，《郑笺》云⑤："鸡犹守时而鸣，喻君子虽居乱世，不改变其节度。"是以刘孝标《辩命论》云⑥："诗云：'风雨如晦，鸡鸣不已。'故善人为善，岂有息哉。"较"鸡鸣喈喈"，更切山谷用意。陆机《演连珠》末章云："是以迅风陵雨，不谬晨禽之察；劲阴杀节，不凋寒木之心。"《文选》李善注："冒霜雪而松柏不凋。鸡善伺晨，虽阴晦而不辍其鸣。"《晋书·载记吕光传》载吕光遗杨轨书云："陵霜不凋者，松柏也。临难不移者，君子也。何图松柏凋于微霜，而鸡鸣已于风雨。"又《晋书·桓彝等传》史臣曰："况交霜雪于杪岁，晦风雨于将晨。"盖两事相俪久矣。曰"鸡鸣已"，曰

① 子由：苏辙字，北宋散文家。
② 《素问》：二十四卷，古医书。
③ 小杜：唐杜牧称小杜，别于杜甫称老杜。
④ 《难经》：二卷，扁鹊撰，古医书。
⑤ 郑笺：汉郑玄对《诗经》的注解。
⑥ 刘孝标：梁刘峻字。《辩命论》：见《文选》。

"晦风雨"，皆以《风雨》末章为来历。山谷同时人曾子开《曲阜集》卷四《次后山陈师道见寄韵》亦云①："松茂雪霜无改色，鸡鸣风雨不愆时。"与山谷此联渊源不二。山谷不明言松柏，而以菌作反衬耳。自注误以"狂"为"颠"，青神引文附和之，而未纠正。"自圣"乃《难经》五十九所谓"狂疾始发之候"，若夫"颠疾之作，患者意不乐，直视僵卧"，初不"自高贤，妄笑乐"。今世术语言"躁"与"郁"，略当"狂"与"颠"之别矣。（340页）

这一则讲注解要确切，要识得作者用典故的含义。这里引黄庭坚的两句诗及史容的注来作说明。黄庭坚诗"风雨极知鸡自晓"，史容注《国风》："风雨凄凄，鸡鸣喈喈。"这样注也对，不过对"鸡自晓"不切。因此钱先生指出当注《诗·郑风·风雨》："风雨如晦，鸡鸣不已。"所以要引这两句，是据《郑笺》说："鸡犹守时而鸣，喻君子虽居乱世，不改变其节度。"即在引了这两句外，最好再引《郑笺》，提出"守时而鸣"来，这样就切合"鸡自晓"了。不仅这样，还点出"君子虽居乱世，不改变其节度"，即把黄庭坚这句诗的用意也点出来了。再说黄庭坚用这个典故还有他用六朝文的意思在内，因此钱先生又引刘峻《辩命论》里的话，来说明作者说"鸡自晓"的用意。钱先生又结合"雪霜宁与菌争年"来考虑，联系作者引用六朝文，引出陆机《演连珠》来，点明"晨禽之察"，称鸡为晨禽，正结合"守时而鸣"。再用"寒木之心"来对，就指"冒霜雪而松柏不凋"，这就结合"雪霜宁与菌争年"了。陆机称"迅风陵雨"，即疾风暴雨，更夸张了。

又黄庭坚诗作"宁与菌争年"，即岂与菌争年意。史容注："《庄子·逍遥游》篇：'朝菌不知晦朔，蟪蛄不知春秋，此小年也。'杜牧《题魏文贞》：'蟪蛄宁与雪霜期，贤哲难教俗士知。'诗意谓松柏冒霜雪，岂与朝菌较修短耶？"史容这个注是好的，指出朝菌是朝生夕死，所以它不知道阴历的月初（朔）月底（晦）。蟪蛄过不了冬，所以不知春秋。它们都是

① 曾子开：宋曾肇字。有《曲阜集》四卷。

生命短促的，所以是“小年”。史容的注，倘只引“朝菌不知晦朔”，好像和原句的“雪霜”无关了，所以又引了“蟪蛄不知春秋”，但这句也没有点出“雪霜”来，所以又引了杜牧诗：“蟪蛄宁与雪霜期。”这样“雪霜”点出来了。但“雪霜”是结合“蟪蛄”来说的，不结合“朝菌”，所以史容在注里把“蟪蛄不知春秋”也引了，这是好的。但原诗用“雪霜”还有“冒霜雪而松柏不凋”的意思，即把鸡鸣不已与松柏不凋两事连用，由来已久，钱先生举出陆机《演连珠》、郭吕光遗杨轨书、《晋书》史臣曰，直到宋曾肇的诗，都把这两事联用，所以黄庭坚诗里用“雪霜”也有把这两事联用的意思在内。史容注没有指出这一点，没有点出作者用“雪霜”的用意，是不够的。又用“雪霜”本指“冒雪霜而松柏不凋”说，但原句不指松柏，却说“宁与菌争年”，钱先生指出：“山谷不明言松柏，而以菌作反衬耳。”用“雪霜”是指“冒霜雪而松柏不凋”，含有指松柏意，因此这里有松柏岂与菌争年意，用菌来反衬松柏的长年，这里运用修辞的反衬手法，史容没有指出来，又是不足处。最后，黄诗说的“自圣”，钱先生指出本于《难经》“狂疾始发之候”。即是狂疾的病，不是颠疾。又“颠疾之作，患者意不乐，直视僵卧”，史容引作“自高贤，妄笑乐”都与“自圣”不合。指出史容注的错处。从这里看出钱先生对注解研究的深入与细致。

一一　理趣诗解

《鹤林玉露》卷八曰[1]："杜少陵绝句云：'迟日江山丽，春风花草香；泥融飞燕子，沙暖睡鸳鸯。'上两句见两间莫非生意，下二句见万物莫不适性。大抵古人好诗，在人如何看，在人把做甚么用。如'水流心不竞，云在意俱迟'；'野色更无山隔断，天光直与水相通'；'乐意相关禽对语，生香不断树交花'等句。只把做景物看，亦可不把做景物看。"魏鹤山《黄太史集序》曰[2]："山谷晚岁诗，所得尤深。以草木文章，发帝机杼，按指《雨丝》诗。以花竹和气，验人安乐。"按指《斌老病起游东园》诗。明王鏊《震泽长语》卷下《文章》门曰[3]："'水流心不竞，云在意俱迟。'人与物偕，有吾与点也之趣。'片云天共远，永夜月同孤'；又若与物俱化。谓此翁不知道，殆未可也。"清尤侗《艮斋杂说》卷二亦曰："杜诗云：'水流心不竞，云在意俱迟。'邵尧夫诗云[4]：'月到天心处，风来水面时。'子美非知道者，何与尧夫之言若有合也。予为集一联云：'水流云在，月到风来。'对此景象，可以目击道存矣。"(229 页)

这一则讲理趣诗。如杜甫《绝句》，"或谓此诗与儿童之属对何异。余曰：不然。上两句见两间莫非生意，下两句见万物莫不适性。于此而涵咏

① 《鹤林玉露》：十六卷，宋罗大经撰。
② 魏鹤山：宋魏了翁，筑室白鹤山下，学者称鹤山先生。
③ 王鏊：有《震泽长语》二卷，分经诗、文章等。
④ 邵尧夫：邵雍字，宋理学家。

之，体认之，岂不足以感发吾心之真乐乎？”（《鹤林玉露》）这里指出，对杜甫的《绝句》，看出其中含有道理，这个道理即“见两间（天地间）莫非生意，万物莫不适性”。这个道理含蓄在景物中，所以是理趣诗。又如杜甫《江亭》，借“水流”缓缓和“云在”，联系“心不竞”“意俱迟”，结合景物来表达心意。还如石曼卿《题章氏园亭》诗：“乐意相关禽对语，生香不断树交花。”从“禽对语”里悟出“乐意相关”，从“树交花”里悟出“生香不断”，这也是结合景物来说明情趣。再像“野色更无山隔断，天光直与水相通”，写出作者对景物的感受，野色无边，水天一色。魏了翁讲黄庭坚的诗，称《雨丝》诗：“烟云杳霭合中稀，雾雨空蒙密更微。园客茧丝抽万绪，蛛蝥网面罩群飞。风光错综天经眼，草木文章帝杼机。原染朝霞成五色，为君王补坐朝衣。”这是用雨丝可以使草木开花，成为草木文章，代替天帝的杼机，转为君王的朝衣。这就是就景物发挥理论。又《斌老（黄斌老）病起游东园》：“主人心安乐，花竹有和气。时从物外赏，自瓮酒中味。”从花竹的和气里，体会人心的安乐。从景物中联系人的心情，像《论语·先进》里曾点说：“暮春者，春服既成，冠者五六人，童子六七人，浴乎沂，风乎舞雩，咏而归。”夫子喟然叹曰：“吾与点也。”这是说，杜甫从自然景物中有体会，跟曾点的说法相似，曾点说得到孔子的赞许。宋理学家邵雍的“月到天心处，风来水面时”，对自然景物也有体会，说明跟杜甫的理趣诗有一致处。这里在形式上有两种：“迟日江山丽”一首只写景物的美好，跟“月到天心处”一致，不写作者的体会，作者的体会含蓄在诗中不写出来。一种是“水流心不竞”，作者的体会写出来了。

一二　理趣和理语解

（一）

常建之“潭影空人心”，少陵之“水流心不竞”，太白之“水与心俱闲”，均现心境于物态之中，即目有契，着语无多，可资“理趣”之例。香山《对小潭寄远上人》云：“小潭澄见底，闲客坐开襟。借问不流水，何如无念心。彼惟清且浅，此乃寂而深。是义谁能答，明朝问道林”；意亦相似，而涉唇吻，落思维，只是“理语”耳。（547 页）

这一则讲“理趣”和“理语”的分别，常建《破山寺后禅院》：“山光悦鸟性，潭影空人心。”看到山光、潭影，体会到“悦鸟性”“空人心”，即自然界的风光适于鸟类的生活，使人忘掉各种烦恼，这种道理，结合景物来写，写得比较含蓄。只说“悦鸟性”，不说适于鸟类的生活。只说“空人心”，不说使人忘掉各种烦恼。杜甫《江亭》：“水流心不竞，云在意俱迟。”李白的“水与心俱闲”，也都一样。看见水缓缓流，云停着不流走，就产生“心不竞”“意俱迟”的感觉。看到“水”的悠闲，产生悠闲的心意。这都是结合景物来透露一点心情，不讲道理，道理含蓄着不点明，所以是“理趣”。白居易的诗，写了景物，不是透露一点心情，是把道理都讲出来了，讲水的“清且浅”，比心的“寂而深”，把水的“不流”，比心的“无念”，这样一讲，就是“理语”而不是“理趣”了。

（二）

余尝细按沈氏著述①，乃知“理趣”之说，始发于乾隆三年为虞山释律然《息影斋诗钞》所撰序，按《归愚文钞》中未收。略曰：“诗贵有禅理禅趣，不贵有禅语。王右丞诗②：‘行到水穷处，坐看云起时’；‘松风吹解带，山月照弹琴’。韦苏州诗③：‘经声在深竹，高斋空掩扉’；‘水性自云静，石中本无声，如何两相激，雷转空山惊’。柳仪曹诗④：‘寒月上东岭，泠泠疏竹根’，‘山花落幽户，中有忘机客’。皆能悟入上乘。宋人精禅学者，孰如苏子瞻⑤；然赠三朵花云：‘两手欲遮瓶里雀，四条深怕井中蛇’。意尽句中，言外索然矣。”乾隆九年沈作《说诗晬语》⑥，卷下云：“杜诗：‘江山如有待，花柳自无私’；‘水深鱼极乐，林茂鸟知归’；‘水流心不竞，云在意俱迟’。俱入理趣。邵子则云：‘一阳初动处，万物未生时’，以理语成诗矣。王右丞诗不用禅语，时得禅理。东坡则云：‘两手’云云。言外有余味耶。”乾隆二十二年冬选《国朝诗别裁》，《凡例》云：“诗不能离理，然贵有理趣，不贵下理语”云云，分剖明白，语意周匝。乾隆三十六年冬，纪晓岚批点《瀛奎律髓》⑦，卷四十七《释梵类》有卢纶、郑谷两作，纪批皆言：“诗宜参禅味，不宜作禅语”；与沈说同。随园故持别调⑧，适见其未尝以虚心听、公心辩耳。本归愚之例，推而稍广。则张说之之“澄江明月内，应是色成空”；《江中诵经》。太白之“花将色不染，心

---

① 沈氏：清沈德潜，字归愚。有《说诗晬语》《唐诗别裁》等书。

② 王右丞：唐王维，字摩诘。官至尚书右丞。

③ 韦苏州：唐韦应物，曾做苏州刺史。

④ 柳仪曹：宋柳宗元，字子厚。

⑤ 苏子瞻：宋苏轼字。

⑥ 《说诗晬语》：二卷，清沈德潜论诗之作。

⑦ 晓岚：纪昀字。《瀛奎律髓》：四十九卷，元代方回编，选唐宋五七言近体诗加批语。

⑧ 随园：袁枚《随园诗话》卷三：“或曰：‘诗无理语，予谓不然。’”见《谈艺录》222页。钱先生指出袁枚说的“理语”，只是格言，与“理趣”不同。

与水俱闲”；常建之“山光悦鸟性，潭影空人心”；朱湾之“水将空合色，云与我无心。”《九日登青山》。皆有当于理趣之目。而王摩诘之“山河天眼里，世界法身中”；按归愚谓摩诘不用禅语，未确。如《寄胡居士》、《谒操禅师》、《游方丈寺》诸诗皆无当风雅，《愚公谷》三首更落魔道，几类皎然矣。孟浩然之“会理知无我，观空厌有形”；刘中山之“法为因缘立，心从次第修”；一作香山诗。白香山之“言下忘言一时了，梦中说梦两重虚”；顾逋翁之“定中观有漏，言外证无声”；李嘉祐之“禅心起忍辱，梵语问多罗”；卢纶之“空门不易启，初地本无程”；曹松之“有为嫌假佛，无境是真机”；则只是理语而已。（223—224页）

这一则讲“理趣”，“理趣”与“理语”不同。理语是在诗中说理，是抽象的；“理趣”是通过形象来表达含蓄的道理，是趣味的，是诗的。钱先生考证沈德潜讲理趣之说，始于乾隆三年的一篇序文，指出“诗贵有禅理禅趣，不贵有禅语”。即诗贵有理趣，不贵有理语。接下来举出具体例句：王维诗：“行到水穷处，坐看云起时。”这是写诗人的游览，走到水尽疑无路处，可以坐着看云的起时，是写景物，不是说理，但其中含有理，即到走不通时，不必失望悲观，可以静观事物的变化。又：“松风吹解带，山月照弹琴。”即在松风吹、山月照时，不必感到孤独寂寞，正可以解带弹琴，领略幽静的趣味，说明幽静的可喜。又韦应物诗：“经声在深竹，高斋空掩扉。”念经声在深竹，指斋外有竹林，念经时没有人听，只有声在竹林中。高斋空掩扉，没有人来，写出隐居的幽静境界。又：“水性自云静，石中本无声，如何两相激，雷转空山惊。”写山中水石相激作雷声，这里含有两物本是静的，相激会发巨响的道理。柳宗元诗：“寒月上东岭，泠泠疏竹根，石泉远逾响，山鸟时一喧。”这里写月亮，写泉声鸟声，还写山中的幽静的境界。又：“山花落幽户，中有忘机客。”人忘掉机心，才能看到山花飘落到幽静的门上。这些诗句，都从景物中悟出一种道理或情境来，所以是理趣，不是理语，是诗，不是说理。苏轼《三朵花》序称房州有异人，常戴三朵花，郡人因以三朵花名之。诗称：“两手欲遮瓶里雀，四条深怕井中蛇。”王文诰注：“佛经，人身如瓶，神识如雀。”两手欲遮，即欲阻止神识不飞出去，是办不到的。“佛书，人有逃死者，入井，则遇四蛇伤足而不能下。四蛇以喻四时。”这是说，要求神识保持在身内，四时无害，不可能。这两句不是通过景物来寓意，是用佛教的说法来讲的，是理语不是理趣。又引杜甫诗：“江山如有待，花柳自无私。”江山花柳待人去欣赏，指出大自然是无私心的。又：“水深鱼极乐，林茂鸟知归。”说明环境影响的重要。又：“水流心不竞，云在意俱迟。”说明看到水流云在，争竞的心停滞了。都是理趣，是诗。宋代邵雍的诗：“一阳初动处，万物未生时。”冬至一阳生，冬至节一个阳气开始发动处，万物还没有生长的时候。这是理学家在说理，是理语，不是理趣。

袁枚《随园诗话》驳沈德潜诗无理语的说法，卷三：“或曰：诗无理语。予谓不然。《大雅》：‘于缉熙敬止’，‘不闻亦式，不谏亦入’，何尝非理语，何等古妙。”按《诗·大雅·文王》：“穆穆文王，于缉熙敬止。假哉天命，有商孙子。”这是说，美好的文王，啊，光明而尊敬，固守啊天命，抚有商朝的子孙。穆穆，美好。于，叹美辞。缉熙，光明。止，助词。假，固守。“于缉熙敬止”，赞叹文王的光明敬慎，是感叹句，是说明文王的光明敬慎，不是说理。《诗·大雅·思齐》：“不闻亦式，不谏亦入。”指文王不闻善言，也自敬慎；不听见谏劝，也入于道德。这两句说明文王的德行，不是凭空说理。诗写形象，可以叙事，可加说明，以上的话，属于说明部分，不是凭空说理。袁枚这话是不确的。

《瀛奎律髓》卷四十七，卢纶《题云际寺上方》：“空门不易启，初地本无程。”纪昀批：“不好处正在言禅。诗欲有禅味，不欲着禅语。”空门两句指佛门不易开，即出家做和尚不容易。“初地”当指初禅地，指佛家修禅定是没有程限的。这是佛家语，是禅语，好比理语，不是理趣。再像唐代张说：“澄江明月内，应是色成空。”从澄江明月交辉中，感到水月空明，写出一种境界，是理趣。“应是色成空”是对景物的说明，理趣中可以用说明句。李白：“花将色不染，心与水俱闲。”从花的不染色里感到色（指色、声、香、味、触五境）的不染，从水的闲引起心的闲，即从景物中引起感触，是理趣。常建的“山光悦鸟性，潭影空人心”，从山光引起鸟悦，从潭影引起心空，也是借景物来引起感触。朱湾的“水将空合色，云与我无心”，从水空一色，引出云与我都无心的感想，也是借景物来抒感，是理趣。再像王维的“山河天眼里，世界法身中”，天眼指佛家能看到一切人们看不到处。法身指佛家所称佛法所成的身。即山河在天眼里，世界在法身中，即山河世界都在佛法笼罩之中，即讲佛法。孟浩然的“会理知无我，观空厌有形”，从理和空来说，知道无我，讨厌有形，是说理。刘禹锡的“法为因缘立，心从次第修”，是说理。白居易的“言下忘言一时了，梦中说梦两重虚”，是说理。顾况的“定中观有漏，言外证无声”，佛家在禅定中观察有烦恼，言外之音证明是无声的，是说理。李嘉祐的“禅心起忍辱，梵语问多罗”，佛家禅定的心，起于忍辱，佛教的梵语问多罗树叶，即贝叶，写佛经用，即问佛经，也是理语。曹松的“有为嫌假佛，无境是真机”，有所作为，嫌于假借佛事，没有心境才是真的机缘。也是说理。这节用了不少具体例句，说明理趣与理语的不同。

一三　婉曲和理趣解

夫言情写景，贵有余不尽。然所谓有余不尽，如万绿丛中之著点红，作者举一隅而读者以三隅反，见点红而知嫣红姹紫正无限在。其所言者情也，所写者景也，所言之不足，写之不尽，而余味深蕴者，亦情也、景也。试以《三百篇》例之。《车攻》之“萧萧马鸣，悠悠旆旌”，写二小事，而军容之整肃可见；《柏舟》之“心之忧矣，如匪浣衣”，举一家常琐屑，而诗人之身份、性格、境遇，均耐想象；《采薇》之“昔我往矣，杨柳依依。今我来思，雨雪霏霏”，写景而情与之俱，征役之况、岁月之感，胥在言外。盖任何景物，横侧看皆五光十色；任何情怀，反复说皆千头万绪；非笔墨所易详尽。倘铺张描画，徒为元遗山所讥杜陵之“珷玞”而已①。挂一漏万，何如举一反三。道理则不然。散为万殊，聚则一贯；执简以御繁，观博以取约，故妙道可以要言，著语不多，而至理全赅。顾人心道心之危微，天一地一之清宁②，虽是名言，无当诗妙，以其为直说之理，无烘衬而洋溢以出之趣也。理趣作用，亦不出举一反三。然所举者事

---

① 杜陵之“珷玞”：珷玞（wǔ fū），像玉的石块。元好问《论诗三十首》：“排比铺张特一途，藩篱如此亦区区。少陵自有连城璧，争奈微之识珷玞。’元稹（微之）在《唐故工部员外郎杜君墓系铭》里，称赞杜甫诗的排比铺张，元好问认为元稹不识杜甫诗的真正好处，赞美似玉的石块。

② 人心道心之危微：《书（伪古文尚书）·大禹谟》：“人心惟危，道心惟微。”注：“危则难安，微则难明。”天一地一之清宁：《老子》：“天得一以清，地得一以宁。”注：“一，各是一物之生所以为主也，物皆各得此一以成。”

物，所反者道理，寓意视言情写景不同。言情写景，欲说不尽者，如可言外隐涵；理趣则说易尽者，不使篇中显见。徒言情可以成诗；“去去莫复道，沉忧令人老”，是也。专写景亦可成诗：“池塘生春草，园柳变鸣禽”，是也。惟一味说理，则于兴观群怨之旨①，背道而驰，乃不泛说理，而状物态以明理；不空言道，而写器用之载道。拈形而下者，以明形而上；使寥廓无象者，托物以起兴，恍惚无朕者，著述而如见。譬之无极太极，结而为两仪四象②；鸟语花香，而浩荡之春寓焉；眉梢眼角，而芳悱之情传焉。举万殊之一殊，以见一贯之无不贯，所谓理趣者，此也。如心故无相；心而五蕴都空③，一尘不起，尤名相俱断矣。而常建则曰：“潭影空人心”，以有象者之能净，见无相者之本空。在潭影，则当其有，有无之用；在人心，则当其无，有有之相。洵能撮摩虚空者矣。又如道无在而无不在，王维则曰：“行到水穷处，坐看云起时”；以见随遇皆道，触处可悟。道无在者，“莫向虚空里钉橛”是也，见《传灯录》卷十④。道无不在者，“将无佛处来与某甲唾”是也。见《传灯录》卷二十七。道非云水，而云水可以见道，《中庸》不云乎⑤：“诗曰：鸢飞戾天，鱼跃于渊⑥，言道之上下察也”；《传灯录》卷十四载李翱偈，亦曰：“我来问道无余说，云在青天水在瓶。”此理固儒释之所同窥也。(227—228 页)

这一则先讲诗的婉曲格，再讲理趣。所谓婉曲格，言情写景，在情景外有言外之音，即含不尽之意见于言外。如“万绿丛中一点红，闹人春色

---

① 兴观群怨之旨：《论语·阳货》：“诗可以兴，可以观，可以群，可以怨。”《集注》：兴，“感发志意”。观，“考见得失”。群，“和而不流”。怨，“怨而不怒”。

② 无极太极、两仪四象：《周易·系辞上》：“是故易有太极，是生两仪，两仪生四象。”无极是产生太极的，太极是天地未分以前的一团元气，两仪是天地，四象是四时。

③ 五蕴：佛家称色（形相）、受（情欲）、想（意念）、行（行为）、识（心灵）为五蕴。

④ 《传灯录》：宋释道原撰《景德传灯录》的省称，专记禅宗各家语录。

⑤ 《中庸》：《礼记》中的一篇，宋儒把它抽出单行，为《四书》之一。

⑥ 鸢飞戾天，鱼跃于渊：《诗·大雅·旱麓》篇句，注：“言上下察也。”

不须多”。写的是“万绿丛中一点红”，但从这一点红中已经衬出满园春色来了，所以说“见点红而知嫣红姹紫正无限在”。像《诗·小雅·车攻》，写的是马鸣萧萧，旗子悠扬飘荡两件小事，但从中看出军中肃静无喧哗，士兵不乱动，极写军容的整肃。又如《诗·邶风·柏舟》，写心的忧伤，如穿了不洗的污垢衣裳。讲的是一件小事，但诗里写的是一位正妻，正妻有这样感觉，正说明她的身份没有得到尊重，她的性格柔弱受欺，她的处境可悲，即有言外之意。再像《诗·小雅·采薇》，写从前出去参军时，杨柳依依，含有亲人依依不舍的送别的感情。现在归来，大雪纷飞，含有行旅的艰苦，从怀念亲人，到征役的情况，岁月的感慨，都在言外。因为人事是复杂的，所以诗人只选择人事中某些留有印象的事来写，通过这些小事来反映出没有说出的情意，这就构成诗的婉曲格。要是对所经历的事，都加以铺张描绘，在短篇中，不仅没有必要，而且不美了。在长篇中有些铺张描绘，别有作用。如杜甫《北征》，写他在安禄山作乱时，从凤翔回到鄜州的家里，到家时，看到“平生所娇儿，颜色白胜雪。见爷背面啼，垢腻脚不袜。床前两小女，补绽才过膝，海图拆波涛，旧绣移曲折，天吴及紫凤，颠倒在短褐。”当时是闰八月，他的娇儿没有袜穿。他的两个小女，衣裳破裂，用旧的刺绣布剪下来打补钉，弄得绣花布上的天吴水神和紫凤花纹，颠倒在短衣上。这样琐碎地写，是有作用的。他在《自京赴奉先县咏怀五百字》里说：“生常免租税，名不隶征伐。抚迹犹酸辛，平人固骚屑。”他是士大夫，可以免交租税，免去服兵役，还这样穷困，那当时的平民百姓，既要交租税，还要服兵役，他们的极度穷困就可想而知了。在长篇叙事诗中细写琐屑的事，是通过这些描绘，来反映更广阔的生活。就更广阔的生活说，这些琐屑的描绘，还是有言外之意的。

再讲理趣，假如讲人心的危而难安，道心的微而难明，那只是说理，是理语，不是理趣，不成为诗。至于言情的句子，如曹植《杂诗》：“去去莫复道，沉忧令人老。”这是抒情，结合“去去”来说，不是抽象说理，是诗。再像写景，如谢灵运《登池上楼》：“池塘生春草，园柳变鸣禽。”诗人从池塘里生长春草、园柳上鸣禽声的变化中，看到春天的蓬勃生机，这里也有言外之音，是诗。至于写物态来明理，写器用来明道，如常建的“潭影空人心”，以潭水清澄，能照物影，见到有象的潭水的清净，想到无象的人心的清虚，这是通过有象的潭影来说，所以是理趣。王维的“行到水穷处，坐看云起时”，这首诗写《终南别业》，在终南山上。走到水尽头处，无路可走了，那就坐下来休息，可以欣赏云的起来，悟出随遇而安的道理，这是理趣。再像“鸢飞戾天，鱼跃于渊”，写的是鸢飞鱼跃，含有在上面在下面都可以观察。从具体事物中见道，是理趣。唐代李翱作的偈语，从云在青天和水在瓶里可以体会出道理来，即理趣，不是空洞说理。

一四　折柳解

《致酒行》："主父西游困不归，家人折断门前柳"①；王注："攀树而望行人之归，至于断折而犹未得归，以见迟久之意。"尚未中肯，试申论之。古有折柳送行之俗，历世习知。杨升庵《折杨柳》一诗咏此②，圆转浏亮，尤推绝唱，所谓："垂杨垂柳绾芳年，飞絮飞花媚远天。别离河上还江上，抛掷桥边与路边"（杨有仁编《大全集》卷三十③；参观梁元帝《折杨柳》："垂柳复垂杨"，薛能《杨柳枝》第四首④："抛向桥边与路边"）。然玩索六朝及唐人篇什，似尚有折柳寄远之俗。送一人别，只折一次便了；寄远则行役有年，归来无日，必且为一人而累折不已，复非"河上江上"，而是门前庭前。白香山《青门柳》⑤："为近都门多送别，长条折尽减春风"；邵谒《苦别离》⑥："朝看相送人，暮看相送人，若遣折杨柳，此地无树根"；鱼玄机《折杨柳》⑦："朝朝送别泣花钿，折尽春风杨柳烟"；翁绶《折杨柳》⑧："殷勤攀折赠行客，此去江山雨雪多。"此赠别

---

① 《致酒行》：李贺诗。王琦注："《汉书》：'主父偃西入关见卫将军，卫将军数言上（汉武帝），上不省。资用乏，留久，诸侯宾客多厌之。'"长吉引以自喻。

② 杨升庵：杨慎号，明作家。

③ 杨有仁：明人，杨慎第三子。编有《大全集》。

④ 薛能：见《全唐诗》卷五百五十八。

⑤ 白香山：唐白居易号香山居士。有《白居易集》七十一卷。

⑥ 邵谒：见《全唐诗》卷六百零五。

⑦ 鱼玄机：唐女道士，见《全唐诗》卷八百零四。

⑧ 翁绶：见《全唐诗》卷六百。

之折柳也。《乐府诗集》卷二十二《折杨柳》诸篇中①，有如刘邈："高楼十载别，杨柳濯丝枝。摘叶惊开駃，攀条恨久离"；卢照邻："攀折聊将寄，军中书信稀"；韦承庆："万里边城地，三春杨柳节。不忍掷年华，含情寄攀折"；张九龄："纤纤折杨柳，持此寄情人"；李白："攀条折春色，远寄龙庭前"；孟郊："赠远累攀折，柔条安得垂。青春有定节，离别无定时"，又"枝疏缘别苦，曲怨为年多"。太白又有《宣城送刘副使入秦》云②："无令长相思，折断杨柳枝。"此寄远之折柳也。苟以宋诗解唐诗，则陈去非《简斋集》卷八《古别离》言赠别③："千人万人于此别，柳亦能堪几人折"，文与可《丹渊集》卷十九《折杨柳》言寄远④："欲折长条寄远行，想到君边已憔悴。"各明一义，阐发无剩矣。《古诗十九首》之九⑤："庭中有奇树，绿叶发华滋。攀条折其荣，将以遗所思。馨香盈怀袖，路远莫致之。此物何足贡，但感别经时"；虽不言何"树"，而"感别经时"，攀条遗远，与《折杨柳》用意不二。长吉诗正言折荣远遗，非言"攀树远望"。"主父不归"，"家人"折柳频寄，浸致枝髡树秃，犹太白诗之言"长相思"而"折断树枝"，东野诗之言"累攀折"而"柔条不垂"、"年多""别苦"而"枝"为之"疏"。太白、长吉谓杨柳因寄远频而"折断"，香山、邵谒、鱼玄机谓杨柳因赠行多而"折尽"以至断根；文殊而事同。盖送别赠柳，忽已经时，"柳节"重逢，而游子羁旅，怀人怨别，遂复折取寄将，所以速返催归。园中柳折频频寄，堪比唱"陌上花开缓缓归"也。行人归人，先后处境异而即是一身，故送行催归，先后作用异而同为一物，斯又事理之正反相成焉。越使及驿使"寄梅"事⑥，久成诗文

① 《乐府诗集》：一百卷，宋郭茂倩编撰。

② 太白：唐李白字。有《李太白全集》三十六卷。

③ 陈去非：宋陈与义字。有《简斋集》十六卷。

④ 文与可：宋文同字。有《丹渊集》四十卷。

⑤ 《古诗十九首》：见《文选》。

⑥ "寄梅"事：盛弘之《荆州记》："陆凯与范晔相善，自江南寄梅花一枝诣长安与晔，并赠晔诗曰：'折花逢驿使，寄与陇头人。江南无所有，聊赠一枝春。'"见《太平御览》卷九百七十。

典实，聊因长吉诗句，拈“寄柳”古俗，与之当对云。（379—381页）

这一则讲古代的折柳赠别，从李贺《致酒行》里的“折柳”讲起。因钱先生评王琦注“未中肯”，牵涉到对“折柳”的正确理解，所以归入“鉴赏”类。王琦注认为主父偃西游不归，家人折断门前柳，以见迟久不归之意。照王注，把柳枝折断，表示他迟迟不归。这样说不中肯。钱先生指出，古代折柳送行有两种：一种是送别时折柳送行，举明杨慎的《折杨柳》，点明“别离河上还江上，抛掷桥边与路边”。在桥边送别时，折柳送行，行人走时，把柳枝抛掷桥边。在江边送行时，折柳送别，行人上路时，把柳枝抛掷路边。在这里，钱先生不光讲折柳送别，还赞杨慎这首诗，“圆转浏亮，尤为绝唱”。钱先生又讲到梁元帝《折杨柳》：“巫山巫峡长，垂柳复垂杨。同心且同折，故人怀故乡。”这不像送别折柳，是怀念故乡而折柳。同心同折，当是家人在怀念远人，远人在怀念家人，所以称同心同折了。唐薛能《柳枝》：“游人不折还堪恨，抛向桥边与路边。”这跟杨慎的“抛掷桥边与路边”相似，说游人不折，当指游子不折，还是送行的人折的吧。

钱先生又举出折柳送人的例子，有白居易、邵谒、鱼玄机、翁绶四例。又指折柳寄给远人的诗，有刘邈、卢照邻、韦承庆、张九龄、李白、孟郊的诗。又举出宋陈与义、文同两例，各明一义。再归结到李贺诗的折柳遗远。最后以折梅寄远与折柳寄远相对，说明有折柳寄远的事。

一五　想与因的结合解

《石林诗话》：“外祖晁君诚善诗，黄鲁直尝诵其小雨愔愔云云①，爱赏不已。他日得句：马龁枯萁云云，自以为工。以语舅氏无咎曰②：吾诗实发于乃翁前联。余不解风雨翻江之意；一日憩于逆旅，闻旁舍有澎湃鞺鞳之声，如风浪之历船者，起视之，乃马食于槽，水与草龃龉于槽间，而为此声。方悟鲁直之好奇，殆适相遇而得之。”窃谓石板所记，即可尽信，亦未得此诗作意。《山谷内集·六月十七日昼寝》云：“红尘席帽乌靴里，想见沧洲白鸟双。马龁枯萁喧午枕，梦成风雨浪翻江。”天社注曰：“闻马龁草声，遂成此梦也。《楞严》曰：如重睡人，眠熟床枕，其家有人，于彼睡时，捣练舂米；其人梦中闻舂捣声，别作他物，或为击鼓，或为撞钟。此诗略采其意。以言江湖之念深，兼想与因，遂成此梦”云云。真能抉作者之心矣。夫此诗关键，全在第二句；“想见”二字，遥射“梦成”二字。“沧洲”二字，与“风雨”亦正映带。第一句昼寝苦暑，第二句苦暑思凉，第三句思凉闻响，第四句合凑成梦；意根缘此闻尘，遂幻结梦境，天社所谓“兼想与因”也。脉络甚细，与晁氏之仅写耳识者，迥乎不同。诸君不玩全篇，仅知摘句，遂觉二语之险怪突兀耳。（251—252页）

---

① 《石林诗话》：两卷，宋叶梦得撰。晁君诚：宋晁端友字。他的《宿济州西门外旅馆》：“寒林残日欲栖鸟，壁里青灯乍有无。小雨愔愔人不寐，卧听羸马龁残刍。”

② 无咎：晁补之字，宋文人。

参观《管锥编》四八九页论山谷此诗。李义山《柳》：“柳映江潭底有情，望中频遣客心惊。巴雷隐隐千山外，更作章台走马声。”《无题》言“车走雷声”，此篇则言“雷转车声”；巴山羁客，怅念长安游冶，故闻雷而触类兴怀，听作章台走马。义山诗言醒时之想因结合，心能造境也；山谷诗言睡时之想因结合，心能造境也。适堪对照。(568—569 页)

这则讲任渊（天社）作黄庭坚《昼寝》诗注能抉发作者的文心。而叶梦得对这首诗的体会，从马在槽里吃草，水与草与马龁草所发的声音，有如风雨翻江。这样来理解这首诗，只凭耳中听到的来说，就跟这首诗的开头两句无关，没有体会到作者的文心。任渊的注，引《楞严经》解释梦境，提到“想”与“因”。“想”是诗里点明“想见”，这就同开头两句结合。钱先生指出第一句言昼寝苦暑，因此想凉，想到沧洲的凉快，那里有水上的白鸟成双。再讲“因”，因马龁残萁喧午梦，这就造成想与因结合而成梦，造成“梦成风雨浪翻江”。风雨浪翻的声音，从马龁枯萁的因所造成的；就“翻江”的江来说，从“想见”来的。这就是想因结合而成梦了。

李商隐的《柳》诗，也是想因结合。“想”的是“望中频遣客心惊”，从做客到想望长安。“因”是“巴雷隐隐”，由雷声引出“车走雷声”的车声，由车声引出在长安的“章台走马”声。这是醒时的想与因的结合。这样，想与因的结合，既写梦境，又写想象了。

一六　断章取义与破除执著解

禅人活参话头，可用诗句。李邺嗣《杲堂文钞》卷二《慰弘禅师集天竺语诗序》所谓①：“诸释老语录每引唐人诗，单章只句，杂诸杖拂间，俱得参第一义。是则诗之于禅，诚有可投水乳于一盂，奏金石于一堂者也。”窃谓此即春秋时“赋诗断章②”之充类横决耳（参观本书288页又《管锥编》二二四至五页）。西汉人解《诗》亦用斯法，观《韩诗外传》可知③。何良俊《四友斋丛说》卷一谓“读《诗》亦当与读诸经不同。引伸触类，维人所用。韩婴作《诗外传》，正此意也”④；卷二历举《左传》用《诗》诸例，“不必尽依本旨，盖即所谓引伸触类者。”陈兰甫《东塾读书记》卷六引元钱惟善作《外传》序称其书“断章取义，有合孔门商赐言《诗》之旨”⑤；因申论谓《孟子》、《坊记》、《中庸》、《表记》、《缁衣》、《大学》引《诗》者，多似《外传》，“其于《诗》义，洽熟于心，凡读古书，论古人古事，皆与《诗》义相触发”。《汉书·儒林传》记王式以《诗》为“谏书”，《昌邑王贺传》记龚遂以《诗》为“人事浃，王道备”（参观

① 李邺嗣：字杲堂，清人。有《杲堂文钞》六卷，《诗钞》七卷。

② 赋诗断章：《左传·襄公二十八年》：“赋诗断章，余取所求焉。”春秋时在外交场合上念诗句，不管原诗的意思，借用诗句来表达自己的意思。

③ 《韩诗外传》：十卷，汉韩婴撰。

④ 何良俊：明人。有《四友斋丛说》三十八卷。

⑤ 陈兰甫：清陈澧字。有《东塾读书记》二十五卷。

吕诚之文《读史札记》乙帙《汉儒术盛衰下》、《诗无作义》①）。盖触类旁通，无施勿可，初不拘泥于《诗》之本事本旨也。刘辰翁《须溪集》卷六《题刘玉田题杜诗》云②："凡大人语不拘一义，亦其通脱透活自然。观诗各随所得，或与此语本无交涉。"其子将孙序王荆公《唐诗选》（《永乐大典》卷九百七《诗》字下引，四库辑本《养吾集》漏收③），亦云："古人赋《诗》，犹断章见志。固有本语本意若不及此，而触景动怀，别有激发。"后来王船山《诗绎》论"兴观群怨"曰④："作者用一致之思，读者各以其情而自得。人情之游也无涯，而各以其情遇"；常州派说词曰："作者未必然，读者何必不然。"⑤ 皆西汉"外传"、南宗"活句"之支与流裔也。谷隐"药语"之喻⑥，乃释典常谈。《中论·观行品》第十三曰⑦："大圣说空法，为离诸见故。若人于空貌生见者，是人不可化。譬如有病，须服药可治；若药复为病，则不可治。"《大智度论》卷三十一《释初品中十八空》曰⑧："又如服药，药能破病；病已得破，药亦应出。若药不出，则复是病。"《大般涅槃经·如来性品》第四之五曰⑨："如是大乘典，亦名杂毒药；如酥醍醐等，及以诸方蜜，服消则为药，不消则为毒"（参观《管锥编》一三页引古希腊怀疑派语）。其旨即《庄子·庚桑楚》所谓⑩："有不能以有为有，必出乎无有，而无有一无有"；郭象注："若无能为有，

---

① 吕诚之：近人吕思勉字。

② 刘辰翁：宋人。有《须溪集》十卷。

③ 《永乐大典》：明成祖永乐元年令解缙、姚广孝等编辑，全书 22877 卷。经兵火散失，中华书局征集近八百卷，影印出版。现存八百余卷。《养吾斋集》：三十二卷，元刘将孙撰，清臣据《永乐大典》辑出。

④ 王船山：清王夫之，居衡阳之石船山，学者称船山先生。有《诗绎》一卷。

⑤ 常州派词：清嘉庆以后的词派，常州词人张惠言所开创，强调比兴寄托。作者未必然，读者何必不然：见谭献《谭评词辨》。

⑥ 谷隐：即青原第七世，襄州智静大师。"药语"见下文。

⑦ 《中论·观行品》：即《中观论》四卷，龙树菩萨撰，青目菩萨释，姚秦鸠摩罗什译。《观行品》是其中一篇。

⑧ 《大智度论》：龙树菩萨撰，秦罗什译，百卷，是释《大品般若经》者。

⑨ 《大般涅槃经》：即《涅槃经》，分大乘涅槃经、小乘涅槃经两种。

⑩ 《庄子》：三十三篇，战国庄周著，晋郭象注。

何谓无乎。一无有则遂无矣。无者遂无”；王先谦《庄子集解》引宣颖云①：“并无有二字亦无之”（参观《管锥编》四四八页）。又王阳明《传习录》徐爱《序》记②：“门人有私录先生之言者，先生闻之，谓之曰：‘圣贤教人，如医用药，皆因病立方，初无定说，若拘执一方，鲜不杀人矣’”；又《传习录》卷下一友问“静坐时将好名、好色、好货等根逐一搜除”，阳明正色曰：“这是我医人的方子，真是去得人病根。你如不用，且放起，不要作坏我的方子。”皆针砭今语所谓“教条”之病也。（415—417 页）

这一则从读诗讲起，讲到读书。先讲佛家禅宗活参话头，可用诗句。如《坛经·行由品》称神秀把佛教的基本精神归纳为四句偈：“身是菩提树，心如明镜台。时时勤拂拭，勿使惹尘埃。”用文学比喻的语言说明佛教的宗教修养。又称惠能提出顿悟主张：“菩提本非树，明镜亦非台。本来无一物，何处惹尘埃。”反对神秀提出渐修的方法，认为人人都有佛性，不用渐修，可以顿悟。像这样用文学语言来讲佛法，要求领悟，不要求研究运用文学语言的比喻手法。这就是禅宗的活参话头。禅宗还可以引诗参禅，如《谈艺录》288 页称：“窃观禅人接引话头，每取诗人名句为之。《五灯会元》卷二十袁觉至谓客曰：东坡云：‘我持此石归，袖中有东海。’山谷云：‘惠崇烟雨芦雁，坐我潇湘洞庭；欲唤扁舟归去，傍人谓是丹青。’此禅髓也。”这是用诗句来参禅，诗句说此石中有东海，借来说明此物中有佛性。把惠崇的画看作真的潇湘水和洞庭湖，实际上非真。借来比佛家讲的真实和虚妄的关系。这就是春秋时“赋诗断章”的发展。“赋诗断章”是借诗句来抒发我的情意，不顾诗的原意。用诗句参禅，是借诗句来讲佛教的道理，也不顾诗的原意。参观《谈艺录》288 页，即上引《五灯会元》中语。又参观《管锥编》224—225 页：“盖‘断章’乃古人惯为之事，经籍中习见，皆假借古之‘章句’以道今之‘情物’，同作者之运

① 王先谦：清学者。有《庄子集解》八卷。宣颖：注《庄子》者。

② 王阳明：王守仁，字伯安，学者称阳明先生，明代理学家。有《传习录》三卷。

化；初非征援古语以证明今论，如学者之考信。”又：“卢文弨《抱经堂文集》卷三《校本〈韩诗外传〉序》称‘《诗》无定形，读《诗》亦无定解’，援引‘各有取义，而不必尽符乎本旨’。”这里讲韩婴作《韩诗外传》也是“断章取义”，不符合《诗》的原意的。又引陈澧《东塾读书记》引钱惟善序，称“孔门商、赐言《诗》之旨”。《论语·八佾》：“子夏问曰：‘巧笑倩兮，美目盼兮，素以为绚兮，何谓也？’子曰：‘绘事后素。’曰：‘礼后乎？’子曰：‘起予者商也，始可与言诗已矣。’”商是子夏的名字。子夏引三个诗句来问孔子，孔子讲绘画的事后于白底子。子夏问，礼是后起的吗？孔子和子夏都不讲诗句的原意，另外引到礼是后起上去。《论语·学而》：“子贡曰：‘贫而无谄，富而无骄，何如？’子曰：‘可也。未若贫而乐，富而好礼者也。’子贡曰：‘《诗》云：如切如磋，如琢如磨，其斯之谓与？’子曰：‘赐也，始可与言《诗》已矣，告诸往而知来者。’”赐是子贡的名字。子贡和孔子问答，引了《诗·卫风·淇澳》中两句话，说明好礼更重要。《诗经》中的这两句话，说明治理玉石的，要精益求精。子贡抛开原诗的意义，引出好礼更重要，也是另讲一意。这是说明孔门就是这样讲诗的。因论到《孟子》的引《诗》、《礼记》中《坊记》《中庸》《表记》《缁衣》《大学》中的引《诗》，也像《韩诗外传》，不顾诗的原意，另外加上新意。《汉书·儒林传》称王式以《诗经》当谏书，即不以《诗经》为文学书，用作政治书，也是不顾《诗经》的原意，从政治角度来立论。又《武五子传·昌邑王贺传》记龚遂说：“大王诵《诗》三百五篇，人事浃，王道备。”不把《诗经》当作文学书，当作论人事和王道的书，也是另立角度来讲诗的。刘辰翁讲“观诗各随所得”，各人各有所见，不管诗的原意。清王夫之讲“兴、观、群、怨”说：“作者用一致之思，读者各以其情而自得。故《关雎》，兴也，康王晏朝，而即为冰鉴。‘讦谟定命，远猷辰告。’观也，谢安欣赏而增其遐心。人情之游也无涯，而各以其情遇；斯所贵于有诗。”这是说，作者写诗要表达一致的思想感情，读者读诗，各人各用他们的思想感情来有所感受。所以《关雎》是用“关关雎鸠”来起兴，借雎鸠的和鸣来引起君子想以淑女为配偶，这是诗人一致的想法。但是鲁诗说：周康王一朝晏起，夫人不鸣璜，宫门不击柝，《关雎》之人，见几而作。（王先谦《诗三家义集疏》）这是说，《关雎》讲后妃之德，周康王起得晚了，夫人就要警戒他，诗人就作《关雎》来作为鉴戒。其实这个意思，诗里没有，是鲁诗说加上去的。再像《诗·大雅·抑》："讦谟定命，远犹辰告。"是说大臣的谋划决定命令，按时通告各地，指正月向各地颁布政令。《世说新语·文学》称："谢公（安）曰：'讦谟定命，远猷辰告。'谓此句'偏有雅人深致'。"按这两句本指大臣发布政令说的，谢安根据自己体验，把它说成"雅人深致"。常州派讲词，说："作者未必然，读者何必不然。"即形象大于思维，作者写诗用的形象是表达作者的情思。但诗的形象大于作者的情思，读者可以从诗的形象中体会到作者没有的情思。

钱先生又提出谷隐"药语"之喻。比如服药是为了治病，病治愈了，服的药也应消除，倘药留在体内，即起副作用，又成为病了。就像奶油及蜜，吃下去身体吸收了就好，不吸收成病，就成了毒了。佛家讲"色即是空"，就是要破除认为所见诸色为实，即破除执著。要是有人执著了空，那也是一种执著，也要破除，不破除不行。参考《管锥编》13页："古之哲人有鉴于词之足以害意也，或乃以言破言，即用文字消除文字之执，每下一语，辄反其语以破之。""古希腊怀疑派亦谓反言破正，还复自破，譬如泻药，腹中物除，药亦泄尽。"

钱先生又引《庄子·庚桑楚》中的话，"有"是从哪里来的呢？不能说从"有"那里来，而是从"无"来。倘"无"能够产生"有"，那怎么叫"无"呢？即不但要破"有"，也要破"无"，连"无有"二字也要破除。王守仁《传习录》的徐爱《序》"门人有记下先生的话的"，先生的话是针对学生的毛病说的。离开了学生的毛病，先生的话就不能执著，也要破除。这里讲的破除执著，即反对教条。执著某一种话就要成为教条，就得破除。

一七　论言为心声

至遗山《论诗绝句》云："心画心声总失真，文章宁复见为人。高情千古《闲居赋》，争识安仁拜路尘"；则视此又进一解。匪特纪载之出他人手者，不足尽据；即词章宜若自肺肝中流出，写心言志，一本诸己，顾亦未必见真相而征人品。吴处厚《青箱杂记》卷八云[①]："文章纯古，不害为邪。文章艳丽，不害为正。世或见人文章铺张仁义道德，便谓之君子，及花草月露，便谓之邪人，兹亦不尽也。"因举宋广平、张乖崖、韩魏公、司马温公所作侧艳词赋为证[②]。魏叔子《日录》卷二《杂说》卷二谓[③]：文章"自魏晋迄于今，不与世运递降。古人能事已备，有格可肖，有法可学，忠孝仁义有其文，智能勇功有其文。日夕揣摩，大奸能为大忠之文，至拙能袭至巧之语。虽孟子知言，亦不能以文章观人。"此二者则与遗山诗相发明。吴氏谓正人能作邪文，魏氏及遗山皆谓邪人能作正文。世有爱《咏怀堂诗》者[④]，剌取南雷《汰存录》所谓"不幸存录"[⑤]，为阮圆海洗雪[⑥]，盖未闻此等议论也。固不宜因人而斥其文，亦只可因文而惜其人，

---

① 吴处厚：宋人。有《青箱杂记》十卷。

② 宋广平：宋璟，封广平郡公，为唐贤相。张乖崖：张咏号，为宋名臣。韩魏公：韩琦，封魏国公，宋大臣。司马温公：司马光，赠温国公，宋大臣。

③ 魏叔子：清魏禧字。有《日录》三卷。

④ 《咏怀堂诗》：明阮大铖。有《咏怀堂诗集》四卷。

⑤ 南雷：明黄宗羲，学者称南雷先生。

⑥ 圆海：阮大铖字。

何须固执有言者必有德乎。严介溪《生日》诗云①：“晚节冰霜恒自保”，爱《钤山堂集》者，亦可据此以辩分宜门如市而心如水耶②。（161 页）

这一则论元好问《论诗》中的“心画心声”一首。《扬子法言·问神》：“故言，心声也；书，心画也。声画形，君子小人见矣。”扬雄认为言语是心的声音，书辞是心情的表现，有了言语或书辞，这个人是君子或是小人就现出来了。这是说，一个人的言语或文辞表达他的真实心情。元好问不同意这个看法，认为“心画心声总失真，文章宁复见为人”。文章哪能看出为人是君子或是小人。“高情千古《闲居赋》，争识安仁拜路尘。”潘岳，字安仁，他谄媚贾谧，等贾谧的车出来，他望见车尘就拜倒在地。这样谄媚大官的人，却写了《闲居赋》，元好问认为他在这篇赋里，表达了高情千古，好像极其高尚，与他的行为相反，说明从文章里看不出一个人来。因此他提出“心画心声总失真”，是反对扬雄的说法的。

那么扬雄的话究竟是什么意思呢？扬雄又说：“言不能达其心，书不能达其言，难矣哉！惟圣人得言之解，得书之体，白日以照之，江河以涤之，灏灏乎其莫之御也。”他认为对于不了解作者的人说来，作者的言和书中的用意，他可能不理解。对于了解作者的人说来，懂得作者的言和书中的用意，像太阳照耀般明白，像江河洗涤那样干净，没有比它更明白了。对于了解作者的人，他听了作者的言语，看了作者的文辞，他会从作者的言语和文辞中了解作者的心情。作者说了真话，他知道这是真话，还知道他说真话时的心情。作者说了假话，他也知道作者是在说假话，也知道作者为什么要说假话的心情。因此说：“声画者君子小人之所以动情乎？”对于了解作者的人说来，对作者的话或文辞，会从中看到作者的“动情”，感触到作者的心情，所以能分清作者说的是真话或假话，能感触到作者说真话或假话时的心情，所以“声画形，君子小人见矣”。因此，君子的言和书，是真实地表达君子的心和动情，小人的言和书，是真实地

① 严介溪：明严嵩号。有《钤山堂集》三十五卷。
② 分宜：嵩，分宜人。

表达小人的心和动情，听的人都能知道，并不失真。元好问说“心画心声总失真”，这是对扬雄的话的误解。假使扬雄来读《闲居赋》，就会看出潘岳是热中做官的人，并没有什么“高情千古”了。

再看潘岳《闲居赋》：“岳尝读《汲黯传》，至司马安四至九卿，而良史书之，题以巧宦之目，未尝不慨然废书而叹，曰：‘嗟乎！巧诚有之，拙亦宜然。’”这是说司马安巧于做官，四次做到九卿。自己拙于做官，所以“迁者三而已矣”，三次升官而已，终于除名。从这里看，潘岳感叹自己拙于做官，羡慕司马安巧于做官，并没有什么“高情”。他又说：“昔通人和长舆（峤）之论余也，因谓拙于用多。”认为和峤说他多才，但拙于用他的多才，这也说明他叹自己多才而不得大官。他又说：“虽吾颜之云厚，犹内愧于宁蘧。有道吾不仕，无道吾不愚，何巧智之不足，而拙艰之有余也。”这是说，宁武子、蘧伯玉，邦有道则仕，邦无道则退。他跟他们不一样，所以自愧脸皮厚，所以感叹自己不会巧于做官，只是拙于做官。可见他叹自己不会巧于做官，对于前贤感到自己脸皮厚。看他这样的自白，显出他热中于做官，并没有什么“高情千古”了。

从另一角度看，元好问的话也有道理。即词章不一定能见真相而征人品。文章质朴的并不妨碍他为坏人，文章艳丽的并不影响他为正人。如宋璟是正人，他做的《梅花赋》：“若夫琼英缀雪，绛萼着霜，俨如傅粉，是谓何郎。清香潜袭，疏蕊暗臭，又如窃香，是谓韩寿。”这里用三国时的何晏面如傅粉来比梅花的白，用晋代韩寿的偷香来比梅花的香。这是用男子来比花，比较突出，写得艳丽，并不妨碍他是正人。再像韩琦的《点绛唇》：“病起恹恹，画堂花谢添憔悴。乱红飘砌，滴尽胭脂泪。”写的是闺秀词。司马光的《西江月》：“宝髻松松挽就，铅华淡淡妆成。青烟翠雾罩轻盈，飞絮游丝无定。相见争如不见，有情何似无情。笙歌散后酒初醒，深院月斜人静。”写的是艳情词。再像张咏的《劝酒惜别》：“春日迟迟辗碧空，绿杨红杏描春色。人生年少不再来，莫把青春枉抛掷。”写的是追欢作乐。但并不妨碍他们都是正人。

钱先生又指出邪人能作正文。像明阮大铖阿附魏忠贤，是奸党，可是他的《咏怀堂诗集》，有摹仿陶渊明的《园居诗》，自比正人。像明朝的奸相严嵩，陷害正人，可是他的《钤山堂集》，却自称“晚节冰霜”，说了假话。按照扬雄的说法看，从他的“晚节冰霜恒自保”里，既可以看出他说了假话，可也从这句假话里看出他想借这假话来掩饰他的作恶多端，从而达到美化自己的私心。

一八　论“观物不切，体物不亲”

张文成《游仙窟》描摹生动①，不顾时逐事迁，徒知景物之铺陈，浑忘景光之流转，于是有声有色，而不类不伦。深宵开宴，睹梁间燕子双飞，黑夜涉园，见“杂果万株，含青吐绿；丛花四照，散紫翻红。”元曲如郑德辉《㑳梅香》第二折樊素唱②：“趁此好天良夜，踏苍苔月明。看了这桃红柳绿，是好春光也呵。花共柳，笑相迎，风和月，更多情。酝酿出嫩绿娇红，淡白深青。”郑氏如盲人之以耳为目，遂致樊素如女鬼之俾夜作昼也。学者斤斤于小说院本之时代讹错（参观《管锥编》一二九六至一三〇四页），窃谓此特记诵失检耳，尚属词章中癣疥之疾。观物不切，体物不亲，其患在心腹者乎。（396 页）

这一则讲作品中“观物不切，体物不亲”的毛病。张鷟的《游仙窟》是唐人传奇，在中国失传而保存在日本，后来又从日本传入。写路过神仙窟，受女主人十娘五嫂款待的故事。其中“描摹生动”，如写十娘：“天上无双，人间有一。依依弱柳，束作腰支；焰焰横波，翻成眼尾。才舒两颊，孰疑地上无华；乍出双眉，渐觉天边失月。”这里用弱柳比腰，横波比眼尾。不仅用比喻，还比优劣，颊比花，说“地上无花”，即无花可比颊，颊胜花。用眉比新月，说“天边失月”，即眉胜新月，所以“失月”。

① 张文成：唐张鷟字。有《游仙窟》小说。
② 郑德辉：元郑光祖字。有《㑳梅香翰林风月》杂剧。

这些即“描摹”生动。小说写张郎初见十娘时，向十娘借宿，进入门内，“于时夜久更深，沉吟不睡”，这里已写明夜深了。后面却写：“五嫂曰：‘张郎新到，无可散情，且游后园，暂适怀抱。’其时园内，杂果万株，含青吐绿，丛花四照，散紫翻红。”“其时，园中忽有一雉，下官命弓箭射之，应弦而倒。”先写入门已经深夜，经过饮宴后再游后园，没有过夜，忽又变成白天，这就是“节目粗疏”的一例。钱先生因称为“徒知景物之铺陈，浑忘景光之流转”。

钱先生又指出郑光祖《㑇梅香翰林风月》，写丫头樊素教小姐夜游花园，看到桃红柳绿。所以钱先生称“郑氏如盲人之以耳为目，遂致樊素如女鬼之俾夜作昼”。郑氏指小姐，听丫头唱，所以是以耳为目，樊素在夜中能看见景物，所以是“如女鬼”了。不过《㑇梅香》还比较好些，因为那夜有月，所以还可看到一些，只是不可能像剧中写的那样色彩鲜明。《游仙窟》写深夜游园。“余乃咏花曰：‘风吹遍树紫，日照满池丹。’”不写月明，却写“日照”，与前写夜深相矛盾了。

钱先生又提出“小说院本之时代讹错”。王骥德《曲律》卷三《杂论》上：“元人作剧，曲中用事，每不拘时代先后。马东篱《三醉岳阳楼》赋吕纯阳事也，《寄生草》曲用佛印待东坡，魏野逢潘阆，唐人用宋事”；徐复祚《三家村老委谈》：“《琵琶记》使事大有谬处。《叨叨令》云：‘好一似小秦王三跳涧’，《鲍老催》云：‘画堂中富贵如金谷’；不应伯喈时，已有唐文皇、石季伦也！”马致远的《三醉岳阳楼》是写唐朝人吕洞宾的事，但在这个剧本里写了宋朝人佛印和苏东坡、魏野和潘阆的事，这是时代错乱。高则诚写的《琵琶记》是写汉朝蔡伯喈的事，里面写了唐朝的小秦王，晋朝的金谷国，这也是时代错误。但是戏剧小说跟历史不同，这样的时代错误，好比宋朝人佛印和苏东坡假定生在吕洞宾时代应该怎样表现，这是癣疥之疾，不算大毛病。至于“观物不切，体物不亲”，那就不符写作的要求，成为“腹心之疾”了。

这里又提到参观《管锥编》1296—1304页，即指文章中的时代错乱。如谢庄《月赋》：“陈王初丧应、刘，端忧多暇。……抽毫进牍，以命仲宣。”按曹植初封陈王时，王粲（仲宣）早与应玚、刘桢同岁俱殁矣，所以曹植不可能命王粲作赋，这是时代错乱。钱先生认为“词章凭空，异乎文献征信，未宜刻舟求剑”。即认为这样的假托是可以的。“即就此赋而论，王粲之年寿不必与事实相符，而王粲之词旨不可不与身分相称。”这篇赋写王粲说：“委照而吴业昌，沦精而汉道融。”王粲是魏臣，曹植是魏的藩王。王粲“对大魏之藩王，谀敌国之故君，且以三分之吴与一统之汉并举而颂祷其业盛道光。罔识忌讳，至于此极，难乎其为文学侍从之臣矣”。王粲是魏的文学侍从之臣，说话不应失去身份。钱先生认为词章不妨假托，所以有的时代错乱还不必计较。但作品中人的说话，不可不与他的身份相称。在这里，钱先生认为小说院本的时代错乱还是小毛病，观物不切，体物不真才是大毛病。

一九　论诗词的寄托说

常州词派主“寄托”①，儿孙渐背初祖。宋于庭言称张皋文②，实失皋文本旨。皋文《词选》自《序》曰：“义有幽隐，并为指发”；观其所“指发”者，或揣度作者本心，或附会作词本事，不出汉以来相承说《诗》、《骚》“比兴”之法。如王叔师《离骚经序》所谓③：“善鸟香草，以配忠贞，飘风云霓，以为小人”云云，或《诗·小序》以《汉广》为美周文王④，《雄雉》为刺卫宣公等等。亦犹白香山《与元九书》所谓⑤：“噫，风雪花草之物，《三百篇》岂舍之乎。假风以刺威虐也，因雪以愍征役也，感华以讽兄弟也，美草以乐有子也。皆兴发于此而义归于彼。”皆以为诗“义”虽“在言外”、在“彼”不在“此”，然终可推论而得确解。其事大类西方心析学判梦境为“显见之情事”与“幽蕴之情事”⑥，圆梦者据显以知幽。“在此”之“言”犹“显见梦事”，“在彼”之“义”犹“幽隐梦事”，而说诗几如圆梦焉。《春秋繁露·精英》曰⑦：“诗无达诂”，

① 常州词派：清常州人张惠言字皋文，开创常州词派，主张词有寄托。

② 宋于庭：清宋翔凤字，常州人。

③ 王叔师：汉王逸字。有《楚辞章句》十七卷。

④ 《诗·小序》：《毛诗》每首诗前的小序，见《毛诗正义》四十卷。

⑤ 白香山：唐白居易号香山居士。元九：元稹排行第九。

⑥ 指现代奥地利精神分析学家弗洛伊德（Freud）对梦的研究，有专著，中文译本作《梦的解析》。

⑦ 《春秋繁露》：十七卷，汉董仲舒撰。

《说苑·奉使》引《传》曰①："诗无通故"；实兼涵两意，畅通一也，变通二也。诗之"义"不显露，故非到眼即晓、出指能拈；顾诗之义亦不游移，故非随人异解、逐事更端。诗"故"非一见便能豁露畅"通"，必索乎隐；复非各说均可迁就变"通"，必主于一。既通正解，余解杜绝。如皋文《词选》解欧阳永叔《蝶恋花》为影射朝士争讧②，解姜尧章《疏影》为影射靖康之变③，即谓柳絮、梨花、梅花乃词所言"显见情事"，而范希文、韩稚圭、徽钦二帝本事则词所寓"幽蕴情事"④，是为词"义"所在。西方"托寓"释诗，洞"言外"以究"意内"，手眼大同（参观第232页《补订》一），近人嘲曰⑤："此举何异食蘋婆者⑥，不嗜其果脯而咀嚼其果中核乎。"闻皋文之风而起者，充极加厉，自在解脱。周止庵济《介存斋论词杂著》第七则曰⑦："初学词求有寄托，有寄托则表里相宣，斐然成章。既成格调，求无寄托，无寄托则指事类情，仁者见仁，知者见知"；《宋四家词选目录序论》又曰⑧："非寄托不入，专寄托不出。意感偶生，假类毕达。万感横集，五中无主。"谭仲修献《复堂词话》（徐仲可珂辑）第四十三、四十六、八十六则反复称引止庵此说⑨，第二十四则曰："所谓作者未必然，读者何必不然"；《复堂词录序》又曰⑩："侧出其言，傍通其情，触类以感，充类以尽。甚且作者之用心未必然，而读者之用心未必不然。"宋于庭《论词绝句》第一首得二家语而含意毕申矣⑪。盖谓

---

① 《说苑》：二十卷，汉刘向撰。

② 《词选》：二卷，清张惠言选。欧阳永叔：宋欧阳修字。

③ 姜尧章：宋姜夔字。靖康之变：宋钦宗靖康二年（1127），金虏宋徽宗、钦宗北去，北宋亡。

④ 范希文、韩稚圭：宋范仲淹、韩琦字。徽钦二帝：北宋最后二帝宋徽宗、宋钦宗。

⑤ 近人：指二十世纪上半叶英国讽刺小说家奥威尔（G. Orwoll）。

⑥ 蘋婆：果名，别称凤眼果。

⑦ 周止庵：清周济字介存，号止庵。有《介存斋论词杂著》一卷。

⑧ 《宋四家词选》：无卷数，清周济选。

⑨ 谭仲修：清谭献字。有《谭仲修先生复堂词话》一卷。徐仲可：清徐珂字。

⑩ 《复堂词录》：六卷，清谭献撰。

⑪ 宋于庭：清宋翔凤字。有《忆山堂诗录》八卷。

"义"不显露而亦可游移，"诂"不"通""达"而亦无定准，如舍利珠之随人见色[1]，如庐山之"横看成岭侧成峰[2]"。皋文缵汉代"香草美人[3]"之绪，而宋、周、谭三氏实衍先秦"赋诗断章"之法（参观《管锥编》二二四至五页）[4]，犹禅人之"参活句"，亦即刘须溪父子所提撕也（参观第100页《补订》二）[5]。诺瓦利斯尝言[6]："书中缓急轻重处，悉凭读者之意而定。读者于书，随心施为。所谓公认准确之读法，初无其事。读书乃自由操业。无人能命我当何所读或如何读也。"瓦勒利现身说法[7]，曰："诗中章句并无正解真旨。作者本人亦无权定夺"；又曰："吾诗中之意，惟人所寓。吾所寓意，只为我设，他人异解，并行不倍"。足相比勘。其于当世西方显学所谓"接受美学[8]"，"读者与作者眼界溶化"、"拆散结构主义"，亦如椎轮之于大辂焉。吴冲之省钦《白华前稿》卷十二《勉斋诗序》云[9]："诗者、学之一端。有所言在此，所感在彼，如《晨风》之悟

---

① 舍利珠：佛骨，相传佛圆寂后焚化，骨成为舍利珠，击之不坏，焚亦不焦，有光明神验，随人见色。

② 横看成岭侧成峰：见苏轼《题西林壁》。

③ 香草美人：汉王逸《离骚经章句》："故善鸟香草，以配忠贞"，"灵修美人，以媲于君"。

④ 宋、周、谭三氏：清宋翔凤、周济、谭献。赋诗断章：《左传》襄公二十八年："（卢蒲癸）曰：'赋诗断章，余取所求焉。'"春秋时外交场上，各国外交官为了外交上的需要都唱诗，节取诗的一章来表达己意，不顾诗的原意。

⑤ 刘须溪：宋末刘辰翁字。有《须溪集》十卷。子尚友，亦能文。

⑥ 诺瓦利斯（Novalis）：十八世纪德国哲学家。

⑦ 瓦勒利（Valéry）：现代法国诗人。

⑧ 接受美学：二十世纪六十年代以来西方文学研究中一种新兴的方法论。首先由西德汉斯·罗伯特·尧斯提出论争，见一九六七年他发表的《文学史作为文学科学的挑战》一文。其核心是主张从作品的接受者前景去研究美学问题。

⑨ 吴冲之：清吴省钦字。有《白华前稿》六十卷。

慈父①，《鹿鸣》之感兄弟同食也②。所言在此，反若不必在此，则镜花水月、与夫羚羊挂角之喻也。古之诗人，原本性情，读者各为感触，其理在可解不可解之间。”意亦“无寄托”之“诗无通故达诂”，而取禅语为“喻”也。窃谓倘“有寄托”之“诗无通故达诂”，可取譬于蘋果之有核，则“无寄托”之“诗无通故达诂”，不妨喻为洋葱之无心矣（参观第285页《补订》一）。(609—611页)

这一则谈诗词的“寄托”说，从常州词派谈起，说“儿孙渐背初祖”。初祖指常州词派的开创者张惠言，儿孙指后来的继承者宋翔凤等人。说宋翔凤讲的，违背张惠言的本旨。张惠言在《词选》的《序》里讲：“义有幽隐，并为指发。”作品的意义不点明，可加以指明。指明的有的是根据作者的本意，作者不说明的加以说明；有的是附会作词的本事，作者对某一事而发，引用这件事来阐发，离不开汉人讲《诗经》《楚辞》的“比兴”手法。像汉人王逸在《离骚经序》里讲的，屈原《离骚》里讲的“善鸟”“香草”，是用来比喻忠贞的人；《离骚》里讲的“飘风”“云霓”，是用来比喻小人。这就是说明作者没有点明的本意。再像《诗·周南·汉广》的《小序》：“《汉广》：德广所及也。文王之道被于南国，美化行乎江汉之域，无思犯礼，求而不可得也。”是赞美周文王德教的诗。《诗·卫风·雄雉》的《小序》：“《雄雉》：刺卫宣公也。淫乱不恤国事，军旅数起，大夫久役，男女怨旷，国人患之而作是诗。”这两首诗的《小序》，是结合赞美周文王、讽刺卫宣公的本事来说的。

再如白居易《与元九书》里讲的：“风雪花草之物，《三百篇》岂舍之乎？顾所用何如耳。设如‘北风其凉’，假风以刺威虐也；‘雨雪霏霏’，因雪以愍征役也；‘棠棣之华’，感华以讽兄弟也；‘采采芣苢’，美草以乐

---

① 《晨风》之悟慈父：王先谦《诗三家义集疏》称《诗·秦风·晨风》：“《韩诗外传》：赵仓唐对（魏）文侯言：中山君击（魏文侯子）好《晨风》，诵‘忘我实多’以感文侯，文侯大悦。”

② 《鹿鸣》之感兄弟同食：《诗三家义集疏》：“《易林》用《齐诗》，其《升之乾》云：‘白鹿呦呜，呼其老少。喜彼茂草，乐我君子。’”这里的老少，当包括兄弟在内。

有子也。皆兴发于此而义归于彼。”这里讲《诗经》中讲的风雪花草都有用意，如《诗·邶风·北风》：“北风其凉。”孔颖达《正义》：“寒凉之风，病害万物。兴者，喻君政酷暴，使民散乱。”借风来讽刺君政酷暴。又《诗·小雅·采薇》：“雨雪霏霏。”雪下得大，写战士冒雪归来的辛苦。又《诗·小雅·棠棣》：“棠棣之华。”指郁李的花茂盛，比喻兄弟的亲和。又《诗·周南·芣苢（音浮以，车前子，治妇人不孕）》：“采采芣苢。”是为了乐有子女。都是借风雪花草来起兴，而另有含义。然而它们的含义到底是可以推求的。这像心析学，即精神分析学分梦境为“显见之情事”，如风雪花草是显见之物；又为“幽蕴之情事”，如借风以刺威虐，因雪以愍征役，感华以悦兄弟，美草以乐有子。刺威虐、愍征役、悦兄弟、乐有子，是幽隐之情事，诗里不说出来，但可以探求。钱先生再引“诗无达诂”“诗无通诂”的说法，这里含有二义：一是诗意不是畅通的，即诗义不显露，一定要从幽隐中加以探索。一是诗义不游移，不是不同的各种说法都可以迁就变通。已经确立了一个正解，别的解释都要杜绝。

像张惠言《词选》解释欧阳修《蝶恋花》：“庭院深深深几许，杨柳堆烟，帘幕无重数。玉勒雕鞍游冶处，楼高不见章台路。　雨横风狂三月暮，门掩黄昏，无计留春住。泪眼问花花不语，乱红飞过秋千去。”张惠言评：“‘庭院深深’，‘闺中既以邃远兮’。‘楼高不见’，‘哲王又不寤’也。章台游冶，小人之径。‘雨横风狂’，政令暴急也。乱红飞去，斥逐者非一人而已，殆为韩（琦）范（仲淹）作乎?”张惠言的解释，把这首词比作屈原的《离骚》，把“庭院深深”，比作《离骚》中的“闺中既以邃远兮”，说楚怀王在宫中隔得很远，见不到。“楼高不见”，比作《离骚》中的“哲王又不寤”，说楚怀王又不醒悟。乱红飞去，大概因为韩琦、范仲淹被排斥而作的吧。照这个解释，那么讲庭院、杨柳、帘幕、风雨、乱红，是显见的事物，讲哲王不寤，政令暴急，斥逐者非一人，是幽蕴情事。再像姜夔《疏影》：“苔枝缀玉，有翠禽小小，枝上同宿。客里相逢，篱角黄昏，无言自倚修竹。昭君不惯胡沙远，但暗忆江南江北。想佩环月下归来，化作此花幽独。　犹记深宫旧事，那人正睡里，飞近蛾绿。莫似春风，不管盈盈，早与安排金屋。还教一片随波去，又却怨玉龙哀曲。

等恁时重觅幽香，已入小窗横幅。”张惠言评：“此章更以二帝之愤发之，故有昭君之句。”这首词，写梅花的“苔枝缀玉”，写“翠禽”“修竹”“一片随波去”，是显见情事，写徽钦二帝的忧愤，是幽蕴情事。对张惠言解释这两首词，有不同意见。王国维《人间词话》说：“固哉，皋文之为词也！飞卿（温庭筠）《菩萨蛮》、永叔（欧阳修）《蝶恋花》、子瞻（苏轼）《卜算子》，皆兴到之作，有何命意？皆被皋文深文罗织。”对欧阳修《蝶恋花》，夏承焘《唐宋词选》解释道：“这词写妇女的痛苦。她被关在深深庭院里。她的丈夫却玉勒雕鞍在外游荡。她登上高楼，也望不见他。感叹青春消逝。泪眼问花，是无人可诉；花不能语，不得花的同情；乱红飞，花也凋谢了；花被吹过秋千去，秋千是她和丈夫旧时嬉戏之处，触动愁恨，不堪回首。”对姜夔《疏影》，文研所编的《唐宋词选》说：“上片把梅花暗比被遗弃的美人，不为汉宫所重，终致客死异域的王昭君。下片怨春风无情，把梅花吹落，等人们重见幽香，为时已久。大概借咏梅来感伤自己身世，觉得自己未受到朝廷的赏识和重用，为此抱屈。”经过这样解释，张惠言说的“为韩范作乎”，“更以二帝之愤发之”，就都不可靠了，作者并无那种用意。这也说明“诗无达诂”了。

钱先生认为假定张惠言的解释可以成立，通过“为韩范作”和“二帝之愤发”来理解这两首词，好比吃苹果不好果脯而嚼果核，说明钱先生对这样解释并不赞赏。钱先生又指出周济的解释更进一步，称“无寄托”则“仁者见仁，智者见智”，不同的读者可以提出不同解释。谭献提出“作者未必然，读者何必不然”。即作者没有的意思，读者也可以用自己的意思来加以解释。这样，张皋文的解释还是想根据比兴说来解释，宋、周、谭三人的解释像“赋诗断章”，可以不顾原作者是什么意思，读者认为它有什么意思就可以作什么解释。所以钱先生说，“常州词派主‘寄托’，儿孙渐背初祖”了。钱先生在《管锥编》224—225 页讲引诗有两种：一种是“赋诗断章”，不顾诗的原意。如《中庸》引《大雅·旱麓》：“鸢飞戾（至）天，鱼跃于渊。岂（恺）弟君子，遐（何）不作人。”指鸢飞到天，鱼跃出渊，君子何不培养人，指君子一定培养人。《中庸》：“《诗》云：‘鸢飞戾天，鱼跃于渊’，言其上下察也。”指鸢飞在上，鱼跃在下，上下都要考察。这样引诗，和诗的原意不同，是一种。再像《诗·小雅·大田》："雨我公田，遂及我私。"当时有公家田、私人田两种。《孟子·滕文公上》："《诗》曰：'雨我公田，遂及我私。'惟助为有公田。"孟子讲助法，助法分公田私田，引《诗》作证，这是用诗的原意。引诗就有这两种：用诗的原意；不用诗的原意的。解诗也有这两种，推求诗的原意的；讲自己的感受，不用诗的原意的。

钱先生又提到"接受美学"，"读者与作者眼界溶化"。"接受美学"把作者的本意和读者读了作品所产生的感受融化为一。既承认作品的客观地位，又考虑到读者的接受活动，认为作品是作者和读者之间的中介体，它的外观和内部结构都在时间和空间中随接受环境而改变着。钱先生又引吴省钦说，"所言在此，所感在彼"，即有所寄托说，需探索作者的本意。一种是所言在此，所感不必在此，即无寄托说，读者可以见仁见智，各为其说。钱先生又说参观第285页《补订》一："法国新文评派宗师言，诵诗读书不可死在句下，执著'本文'，原是'本无'，犹玉葱层层剥揭，内蕴核心，了不可见。"这是主张无寄托说，认为作者的寄托"本无"，不可求。钱先生因说："'有寄托'之'诗无通诂达诂'，可取譬于苹果之有核。"寄托是核，从表面文字上不容易看出，即"无通诂达诂"。"'无寄托'之'诗无通诂达诂'，不妨喻为洋葱之无心矣。""无心"即作者无寄托，读者可以随意解释。这里是不是有两种：一种是解释诗的，一种是讲读诗的感受的。前者是讲作者的命意，作者有寄托，通过作品来探索他的命意，但不要牵强附会；作者没有寄托的，要结合作品来探索作者的命意，作者没有寄托一定也是有命意的。后者是读诗时，由于形象大于思维，作者所写的形象，大于作者的命意，读者可以通过作者所写的形象，结合自己的经历，提出作者所没有想到的感受，这是一种再创造。对这种再创造的感受，读者也可以发挥，不过不要说成是作者的本意，即解释还重在探讨作者的本意。

二〇　李贺《恼公》诗赏析

牧之议长吉“少理”，即黎二樵评长吉所谓“于章法不大理会”也①。王琢崖《李长吉诗歌汇解》于《昌谷诗》末引宋吴正子语而申之曰②：“妍媸杂陈，天吴紫凤。”马星翼《东泉诗话》卷一谓长吉诗“篇幅稍长，则词意重复，不可贯注。如《恼公》长律重见者四十余字，花开、露飞、金蛾等字皆三见”③，亦颇中其失，而未勘入深处。《恼公》如第三联以下云：“注口樱桃小，添眉桂叶浓。晓奁妆秀靥，夜帐减香筒。钿镜飞孤鹊，江图画水葓。陂陀梳碧凤，腰袅带金虫。杜若含清露，河蒲聚紫茸。月分蛾黛破，花合靥朱融。发重疑盘雾，腰轻乍倚风。”入手出场，便费如许笔墨，描写其人，几占全诗七之一，以下叙述情事波折，已相形而繁简失当矣。且此七十字中，行布拉杂。“月分蛾黛破”二联当承“注口樱桃小”一联，皆写体貌也，而忽为“香筒”、“钿镜”、“江图”三句写陈设语隔断。“陂陀”喻高髻也，此联写头发腰肢，亦当紧承写口眉语，而同遭横梗；四句之后复有“发重”、“腰轻”一联，则既苦凌乱，复病重叠。“杜若”一联犹《离骚》之言“荷衣”、“蓉裳”、“兰佩”，形容衣着，与“陂陀”一联之言“梳”、“带”，虽尚可衔接，而插在“注口”云云与“月

---

① 牧之：杜牧字，后人称为“小杜”，唐文学家。黎二樵：清人。有批点《李长吉集》四卷，《外集》一卷。长吉：李贺字，唐诗人。有《昌谷集》。

② 王琢崖：清王琦字。有《李长吉诗歌汇解》四卷，《外集》一卷。

③ 马星翼：清人。有《东泉诗话》一卷。

分”云云之间，终如适从何来，遽集于此。“靥朱融”四十字前又有“妆秀靥”，非善忘即不惮烦耳。皆“不可贯注”、“章法欠理会”之显例也。《恼公》一篇奇语络绎，固不乏费解处，然莫名其器者亦无妨钦其宝。鄙心所赏，尤在结语：“汉苑寻官柳，河桥阂禁钟。月明中妇觉，应笑画堂空。”“汉苑”一联即萧郎陌路、侯门如海之意。乃忽撇开此郎之怅然，而拈出他妇之欣然。“中妇”犹上文“黄娥初出座，宠妹始相从”之“黄娥”，指同曲或同适而稍齿长色衰者；其人应深喜胜己之小妇一去不返，莫予毒也，清夜梦回，哑然独笑。冷语道破幸灾争宠情事；不落弦肠欲断之窠臼，出人意表，而殊切蛾眉不让之机栝，曲传世态。如哀丝豪竹之后，忽闻清钟焉。《乐府诗集》卷三十五陈后主《三妇艳》第一首①：“大妇避秋风，中妇夜床空。小妇初两髻……可怜那可同”；第九首：“大妇怨空闺，中妇夜偷啼。小妇独含笑……夜夜画眉齐。”皆言三妇宠爱专在小者一身，大、中均索寞如房老。长吉用“中妇”字，意中当有此等落套语，力破陈言而翻旧案，“啼床空”者却“笑堂空”，岂非与古为新、脱胎换骨哉。长吉《谢秀才有妾缟练改从于人》诗第一首：“月明啼阿姊，灯暗会良人”，情景适相对照。“阿姊”正如“中妇”，然其“良人”别有欢“会”，则自伤弃置，不喜而悲矣。良宵好月，“阿姊”“中妇”，一戚一欣，狸啼狒笑，正如古谣所谓“月子弯弯照九州，几家欢乐几家愁”也。《昌谷诗》初云“光露泣幽泪”，而继云：“风露满笑眼”，似亦“章法”欠“理会”之例。歌德论卉植生成②，拈出“直立倾向”与“盘旋倾向”；近世德国谈艺者本之以论文，谓著作才分“挈领之才”与“铺张之才”，人鲜兼美。“梁栋”、“章法”、“意驭文藻”胥属“挈领”、“直立”边事，长吉才质殆偏于“铺张”、“盘旋”者欤。（368—369 页）

这一则主要讲李贺《恼公》诗，也谈到李贺诗缺少讲章法，长于铺张、盘旋。钱先生先引杜牧《李长吉诗歌序》：“使贺且未死，少加以理，

① 《乐府诗集》：一百卷，宋郭茂倩编撰。

② 歌德：德国诗人兼小说戏剧家。

奴仆命骚可也。”这话即认为李贺诗于理不足，所以说“少理”。又称“于章法不大理会”，即不顾章法。又称“妍媸杂陈，天吴紫凤”。杜甫《北征》：“天吴及紫凤，颠倒在短褐。”天吴是水伯，即水神，与紫凤，都绣在织品上的，剪下来做补丁，补得颠倒了。这里说李贺诗用词颠倒，即不讲究次序。钱先生结合《恼公》来作说明。《恼公》诗王琦注：“今谓可爱曰可憎，即恼公之意，盖狭斜游戏之作。”看钱先生所引诗句：“注口”“添眉”，指女方的口和眉，接写“晓奁”“夜帐”“钿镜”“江图”，指女方的用物，即奁匣、床帐、钿镜和江图。接写“梳碧凤”，指梳凤髻，“带金虫”指首饰，接写“杜若”“河蒲”是植物。接写“蛾黛破”“靥朱浓”，指眉和脸，接写“发重”“腰轻”是发和腰。写女方的口、眉、髻、眉、脸、发、腰，分隔在三处，就看出他不善于安排了。但从这里也可看出李贺的善于铺张和盘旋。如写眉，称“添眉桂叶浓”，当指唐代妇女画阔眉，阔处画如桂叶；又说“月分蛾黛破”，指新月如钩，“破”字分开之意，即眉的两头又画细眉，即眉的中间画阔眉，两端画细眉，两次写眉，即盘旋，两次比喻，用“桂叶”“月分”作比，即铺张。再如写脸颊，“晓奁妆秀靥”，指对奁镜在颊上点赤点；又说“花台靥朱融”，王琦注：“如好花点缀于腮侧，是其笑靥之施朱。”写她既在脸颊上点了赤点，再在腮侧点上红花。两次讲点颊是盘旋，又称颊侧点红花，大概当时点赤痣，称作红花是夸张。又“陂陀梳碧凤”，碧指青丝的头发，凤指凤髻，一种发式，陂陀状高髻。“发重疑盘雾”，用盘雾来形容发多。两次讲发是盘旋，用“陂陀”“盘雾”来形容是夸张。钱先生指出“描写其人，几占全诗七之一，以下叙述情事波折”，这是“繁简失当”，即不善于安排。又指出他叙述凌乱，复病重叠，即“章法欠理会”。

钱先生对《恼公》一篇，又“钦其宝”，佩服它其中有宝。宝在结尾：“汉苑寻官柳，河桥阂禁钟。月明中妇觉，应笑画堂空。”王琦注：“将与别去（男方将与女方别去），入汉苑而寻春色。又闻河桥之外禁钟已止，不能复留。阂与碍同，止也。言与美人会遇之时，极其欢乐。回忆在家之中妇独眠而觉，应笑画堂空寂矣。他人于此多用怨字，而长吉反用一笑字，其意婉而深矣。”这是王琦的理解。再看钱先生的理解：“‘汉苑’一联”，即“萧郎陌路、侯门如海之意”。即“侯门一入深如海，从此萧郎是路人”。即女方进了汉苑秦宫，比侯门，为侯门家娶去，男方碍于禁地，不能再会。“乃忽撇开此郎之怅然，而拈出他妇之欣然。‘中妇’犹上文‘黄娥初出座，宠妹始相从’之‘黄娥’，指同曲或同适而稍齿长色衰者；其人应深喜胜己之小妇一去不返，莫予毒也，清夜梦回，哑然独笑。”按《恼公》上文：“黄娥初出座，宠妹始相从。”王琦注：“黄姑谓其长者，宠妹谓其次者。”又“蜀烟飞重锦，峡雨溅轻容”。王注：“蜀烟峡雨，即为雨为云之意。重锦轻容，指其衣裳衾枕而言。重锦，锦之熟细者。纱之至细者，有所谓轻容。”这是说年轻的宠妹，与男方欢会。因此结尾四句，并不像王琦注所说，男方到汉苑去别恋官柳，因汉苑禁钟是禁地，男方进不去，而女方一入侯门，即宠妹一入侯门，所以黄姑喜而笑了。钱先生的解释，与诗的上文结合。上文讲黄姑是长者，即相当于中妇，宠妹是次者，即相当于小妇，小妇已被侯门娶去，所以中妇“清夜梦回，哑然独笑”。钱先生这样解释，与诗的上文紧密呼应，王琦注抛开上文，作男方“回忆在家之中妇独眠而觉，应笑画堂空矣”。把“中妇”解作“在家之中妇”，既与上文“黄姑”“宠妹”不相应；又“中妇”对“大妇”或“小妇”而言，男方何以独念中妇？且家中之中妇，当思念在外之丈夫，何以笑“画堂空”呢？王注实不可通。钱先生赞赏这个结尾，是结合陈后主《三妇艳》来的。《三妇艳》写宠爱专在小妇。李贺诗中只写中妇小妇，小妇去而中妇笑，这是“破陈言而翻旧案”，相当于后人说的“脱胎换骨”了。钱先生又引李贺另一首诗：“月明啼阿姊，灯暗会良人。”“阿姊”相当于“中妇”，这里的“阿姊啼”，与上文的“中妇笑”，构成对照。

钱先生又引李贺《昌谷诗》，前面说：“光露泣幽泪。”指露如哭泣的泪，指幽恨。下面说：“风露满笑眼。”喜极而笑，笑出泪水来了。一悲一喜，前后矛盾，似亦不合章法。这又回到讲李贺诗的不注意章法了。

二一　李商隐《锦瑟》诗赏析

何屺瞻《义门读书记·李义山诗集》卷上则曰①："此悼亡之诗也。首特借素女鼓五十弦之瑟而悲、泰帝禁不可止以发端，言悲思之情，有不可得而止者。次联则悲其遽化为异物。腹联又悲其不能复起之九原也。曰思华年，曰追忆，指趣晓然，何事纷纷附会乎。钱饮光亦以为悼亡之诗，与吾意合；庄生句取义于鼓盆也。亡友程湘衡谓此义山自题其诗以开集首者，次联言作诗之旨趣，中联又自明其匠巧也。余初亦颇喜其说之新。然义山诗三卷出于后人掇拾，非自定，则程说固无据也。"义门"初喜"之程氏说，详著于王东溆《柳南随笔》卷三②："何义门以为此义山自题其诗以开集首者。首联云云，言平时述作，遽以成集，而一言一诺俱足追忆生平也。次联云云，言集中诸诗，或自伤其出处，或托讽于君亲；盖作诗之旨趣，尽于此也。中联云云，言清词丽句，珠辉玉润，而语多激映，又有根柢，则又自明其匠巧也。末联云云，言诗之所陈，虽不堪追忆，庶几后之读者，知其人而论其世，犹可得其大凡耳。"程说殊有见，义门徒以宋本义山集旧次未必出作者手定，遂舍甜桃而觅醋李。"庄生"句乃用《齐物论》梦蝶事，非用《至乐》鼓盆事，何得谓"取义"悼亡。梦蝶鼓盆固庄生一人之事，然见言梦蝶而断其意在鼓盆，即在文字狱诗案之"兴

---

① 何屺瞻：清何焯字，学者称义门先生。有《义门读书记》五十八卷。义山：李商隐字，唐诗人。

② 王东溆：清王应奎字。有《柳南随笔》六卷。

也”、“笺云”，亦属无理取闹。譬如见言“掩鼻而过”，乃断其隐指“输钱以观”，以二事均属西施也（市人输金钱一文见西施事，见《孟子·离娄·西子蒙不洁》章孙奭疏、又《琱玉集·美人》篇①）；见言盗金，乃断其隐指盗嫂，以二事均属直不疑也②；于义安乎。濠梁之乐、髑髅之叹，举凡漆园行事，无不可射覆者，何以独推知为鼓盆哉。义门笑“纷纷附会”，而不免躬自蹈之。

张孟劬《玉溪生年谱会笺》卷四至云③：“沧海句言李德裕已与珠海同枯，李卒于珠崖也；蓝田句言令狐绹如玉田不冷，以蓝田喻之，即节彼南山意也。”释“沧海”句或犹堪与第46页补订所引“拜佛西天”之谑相拟；释“蓝田”句则原语无可依附，于是想入非非，蛮凑强攀。苟尽其道，亦无妨曰：“蓝令、田绹皆双声；日能暖人，故有黄棉袄之谑，狐裘更暖于棉袄。蓝田日暖隐指令狐绹，的然无疑。”盖尚不足比于猜谜，而直类圆梦、解谶；心思愈曲，胆气愈粗，识见愈卑，又下义门数等矣。

施北研《元遗山诗集笺注》卷十一《论诗三十首》之十三注引厉樊榭说此诗④，亦以为“悼亡之作。锦瑟五十弦，剖为二十五，是即其人生世之年。今则如庄生之蝶、望帝之鹃，已化为异物矣。然其珠光玉润，容华出众，有令人追忆不能忘者。在当日已惘然知尤物之不能久存，不待追忆而始然也”。施注称其说之“简快”，而未言出处，检樊榭著作亦不得。冯氏《玉溪诗集笺注》卷二说此诗后半首⑤，与樊榭冥契。

汪韩门《诗学纂闻》则非“悼亡”之说⑥，谓义山“以古瑟自况”：世所用者，二十五弦之瑟，此则五十弦之古瑟，“不为时尚”，犹己挟文章

① 孙奭：宋人。有《孟子正义》十四卷。《琱玉集》：类书，残二卷，未署撰人。

② 直不疑：《史记·直不疑传》：不疑没有偷金，有人疑心他偷。不疑无兄，有人说他偷嫂。

③ 张孟劬：近人张采田字。有《玉溪生年谱会笺》四卷。

④ 施北研：清施国祁号。有《元遗山诗集笺注》十四卷。厉樊榭：清厉鹗号。有《樊榭山房集》二十卷。

⑤ 冯氏：清冯浩。有《玉溪诗集笺注》三卷。

⑥ 汪韩门：清汪师韩号。有《师学纂闻》一卷。

才学而不得意也；“不解其故，故曰无端，犹言无谓也”；自顾“头颅老大，一弦一柱，盖已半百之年矣”；晓梦“喻少年时事”，春心指“壮心，壮志消歇”；追忆谓“后世之人追忆”，可待犹言“必传于后无疑”；当时“指现在”，言“后世之传虽可自信，而即今沦落为可叹耳。”梁茝林《退庵随笔》卷二十极称其解①。程、厉、汪三家之说，道者寥寥，皆差能紧贴原诗，言下承当，取足于本篇，不抄瓜蔓而捕风影。

余窃喜程说与鄙见有合，采其旨而终条理之也可。义山《谢先辈防记念拙诗甚多，异日偶有此寄》有云：“星势寒垂地，河声晓上天。夫君自有恨，聊借此中传”，乃直白自道其诗也。《锦瑟》之冠全集，倘非偶然，则略比自序之开宗明义，特勿同前篇之显言耳。

“锦瑟”喻诗，犹“玉琴”喻诗，如杜少陵《西阁》第一首：“朱绂犹纱帽，新诗近玉琴”，或刘梦得《翰林白二十二学士见寄诗一百篇、因以答贶》：“玉琴清夜人不语，琪树春朝风正吹。”锦瑟、玉琴，正堪俪偶。义山诗数言锦瑟。《房中曲》：“忆得前年春，未语含悲辛。归来已不见，锦瑟长于人”；“长于人”犹鲍溶《秋思》第三首之“我忧长于生”，谓物在人亡，如少陵《玉华宫》：“美人为黄土，况乃粉黛假，当时付金舆，故物独石马。冉冉征途间，谁是长年者”，或东坡《石鼓歌》：“细思物理坐叹息，人生安得如汝寿。”义山“长于人”之“长”即少陵之“长年”、东坡之“寿”。《回中牡丹为雨所败》第二首：“玉盘迸泪伤心数，锦瑟惊弦破梦频”；喻雨声也，正如《七月二十八日夜与王郑二秀才听雨后梦作》所谓：“雨打湘灵五十弦。”而《西昆酬唱集》卷上杨大年《代意》第一首②：“锦瑟惊弦愁别鹤，星机促杼怨新缣”，取绘声之词，传伤别之意，亦见取譬之难固必矣。《寓目》：“新知他日好，锦瑟傍朱栊”，则如《诗品》所谓：“既是即目，亦惟所见”③；而《锦瑟》一诗借此器发兴，亦正睹物触绪，偶由瑟之五十弦而感“头颅老大”，亦行将半百。“无端”者、

① 梁茝林：清梁章钜字。有《退庵随笔》二十二卷。
② 《西昆酬唱集》：二卷，宋杨亿、刘筠等作。大年：杨亿字。
③ 《诗品》：三卷，梁钟嵘撰。引文见《诗品·序》。

不意相值，所谓“没来由”，犹今语“恰巧碰见”或“不巧碰上”也（如吴融《上巳日》：“本学多情刘武威，寻花傍水看春晖。无端遇着伤心事，赢得凄凉索漠归”）。首两句“锦瑟无端五十弦，一弦一柱思华年”，言景光虽逝，篇什犹留，毕世心力，平生欢戚，“清和适怨”，开卷历历，犹所谓“自有根”，而“借此中传”。

三四句“庄生晓梦迷蝴蝶，望帝春心托杜鹃”，言作诗之法也。心之所思，情之所感，寓言假物，譬喻拟象；如庄生逸兴之见形于飞蝶，望帝沉哀之结体为啼鹃，均词出比方，无取质言。举事寄意，故曰“托”；深文隐旨，故曰“迷”。李仲蒙谓“索物以托情”，西方旧说谓“以迹显本”、“以形示神”，近说谓“情思须事物当对”（参观《管锥编》六三页、又六二八至九页），即其法尔。

五六句“沧海月明珠有泪，蓝田日暖玉生烟”，言诗成之风格或境界，犹司空表圣之形容《诗品》也（参观第47页补订）①。《寄谢先辈》以“星势”、“河声”品其诗，此则更端而取“珠泪”、“玉烟”。《博物志》卷二记鲛人“眼能泣珠”②，《艺文类聚》卷八四引《搜神记》亦言之③；兹不曰“珠是泪”，而曰“珠有泪”，以见虽凝珠圆，仍含泪热，已成珍饰，尚带酸辛，具宝质而不失人气。《困学纪闻》卷十八早谓“日暖玉生烟”本司空图《与极浦书》引戴叔伦论“诗家之景”语④；《全唐文》卷八百二十吴融《奠陆龟蒙文》赞叹其文⑤，侔色揣称，有曰：“触即碎，潭下月；拭不灭，玉上烟。”唐人以此喻诗文体性，义山前有承、后有继。“日暖玉生烟”与“月明珠有泪”，此物此志，言不同常玉之冷、常珠之凝。喻诗虽琢磨光致，而须真情流露，生气蓬勃，异于雕绘汩性灵、工巧伤气韵之作。匹似挦撦义山之“西昆体”，非不珠圆玉润，而有体无情，藻丰

---

① 司空表圣：唐司空图字。有《诗品》一卷。

② 《博物志》：十卷，晋张华撰。鲛人：《博物志》：“南海水有鲛人，水居如鱼，不废织绩，其眼能泣珠。”

③ 《艺文类聚》：一百卷，唐欧阳询撰。《搜神记》：二十卷，晋干宝撰。

④ 《困学记闻》：二十卷，宋王应麟撰。

⑤ 《全唐文》：一千卷，清董诰、曹振镛等编。

气索，泪枯烟灭矣。珠泪玉烟，亦正诗风之“事物当对”也。近世一奥国诗人称海涅诗较珠更灿烂耐久①，却不失为活物体，蕴辉含湿。非珠明有泪欤。有人尝品目歌德一剧本曰：“如大理石之光润，亦如大理石之寒冷”；海涅诗文中喻人物之仪表端正而沉默或凉薄者，每曰：“如大理石之美好洁白，而复如大理石之寒冷”。差同玉冷无烟焉。谋野乞邻，可助张目而结同心。

七八句“此情可待成追忆，只是当时已惘然”，乃与首二句呼应作结，言前尘回首，怅触万端，顾当年行乐之时，即已觉世事无常，抟沙转烛，黯然于好梦易醒，盛筵必散。登场而预有下场之感，热闹中早含萧索矣。朱行中《渔家傲》云②：“拼一醉，而今乐事他年泪”，“而今”早知“他年”，即“当时已惘然”也。拜伦深会此情③，尝曰：“入世务俗，交游酬应，男女爱悦，图营势位，乃至贪婪财货，人生百为，于兴最高、心最欢时，辄微觉乐趣中杂以疑虑与忧伤，其故何耶。”不啻为“当时已惘然”作笺矣。（434—438 页）

这一则分析李商隐的《锦瑟》诗，《锦瑟》诗历来有各种不同解释。这里先对各种不同解释加以评论，再加分析，原文较长，因此分段。第一段评何焯《义门读书记》的解释。何焯认为《锦瑟》是悼亡诗，即悼念妻子王氏的诗。首联：“锦瑟无端五十弦，一弦一柱思华年。”借素女弹五十弦的瑟而悲，表达悲思。次联：“庄生晓梦迷蝴蝶，望帝春心托杜鹃。”从庄周梦里化为蝴蝶，望帝的魂化为杜鹃鸟，说明王氏化去，即王氏死去。三联：“沧海月明珠有泪，蓝田日暖玉生烟。”是哀悼她不能复生。末联：“此情可待成追忆，只是当时已惘然。”说“追忆”，跟“思华年”，想念她的年轻时，这是明显的悼亡诗。何焯又引程湘衡说：这是李商隐把它放在诗集的开头，来讲他的诗的，即有以这首诗代序的意思。次联讲作诗的

---

① 奥国诗人：指十九、二十世纪奥地利诗人、剧作家霍夫曼斯塔尔。海涅：十八、十九世纪德国诗人。

② 朱行中：朱服字，宋词人。

③ 拜伦：十五世纪英国浪漫主义诗人。

旨趣，即庄生晓梦化为蝴蝶，表示得意；望帝托杜鹃鸟哀鸣，表示哀怨。中联讲它的匠巧，即讲他的诗的技巧，像珠的有泪，玉的生烟。何焯认为李商隐原本的集子已经亡失。现在流传的集子，出于后人搜编，不是李商隐自定，那么程说实无根据。何焯讲程湘衡说比较简单，钱先生找出程的原话来看。程说：首联指出平时做的诗，一言一语都是追忆生平。次联指出集中的诗，有的是自伤的，有的是托讽的，即把望帝托杜鹃鸟的哀鸣比自伤，把庄周梦里化为蝴蝶说成托讽。中联指诗写得珠辉玉润，说明它的技巧。末联指出诗里讲的，不堪追忆，可供研讨。钱先生指出何焯否定程说是不对的。即使李商隐诗集不是原编，但把《锦瑟》这首诗放在全集的头上，还当是有所本的。钱先生再驳斥何焯的悼亡说。“庄生”句是用《庄子·齐物论》梦蝶事，原文说：“昔者庄周梦为蝴蝶，栩栩然（自得貌）蝴蝶也。”讲他做梦变成蝴蝶，栩栩自得，跟悼念亡妻无关。不是用《庄子·至乐》鼓盆事，原文说：“庄子妻死，惠子吊之。庄子则方箕踞鼓盆而歌。”讲“鼓盆”是指妻死，讲“化蝶”与妻死无关。不能因为都是庄子的事，就把“化蝶”拉扯到“鼓盆”上去。好比《孟子·离娄下》：“西子蒙不洁，则人家掩鼻而过之。”西施用不洁而有臭气的帽子戴在头上，人皆掩鼻走过。孙奭疏：吴王夫差有令，西施入市，有人愿看西施，交金钱一文。这是关于西施的两件事，不能把“蒙不洁”牵扯到“交一文”。再比方汉人直不疑，有人疑他偷金子，有人疑他偷嫂子，这也是两件事，不能胡扯。讲到庄子，还有庄子与惠子在濠水桥上观鱼之乐，庄子见髑髅的感叹，凡是漆园小吏庄子的事，无不可以用作猜谜，何以独知为鼓盆呢？即“梦蝶”不是“鼓盆”，与亡妻无关。这是驳何焯的说法。

第二段引张采田说，讲“沧海月明珠有泪，蓝田日暖玉生烟”。认为唐宰相李德裕贬官到珠崖，死在那里，与珠海同枯，所以称“沧海”句。说用蓝田产玉比令狐绹的入相，《诗·小雅·节南山》：“节彼南山，维石岩岩。赫赫师尹，民具尔瞻。”用太师尹氏的地位比南山的高。所以这里用蓝田山产玉来比令狐绹入相。“日暖”比令狐绹的威势。钱先生认为这样解释“沧海”句，可比“拜佛西天”之谑：“董若雨《西游补》第五回，孙行者化身为虞美人，与西施、绿娘等联句，脱口而出曰：‘拜佛西天。’诸女哗怪，行者强颜文饰曰：‘文字艰深，又费诠释。天者夫也，西者西楚也，拜者归也，佛者心也；盖言归心于西楚丈夫也。”按李德裕死在珠崖，不在沧海，与珠有泪也无关。“蓝田”句拉扯到令狐绹，蛮凑强攀，更无道理。

第三段引施国祁注元好问《论诗》的“望帝春心托杜鹃，佳人锦瑟怨华年”的注，引厉鹗说。钱先生又称冯浩注《锦瑟》后半首：“浩曰：此悼亡诗定论也。”“余为逐句笺定，情味弥出矣。”“今者抚其弦柱而叹年华之倏过，思旧而神伤也。”次“取物化之义，兼用庄子妻死，惠子吊之，庄子则方箕踞鼓盆而歌。义山用古，颇有旁射者。”“五句美其明眸，六句美其容色，乃所谓追忆也。”“当时睹此美色，已觉如梦如迷，早知好物必不坚牢耳。”这里有新解，即认为“五十弦”“剖为二十五弦，是即其人生世之年”。按李商隐在开成三年（838）与王氏结婚，大中五年（851）王氏死，计共经历十三年。如王氏为二十五岁死，必十二岁出嫁始合，不近情理。所以这个新说不合。至于把“化蝶”变成“鼓盆”，钱先生已经驳过，不用再驳了。至于“物化”说，庄周梦中化为蝴蝶，醒来还是庄周，并没有“物化”，所以“物化”说也不合。

第三段讲汪师韩说，可说是不得意说。即五十弦的古瑟，不合时尚，比自己怀才不遇。“晓梦”“喻少年时事”。按晓梦指“栩栩然蝴蝶也”。栩栩是自得之貌，与“不得意”之说不合。“春心”指“壮心，壮志消歇”。按“托杜鹃”指哀怨，光说“壮志消歇”，似还不够。

第四段钱先生来解释这首诗，用程湘衡说，即认为这诗放在集首，有代序言之意。钱先生按照这个意思来解释《锦瑟》篇。李商隐曾讲他的诗：“星势寒垂地，河声晓上天。夫君自有恨，聊借此中传。”冯浩笺：“‘星势’二句，言声光在此而感发在彼，方引起谢（指先辈）自有恨，借我诗传之，故纪念甚多也。”这是说，他的诗写的是声光在此，而感发在彼，即写的是锦瑟，而另有感发。这种感发不光是他自己的，也包括先辈的在内，所以先辈自有的恨，也可借他的诗来传达。说明他的诗所反映的内容包括先辈的恨在内。钱先生指出这是“直白白道其诗也”。这是直接说出他的诗的作用。把《锦瑟》放在全集之首，那就是用《锦瑟》作为自序来开宗明义，概括全集的诗，只是不加点明罢了。这是因为《锦瑟》只有八句，与《谢先辈防记念拙诗甚多，异日偶有此寄》是古诗，不限句数，可以在诗中点明，《锦瑟》是律诗，限定八句，不便点明罢了。

第五段开始对《锦瑟》诗作剖析。先讲“锦瑟”，说明用“锦瑟”来比喻诗，好比用“玉琴”来比喻诗，引了杜甫、刘梦得的两例来作证。这是一方面。钱先生又指出，李商隐还有别的诗里也用了“锦瑟”，那是另有所指，说明钱先生就是这样全面看问题。如“锦瑟长于人”，指锦瑟比人可以长期保存，比人的年寿长，这里就有悼亡的意思。钱先生在这里又引唐诗人鲍溶、杜甫、宋苏轼的诗来作说明。钱先生又引李商隐的“锦瑟惊弦破梦频”，这个“锦瑟惊弦”是喻雨声，又引两个诗句来作证。说明用“锦瑟”一词可以作出各种比喻。钱先生又引李商隐的《寓目》：“新知他日好，锦瑟傍朱栊。”这是看见窗栊（犹窗台）旁的锦瑟，想到新知往日的欢好，“他日”指往日。钱先生指出这是“既是即目，亦惟所见”，即看到锦瑟，就想到新知往日的欢好。因此首联写的，亦从看到锦瑟，想到古代锦瑟的五十弦，感到自己快近五十岁，引起感触。包括“平生欢戚，‘清和适怨’”，锦瑟弹奏的音调，有“清和适怨”，这四个字既指锦瑟的音调，也指诗中间四句，“月明珠有泪”指“清”，“日暖玉生烟”指“和”，“晓梦迷蝴蝶”指“适”，“春心托杜鹃”指“怨”，“适怨”正指“欢戚”。

第六段讲三四句，钱先生在上文指出“欢戚”“适怨”，即指“庄生晓梦迷蝴蝶”，即“庄周梦为蝴蝶，栩栩然蝴蝶也”。栩栩，自得之貌，即“欢”即“适”。“望帝春心托杜鹃”，伤春的心，托杜鹃哀鸣，即“戚”即“怨”。这个意思，上文已经指出。所以这里另说一意，即“寓言假物，譬喻拟象”。即借“晓梦迷蝴蝶”来寄托“逸兴”，借“春心托杜鹃”来寄托“沉哀”。《管锥编》63页称：“胡寅《斐然集》卷十八《致李叔易书》载李仲蒙语：‘索物以托情谓之比，触物以起情谓之兴，叙物以言情谓之赋。’颇具胜义。”又629页：“‘叙物以盲情’非他，西方近世说诗之‘事物当对’者是。”“吴文英《风入松》：‘黄蜂频探秋千索，有当时纤手香凝’，不道‘犹闻’，而以寻花之蜂‘频探’示手香之‘凝’‘留’，蜂即当对‘闻香’之事物矣。”这样看来，这蝴蝶、杜鹃即成为当对“逸兴”与“沉哀”的事物了。所谓“以迹显本”“以形示神”，即以蝴蝶、杜鹃的迹和形，显示“逸兴”“沉哀”的本和神了。这就接触到“作诗之法”了。

第七段讲五六句“沧海月明珠有泪，蓝田日暖玉生烟”。用形象来显示诗的风格或境界，好比司空图的《诗品》，通过各种形象描写来显示各种不同的风格。参见《谈艺录》47页，讲“品目词翰，每铺陈拟象，大类司空表圣作《诗品》然”。又如杜甫《喜为六绝句》：“或看翡翠兰苕上，未掣鲸鱼碧海中。”用“翡翠兰苕上”来表示一种秀丽的风格，用“鲸鱼碧海中”来表示一种雄奇的风格。用“珠有泪”来表明自己的诗“虽凝珠圆，仍含泪热”；用“玉生烟”来表明自己的诗虽如玉润，尚有蓬勃生气。说明自己的诗像珠圆玉润那样光润而富有生气，不像后来的西昆体诗虽富丽而缺少气韵。

第八段讲结句，呼应首二句。“此情可待成追忆”，此情即“华年”的情事，“追忆”即“思华年”。“当时”即当年行乐之时。“已惘然”是已有“好梦易醒，盛筵必散”之感。

钱先生对《锦瑟》诗的剖析，给我们怎样鉴赏作品作出很好的范例。钱先生在剖析这首诗时，先探索前人对这首诗的各种不同解释，一一加以辨析，指出各种说法的问题，如悼亡说，结合李德裕、令狐绹的政治背景说；如不得意说，指出这几种说法的错误不恰当处，对程湘衡的略比自序的开宗明义说，认为合理，可以通解全诗。在赏析全诗时，对“锦瑟”一词，就李商隐全集中所用“锦瑟”的句子，作了全面的分析，再结合用“玉琴”喻诗的两例，作出解释。对“迷蝴蝶”“托杜鹃”，既结合锦瑟的音调“适怨”来说，又结合文艺理论的“索物以托情”及“事物当对”来说。对“珠泪”“玉烟”，既结合司空图《诗品》，又结合杜甫的论诗来说，还结合外人称道海涅及歌德的作品来说，“谋野乞邻，可助张目而结同心”。这样来作鉴赏，可以破千古之惑，探作者之心，对《锦瑟》诗的解释，作出定论了。读者不必再有“只恨无人作郑笺”之恨了。

贰

ER

创作论

CHUANGZUOLUN

一　模写自然与润饰自然

长吉《高轩过》篇有“笔补造化天无功”一语①，此不特长吉精神心眼之所在，而于道术之大原、艺事之极本，亦一言道著矣。夫天理流行，天工造化，无所谓道术学艺也。学与术者，人事之法天，人定之胜天，人心之通天者也。《书·皋陶谟》曰：“天工，人其代之②。”《法言·问道》篇曰：“或问雕刻众形，非天欤。曰：以其不雕刻也。”③ 百凡道艺之发生，皆天与人之凑合耳。顾天一而已，纯乎自然，艺由人为，乃生分别。综而论之，得两大宗。一则师法造化，以模写自然为主。其说在西方，创于柏拉图④，发扬于亚理士多德⑤，重申于西塞罗⑥，而大行于十六、十七、十八世纪。其焰至今不衰。莎士比亚所谓持镜照自然者是⑦。昌黎《赠东野》诗“文字觑天巧⑧”一语，可以括之。“觑”字下得最好；盖此派之说，

---

① 长吉《高轩过》：写韩愈、皇甫湜坐车来看他，他写诗称两人的文笔能补救大自然的不足。

② 天工，人其代之：大自然的作为，人代它。即大自然的作为有不足的，人代它补足。

③ 汉朝扬雄《法言·问道》：“有人问雕刻各种万物的形象，不是天吗？”答：“因为天不雕刻。如果天雕刻万物的形象，那有这么多的力量。”这里含有大自然造物是自然形成的。

④ 柏拉图：古希腊哲学家，主张模写自然。

⑤ 亚理士多德：古希腊哲学家，柏拉图学生，也主张模写自然。

⑥ 西塞罗：古罗马哲学家，也主张模写自然。

⑦ 莎士比亚：十六、十七世纪英国大戏剧作家。

⑧ 文字觑天巧：韩愈称孟郊的诗能观察到大自然的巧妙处。

以为造化虽备众美，而不能全善全美，作者必加一番简择取舍之工。即“觑巧”之意也。二则主润饰自然，功夺造化。此说在西方，萌芽于克利索斯当①，申明于普罗提诺②。近世则培根、牟拉托利、儒贝尔、龚古尔兄弟、波德莱尔、惠司勒皆有悟厥旨③。唯美派作者尤信奉之。但丁所谓④：“造化若大匠制器，手战不能如意所出，须人代之斫范”。长吉“笔补造化天无功”一句，可以提要钩玄。此派论者不特以为艺术中造境之美，非天然境界所及；至谓自然界无现成之美，只有资料，经艺术驱遣陶熔，方得佳观。此所以“天无功”而有待于“补”也。窃以为二说若反而实相成，貌异而心则同。夫模写自然，而曰“选择”，则有陶甄矫改之意。自出心裁，而曰“修补”，顺其性而扩充之曰“补”，删削之而不伤其性曰“修”，亦何尝能尽离自然哉。师造化之法，亦正如师古人，不外“拟议变化”耳。故亚理士多德自言：师自然须得其当然，写事要能穷理。盖艺之至者，从心所欲，而不逾矩：师天写实，而犁然有当于心；师心造境，而秩然勿倍于理。莎士比亚尝曰：“人艺足补天工，然而人艺即天工也。”圆通妙澈，圣哉言乎。人出于天，故人之补天，即天之假手自补，天之自补，则必人巧能泯。造化之秘，与心匠之运，沆瀣融会，无分彼此。及未达者为之，执著门户家数，悬鹄以射，非应机有合。写实者固牛溲马勃，拉杂可笑，如卢多逊、胡钉铰之伦；造境者亦牛鬼蛇神，奇诞无趣，玉川、昌谷，亦未免也。(60—62页)

这里指出艺术有两派：一派主张模写自然，一派主张润饰自然。主张模写自然的，认为大自然具备众美，但不能全善全美，所以要加一番选择。像韩愈称孟郊的诗：“文字觑天巧。”能观察到大自然的巧妙处，写入诗里。说明大自然不都是美的，要加以选择，选美的来写。主张润饰自然

① 克利索斯当：古希腊演说家。

② 普罗提诺：三世纪埃及哲学家。

③ 培根：十三世纪英国科学家。牟拉托利：十七、十八世纪意大利考古学家。儒贝尔：十八、十九世纪法国伦理学家。龚古尔兄弟：十九世纪法国文学家爱德蒙·德·龚古尔、于勒·德·龚古尔兄弟二人。波德莱尔：十九世纪法国浪漫派诗人。惠司勒：十九世纪美国画家。

④ 但丁：十三、十四世纪意大利诗人。

的，认为大自然不够美，要靠人力来补充，人工胜过大自然。钱先生认为这两说实是相反相成。模写自然的，对大自然要进行选择，那也有对大自然进行矫改的用意。润饰自然的，还要根据大自然的本性来改造，不能违反大自然的本性。艺术创作得恰到好处，要避免斧斫的痕迹，要求合于自然。所以模写自然的，不是完全照自然的样子来写，要加以选择矫改。润饰自然的也不能离开自然，两者有相通处。钱先生认为道术学艺，是“人事之法天，人定之胜天，人心之通天者也”。即就艺术说，作家创作艺术，还是要师法自然，这是“法天”。在师法自然时，对大自然有选择矫改，这是“胜天”；不论选择和润色，都不能违反自然，这是“通天”。

王国维《人间词话》：“有造境，有写境，此理想与写实二派之所由分。然二者颇难分别。因大诗人所造之境，必合乎自然，所写之境，亦必邻于理想故也。”这里讲的写境，近乎模仿自然；所讲的造境，近乎润饰自然。两派都不能违反自然，即钱先生说的“法天”“胜天”“通天”了。不仅这样，有时候，一篇作品中就有写实与理想两种境界的结合。如苏轼《水调歌头》：

> 明月几时有？把酒问青天。不知天上宫阙，今夕是何年？我欲乘风归去，惟恐琼楼玉宇，高处不胜寒。起舞弄清影，何似在人间？
>
> 转朱阁，低绮户，照无眠。不应有恨，何事偏向别时圆？人有悲欢离合，月有阴晴圆缺，此事古难全。但愿人长久，千里共婵娟。

《坡仙集外纪》说：“神宗读至‘琼楼玉宇，高处不胜寒’，乃叹曰：‘苏轼终是爱君。’即量移汝州。”这说明上片写“天上宫阙”，“我欲乘风归去”，是写理想。这个理想，宋神宗读了，认为是想离开朝廷去隐居，词写怕“高处不胜寒”，即不想去隐居，所以说“苏轼终是爱君”，那么这个理想里还含有写实的意味。下片写月的“转朱阁，低绮户，照无眠”，是写实。但“不应有恨，何事偏向别时圆？”在“不应有恨”里，以月比人也有恨，又含有理想了。这是说写实与理想有相通处，这是一方面。但上片理想，下片写实，还是不同，虽有不同，又都是合乎自然。

二　“选春梦”的创作论

长吉尚有一语，颇与“笔补造化”相映发。《春怀引》云：“宝枕垂云选春梦”；情景即《美人梳头歌》之“西施晓梦绡帐寒，香鬟堕髻半沉檀”，而“选”字奇创。曾益注①：“先期为好梦”，近似而未透切。夫梦虽人作，却不由人作主。太白《白头吟》曰：“且留琥珀枕，或有梦来时”，言“或”则非招之即来者也。唐僧尚颜《夷陵即事》曰：“思家乞梦多”，言“乞”则求不必得者也。放翁《蝶恋花》亦曰：“只有梦魂能再遇，堪嗟梦不由人做”（参观《管锥编》一〇四一至二页）。作梦而许操“选”政，若选将、选色或点戏、点菜然，则人自专由，梦可随心而成，如愿以作。醒时生涯之所缺欠，得使梦完“补”具足焉，正犹“造化”之能以“笔补”，踌躇满志矣。周栎园《赖古堂集》卷二十《与帅君》②：“机上肉耳。而恶梦昔昔〔即夕夕〕嬲之，闭目之恐，甚于开目。古人欲买梦，近日卢德水欲选好梦”；堪为长吉句作笺。纳兰容若妇沈宛有长短句集③，名《选梦词》；吾乡刘芙初《尚䌹堂诗集》卷二《寻春》④：“寻春上东阁，选梦下西湖”，又卷五《白门惆怅词》：“寻芳院落

---

① 曾益：明代作家。注有《昌谷集》四卷。
② 周栎园：清周亮工字。有《赖古堂文集》二十四卷。
③ 纳兰容若：清纳兰性德字。
④ 刘芙初：清刘嗣绾字。有《尚䌹堂诗集》五十二卷，词集二卷。

蘼芜地，选梦池塘菡萏天”；必自长吉句来。方扶南批注长吉集①，力诋此诗“庸下”、“浅俗”、“滑率”，断为伪作。方氏以为长吉真手笔者，亦每可当“庸下”、“浅俗”、“滑率”之评，故真伪殊未易言。方氏所诃此篇中“庸”、“浅”、“滑”处，窃愧钝暗，熟视无睹，然渠侬于“选梦”义谛，正自愦愦耳。《管锥编》一二二至三页论《荣华乐》、七八二页论《南山田中行》、《管锥编增订》五六页论《艾如张》，兹不复赘。《艾如张》首句“齐人织网如素空”，可参观《后汉书·章帝纪》建初二年四月：“诏齐相省方空縠”，章怀注：“纱薄如空也；或曰：空、孔也，即今之方目纱也。”所谓“如素空”矣。(382—383 页)

这一则讲创作规律，用李贺《春怀引》中的“选春梦”来加以发挥，称为“选”字奇创。钱先生用李白的“或有梦来时”的“或梦”，尚颜的“乞梦”，陆游的“只有梦魂能再遇”的“遇梦”，都不如“选梦”的“选”字奇创，可以作为创作规律。“选梦”是“梦可随心而成，如愿以作”。“醒时生涯之所欠缺，使得梦完‘补’具足焉。”就创作说，是反映生活的。生活中有不少欠缺的东西，从反映生活说，这些在生活中欠缺的东西，在作品中就成为缺憾。有了“选梦”，把醒时缺少的东西，可以在梦中如愿以偿，借选梦来得到补偿。好比生活中欠缺的东西，可以在作品中得到补偿，这是“笔补造化天无功”的又一种补偿了。周亮工讲的“选好梦”，就说明了“选梦”的用意了。

作家怎样在作品中“选春梦”？钱先生在《管锥编》122—123 页里引了李贺的《荣华乐》作例，这篇是写后汉的权臣梁冀的。照《后汉书·梁冀传》里说：梁冀“鸢肩豺目”，生得不美。他得到君王的宠信专权，并不由于他的“色媚”。但李贺把他写得美，作“台下戏学邯郸倡，口吟舌话称女郎，锦袪绣面汉帝旁”。好像汉顺帝的宠爱梁冀，是由于梁冀的漂亮，正好像梁冀的宠爱秦宫，是由于秦宫的漂亮。“倘亦深有感于嬖幸之窃权最易，擅权最专，故不惜凭空杜撰，以寓论世之识乎？”这就是作者

① 方扶南：方世举字，清作家。

改变生活中的真实，用“选春梦”的创作方法吧。又《管锥编》782页引李贺《南山田中行》：“鬼灯如漆点松花。”又《感讽》第三：“漆炬迎新人，幽旷营扰扰。”“王琦注谓鬼灯低暗不明，是也。”钱先生在这里说“鬼灯如漆”和“漆炬”，指出李贺认为鬼灯低暗不明，也是出于想象，是选梦。又《管锥编补订》56页论李贺《艾如张》：“齐人织网如素空，张在野田平碧中。网丝漠漠无形影，误尔触之伤首红。”这是说齐人用素丝织网，看不见网。鸟触在网里就被捕了。这也是想象，也是属于选梦。“选春梦”的诗，还可举陆游的诗作例。陆游《五月十一日夜且半，梦从大驾亲征，尽复汉唐故地。见城邑人物繁丽，云西凉府也。喜甚，马上作长句，未终篇而觉，乃足成之》，这是“选春梦”，长期想象恢复失地，因有好梦，诗写梦中所见，是“选春梦”，也是写好梦了。诗称：“熊罴百万从銮驾，故地不劳传檄下；筑城绝塞进新图，排仗行宫宣大赦。冈峦极目汉山川，文书初用淳熙年；驾前六军错锦绣，秋风鼓角声满天。苜蓿峰前尽亭障，平安火在交河上；凉州女儿满高楼，梳头已学京都样。”这是写春梦，这个梦是作者生活中所不能达到的想望。向往过于逼切，就真的化而为梦，是个好梦，成为“选春梦”的杰作了。这首诗是在宋孝宗淳熙七年做的。梦里从宋孝宗的大驾亲征，收复了汉唐故地，收复了凉州，建立了边防亭障。凉州女儿梳头已学京都样。这真是一个好梦了。

三　谈灵感

《朱子语类》卷十八论“致知节目”云①：“逐节思索，自然有觉。如谚所谓：冷灰里豆爆。”尼采自道其“烟士披里纯”之体验云②：“心所思索，忽如电光霍闪，登时照彻，无复遁形，不可游移。”（601页）

这一则讲创作的灵感。《谈艺录》286页称：“出世宗教之悟比于暗室忽明，世间学问之悟亦似云开电射，心境又无乎不同。”这里说的“悟”，即指“灵感”。朱熹讲“觉”，即“悟”，从“致知格物”来，逐节思索，久之自悟，如“冷灰里豆爆”，指积久功深，自然有悟入，这即是“世间学问之悟”，“亦似云开电射”，“电射”的光正像“灵感”了。钱先生在《管锥编》讲陆机《文赋》里的“若夫应感之会，通塞之纪，来不可遏，去不可止”。钱先生说：“按自此至‘虽兹物之在我，非余力之所戮，故时抚空怀而自惋，吾未识夫开塞之所由’，一大节皆言文机利滞非作者所能自主，已近后世‘神来’‘烟士披里纯’之说。”创作者在丰富实践的基础上进行酝酿思考的紧张阶段，由于有关事物的启发，促使创造活动中所探索的重要环节得到明确的解决，一般称为获得灵感。严肃勤奋的劳动态度和负责精神，丰富的实践经验和知识积累，深厚的艺术修养和艺术技巧的掌握，是获得灵感的前提。

① 《朱子语类》：宋黎靖德编朱熹语录一百四十卷。
② 尼采：十九世纪德国哲学家。烟士披里纯：灵感。

四 谈“活法”

《艇斋诗话》记吕东莱论诗尝引孙子论兵语①：“始如处女，终如脱兔。”陈起《前贤小集拾遗》卷四载曾茶山《读吕居仁旧诗有怀其人作诗寄之》五古②，今本《茶山集》漏收，有云：“学诗如参禅，慎勿参死句；纵横无不可，乃在欢喜处。又如学仙子，辛苦终不遇；忽然毛骨换，政用口诀故。居仁说活法，大意欲人悟，岂惟如是说，实亦造佳处；其圆如金弹，所向如脱兔。”“脱兔”正与“金弹”同归，而“活法”复与“圆”一致。圆言其体，譬如金弹；活言其用，譬如脱兔。茶山二句即东坡《次韵欧阳叔弼》所谓：“中有清圆句，铜丸飞柘弹。”观《谢幼槃文集》卷一《读吕居仁诗》③：“吾宗宣城守，诗压颜谢辈④。居仁相家子，哦诗亦能事。自言得活法，尚恐宣城未”，则东莱虽有取于谢玄晖语，而尚以为玄晖所行不逮所言也。章冠之《自鸣集》卷四《送谢王梦得借示诗卷》：“人入江西社，诗参活句禅”；“参活句”即茶山句之“勿参死句”，盖以此为“江西社”中人传授心法。东莱借禅人“死语不离窠臼”话头（参

---

① 《艇斋诗话》：宋曾季狸撰，一卷。吕东莱：吕本中，字居仁，学者称东莱先生，宋诗人。孙子：孙武，春秋时兵家。有《孙子》十三篇。

② 陈起：字宗之，南宋书坊主。刻《江湖小集》等书多种。曾茶山：宋曾几，号茶山居士。有《茶山集》八卷。

③ 《谢幼槃文集》：十卷，宋谢逸撰。

④ 宣城守：谢朓，字玄晖，官宣城太守。颜谢：颜延之、谢灵运，与谢朓均为南北朝时宋诗人。

观《五灯会元》卷十二昙颖达观章次)，拍合谢玄晖“弹丸”名言，遂使派家有口诀、口号矣。其释“活法”云：“规矩备具，而出于规矩之外；变化不测，而不背于规矩”；乍视之若有语病，既“出规矩外”，安能“不背规矩”。细按之则两语非互释重言，乃更端相辅。前语谓越规矩而有冲天破壁之奇，后句谓守规矩而无束手缚脚之窘；要之非抹杀规矩而能神明乎规矩，能适合规矩而非拘挛乎规矩。东坡《书吴道子画后》曰①：“出新意于法度之中，寄妙理于豪放之外”；其后语略同东莱前语，其前语略当东莱后语。陆士衡《文赋》②：“虽离方而遁员，期穷形而尽相”，正东莱前语之旨也（参观《管锥编》一一九三至四页)。东莱后语犹《论语·为政》所谓“从心所欲不逾矩”，恩格斯诠黑格尔所谓“自由即规律之认识”③。谈艺者尝喻为“明珠走盘而不出于盘”，或“骏马行蚁封而不蹉跌”，甚至“足镣手铐而能舞蹈”（参观《宋诗选注》苏轼篇注三、四，又杨万里篇注二四、二五，《管锥编》一四九页、一一九七页、又《增订》一七页)。康德言想像力有“自由纪律性”④，黑格尔言精神“于必然性中自由”，是其大义。以此谛说诗，则如歌德言⑤：“欲伟大，当收敛。受限制，大家始显身手；有规律，吾侪方得自由。”希勒格尔尝言韵律含“守秩序之自由”⑥。黑贝尔语尤妙⑦，谓“诗家之于束缚或限制，不与之抵拄，而能与之游戏，庶造高境”。近人艾略特云⑧：“诗家有不必守规矩处，正所以维持秩序也”均相发明。《晋书·陶侃传》记谢安每言：“陶公虽用法，而恒得法外意”；其语亦不啻为谈艺设也。(438—440 页)

---

① 东坡：宋苏轼号东坡居士。吴道子：吴道玄字，唐画家。

② 陆士衡：晋陆机字，文学家。

③ 恩格斯：十九世纪德国社会主义革命家、理论家。黑格尔：十八、十九世纪德国唯心主义哲学家。

④ 康德：十八世纪末期、十九世纪初德国唯心主义哲学家。

⑤ 歌德：十九世纪初德国诗人。

⑥ 希勒格尔：十八、十九世纪德国文学艺术家。

⑦ 黑贝尔：十九世纪德国诗人。本书又译为“赫贝尔”。

⑧ 艾略特：英国诗人、批评家。

这一则讲创作要讲究“活法”。《孙子·九地》：“是故始如处女，敌人开户，后如脱兔，敌不及拒。”处女比安静，脱兔比行动迅速。一静一动，变化不定，即指灵活。曾几讲“学诗如参禅”，指诗人在生活中有所感触，就抓住这种感触来作诗。像杨万里《闲居初夏午睡起》：“梅子留酸软齿牙，芭蕉分绿上窗纱。日长睡起无情思，闲看儿童捉柳花。”钱先生《宋诗选注》评：“这首诗里的‘留’字‘分’字都精致而不费力。”第四句参看白居易的《前日〈别柳枝〉绝句，梦得继和，又复戏答》：“谁能更学孩童戏，寻逐春风捉柳花？”这里“留酸软齿牙”，“留”和“软”写出生活中的一种感触。“分绿”又是一种感触。“闲看儿童捉柳花”，这里又有一种感触，感触到看儿童捉柳花的活泼可爱。抓住生活中的这种感触，写成诗句，这就好像参禅了。参禅分死活，像杨万里抓住生活中的感触来写，就是活句。再像白居易的“谁能更学孩童戏，寻逐春风捉柳花？”感叹自己已经失去童年无法追寻了。这又是一种感触，抓住这种感触写出来，也是参活句。倘作者没有自己的感触，抄袭别人的话，就不是参活句了。“纵横无不可，乃在欢喜处。”有了自己的感触，不论怎样说都可以。像白居易那样说可以，像杨万里那样说也可以。“乃在欢喜处”，应该是在有感触处。

再说像学仙那样，“辛苦终不遇，忽然毛骨换”，成仙了。这正如杨万里《荆溪集序》：“予之诗始学江西诸君子，既又学后山（陈师道）五字律，既又学半山老人（王安石）七字绝句，晚乃学绝句于唐人，学之愈力，作之愈寡。”这就是“辛苦终不遇”。后来觉悟了，“是日即作诗，忽若有悟，于是辞谢唐人及王、陈、江西诸君子，皆不敢学，而后欣如也”。“步后园，登古城，采撷杞菊，攀翻花竹，万象毕来，献予诗材，盖麾之不去，前者未去而后者已迫，涣然未觉作诗之难也”。这就是“忽然毛骨换”了。懂得了诗从生活中来，在生活中有了感触，把它抓住就写成了。方东树《昭昧詹言》：“玄晖别具一副笔墨，开齐梁而冠乎齐梁。”所以说谢朓“诗压颜（延之）、谢（灵运）”。又称：“玄晖自云：‘圆美流转如弹丸。’”这就是“譬如金弹”。这里指出活法说胜过弹丸。因为弹丸说讲诗的圆美流转，就诗的艺术成就说。活法讲诗的感触，有了感触才能写诗，才有诗的艺术成就，所以活法更重要了。没有对外界事物的感触，说人家已说的话，没有新的意境，没有新的艺术手法，这叫落入前人的窠臼，所以说“死语不离窠臼”。

讲活法，提到苏轼《书吴道子画后》：“出新意于法度之中，寄妙理于豪放之外。”钱先生在《宋诗选注》苏轼篇里说：前面一句算得“豪放”的定义，用苏轼所能了解的话来说，就是“从心所欲，不逾矩”；用近代术语来说，就是：自由是以规律性的认识为基础，在艺术规律的容许之下，创造力有充分的自由活动。这正是苏轼所一再声明的，作文该像“行云流水”或“泉源涌地”那样的自在活泼，可是同时应很谨严的“行于所当行，止于所不可不止”。这里就谈到“规矩备具，而出于规矩之外；变化不测，而不背于规矩”了。

钱先生引陆机《文赋》：“虽离方而遁圆，期穷形而尽相。”在《管锥编》1193 页里作了发挥：“离方圆以穷形相。”即不囿陈规，力破余地，……西方古典主义以还，论文常语如：“才气雄豪，不局趣于律度，迈越规矩，无法有法”；“规矩拘缚，不得尽才逞意，乃纵心放笔，及其至也，纵放即成规矩”；“破坏规矩乃精益求精之一术”，均相发明。

五　谈妙悟

沧浪别开生面，如骊珠之先探①，等犀角之独觉②，在学诗时工夫之外，另拈出成诗后之境界，妙悟而外，尚有神韵。不仅以学诗之事，比诸学禅之事，并以诗成有神，言尽而味无穷之妙，比于禅理之超绝语言文字。他人不过较诗于禅，沧浪遂欲通禅于诗。胡元瑞《诗薮·杂编》卷五比为“达摩西来”者③，端在乎此，斯意似非李氏（李光昭，见256页）所解也。(258页)

这一则讲诗歌创作的妙悟和神韵。严羽《沧浪诗话》在《诗辨》里说：“大抵禅道惟在妙悟，诗道亦在妙悟。且孟襄阳（浩然）学力下韩退之（愈）远甚，而其诗独出退之之上者，一味妙悟而已。惟悟乃为当行，乃为本色。然悟有浅深，有分限，有透彻之悟，有但得一知半解之悟。”郭绍虞《沧浪诗话校释》：“沧浪所论毕竟重在透彻之悟，偏于神韵一边，所以在‘诗道亦在妙悟’之后，即言‘孟襄阳学力，下韩退之远甚，而其诗独出退之之上者，一味妙悟而已’。可知沧浪所谓妙悟，正指下节所谓

---

① 骊珠：《庄子·列御寇》说深渊中有骊（黑）龙颔下有珠，要在它睡着时才能探骊得珠。

② 犀角：旧说以犀牛角有白纹，感应灵敏。李商隐《无题》：“心有灵犀一点通。”

③ 胡元瑞：明胡应麟字。有《诗薮》二十卷。达摩：天竺人。梁普通元年入华，在嵩山面壁九年而化。为禅宗传入中国的初祖。

‘羚羊挂角，无迹可求’之意。从这点讲，则王士祯神韵之说为最合沧浪意旨。王氏谓：‘严沧浪以禅喻诗，余深契其说，而五言尤为近之。’如王（维）裴（迪）《辋川绝句》，字字入禅。他如‘雨中山果落，灯下草虫鸣’，‘明月松间照，清泉石上流’，以及太白‘却下水精帘，玲珑望秋月’，常建‘松际露微月，清光犹为君’，浩然‘樵子暗相失，草虫寒不闻’，刘昚虚‘时有落花至，远随流水香’，妙谛微言，与世尊拈花，迦叶微笑，等无差别。通其解者，可悟上乘。”这里讲的“妙悟”，粗浅地说，诗人看景物时，产生出一种情思，没有这种情思，写不出诗，所以“诗道惟在妙悟”。有了情思，再结合具体景物来描绘，景中含情，这就是神韵。如王维在雨中的山果落，灯下的草虫鸣里体会到一种极为幽静的境界，这种体会就是妙悟。有了这种体会，写出“雨中山果落，灯下草虫鸣”，在这两句诗里透露出一种幽静的境界，这就是景中含情的神韵了。因此以禅喻诗就妙悟方面说，诗有了妙悟以后，还要结合景物来透露情思，还要神韵；禅只要了悟以后就可以了，不必要有神韵。所以钱先生说：“在学诗时工夫之外，另拈出诗成后的境界，妙悟而外，尚有神韵”，即“言有尽而味无穷之妙”。以上举出王维诗的两句是言有尽，在这两句中含有一种极幽静的境界可供体味，即意无穷。没有这种幽静的境界，人们在热闹中，就感不到山果落，听不到草虫鸣了。钱先生又指出李光昭《诗禅吟示同学》诗：“沧浪且未知禅理”，反对以禅喻诗。其实以禅喻诗指妙悟，这点非李氏所解。胡应麟认为达摩创禅宗，即讲妙悟，妙悟可通于诗，所以说是“达摩西来”意。

六　抓“诗思”

《剑南诗稿》卷二十二《杂题》①：“山光染黛朝如湿，川气熔银暮不收。诗料满前谁领略，时时来倚水边楼”；卷二十五《晨起坐南堂书触目》：“奇峰角立千螺晓，远水平铺匹练收，诗料满前吾老矣，笔端无力固宜休”；《晚眺》：“个中诗思来无尽，十手传抄畏不供”；卷三十三《山行》：“眼边处处皆新句，尘务经心苦自迷。今日偶然亲拾得，乱松深处石桥西”；卷四十二《春日》：“今代江南无画手，矮笺移入放翁诗”；卷八十《日暮自湖上归》：“造物陈诗信奇绝，匆匆摹写不能工。”欧阳永叔评文与可诗②：“世间原有此句，与可拾得耳”，见《东坡题跋》卷二《书昙秀诗》③，放翁“偶然亲拾得”语本之。杨诚斋言得句，几如自献不待招、随手即可拈者，视放翁事更便易。《诚斋集》卷十三《晓经潘葑》④：“潘葑未到眼先入，岸柳垂头向人揖，一时唤入诚斋集”；卷十八《船过灵洲》：“江山惨淡真如画，烟雨空濛自一奇。病酒春眠不知晓，开门拾得一篇诗”；卷三十七《晓行东园》：“好诗排闼来寻我，一字何曾拈白须。”方虚谷《桐江续集》卷五《考亭秋怀》第九首⑤：“登高见佳句，意会无

---

① 《剑南诗稿》：宋陆游号放翁。有《剑南诗稿》八十五卷。

② 欧阳永叔：宋欧阳修字。文与可：宋文同字。

③ 《东坡题跋》：宋苏轼著，六卷。昙秀：宋僧名。

④ 《诚斋集》：宋杨万里撰，一百三十三卷。

⑤ 方虚谷：元方回字。有《桐江续集》三十七卷。

非诗。顾视不即收，顷刻已失之"；又卷二十八《诗思》第四首："满眼诗无数，斯须复失之"；则不脱唐子西、陈简斋窠臼①。(455—456 页)

这一则讲从生活中有所感受，抓住了就写在诗里。这里引的陆游诗，从"山光染黛""川气熔银"里，即从"山光"和"川气"里，产生了"染黛""熔银"的感受，这种感受就成为"诗料"，"领略"了它，写入诗中，就成了这首诗。再如看到"奇峰"像角立的千螺，看到"远水"像平铺的匹练，这种感受就成为"诗料"，写在这首诗里。再像在《晚眺》中，看到无尽的诗思，怕来不及抓。再像《山行》里写眼前景物都是诗句，一时无从抓起，只点出这些景物在哪里："乱松深处石桥西。"这又是一种写法。再用反衬的说法，说江南无画手来画，衬出风景的美好，非画手所能画，而放翁的诗却能描画。或说用诗来"摹写不能工"，即景物的美好，超过诗人的摹写。再看苏轼的《书昙秀诗》：

> 昙秀作诗云："扁舟乘兴到山光（寺名），古寺临流胜气藏。惭愧南风知我意，吹将草木作天香。"予和云："闲里清游借隙光，醉时真境发天藏。梦回拾得吹来句，十里南风草木香。"予昔时对欧阳文忠公诵文与可诗云："美人却扇坐，羞落庭下花。"公云："此非与可诗，世间原有此句，与可拾得耳。"

在这里，苏轼点出"醉时真境发天藏"，很有意思。为什么同是景物，一般人看过也就看过了，诗人看了，却能看出其中含有诗料，把它捉住，写入诗中呢？这就是诗人从景物中看到真境，能够揭发大自然的奥秘。像昙秀诗里写的南风"吹将草木作天香"，就是一种感受，就是揭发大自然的奥秘，所以说："梦回拾得吹来句，十里南风草木香。""梦回"即指"醉时真境"，醉时忘掉了人世的争名争利的干扰，才能领略到"真境"，即大自然的奥秘，即"十里南风草木香"。这个真境是客观存在，一般人领略不到，昙秀在梦回时领略到了，所以称为"拾得吹来句"，即把客观

① 唐子西：宋唐庚字。陈简斋：宋陈与义字。

存在的真景拾来了。苏轼给欧阳修诵文同诗：“美人却扇坐，羞落庭下花。”写美人却扇，不用扇障面，她坐在花下，容光焕发，使花害羞落下。文同看到了，借此来赞美美人的美。欧阳修所以说：“世间原有此句，与可拾得耳。”是因为美人坐在花下，有花落下来，这是客观存在。把它说成“羞落庭下花”，这却是诗人的主观感受。南风吹来草木的香气，这是客观存在，诗人写成“惭愧南风知我意，吹将草木作天香”。这却是诗人的感受。客观存在中有很多美好的景物，还要靠诗人对这些景物作出感受，才能写成为诗。把“山光”看成“染黛”，把“川气”看成“熔银”，把“奇峰”看成“角立千螺”，把“远水”看成“平铺匹练”，这些都是诗人从景物中所产生的感受，即看到“真境发天藏”，这样才能写成诗。

钱先生称“杨诚斋言得句，几如自献不待招”，即杨万里《荆溪集序》所谓：“万象毕来，献予诗材，盖麾之不去，前者未去而后者已迫，涣然未觉作诗之难也。”但杨万里要把客观景物写入诗中，还得凭自己对客观景物的感受。如写《晓经潘葑》，看到岸柳垂条，一定要产生“岸柳垂头向人揖”，这是诗人的感受，有了这个感受才好写入诗中。再像《船过灵洲》，看到江山，产生“惨淡真如画”的感受，看到烟雨，有了“空濛自一奇”的感受，才好写入诗句。再像《晓行东园》：“好诗排闼来寻我”，产生了美好景物构成诗料排闼来找我的感受，才写成诗。而方回却用另一种写法，写出诗人对美好景物的感受，稍纵即逝：不抓住，立刻就消失了。在这里钱先生又提到唐庚和陈与义。钱先生在《宋诗选注》里选了唐庚《春日郊外》：“疑此江头有佳句，为君寻取却茫茫。”在注里说：眼前景物都是诗意，心里忽有触悟，但是又写不出来。参看苏轼《和陶〈田园杂兴〉》：“春江有佳句，我醉堕渺茫”；陈与义：“新诗满眼不能裁”，又《春日》：“忽有好诗生眼底，安排句法已难寻”，又《题酒务壁》：“佳句忽堕前，追摹已难真。”这里指出有两点：一是看到佳景，但没有产生感触，写不成诗；一是有了感触，但没把它抓住，稍纵即逝，这样也写不出诗。

七　创作前的精神准备

东坡《送参寥》有云①："颇怪浮屠人，谁与发豪猛②。细思乃不然，真巧非幻影③。欲令诗语妙，无厌空且静。静故了群动，空故纳万境。咸酸杂众好，中有至味永。诗法不相妨，此语当更请。""静了群动"，暗合载之之意④，"空纳万境"，明同梦得之言⑤；"咸酸中有至味"，又本司空表圣《与李生论诗书》之旨⑥。东坡《书黄子思诗后》极推表圣论诗⑦，而表圣固沧浪之先河；东坡此篇殊可玩味。(260 页)

这一则讲创作以前的精神准备和创作时的要求。《荀子·解蔽》："心何以知？曰：虚一而静。心未尝不藏也，然而有所谓虚；心未尝不两也，

---

① 参寥：宋僧道潜，字参寥。《送参寥》："颇怪浮屠人，视身如丘井，颓然寄淡泊，谁与发豪猛。"

② 浮屠人，指和尚。《维摩诘所说经》："是身如丘井。"颇怪和尚是淡泊的，谁与他发豪猛呢。

③ 真巧非幻影：和尚真是巧妙的，他的作为，并非幻影。

④ "静了群动"，暗合载之之意：唐权载之《送灵彻上人庐山回归沃州序》："读其词者，知其心不待境静而静。"

⑤ "空纳万境"，明同梦得之言：唐刘禹锡（梦得）《秋日过鸿举法院便送归江陵引》："能离欲，则方寸地虚，虚而万景入，入必有所泄，乃形乎词。"

⑥ 司空表圣《与李生论诗书》："若醯（醋），非不酸也，止于酸而已；若鹾（盐），非不咸也，止于咸而已。华之人以充饥而遽辍者，知其咸酸之外，醇美者有所乏耳。"

⑦ 东坡《书黄子思诗集后》："信乎表圣之言，美在咸酸之外，可以一唱而三叹也。"

然而有所谓一；心未尝不动也，然而有所谓静。”刘勰《文心雕龙·神思》：“是以陶钧文思，贵在虚静。”在酝酿文思时，着重在虚心和宁静。只有虚心，才能采纳不同意见；只有专一，才能专心体察，看到问题；只有静心，才能看得细致。所以在酝酿文思时，重在虚心和宁静。苏轼在这里提出：“欲令诗语妙，无厌空且静”，即着重虚静。“静故了群动，空故纳万境。”心静不浮躁，才能仔细观察。了解了各种各样的活动，吸收了各种各样的境界，才能反映各种新的生活，写出新的境界，才能使诗语妙。创作时还要求“至味永”。苏轼在《书黄子思诗集后》说：司空图“论诗曰：‘梅止于酸，盐止于咸’”，饮食不可无盐梅，而其美常在咸酸之外。又称：“独韦应物、柳宗元发纤秾于简古，寄至味于淡泊，非余子所及也。”那么他引司空图所讲的味外味，即在简古中含有纤秾，在淡泊中含有至味。因为所反映的是新的生活，所写的是新的境界，给人以清新的感觉，所以虽写得简古淡泊，还是含有至味。这是可以玩味的。

八　“即物生情”与“执情强物”

元僧觉隐妙语所云：“我以喜气写兰，怒气写竹。”《佩文斋书画谱》卷十六引《紫桃轩杂缀》①，按《杂缀》无此则。北宋以后，抉剔此秘而无遗。抑所谓我，乃喜怒哀乐未发之我；虽性情各具，而非感情用事，乃无容心而即物生情，非挟成见而执情强物。春山冶笑，我只见春山之态本然；秋气清严，我以为秋气之性如是。皆不期有当于吾心者也。李太白《赠横山周处士》诗，言其放浪山水，有曰：“当其得意时，心与天壤俱，闲云随舒卷，安识身有无。”苏东坡《书晁补之藏与可画竹》第一首曰②：“与可画竹时，见竹不见人。岂独不见人，嗒然遗其身③。其身与竹化，无穷出清新。庄周世无有，谁知此凝神。”董彦远《广川画跋》卷四《书李营丘山水图》曰④：“为画而至相忘画者”；卷六《书时记室藏山水图》曰：“初若可见，忽然忘之”；又《书范宽山川图》曰：“神凝智解，无复山水之相”；又《书李成画后》曰：“积好在心，久而化之。举天机而见者山也，其画忘也。”罗大经《鹤林玉露》卷六记曾无疑论画草虫云⑤：“不知我之为草虫耶，草虫之为我也。”曰“安识身有无”，曰“嗒然遗其身”，曰“相忘”，

---

① 《紫桃轩杂缀》：三卷，《又缀》三卷，明李日华撰，中有论书画处。

② 苏东坡：宋苏轼号东坡居士。与可：宋文同字。

③ 嗒（tà）然：亦作“嗒焉”，状沮丧。《庄子·齐物论》：“仰天而嘘，嗒焉似丧其偶。”

④ 董彦远：宋董逌字。

⑤ 《鹤林玉露》：十六卷，似诗话兼语录。

曰“不知”，最道得出有我有物、而非我非物之境界。否则先入为主，吾心一执，不见物态万殊。春可乐而庾信《和庾四》则云：“无妨对春日，怀抱只言秋。”秋可悲而范坚乃有意作《美秋赋》，唐贾至《沔州秋兴亭记》、李白《秋日鲁郡尧祠亭赠别》、刘禹锡《秋词》皆言秋之可喜。汉《郊祀歌·日出入》篇曰：“春非我春，夏非我夏。”回黄转绿，看朱成碧。良以心不虚静，挟私蔽欲，则其观物也，亦如《列子·说符》篇记亡斧者之视邻人之子矣。我既有障，物遂失真，同感沦于幻觉。如孔德璋《北山移文》之“风云带愤，石泉下怆，南岳献嘲，北陇腾笑，列壑争讥，攒峰竦诮，林惭无尽，涧愧不歇”①，虽极嘲讽之致，无与游观之美。试以“北陇腾笑”与“晚山淡笑”相较，差异显然。长吉诗中好用涕泪等字②，亦先入为主之类也。至吾国堪舆之学，虽荒诞无稽，而其论山水血脉形势，亦与绘画之同感无异，特为术数所掩耳。李巨来《穆堂别稿》卷四十四《秋山论文》一则曰③：“相冢书云：山静物也，欲其动；水动物也，欲其静。此语妙得文家之秘”云云。按《青乌先生葬经》④：“山欲其凝，水欲其澄”两句下旧注云：“山本乎静欲其动，水本乎动欲其静。”穆堂引语殆本此。实则山水画之理，亦不外是。堪舆之通于艺术，犹八股之通于戏剧，是在善简别者不一笔抹煞焉。（55—57页）

这一则讲两种创作方法：一是“即物生情”，一是“执情强物”。先说“即物生情”。如写“春山冶笑”，是认为春山本身具有冶笑的情态，不是诗人加上去的。这样说，诗人先要把春山比作美女，所以认为春山会冶笑。说“秋气清严”，认为秋天的气候本身是清严的。诗人从景物中看到景物本身所具有的情态，把它写出来。像“我以喜气写兰，怒气写竹”，

---

① 孔德璋：南朝齐孔稚珪字。南齐周彦伦隐居钟山（即北山），后出为海盐令。秩满入京，复经此山。孔稚珪写《移文》只是说，你一直在做官，何必在山里造隐舍，到山里来住呢？文章写得夸张了些，引起了人们的误解。

② 长吉：唐李贺字。有《昌谷集》四卷。

③ 李巨来：清李绂字。有《穆堂别稿》五十卷。

④《青乌先生葬经》：一卷，青乌子名见《晋书·郭璞传》。此书为后人托郭璞名所作。

即认为兰花本身具有使人喜爱的特点，所以这个“喜气”是兰花本身所具有的，不是画家加上去的。竹子挺拔上长，这是它本身所具有的特点，好像有怒气。这里的“我”，并没有喜怒哀乐的感情，所说的“喜气”“怒气”，是从兰花和竹子本身所具有的特点来的。不过要从兰花和竹子中看出喜气和怒气来，也要对兰花和竹子有感情，只是这种感情是从兰花和竹子中生出来的，所以称“即物生情”。文与可画竹时，只看到竹，忘记了自己，即全部注意力集中在意想中的竹子上，意想中的竹子是从观察中来的。在观察时，注意竹子的各种姿态，这各种姿态是竹子本身所具有的。画竹时，把意想中的竹子的各种姿态画到纸上，画出竹的各种姿态来，不是临摹前人的画竹，所以“无穷出清新”。因为注意力集中在画意想中的竹子，所以“见竹不见人”，也忘了自身，所以“其身与竹化”，这就是“凝神”。又如画山，不是对着山写生，是在观察中看到山的各种情态，引起爱好。这种爱好，积累起来，形成一种典型的形象，这叫“积好在心”。这种“积好”，是积累许多山的好的形象形成的，形成一个典型，这就是“久而化之”。是“神凝智解，无复山水之相”。即这个典型，不再是一山一水的形象了。“举天机而见者山也，其画忘也”，这个意想中的山，是“积好在心”，这是自然形成的，所以是“天机”，所见的是“积好”的山，是忘掉一山一水的山。再像画草虫，在观察中看到草虫的各种姿态，画时全神贯注在草虫的各种姿态上，忘掉了自身。像庄周梦为蝴蝶，栩栩然蝴蝶也，好像此身化成蝴蝶。所以说“不知我之为草虫耶，草虫之为我耶”。草虫的跳动，好像我身在跳动了。这就做到“即物生情”，能把物的各种情态画出来，“无穷出清新”了。

再看“执情强物”，作者自己有了喜怒哀乐的感情，把这种感情著到物上，这是强加上去的。如庾信在北周愁苦，认为美好的春天也像秋天那样使人愁苦。晋代范坚写《美秋赋》，认为秋天也是美好的。唐朝贾至作《沔州秋兴亭记》称：“四时之兴，秋兴最高。”认为登亭观望，秋天兴致最高。李白《秋日鲁郡尧祠亭赠别》：“我觉秋兴逸，谁云秋兴悲。山将落日去，水与晴空宜。”把我觉秋兴的美好，加到秋兴上。刘禹锡《秋词》：

“自古逢秋悲寂寥，我言秋日胜春朝，晴空一鹤排云上，便引诗情到碧霄。”这也是把个人爱秋的感情加到秋上。汉《郊祀歌·日出入》：“日出入安穷，时世不与人同。故春非我春，夏非我夏，秋非我秋，冬非我冬。”这里指出世乱时代，与人民求治的愿望不同，所以春夏秋冬四季都觉得苦恼，即以苦恼的感情加在四季上。“回黄转绿，看朱成碧”，指时令的变化，由秋冬百草的枯黄，转到春天的碧绿。看到红花落了，绿叶抽了。作者把主观的感情色彩著到景物上去。《列子·说符》记有人丢了斧子，疑心邻人之子偷的，看他的走路、言语、态度，都像偷斧子的。后来找到了斧子，再看邻人之子，走路、言语、态度都不像偷斧子的。这说明主观在起作用。孔稚珪的《北山移文》，一说周彦伦曾隐居北山，后出山做官。后又要经过此山，孔稚珪因假借山灵来嘲笑他的假隐居，写林木涧泉为他的假隐居而感到惭愧。这是作者把主观的感情加到山林泉涧上去。再像说，山是静的，要它动；水是动的，要它静。这是看风水的把主观的想法加到山水上去。李绂借它来讲写作，即把作者的主观感情著到景物上去，即“执情强物”。

按“即物生情”与“执情强物”，即王国维在《人间词话》里说的“无我之境”与“有我之境”。“无我之境”即写景物本身所具有的情态，“有我之境”即以我的感情色彩著在景物上。不过将“无我之境”理解为“即物生情”，这个“情”是我看到的物的情态，这里显然并非真是无我，所以称“无我”还不如称“即物生情”更为确切些。

九　心以应物，意到笔随

流俗以为艺事有敲门砖，鸳鸯绣出，金针可度，只须学得口诀手法，便能成就。此说洵足为诗窖子、画匠针砭。然矫枉过正，诸凡意到而笔未随、气吞而笔未到之境界，既忽而不论，且一意排除心手间之扞格，反使浅尝妄作、畏难取巧之徒，得以直书胸臆为借口。夫艺也者，执心物两端而用厥中。兴象意境，心之事也；所资以驱遣而抒写兴象意境者，物之事也。物各有性：顺其性而恰有当于吾心；违其性而强以就吾心；其性有必不可逆，乃折吾心以应物。一艺之成，而三者具焉。自心言之，则生于心者应于手，出于手者形于物，如《吕览·精通》篇所谓："心非臂也，臂非椎非石也，悲存乎心，而木石应之。"① 自物言之，则以心就手，以手合物，如《庄子·天道》篇所谓"得手应心"②，《达生》篇所谓："指与物化，而不以心稽。"③ Croce 执心弃物④，何其顾此失彼也。夫大家之能得心应手，正先由于得手应心。技术工夫，习物能应；真积力久，学化于

---

① 《吕氏春秋·精通》："钟子期夜闻击磬者而悲，使人召而问之。答称母为公家酿酒，己为公家击磬，不见母三年矣，是故悲，钟子期叹谓：'悲存乎心，而木石应之。'"

② 《庄子·天道》：轮扁讲砍木为轮："徐则甘而不固，疾则苦而不入，不徐不疾，得之于手而应于心，口不能言，有数存焉于其间。"

③ 《庄子·达生》："工倕旋而盖规矩，指与物化而不以心稽。"工倕用手指旋转画圆胜过圆规，手指化成圆规的巧妙，在于心不停留。

④ Croce：克罗齐，十九、二十世纪意大利最著名的美学家。他抛弃了先验主义的方法。

才，熟而能巧。专恃技巧不成大家，非大家不须技巧也，更非若须技巧即不成大家也。“画以心不以手”，立说似新，实则王子安“腹稿”、文与可“胸有成竹”之类[1]，乃不在纸上起草，而在胸中打稿耳。其由尝试以至成功，无乎不同。胸中所位置安排、删削增改者，亦即纸上之文字笔墨，何尝能超越迹象、废除技巧。纸上起草，本非全盘由手；胸中打稿，亦岂一切唯心哉。《朱文公集》卷四十五《答杨子直书》之一云[2]：“身心内外，初无间隔。所谓心者，固主乎内。而凡视听言动出处语默之见于外者，亦即此心之用，而未尝离也。今于其空虚不用之处，则操而存之；于其流行运用之实，则弃而不省。此于心之全体，虽得其半，而失其半矣。”高攀龙《困学记》云[3]：“心不专在方寸，浑身是心。”融澈之论，正可逐用。是以 G. C. Lichtenberg 游英[4]，睹名伶 Garrick 演剧[5]，嚬笑运为，无不入妙，叹曰：“此人竟体肌肉中，无处非灵心。”《梁书·裴子野传》[6]：“或问其为文速者，子野答云：‘人皆成于手，我独成于心’，虽有见否之殊，其于刊改一也。”此即“画以心而不以手”之好注脚。E. Mach 论科学家推求物理[7]，尝标“经济”为原则，谓不每事实验，而以推想代之。乃所以节省精力。致知造艺，心同此理尔。（210—212 页）

这一则讲创作的物、意、笔、辞，从观察外物，到形成意境或题旨，到用笔表达，成为文辞。这里根据“鸳鸯绣出从君看，不把金针度与人”，认为看到金针度人的绣法，即学习一些写作法，就可以直抒胸臆来写，来画，只能成为“诗窖子”，像《类说》二六称宋王仁裕作诗万首称诗窖子，

---

① 腹稿：《唐诗纪事》：“〔王〕勃（字子安）为文先磨墨数升，引被覆面而卧，忽起书之，初不加点，时谓腹稿。”胸有成竹：宋苏轼《篔筜谷偃竹记》：“故画竹必先得成竹于胸中。”

② 朱文公：宋朱熹谥。

③ 高攀龙：明代作家。有《高子遗书》十二卷。

④ G. C. Lichtenberg：里希登贝克，十八世纪德国物理学家、讽刺作家。

⑤ Garrick：加里克，十八世纪英国戏剧家、演员。

⑥ 《梁书》：唐姚思廉撰，五十六卷。

⑦ E. Mach：马赫，十九、二十世纪奥地利物理学家、哲学家。

即多而不精妙。像绘画的只能成为画匠，即会画而不能成为名家。陆机的《文赋》称："恒患意不称物，文不逮意。"刘勰《文心雕龙·神思》称："意授于思，言授于意，密则无际，疏则千里。"从观察外物到形成一个意，即主旨，意与物之间不免有距离，所谓"意不称物"。有了"意"用文辞来表达，又怕"文不逮意"。从物到意到辞处理得恰好的，称"密则无际"；从物到意到辞有距离的称"疏则千里"。钱先生称"意到而笔未随、气吞而笔未到"，即意能称物，故称"意到"，"辞不逮意"，故称"笔未随"，是文辞的表达不能达意。钱先生又从心物两端分开来讲，从观察物象到形成兴象意境，是心之事。把兴象意境写成文辞，是物之事，即手笔的事。钱先生又引《吕览·精通》里称有人心悲，击磬时发出悲声，是木石应与心。又引轮扁砍轮，得心应手，心应于手。工倕用手代圆规，是"指与物化"，即手指化成圆规。这里指出怎样打破心与手的距离，即打破"文不逮意"的距离。从轮扁砍轮得心应手里，从工倕以指画圆的指与物化里，可以看到轮扁是在长期砍轮的实践中达到得心应手。那么要打破"文不逮意"，光靠懂得一点写作方法是不够的，要在长期的写作实践中做到得心应手才成。钱先生称："真积力久，学化于才，熟而能巧。"即要积累真实的实践，达到"指与物化"，熟能生巧。所谓王勃的腹稿，文同的胸有成竹，是在胸中打草稿，在胸中做好删削增改，在胸中做好得手应心的工作，才可以立即写出。钱先生又指出：朱熹说的："身心内外，初无间隔。"先是手不应心，心里想好的兴象意境，手笔写不出来。经过写作的长期实践，做到得心应手，心里想到什么意境，手笔能够如实表达出来，最后心与物化，心和手一致，心怎样想，手怎样写，心的灵巧完全表现在手上。好比名演员的表现，所有灵心妙想，完全表现在肌肉中了。这就是创作达到的很高境界了。但这里还需要心有灵心妙想，要打破"意不称物"问题。刘勰在《神思》里曾讨论这个问题，陆机在《文赋》里也讨论过这些问题，这是另一个问题了。

一〇 “以俗为雅，以故为新”

新补六、《再次韵杨明叔·引》①：“盖以俗为雅，以故为新，百战百胜。此诗人之奇也。”天社无注②。按《后山集》卷二十三《诗话》云③：“闽士有好诗者，不用陈语常谈，写投梅圣俞④。答书曰：‘子诗诚工，但未能以故为新，以俗为雅尔。’”圣俞答书似已失传，赖后山援引，方知山谷所本。葛常之《韵语阳秋》卷三称山谷与杨明叔论诗此语⑤，盖南宋初人早征古而忘祖矣。《中州集》卷二引李屏山为刘西岩诗序亦以此为山谷诗法⑥，更无足怪。近世俄国形式主义文评家希克洛夫斯基等以为文词最易袭故蹈常，落套刻板，故作者手眼须使熟者生，或亦曰使文者野。窃谓圣俞二语，夙悟先觉。夫以故为新，即使熟者生也；而使文者野，亦可谓之使野者文，驱使野言，俾入文语，纳俗于雅尔。《六一诗话》记圣俞论诗所谓“状难写之境，含不尽之意”⑦，数百年来已熟挂谈艺者口角。而山谷、后山祖述圣俞论诗语，迄无过问者，故拈出而稍拂拭之。抑不独修词为然，选材取境，亦复如是。歌德、诺瓦利斯、华兹华斯、柯尔律治、雪

① 新补六：《谈艺录》补订本新补宋黄庭坚诗注第六个注。
② 天社：宋任渊号，注黄庭坚诗内集。
③ 《后山集》：宋陈师道号后山。有《后山集》二十四卷及《后山诗话》。
④ 梅圣俞：宋梅尧臣字。
⑤ 葛常之：宋葛立方字。有《韵语阳秋》二十卷，主要评论诗的立意的诗话。
⑥ 《中州集》：金元好问编，十卷，选录金代人诗。
⑦ 《六一诗话》：一卷，宋欧阳修著。

莱、狄更斯、福楼拜、尼采、巴斯可里等皆言观事体物[①]，当以故为新，即熟见生。（320—321页）

《东坡题跋》卷二《题柳子厚诗》之二："用事当以故为新，以俗为雅；好奇务新，乃诗之病。"亦如山谷之隐取圣俞语，而专为"用事"发，似逊原语之通方也。（《钱锺书研究》7页）

这一则是讲"以俗为雅，以故为新"的创作方法。这个创作方法，钱先生考出始见于梅尧臣的信里，但这封信已无考，唯陈师道的《后山诗话》里提到过。"以俗为雅，以故为新"，另一种提法是"使熟者生，使文者野"。按《南齐书·文学传论》："习玩为理，事久则黩，在乎文章，弥患凡旧，若无新变，不能代雄。"文章怕写得平凡的、旧的。俗指庸俗，即平庸，故指陈旧。提出"新变"，即变庸俗为雅正，变陈旧为清新。庸俗的陈旧的已经过时，人家不要看，所以要变。变庸俗为雅正，雅即正，指正确的。变陈旧的为清新的，是新鲜的，人家就爱看。"使熟者生"，即变旧为新，大家熟悉的是旧了，所以要变新的。"使文者野"，按《论语·雍也》："质胜文则野，文胜质则史。"野指乡野的质朴，史指掌史书的多闻习事而诚不足，即史文的华伪。"使文者野"即使华伪的文辞变为诚朴。诚朴才正确，华伪才庸俗，"使文者野"，也就近于"以俗为雅"了。钱先生从另一角度讲，"使文者野"，反过来即"使野者文"，使乡野的俗语变为文雅，即"以俗为雅"。钱先生又指出"选材取境，亦复如是"。把庸俗的变为雅正的，把陈旧的变为清新的，恐离不开选材取境。写作时，选取正确的新鲜的材料，抛弃庸俗的陈旧的材料，就能"以俗为雅，以故为新"，取境也是这样。

① 歌德：十八、十九世纪德国作家。诺瓦利斯：十八世纪德国哲学家。华兹华斯：十八、十九世纪英国湖畔派诗人。柯尔律治：十八、十九世纪英国诗人。雪莱：十八、十九世纪英国诗人。狄更斯：十九世纪英国批判现实主义文学家。福楼拜：十九世纪法国批判现实主义文学家。尼采：十九世纪德国哲学家。巴斯可里：十九世纪后期二十世纪初意大利诗人。

在《东坡题跋》里指出“以故为新，以俗为雅”也有局限，倘为了“好奇务新，乃诗之病”。钱先生指出，这样讲，也像黄庭坚的称引这两句话，专为“用事”发。其实“选材取境，亦复如是”。这两句话所指，包括选材取境在内，不限于用事。因此苏轼的话，“似逊原语之通方”，假如在用事上好奇务新，“以故为新，以俗为雅”，确有局限。但在选材取境上“以故为新，以俗为雅”，就没有局限，如钱先生《宋诗选注》选郑文宝《柳枝词》：“亭亭画舸系春潭，直到行人酒半酣；不管烟波与风雨，载将离恨过江南。”注里称：“这首诗很像唐朝韦庄的《古离别》：‘晴烟漠漠柳毵毵，不那离情酒半酣。更把玉鞭云外指，断肠春色是江南。’但是第三第四句那种写法，比韦庄的后半首新鲜深细得多了。”郑文宝的诗，就属于在选材取境上比韦庄的诗新鲜深细，所以好。

一一　写实尽俗，别饶姿致

郑子尹《自沾益出宣威入东川》云①：“出衙更似居衙苦，愁事堪当异事征。逢树便停村便宿，与牛同寝豕同兴。昨宵蚤会今宵蚤，前路蝇迎后路蝇。任诩东坡渡东海，东川若到看公能。”写实尽俗，别饶姿致，余读之于心有戚戚焉。军兴而后，余往返浙、赣、湘、桂、滇、黔间，子尹所历之境，迄今未改。形羸乃供蚤饱，肠饥不避蝇余；恕肉无时，真如士蔚所赋②，吐食乃已，殊愧子瞻之言。每至人血我血，搀和一蚤之腹；彼病此病，交递一蝇之身。子尹诗句尚不能尽焉。（183—184 页）

这一则讲“写实尽俗，别饶姿致”。郑珍写一路上的经历，是写实；写经历中的苦事，从这些苦事中，透露出这一路上人民的贫困生活，那么所谓“尽俗”，含有尽当时世俗贫困生活的意味。写这种世俗生活，用的是当句对，所以说“别饶姿致”了。如首联的“出衙”对“居衙”，相当于“愁事”对“异事”；次联的“逢树”对“（逢）村”，相当于“与牛”对“（与）豕”，又同样省去一个“逢”字和“与”字，又“便停”对“便宿”，相当于“同寝”对“同兴”，一联中有两个当句对，更为突出；三联中“昨宵蚤”对“今宵蚤”，相当于“前路蝇”对“后路蝇”。不仅

① 郑子尹：郑珍字，清诗人。有《巢经巢诗抄》九卷。

② 士尉：卞彬，南齐作家。著《蚤虱赋》：“故苇席蓬缨之间，蚤虱猥流，淫痒渭淡，无时恕肉。”

这样，钱先生写他在抗战中，往返浙、赣、湘、桂、滇、黔的经历，郑珍所经历的境遇，迄今未改。“每至人血我血，搀和一蚤之腹；彼病此病，交递一蝇之身。”这两句写的，又是郑珍诗中所没有写到的，这就写出抗战中人民流离奔走所遭受的苦难。《〈谈艺录〉序》里说的：“《谈艺录》一卷，虽赏析之作，而实忧患之书也。”在赏析郑珍的诗里，透露出作者所经历的忧患。

一二　论若即而离

魏尔兰以面纱后之美目喻诗境之似往已回①，如幽非藏。景物当前，薄障间之，若即而离，似近而远，每增佳趣。谢茂秦《四溟山人全集》卷二十三《诗家直说》②："凡作诗不宜逼真，如朝行远望青山，佳色隐然可爱，妙在含胡，方见作手。"董玄宰《容台别集》卷四《画旨》③："摊烛作画，正如隔帘看月，隔水看花，意在远近之间，亦文章法也。"《全唐文》卷五百二十八顾逋翁《右拾遗吴郡朱君集序》称其作曰④："如山深月清，中有猿啸。复如新安江水，文鱼彩石，历历可数。其杳夐俺飒，若有人衣薜荔而隐女萝"；正以亦隔亦透、不隐不显品其文也。古罗马诗人马提雅尔尝观赏"葡萄在玻璃缾幪中，有蔽障而不为所隐匿，犹纱縠内妇体掩映，澄水下石子历历可数"。十七世纪英国诗人赫里克《水晶中莲花》一首发挥此意尤酣畅，历举方孔纱下玫瑰、玻璃杯内葡萄、清泉底琥珀、纨素中妇体，而归宿于"光影若明若昧"之足以添媚增姿。参观150页《补订》一论遗山《泛舟大明湖》⑤："看山水底山更佳。"近世奥地利诗人

---

① 魏尔兰：即保尔·魏尔伦，十九世纪法国诗人。

② 《四溟山人全集》：明谢榛（字茂秦，自号四溟山人）撰，二十四卷。《诗家直说》是其中一卷，即《四溟诗话》。

③ 董玄宰：明董其昌字。有《容台文集》九卷，诗集四卷，别集四卷。

④ 《全唐文》：清嘉庆年间敕修的唐文总集，一千卷。顾逋翁：顾况字，唐诗人。

⑤ 遗山：金代作家元好问号。

霍夫曼斯塔尔谓艺术之善写后景者①，得光影若明若昧之秘，犹花园围以高篱，外人睹扶疏蓊蔚，目穷而神往，“水晶中莲花”、“玻璃后葡萄”、“清泉下文石琥珀”，皆望而难即，见而仍蔽，取譬与镜中花、水中月相似，沧浪所云“妙处不可凑泊”②，刘辰翁所云“欲离欲近”③，是也。(593—595 页)

郭熙《林泉高致 · 山水训》④：“山欲高。尽出之，则不高；烟霞锁其腰，则高矣。水欲远。尽出之，则不远；掩映断其脉，则远矣。”此可以释韩拙《山水纯全论 · 观画别识》论“韵”所谓“隐露立形”⑤；“烟霞”之“锁”，“掩映”之“断”，皆“隐”也，亦即谢茂秦所谓“妙在含胡”也。参观《管锥编》1358 页《补订》。美国女诗人有一篇言幕面之纱使人难窥全貌⑥，遂足以添姿增媚，故美人不愿揭示真容。犹魏尔兰之取喻于“面纱后之美目”。(《钱锺书研究》28—29 页)

刘辰翁、严羽用花香比喻诗的神韵，不可望，不可即，也不可“逼真”其形象，但又与花绝不能须臾相离，确是一种绝妙的境界。魏尔伦以面纱后之美目喻诗，马提雅尔以葡萄在玻璃盖覆下喻诗，赫里克以清泉底之琥珀喻诗，还有以白绢中之妇体喻诗，这些比喻虽然不同，道理是相同的，都在强调“如幽非藏”，“若即而离，似近而远，每增佳趣”，朦胧、缠绵、缭绕、含蓄的艺术风格。明代谢榛称作诗一“不宜逼真”，二“妙在含胡”，说到了这种艺术风格宜和忌的两个方面。画家董其昌结合自己的创作体验，说作画“如隔帘看月，隔水看花，意在远近之间”，顾况评诗强调深山清月中猿啸，清澈江水中彩石，能呈现出“亦隔亦透、不隐不

---

① 霍夫曼斯塔尔：十九、二十世纪奥地利诗人、剧作家。

② 沧浪：宋严羽号沧浪逋客。

③ 刘辰翁：宋代诗人。

④ 《林泉高致》：宋代山水画家郭熙撰的画论，一卷。《山水训》是其中一节。

⑤ 《山水纯全论》：宋代山水画家韩拙（字纯全）撰的画论，五卷。《观画别识》是其中的篇名。

⑥ 美国女诗人：指当代艾米利 · 狄更生。

显”的意蕴。奥地利诗人霍夫曼斯塔尔所谓艺术的善写后景，元好问所谓看水底山，如同今日摄影、绘画中所谓的倒影，都是在肯定含蓄的表现手法，以求产生迷人的韵味。可见，古今中外谈艺者所见所论是相通的。

第二则引出宋代山水画家郭熙作画的经验之谈：欲使山高，需在山腰画些烟霞，便显得高；欲使水远，需画些遮掩，让水流时断时续，便显得远。如果尽出其山高水远，则艺术效果适得其反。这个道理与韩拙提出的“隐露立形”一脉相承，即是将显露与隐蔽交错烘托，以产生“气韵”和“神韵”。姜夔在《诗说》里说“语贵含蓄，句中有余味，篇中有余意，善之善者也”，与严羽所谓“诗之有神韵者”，“言有尽而意无穷”是一个意思。可见，诗文无论言情叙事，重要的不是详尽，而是要留有耐人寻味和思索的余地。

一三　行　布

（一）

新补十、《次韵高子勉第二首》："行布俭期近。"① 天社注谓"行布"字本释氏华严之旨②，解《楞伽经》者曰："名者是次第行列，句者是次第安布"③，而山谷论书画数用之。按释志磐《佛祖统纪》卷三上曰④："华严所说，有圆融行布二门，行布谓行列布措。"《豫章黄先生文集》卷二十七《题明皇真妃图》曰⑤："故人物虽有佳处，而行布无韵，此画之沉痾也⑥"；即用以论书画之例。范元实《潜溪诗眼》记山谷言"文章必谨布置"⑦，正谓"行布"。曾季狸《艇斋诗话》记人问苏子由⑧，何以比

---

① 新补十：《谈艺录》补订本新黄山谷诗注第十个注。次韵：步宋高荷诗韵作诗。高子勉：高荷字。行布俭期近：高荷的诗在布置安排上接近唐诗人沈佺期。

② "行布"字本释氏华严之旨："行布"是佛教华严宗的意旨，华严宗分圆融行布二门，行布指行列布置。

③ 句意为解《楞伽经》者说：行布是按次序排列，对句子说是按次序安排布置。

④ 《佛祖统纪》：宋僧志磐撰，五十四卷，详载天台一宗源流。

⑤ 豫章黄先生：宋江西黄庭坚。《明皇真妃图》：画唐明皇太真妃子（杨贵妃）图。

⑥ 行布无韵：布置得不生动。沉痾：严重的毛病。

⑦ 范元实《潜溪诗眼》：宋范温字元实，著有《潜溪诗眼》，见郭绍虞《宋诗话辑佚》。山谷：宋黄庭坚号山谷。

⑧ 曾季狸：南宋曾季狸著《艇斋诗话》一卷。苏子由：宋苏辙字子由。

韩子苍于储光羲①，子由答曰："见其行针布线似之。"着语酯类，用意倘亦似耶。窃谓"行布"之称，虽创自山谷，假诸释典，实与《文心雕龙》所谓"宅位"及"附会"②，三者同出而异名耳。《章句》篇曰："夫设情有宅，置言有位③。章句在篇，如茧之抽绪。原始要终，体必鳞次，跗萼相衔④，首尾一体。搜句忌于颠倒，裁章贵于顺序"；《附会》篇曰："附辞会义⑤，务总纲领。众理虽繁，而无倒置之乖，群言虽多，而无棼丝之乱。"《文镜秘府论》南卷《定位》篇亦曰⑥："凡制于文，先布其位，犹行阵之有次，阶梯之有依也。"范元实亲炙山谷⑦，《苕溪渔隐丛话》前集卷十载其《潜溪诗眼》发挥山谷"文章必谨布置"之旨⑧，举少陵《赠韦见素》诗作例，谓："有如官府甲第，厅堂房室，各有定处不乱。最得正体⑨，为布置之本。其他变体⑩，夺乎天造，不可以形器矣。"夫"宅位"、"附会"、"布位"、"布置"，皆"行布"之别名。然《文心》所论，只是行布之常体；《潜溪》知常体之有变矣，又仅以无物之空言了事。兹引而申之，以竟厥绪。

何汶《竹庄诗话》卷九引《诗事》曰⑪："荆公送人至清凉寺⑫，题诗壁间曰：'断芦洲渚荠花繁，看上征鞍立寺门；投老难堪与公别，倚岗从此望回辕。''看上征鞍立寺门'之句为一篇警策。若使置之断句尤佳，

---

① 韩子苍：宋韩驹字。储光羲：唐代诗人，以田园诗著称。

② 《文心雕龙》：南北朝时梁刘勰著，讲文学和文章的理论著作。宅位：《文心雕龙·章句》里讲，按照情理来分篇章，按照言辞来分句子。附会：又《附会》里讲练意练辞。

③ 设情有宅，置言有位：安排情理有个处所，设置言辞有个位子，指分章分句。

④ 跗：花萼下的花房。萼：花瓣的外部。

⑤ 附辞：调整辞语，使不杂乱。会义：安排理义，使不颠倒。

⑥ 《文镜秘府论》：日本僧遍照金刚结合唐代诗论编著成的书。

⑦ 亲炙山谷：亲自接受黄庭坚的指教。

⑧ 《苕溪渔隐丛话》：宋胡仔撰，有前集六十卷，后集四十卷。

⑨ 正体：如造房屋，厅堂房室各有定处。

⑩ 变体：如造园林，有各种变化，不按照厅堂房室。

⑪ 何汶：宋人。有《竹庄诗诂》二十四卷。

⑫ 荆公：宋王安石号。

惜乎在第二语耳。譬犹金玉，天下贵宝，制以为器，须是安顿得宜，尤增其光辉。”《古诗归》卷八陆云《谷风》结句①：“天地则尔，户庭已悠”，钟伯敬评：“此二语若在当中，便不见高手，不可不知”；又谢混《游西池》起句：“悟彼蟋蟀唱，信此劳者歌”，钟评：“此中二句常语，移作起便妙”。他如卷十一谢灵运《登池上楼》、谢惠连《西陵遇风献康乐》、卷十四刘孝威《望隔墙花》、《唐诗归》卷六《玄宗送贺知章归四明》等篇评语不具举。贺子翼《诗筏》曰②：“诗有极寻常语，以作发句无味，倒用作结方妙者。如郑谷《淮上别故人》诗云③：‘扬子江头杨柳春，杨花愁杀渡江人；数声羌笛离亭晚，君向潇湘我向秦。’盖题中正意，只‘君向潇湘我向秦’七字而已。若开头便说，则浅直无味；此却倒用作结，悠然情深，令读者低徊流连，觉尚有数十句在后未竟者。”纪晓岚《唐人试律说》曰④：“陈季《湘灵鼓瑟》⑤：‘一弹新月白，数曲暮山青。’略同仲文‘曲终人不见，江上数峰青’⑥。然钱置于篇末，故有远神，此置于联中，不过寻常好句。西河调度（入声）之说⑦，诚至论也。此如：‘大江流日夜，客心悲未央’，‘怅矣秋风时，余临石头濑’，作发端则超妙，设在篇中则凡语。‘客鬓行如此，沧波坐渺然’，‘问我何所适，天台访石桥’，作颔联则挺拔，在结句则索然。”《瀛奎律髓》十九陈简斋《醉中》起句⑧：“醉中今古兴亡事，诗里江山摇落时”，纪晓岚批：“十四字之意；妙于作起，若作对句便不及。”

试就数例论之。倘简斋以十四字作中联，或都官以“君向”七字作起句，犹夫荆公以“看上”七字作第二句，皆未尝不顺理成章，有当于刘彦

① 《古诗归》：明钟惺、谭元春合编。钟惺字伯敬。以下《古诗归》同。
② 贺子翼：清贺贻孙字。有《诗筏》一卷。
③ 郑谷：晚唐诗人。
④ 纪晓岚：清纪昀字。
⑤ 陈季：盛唐诗人。
⑥ 仲文：钱起字，中唐诗人。
⑦ 西河：清毛奇龄号。调度：即安排布置。
⑧ 陈简斋：陈与义字，宋诗人。

和所谓"顺序"、"无倒置"，范元实所谓"正体"。然而"光辉"、"超妙"、"挺拔"之致，荡然无存，不复见高手矣（参观《管锥编》八九四至五页、又一一九八页）。即如山谷自作《和答元明黔南留别》曰："万里相看忘逆旅，三声清泪落离觞。朝云往日攀天梦，夜雨何时对榻凉。急雪脊令相并影，惊风鸿雁不成行。归舟天际常回首，从此频书慰断肠。"一、二、三、四、七、八句皆直陈，五、六句则比兴，安插其间，调剂衬映。苟五、六与一、二易地而处，未为序倒而体乖也。然三、四而下，直陈至竟，中无疏宕转换；且云、雨、雪、风四事，分置前后半之起处，全诗判成两截，调度失方矣。故刘范顺序正体云云，仅"行布"之粗浅者耳。山谷标"行布"之名，初未申说。顾观其自运，且参之《诗事》、《诗归》等评骘语，则历来名家，得于心而成于手者，固昭晰可征。因不惮烦而疏通证明之。古人立言，往往于言中应有之义，蕴而不发，发而不尽。康德评柏拉图倡理念①，至谓：作者于己所言，每自知不透；他人参稽汇通，知之胜其自知，可为之钩玄抉微。谈艺者亦足以发也。又古希腊、罗马文律以部署或配置为要义。有曰："词意位置得当，文章遂饶姿致。同此意也，置诸句首或句中，索然乏味，而位于句尾，则风韵出焉。"或论欧里庇得斯悲剧中一句曰②："语本伧俗，而安插恰在好处，顿成伟词"，正亦言行布调度尔。（323—326 页）

这一则讲行布，钱先生考出行布这一辞是从佛经来的，佛经《楞迦经》里有对行布的解释。行布即排行布置。行布可以指画里的人物安排是否得当。范温讲诗文的布置，即行布。他在《潜溪诗眼》里举杜甫《奉赠韦左丞丈二十二韵》，开头说："纨绔不饿死，儒冠多误身。'此一篇立意也，故使人静听而具陈之耳。"即下文"丈人试静听，贱子请具陈"。"自'甫昔少年日'至'再使风俗淳'，皆儒冠事业也。自'此意竟萧条'至

① 康德：十八世纪德国哲学家。柏拉图：古希腊哲学家。理念：柏拉图提出理念是独立于个别事物及人类意识之外的实体，个别事物是理念的影子或摹本。

② 欧里庇得斯：古希腊三大悲剧家之一。

‘蹭蹬无纵鳞’，言误身如此也。则意举而文备，故已有诗矣。”这里讲开头点明题旨：“儒冠多误身。”下面一段讲“儒冠”，一段讲“误身”，紧密联系。“然必言其所以见韦者，于是有厚愧真知之句。所以真知者，谓传诵其诗也。”指接下来说：“甚愧丈人厚，甚知丈人真。每于百僚上，猥诵佳句新。”“然宰相职存荐贤，不当徒爱人而已，士故不能无望，故曰：‘窃效贡公喜，难甘原宪贫。’果不能荐贤则去之可也，故曰：‘焉能心怏怏，只是走踆踆’；又将入海而去秦也。然其去也，必有迟迟不忍之意，故曰：‘尚怜终南山，回首清渭滨’；则所知不可以不别，故曰：‘常拟报一饭，况怀辞大臣。’夫如是则可以相忘于江湖矣，故曰：‘白鸥没浩荡，万里谁能驯’，终焉。”范温对这首诗的布置，作了这样细致的说明，这就是行布，他称为正体。但诗并不都是这样写的，那他称为变体。如杜甫《前出塞》：“挽弓当挽强，用箭当用长。射人先射马，擒贼先擒王。杀人亦有限，立国自有疆。苟能制侵陵，岂在多杀伤。”这首诗全诗主旨在末两句，但开头四句与结末两句的关系，在若有若无之间。与前一首的紧密联系不同。这又是一种结构，全诗先提出三个引兴句，引出“擒贼先擒王”来，隐寓“岂在多杀伤”意，在末句点明。上一首是叙事诗的行布，下一首是抒怀诗的行布。这是两种不同体裁的不同布置。

钱先生又引《古诗归》举陆云《谷风》结句：“天地则尔，户庭已悠。”按这诗作：“闲居外物，静言乐幽，绳枢增结，瓮牖绸缪。和神当春，清节为秋。天地则尔，户庭已悠。”这诗写幽居之乐，虽则贫困，用绳子作门枢，用瓮口作窗，但看到春天的和煦，秋天的清爽，天地是这样，在户庭里已悠然自得。这个结尾，从上文的讲春和秋来，所以放在结末才好。又引谢混《游西池》起句：“悟彼蟋蟀唱，信此劳者歌。”这首诗从蟋蟀唱和劳者歌里引出“有来起不疾，良游常蹉跎”，接下来自然写到游西池的所见了。这个开头起到引发作用，所以放在开头好。倘放在中间，就失去作用了。钱先生又称《唐诗归》的《玄宗送贺知章归四明》的评语，诗作：“遗荣期入道，辞老竟抽簪。岂不惜贤达，其如高尚心。”钟云：“第三四句他人便用此作起句矣，一换过，便不见手段。”又“寰中得秘要，方外散幽襟。独有青门饯，群僚怅别深”。按这首诗，写贺知章辞官回乡修道，开头“遗荣”写辞官，“入道”点明。次联“岂不”句指“遗荣”，“高尚心”指“入道”。后半首“得秘要”和“方外”指“入道”，“群僚”“青门饯”指“遗荣”，结合得紧密。对唐玄宗说，“岂不惜贤达，其如高尚心”更为突出。所以钟批认为“他人便因此作起句矣”。但一换，对“遗荣期入道”的笼罩全篇就破坏了，所以“便不见手段”了。

钱先生又结合绝句诗来发挥行布的作用。指出王安石的诗，“看上征鞍立寺门”是一篇中的警句，倘把这句作为结尾，作“断芦洲渚荠花繁，看上征鞍立寺门”。立在寺门前，看友人上征鞍而去，背景有洲渚的断芦，野地的荠花，好像还有不尽的余味可供体会。今把“倚岗从此望回辕”作结尾，点明在望他回来，已经点破了，余味就差了。再像郑谷诗，在傍晚的数声羌笛中，“君向潇湘我向秦”，写出客中作别，似有无限情意含蓄在内，所以好。倘把“君向潇湘我向秦”，跟首句对调一下，作“数声羌笛离亭晚，扬子江头杨柳春”。那么在离别的时候，看到满目的杨柳春光，变成在赞赏春光，没有什么离情别绪，情调完全不同了。钱先生又引试律作例。如同样写《湘灵鼓瑟》，陈季的“一弹新月白，数曲暮山青”，用月白山青来陪衬弹瑟的音调，跟钱起的“曲终人不见，江上数峰青”，用江上峰青来做陪衬，意境相似。但钱起放在篇末，就有余味。陈季放在篇中，下接“调苦荆人怨，时遥帝子灵”，就破坏了有余不尽的意味。又陈与义《醉中》：“醉中今古兴亡事，诗里江山摇落时。两手尚堪杯酒用，寸心唯是鬓毛知。嵇山拥郭东西去，禹穴生云朝暮奇。万里南征无赋笔，茫茫远望不胜悲。”这首诗的首联是一篇之意，“醉中今古兴亡事”这里的“今”即指北宋的灭亡，所以“茫茫远望不胜悲”，首尾呼应。因此只能两手持杯消愁，愁到发白，又和醉中相应。所以“醉中”十四字放在首联才显得突出，放在诗中就不显了。钱先生又引谢朓《暂使下都夜发新林至京邑》：“大江流日夜，客心悲未央。”认为“作发端则超妙”。这诗写谢朓在荆州随王府，被长史王秀之所嫉。他这次出使到京城金陵去，在长江中航行，所以“大江流日夜”写眼前所见。“客心悲未央”，想到受人嫉妒，所以心悲。这个开头又跟结尾相呼应：“寄言罻罗（张网捕鸟）者，寥廓已高翔。”即对嫉害他的人说的。这个开头不能放到中间去。

（二）

《国朝诗别裁》卷十六梁佩兰《秋夜宿陈元孝独漉堂，读其先大司马遗集，感赋》五律发端云①：“至今亡国泪，洒作粤江流”；沈德潜批语：“以中间语作起步，倍见其超。”即谓其能变“行布”之“常体”也。（《钱锺书研究》8页）

梁佩兰诗：“至今亡国泪，洒作粤江流。黑夜时闻哭，悲风不待秋。海填精卫恨，天坠杞人忧。一片厓山月，空来照白头。”沈德潜评：“以中间语作起步，倍见其超，此秘唐人后罕寻得者。”按这首诗是宿陈元孝独漉堂，读其先大司马遗集时写的。陈元孝，是清陈恭尹字。恭尹有独漉堂。恭尹父陈邦彦，明永明王时官兵科给事中，起兵与陈子壮攻广州，兵败被杀。梁佩兰这首诗，感陈邦彦的殉国。照这首诗看，应该从“海填”“天坠”开头，下接“黑夜”“悲风”一联，再接“至今”“洒作”一联，归到“一片”“空来”一联。今把“至今”一联作开头，更能激动读者，是安排得好，是讲究“行布”的，“行布”见上。这首诗写亡明之痛，沈德潜在《国朝诗别裁》初版本里选了，后来怕触犯清廷之忌，把它删了。故今商务本《清诗别裁》里没有这首诗。

---

① 《国朝诗别裁》三十六卷，清沈德潜选编。

一四　水清石见与水中着盐

（黄庭坚）《次韵文潜》："水清石见君所知，此是吾家秘密藏。"① 天社注："水清石见具上注。《西清诗话》载（疑是论或言字之讹）杜少陵诗云②：作诗用事，要如释语：水中着盐，饮水乃知盐味。此说、诗家秘密藏也。"按诗作于崇宁元年③。山谷元祐元年《奉和文潜赠无咎》第二首云④："谈经用燕说，束弃诸儒传⑤。滥觞虽有罪，末派弥九县⑥。张侯真理窟⑦，坚壁勿与战；难以口舌争，水清石自见。"天社注："古乐府《艳歌行》：'语卿且勿眄，水清石自见。'⑧"所谓"具上注⑨"者，指此。山谷盖重提十六年前旧语耳⑩。世故澒洞⑪，人生艰窘，拂意失志，当息躁

---

① 文潜：张耒字，宋诗人。秘密藏：犹秘诀。

② 《西清诗话》：宋蔡絛撰，见郭绍虞《宋诗话辑佚》。

③ 崇宁元年：一一〇二年。

④ 元祐元年：一〇八六年。无咎：宋晁补之字。

⑤ 燕说：《韩非子·外储说左上》："郢人有遗燕相国书者，夜书，火不明，因谓持烛者曰：'举烛'。而误书'举烛'。"燕相得书，说"举烛"为尚明，为举贤。指误解。束弃诸儒传：唐韩愈诗："《春秋》三传束高阁。"

⑥ 滥觞：指江水发源小，如杯水泛滥，指王安石经义开始时影响不大。末派弥九县：末流弥漫中国。九县，九州。

⑦ 张侯：指宋张耒。理窟：指富有理论。

⑧ 古乐府《艳歌行》："夫婿从门来，斜倚西北眄。语卿且勿眄，水清石自见。"

⑨ 具上注：指见于上文元祐元年诗注。

⑩ 十六年前旧语：从崇宁元年上推元祐元年为十六年，旧语即"水清石见"语。

⑪ 澒（hòng）洞：相连不断。

忍事，毋矜气好胜；日久论定，是非自分。其《赠送张叔和》云①：“我提养生之四印②：百战百胜，不如一忍③；万言万当，不如一默”；又《和斌老》第二首云：“外物攻伐人，钟鼓作声气；待渠弓箭尽，我自味无味。”皆即“口舌难争，坚壁勿战”之旨。《金刚经》所谓“无诤三昧④”，亦犹后来陈简斋《葆真池上》名句所谓：“微波喜摇人，小立待其定”也。盖山谷旨在王氏新学大盛之时，尝向文潜进此言；今二人投老同为逐客，遂复申前诫，岂论诗法哉。然误会不仅天社。李似之《筠溪集》卷二十一《跋赵见独诗后》早云：“山谷以水清石见为音（吾字之讹）家秘密藏，其宗派中人有不能喻”；后来袁起岩《东坡集》卷一《题杨诚斋南海集》第二首：“水清石自见，变定道乃契。文章岂无底，过此恐少味。”是不乏错认处世之无上呪为谈艺之秘密藏者。幸其不能晓喻，否则强作解人，必如天社斯注之郢书燕说矣。夫山谷诗所言“秘密藏”，着眼于水中石之可得而见，谚云：“水清方见两般鱼”也（外集《赋未见君子，忧心靡乐》八韵第二首：“水清鱼自见”）；《西清诗活》所言“秘密藏”，着眼于水中盐之不可得而见，谚云：“酿得蜜成花不见”也。天社等类以说，闻鼠璞之同称⑤，而昧矛盾之相攻矣。“水中盐”之喻，却具胜义。兹因天社之注，稍阐发之。相传梁武帝时，傅大士翕作《心王铭》，文见《五灯会元》卷二，收入《善慧大士传录》卷三，有曰：“水中盐味，色里胶青⑥；决定是有，不见其形。心王亦尔⑦，身内居停。”《西清诗话》所谓“释语”昉此。盐着水中，本喻心之在身，兹则借喻故实之在诗。元裕之本之，《遗山集》卷三十六《杜诗学引》云：“前人论子美用故事，有着盐水中

---

① 张叔和：宋黄庭坚的妹夫张埙字。

② 养生之四印：任渊注：“谓忍、默、平、直也。”

③ 百战百胜，不如一忍：任渊注：“老苏（洵）先生《权书》曰：‘一忍可以支百勇。’”

④ 三昧：佛教语，指正定。

⑤ 鼠璞：《尹文子·大道下》：“郑人谓玉未理者为璞，周人谓鼠未腊者为璞。”郑贾向周人买璞，见鼠不取。指名不副实。

⑥ 色里胶青：《中州记》：“集弦胶，青色如碧玉。”

⑦ 心王：佛教语，指藏识，能藏诸善恶种子。

之喻”云云。后世相沿，如王伯良《曲律·论用事》第二十一云：“又有一等事，用在句中，令人不觉。如禅家所谓撮盐水中，饮水乃知盐味，方是好手”；袁子才《随园诗话》卷七云①：“用典如水中着盐，但知盐味，不见盐质。”盖已为评品之常谈矣。实则此旨早发于《颜氏家训·文章》篇②，记邢子才称沈休文云③：“沈侯文章用事不使人觉，若胸臆语也。”刘贡父《中山诗话》称江邻几诗亦云④：“论者谓莫不用事，能令事如己出，天然浑厚，乃可言诗。江得之矣。”特皆未近取譬，遂未成口实耳。瑞士小说家凯勒尝言：“诗可以教诲，然教诲必融化于诗中，有若糖或盐之消失于水内。”拈喻酷肖，而放眼高远，非徒片斤于修词之薄物细故。然一暗用典实，一隐寓教训，均取譬于水中着盐，则虽立言之大小殊科，而用意之靳向莫二。即席勒论艺术高境所谓内容尽化为形式而已（参观《管锥编》一三一二页）⑤。既貌同而心异（《史通》第二十八《模拟》⑥），复理一而事分（河南《程氏遗书》卷十四“明道语”⑦）。故必辨察而不拘泥，会通而不混淆，庶乎可以考镜群言矣。法国诗人瓦勒里言：“诗歌涵义理，当如果实含养料；养身之物也，只见为可口之物而已。食之者赏滋味之美，浑不省得滋补之力焉。”正亦此旨。较水中着盐糖，词令更巧耳。言之匪艰，三隅可反。不特教训、义理、典故等崇论博学，即雕炼之精工、经营之惨淡，皆宜如水中之盐，不见其形也。（333—335 页）

这一则讲“水清石自见”的人生处世态度与“水中着盐”的创作方法，这两者本来是绝然不同的，但黄庭坚《次韵文潜》的“水清石见君所知”的诗句，任渊注把它解释成“水中着盐”，把两者混淆了。钱先生再引黄庭坚《奉和文潜赠无咎》诗里的“水清石自见”，说明《次韵文潜》

---

① 袁子才：清袁枚字。有《随园诗话》十六卷，《补遗》十六卷。

② 《颜氏家训》：北齐颜子推著。

③ 邢子才：北齐邢邵字。沈休文：南朝梁沈约字。

④ 刘贡父：宋刘攽字。江邻几：宋江休复字。

⑤ 席勒：十八世纪末德国戏剧家。

⑥ 《史通》：二十卷，唐刘知几的史学名著。

⑦ 河南《程氏遗书》：宋程颐、程颢著。明道：程颢字。

里的“水清石见”，指王安石颁行新的经义，要当时的考试用他的新的经义，一时王安石的新学大盛。黄庭坚在《次韵文潜》中用“水清石见”，就是说对于王安石的新学，不必和他辩论，到了水清石见的时候，是非自然明白了。过了十六年，他《奉和文潜赠无咎》诗里，指出王安石的新学造成儒生把旧的经学束诸高阁，用王安石错误的新经义，现在“水清石自见”，已经看清楚了。所以黄庭坚诗里又提到“不如一忍”“不如一默”。指出王安石新经义极盛时，不如忍耐着、沉默着，不跟他辩论，所谓“无诤三昧”，没有去谏诤，它的是非自会定的，即陈与义的名句：“微波喜摇人，小立待其定。”微波会摇动人在水中的影子，小立着等待波定后，人影就清楚了。“水清石自见”，本于《艳歌行》的“兄弟两三人，流宕在他县。故衣谁当补，新衣谁当绽？赖得贤主人，览取为吾绽（缝制）。夫婿从门来，斜倚西北眄（斜视）。语卿且勿眄，水清石自见”。“水清石自见”，叫夫婿不必疑心，自会证明他们与女主人是清白的。因此，“水清石自见”是指做人的一种态度，用忍耐沉默来对待，到时候是非自会明白。

至于“水中着盐”是一种创作方法，好比“水中盐味，色里胶青”，只看到水，看不到盐，只看到青色，看不到胶。这是比方诗里用典故，融化在诗句里，让人看不出来。钱先生又指出这话的内容，《颜氏家训·文章》里已经有了，即“文章用事不使人觉，若胸臆语也”。用了典故好像不用，像是他自己说的心里话。即如刘攽《中山诗话》，称江邻几“尝有古诗云：‘五十践衰境，加我在明年。’论者谓莫不用事，能令事如己出，天然深厚，乃可言诗，江得之矣。”“五十”两句，像江邻几说心里话，却是用典。《论语·述而》：“子曰：‘加我数年，五十以学《易》，可以无大过矣。”那么“五十”和“加我”都是从孔子的话里来的；“明年”也是从“数年”里来的，这样用事，就不使人觉了。再说“诗可以教诲，然教诲必融化于诗中”。像唐王之涣《登鹳雀楼》：“白日依山尽，黄河入海流。欲穷千里目，更上一层楼。”这是写景诗，后两句里含有教训，即做学问，要站得高才能看得远。这就是教训，这个教训就包含在所写的景物中。钱先生指出水中着盐的比喻，可以指两方面：一方面是用典，把典故融化在语言中，使人不觉得在用典。一方面是含教训。把教训含在所写的景物中，使人从所写的景物中体会教训。钱先生又举出《管锥编》的1312页讲鲍照《舞鹤赋》："众变繁姿，参差洊（jiàn，仍也）密，烟交雾凝，若无毛质。"这是说一群鹤在舞，有众多的变化，有繁多的姿态，不整齐而仍密集，像烟雾的交凝，看不清毛，看不清鹤的体质。钱先生又说："鹤舞乃至于使人见舞姿而不见鹤体，深抉造艺之窈眇，匪特描绘新切而已。体而悉寓于用，质而纯显为动，堆垛尽化为烟云，流易若无定模，固艺人向往之境也。"即看到群鹤的舞姿，看不到群鹤的身体。这也同水中着盐，能辨盐味而看不见盐，这是从味觉说；"若无毛质"是从视觉说。这样，水中着盐这个比喻，既可比把典故融化在语言里，使人不觉用典；也可比把命意含蓄在形象里，不加点明，使人通过形象有所体会；也可比写作用来显出体质来，是艺术家所向往的境界。

一五　设想与同感

夫伟长之“思如水流”①，少陵之“忧若山来”②，赵嘏之“愁抵山重叠”③，李顾或李群玉之“愁量海深浅”④，诗家此制，为例繁多。象物宜以拟衷曲，虽情景兼到，而内外仍判。只以山水来就我之性情，非于山水中见其性情；故仅言我心如山水境，而不知山水境亦自有其心，待吾心为映发也。严铁桥《全汉文》卷三十九载刘向《别录》云⑤：“人民蚤虱，多则地痒，凿山钻石则地痛。”此与《东观汉记》载马援上书⑥，论击山贼，“须除其竹木，譬如婴儿头多虮虱，必剃之荡之”，《论衡·解除》篇谓“民居地上，犹蚤虱贼人肌肤”⑦，皆不过设身处地，悬拟之词。并非真谓土皮石骨，能知有感。试以刘更生所谓“地痛”，较之孟东野《杏殇》诗所云：“踏地恐土痛，损彼芳树根。此诚天不知，剪弃我子孙。”彼只设想，此乃同感，境界迥异。要须流连光景，即物见我，如我寓物，体异性通。物我之相未泯，而物我之情已契。相未泯，故物仍在我身外，可对而

---

① 伟长：三国魏徐干字。徐干《室思》：“思君如流水，何有穷已时。”

② 少陵：唐杜甫号少陵野老。其诗《自京赴奉先县咏怀五百字》：“忧端齐终南，澒洞不可掇。”终南，山名，故称“忧若山来”。

③ 赵嘏：唐诗人，其诗：“夕阳楼上山重迭，未抵闲愁一倍多。”

④ 李群玉（一作李顾）：《雨夜呈长官》：“请量东海水，看取浅深愁。”

⑤ 严铁桥：清严可均字。辑有《全上古三代秦汉三国六朝文》，七百四十七卷。刘向：本名更生，汉代作家，撰有《别录》一卷。

⑥ 《东观汉记》：汉刘珍等撰，二十四卷。

⑦ 《论衡》：汉代哲学家王充撰，三十卷。

赏观；情已契，故物如同我衷怀，可与之融会。《论语·雍也》篇孔子论“知者动”，故“乐水”，“仁者静”，故“乐山”。于游山玩水之旨，最为直凑单微。仁者知者于山静水动中，见仁见智，彼此有合，故乐。然山之静非即仁，水之动非即智，彼此仍分，故可得而乐。外物异体，与吾身心合而仍离，可乐在此，乐不能极亦在此，饮食男女皆然。无假他物，自乐其乐，事理所不许，即回味意淫，亦必心造一外境也。董仲舒《春秋繁露》第七十三《山川颂》虽未引《论语》此节①，实即扩充其意；惜理解未深，徒事铺比，且指在修身砺节，无关赏心乐事。戴逵《山水两赞》亦乏游目怡神之趣②。董相引《诗经》“节彼南山”，《论语》“逝者如斯”，颇可借作申说。夫山似师尹③，水比逝者，物与人之间，有待牵合，境界止于比拟。若乐山乐水，则物中见我，内既通连，无俟外人之捉置一处。按孔子甚有得于水，故舍《论语》所载乐水叹逝之外，《孟子·离娄》章徐子道孔子语曰④：“水哉水哉。”《宗镜录》卷十本刘湛“庄子藏山、仲尼临川语”⑤，说孔子叹逝水事，颇有佳谛。《子华子·执中》篇曰⑥：“观流水者，与水俱流，其目运而心逝者欤。”几微悟妙，真道得此境出者矣。若以死物看作活，静物看成动，譬之：“山开云吐气，风愤浪生花”，梁朱记室《送别

① 《春秋繁露》：汉代儒家董仲舒撰，十七卷。曾任江都相，又称董相。卷十六《山川颂》：“成其高，无害也。成其大，无亏也。……不清而入，洁清而出，既似善化者。赴千仞之壑石而不疑，既似勇者。物皆因于火，而水独胜之，既似武者。咸得之生，失之而死，既似有德者。孔子在川上曰：‘逝者如斯夫，不舍昼夜’，此之谓也。”即指修身砺节。

② 《山赞》：“曰仁奚乐，惟兹此寿。”《水赞》：“水德淡中，泉玄内镜。”不讲欣赏山水。

③ 师尹：《诗经·节南山》：“赫赫师尹，民具尔瞻。”指赫赫有名的周太师尹氏。

④ 徐子：孟子弟子徐辟。

⑤ 《宗镜录》：吴越永明寺延寿禅师撰佛书，一百卷。刘湛：南北朝宋人。《庄子·大宗师》：“藏山丁泽。”《论语·子罕》：“子在川上曰：‘逝者如斯夫，不舍昼夜。’”

⑥ 《子华子》：春秋时人程本撰，十卷。

不及》诗①。“塔势涌出”②，“江流合抱”③，“峰能吐月”④，“波欲蹴天”⑤，“一水护田以绕绿，两山排闼而送青”⑥，此类例句，开卷即是。然只是无生者如人忽有生，尚非无情者与人竟有情，乃不动者忽自动，非无感者解同感，此中仍有差异也。更如“落日飞鸟远，忧来不可极”，“水流心不竞，云在意俱迟”，此诚情景相发，顾情微景渺，几乎超越迹象，自是宜诗而不宜画者。“意俱迟”之“迟”，乃时间中事，本非空间艺术如画者所易曲达。且“不竞” “不极”，词若缺负未足，而意则充实有余；犹夫“无极而太极”、“无声胜有声”⑦，似为有之反，而即有之充类至尽。此尤文字语言之特长，非他艺所可几及。（53—54 页）

这一则主要是论述有性灵的作家与无生命无知觉的山水之间，感情的交流与融合，也就是情与景的关系，作家写景的问题。无论徐干的“思如水流”，杜甫的“忧若山来”，赵嘏的“愁抵山重叠”，李群玉的“愁量海深浅”，还只是以水流喻思念之久远，以高山重叠喻忧愁之深重，以海之深浅量愁之多少，把不易捉摸的、抽象的思念和忧愁之情，加以夸张和形象，用喻中之景，烘托出一种永无穷尽、沉重深远的艺术境界，这是一种“以山水来就我之性情，非于山水中见其性情”的写法，所以“仅言我心如山水境”。

刘向《别录》说的“地痒”“地痛”，孟郊的“踏地恐土痛”等，是作家“设身处地”之词：人民居于地上，如蚤虱养于身上，凿山穿石犹如刺裂己身，所以会有地之痛痒的设想，并不是真的认为“土皮石骨，能知有感”，以己身喻物，虽体异而性通。因为物与我既然相互依存，没有泯

---

① 朱记室：梁人，名字不详。此诗题为《送别不及赠何殷二记室诗》。
② 岑参《与高适薛据登慈恩寺浮图》：“塔势如涌出。”
③ 杜甫《江村》：“清江一曲抱村流。”
④ 杜甫《月》：“四更山吐月。”
⑤ 鲍照《登大雷岸与妹书》：“腾波触天。”
⑥ 王安石《书湖阴先生壁》：“一水护田将绿绕，两山排闼送青来。”
⑦ 周敦颐《太极图说》：“无极而太极。”白居易《琵琶行》：“此时无声胜有声。”

灭，那么，“物仍在我身外”，便可面对观赏；物与我之情已契合，那么，物就如同我的情怀，可以互相融合。但物与我终究异体，虽能与我心合，终究不是一回事，正如孔子所说：聪明人乐水，爱活动；仁人乐山，爱沉静。这说明人的性情与自然山水的关联与相通，即于物中能看到自我，或知道“山水境亦自有其心”，有待于我的心为之映发，游山玩水的意义在这里，作家触景生情，情景相发的道理也在这里。

程本说：“观流水者，与水俱流”，不是说眼睛跟着运动，而是说心在流逝，所以能把“死物看作活，静物看成动”，如朱记室“山开云吐气，风愤浪生花”，是写无生命之物犹如常人，忽然有了生命，山可开合，云能吐气，风竟发怒，浪会生花，使无情者有情，不动者自动，以与有性灵的心互相感发。再如，谢朓《和宋记室省中诗》：“落日飞鸟远，忧来不可极。”太阳已经下山了，可是飞鸟不知道疲倦，飞得更远了，诗人触景生情，一种寂寞忧郁之感到了无法言状的程度。杜甫《江亭》：“水流心不竞，云在意俱迟。”这是诗人目见的江亭之景，陶渊明《归去来兮辞》：“云无心以出岫，鸟倦飞而知还”，他看云无心出山，鸟倦飞知还，联想到自己的无心出山，终于倦飞知还了，杜甫更是淡然物外，水流不竞，而心也不竞，云不流动，意亦俱迟。谢杜四句皆情景相发，情虽在心，触景而发。对于画家来说，只有“落日飞鸟远”可以入画，而另外几句，只能靠文字表达。文字虽说“水流心不竞”，“忧来不可极”，讲的是“不竞”“不极”，但“心“和“忧”的表达都是充实的。这正如“无极而太极”，从“无极”产生“太极”，“太极”是天地未分以前的一团元气，这团元气是从更早的“无极”来。如“此时无声胜有声”，奏乐时突然停止是“无声”，“无声”从“有声”来，更可体味，所以“胜有声”，即从“不竞”“不极”中体会到“心”和“忧”感受深切的意思。

一六　写景手法

少陵以流水与不竞之心相融贯①。然画家口号曰："靠山不靠水"；盖水本最难状，必杂山石为波浪，以鳞介作点缀，不足于水，假物得姿。见北宋董逌《广川画跋》卷二《书孙白画水图》②。是以方干《庐阜山人画水》诗曰③："常闻画石不画水，画水至难君得名。"况求画水中不竞之心哉。飞卿生山水画大盛之世，即目有会，浅山含笑④，云根石色，与人心消息相通，其在六法⑤，为用不可胜言。北宋画师郭熙《林泉高致集》第一篇《山水训》于此意阐发尤详⑥，有曰："身即山水而取之，则山水之意度见矣。春山淡冶而如笑，夏山苍翠而如滴，秋山明净而如妆，冬山惨淡而如睡。春山烟云连绵，人欣欣；夏山嘉木繁阴，人坦坦；秋山明净摇落，人肃肃；冬山昏霾翳塞，人寂寂"云云。后来沈灏《画麈》亦曰⑦："山于春如庆，于夏如竞，于秋如病，于冬如定。"见《佩文斋书画谱》卷十四引⑧。（54—55页）

---

① 见唐杜甫《江亭》："水流心不竞，云在意俱迟。"

② 董逌（yóu）：字彦远。精鉴赏，著有《广川画跋》六卷。

③ 方干：晚唐诗人。有《玄英集》八卷。

④ 见温庭筠《晚归曲》："湖西山浅似相笑。"

⑤ 六法：南齐谢赫《古画品录》有六法：一、气韵生动；二、骨法用笔；三、应物象形；四、随类赋彩；五、经营位置；六、传移模写。

⑥ 郭熙：著有《林泉高致集》六篇。

⑦ 沈灏：清代画家。

⑧《佩文斋书画谱》：清康熙编定一百卷。

这一则讲创作有两种：一种是理趣，从景物中联系情思，在情思中说出一种道理。这种道理不是抽象的，是和景物结合的。如杜甫《江亭》：“水流心不竞，云在意俱迟。”水流得缓，使人的心思停止争竞。云停着不流动，使人的意念也活动得迟缓了。人在争竞中，心意用在争竞上，到了自然界里，忘掉了争竞。说明厌倦竞争的生活，到大自然中去可以得到心情安定的道理。这个道理不是抽象地说出来的，是从水的缓缓流动，云的停止不动中使心里忘掉争竞中悟出来的。又如杜甫《后游》：“江山如有待，花柳自无私。”看到江山花柳像在等待人们去欣赏，用来说明大自然是无私心的道理。这个道理不是抽象地说的，是从江山花柳的供人欣赏中悟出来的。这样结合景物来说明一个道理，可称为“理趣”。是从景物中见理，是诗的。

这里又讲到温庭筠《晚归曲》：“湖西山浅似相笑。”这是一种拟人化的手法，写出春山的形象。诗人把山看成有生命的，看成山的情意，像郭熙说的，把山看作美人，春山如美人淡妆而笑，夏山如美人浓妆而艳丽，秋山明净如美人的明妆，冬山惨淡如睡美人。这样拟人化是一种写法。如李白《敬亭独坐》：“众鸟高飞尽，孤云独去闲。相看两不厌，只有敬亭山。”李白把山当作朋友，他看山看不厌，认为山看他也看不厌，所以称“相看两不厌”了。这首诗也是拟人化，把山当作朋友，才写出这样的诗来。再有一种写法，把自然和人相对来写，如郭熙的《山水训》：“春山烟云连绵，人欣欣；夏山草木繁阴，人坦坦”等，上句写山景，下句写人的情绪，景物和人的情绪相结合。又如杜甫《秋兴八首》之一，“丛菊两开他日泪，孤舟一系故园心”。杜甫入蜀已两年，看到丛菊两度开花，故称“丛菊两开”。见菊花开而洒泪，这正如杜甫《春望》：“感时花溅泪”，为感世乱而见花洒泪。“他日”，往日，指过去。“丛菊两开”写景物，“他日泪”，写自己的感触。“孤舟”，杜甫随身有“孤舟”，写景物；“一系故园心”，心系故乡，想坐孤舟回故乡。“一系故园心”，写自己的感触。这就是写景物和人的情思的结合。

这里还提到画水，指出“水本最难状，必杂山石为波浪，以鳞介作点缀，不足于水，假物得姿”。即画水时，要画石，水激石起，有波浪才好画，借石来画出水的各种姿态。写水也这样。如苏轼《念奴娇·赤壁怀古》：“乱石崩云，惊涛拍岸，卷起千堆雪。”这里写水，先写“乱石崩云”，再写水拍打乱石，卷起千堆雪，才成为惊涛。再像杜甫《渼陂行》写坐船游湖：“沉竿续缦深莫测，菱叶荷花净如拭，宛在中流渤澥清，下归无极终南黑。半陂以南纯浸山，动影袅窕冲融间。”“沉竿”两句是倒装。船在湖中摇动，先写近岸水面有“菱叶荷花净如拭”，在水里，所以菱叶荷花干净如拭了。再摇到湖的中流，水深了，所以“沉竿续缦深莫测”了。到了中流，湖水浩渺像海水那样清，渤澥指海水。终南山倒映在水里，“下归无极终南黑”。水深，所以山影黑了。半湖以南纯是山的倒影，山影在水波动定间；袅窕指摇动，冲融指水波平定。这里写水，有用山的倒影来写的，有用菱叶荷花作陪衬的，所谓“假物得姿”。

一七　写水中倒影

（元遗山诗①）《泛舟大明湖》："看山水底山更佳，一堆苍烟收不起。"按看水中山影，诗家常语，如张子野《题西溪无相院》②："浮萍破处见山影"，或翁灵舒《野望》③："闲上山来看野水，忽于水底见青山。"遗山拈出"更佳"，则道破人人意中所有矣。《老残游记》第二回所谓④："千佛山的倒影映在大明湖里，比上头的千佛山还要好看。"达文齐尝识其事⑤："镜中所映画图，似较镜外所见为佳，何以故？"窃谓斯语足供谈艺持"反映论"者之参悟也。又按古诗文写陆上景物倒映水中，如《全唐文》卷一百五十六谢偃《影赋》⑥："平湖数百，澄江千里。群木悬植，丛山倒峙；崖底天迥，浪中霞起"；少陵《渼陂行》："半陂以南纯浸山，动影袅窕冲融间。船舷冥戛云际寺，水面月出蓝田关"，或《渼陂西南台》："错磨终南翠，颠倒白阁影"；窦庠《金山行》："有时倒影沈江底，万状分明光似洗。乃知水上有楼台，却从波中看启闭"；已工于体物穷形。而刻画细致，要推储光羲《同诸公秋霁曲江俯见南山》："鱼龙隐苍翠，鸟兽游清泠；菰蒲林下秋，薜荔波中轻"；前二句分别言水中动物似亦居山上，而山上动

① 元遗山：元好问，字裕之，号遗山，金诗人。有《遗山集》四十卷。
② 张子野：张先字，宋词人。有《安陆集》一卷。
③ 翁灵舒：翁卷字，宋诗人，四灵派之一。有《西岩集》一卷。
④ 《老残游记》：小说名，清刘鹗撰，凡二十回。
⑤ 达文齐：今译作达芬奇，十五、十六世纪意大利画家、力学家、工程师。
⑥ 《全唐文》：一千卷，清嘉庆十九年敕编。

物似亦行水中，后二句分别言水中植物似亦生山上，而山上植物似亦浮水中，既能易地而处，仍复同居相安。钱牧斋《初学集》卷十七《姚叔祥过明发堂论近代词人戏作绝句》第十三首自注①：“余最喜杨无补诗‘闲鱼食叶如游树，高柳眠阴半在池’”；盖柳影映池，闲鱼遂“如游树”，手眼正同“鸟兽游清泠”、“薜荔波中轻”，而关合流动，非徒排比铺列矣。潘次耕耒《遂初堂诗集》卷八《题可帆亭》②：“鱼游天上餐云影，树倒波心濯练光”，似仿此。参观《元诗选》三集杨敬德《临湖亭》③：“鱼在山中泳，花从天上开”；王铎《拟山园初集》七亩律卷四《水花影》④：“波面波心流蛱蝶，树头树底浴鸳鸯”；阮大铖《咏怀堂诗集》卷四《园居杂咏》之二⑤：“水净顿无体，索鲔如游空。俯视见春鸟，时翻藻荇中。”十七世纪法国名篇尝写河明如镜⑥，摄映万象，天与地在水中会合，鱼如飞而上树，鸟如游而可钓。（483—484 页）

这一则讲水中倒映景物的奇特景象，属于写景。张先的词句“浮萍破处见山影”，写水中倒影只说“见山影”，并不突出，好在“浮萍破处”才见；翁卷的“忽于水底见青山”，写“见青山”也不突出，好在“忽于水底见”。这两句的好处，皆在写出一种情景来，好在情景中见。元好问的诗不是这样，他写出水中倒影的美好，即水中的山影，成了“一堆苍烟收不起”，比上两句更进一步作了比喻了。《老残游记》里说倒影比真山更好看。谢偃的《影赋》，具体写出水中倒影的美好。写出水中倒影的天显得高远，水中倒影的云彩如霞起。杜甫《渼陂行》：“半陂以南纯浸山，动影袅窕冲融间。”“动影”写山影在水中动摇，“袅窕”状动摇的样子。“冲融”指水波平定。这句指水波的忽起忽平，造成山影的忽动忽静。又

① 钱牧斋：钱谦益号，清学者。有《初学集》一百一十卷。
② 《遂初堂诗集》：清潘耒，字次耕，撰此集十五卷。
③ 《元诗选》：清顾嗣立编，共三集，一百一十卷。
④ 王铎：字觉斯，明人。有《拟山园初集》二十二卷。
⑤ 阮大铖：号圆海，明人，依附魏忠贤，名列逆党。有《咏怀堂诗集》四卷。
⑥ 指阿贝尔·德·赛里希的作品。

《渼陂西南台》："错磨终南翠，颠倒白阁影。"终南山的翠色倒映水中，由于水波的荡漾，好像山翠也在磨动那样。白阁倒影水中，上下颠倒了。窦庠的"万状分明光似洗"，倒影在水中的万象更显得有光彩而似洗的明净了。

钱先生在这里推重储光羲的诗，因为他从倒影中写出奇异的景象，开出一种新的写法。因为山的倒影水中，所以水中动物似亦居山上，水中植物似亦生山上。因为山上的物象倒影水中，所以山上动物似亦行水中，山上的植物似亦浮水中。后来杨无补写的鱼如游树，柳眠在池；潘耒写的鱼游天上，树倒波心；杨敬德的鱼泳山中，花开天上；王铎的波流蛱蝶，树浴鸳鸯；阮大铖的素鲔游空，鸟翻荇藻，都像储光羲写的，所以钱先生特别推重储光羲写水中倒影的诗。

一八　作对仗以不类为类

律体之有对仗，乃撮合语言，配成眷属。愈能使不类为类，愈见诗人心手之妙。譬如秦晋世寻干戈，竟结婚姻①；胡越天限南北，可为肝胆②。然此事俪白配黄，煞费安排，有若五雀六燕，易一始等。见《九章算术》卷八③。亦须挹彼注兹，以求铢称两敌④，庶免骥左驽右之并驾、凫短鹤长之对立。先获一句，久而成联者有之。贾浪仙：“独行潭底影，数息树边身”，自注曰：“二句三年得，一吟双泪流。”⑤ 晏元献：“无可奈何花落去，似曾相识燕归来”⑥，《渔隐丛话》后集卷二十引《复斋漫录》谓始得上句，弥年无对，王君玉为足成之⑦。戴石屏⑧：“春水渡傍渡，夕阳山外

---

① 春秋时秦、晋二国有几次战争，如秦晋韩之战、秦晋殽之战等。秦晋又世为婚姻。

② 胡在北，越在南，相隔极远。作为对偶，喻关系密切。刘勰《文心雕龙·比兴》：“物虽胡越，合则肝胆。”

③ 《九章算术》卷八《方程》：“今有五雀六燕，集秤之衡，雀俱重，燕俱轻，一雀一燕交而处，衡适平。”把五雀六燕放在天平的两头，五雀重。把其中的一雀与一燕对调，天平就平了。《九章算术》九卷，有《永乐大典》本。

④ 铢称两敌：铢和铢相称，两和两相对，即分量相当。二十四铢为一两。

⑤ 贾浪仙：《唐才子传》称贾岛字浪仙。《自题》曰：“二句三年得，一吟双泪流。知音如不赏，归卧故山秋。”

⑥ 宋晏殊《浣溪沙》词。

⑦ 宋胡仔《苕溪渔隐丛话》引《复斋漫录》称王琪字君玉足成下句。

⑧ 戴石屏：南宋戴复古号。有《石屏集》六卷。

山”，《归田诗话》卷中谓初见夕照映山得下句①，欲对不惬，后睹雨霁行潦得上句，始相称。《中兴群公吟稿》戊二，又袁选《石屏续集》三均有一诗题，略云：“赵用父问近诗，因举‘今古一凭栏，夕阳山外山’两句，未得对。用父以‘利名双转毂’对上句，刘叔安以‘浮世梦中梦’对下句，遂足成篇。仆终未惬意，都下会范鸣道，以‘春水渡傍渡’为对，当时未觉此语为奇。江东夏潦无行路，逐处打渡而行，溧水界上，一渡复一渡，时夕阳在山，分明写出此一联诗景。恨不得与鸣道共赏之。”诗曰：“世事真如梦，人生不肯闲。利名双转毂，今古一凭栏。春水渡傍渡，夕阳山外山。吟边思小范，共把此诗看。”则此联非石屏自得，瞿氏说误。诗题言以刘叔安句足成篇，而诗乃曰：“吟边思小范”，则是成篇以后，至是方改为定本也。马金辑《石屏诗集》卷四载此诗，尽削其题，仅取诗首二字，标曰：《世事》，则小范不知所指矣。又按马辑诗集卷三《风雨无聊中揽镜有感》五律后有石屏识语，称道其侄孙槃之佳句云：“春水绿平野，夕阳红半山”，则此联机杼早已透露。观《风雨无聊》一律前后诸诗，当作于壬寅，为理宗淳祐二年；《世事》一律后即《改元口号》，更后《悼侄孙》诗跋中，明署宝祐三年，则《世事》当作于淳祐十二年。石屏自称出陆放翁门下，放翁《老学庵笔记》卷四载法云长老戏仿程公辟体得句曰：“行到寺中寺，坐观山外山。”典型犹在，何至不能属对。窃疑石屏耻盗其侄孙句，遂作此狡狯，幻出一段故实，宁归功于范鸣道，而置“春水、夕阳”之先例勿道耳。瞿氏或见赵汝腾作石屏诗序，记石屏自云：“作诗不论迟速，每一得句，必经年成篇”，又隐约闻此诗原题之言，遽加附会。《宋诗纪事》卷六十三采《归田诗话》，不据《石屏续集》驳正，亦为阔略。石屏侄孙昺《东野农歌集》有《自武林还家由剡中》云：“野渡浅深水，夕阳高下山”，《抵池阳泊齐山》云：“涨水渺弥春雨后，远山重叠夕阳时”，然则戴氏有传家句法矣。（185—186页）

这一则讲律诗的对仗。刘勰《文心雕龙·丽辞》里讲对仗，分为四对：“言对为易，事对为难，反对为优，正对为劣。”言对指不用事的对仗，事对指用事的对仗，正对指事异义同的对仗，反对指理殊趣合的对仗。钱先生在这里提出“‘不类为类’的对仗”。“不类为类”即对仗两句写的事物不是同类的，却配成对仗又是相类的。好比“撮合语言，配成眷属”。男女结成夫妇，就男女异性说是不类，配成眷属又是相类的。刘勰说的“理殊”即不类，“趣合”即相类，这才是好的对仗。对仗的相配，又好像天平上称物，要轻重相称才好，否则一高一低就配不好。贾岛的

① 《归田诗话》：明人瞿佑作。有《归田诗话》三卷。

"独行潭底影，数息树边身"，用"潭"和"树"相对，不是同类事物，是不类；用"影"和"身"相对，又是相类的。晏殊用"无可奈何"对"似曾相识"，"花"对"燕"，不是同类的，但"燕归来"对"花落去"又是相称的。这是讲对仗要以不类为类。

钱先生又考证戴复古《世事》一联："春水渡傍渡，夕阳山外山。"认为戴复古《风雨无聊》一首作于宋理宗淳祐二年（1242），《世事》一律后即《改元口号》，理宗改淳祐年号为宝祐，在一二五三年，则《世事》当作于淳祐十二年（1252）。他在《风雨无聊》诗后已称赞侄孙槃的佳句："春山绿平野，夕阳红半山。"那他的"春水"一联实是模仿他侄孙的一联。他为了掩盖他模仿的痕迹，故意构造注文中所讲的一段故事。钱先生的考证极为详实可信。再看"春水渡傍渡，夕阳山外山"，似不如"春水绿平野，夕阳红半山"，因为"红""绿"两字色彩鲜明。又"夕阳红半山"比较自然，似胜于"夕阳山外山"。

一九　对仗和用韵的因难见巧

此则（指上一节）似朱起求欢①，旷日经时，必得请于氤氲大使②，好事方谐。否则句佳而对不称，东坡《答孔毅父》诗所谓："天边鸿鹄不易得，便令作对随家鸡。"③ 谢女嫁王郎④，麻胡配菩萨⑤，心有遗憾终身者矣。作者殊列，诗律弥苛，故曲折其句法以自困，密叠其字眼以自缚，而终之因难见巧，由险出奇，牵合以成的对。例若《诗苑类格》所举"回文"、"连绵"、"双拟"、"隔句"四格⑥。此似选婿甚严，索聘奇昂，然倘

---

① 朱起：宋陶穀《清异录》中人物。他爱上伯氏虞部家女妓宠宠，精神恍惚，后得青巾仙相助，相合十五年，宠宠病死。

② 氤氲大使：传说中的媒妁之神。陶穀《清异录·仙宗》："（朱）起再拜，以宠事诉，青巾笑曰：'世人阴阳之契，有缱绻司总统，其长官号氤氲大使。诸夙缘冥数当合者，须鸳鸯牒下乃成。'"（涵芬楼排印本《说郛》卷六十一）

③ 宋苏轼《次韵孔毅父集古人句见赠》："天边鸿鹄不易得，便令作对随家鸡。"王注："集古诗，前古未有，王介甫盛为之，多者数十韵。鸿鹄不可与家鸡为对，犹古人诗句有美恶工拙，其初各有思考，岂可混为一律邪？"

④ 《世说新语·贤媛》："王凝之谢夫人既往王氏，大薄凝之。既还谢家，意大不说（悦）。"指谢女看不起她的丈夫。

⑤ 宋曾慥《高斋漫录》：成郎中"貌不扬而多髭。再娶之夕，岳母陋之，曰：'我女如菩萨，乃嫁一麻胡！'"

⑥ 宋李淑《诗苑类格》已佚，见《诗人玉屑》七引。回文：如"'情新因意得，意得逐情新'是也"。有倒用词语。连绵：如"'残河若带，初月如眉'是也"。残河指银河，银河与初月相连接，故称连绵。双拟：如"'议月眉欺月，论花颊胜花'是也"。一句以新月比眉，认为眉胜新月，一句以花比脸，认为脸胜花。两句用两个比喻。隔句：如"'相思复相忆，夜夜泪沾衣，空叹复空泣，朝朝君未归'是也"。是隔句为对。

得良媒，为寻灵匹，鸳社待阙，鹊桥可填，未遽踏地唤天作老女也。欧公《六一诗话》论韩退之“信倔强①。作古诗，得韵宽则溢出，得韵窄则愈险愈奇。如善驭良马者，通衢广陌，纵横驰逐，惟意所之，至于水曲蚁封②，疾徐中节，而不少蹉跌。”窃谓诗人矜胜，非特古体押韵如是，即近体作对亦复如是。因窄见工，固小道恐泥，每同字戏；然初意或欲陈样翻新，不肯袭常蹈故，用心自可取也。古名家集中，几无不有此。如太白《子规》：“一叫一回肠一断，三春三月忆三巴”③；元微之《送岭南崔侍御》：“火布垢尘须火浣，木棉温软当棉衣。桄榔面碜槟榔涩，海气常昏海日微”④；又《三兄以白角巾寄遗》：“白发过于冠色白，银钉少校颔中银”⑤；周太朴《赠李裕先辈》：“马疑金马门前马⑥，香认芸香阁上香⑦。”殆难备举。（186—187页）

这一则也讲对仗，有集句诗的对仗，有近体诗的对仗，又讲韩愈的用韵，总之是讲对仗或用韵的因难见巧。集句诗是集古人的诗句作诗，集古人的诗句作对。王安石写了不少集句诗。集句诗是将古人的诗句构成一首诗，用来表达自己的情思，像自己写的一样。集句诗的对偶要对得恰好，好比鸿鹄配家鸡就配不上，不成为好对。如王安石《老人行》：“翻手作云覆手雨（杜甫《贫交行》），当面输心背面笑（杜甫《莫相疑行》）。”上句用两“手”字，下句用两“面”字，对得工。这里引《诗苑类格》讲回文：“情新因意得，意得逐情新”，还不如倒读苏轼《题金山寺回文体》：

---

① 欧公：宋欧阳修。

② 蚁封：蚁穴外隆起的小土堆。

③ 李白诗：三巴，指四川旧巴郡、巴东郡、巴西郡。

④ 元稹诗：火布，火浣布，石棉织成的布，在火中一烧可使布洁白。桄榔面，桄榔树中有屑如面，可食。碜（chěn），杂有沙子。

⑤ 《三兄以白角巾寄遗发不胜冠，因有感叹》：“白发过于冠色白，银钉少校颔中银。”白角巾，裹头用故称冠，白发的白胜过冠色的白。白角巾上当有银钉，比颔下白须少。颔中银，指颔下白须。

⑥ 金马门：汉宫门前有铜马的，称金马门。

⑦ 芸香阁：唐朝京中藏秘书处称芸香阁，亦称芸阁。芸香可以防蠹。

“潮随暗浪雪山倾，远浦渔舟钓月明。桥对寺门松径小，槛当泉眼石波清。迢迢绿树江天晓，霭霭红霞晚日晴。遥望四边云接水，碧峰千点数鸥轻。”这首诗就是完全可以倒读的回文体。中间两联，不论顺读或倒读，对得都很工。

这里又谈到宽韵窄韵的因难见巧。欧阳修《六一诗话》：“而余独爱其（指韩愈的）工于用韵也。盖其得韵宽，则波澜横溢，泛入旁韵，乍还乍离，出入回合，殆不可拘以常格，如《此日足可惜》之类是也。得韵窄，则不复旁出，而因难见巧，愈险愈奇，如《病中赠张十八》之类是也。”按《此日足可惜一首赠张籍》，用七阳韵。七阳韵中的字比较多，称宽韵。但像“驱驰公事退，闻子适及城”。“城”字是“八庚”韵。“岁时未云几，浩浩观湖江。”“江”字是三江韵。“从丧朝至洛，还走不及停。”“停”用九青韵。“辕马蹢躅鸣，左右泣仆童。”“童”是一东韵。“甲午憩时门，临泉窥斗龙。”“龙”是二冬韵。洪迈《容斋四笔》曰：“退之《此日足可惜一首赠张籍》，凡百四十句，杂用东、冬、江、阳、庚、青六韵。”论者认为这六韵，古韵有可以相通的，韩愈按照古韵来押韵。这是碰到宽韵，泛入旁韵。又《病中赠张十八》用三江韵，三江韵字数少，称窄韵。如：“扶几导之言，曲节初摐摐。”“牛羊满田野，解旆束空杠。”用“摐摐”指撞击声。用“杠”指旗杆，即用难字押韵，因难见巧。说明韩愈用韵的特点，跟一般人不同。

这里又提到近体诗的对仗，如李白的“一叫一回肠一断，三春三月忆三巴”，用三个“一”字对三个“三”字，对得工切。如元稹的“火布垢尘须火浣，木棉温软当棉衣”，上句两个“火”字，下句两个“棉”字，是交错相对。“桄榔面碜槟榔涩，海气常昏海日微”，上句两“榔”字，与下句两“海”字交错相对。“白发过于冠色白，银钉少校领中银”，上句两“白”字，对下句两“银”字。周太朴诗“马疑金马门前马，香认芸香阁上香”，上句用三“马”字，对下句三“香”字，都是“因窄见工”。

二〇　避免词意重出

夫一家诗集中词意重出屡见，借此知人，固征其念兹在兹，言之谆谆，而谈艺则每嫌其事料俭而心思窘，不能新变，几于自相蹈袭。黄梨洲《明文授读》卷二十周容《复许有介书》云①：“何以读君一首而辄得数十首以后，读君一过而如已数十过之余，曷故也。古人著述足以传久不朽者，大约有三。一曰避。使龙而日见形于人，亦豢矣。使人而日餐江瑶柱，亦饫矣。故读数首而不得其所守之字，读数十首而不得其所守之律，读数十百首而不得其所守之体。陆生曰：‘数见不鲜’②，可以悟所避矣。”陈眉公《晚香堂小品》卷十二《汪希伯诗序》云③：“吾辈诗文无别法，最忌思路太熟耳。昔王元美论艺④，止拈《易》所云：‘日新之谓盛德。’余进而笑曰：孙兴公不云乎⑤：‘今日之迹复陈矣。’故川上之叹，不曰‘来者’，而曰‘逝者’⑥。天马抛栈⑦，神鹰掣鞲⑧，英雄轻故乡，圣人无

---

① 黄梨洲：明黄宗羲号。选有《明文授读》六十二卷。周容：明诸生。

② 陆生：《史记·陆贾传》，贾称“数见不鲜”。见的次数多了，就不新鲜，遭人讨厌了。

③ 陈眉公：明陈继儒号。

④ 王元美：明王世贞字。

⑤ 孙兴公：东晋孙绰字。

⑥ 川上之叹：《论语·子罕》：“子在川上曰：‘逝者如斯夫，不舍昼夜。’”

⑦ 天马抛栈：栈，栈豆，马房豆料，驽马恋栈豆，天马抛弃栈豆跑了。

⑧ 神鹰掣鞲：神鹰拉断皮带飞去。

死地①；彼于向来熟处，步步求离，刻刻不住。右军万字各异②，杜少陵诗无一篇雷同；是两公者非特他人路不由，即自己思路亦一往不再往”（参观《管锥编》一一九九页增订论“陈言”与“割爱”）。皆快论隽语，欲诗人遣词命意，如蘧庐之一宿不再宿、阿闪国之一见不再见③。虽陈义过卓，然作者固当仰高山而心向往也。尝试论之。一首之中，字句改易，后来居上，定本独传，然往往初稿同留天壤，有若良工示璞、巧妇留针线迹者。如少陵《曲江对酒》之“桃花细逐杨花落”，原作“桃花欲共杨花语”，是也。一集之中，语意屡见，亦仿佛斟酌推敲，再三尝试以至于至善，不啻一首之有草稿与定本。特数篇题目各异，语得并存，勿同一首涂逭之后，存一而舍其余耳。如少陵《奉寄郑少尹审》云：“社稷缠妖气，乾坤送老儒。百年同弃物，万国尽穷途”；《野望》云：“纳纳乾坤大，行行郡国遥。扁舟空老去，无补圣明朝”；《大历三年春白帝城放船出瞿唐峡》云：“此生遭圣代，谁分哭穷途”；《江汉》云：“江汉思归客，乾坤一腐儒”；《客亭》云：“圣朝无弃物，老病已成翁”；《旅夜书怀》云：“名岂文章著，官应老病休。”语意相近或竟相同，而《江汉》、《客亭》、《旅夜书怀》中句毫发无憾，波澜老成；则视他三首中句为此三首中句之草创或试笔，亦无伤耳。吴澹川《南野堂笔记》卷一尝谓少陵“风急天高猿啸哀”一首④，即将“重阳独酌杯中酒，卧病起登江上台”二句“衍为一篇”，正复有见于此。试取斯类诸篇汇观，宛若睹一篇之先后数番改稿，惨淡经营，再接再励，而非百发百中焉。（397—398 页）

这一则讲一家诗集中的词意避免重复。陆机《文赋》说：“谢朝花于已披，启夕秀于未振。”即别人用过的词意不再用，要创造别人没有用过

① 圣人无死地：圣人到处行道，不停留在一地，故没有一定的死处。

② 右军万字各异：东晋王羲之做右军将军。他写《兰亭集序》中有不少“之”字，写法有变化，不相同。“万字各异”是夸张说法。

③ 蘧庐：旅舍。《庄子·天运》：“仁义，先王之蘧庐也。止可以一宿，而不可以久处。”阿闪（chù）国：阿闪佛国，见《阿闪佛国经》二卷，支娄迦谶译。

④ 吴澹川：清吴文溥字。有《南野堂笔记》十二卷。

的。别人用过的辞，如比喻，用花比美人，前人已经用得多了，再用就没有意味了。用意也这样。这里指出一家的诗，自己用过的辞意，最好也避免不用。《管锥编》1198页：陆机《文赋》："必所拟之不殊，乃暗合乎曩篇；虽杼轴于予怀，怵他人之吾先；苟伤廉而愆义。亦虽爱而必捐。"钱先生称："若侔色揣称，自出心裁，而成章之后，忽睹其冥契'他人'亦即'曩篇'之作者，似有蹈袭之迹，将招盗窃之嫌，则语虽得意，亦必刊落。"这是说，自己创作的，跟前人之作暗合，应当删去。这里讲的，当如《谈艺录》三五《放翁诗词意复出议论违牾》，举例如："自《唐安徙家来和义》云：'身如林下僧，处处常寄包；家如梁上燕，岁岁旋作巢'；《寒食》云：'身如巢燕年年客，心羡游僧处处家'；《秋日怀东湖》云：'身如巢燕临归日，心似堂僧欲动时'；《夏日杂题》云：'情怀万里长征客，身世连床旦过僧'。"这里四首诗，都用僧和燕作比，四首诗用相同的比喻，词亦相类。这就是钱先生指出要相避的。钱先生引周容《复许有介书》，"读君一首辄得数十首以后，读君一过而如已数十过之余"。为什么读一首诗往往如得读数十首呢？读一遍如已读数十遍呢？我们读陆游上举的四首诗，就比喻说，好像读一首。这里说，读一首好像读几十首，当是因为一首诗中的词意都是新创的缘故。

《易·系辞上》："日新之谓盛德。"创作要避免重复，就要求日新。反映新的生活，就可避免与旧的创作重复了。孔子在川上的叹息，不说"来者"，而说"逝者"，即"来者"当含有新的意味，"逝者"含有旧的意味，这里也含有去旧求新的意味吧。钱先生又指出创作后的修改，语意相近或相同，经过修改后的句子胜过原作，那虽有相同还是可传的了。钱先生指出"社稷缠妖氛，乾坤送老儒"四句，一指世乱，一指自己如同弃物的老儒，但把世乱归罪于女娲，称女娲为"妖氛"，这是不恰当的，有毛病。再像"纳纳乾坤大，行行郡国遥"，乾坤大指空间说，郡国遥也指空间说，不像《绝句四首》中的"窗含西岭千秋雪，门泊东吴万里船"的一句写时间，一句写空间。又如"此生遭圣代，谁分哭穷途"。即生在圣代，谁料不遇。又"江汉思归客，乾坤一腐儒"，以天地之大，不能容一腐儒，使他只能思归而不得，含义较前二句深沉。“圣朝无弃物，老病已成翁”，不说朝廷抛弃他，却说自己老病而离开朝廷，这反映杜甫的仁厚的心情。“名岂文章著，官应老病休”，岂有因文章而著名，实因老病而休官，反映了杜甫自谦而仁厚的性情。这样写，才“毫发无憾，波澜老成”，虽与以上几首词意相同，也无碍了。

二一　引申

王静庵《苕华词·蝶恋花》：“往事悠悠容细数。见说他生，又恐他生误。纵使兹盟终不负，那时能记今生否？”即萚石《追忆诗》所谓：“他生便复生同室，已是何人不是君！”（《钱锺书研究》22页）

这一则是《文心雕龙·镕裁》讲的引申道：“引而申之，则两句敷为一章”，把两句话发展成一章。钱载《追忆诗》的“他生便复生同室，已是何人不是君！”王国维把它扩展成《蝶恋花》的下片。上片是：“落日千山啼杜宇，送得归人，不遣居人住。自是精魂先魄去，凄凉病榻无多语。”钱载的两句，比较凝炼。王国维从往事悠悠讲起，说到他生“又恐他生误”。又进一步说到纵使不误，也不会记得今生了。跟钱载的话又有差异。因此，王国维的词，他的设想是与钱载的用意是暗合，还是用钱载的话加以扩展，还不一定。明显是扩展的，像杜甫《羌村》：“夜阑更秉烛，相对如梦寐。”晏几道《鹧鸪天》作：“今宵剩把银釭照，犹恐相逢是梦中。”把五言扩展成七言。

叁

SAN

作家作品论

ZUOJIAZUOPINLUN

一　论陶渊明

按陶公诗又云："先师有遗训，忧道不忧贫"；又云："朝与仁义生，夕死复何求"；又云："周生述孔业，祖谢响然臻。道丧向千载，今朝复斯闻。老夫有所爱，思与尔为邻。"盖矫然自异于当时风会。《世说·政事》注引《晋阳秋》记陶侃斥老庄浮华，渊明殆承其家教耶。明人郎仁宝《七修类稿》卷十七论陶诗①，至欲语语以性理求之。近人沈子培《寐叟题跋》上册有论支谢诗三则②，深非刘勰"庄老告退、山水方滋"二语，以为"六朝诗将山水庄老，融并一气。谢康乐总山水庄老之大成，支道林开其先，模山范水，华妙绝伦。陶公自与嵇阮同流，不入此社"云云。沈氏知作诗"以庄老为意，山水为色"，颇合"理趣"之说。《世说》一书所载曲阿、印渚、华林园、山阴道等游观诸语，皆老庄风气中人所说；孙兴公"斋前种松，楚楚可怜"③，亦几有濂溪、明道爱玩阶草之意④。然支道林存诗，篇篇言理，如《八关斋》、《述怀》、《咏怀》、《利城山居》等作，偶点缀写景一二语，呆钝填砌，未见子培所谓"模范华妙"者。子培好佛学，故论诗蛮做杜撰，推出一释子，强冠之康乐之上，直英雄欺人耳。以

① 郎仁宝：明郎瑛字。有《七修类稿》五十一卷。

② 沈子培：民国沈曾植字，号乙盦，又号寐叟。支谢：东晋支遁，字道林；南朝宋谢灵运，袭封康乐公。

③ 孙兴公：晋孙绰字。

④ 濂溪：宋周敦颐居濂溪，世称濂溪先生。明道：宋程颢称明道先生。

山水通于理道，自亦孔门心法，子培必欲求之老庄，至不言读《论语》，而言读皇侃疏，岂得为探本穷源乎。陶公不入此社，固也，与嵇阮亦非同流。陶尊孔子，而《拟古》肯称庄周为“此士难再得”；阮学老庄，而《达庄论》乃大言庄周不足道。子培之言，诚为淆惑矣。颜鲁公《咏陶渊明》以张良、龚胜比渊明。山谷《怀渊明》诗略云：“岁晚以字行，更始号元亮。凄其望诸葛，忼慸犹汉相。时无益州牧，指挥用诸将。”真西山《跋黄瀛甫和陶》称其“有长沙公之心而力未逮”①。卢挚《题渊明归去图》以留侯、武侯相比②。王述庵《书渊明传后》称有经略用世之志③。龚定庵《己亥杂诗》中读陶诗三首称其有“侠骨”而“豪”④。盖皆韩昌黎《送王秀才序》所谓：“阮籍、陶潜为事物是非相感触有托而逃。”余复拈出其儒学如左，以见观人非一端云。（239—240 页）

这一则讲陶渊明诗。钱先生认为陶诗有儒家思想，引了“先师有遗训，忧道不忧贫”。先师指孔子，《论语·卫灵公》：“君子忧道不忧贫。”又引“朝与仁义生，夕死复何求”。《论语·里仁》：“朝闻道，夕死可矣。”又引“周生述孔业，祖谢响然臻”，指周续之传授孔子的道，有祖企、谢景夷两人响应到来。陶渊明也响应着。说明陶渊明不同于当时崇尚老庄的风气。《世说新语·政事》“陶公性检厉”条引《晋阳秋》，称陶侃以为“老庄浮华，非先王之法言，而不敢行。君子当正其衣冠，摄以威仪，何有乱头养望，自谓宏达耶！”因此钱先生说：“渊明殆承其家教耶？”家教即指他曾祖陶侃传下来的家教。孔子儒家学说，到了宋朝，发展成为性理学。明人郎瑛用宋人的性理学来研究陶诗，是不恰当的。清末民初的沈曾植认为陶渊明与嵇康、阮籍是一流人，不加入当时的白莲社。白莲社是晋释慧远与慧永、刘遗民、雷次宗等十八人在庐山东林寺结的社，修佛教的净土宗。陶渊明信奉孔子的教导，没有入社。嵇康、阮籍不满于司马

① 真西山：宋真德秀号，学者称西山先生。有《西山文集》五十五卷。
② 卢挚：元诗人。有《疏斋集》。
③ 王述庵：清王昶号。有《述庵诗抄》十二卷。
④ 龚定庵：清龚自珍号。有《龚定庵全集》。

氏专政，嵇康被司马昭所杀。阮籍纵酒谈玄，以求自全。陶渊明嫌仕途恶浊，不愿做官，辞去彭泽令，归乡亲自参加农业劳动，过着清贫的生活，与嵇康、阮籍不同。陶的《拟古》称庄子为“此士难再得”，推重庄周。阮籍《达庄论》说庄周不足道，看轻庄周。说明陶跟阮不同。所以沈曾植说他与嵇阮同流是不对的。

刘勰《文心雕龙·明诗》里讲：“庄老告退，而山水方滋。”当时的玄言诗用庄子老子的思想来做诗。玄言诗衰落了，山水诗兴起来了。这话是对的。沈曾植极力反对这话，他认为当时山水庄老融为一气，认为谢灵运是山水庄老结合在一气的集大成者，支道林是创始者，描摹山水，写得极好的。钱先生认为沈曾植提出以庄老思想来写山水景色，颇有合“理趣”的说法。“理趣”即在写山水景物中透露出一种情理来。《世说新语》中讲到当时人在游历观赏许多名胜地方，像曲阿、印渚、华林园、山阴道等处，所说的话，都受到老庄风气的影响。像《世说新语·言语》：“王子敬（献之）云：‘从山阴道上行，山川自相映发，使人应接不暇。’”这里就含有头绪纷繁、应付不过来的道理在内。又：“简文入华林园，顾谓左右曰：‘会心处不必在远，翳然林水，便自有濠濮间想也，觉鸟兽禽鱼，自来亲人。”这里的“濠濮间想”，便有庄子与惠子在濠濮水观鱼，讲鱼乐的故事。庄子在濮水上钓鱼，楚王派使者来请他去做官，庄子辞谢不去的故事。反映庄老风气中说的话。又：“孙绰斋前种一株松，恒手自壅治之。高世远时亦邻居，语孙曰：‘松树子非不楚楚可怜（爱），但永无栋梁用耳。’”钱先生认为孙绰爱小松，近乎宋人周敦颐、程颢爱阶前草，观察草的生意的意思，即从景物中体会道理，有理趣之意。钱先生又指出支道林的诗并不华妙。如《述怀》：“总角敦大道，弱冠弄双玄。逡巡释长罗，高步寻帝先。妙损阶玄老，忘怀浪濠川。达观无不可，吹累皆自然。穷理增灵薪，昭昭神火传。熙怡安冲漠，优游乐静闲。膏腴无爽味，婉娈非雅弦。恢心委形度，亹亹随化迁。”写得“呆钝填砌”，未见华妙。这是批评沈曾植的说法不对。钱先生又指出：“以山水通于理道，自亦孔门心法。”如《论语·雍也》：“子曰：‘知者乐水，仁者乐山。知者动，仁者静；知者乐，仁者寿。'" 所以沈曾植一定要把山水通于理道，归于老庄，也不确。

钱先生又提出陶渊明诗的另一方面。如颜鲁公即颜真卿《咏陶渊明》："张良思报韩，龚胜耻事新，狙击不肯就，舍生悲缙绅。呜呼陶渊明，奕叶为晋臣。"张良得力士狙击秦始皇，为韩报仇。龚胜不事王莽，绝食而死。用他们来比陶渊明忠于晋朝。又引黄庭坚《怀渊明》，说他本名潜，字渊明，晚年以字行，称渊明，改号元亮，在想望诸葛亮，用诸葛亮来比他。真德秀称陶渊明有长沙公陶侃建功立业的用心，而力不及。卢挚用张良、诸葛亮来比陶渊明。王昶说陶渊明有为晋朝建功立业的志向。龚自珍《己亥杂诗》中有读陶诗三首："陶潜却似卧龙豪，万古浔阳松菊高。不信诗人竟平淡，二分梁甫一分骚。""陶潜诗喜说荆轲，想见停云发浩歌。吟到恩仇心事涌，江湖侠骨已无多。"这两首诗，一首把陶渊明比诸葛亮，诸葛亮作《梁甫吟》，所以说陶诗是二分《梁甫吟》，一分《离骚》。一首诗讲陶的《咏荆轲》。说他"豪"和"侠骨"。再归结到韩愈《送王秀才序》称阮籍、陶潜"为事物是非相感触"，即阮籍不满于司马氏的代魏，陶潜不满于刘裕的代晋，都托于纵酒以逃祸。钱先生在这里主要提出两点：一点是陶渊明的儒家思想，一点是不少人推重他的志节。指出要全面地观察人。

二　历代论陶渊明诗

（一）

当时解推渊明者，惟萧氏兄弟，昭明为之标章遗集①，作序叹为“文章不群”，“莫之与京②”。《颜氏家训·文章》篇记简文“爱渊明文，常置几案，动静辄讽”③。顾二人诗文，都沿时体，无丝毫胎息渊明处。昭明《与湘东王书》论文只曰④：“古之才人，远则扬、马、曹、王⑤，近则潘、陆、颜、谢⑥。”宋陈仁子撰《文选补遗》⑦，赵文作序，述仁子语，亦怪昭明选渊明诗，十不存一二。可见渊明在六代三唐，正以知希为贵。即今众议佥同，千秋定论，尚有王船山、黄春谷、包慎伯之徒⑧。或以为渊明“量不弘而气不胜，开游食客恶诗”。见《夕堂永日绪论》内编⑨。或以为“今情

① 昭明：梁萧统，谥昭明。有《陶渊明集序》。

② 京：高大。

③ 《颜氏家训》：北齐颜之推撰，二卷。简文：梁简文帝萧纲。

④ 湘东王：萧绎，即位后为梁元帝。

⑤ 扬、马、曹、王：扬雄、司马相如、曹植、王粲。

⑥ 潘、陆、颜、谢：潘岳、陆机、颜延之、谢灵运。

⑦ 陈仁子：南宋学者。有《文选补遗》四十卷。

⑧ 王船山：清王夫之，隐居衡阳之石船山，学者称船山先生。有《夕堂永日绪论》。黄春谷：清黄承吉号。有《梦陔堂文集》十卷。包慎伯：清包世臣字。有《艺舟双楫》六卷。

⑨ 《夕堂永日绪论》：清王夫之撰，内编一卷，外编一卷。

五言之境，康乐其方圆之至矣①，犹之洙泗之道②，遍及人伦，虽陶彭泽亦夷、惠、老、庄之列也③”。《梦陔堂文集》卷三《与梅蕴生书》。或以为渊明诗“不如康乐诗竟体芳馨”，见《艺舟双楫》卷一《答张翰风书》。《归去来辞》吉不丽而意无则。卷一《书韩文后》下篇。则当时之进前不御，奚足怪乎。(91 页)

这一则讲当时推重陶渊明诗文的，有萧统的《陶渊明集序》，称“其文章不群，词采精拔，跌宕昭彰，独超众类，抑扬爽朗，莫之与京（高大）。横素波而傍流，干青云而直上。语时事则指而可想，论怀抱则旷而且贞。加以贞志不休，安道苦节，不以躬耕为耻，不以无财为病，自非大贤笃志，与道污隆，孰能如此乎?”这是当时对陶渊明最推重的话。但萧统的诗文并不仿效陶渊明。他编《文选》，对陶渊明诗文，选得也不多。后代像王夫之、黄承吉、包世臣都对陶渊明诗有不满的指摘，就这里所引看，批评的话都不够恰当。如“量不弘而气不胜”，“亦夷、惠、老、庄之列”，“言不丽而意无则”，只要看萧统序，就把他们的贬责驳斥了。如说“横素波而傍流，干青云而直上”，又“抑扬爽朗，莫之与京”，就显出他的气盛格高；称“大贤笃志，与道污隆”，就兼包儒家，不限于“夷、惠、老、庄”了。像“文章不群，词采精拔”，就不是“言不丽而意无则”了。还是苏轼称“渊明诗质而实绮，癯而实腴”，要是只看到他的质和癯，自然要对他表示不满了。

（二）

辛稼轩《贺新郎》：“看渊明，风流酷似卧龙诸葛。”《朱子语类》卷一百四十④：“渊明自豪放，但豪放得来不觉耳。其露出本相者，是《咏荆轲》一篇”；又：“隐者多带气负性，陶欲有为而不能者，又好名。”朱琰

---

① 康乐：南朝宋谢灵运，袭封康乐公。
② 洙泗之道：孔子教学生在洙水泗水流域，指儒家之道。
③ 陶彭泽：陶渊明曾做彭泽令。夷、惠、老、庄：伯夷、柳下惠、老子、庄子。
④ 《朱子语类》：一百四十卷，宋黎靖德编。

《明人诗钞》正集卷三张志道以宁《题海陵石仲铭所藏渊明归隐图》①：“昔无刘豫州，隆中老诸葛。所以陶彭泽，归兴不可遏。岂知英雄人，有志不得豁。高咏《荆轲》篇，竦然动毛发。”孙太初《太白山人漫稿》卷二《三隐逸诗》②：“渊明豪杰人，出处亦有道。昔读《荆轲》诗，仿佛见怀抱。”董若雨说《丰草庵前集》卷二《书桃花源记后》③：“不能为报韩之子房，则当法避秦之楚客。陶氏《咏荆轲》与《桃花源记》异用而同体；慨然欲为荆轲不可得，然后徙而为桃源避秦之谋。呜呼悲哉。”顾亭林《日知录》卷十九《文词欺人》④：“栗里之征士，淡然若忘于世，而感愤之怀，有时不能自止而微见其情者，真也。”王禹卿文治《梦楼诗钞》卷十《彭泽》第三首⑤：“人爱陶令逸，我知陶令豪。易水咏荆轲，寒水暮萧萧。垂天有奇翮，岂在腾扶摇。古来世外人，经济乃更饶。商绮息汉争⑥，鲁连解齐器⑦。”定庵以渊明“诗喜说荆轲”而叹“江湖侠骨”，着眼与朱子等相同；又称渊明“酷似卧龙豪”，自注：“语意本辛弃疾”，实则山谷诗已发此意矣。（555 页）

这一则再讲陶渊明诗。钱先生先引辛弃疾《贺新郎》词，已经讲到陶渊明风流极像诸葛亮。朱熹进一步从陶渊明的《咏荆轲》中看到他的豪放，讲到他要有所作为，却不能够。再引明张以宁的诗，把陶渊明比诸葛亮，要是诸葛亮不碰到刘备，他也老死在隆中不出山。从陶渊明的《咏荆轲》里显出他是有志的英雄。再引清董说的文章，从陶渊明《咏荆轲》里可以把他比作汉的张良为韩报仇；从他的《桃花源记》里，把他比作逃入

① 朱琰：清人。有《明人诗钞》十四卷。

② 孙太初：明孙一元字。有《太白山人漫稿》八卷。

③ 董若雨：清董说字。有《丰草庵前集》六卷。

④ 顾亭林：清顾炎武号。有《日知录》三十二卷。

⑤ 王禹卿：清王文治字。有《梦楼诗钞》二十四卷。

⑥ 商绮：商山四皓之一的绮里季，隐居商山。汉初，刘邦欲废太子刘盈，立赵王如意，张良请商山四皓出来辅佐太子，太子的地位就定了。

⑦ 鲁连：鲁仲连，战国时齐人。燕将占有齐聊城，田单攻聊城，岁余不下。鲁仲连写信给燕将，劝他退回燕国。燕将怕归燕有罪，因自杀，田单收复聊城。

桃花源中的秦人，因桃花源在战国时属楚地，所以称那里的人为“楚客”。顾炎武称赞陶渊明“感愤之怀，有时不能自止而微见其情”，这就指《咏荆轲》等篇，透露出他的“感愤之怀”。清王文治的诗，指出他的豪气，从他《咏荆轲》里显出。再说他虽隐居，却有经世济民的怀抱，像商山的绮里季，像战国的鲁仲连。钱先生在这里指出龚自珍《己亥杂诗》里称陶渊明似诸葛亮的豪，认为黄庭坚诗早有此意了。钱先生还引了历代各家有同样看法的诗文，说明这样论陶渊明的，不是个别的议论，可以作为定论了。

三　论唐宋人推陶诗

渊明文名，至宋而极。永叔推《归去来辞》为晋文独一；东坡和陶，称为曹、刘、鲍、谢、李、杜所不及①。自是厥后，说诗者几于万口同声，翕然无间。宋《蔡宽夫诗话》言②："渊明诗、唐人绝无知其奥。惟韦苏州、白乐天、薛能、郑谷皆颇效其体③。"《国粹学报》己酉第八号载李审言丈《愧生丛录》④，一则云："太白、韩公，恨于陶公不加齿叙，即少陵亦只云：'陶潜避俗翁'也。"余按少陵《夜听许十诵诗》曰："陶谢不枝梧，风骚共推激"；《江上值水如海势》曰："焉得思如陶谢手，令渠述作与同游"；其不论诗而以"陶谢"并举者，尚有《石柜阁》诗之"优游谢康乐，放浪陶彭泽"。李群玉《赠方处士》云⑤："喜于风骚地，忽见陶谢手"，即本少陵来，不得谓少陵只云"陶潜避俗翁"也。(88 页)

这一则讲陶渊明。宋祁《笔记》卷中记其兄庠语："欧阳永叔（修）推重《归去来辞》，以为'江左高文'"，苏轼称："渊明作诗不多，然其

① 曹、刘、鲍、谢、李、杜：曹植、刘桢、鲍照、谢灵运、李白、杜甫。

② 《蔡宽夫诗话》：宋蔡启字宽夫。所著《蔡宽夫诗话》，有郭绍虞《宋诗话辑佚》本。

③ 韦苏州：唐韦应物，曾任苏州刺史。白乐天：唐白居易字。薛能、郑谷：皆唐诗人。

④ 《国粹学报》：一九〇五年二月在上海创刊，月刊，共出七年。邓实主编。为学术刊物，宣传反清思想。李审言：近代骈文家。

⑤ 李群玉：字文山，唐诗人。有《李群玉集》三卷，后集五卷。

诗质而实绮，癯而实腴，自曹、刘、鲍、谢、李、杜诸人，皆莫及也。”这里推重的，就“质而实绮，癯而实腴”这一点说，胜过曹、刘众人。抛开这一点说，曹、刘众人各有特点，也不是陶所及。这样看，是不是全面些。

这里提到韦应物、白居易、薛能、郑谷颇效其体，看看他们对陶诗的了解怎样？按韦应物有效陶体两首，录《与友生野饮效陶体》：“携酒花林下，前有千载坟。于时不共酌，奈此泉下人。始自玩芳物，行当念徂春。聊舒远世踪，坐望还山云。且遂一欢笑，焉知贱与贫。”这一首诗确能体会陶渊明的心情。如陶诗《归园田居》之四：“徘徊丘垄间，依依昔人居。井灶有遗处，桑竹残朽株。借问采薪者：‘此人皆焉如？’薪者向我言：‘死没无复余。’一世异朝市，此语真不虚。人生似幻化，终当归空无。”陶渊明看到一个无人居住荒废的宅子，引起“终当归空无”的感叹。韦拟陶诗里写看到古坟，就想到泉下人，不能共酌，引起感慨，与陶诗见废居引起感叹有相似处。陶诗《饮酒》之五：“采菊东篱下，悠然见南山。山气日夕佳，飞鸟相与还。”看见飞鸟归山，就有《归去来兮辞》里说的“云无心兮出岫，鸟倦飞而知还”，像自己无心出去做官，又厌倦官场生活归来。这首拟陶诗，写“坐望还山云”，同陶渊明看到还山鸟有同样心情，所以说“且遂一欢笑，焉知贱与贫”，忘掉贫贱，说明韦是能够体会陶的心情的。

再看白居易，有《效陶潜体诗十六首》，其中明显地效陶的是第九首：“原生衣百结，颜子食一箪，欢然乐其志，有以忘饥寒。今我何人哉？德不及先贤。衣食幸相属，胡为不自安？况兹清渭曲，居处安且闲。榆柳百余树，茅茨十数间。寒负檐下日，热濯涧底泉。日出犹未起，日入已复眠。西风满村巷，清凉八月天。但有鸡犬声，不闻车马喧。时倾一壶酒，坐望东南山。稚侄初学步，牵衣戏我前。即此自可乐，庶几颜与原！”

这首诗写“榆柳百余树，茅茨十数间”，“但有鸡犬声，不闻车马喧”，效陶《归田园居》的“方宅十余亩，草屋八九间，榆柳荫后檐，桃李罗堂前”。“狗吠深巷中，鸡鸣桑树颠。”又这诗的“不闻车马喧。时倾一壶酒，坐望东南山”，效陶《饮酒》之五：“结庐在人境，而无车马喧。问君何能尔，心远地自偏。”“采菊东篱下，悠然见南山。山气日夕佳，飞鸟相与还。”这诗还有效陶处，就不谈了。但白居易的效陶，精神却不同。陶是不愿与恶浊的官场共处，所以归田的，归田后从事劳动的。所以他的居处“而无车马喧”，是同他的不愿与官场交往结合的。白居易是没有这种心情的，所以他的“不闻车马喧”只是形式上仿效。陶的“悠然见南山”“飞鸟相与还”，从“鸟倦飞而知还”里，体会到自己厌倦做官而归田，是有会心的。白居易的“坐望东南山”，也只有形式上的仿效，没有体会的。陶的归田，在《归田园居》里说“晨兴理荒秽，带月荷锄归”，是亲自参加劳动的。与白居易的“日出犹未起，日入已复眠”的幽闲生活是不同的。白居易以大官隐退过着优裕生活，自比颜渊原宪，是可笑的，与陶的精神境界不同，是不了解陶的。

蔡宽夫说薛能、郑谷皆有诗效陶，今检《全唐诗》皆未见。再看钱先生称杜甫对陶渊明的称美，如《夜听许十诵诗》：“陶谢不枝梧，风骚共推激。”这两句讲许十诵诗的美妙，下凌陶谢，上继风骚，枝梧犹抵当，这是讲诵诗，不是论诗，但把陶谢并称，又跟风骚作对，也有推重陶谢诗的意味。所以李群玉的把陶谢与风骚作对，就从杜诗来的。再看《江上值水如海势》：“焉得思如陶谢手，令渠述作与同游。”这是说，要得诗思像陶谢的创作，自愧不如陶谢，即极推重陶谢诗。杜甫这首诗开头说：“为人性僻耽佳句，语不惊人死不休。”这就推重陶诗有惊人佳句了。

四　论庾信诗赋

窃谓子山所擅[①]，正在早年结习咏物写景之篇，斗巧出奇，调谐对切，为五古之后劲，开五律之先路。至于概身世而痛家国，如陈氏所称《拟咏怀》二十七首[②]，虽有肮脏不平之气，而笔舌木强，其心可嘉，其词则何称焉。盖六代之诗，深囿于妃偶之习，事对词称，德邻义比。上为“太华三峰”，下必“浔阳九派”；流弊所至，意单语复。《史通·叙事》篇所讥：“编字不只，捶句皆双，一言足为二言，三句分为四句。如售铁钱，以两当一”；文若笔胥然。例如：“宣尼悲获麟，西狩泣孔丘”；“虽好相如达，不同长卿慢”；“千忧集日夜，万感盈朝昏”；“万古陈往还，百代劳起伏”；“多士成大业，群贤济洪绩”。彦和《丽词》笑为“骈枝”，后来诗律病其“合掌”。子山此诗，抗志希古，上拟步兵，刮除丽藻，参以散句。而结习犹存，积重难革，失所依傍，徒成支弱。如“谁知志不就，空有直如弦”；“愦愦天公晓，精神殊乏少”；“对君俗人眼，真兴理当无”；“谁言梦蝴蝶，定自非庄周”；“古人持此性，遂有不能安”；“由来千种意，并是桃花源”；“怀生独悲此，平生何谓平”；“洛阳苏季子，连衡遂不连”；“寓卫非所寓，安齐独未安”；“吉人长为吉，善人终日善”。按子山颇喜为此体，几类打诨。如《伤王司徒褒》云：“定名于此定，全德所以全”；《伤心赋》云：“望思无望，归来不归。从宦非宦，归田不田。”皆稚劣是底言语。与平日之精警者迥异。其中

---

① 子山：北周庾信字。有《庾开府集笺注》四十卷。

② 陈氏：清陈沆，字太初。有《诗比兴笺》四卷。

较流利如“榆关断音信”一首，而“纤腰减束素，别泪损横波；恨心终不歇，红颜无复多”等语，亦齐梁时艳情别思之常制耳。若朴直凄壮，勿事雕绘而造妙者，如：“步兵未饮酒，中散未弹琴。索索无真气，昏昏有俗心”；“摇落秋为气，南风多死声”；“阵云平不动，秋蓬卷欲飞”；“残月如初月，新秋似旧秋”；“无闷无不闷，有待何可待。昏昏如坐雾，漫漫疑行海”；“壮冰初开地，盲风正折胶”；“其面虽可热，其心长自寒。匣中取明镜，披图自照看。幸无侵饿理，差有犯兵栏。”在二十七篇中寥寥无几。外惟《寄徐陵》云：“故人倘思我，及此平生时。莫待山阳路，空闻吹笛悲”；沈挚质劲，语少意永，殆集中最“老成”者矣。子山词赋，体物浏亮、缘情绮靡之作，若《春赋》、《七夕赋》、《灯赋》、《对烛赋》、《镜赋》、《鸳鸯赋》，皆居南朝所为。及夫屈体魏周，赋境大变，惟《象戏》、《马射》两篇，尚仍旧贯。他如《小园》、《竹杖》、《邛竹杖》、《枯树》、《伤心》诸赋，无不托物抒情，寄慨遥深，为屈子旁通之流，非复荀卿直指之遗，而穷态尽妍于《哀江南赋》。早作多事白描，晚制善运故实，明丽中出苍浑，绮缛中有流转；穷然后工，老而更成，洵非虚说。至其诗歌，则入北以来，未有新声，反失故步，大致仍归于早岁之风华靡丽，与词赋之后胜于前者，为事不同。《总目》论文而不及诗，说本不误。陈氏所引杜诗，一见《咏怀古迹》：“庾信哀时更萧瑟，暮年词赋动江关”，一见《戏为六绝句》：“庾信文章老更成，凌云健笔意纵横。今人嗤点流传赋，不觉前贤畏后生”；皆明指词赋说。若少陵评子山诗，则《春日怀李白》固云：“清新庾开府。”下语极有分寸。杨升庵英雄欺人，混为一谈，陈氏沿袭其讹，不恤造作事实，良可怪叹。（299—301 页）

这一则论庾信诗赋。钱先生认为庾信诗所擅长的正在他早年咏物写景的诗，即在梁代所作的诗，为“五古之后劲，开五律之先路”。如《咏画屏风诗》：“高阁千寻起，长廊四柱连。歌声上扇月，舞影入琴弦。涧水才窗外，山花即眼前。但愿长欢乐，从今尽百年。”这首诗作为五言古诗，是当时比较好的，可称后劲。它又是开五律的先路。五律诗要求：一、一首八句，这首正是八句。二、用平声韵，这首正是用平声韵。三、中间两联对偶，首联可对可不对。这首中间两联对偶，首联也对。四、要讲究平仄，这首诗的平仄，除第三句“歌声上扇月”，平平仄仄仄，连用三仄；又“山花”句平起，“但愿”句仄起不合外，即除两句不合外，其余都跟五律一致，所以说是“开五律之先路”。

陈沆讲庾信《拟咏怀》二十七首，在《诗比兴笺》里说：“令狐德棻撰《周书》，称子山文浮放轻险，词赋罪人。第指其少年宫体，齐名孝穆（徐陵）者耳。使其终处清朝（清明之朝，指梁朝），致身通显，不过黼黻（礼服上花纹，指穿礼服做大官）雍容，赓和绮艳，遇合虽极恩荣，文章安能命世。而乃荆吴（指梁）倾覆，关塞流离，冰蘖之阅既深，艳冶之情顿尽。湘累（屈原）之吟，包胥（申包胥）之哭，钟仪之风（楚钟仪囚于晋而唱楚歌），文姬悲愤，固当六季（六朝）寡俦，岂憔孝穆却步。斯则境地之曲成，未为塞翁之不幸（塞翁失马，安知非福）者也。……少陵诗云：‘庾信文章老更成’，‘暮年词赋动江关’，有以也。”钱先生评为：“按此段议论，全袭《四库总目》，而加以截搭。《总目》卷一百四十八谓：庾信骈偶之文，集六朝之大成，导四杰（王、杨、卢、骆）之先路，为四六宗匠。初在南朝，与徐陵齐名。故李延寿《北史·文苑传》称徐庾意浅文匿，王通《中说》亦谓徐庾夸诞，令狐德棻《周书》至斥为词赋罪人。然此自指台城应教之日，二人以宫体相高耳。至信北迁以后，阅历既久，学问弥深，所作皆华实相扶，情文兼至，抽黄对白，变化自如，非陵之所能及矣。杜甫诗曰：‘庾信文章老更成。’则诸家之论，甫固不以为然矣。陈氏所谓‘境地曲成，未为不幸’，即赵瓯北《题元遗山集》：‘国家不幸诗家幸，赋到沧桑句便工’之意。《总目》引杜诗，专论子山骈文；陈氏以之说子山诗，盖又本于杨升庵。《丹铅总录》卷十九云：‘庾信之诗，为梁之冠绝，启唐之先鞭。史评其诗曰绮艳，杜子美称之曰清新，又曰老成。绮艳清新，人皆知之，而其老成，独子美能发其妙，余尝合而衍之曰：绮多伤质，艳多无骨，清而不薄，新而不尘，所以为老成也。’陈氏牵合诸意，曲为之说，无征失据，不堪一驳。”

钱先生在驳陈沆说时，提出了对庾信诗赋的评价。大体认为杜甫的评价是对的。庾信早期的诗，杜甫称为“清新庾开府”，评为清新。钱先生再加补充，称为“斗巧出奇，调谐对切，为五古之后劲，开五律之先路”，这是应当肯定的。庾信晚年的诗，“笔舌木强”，“徒成支弱”。有的是刘彦和即刘勰《文心雕龙·丽辞》所讥的两句一意的“对句之骈枝”，亦后来批评的“合掌”。庾信的《咏怀》诗里就有这种合掌。如“乘舟能上月，飞幰欲扪天”；“上月”“扪天”都指上天，两句一意。再像“谁知志不就，空有直如弦”，“直如弦”是空的，等于“志不就”了。“愦愦天公晓，精神殊乏少”，“愦愦”就是“精神”少了。这就是所谓“稚劣”。因此，陈沆把庾信的《拟咏怀》诗说成是杨慎所推重的诗是不恰当的。

钱先生又讲到庾信的赋，认为庾信在梁朝所作赋，是缘情绮靡之作。如《春赋》:“宜春苑中春已归，披香殿里作春衣。新年鸟声千种啭，二月杨花满路飞。河阳一县并是花，金谷从来满园树。一丛香草足碍人，数尺游丝即横路。……”到梁朝灭亡，庾信屈留在西魏北周，像《小园赋》:“遂乃山崩川竭，冰碎瓦裂，大盗（指侯景）潜移，长离永灭。摧直辔于三危，碎平途于九折。荆轲有寒水之悲，苏武有秋风之别。关山则风月凄怆，陇水则肝肠断绝。……”写亡国之痛，就是杜甫所谓“庾信文章老更成，凌云健笔意纵横”了。《哀江南赋》是他凌云健笔的代表作了。这是较全面地评价庾信的作品。

五　论张籍诗

张文昌《祭退之》诗云①：“公文为时帅，我亦微有声；而后之学者，或号为韩张”；是退之与文昌亦齐名矣。然张之才力，去韩远甚；东坡《韩庙碑》曰②：“汗流籍湜走且僵③”，千古不易之论。其风格亦与韩殊勿类，集中且共元白唱酬为多④。惟城南五古似韩公雅整之作，《祭退之》长篇尤一变平日轻清之体，朴硬近韩面目，押韵亦略师韩公《此日足可惜》。其诗自以乐府为冠，世拟之白乐天、王建，则似未当。文昌含蓄婉挚，长于感慨，兴之意为多；而白王轻快本色，写实叙事，体则近乎赋也。近体惟七绝尚可节取，七律甚似香山。按其多与元白此喁彼于⑤，盖虽出韩之门墙，实近白之坛坫。《征妇怨》云：“夫死战场子在腹，妾身虽在如昼烛”，谓赘也，立譬极妙。《大般涅槃经·寿命品》第一云⑥：“如以一掬水投于大海，燃一小灯助百千日。”《法苑珠林》卷六十一僧亡名《自诫》云⑦：“一伎一能，日下孤灯。”英十七世纪文家蒲顿《解愁论》第二部第

---

① 张文昌：唐张籍字。有《张司业集》八卷。

② 东坡：宋苏轼号。有《韩文公庙碑》。

③ 籍湜：张籍、皇甫湜，韩愈学生。

④ 元白：元稹、白居易。

⑤ 此喁彼于：唱和声，《庄子·齐物论》：“前者唱于而后者唱喁。”

⑥ 《大般涅槃经》：三十六卷二十五品，南朝宋慧观、觉严、谢灵运等参照法显译《大般泥洹经》删订整理而成。

⑦ 《法苑珠林》：唐释道世撰，一百二十卷。把佛经故实，分类编排，推明祸福的因由。

二节谓爱欲之苦，无须例证；十八世纪诗家杨氏《讽谕诗》第七篇笑注疏之学为多事；小说家史木莱脱《旅行趣牍》六月十日梅尔福作函①，讥以人智妄测天道；皆有白日中举烛之喻。取譬与文昌巧合。《阳明传习录》卷下《答黄勉叔》曰②："既去恶念，如日光被云来遮蔽，云去光已复出。若恶念既去，又要存善念，即是日光之下，添燃一灯。"比喻亦同。（93—94 页）

这一则讲张籍诗。这里讲他与元白唱酬诗，如《答白杭州郡楼登望画图见寄》："画得江城登望处，寄来今日到长安。乍惊物色从诗出，更想工人下手难。将展书堂偏觉好，每来朝客尽求看。见君向此闲吟意，肯恨当时作外官。"这样的诗，比较平易，与韩愈的风格不同。钱先生指出他的《城南》五古似韩公雅整之作。如《城南》："漾漾南涧水，来作曲池流。言寻参差岛，晓榜轻盈舟。万绕不再止，千寻尽孤幽。藻涩讶人重，萍分指鱼游。……"这样的诗，比较雅整。钱先生又指《祭退之》诗："呜呼吏部公，其道诚巍昂。生为大贤姿，天使光我唐。……籍在江湖间，独以道自将。学诗为众体，久乃溢笈囊。略无相知人，暗如雾中行。北游偶逢公，盛语相称明。名因天下闻，传者入歌声。公领试士司，首荐到上京。一来遂登科，不见苦贡场。……去夏公请告，养疴城南庄。籍时官休罢，两月同游翔。黄子陂岸曲，地旷气色清。新池四平涨，中有蒲荇香。……"这首诗，钱先生指出朴硬近韩面目，押韵亦略师韩公《此日足可惜》。按这首诗用阳韵，阳韵字多，是宽韵。但韩愈用宽韵却要通押青、庚韵，这首诗也这样。全诗押阳韵，但其中"明"字、"声"字、"京"字，侵入庚韵，"清"字，侵入青韵。韩愈的《此日足可惜》诗也一样，这是学韩愈处。

钱先生提到张籍《征妇怨》："九月匈奴杀边将，汉军全没辽水上。万里无人收白骨，家家城下招魂葬。妇人依倚子与夫，同居贫贱身亦舒。夫

① 史木莱脱：十八世纪苏格兰作家。

② 《阳明传习录》：明王守仁尝筑室阳明洞，世称阳明先生。有《传习录》一卷。

死战场子在腹，妾身虽存如昼烛。”钱先生指出“昼烛”的比喻是“赘也”，即有多余意，极妙。再引佛经作比，“以一掬水投于大海，燃一小灯助百千日（太阳)”，是多余的，再像“日下孤灯”，“白日中举烛”，都是同样比喻。钱先生善于博引众说，包括用佛经道书及西洋典实作比，来突出这一比喻的巧妙。钱先生又指出张籍的乐府诗含蓄婉挚，长于感慨，兴之意为多，与白居易、王建轻快叙事，近乎赋的不同。白居易《读张籍古乐府》：“张君何为者，业文三十春。尤工乐府诗，当代少其伦。……风雅比兴外，未尝著空文。”指出他的乐府诗的特点是“风雅比兴”。“如昼烛”即极著名的比兴之辞。

六　论白居易诗

香山才情，昭映古今，然词沓意尽，调俗气靡，于诗家远微深厚之境，有间未达。其写怀学渊明之闲适，则一高玄，按香山《题浔阳楼》称渊明曰："文思高玄。"一琐直，形而见绌矣。其写实比少陵之真质，则一沈挚，一铺张，况而自下矣。故余尝谓：香山作诗，欲使老妪都解，而每似老妪作诗，欲使香山都解；盖使老妪解，必语意浅易，而老妪使解，必词气烦絮。浅易可也，烦絮不可也。按《复堂日记补录》光绪二年八月二十二日云①："阅乐天诗，老妪解，我不解"；则语尤峻矣。西人好之，当是乐其浅近易解，凡近易译，足以自便耳。(195 页)

这一则论白居易诗。白居易，晚号香山居士，故称香山。白居易《与元九书》："今仆之诗，人所爱者，悉不过杂律诗与《长恨歌》已下耳。时之所重，仆之所轻。至于讽谕者，意激而言质，闲适者，思淡而词迂，以质合迂，宜人之不爱也。"钱先生称"香山才情，昭映古今"，就指他的杂律诗及《长恨歌》《琵琶行》等诗。也指出他的诗有不足处，如他有的乐府诗，他在《新乐府序》里说："系于意，不系于文。首句标其目，卒章显其志，诗三百之义也。其辞质而径，欲见之者易喻也；其言直而切，欲闻之者深诫也。……"诗是文学，只求达意不求文，不够正确。诗要求卒章显其志，对"诗家远微深厚之境，有间未达"了。他有的诗不免"词沓

① 《复堂日记》：八卷，清谭献撰。

意尽，调俗气靡”。苏轼《祭柳子玉文》称为“元轻白俗”。钱先生把他学陶渊明的诗，与陶诗比，一高玄，一琐直。如白居易《效陶潜体诗十六首》，举第四首看：

朝饮一杯酒，冥心合元化。兀然无所思，日高尚闲卧。暮读一卷书，会意如嘉话。欣然有所遇，夜深犹独坐。又得琴上趣，安弦有余暇。复多诗中狂，下笔不能罢。唯兹三四事，持用度昼夜。所以阴雨中，经旬不出舍。始悟独往人，心安时亦过。

这首诗写他退居渭上，过着饮酒、读书、弹琴、作诗的闲适生活，即所谓“琐直”。再看陶渊明《饮酒二十首》的第四首：

栖栖失群鸟，日暮犹独飞。徘徊无定止，夜夜声转悲。厉响思清晨，远去何所依。因值孤生松，敛翩遥来归。劲风无荣木，此荫独不衰。托身已得所，千载不相违。

这首诗写失群之鸟悲哀时，还在找孤生松来栖托，表达出“千载不相违”的志节，即所谓高玄。

再看白居易的写实诗，如《官牛》：

官牛官牛驾官车，浐水岸边般载沙。一石沙，几斤重？朝载暮载将何用？载向五门官道西，绿槐荫下铺沙堤。昨来新拜右丞相，恐怕泥途污马蹄。右丞相，马蹄踏沙虽净洁，牛领牵车欲流血。右丞相，但能济人治国调阴阳，官牛领穿亦无妨。

这样的诗跟杜甫的三吏三别比，不是一沉挚，一铺张吗？

七　评李贺诗及学李贺诗

长吉穿幽入仄①，惨淡经营，都在修辞设色，举凡谋篇命意，均落第二义。故李宾之《怀麓堂诗话》谓其“有山节藻棁，而无梁栋”②。虽以黎二樵之竺好③，而评点《昌谷集》，亦谓其“于章法不大理会”。乔鹤侪《萝摩亭札记》卷四至斥昌谷“饾饤成文，其篇题宜着议论者，即无一句可采，才当在温岐之下。温犹能以意驭文藻，昌谷不能”④。与李、黎二家所见实同。余尝谓长吉文心，如短视人之目力，近则细察秋毫，远则大不能睹舆薪；故忽起忽结，忽转忽断，复出傍生，爽肌戛魄之境，酸心刺骨之字，如明珠错落。与《离骚》之连犿荒幻⑤，而情意贯注、神气笼罩者，固不类也。古来学昌谷者多矣。唐自张太碧《惜花》第一第二首、《游春引》第三首、《古意》、《秋日登岳阳楼晴望》、《鸿沟行》、《美人梳头歌》⑥，已濡染厥体。按张碧自序诗云：“尝读李长吉集，春拆红翠，霹开蛰户，奇峭不可攻。及览李太白词，天与俱高，青且无际。观长吉之篇，若陟嵩之颠观诸阜者”云云。然此数篇

① 长吉：唐李贺字，家于昌谷。有《昌谷集》四卷，外集一卷。

② 李宾之：明李东阳字。有《怀麓堂诗话》一卷。山节：雕成山形的斗拱。藻棁（zhuō）：画着水草的短柱。

③ 黎二樵：清人。有批点《李长吉集》四卷，外集一卷。

④ 乔鹤侪：清乔松年字。有《萝藦亭札记》八卷。温岐：唐温庭筠，原名岐，字飞卿。有《温飞卿集笺注》九卷。

⑤ 连犿（huān）：宛转貌。

⑥ 张太碧：张碧字，唐诗人。

则学长吉。孟东野有读张碧集诗①，称为“先生今复生”，则碧之年辈，不在长吉后。学长吉者，当以斯人为最早矣。同时庄南杰《乐府》五首，稍后则韦楚老《祖龙行》、《江上蚊子歌》，亦称殆庶。按胡元瑞《诗薮》内编卷三谓韦楚老《祖龙行》②，雄迈奇警，长吉所出。大误。长吉殁于元和中；楚老长庆时始成进士，至开成犹在。杜牧之有送其自洛阳归朝诗③。皆窠臼未成，语意易晓；词新而非涩，调急而不险。惟李义山才思绵密④，于杜韩无不升堂嗜胾⑤，所作如《燕台》、《河内》、《无愁果有愁》、《射鱼》、《烧香》等篇，亦步昌谷后尘。按温飞卿乐府，出入太白、昌谷两家，诡丽惝怳。然义山奥涩，更似昌谷。宋自萧贯之《宫中晓寒歌》⑥，初为祖构。金则有王飞伯，元则有杨铁崖及其门人⑦，明则徐青藤，皆挦撦割裂，涂泽藻绘。青藤尤杂驳不纯⑧，时有东坡鹦哥娇之叹⑨。按黄之隽《唐堂集》卷五有《韩孟李三家诗选序》⑩，自言以谢皋羽、杨铁崖、徐青藤诗⑪，钞附三家之后，所以由源竟委。黄氏能以东野与退之、昌谷齐称，可谓具眼。然谢、杨、徐三人，实不关韩、孟事，只可配飨昌谷耳。黄氏于昌谷用力甚深，集中卷二十一《杂著》论昌谷有七言律，尤为创论；又考定昌谷赋《高轩过》，当在十九岁、二十岁之间，陈本礼《协律钩元》即取其说⑫。惟谢皋羽《晞发集》能立意而不为词夺，文理相宜，唱叹不尽。皋羽亡国孤臣，忠爱之忱，洋溢篇什；长吉苟真有世道人心之感，亦岂能尽以词自掩哉。试以长吉《鸿门宴》，较之宋刘翰《鸿门宴》、皋羽《鸿门宴》、铁崖《鸿门会》，则皋

---

① 孟东野：孟郊字，唐诗人。

② 胡元瑞：明胡应麟字。有《诗薮》十八卷。

③ 杜牧之：唐杜牧字。有《樊川文集》二十卷。

④ 李义山：唐李商隐字。有《李义山诗集》三卷。

⑤ 杜韩：杜甫、韩愈。

⑥ 萧贯之：萧贯字，宋诗人。

⑦ 杨铁崖：元杨维桢，字廉夫，号铁崖。有《东维子集》三十卷，《铁崖古乐府》十卷。

⑧ 青藤：明徐渭，字文长，号青藤。有《徐文长集》三十卷。

⑨ 东坡鹦哥娇：宋苏轼《仇池笔记·李十八草书》：“刘十五（攽）论李十八（公择）草书，谓之鹦哥娇。”评论草书与楷书行书夹杂，犹鹦哥的学人话，不过数句，仍杂鸟语。

⑩ 黄之隽：号唐堂，清人。有《唐堂集》六十一卷。韩孟李：韩愈、孟郊、李贺。

⑪ 谢皋羽：元谢翱字。有《晞发集》十卷。

⑫ 陈本礼：有《协律钩元》四卷。

羽之作最短，良由意有所归，无须铺比词费也。盖长吉振衣千仞，远尘氛而超世网，其心目间离奇俶诡，鲜人间事。所谓千里绝迹，百尺无枝，古人以与太白并举，良为有以。若偶然讽谕，则又明白晓畅，如《马诗》二十三绝，借题抒意，寄托显明。又如《感讽》五首之第一首，写县吏诛求，朴老生动，真少陵《三吏》之遗①，岂如姚氏所谓“闻之不审”者乎。李仁卿《古今黈·补遗》论作诗天才②，谓“若必经此境，始能道此语，则其为才也隘矣；如长吉《箜篌引》：‘女娲炼石补天处’云云，长吉岂果亲造其处乎。”李氏考据家解作此言，庶几不致借知人论世之名，为吠声射影之举矣。(46—47 页)

这一则论李贺诗，认为李贺的苦心创作，专在修辞设色上用力，不考究命意谋篇。像屋子，在斗栱短柱上雕刻绘画，不注意讲究栋梁。李东阳说它没有栋梁，那短柱斗栱就没有地方安放，屋子就建不起来，说得过分了。应该说不讲究栋梁。黎二樵认为李贺文章对章法不大理会，是对的。乔鹤侪认为李贺文章的议论不行。钱先生指出：李贺诗的文心，像近视眼的视力，近则明察秋毫，即指修辞设色，有惊心动魄、爽肌刺骨的力量；远则不见舆薪，指命意谋篇不能做到情意贯注。对李贺诗怎样像近视眼，见下举例。

钱先生又讲到学习李贺诗的作者，如张碧《惜花三首》的第一首：“千枝万枝占春开，彤霞着地红成堆。一窖闲愁驱不去，殷勤对尔酌金杯。”第二首：“老鸦拍翼盘空疾，准拟浮生如瞬息。阿母蟠桃香未齐，汉皇骨葬秋山碧。”这两首诗就修辞设色说，把落花比作“彤霞着地”，称“闲愁”为“一窖”。从惜花想到桃花落，从桃花落想到结桃子，但花落还没有结成桃子，从人间想到天上，所以说“阿母蟠桃香未齐”，即还没有结成蟠桃。吃了天上王母的蟠桃，可以长生不老。汉武帝求仙，但阿母的蟠桃没有结成，汉皇帝吃不到蟠桃死了，骨葬秋山化碧。这是奇思幻想。

① 少陵《三吏》：杜甫《石壕吏》《新安吏》《潼关吏》。

② 李仁卿：元李冶字。有《敬斋古今黈》八卷。

这种修辞设色和奇思幻想就是从李贺诗中学来的。再像《游春引》第三首："千条碧绿轻拖水，金毛泣怕春江死。万汇俱含造化恩，见我春工无私理。""千条碧绿"当指柳丝，"金毛"不知指什么了，这里更见出用词的怪诞。又《古意》："銮舆不碾香尘灭，更残三十六宫月。手持纨扇独含情，秋风吹落横波血。"把皇帝的车子不来，说成"不碾香尘灭"。把更漏残、月落，说成"更残三十六宫月"。把落泪，说成"落横波血"，用"横波"指眼，用"血"指泪。都显出词语的奇特。

又如庄南杰《湘弦曲》："楚云铮铮戛秋露，巫云峡雨飞朝暮。古磬高敲百尺楼，孤猿夜哭千丈树。云轩碾火声珑珑，连山卷尽长江空。莺啼寂寞花枝雨，鬼啸荒郊松柏风。满堂怨咽悲相续，苦调中含古离曲。繁弦响绝楚魂遥，湘江水碧湘山绿。"这首《湘弦曲》，就是《湘灵鼓瑟》，写湘灵弹瑟的歌。"楚云铮铮"，"铮铮"指弦声，弦声只能说成响遏行云，说成"楚云铮铮"就奇特了。"戛"，打击，"戛秋露"也很奇特。"云轩"指神灵在云中飞行的车，"碾火声珑珑"，在云中的车怎么碾火，很奇特。"连山卷尽长江空"，说云尽天空可以，山怎么卷尽？这些奇特的词语也是学李贺来的。又如韦楚老的《江上蚊子》："飘摇挟翅亚红腹，江边夜起如雷哭。请问贪婪一点心，臭腐填腹几多足。越女如花住江曲，嫦娥夜夜凝双睩。怕君撩乱锦窗中，十轴轻绡围夜玉。"写蚊子飞为"飘摇挟翅"，用"飘摇"字。又称蚊子吸血后的肚子为"亚红腹"，用个"亚"字，很奇特。又称蚊子飞的声音为"如雷哭"，着一"哭"字更奇。把人血吸入蚊子肚子，说成"臭腐填腹"，把人血说成"臭腐"，把嫦娥入睡称为"凝双睩"，把用蚊帐围住玉体说成"十轴轻绡围夜玉"，都写得奇突。这些词语都是学李贺来的。

钱先生指出这些学李贺诗"皆窠臼未成，语意易晓；词新而非涩，调急而不险"。即这些诗学李贺没有学到家，只是用词新奇，意思易懂，词语不涩，音调不险。再来看上述几首诗。如张碧的《惜花》第一首，写花落满地成堆，为惜花发愁，要借酒浇愁，即所谓"对尔酌金杯"。《惜花》第二首，"老鸦盘空疾"，"浮生如瞬息"，指人生短促，韶光易逝。说

"蟠桃香未齐","骨葬秋山碧",说求仙成空,终于死去。再看《游春引》第三首,不论是"千条碧绿"的"轻拖水",或"金毛"的怕死,都含有感谢大自然化生万类的恩典之意,大自然的化工对我是无私的,一切景物都供我欣赏。再看《湘弦曲》,讲湘水的女神鼓瑟,在云飞时弹奏,发出铮铮的响声。这声音的高像在百尺楼上敲古磬,这声音的悲像孤猿夜哭。它弹到美好处又如莺啼,四周静静地听,所以又显得寂寞。弹到恐怖处又如鬼啸。弹得使听的人满堂悲怨,弹出古离别之曲。一曲弹完了,像钱起《湘灵鼓瑟》的结句:"曲终人不见,江上数峰青",这首诗的结尾也一样。这首诗中"云轩碾火声珑珑,连山卷尽长江空",是否像白居易《琵琶行》中的"曲终收拨当心画,四弦一声如裂帛。东船西舫悄无言,惟见江心秋月白。"弹到曲终只见江心秋月白。再看《江上蚊子》,写蚊子的吸血和声音,写越女用蚊帐来保护身子。总之,这些诗"语意易晓",学李贺还没有学到家。

学李贺学到家的有李商隐。试引李商隐《河内诗》第一首:"鼍鼓沉沉虬水咽,秦丝不上蛮弦绝。嫦娥衣薄不禁寒,蟾蜍夜艳秋河月。碧城冷落空濛烟,帘轻幕重金钩栏。灵香不下两皇子,孤星直上相风竿。八桂林边九芝草,短襟小鬓相逢道。入门暗数一千春,愿去闰年留月小。栀子交加香蓼繁,停辛伫苦留待君。"这首诗写"鼍鼓"不敲,"沉沉"无声了。铜壶滴漏,有玉虬吐漏水入铜壶的声咽。两者皆指夜深,这样写显得奇特。不说不奏乐,说成"秦丝(秦筝)不上蛮弦(胡琴)绝",不说月光皎洁,说成"蟾蜍夜艳秋河月";这些都是学李贺的修辞设色。再看用典方面,用仙家的"碧城"来指皇家给修道公主所建道观;用周灵王的观灵、观香两女儿指唐皇家的出家公主。再看隐语,用"孤星直上相风竿",暗指与出家公主相恋的道士上楼;"八桂林边九芝草",暗指那是在桂林种仙草的人。"暗数一千春",指仙家一千年一会,暗指相会的时期。"栀子交加香蓼繁",暗指含辛茹苦。这样用典和用隐语,也是从李贺学来的。这首诗写明"右一曲楼上",是写楼上的。从诗看,楼上在夜深时不奏乐了。楼上的嫦娥在月照下不胜寒。这个嫦娥就是"灵香不下两皇子",是两位公主住在楼上。接下来讲“孤星直上相风竿”，孤星在天上，怎么从地上的相风竿上去呢？这个孤星同“八桂林边九芝草”又有什么关系呢？怎么又同“短襟小鬟”的人接起来呢？跟停伫苦又有何关？这首诗从字面看不知在说什么，这就词意难明，学李贺诗可以说学得到家了。但透过隐语来看李商隐的这首诗，还是可以明白的。用“碧城”指仙家住处，比唐朝公主所住的道观。点明“灵香不下两皇子”，即指住在楼上的有两位出家修道的公主。“孤星直上”比公主的恋人道士登楼与公主相会。“暗数一千春”指相会的时期较难得，所以要含辛茹苦来等待。大概唐朝在中元节空国来道观观看盛大道场时可以混进来相会，所以要等待吧。那么这首诗要通过隐语才能明白，这是学李贺诗学得到家的一例。

钱先生又指出李贺诗缺乏世道人心之感，引李贺诗与谢翱诗作比。如李贺“鸿门宴”，题作《公莫舞歌》，有序：“《公莫舞歌》者，咏项伯翼蔽沛公也。会中壮士，灼灼于人，故无复书。且南北乐府率有歌引。贺陋诸家，今重作《公莫舞歌》云。”歌词：“方花古础排九楹，刺豹淋血盛银罂。华筵鼓吹无桐竹（指琴箫），长刀直立割鸣筝（指弹筝有杀伐声）。横楣粗锦生红纬，日炙锦嫣王未醉。腰下三看宝玦光（范增三次举玉玦示项羽，要项羽下决心杀刘邦，项羽不应），项庄掉箭（拔剑出匣）拦前起（项庄拔剑起舞，欲击刘邦）。材官小臣公莫舞，座上真人赤龙子。芒砀云瑞抱天回，咸阳王气清如水。铁枢铁楗重束关，大旗五丈撞双环。汉王今日须秦印，绝膑刳肠臣不论。”这首诗写鸿门宴，只在修辞设色上用功夫，没有世道人心之忧。想见鸿门地方有方花九柱的殿堂，宴会上是刺豹淋血来喝，在长刀直立中弹筝，有杀伐声。接写项羽不肯杀刘邦，项庄拔剑起舞，要击刘邦。接着不写项伯也拔剑起舞来保护刘邦，是由作者说：项庄不要起舞来击刘邦，刘邦是真命天子，他在芒砀山中，上有云气。他打进咸阳，就有王气。咸阳城门是重关铁枢，他一到就撞破关门，掌握天子印，他手下的樊哙不怕绝膑刳肠来保护他。这首诗有奇思幻想，只在刘邦是真命天子上着笔，并无世道人心之忧。

再看谢翱是南宋亡后的遗民，他写的《鸿门宴》：“天云属地汗流宇，杯影龙蛇分汉楚。楚人起舞本为楚，中有楚人为汉舞。鷿鹈（野凫）淬光雌不语（野凫膏可以擦剑使光耀，但项庄用的是雌剑，不起作用），楚国孤臣泣俘虏（项庄杀不了刘邦，范增就叹气说‘我属皆为之虏矣’）。他年疽背怒发此（范增后来离开项羽，疽发背死），砀砀云归作风雨（刘邦在砀砀山上，上有云气。这指刘邦回去兴风作浪）。君看楚舞如楚何，楚舞未终闻楚歌。”这首诗写鸿门宴，提到“楚人起舞本为楚，中有楚人为汉舞”。项庄拔剑起舞，想击杀刘邦，这是为楚而舞剑。项伯也拔剑起舞，用身体来保护刘邦，这是楚人为保护汉的刘邦而舞剑。这句话就有用意。为元朝灭掉南宋的张弘范，是南宋人不是蒙古人，也比保护刘邦的是楚人不是汉人，这就有世道人心之忧。后来帮助清朝平定江南的洪承畴，是明人也不是满人。“君看楚舞如楚何”，这个“楚舞”指项庄起舞联系后来虞姬的起舞，虞姬的楚舞未终，听到四面楚歌，项羽已趋向没落了，这更有感慨。这说明写世道人心之忧的诗与李贺的诗不同，从而说明李贺的诗没有表达世道人心之忧。

八　论李贺诗的风格

牧之序昌谷诗，自“风樯阵马”以至“牛鬼蛇神”数语，模写长吉诗境，皆贴切无溢美之词。若上文云：“云烟绵联，不足为其态；水之迢迢，不足为其情；春之盎盎，不足为其和；秋之明洁，不足为其格。”则徒事排比，非复实录矣。长吉词诡调激，色浓藻密，岂“迢迢”、“盎盎”、“明洁”之比。且按之先后，殊多矛盾。“云烟绵联”，则非“明洁”也；“风樯阵马”、“鲸呿鳌掷”，更非迢迢盎盎也。《阅微草堂笔记》谓“秋坟鬼唱鲍家诗”，当是指鲍照，照有《代蒿里行》、《代挽歌》。亦见《四库总目》卷一百五十。颇为知言。长吉于六代作家中，风格最近明远，不特诗中说鬼已也。萧子显《南齐书·文学传论》称明远曰：“发唱惊挺，操调险急，雕藻淫艳”；钟嵘《诗品》论明远曰：“俶诡靡嫚，骨节强，驱迈疾。”与牧之“风樯阵马、时色美女、牛鬼蛇神”诸喻，含意暗合，谅非偶然矣。(47—48 页)

这一则结合杜牧《李长吉歌诗序》来评李贺诗的风格。杜牧序对李贺诗的评论，钱先生认为有评得对的，即：“风樯阵马，不足为其勇也；瓦棺篆鼎，不足为其古也；时花美女，不足为其色也；荒国陊（chǐ）殿，梗莽丘垅，不足为其怨恨悲愁也；鲸呿鳌掷，牛鬼蛇神，不足为其虚荒诞幻也。”指出李贺诗的种种特色。其中最大的特色，是虚荒诞幻。按《文献通考·经籍》称：“宋景文诸公在馆，尝评唐人诗云：‘太白仙才，长吉鬼才。’”纪昀《阅微草堂笔记》引李贺诗句“秋坟鬼唱鲍家诗”，指鲍照诗。纪昀《四库总目·笺注评点李长吉歌诗》："又如'秋坟鬼唱鲍家诗'，因鲍照有《代蒿里行》而生鬼唱，因鬼唱而生秋坟，非真有唱诗事也。"这都说明李贺诗虚荒诞幻的特点。钱先生也指出李贺在六朝作家中最近鲍照，除了在诗中说鬼外，"操调险急，雕藻淫艳"也一样。钟嵘《诗品》讲鲍照的"俶诡"即奇异，"靡嫚"即淫艳，"骨节强，驱迈疾"即"风樯阵马"，说明李贺诗的风格与鲍照相近，不过李贺诗显得比鲍照更为怪诞，即用牛鬼蛇神来比。

鲍照《代蒿里行》："同尽无贵贱，殊愿有穷伸。驰波催永夜，零露逼短晨。结我幽山驾，去此满堂亲。"又《代挽歌》："埏门（墓门）只复闭，白蚁相将来。生时芳兰体，小虫今为灾。玄鬓无复根，枯髅依青苔。"都是吊死者的歌，没有写到鬼唱。李贺的《秋来》："桐风惊心壮士苦，衰灯络纬啼寒素。谁看青简一编书，不遣花虫粉空蠹。思牵今夜肠应直，雨冷香魂吊书客。秋坟鬼唱鲍家诗，恨血千年土中碧。"这首诗写一见秋风，惊心时光的消逝，却说成"桐风"，即梧桐"一叶落而知天下秋"；"络纬啼寒素"即纺织娘（秋虫）啼声如促织。这样写显得奇特。接下来讲所作书无人观赏，徒饱蠹鱼腹。思念至此，回肠亦牵而直。不说肠断而说肠直，亦显奇特。王琦注："不知幽风冷雨之中，乃有香魂愍吊作书之客，若秋坟之鬼，有唱鲍家诗者，我知其恨血入土，必不泯灭，历千年之久，而化为碧玉者矣。"从鲍照诗看，只吊死者，没有说秋坟鬼唱诗，这是李贺的忽发奇想，这个联想，联到鬼的香魂吊作书之客，联到恨血千年化为碧玉。这样的奇思幻想，又非鲍照所有了。

钱先生又评杜牧序中的话有不恰当的。即讲李贺诗的情态不同于云烟绵联，李贺诗的情思不同于水迢迢的绵远，李贺诗的和煦胜过春气的盎然，李贺诗的格调不同于秋天的明洁，李贺操调险急不同于绵联、绵远的柔婉，李贺诗抒情凄苦不同于春光的和煦，李贺诗设想奇怪不同于明洁。

钱先生称李贺"若偶然讽喻，则又明白晓畅，如《马诗》二十三绝，借题抒意，寄托显明"。如"此马非凡马，房星本是星。向前敲瘦骨，犹是带铜声"。后两句指马骨坚劲，有如铜铁，故敲瘦骨作铜声。比喻人的有骨格，非平庸的人。又如“赤兔无人用，当须吕布骑。吾闻果下马，羁策任蛮儿”。果下马高三尺，乘之可于果树下行。王琦注：“此言奇俊之马，非猛健之人不能驾驭。若其下乘，则蛮儿亦能驱使，以见逸材之士，必不受凡庸之笼络，亦有然者。”这类诗的用意比较明显。但跟“烟云绵联”“水之迢迢”“春之盎盎”还是不同，跟“秋之明洁”也有差异。所以杜牧这几句话用来指李贺诗不够确切。

九　李贺诗以玉石作喻

戈蒂埃作诗文①，好镂金刻玉。其谈艺篇亦谓诗如宝石精镠，坚不受刃乃佳，故当时人有至宝丹之讥。近人论赫贝儿之歌词、爱伦坡之文、波德莱尔之诗②，各谓三子好取金石硬性物作比喻。窃以为求之吾国古作者，则长吉或其伦乎。如《李凭箜篌引》之“昆山玉碎凤凰叫”，“石破天惊逗秋雨”；《残丝曲》之“缥粉壶中沉琥珀”；《梦天》之“玉轮轧露湿团光”；《唐儿歌》之“头玉硗硗眉刷翠”；《南园》之“晓月当帘挂玉弓”；《十二月乐词》之“香汗沾宝粟”，“夜天如玉砌”；《秦王饮酒》之“羲和敲日玻璃声”；《马诗》之“向前敲瘦骨，犹自带铜声”；《勉爱行》之“荒沟古水光如刀”；《春归昌谷》之“谁揭赪玉盘，东方发红照”；《江南弄》之“酒中倒卧南山绿，江上团团贴寒玉”；《北中寒》之“山瀑无声玉虹寒”；《溪晚凉》之“玉烟青湿自如幢”；《将进酒》之“琥珀浓，小槽酒滴珍珠红”等等。此外动字、形容字之有硬性者，如《箜篌引》之“空山凝云颓不流”；《忆昌谷山居》之“扫断马蹄痕”；《剑子歌》之“隙月斜明刮露寒”；《雁门太守行》之“黑云压城城欲摧”，“塞上胭脂凝夜紫”，“霜重鼓寒声不起”；《唐儿歌》之“一双瞳人剪秋水”，《十二月乐词》之“老景沈重无惊飞”，“缸花夜笑凝幽明”，“战却凝寒作君寿”，

① 戈蒂埃：十九世纪法国诗人、小说家。

② 赫贝儿：十九世纪德国诗人、小说家。爱伦坡：十九世纪美国诗人、小说家。波德莱尔：十九世纪法国诗人。

“白天碎碎堕穷芳”；《浩歌》之“神血未凝身问谁”；《走马引》之“玉锋堪截云”；《马诗》之“夜来霜压栈，骏骨折西风”；《霽篥歌》之“直贯开花风”；《伤心行》之“古壁生凝尘”；《新笋》之“箨落长华削玉开”，“斫取清光写楚词”；《罗浮山人与葛篇》之“欲剪湘中一尺天”；《昌谷读书》之“虫响灯光薄”；《张丈宅病酒》之“军吹压芦烟”；《自昌谷到洛后门》之“淡色结昼天”；《夜饮朝眠曲》之“薄露压花蕙兰气”；《砚歌》之“踏天磨刀割紫云”；《梁台古意》之“芙蓉凝红得秋色”；《神弦曲》之“桂风刷叶桂坠子”；《兰香神女庙》之“腻颊凝花匀”；《赠陈商》之“劈地插森秀”；《别皇甫湜》之“晚紫凝华天”；《恼公》写女子分娩临蓐之“肠攒非束竹，胘急似张弓①，古时填渤澥，今日凿崆峒②”，尤奇而亵。皆变轻清者为凝重，使流易者具锋铓，孟东野咏《秋月》曰：“老骨惧秋月，秋月刀剑棱”，又曰：“一尺月透户，仡栗如剑飞③”，以月比剑。长吉《剑子歌》则以剑比月。而其芒寒锋锐，无乎不同。李仁卿《古今黈》卷八论司空表圣诗好用“韵”字④。表圣言诗主神韵，故其作诗赋物，每曰“酒韵”、“花韵”，所谓道一以贯者也。长吉之屡用“凝”字，亦正耐寻味。至其用“骨”字、“死”字、“寒”字、“冷”字句，多不胜举，而作用适与“凝”字相通。若咏鬼诸什，幻情奇彩，前无古人，自楚辞《山鬼》、《招魂》以下，至乾嘉胜流题罗两峰《鬼趣图》之作⑤，或极诡诞，或托嘲讽，而求若长吉之意境阴凄，悚人毛骨者，无闻焉尔。刘文成《二鬼》之篇⑥，怪则是矣，鬼则未也。《神弦曲》所谓“山魅食时人森寒”，正可喻长吉自作诗境。如《南山田中行》、《苏小小墓》、《感讽》第三首等，虽《死弄人》院本中短歌佳篇，何以过兹。（48—50 页）

---

① 肠攒非束竹：肠子结聚不同于束竹。胘（xián）急似张弓：指妇人生产前的胀痛。

② 古时填渤澥：指填海。今日凿崆峒：指凿山通道。比喻妇人的从怀孕到生产。

③ 仡（yì）栗：犹挺直。

④ 李仁卿：元李治字。有《敬斋古今黈》八卷。

⑤ 罗两峰：罗聘号，清画家，喜画鬼。有《鬼趣图》《香叶草堂诗抄》。

⑥ 刘文成：明刘基，字伯温，谥文成。有《诚意伯文集》二十卷。

这一则讲李贺诗的另一特色，好用玉石等硬性物作比喻。如描状弹箜篌的声音，用“玉碎”“石破”来比。《残丝曲》：“缥粉壶中沉琥珀。”青白色壶中放着琥珀酒，把酒说成硬性的“琥珀”。《梦天》里把月亮说成“玉轮”。《唐儿歌》讲唐儿的头骨隆起，说成“头玉硗硗”。《南园》里把如弓的晓月比作“玉弓”。《十二月乐诗》的《五月》里把“香汗”比作坚硬的“宝粟”。《七月》里把夜里的天空比作“玉砌”。《秦王饮酒》里“敲日玻璃声”，把太阳比作坚硬的玻璃，敲它可以发声。玻璃是光亮的，所以用来比太阳。《马诗》里敲瘦骨作铜声，用铜来比瘦骨。《勉爱行》里把水光比成刀光，用刀来比水。《春归昌谷》里把东方的红日比作红玉盘。《江南弄》里把江上的一轮月比作“团团贴寒玉”。《北中寒》里把山上瀑布比作“玉虹”。《溪晚凉》把烟称作“玉烟”。《将进酒》的“琥珀浓”，把酒比作“琥珀”，把“酒滴”比作“珍珠”，这是用坚硬的东西比酒、比汗、比烟、比瀑布、比水、光等。他这样用不像的东西来比，如用坚硬的东西比酒，酒是液体，怎么用固体来比呢？他因酒作琥珀色，用琥珀比酒，取它的色相似。把“宝粟”比“香汗”，香汗出在女人身上，宝粟是如粟的珍宝，是女人身上的装饰物，所以相比。把瀑布说成玉虹，因为远望瀑布与虹有相似处，所以用虹来作比。用“珍珠红”来比“酒滴”，因为酒滴颗圆像珍珠。总之，他运用这种奇特的比喻，总是就两物中间有一点相似的来比。像用琥珀比酒，取其色；用珍珠比酒滴，取其形。这样来达到他用坚硬物来作比的目的。

钱先生又指出李贺用动词、形容词也带硬性，像他描写弹箜篌乐器的声音：“空山凝云颓不流”，这是从“响遏行云”来的，李贺把它改为“凝云”，像云的凝结，带有硬性，这是新创。《忆昌谷山居》：“扫断马蹄痕”，用“断”字也带硬性。《剑子歌》的“刮露寒”，用“刮”字，《雁门太守行》“黑云压城”的“压”字，“霜重”的“重”字，《唐儿歌》“剪秋水”的“剪”字，《十二月乐词》“老景沉重”的“沉重”字，“白天碎碎”的“碎碎”字，再像几个“凝”字，又“截云”的“截”字，“压栈”的“压”字，“折西风”的“折”字，“直贯”的“贯”字，“削玉开”的“削”字，“斫取清光”的“斫”字，“欲剪湖中一尺水”的“剪”字，“灯光薄”的“薄”字，都带有硬性。在这里，光只有明暗，却说成厚薄的薄，军号只有声的高低，却说成压力轻重的重压。这里把光的明暗通于物体的厚薄，声的高低通于力的轻重，含有通感的意味了。再像“淡色结昼天”的“结”字，“踏天磨刀割紫云”的“踏”和“割”字，“桂风刷叶”的“刷”字，“劈地插森秀”的“劈”字，再像“肠攒”的“攒”字等，皆比较凝重。再用孟郊的诗来比。孟郊用“刀剑棱”来比秋月，好比用镰刀来比一弯新月，把“月透户”比作“剑飞”，月也指如钩的新月，所以比作刀剑，李贺也以剑比月。李贺用硬性的字像“凝”字，好比司空图喜欢讲韵味，喜用韵字，有“酒韵”“花韵”等。

钱先生又指出李贺善于写鬼，写出一种阴凄的意境，是他独特的。如《神弦》：“呼星召鬼歆杯盘，山魅食时人森寒。”召鬼来享受祭品，山鬼来吃时人感到森森寒气，写出气氛来。再像《南山田中行》：“鬼灯如漆点松花”，鬼灯黑如漆，点缀在松花上，写出阴凄的境界。《苏小小墓》：“冷翠烛，劳光彩。西陵下，风吹雨。”冷翠烛指鬼火，有光无焰。《感讽》第三首：“漆炬迎新人，幽圹萤扰扰。”漆炬，鬼灯。新人，新鬼。幽圹，墓穴。萤扰扰，鬼火聚散不定如萤火之扰扰。这些鬼诗都写出阴冷凄凉的意境，使人毛骨悚然，是别的鬼诗所没有的。这又写出李贺写鬼诗的特点，这跟有人称他为鬼才当有关。

一〇　李贺诗在飞动中含坚凝

夫鲍家之诗，“操调险急”。长吉化流易为凝重，何以又能险急。曰斯正长吉生面别开处也。其每分子之性质，皆凝重坚固；而全体之运动，又迅疾流转。故分而视之，词藻凝重；合而咏之，气体飘动。此非昌黎之长江秋注①，千里一道也；亦非东坡之万斛泉源②，随地涌出也。此如冰山之忽塌，沙漠之疾移，势挟碎块细石而直前，虽固体而具流性也。故其动词如“石破天惊逗秋雨”、“老鱼跳波瘦蛟舞”、“露脚斜飞湿寒兔”、“自言汉剑当飞去”、“苔色拂霜根”、“宫花拂面送行人”、“烟底蓦波乘一叶”、“光风转蕙百余里”、“暖雾驱云扑天地”、“霜花飞飞风草草”、“碎霜斜舞上罗幕”、“天河夜转漂回星”、“夫人飞入琼瑶台”、“东关酸风射眸子”、“直贯开花风”、“天上驱云行”、“河转曙萧萧”、“杨花扑帐春云热”、“七星贯断姮娥死”、“飞香走红满天春”、“大河之水夜飞入”等，又屡言辘轳之“转”。“转”也、“飞”也、“扑”也、“蓦”也、“舞”也，皆飘疾字，至“逗”字、“贯”字、“射”字，又于迅速中含坚锐。长吉言物体多用“凝”字、“死”字，言物态则凝死忽变而为飞动。此若人手眼。其好用青白紫红等颜色字，譬之绣鞶剪彩，尚是描画皮毛，非命脉所在也。(50—51 页)

---

①　昌黎之长江秋注：昌黎，指韩愈。苏洵《上欧阳内翰书》：“韩子（韩愈）之文，如长江大河，浑浩流转。”

②　东坡之万斛泉源：苏轼《文说》：“我文如万斛泉源，不择地而出。”

这一则写李贺诗风格的特点，他像鲍照诗的“操调险急”，但不像鲍照诗的流易，变为凝重。凝重又能险急，钱先生把它比作如冰山之忽塌，沙漠之疾移。跟韩愈文如长江的一泻千里，苏轼文如万斛泉源随地涌出的都不同。钱先生举出了不少例子，如《李凭箜篌引》，描写李凭弹箜篌的声音：“昆山玉碎凤凰叫，芙蓉泣露香兰笑。十二门前融冷光，二十三弦动紫皇。女娲炼石补天处，石破天惊逗秋雨。梦入神山教神妪，老鱼跳波瘦蛟舞。吴质不眠倚桂树，露脚斜飞湿寒兔。”这里都在写弹箜篌的声音，“昆山玉碎”，状声音清脆；“凤凰叫”，状音变和缓；“芙蓉泣”，状声音惨凄；“香兰笑”，状声音冶丽；“融冷光”，状声音和煦；“动紫皇”，状声音能感动天神；“石破”，状声音激越；鱼跳蛟舞，言声音能感动异类；吴质不眠听到露湿寒兔，状声音的美妙，使人忘倦。以上各句，从多方面来描写声乐。就个别比喻说，“玉碎”“石破”的玉和石是坚硬的。“跳波”的“跳”，“蛟舞”的“舞”，“斜飞”的“飞”是飘逸的。这就是于飞动中含坚凝。

再像《浩歌》：“南风吹山作平地，帝遣天吴（天神名）移海水。王母桃花千遍红，彭祖巫咸几回死。青毛骢马参差钱（指马毛的花纹），娇春杨柳含细烟。筝人劝我金屈卮（酒器），神血未凝（精神血脉不能凝聚长生）身问谁?”这里讲山海变移，不知经历几千万年，人生是短促的。即使游春饮酒，及时行乐，亦无多时。这里“吹山”的“吹”，“移海”的“移”，是动作快的。“金屈卮”是硬物，“凝”是有硬性的词，在飞动中含坚凝。说明李贺诗的一个特色。

一一　李贺诗的朴健疏爽

长吉诗如《仁和里杂叙皇甫湜》、《感讽》五首之第一首、《赠陈商》等，朴健犹存本色，雅似杜韩。《开愁歌》亦为眉疏目爽之作。《苦昼短》奇而不涩，几合太白、玉川为一手。《相劝酒》亦殆庶太白；然而异者，太白飘逸，此突兀也。《春归昌谷》及《昌谷诗》，剧似昌黎五古整炼之作。《北中寒》可与韩孟《苦寒》两作骖靳。昌谷出韩门，宜引此等诗为证；世人仅知举《高轩过》，目论甚矣。况《高轩过》本事颇有疑窦哉。(58 页)

这一则讲李贺诗也有朴健疏爽等作品，如《仁和里杂叙皇甫湜》，仁和里在洛阳，皇甫湜是韩愈的学生。诗说："大人乞马癯乃寒，宗人贷宅荒厥垣。横庭鼠径空土涩，出篱大枣垂珠残。安定美人截黄绶，脱落缨裾暝朝酒。还家白笔未上头，使我清声落人后。枉辱称知犯君眼，排引才升强绠断。洛风送马入长关，阖扇未开逢猰犬。……"这首诗说：我向大人求马，得到瘦的怕冷的；我向宗族里借住宅，得到墙头坏的。院子里有老鼠跑的路，又秽塞，穿出篱笆的大枣只是残剩着。皇甫湜是安定人，所以称他为安定美人，美人犹才人。他在做县尉，用黄绶。他不看重官家礼服朝夜饮酒。当时七品官用白笔代簪，皇甫湜是九品官，所以白笔还未上头，指他做小官，不能提拔自己。但他还是知己，想推引自己，好比用绳子引物，绳子断了，不能引荐。想送自己进关到长安去，关门未开碰上狂犬，比有人毁谤自己。这首诗没有奇怪的词语，比较朴实。又《感讽》五首第一首："合浦无明珠，龙洲无木奴。足知造化力，不给使君须。越妇未织作，吴蚕始蠕蠕。县官骑马来，狞色虬紫须。怀中一方板，板上数行书。不因使君怒，焉得诣尔庐。越妇拜县官，桑芽今尚小。会待春日晏，丝车方掷掉。越妇通言语，小姑具黄粱。县官踏餐去，簿吏复登堂。"这首诗说，合浦是出明珠的，因太守贪，明珠没有了。龙洲是出木奴的，木奴柑桔，因太守贪，木奴也没有了。因太守贪，大自然不帮助他了。县官拿了一方板，板上写了太守的话，太守要县官到乡下来收绢绵。吴蚕还在蠕动，还没有作茧，哪儿来丝可以织呢？县官收不到绢绵，就吃了饭去，簿吏又来收绢绵了。这诗讽刺官吏催户调的急迫，又要饱餐才去，写小民的困苦。这首诗写得朴实，像杜甫韩愈的诗。再像《开愁歌》："秋风吹地百草干，华容碧影生晚寒。我当二十不得意，一心愁谢如枯兰。衣如飞鹑马如狗，临歧击剑生铜吼。旗亭（酒楼）下马解秋衣，请贳（赊）宜阳一壶酒。壶中唤天云不开，白昼万里闲凄迷。主人劝我养心骨，莫受俗物相填豗（huī，填塞）。"这首诗的意义比较明白。再像《苦昼短》要使太阳停下来不运行，有奇思幻想，用意也比较明白，几乎合李白、卢仝为一手。李白、卢仝的诗也有奇思幻想的。再像《相劝酒》："羲和骋六辔，昼夕不曾闲。弹乌崦嵫竹，抶马蟠桃鞭。蓐收既断翠柳，青帝又造红兰。尧舜至今万万岁，数子将为倾盖间。青钱白璧买无端，丈夫快意方为欢。……"这首诗说，羲和神驾着马车载着太阳奔跑，昼夜不停。太阳中有三足乌，想用崦嵫山上的竹做弹弓，来弹射太阳中的三足乌。用蟠桃鞭来鞭打拉着太阳跑的马。这是想叫太阳停下来，时光不消逝。但这办不到，秋神蓐收既折断翠柳，春神青帝又造出红兰，说明春秋四季还在推移。从尧舜到现在经历了千万年，从羲和、秋神、春神，到尧、舜，时间快得像一会儿就过去。用青钱白璧买不回过去的时光，丈夫求快意只有为欢作乐。这首诗的用意跟李白相似，如李白的《将进酒》："……君不见高堂明镜悲白发，朝如青丝暮成雪。人生得意须尽欢，莫使金樽空对月。……五花马，千金裘，呼儿将出换美酒，与尔同销万古愁。"李白这首诗讲时光飞逝，应及时行乐。李贺诗的命意与李白相同，但李白诗写得飘逸，李贺诗写得突兀，风格不同。

再像《春归昌谷》：“束发方读书，谋身苦不早。终军未乘传（像终军没有趁传车到京城求官），颜子鬓先老（像颜回二十九岁发白）。天网信崇大，矫士常慅慅（朝廷像张开天网来收罗人才，但还有强直之士常劳苦，不被收用）。逸目骈甘华，羁心如荼蓼（纵目看去，甘美华彩之物并列于前，但羁旅者之心是苦的）。旱云二三月，岑岫相颠倒（春天的旱云像山那样颠倒）。谁揭赪玉盘，东方发红照（谁揭出红玉盘，太阳从东方升起）。春热张鹤盖（天热撑起车盖），兔目官槐小（官路旁的槐树叶子像兔目）。思焦面如病，尝胆肠似绞（心焦似病，心苦似肠绞）。京国心烂漫（在京中人事纷扰），夜梦归家少。……”这首诗像韩愈五古整炼之作。再像《北中寒》：“一方黑照三方紫，黄河冰合鱼龙死。三尺木皮断文理，百石强车上河水。霜花草上大如钱，挥刀不入迷濛天。争澘海水飞凌喧，山瀑无声玉虹悬。”这是说北方的寒气笼罩三方，黄河结冰。很厚的树皮冻裂，百石重的车可以在河冰上走。草上的霜花像钱大，寒气凝结挥刀不入。激荡的海水成了冰块发出撞击声，瀑布结冰成了玉虹。这首诗，跟韩愈、孟郊写苦寒的诗可以并驾齐驱。韩愈《苦寒》：“四时各平分，一气不可兼。隆冬夺春序，颛顼固不廉。太昊弛维纲，畏避但守谦，遂令黄泉下，萌芽夭勾尖，草木不复抽，百味失苦甜。凶飙搅宇宙，铓刃甚割砭。日月虽云尊，不能活乌蟾。羲和送日出，恇怯频窥觇。……”这首诗说，春夏秋冬四时平分，气候各异，一气不能兼四季。冬天的寒气夺了春天的气候，冬神颛顼本不廉，因他夺了春气。春天的神太昊放松了他的纲纪，害怕冬寒只是退避，遂使地下草木的根不能发芽，植物中有苦味甜味的都失去了。寒风搅扰天地，像刀锋割肌肤。日月虽说尊贵，日中的三足乌，月中的蟾蜍都被冻死，不能保护。羲和驾车送太阳出来，太阳也害怕寒威，频频偷看。再看孟郊《苦寒吟》：“天寒色青苍，北风叫枯桑。厚冰无裂文，短日有冷光。敲石不得火，壮阴夺正阳。苦调竟何言，冻吟成此章。”看来孟郊的《苦寒吟》写得比较简单。韩愈的诗本来有奇崛的，这首《苦寒》写得也比较奇崛。李贺的《北中寒》写得更近韩愈。钱先生在前面曾指出，李贺诗无世道人心之忧，看他写的《北中寒》并不关心人民，这就跟韩愈的《苦寒》不同了。韩愈《苦寒》说："啾啾窗间雀，不知已微纤，举头仰天鸣，所愿晷刻淹。……其余蠢动俦，俱死谁恩嫌。伊我称最灵，不能汝覆苫。悲哀激愤叹，五藏难安恬。中宵倚墙立，淫泪何渐渐。天乎哀无辜，惠我下顾瞻。"这是说，看到麻雀的冻饿，看到蠢动昆虫的冻死，感叹自己为万物之灵，不能保护它们，内心难以安静。"惠我下顾瞻"，是从《诗·桧风·匪风》"顾瞻周道"来，即看大路上有冻饿的人民，这里有关怀民生的含义。这就跟李贺没有世道人心之忧不同了。

一二　李贺感流年而驻急景

细玩昌谷集，舍侘傺牢骚①，时一抒泄而外，尚有一作意，屡见不鲜。其于光阴之速，年命之短，世变无涯，人生有尽，每感怆低徊，长言永叹。《天上谣》则曰："东指羲和能走马，海尘新生石山下。"《浩歌》则曰："南风吹山作平地，帝遣天吴移海水②。王母桃花千遍红，彭祖巫咸几回死③。"《秦王饮酒》则曰："劫灰飞尽古今平"，《古悠悠行》则曰："白景归西山，碧华上迢迢。今古何处尽，千岁随风飘。"《过行宫》则曰："垂帘几度青春老，堪锁千年白日长。"《凿井》则曰："一日作千年，不须流下去。"《日出行》则曰："白日下昆仑，发光如舒丝。奈尔铄石，胡为销人。羿弯弓属矢④，那不中足，令久不得奔，讵教晨光夕昏。"《拂舞歌词》则曰："东方日不破，天光无老时。"《相劝酒》则曰："羲和骋六辔，昼夕不曾闲。弹乌崦嵫竹，抶马蟠桃鞭。"《梦天》则曰："黄尘清水三山下，更变千年如走马。"皆深有感于日月逾迈，沧桑改换，而人事之代谢不与焉。他人或以吊古兴怀，遂尔及时行乐，长吉独纯从天运着眼，亦其出世法、远人情之一端也。所谓"世短意常多"，"人生无百岁，常怀

---

① 侘傺：失意而精神恍惚。

② 天吴：水神，能移海，见《山海经·海外东经》。

③ 王母桃花：《汉武内传》：王母仙桃三千年一开花，三千年一结实。彭祖：殷大夫，活八百余岁。巫咸：古神巫。

④ 羿：唐尧时十日并出，羿射落九日，见《淮南子·览冥训》。

千岁忧”者非耶。李太白亦有《日出入行》，略谓：“人非元气，安得与之久徘徊。草不谢荣于春风，木不怨落于秋天。鲁阳何德，驻景挥戈①。逆道违天，矫诬实多。吾将囊括大块，浩然与溟涬同科②。”自天运立言，不及人事兴亡，与长吉差类。然乘化顺时，视长吉之感流年而欲驻急景者，背道以趋。淮海变禽③，吾生不化；洛溪流葛④，逝者如斯⑤。千年倏忽之感，偏出于昙华朝露如长吉者。义山《夕阳楼》绝句云：“欲问孤鸿向何处，不知身世自悠悠”；尤堪为危涕坠心者矣。（58—59 页）

这一则讲李贺诗中所反映的一种思想，即有感于光阴之速、寿命之短，发出无穷感叹。如“东指羲和能走马，海尘新生石山下”。即指羲和驾日东行快得像跑马，时间过得快。自然界沧海变桑田，扬起尘土，说明变化之大，衬出人生的短促。再像“南风吹山作平地，帝遣天吴移海水”，指山海的变化，即沧海变桑田的意思。“王母桃花千遍红，彭祖巫咸几回死”，指经历了千百万年，长寿的彭祖和神巫也要经过几回死了，还是显示人生的短促，即使是长寿的彭祖也一样。又如“劫灰飞尽古今平”，佛家称世间经历大水大火大风之灾，一切扫除，更立人生，称为一劫。劫后的余灰飞尽，灾难不作，古今太平，这要经历无数年岁，更显出人寿的短促。又如“白景归西山，碧华上迢迢。今古何处尽，千岁随风飘”。指日落西山，碧云在天上，昼夜循环，无有尽时。以千岁之久，一如风飘的疾速。也指时间过得快，人生短促。以下所引的各种诗句，也都讲时间的久远，人生的短促。

钱先生在这里指出，有的人感到时光易逝，人生短促，“遂尔及时行

---

① 鲁阳：鲁阳公与韩战，日暮，鲁阳挥戈，日倒退三舍。见《淮南子·览冥训》。

② 溟涬：自然元气。

③ 淮海变禽：郭璞《游仙诗》：“淮海变微禽，吾生独不化。”李善注：“《国语》：赵简子叹曰：‘雀入于海为蛤，雉入于淮为蜃，鼋鼍鱼鳖莫不能化，惟人不能，哀夫！’”

④ 洛溪流葛：《乐府诗集》九十卷：李白《黄葛篇》：“黄葛生洛溪。”

⑤ 逝者如斯：见《论语·子罕》。

乐”，李贺不这样。他在《浩歌》里说：“青毛骢马参差钱，娇春杨柳含细烟。筝人劝我金屈卮，神血未凝身问谁？”既然人生短促，正可骑马游春，饮酒作乐，但李贺却认为精神血脉不能凝聚长生于世，及时行乐，亦无多时。他并不想及时行乐。李白也感叹人生的短促，但李白主张乘化顺时，所谓乘化归尽，一切顺着自然。但李贺不同，是“感流年而欲驻急景”，感叹时光过速，想把它留住。如《苦昼短》：“我将斩龙足，嚼龙肉，使之朝不得回，夜不得伏。自然老者不死，少者不哭。”传说羲和驾龙拉车载着太阳在天空循行，所以他要杀龙，杀了龙可以使车子停下来，时光不会飞逝，即“感流年而欲驻急景”。

一三　评司空图《诗品》

（李商隐）《锦瑟》一篇借比兴之绝妙好词，究风骚之甚深密旨，而一唱三叹，遗音远籁，亦吾国此体绝群超伦者也。司空表圣《诗品》①，理不胜词；藻采洵应接不暇，意旨多梗塞难通，只宜视为佳诗，不求甚解而吟赏之。吾乡顾蒹塘翰《拜石山房诗钞》卷四有仿《诗品》之作②，题云："余仿司空表圣《诗品》二十四则，伯夔见而笑曰，此四言诗也。因登诸集中，以备一体。"表圣原《品》，亦当作"四言诗"观耳。道光时，金溪李元复撰《常谈丛录》③，村学究猥陋之书，惟卷六《诗品》一条指摘表圣，令人刮目异视。有云："《诗品》原以体状乎诗，而复以诗体状乎所体状者。是犹以镜照人，复以镜照镜。"即以《诗品》作诗观，而谓用诗体谈艺，词意便欠亲切也。"以镜照镜"之喻原出释典（参观《管锥篇》一一五页）④，道家袭之，如《化书·道化》第一云⑤："以一镜照形，以余镜照影，镜镜相照，影影相传；是形也，与影无殊，是影也，与形无

---

① 司空表圣：唐司空图字。有《诗品》一卷。

② 蒹塘：清顾翰字。有《拜石山房诗钞》。

③ 李元复：清人。有《常谈丛录》九卷。

④ 以镜照镜：《管锥编》115 页：《楞严经》卷七："取八镜，覆悬虚空，与坛场所安之镜，方面相对，使其形影，重重相涉。"

⑤ 《化书》：六卷，五代时谭峭撰。

异。”西方神秘家言设譬①，有相近者。后世诗人评诗②，亦每讥“以象拟象”、“以镜照镜”。李氏斯言，殊可节取；村塾老儒固未许抹摋也。吾国评论表圣《诗品》著作中似无征引李氏书者。（371—372页）

这一则就李商隐《锦瑟》诗来评司空图的《诗品》。钱先生认为，《锦瑟》“借比兴之绝妙好词，究风骚之甚深密旨”。钱先生在上引《锦瑟》赏析里引杜甫、刘禹锡用玉琴比诗，锦瑟玉琴，殊堪连类。又如“庄生晓梦迷蝴蝶，望帝春心托杜鹃”，皆寓言假物，譬喻拟象，如飞蝶征庄生之逸兴，啼鹃见望帝之沉哀，均义归比兴，无取直白。举事宣心，故“托”；旨隐词婉，故易“迷”。此即十八世纪以还，法国德国心理学常语所谓“形象思维”；以“蝶”与“鹃”等外物形象体示“梦”与“心”之哀曲情思。加上“沧海月明”“蓝田日暖”，这即是借比兴的绝妙好词的具体说明。

钱先生又讲《锦瑟》“究风骚之甚深密旨”，见于朱鹤龄《笺注李义山诗集序》：“《离骚》托芳草以怨王孙，借美人以喻君子，遂为汉魏六朝乐府之祖。古人之不得志于君臣朋友者，往往寄遥情于婉娈，结深怨于蹇修（指媒人），以序其忠愤无聊缠绵宕往之致。唐至太和以后，阉人暴横，党祸蔓延。义山阨塞当途，沉沦记室。其身危，则显言不可而曲言之；其思苦，则庄语不可而谩语之。计莫若瑶台璚宇歌筵舞榭之间，言之可无罪，而闻之足以劝。其《梓州吟》云：‘楚雨含情俱有托’，早已自下笺解矣。吾故曰：义山之诗，乃风人之绪言，屈宋之遗响，盖得子美（杜甫）之深而交出之者也。”这是讲李商隐诗“究风骚之甚深密旨”。朱鹤龄的序主要是讲李商隐的《无题》诗。李商隐的《无题》诗有两种：一种标明《无题》，一种以诗的开头两字作标题，这首《锦瑟》就是，也是无题。不过《锦瑟》里的“甚深密旨”含蓄在“望帝春心托杜鹃”及“沧海月明珠有泪”里，写得更为隐约。

---

① 西方神秘家：指迈斯特·埃克哈特，是十三、十四世纪德国神秘主义哲学家。

② 后世诗人：指黑贝尔，十九世纪德国诗人。

《锦瑟》诗就它的"借比兴的绝妙好词"说，钱先生指出"心之所思，情之所感，寓言假物，譬喻拟象"，用这种写法来表达情思，含有"风骚之甚深密旨"，所以有"一唱三叹"的"遗音远籁"，成为此体"绝伦超群"之作。这是因为它富有情思和"甚深密旨"，使人体味不尽。司空图的《诗品》，也是"寓言假物，譬喻拟象"。他是用来论诗，说明二十四种诗品，此外别无情思和密旨，所以不能与李商隐的《无题》诗相比。钱先生指出《诗品》是四言诗，用诗体来谈艺，好比以镜照镜。诗是反映生活的，好比镜是照形的，镜中所见是影。用镜照镜，照出来的影中的影，似不如照形的亲切。诗是反映生活的，《诗品》是从诗中概括出来的，诗论结合具体的诗来论诗品，比较亲切。离开具体的诗，用形象比喻来描绘诗品，不够亲切，不能与李商隐的诗用形象比喻来作诗的相比。

一四　论梅尧臣诗

（一）

梅诗于浑朴中时出苕秀①。《食河豚》诗发端云："春洲生荻芽，春岸飞杨花"，一时传诵。窃以为不如《送欧阳秀才游江西》起语云："客心如萌芽，忽与春风动。又随落花飞，去作江西梦"；《郭之美见过》起语云："春风无行迹，似与草木期；高低新萌芽，闭户我未知"；《阻风秦淮》起语云："春风不独开春木，能促浪花高于屋。"此三"春风"，胜于"春洲、春岸"之句也。欧公《水谷夜行》称梅诗有云②："譬如妖韶女，老自有余态"；都官自作"接花"五律亦有"姜女嫁寒婿，丑枝生极妍"一联。丑枝生妍之意，都官似极喜之，《东溪》七律复云："野凫眠岸有闲意，老树着花无丑枝。"后来萧千岩《咏梅》名句③："百千年藓着枯树，一两点花或作三两点春。供老枝"；刘后村亟称之④，实取都官语意也。不知名氏《爱日斋丛钞》云⑤："近时江湖诗选有可山林洪诗⑥：'湖边杨柳色如金，几日不来成绿阴。'却似宛陵：'不上楼来今几日，满城多少柳丝

① 梅诗：宋梅尧臣诗，尧臣字圣俞，官都官员外郎，宛陵人。
② 欧公：宋欧阳修。
③ 萧千岩：萧德藻字，宋诗人。
④ 刘后村：刘克庄号，宋诗人。
⑤ 《爱日斋丛钞》五卷，宋末人作。
⑥ 可山：林洪字，宋末人。

黄’”；又晁说之《客话》谓圣俞作试官日①，登望有春色，题壁云云，欧公以为非圣俞不能。按《宋诗纪事》卷二十、卷七十三于《丛钞》《客话》均未采及②。按刘贡父《彭城集》卷十八《考试毕登铨楼》云③：“不上楼来知几日，满城无算柳梢黄”，盖羼入。林可山诗全首未见，以所引二句决之，则是元人贡性之：“涌金门外柳垂金，三日不来成绿阴”一绝所本耳。都官《咏怀》云：“风驱暴雨来，雷声出云背”，写景已妙；然刘梦得《天台遇雨》云：“疾行穿雨过，却立视云背”；樊宗师《蜀绵州越王楼诗序》云：“日月昏晓，可窥其背”；尚在都官之前。至《青龙海上观潮》：“百川倒蹙水欲立，不久却回如鼻吸”，则立喻奇创，真能以六合八荒，缩之口耳四寸者。都官《初冬夜坐忆桐城山行》曰：“吾妻尝有言：艰难壮时业；安慕终日闲，笑媚看妇靥”，尤如魏徵之妩媚④。恽子居《大云山房札记》卷二谓《默记》载欧公为目眊瘦弱少年⑤，而他书则言其丰腴，当是老少改观；按他书不知所指，都官《永叔内翰见过》诗云：“丰颊光皎皎”，则言其丰。(167—168 页)

这一则讲梅尧臣诗。钱先生在《宋诗选注·梅尧臣》里称他：“主张‘平淡’，在当时有极高的声望，起极大的影响。”这跟他起来纠正讲究华丽词藻的西昆体有关。钱先生提到他的《食河豚》诗发端，是极有名的《范饶州坐中客语食河豚鱼》：“春洲生荻芽，春岸飞杨花。河豚当是时，贵不数鱼虾。”欧阳修在《六一诗话》里说：“河豚尝生于春暮，群游水上，食絮而肥。南人多与荻芽为羹，云最美。故知诗者谓只破题两句，已道尽河豚好处。圣俞平生苦于吟咏，以闲远古淡为意，故其构思极艰。此诗作于樽俎之间，笔力雄赡，顷刻而成，遂为绝唱。”对这诗极为推重。翁方纲《石洲诗话》卷三说：“宛陵以河豚诗得名，然此诗亦自起处有神

---

① 晁说之：宋人。有《晁氏客话》一卷。

② 《宋诗纪事》：一百卷，清厉鹗撰。

③ 刘贡父：宋刘攽字。有《彭城集》四十卷。

④ 魏徵：唐大臣。唐太宗说：“人言徵举动疏慢，我但见其妩媚。”

⑤ 恽子居：清恽敬字。有《大云山房文稿初集》四卷，二集四卷。《默记》：三卷，宋王铚撰。

耳。”钱先生又指出这诗的开头，还不如另外几首。因为这首诗的开头讲的“荻芽”和“杨花”，照欧阳修说，和河豚有关，并不触及作者的情思。但像“客心如萌芽，忽与春风动。又随落花飞，去作江西梦”，这里的“春风”与“落花”，与作者的心情梦境相关，就富有情味了。再像“春风无行迹，似与草木期；高低新萌芽，闭户我未知。”在这个“春风”使“草木”“萌芽”中，含有春天使万物萌生的意味。又如“春风不独开春木，能促浪花高于屋”，这里把春风拟人化，“能促浪花”含有阻止客人出行，有情味了。所以这些诗句，胜于“春洲”“春岸”之句了。

钱先生又指出欧阳修称梅诗：“譬如妖韶女，老自有余态。”指老女有风韵。这像梅诗的名句：“野凫眠岸有闲意，老树着花无丑枝。”胡仔《苕溪渔隐丛话后集》称“圣俞诗工于平淡，自成一家”，引这两句诗，称：“似此等句，须细味之，方见其用意也。”钱先生指出作者极喜这个意思，在诗里反复讲到。钱先生又提到梅诗“不上楼来今几日，满城多少柳丝黄”，混入刘攽的《彭城集》。《宋诗抄·宛陵诗抄》称梅尧臣诗：“其初喜为清丽，闲肆平淡；久则涵演深远，间亦琢剥，出以怪巧。”指出梅诗有清丽平淡的，以上讲的都是。又指出梅诗有出于怪巧的，钱先生在下面讲到，如“雷声出云背”，“云背”一辞已有刘梦得、樊宗师用之。但“百川”“却回如鼻吸”的比喻确为奇创。又他写他妻子说他“笑媚”，像唐太宗说魏徵的妩媚，也属奇巧。这样显出梅尧臣诗具有不同风格。

（二）

贡奎诗云①：“诗还二百年来作，身死三千里外官。知己若论欧永叔，退之犹自愧郊寒”；亦即为圣俞不平也。尝试论之。二公交情之笃，名位之差，略似韩孟。若以诗言，欧公苦学昌黎，参以太白、香山，而圣俞之于东野，则未尝句摹字拟也。集中明仿孟郊之作，数既甚少，格亦不类。哀逝惜殇，著语遂多似郊者。如“慈母眼中血，未干同两乳”；“雨落入地中，珠沉入海底。赴海可见珠，入地可见水。惟人归泉下，万古知已矣”；

① 贡奎：元人。有《云林集》六卷。

“惯呼犹口误，似往颇心积。”“哀哉齐体人，魂气今何征。曾不若陨箨，绕树犹有声。”然取较东野《悼幼子》之“生气散成风，枯骸化为地。负我十年恩，欠汝千行泪”；《杏殇》之“踏地恐土痛，损彼芳树根。此诚天不知，剪弃我子孙”；则深挚大不侔。即孟云卿哭殇子之《古挽歌》①，视圣俞作亦为沉痛。圣俞他语，若《猛虎行》之“食人为我分，安得为不祥。而欲我无杀，奈何饥馁肠”。按《三国志·魏志·杜畿传》裴注引范洗语：“既欲为虎，而恶食人肉，失所以为虎”，即梅诗“食人为分”之意。《古意》之“月缺不改光，剑折不改刚”等，亦雅近东野。斯类不过居全集十之一二。东野五古佳处，深语若平，巧语带朴，新语入古，幽语含淡，而心思巉刻，笔墨圭棱，昌黎志墓所谓：“刿目鉥心，钩章棘句”者也。都官意境无此邃密，而气格因较宽和，固未宜等类齐称。其古体优于近体，五言尤胜七言；然质而每钝，厚而多愿，木强鄙拙，不必为讳。固不为诗中之“杜园贾谊”矣，“热熟颜回”之讥②，“鏖糟叔孙通”之诮③，其能尽免乎。《次韵和师直晚步遍览五垄川》云：“临水何妨坐，看云忽滞人”，与摩诘之“行到水穷处，坐看云起时”，子美之“水流心不竞，云在意俱迟”，欲相拟比。夫“临水”、“看云”，事归闲适，而“何妨”、“忽滞”，心存计较；从容舒缓之“迟”一变而为笨重粘着之“滞”。此二句可移品宛陵诗境也。(166—167 页)

这一则是讲梅尧臣的诗。欧阳修《梅圣俞诗集序》：“昔王文康公尝见而叹曰：‘二百年无此作矣。’”所以贡奎诗说：“诗还二百年来作。”他是宣城（在安徽）人，官做到尚书屯田都官员外郎，死在汴京，所以说“身死三千里外官”。尧臣死后，欧阳修作《梅圣俞诗集序》，称赞他的诗。把欧阳修跟梅尧臣同韩愈跟孟郊比，孟郊更比梅尧臣清寒，所以说：“知己

① 孟云卿：唐代诗人。

② 杜园贾谊、热熟颜回：宋魏泰《东轩笔录》：“陈绎晚为敦朴之状，时谓之热熟颜回。……孔文仲举制科，廷试对策，言时事有可痛哭太息者，……真杜园贾谊也。”意谓无根据的颜回、假的贾谊。

③ 鏖糟叔孙通：《吴下方言考》五：“苏东坡与程伊川议事不合，讥之曰：‘颐可谓鏖糟鄙俚叔孙通矣。’”鏖糟，执拗。

若论欧永叔，退之犹自愧郊寒。”钱先生在这里，把梅尧臣的诗跟孟郊比。“哀逝惜殇，著语遂多似郊者。”指出梅的哀逝惜殇之作，有多似孟郊的。

如梅的《书哀》：“天既丧我妻，又复丧我子。两眼虽未枯，片心将欲死。雨落入地中，珠沉入海底，赴海可见珠，掘地可见水。唯人归泉下，万古知已矣。拊膺当问谁，憔悴鉴中鬼。”又《戊子三月二十一日殇小女称称三首》：“生汝父母喜，死汝父母伤。我行岂有亏，汝命何不长！鸦雏春满窠，蜂子夏满房，毒螫与恶噪，所生遂飞扬。理固不可诘，泣泪向苍苍。”“蓓蕾树上花，莹洁昔婴女。春风不长久，吹落便归土。娇爱命亦然，苍天不知苦。慈母眼中血，未干同两乳。”“高广五寸棺，埋此千岁恨。至爱割难断，刚性剉以钝。泪伤染衣斑，花惜落蒂嫩。天地既许生，生之何遽困。”再看孟郊的《悼幼子》：“一闭黄蒿门，不闻白日事。生气散成风，枯骸化为地。负我十年恩，欠尔千行泪。洒之北原上，不待秋风至。”又《杏殇》并序：“杏殇，花乳也。霜剪而落，因悲昔婴，故作是诗”，“冻手莫弄珠，弄珠珠易飞。惊霜莫剪春，剪春无光辉。零落小花乳，斓斑昔婴衣，拾之不盈把，日暮空悲归。”“踏地恐土痛，损彼芳树根。此诚天不知，剪弃我子孙。垂枝有千落，芳命无一存。谁谓生人家，春色不入门。”从哀逝惜殇来看，梅的“慈母眼中血，未干同两乳”，是比较沉痛的。至于用“雨落”“珠沉”还可见，人死长已矣，这样用比喻虽巧妙，沉痛反而不及。孟郊的诗，用花乳即花蕾来比小女，“零落小花乳”来比婴孩的夭折。“芳树根”来比婴孩的父母。因此“踏地恐土痛，损彼芳树根”，花乳的零落使芳树根痛，也使芳树根上的土痛，自然就“踏地恐土痛”了，这样就写得比较沉痛了。

钱先生又指出梅诗的写景句，如“临水何妨坐，看云忽滞人”。与王维《终南别业》：“行到水穷处，坐看云起时”，杜甫《江亭》：“水流心不竞，云在意俱迟”，还是不一致的。“行到水穷处”，指已经无路了，不妨“坐看云起时”，表达了心情的闲适。“水流心不竞，云在意俱迟”指看到水的缓缓流动，云的停着不飞，可以使心不奔竞，意不飞驰。而梅诗的“临水”“看云”，用“何妨”“忽滞”两字，跟王维、杜甫诗的情趣还是不同的。

一五　论黄庭坚诗

《桐江集》卷五引刘元辉《读坡诗》云①："诗不宗风雅，其诗未足多。气如存笃厚，词岂涉讥呵。饶舌空吾悔，吹毛奈汝何。为言同道者，未许学东坡。"遗山薄江西派，而评东坡语则与江西派议论全同。遗山既谓坡诗不能近古而尽雅，故论山谷亦曰："古雅难将子美亲，精纯全失义山真。论诗宁下涪翁拜，不作西江社里人。"山谷学杜，人所共知；山谷学义山，则朱少章弁《风月堂诗话》卷下始亲切言之②，所谓："山谷以昆体工夫，到老杜浑成地步。"少章《诗话》为羁金时所作；遗山敬事之王若虚《滹南遗老集》卷四十已引此语而驳之③，谓昆体工夫与老杜境界，"如东食西宿，不可相兼"，足见朱书当时流传北方。《中州集》卷十亦选有少章诗④，《小传》并曰："有《风月堂诗话》行于世。"则遗山作此绝时，意中必有少章语在；施注漫不之省，乃引后山学山谷语以注第三句。少章《诗话》以后，持此论者不乏。许颉《彦周诗话》以义山、山谷并举⑤，谓学二家，"可去浅易鄙陋之病"。《瀛奎律髓》卷廿一山谷《咏雪》七律批云⑥："山谷之奇，有昆体之变，而不袭其组织。其巧者如作谜然，

---

① 《桐江集》：八卷，元代方回撰。
② 朱少章：宋朱弁字。有《风月堂诗话》二卷。
③ 王若虚：金人。有《滹南遗老集》四十五卷。
④ 《中州集》：十卷，金元好问编。
⑤ 许颉：字彦周，宋人。有《彦周诗话》一卷。
⑥ 《瀛奎律髓》：四十九卷，元代方回编。

疏疏密密一联，亦雪谜也”；《桐江集》卷四《跋许万松诗》云：“山谷诗本老杜，骨法有庾开府，有李玉溪，有元次山①。”即贬斥山谷如张戒②，其《岁寒堂诗话》卷上论诗之“有邪思”者，亦举山谷以继义山，谓其“韵度矜持，冶容太甚”。（152—153 页）

这一则，主要论黄庭坚诗，讲到对黄诗的一种评价。先从论苏轼诗谈起，引了方回在《桐江集》卷五里引刘元辉的诗，这首诗批评苏轼诗，涉于讥呵，吹毛求疵，不厚道，不要学苏轼这种作风。再讲元好问的《论诗三十首》：“金入洪炉不厌频，精真那计受纤尘。苏门果有忠臣在，肯放坡诗百态新。”即认为苏轼门下倘真有忠臣，岂肯让苏轼诗百态新呢？即认为苏诗的“百态新”，“不能近古而尽雅”。所以元好问评黄庭坚诗：“古雅难将子美亲，精纯全失义山真”，即认为在古雅方面不像杜甫，在精纯方面全失李商隐，这是不满意黄庭坚诗的失去古雅精纯。但又说：“论诗宁下涪翁拜，不作西江社里人。”论诗宁可向黄庭坚拜，即认为黄庭坚诗还可取，江西派诗更不如了。这里认为黄庭坚诗跟杜甫、李商隐的诗不同。但钱先生在《宋诗选注·黄庭坚》篇里说：“他是‘江西诗社宗派’的开创人，生前跟苏轼齐名，死后给他的徒子法孙推崇为杜甫的继承者。”所以钱先生说：“山谷学杜，人所共知。”钱先生又引朱弁说：“山谷以昆体工夫，到老杜浑成地步。”又称王若虚驳这话，认为昆体工夫与老杜境界不同，不可相兼。钱先生认为元好问“苏门果有忠臣在”，含有批评朱弁的话的意思，即黄庭坚不能真正学习杜甫与李商隐，所以不能纠正苏诗的不足处。因此认为施注引后山学山谷语来作注为不合。按施国祁注第三句说：“无己（陈师道）云：鲁直（黄庭坚）长于诗词，秦（观）晁（无咎）长于议论，文潜（张耒）云：长公（苏轼）波涛万顷海，少公（苏辙）峭拔千寻麓，黄君（庭坚）萧萧日下鹤，陈子（师道）峭峭霜中竹，秦（观）文蒨丽舒桃李，晁（无咎）论峥嵘走珠玉。乃知人才各有所长，

---

① 庾开府：庾信在北周，官开府仪同三司，人称庾开府。李玉溪：唐李商隐，号玉溪生。元次山：唐元结字。

② 张戒：宋人。有《岁寒堂诗话》二卷。

虽苏门不能兼全也。”这个注说苏轼门下人各有各的长处，不能兼备苏轼的各种长处。钱先生认为这个注不符合元好问诗的原意，元好问诗是批评苏诗不能近古而尽雅，所以这个注全不对头。

钱先生又对朱弁讲的“山谷以昆体工夫，到老杜浑成地步”的看法，认为也有持此论的。如许顗《彦周诗话》说：“作诗浅易鄙陋之气不除，大可恶。客问何从去之，仆曰：‘熟读唐李义山诗与本朝黄鲁直诗而深思焉，则去也。’”即把李商隐与黄庭坚相提并论，即“山谷以昆体工夫”的意思。又引方回《瀛奎律髓》卷二十一黄庭坚《咏雪呈吴广平公》：“春寒晴碧去飞雪，忽忆江清水见沙。夜听疏疏还密密，晓看整整复斜斜。风回共作婆娑舞，天巧能开顷刻花。政使尽情寒至骨，不妨桃李用年华。”方回评：“山谷之奇，有昆体之变而不袭其组织。其巧者如作谜然。此一联（夜听一联）亦雪谜也，学者未可遽非之。下一联‘婆娑舞’‘顷刻花’则妙矣。”这里即认为“有昆体之变”，即用昆体工夫加以变化，即不点明雪，写出疏疏密密的声音，整整斜斜的下雪形态，即认为这样写为昆体工夫。方回又说：“山谷诗本老杜，骨法有庾开府，有李玉溪，有元次山。”这里说的骨法，即刘勰《文心雕龙·风骨》里讲的“骨”：“沉吟铺辞，莫先于骨”，“结言端直，则文骨成焉”。骨法指用辞说，有庾信、李商隐、元结。用辞有庾信、李商隐，当指清新、绮丽说的；有元结，当指劲健说的。绮丽当指张戒说的：“冶容太甚。”

这里还有一个问题，元好问为什么说“论诗宁下涪翁拜”，即宁可拜黄庭坚呢？钱先生在《宋诗选注·黄庭坚》里又说：“他（黄庭坚）说：‘老杜作诗，退之作文，无一字无来处，盖后人读书少，故谓韩杜自作此语耳。古之能为文章者，真能陶冶万物，虽取古人之陈言入于翰墨，如灵丹一粒，点铁成金也’，在他的许多关于诗文的议论里，这一段话最起影响，最足以解释他自己的风格。”这段话里提出“真能陶冶万物”，这是创造，在创造出意象后再用陈言来表达。元好问的宁可拜涪翁，当由于他的“真能陶冶万物”的缘故吧。

一六　论杨万里、陆游诗

尝试论之。以入画之景作画，宜诗之事赋诗，如铺锦增华，事半而功则倍，虽然非拓境宇、启山林手也。诚斋放翁，正当以此轩轾之。人所曾言，我善言之，放翁之与古为新也；人所未言，我能言之，诚斋之化生为熟也。放翁善写景，而诚斋擅写生。放翁如画图之工笔；诚斋则如摄影之快镜，兔起鹘落，鸢飞鱼跃，稍纵即逝而及其未逝，转瞬即改而当其未改，眼明手捷，踪矢蹑风，此诚斋之所独也。放翁万首，传诵人间，而诚斋诸集孤行天壤数百年，几乎索解人不得。放翁《谢王子林》曰："我不如诚斋，此论天下同"；又《理梦中作意》曰："诗到无人爱处工。"放翁之不如诚斋，正以太工巧耳。放翁为曾文清弟子[①]，赵仲白《题茶山集》所谓"灯传"者[②]；见《江湖后集》八[③]。顾茶山诗槎枒清快，实与诚斋为近，七言律绝尤往往可乱楮叶，视剑南工饬温润之体，大勿类。岂师法之渊源，固不若土风之鼓荡耶。《后村诗话》谓"古人好对仗，被放翁使尽"[④]。放翁比偶组运之妙，冠冕两宋。《四六话》论隶事[⑤]，有"伐山语、伐材语"之别；放翁诗中，美具难并，然亦不无蹈袭之嫌者。《困学纪闻》

---

① 曾文清：宋曾几谥，号茶山居士。有《茶山集》八卷。

② 赵仲白：宋赵庚夫字。

③ 《江湖后集》：二十四卷，宋陈起编。

④ 《后村诗话》：有前集、后集、续集、新集共十四集，宋刘克庄撰。

⑤ 《四六话》：二卷，宋王铚撰。

卷十八即举其本朱新仲、叶少蕴两联①，殆翁《九月一日夜读诗稿走笔作歌》所谓“残余未免从人乞”者欤。譬如《寓驿舍》云：“九万里中鲲自化，一千年外鹤仍归”；而按《东轩笔录》卷三载丁晋公移道州诗曰②：“九万里鹏容出海，一千年鹤许归辽”；《皇朝类苑》载晋公自崖召还寄友人诗，“容”作“重”，“辽”作“巢”。《五灯会元》卷十六载佛印比语亦曰③：“九万里鹏从海出，一千年鹤远天归。”《望永阜陵》云：“宁知齿豁头童后，更遇天崩地陷时”；而按陈简斋《雨中对酒》曰④：“天翻地覆伤春色，齿豁头童祝圣时。”《春近山中即事》云：“人事自殊平日乐，梅花宁减故时香”；而按陈后山《次韵李节推九日登南山》曰⑤：“人事自生今日意，寒花只作去年香。”（118—119页）

这一则讲陆游的诗，主要讲他的七律。这里把他跟杨万里比。陆游“铺锦增华”，在锦上添华，把别人已写过的景物再加以美化，所以事半功倍。杨万里从生活中去捕捉诗料，是开拓新的题材意境，善于写生。从生活中体会到诗意，立刻抓住，写入诗中，像拍快镜，一放松就失落了。就这一点说，陆游不如杨万里，钱先生又提到陆游的老师曾几。钱先生在《宋诗选注》里谈到曾几时说：“尤其是一部分近体诗，活泼不费力，已经做了杨万里的先声。”钱先生选了曾几的《三衢道中》：“梅子黄时日日晴，小溪泛尽却山行。绿阴不减来时路，添得黄鹂四五声。”这样的诗就成了杨万里的先声。

这里又讲到陆游七律中的对仗，认为有“伐山语、伐材语”之别。顾炎武《日知录》里讲到铸钱，一种是熔冶铜器来铸钱，一种是开山采铜来铸钱，前者近伐材语，后者近伐山语。这里又引了陆游摹仿丁谓、陈与义、陈师道的三联诗句。这三联，孤立起来看是好的，但跟他摹仿的原来联句对照起来看，终不免“残余未免从人乞”了。

---

① 《困学纪闻》：二十卷，宋王应麟撰。朱新仲：宋朱翌字。叶少蕴：宋叶梦得字。
② 《东轩笔录》：十五卷，宋魏泰撰。丁晋公：宋丁谓，封晋国公。
③ 《五灯会元》：二十卷，宋僧普济撰。佛印：宋僧了元号。
④ 陈简斋：宋陈与义号。有《简斋集》十六卷。
⑤ 陈后山：宋陈师道别号。有《后山集》二十四卷。

一七　论赵孟頫诗

松雪诗浏亮雅适①，惜肌理太松，时作枵响。七古略学东坡，乃坚致可诵。若世所传称，则其七律，刻意为雄浑健拔之体，上不足继陈简斋、元遗山②，下已开明之前后七子③。而笔性本柔婉，每流露于不自觉，强绕指柔作百炼刚，每令人见其矜情作态，有如骆驼无角，奋迅两耳，亦如龙女参禅④，欲证男果。规摹痕迹，宛在未除，多袭成语，似儿童摹帖。如《见章得一诗因次其韵》一首，起语生吞贾至《春思》绝句，“草色青青柳色黄”云云。结语活剥李商隐春光绝句，“日日春光斗日光”云云。倘亦有会于二作之神味相通，遂为撮合耶。一题之中，一首之内，字多复出，至有两字于一首中三见者。此王敬美《艺圃撷余》所谓“古人所不忌，而今人以为病”⑤，正不可借口沈云卿、王摩诘辈以自文⑥。《云溪友议》卷中记唐宣宗与李藩等论考试进士诗⑦，已以一字重用为言，是唐人未尝不认此为近

① 松雪：元赵孟頫，字子昂，号松雪道人。有《松雪斋集》十卷。浏亮：清楚明朗。

② 陈简斋、元遗山：宋陈与义、金元好问号。两人诗雄浑健拔。

③ 明前后七子：以明李梦阳、何景明为首的七人称前七子，以明李攀龙、王世贞为首的七人称后七子。他们主张诗必盛唐，文必秦汉，学雄健古雅的诗文。

④ 龙女参禅：娑竭罗龙王女，八岁，领悟佛法，现成佛之相。见《法华经》十二《提婆达多品》。

⑤ 王敬美：明王世懋字。有《艺圃撷余》一卷。

⑥ 沈云卿、王摩诘：唐诗人沈佺期、王维。一首诗中有复出字。

⑦ 《云溪友议》：唐范摅撰，三卷。

体诗忌也。宋元间名家惟张文潜《柯山集》中七律最多此病①，且有韵脚复出。松雪相较，稍善于彼。然唱叹开阖，是一作手。前则米颠《宝晋英光集》诗②，举止生硬；后则董香光《容台集》诗③，庸芜无足观。惟松雪画书诗三绝，真如骖之靳矣。元人之画，最重遗貌求神，以简逸为主；元人之诗，却多描头画角，惟细润是归，转类画中之工笔。松雪常云："今人作画，但知用笔纤细，傅色浓艳，吾所画似简率，然识者知其近古"；《佩文斋书画谱》卷十六引④。与其诗境绝不侔。匹似《松雪斋集》卷五《东城》绝句云："野店桃花红粉姿，陌头杨柳绿烟丝。不因送客东城去，过却春光总不知。"机杼全同贡性之《涌金门外见柳》诗⑤；"涌金门外柳垂金，三日不来成绿阴。折取一枝入城去，使人知道已春深。"而赵诗设彩纤秾，贡诗着语简逸，皎然可辨，几见松雪之放笔直干耶。东坡所谓"诗画一律"，其然岂然。按详见拙作《中国诗与中国画》一文。吾乡倪云林自言⑥："作画逸笔草草"，而《清秘阁集》中诗皆秀细，亦其一例。陶宗仪《辍耕录》卷九记松雪言⑦："作诗虚字殊不佳，中两联填满方好"；戚辅之《佩楚轩客谈》、陆友仁《砚北杂志》亦著是说⑧，并皆载松雪言："使唐以下事便不古。"明七子议论肇端于此。与方虚谷之论七律贵用虚字⑨，适相反背。是以《桐江续集》中道子昂，无虑二十余次，皆只以书画推之，只字不及其诗篇。盖一则沿宋之波，一则缵唐之绪，家法本径庭耳。(95—96 页)

这一则讲元赵孟頫的诗，说他的七古略学苏轼，乃坚致可诵。如《题钱舜举素色梨花》："东风吹日花冥冥，繁枝压雪凌风尘。素罗衣裳照青

---

① 张文潜：宋张耒字，号柯山。有《宛丘集》七十六卷。

② 米颠：宋米芾，字元章，为文奇险，妙于书法，画山水人物，因行为脱俗，人称米颠。有《宝晋英光集》八卷。宝晋是芾斋名，英光是芾堂名。

③ 董香光：明董其昌字。有《容台文集》九卷，《诗集》四卷。

④ 《佩文斋书画谱》：清康熙帝御定，一百卷。

⑤ 贡性之：元诗人。有《南湖集》七卷。

⑥ 倪云林：元倪瓒号，画居逸品。有《清秘阁集》十二卷。

⑦ 陶宗仪：元末学者。有《辍耕录》三十卷。

⑧ 陆友仁：元陆友字。有《砚北杂志》二卷。

⑨ 方虚谷：元方回号。有《桐江续集》三十七卷。

春，眼中若有梨园人。攀条弄芳畏日夕，只今纸上空颜色。颜色好，愁转多，与君沽酒歌前歌。”这是略学苏轼，比较可诵的诗。再讲他的七律，传诵的有《岳鄂王（飞）墓》：“鄂王墓上草离离，秋日荒凉石兽危。南渡君臣轻社稷，中原父老望旌旗。英雄已死嗟何及，天下中分遂不支。莫向西湖歌此曲，水光山色不胜悲。”这就刻意为雄浑健拔之体。再像《纪旧游》：“二月江南莺乱飞，百花满树柳依依。落红无数迷歌扇，嫩绿多情妒舞衣。金鸭焚香川上暝，画船挝鼓月中归。如今寂寞东风里，把酒无言对夕晖。”这是写今昔盛衰之感，含有南宋灭亡后的感慨。但所谓“笔性柔婉，每流露于不自觉”。他的《见章得一诗因次其韵》：“水色清涟月色黄，梨花淡白柳花香。即看时节催人事，更觉春愁恼客肠。无酒难供陶令饮，从人皆笑郦生狂。城南风暖游人少，自在晴丝百尺长。”钱先生指出首句仿贾至“草色青青柳色黄”，即用两“色”字。末句仿“日日春光斗日光”，当因晴丝里含有春光在内。

钱先生又指出一首中有重复字，即上引一首律诗里，有“催人”“从人”“游人”重出三个“人”字。王世懋《艺圃撷余》里说：“诗有古人所不忌，而今人以为病者。……若沈云卿‘天长地阔’之三‘何’，至王摩诘尤多，若‘暮云空碛’，‘玉靶雕弓’，二‘马’俱压在下，‘一从归白社，不复到青门’，‘青菰临水映，白鸟向山翻’，‘青’‘白’重出，此皆是失检点处，必不可借以自文也。”按沈云卿（佺期）《遥同杜员外审言过岑》：“天长地阔岭头分，去国离家见白云。洛浦风光何所似，崇山瘴疠不堪闻。南浮涨海人何处，北望衡阳雁几群。两地江山万余里，何时重谒圣明君。”这首诗里有“何所”“何处”“何时”三个“何”字。王摩诘（维）《出塞作》：“居延城外猎天骄，白草连天野火烧。暮云空碛时驱马，秋日平原好射雕。护羌校尉朝乘障，破虏将军夜度辽。玉靶角弓珠勒马，汉家将赐霍嫖姚。”这首诗有“驱马”“勒马”两“马”字。又如张文潜（耒）《夜》：“木落风高砧杵伤，孤城更漏入秋长。寒生疏牖人无梦，月过中庭树有霜。报落梧桐犹陨叶，知时蟋蟀解亲床。年年多病浑无寐，静对楞严一炷香。”这里“木落”“报落”两“落”字，“无梦”“无寐”两

“无”字。这是指七律中以字的重出为病。

再讲赵孟頫的诗书画三绝，胜过米芾的诗书画，米芾的诗生硬，但胜过董其昌的诗书画，董其昌的诗庸芜。只有赵孟頫的诗书画都是好的，可以相配。又元人的画简逸，即赵孟頫说的简率，不求工细，但他们的诗却设彩纤浓，与他们的画不一致。钱先生对苏轼说的“诗画一律”提出疑问。钱先生在《中国诗与中国画》里称：“苏轼《东坡题跋》卷五《书摩诘〈蓝田烟雨图〉》说：‘味摩诘之诗，诗中有画；观摩诘之画，画中有诗’”；《凤翔八观·王维吴道子画》说得更清楚：“摩诘本诗老，佩芷袭芳荪，今观此壁画，亦若其诗清且敦。”这是说“诗画一律”，即诗画的风格一致。钱先生据赵孟頫的画简率，诗浓纤，说明诗画的风格不一致。举他的《东城》作例：“野店桃花红粉姿，陌头杨柳绿烟丝。”这里用了色彩字，又用了两个比喻，显得设彩纤浓了。最后谈到方回不称赵孟頫的诗，因他的设彩纤浓与方回的主张不合，所以不谈他的诗了。

一八　论竟陵派诗

竟陵派钟谭辈自作诗①，多不能成语，才情词气，盖远在公安三袁之下②。友夏《岳归堂稿》以前诗，与伯敬同格，佳者庶几清秀简隽，劣者不过酸寒贫薄。《岳归堂稿》乃欲自出手眼，别开门户，由险涩以求深厚，遂至于悠晦不通矣。牧斋《历朝诗》丁集卷十二力斥友夏“无字不哑，无句不谜，无篇不破碎断落”③，惜未分别《岳归》前后言之。友夏以“简远”名堂，伯敬以“隐秀”名轩，宜易地以处，换名相呼。伯敬欲为简远，每成促窘；友夏颇希隐秀，只得扞格。伯敬而有才，五律可为浪仙之寒；友夏而有才，五古或近东野之瘦④。如《籴米》诗之“独饱看人饥，腹充神不完”，绝似东野。《拜伯敬墓过其五弟家》之“磬声知世短，墨迹引心遐”，《斋堂秋宿》之“虫响如成世”，又酷肖陈散原⑤。然唐人律诗中最似竟陵者，非浪仙、武功⑥，而为刘得仁、喻凫。（102 页）

---

① 竟陵派钟谭：钟惺字伯敬，有《隐秀轩集》。分天、地、玄、黄等共三十三集。谭元春字友夏，有《岳归堂集》十卷。两人皆明竟陵人，因称他们提倡的诗为竟陵派。

② 公安三袁：明袁宗道、袁宏道、袁中道兄弟皆公安人，因称公安三袁，他们提倡的诗称公安派。

③ 牧斋《历朝诗》：清钱谦益字牧斋。有《列朝诗集》甲乙丙丁等六集。又《历朝诗集小传》十卷。

④ 浪仙：贾岛字。东野：孟郊字。皆唐诗人。

⑤ 陈散原：陈三立，号散原老人，清末诗人。

⑥ 武功：姚合，唐诗人。授武功主簿，世称姚武功。

这一则讲竟陵派钟惺、谭元春的诗。钱先生先讲谭元春的《岳归堂稿》，认为早期的诗，佳者近于清秀简俊。如《谭友夏合集》卷一《马仲良邀饯同茅老若赋·亭皋木叶下》：

> 秋风带早寒，吹君邻家树。叶叶望远吹，在君阶下遇。本与叶相别，飘焉墙瓦赴。飒沓散秋回，非为霜所误。如何故人影，看作霜天路。是夕灯外菊，同心照迟暮。

这诗赋“亭皋木叶下”，是写秋景，又是饯别，从木叶下写到将与友人分别的“如何故人影，看作霜天路”，再结到“同心照迟暮”上去。是写得比较清秀的。再看他后来所作，如《谭友夏合集》卷二十一《德山》：

> 维舟无所住，深入乱云间。江水高僧性，梨花古佛颜。塔灵抽寸寸，碑晦想班班。秘密闻幽鸟，威仪见别山。穿�不愿尽，烹蕨有时还。移步孤峰下，如同树影闲。

这首诗写停船登山入寺，用“江水”来比“高僧性”，意义不明。用“梨花”来比“古佛颜”，当比白。“塔灵抽寸寸”，自注：“周金刚自言，塔长三寸，我当再来。今一寸矣。”这个注不可解，塔高有一定，怎么会长高一寸？“碑晦”意义不明，“晦”是“晦明阴雨”的“晦”，如日暮的阴晦，碑怎么晦，倘碑字剥落不明，又怎么“想班班”？“鸟鸣山更幽”，是山幽而非鸟幽，何以称“幽鸟”？听鸟鸣并不“秘密”，何以称“秘密”？庙里有高僧，怎么称“烹蕨有时还”？这就“幽晦不通矣”。不过谭元春后来的诗，也有明通的，如《谭友夏合集》卷二十一《怀杨修龄先生》：

> 一诗曾寄到园林，三载怀中未报音。闻议沙场徒气塞，若归原野本情深。德山风雨吹秋舫，穿石云涛涨古琴。闲却此人边事急，明君何可但无心。

这首诗写得清新，说对方有诗寄来，藏在怀中三年未报。对方有将才，所以他议论边疆战事，徒然气塞，感叹朝廷不用他去守边疆，倘然归隐原野本有报国深情。归隐到德山是坐船归来的，只剩风雨吹秋舫。弹奏古琴的声音与穿石云涛相应。闲却此人不用，使边报紧急，君王怎么可以无心抛弃他呢？从这里看，他后期的诗也有清新的。因此，钱谦益《列朝诗集小传》的《谭解元元春》，评谭元春诗："以俚率为清真，以僻涩为幽峭，作似了不了之语，以为意表之言，不知求深而弥浅；写可解不解之景，以为物外之象，不知求新而转陈。无字不哑，无句不谜，无一篇章不破碎断落。一言之内，意义违反，如隔燕吴；数行之中，词旨蒙晦，莫辨阡陌。"这样的批评，指谭诗中有些诗或句是可以的，指所有的诗是不确的。

再看钟惺的诗，如《隐秀轩诗·地集》的《六月初五夜月》：

> 长夏不肯晚，既晚亦苍凉。凉色已堪悦，况此纤月光。初生如新水，清浅半东墙。寻常如乍见，悲喜触中肠。对月本佳况，乡思亦无方，且复共明月，无为念故乡。

这首诗写得清真，并不晦涩。他的诗也确有晦涩的，如《隐秀轩诗·黄集》的《夜》（十月十五夜，舟已过德州，泊柿林作）。

> 天寒无不深，不独夜沉沉。难道潮非水，何因风过林。戏拈生灭候，静阅寂喧音。到眼沙边月，幽人忽会心。

这里的"夜沉沉"指夜深，但说"天寒无不深"，即不仅夜深，别的一切都深，这话不好理解。"难道"一联费解，难道潮不是水，为什么风吹过林。"风过林"指起风了，有风就有浪，这跟"难道"句无关。有风起浪，这是浪，不是潮，潮的来去有定时，与风无关。这一联不可解。下联的"生灭候""寂喧音"，从"风过林"来，这是风生，风生则林喧。松风定即风"灭"，风定即音寂，这和"风过林"结合。但上两联有不可解处。钟惺后期的诗也有清真的，如《隐秀轩诗·宇集》的《春暮看桃花宿王氏山庄作》：

> 春遍郊原恐易终，人情争向数朝红。曾经咏赏心尤恋，未接香光魂早通。山月一更风雨后，园花半日霁阴中。忍看归路飞飞处，较昨

来时已不同。

这首诗写得明白，“数朝红”，即数朝的红桃花，说明红桃容易谢落。“未接香光”的“香光”指桃花，如《诗经·桃夭》：“桃之夭夭，灼灼其华。”用灼灼来形容桃花，即指它的光。桃花是花，所以连带提个“香”字。经过一更风雨，“飞飞”正指花谢花飞了。这首比较清真。钱谦益《列朝诗集小传·钟提学惺》说：“余尝论近代之诗，抉摘洗削，以凄声寒魄为致，此鬼趣也。尖新割剥，以噍音促节为能，此兵象也。”又称：“其所谓深幽孤峭者，如木客（山中怪物）之清吟，如幽独君之冥语，如梦而入鼠穴，如幻而之鬼国。”这就说得过分了。钱先生指出：“伯敬欲为简远，每成促窘；友夏颇希隐秀，只得扞格”，就跟钱谦益的攻击大不同了。钱先生又用孟郊的寒、贾岛的瘦来比钟谭两人的诗，是有所肯定的。

钱先生又指出刘得仁、喻凫的诗似钟、谭。如刘得仁的《宿僧院》：

> 禅地无尘夜，焚香话所归。树摇幽鸟梦，萤入空僧衣。破月斜天半，高河下露微。翻令嫌白日，动即与心违。

喻凫的《题翠微寺》：

> 沿溪又涉巅，始喜入前轩。钟度鸟沉壑，殿扃云湿幡。凉泉堕众石，古木御疏猿。月上僧阶近，斯游岂易言。

这两首诗，中间四联写景，写得深细有特色，不同一般的泛泛而谈，颇近竟陵派诗。

一九　竟陵派诗论

钟谭论诗皆主“灵”字①，实与沧浪、渔洋之主张貌异心同②。《隐秀轩文·往集·与高孩之观察书》曰③：“诗至于厚，无余事矣。然从古未有无灵心而能为诗者。厚出于灵，而灵者不能即厚。古人诗有以平而厚者，以险而厚者，非不灵也，厚之极，灵不足以言之也。然必保此灵心，方可读书养气，以求其厚”云云。参观谭友夏《自题简远堂诗》云④：“诗文之道，朴者无味，灵者有痕。予进而求诸灵异者十年，退而求诸朴者七八年”；又《与舍弟五人书》引蔡敬夫称其“笔慧人朴，心灵性厚”云云。议论甚佳。即沧浪所谓“别才非学，而必学以极其至也”。亦即桴亭所谓“承艾添膏，以养火种”也⑤。以“厚”为诗学，以“灵”为诗心，贤于渔洋之徒言妙悟，以空为灵矣。范仲暗曾选《钟李合刻》⑥，周氏《尺牍新钞》卷七载范《与友人书》云⑦：“伯敬好裁，而下笔不简，缘胸中不厚耳。内薄则外窘，故言裁不如言养。”按伯敬《诗归》评语反复于“厚”字⑧，《与高孩之书》又言“养以致厚”，

---

① 钟谭：明钟惺、谭元春。

② 沧浪：宋严羽号沧浪逋客。渔洋：清王士禛，别号渔洋山人。

③ 《隐秀轩集》：分天地玄黄等集，钟惺撰。

④ 谭友夏：明谭元春字。有《谭友夏合集》二十一卷。

⑤ 桴亭：清陆世仪号。有《思辨录辑要》三十五卷。

⑥ 范仲暗：清范文光字，号两石，尝为钟惺、李梦阳合刻。

⑦ 周氏：清周亮工。辑有《尺牍新钞》十二卷。

⑧ 《诗归》：五十一卷，明钟惺、谭元春合编，分《古诗归》十五卷，《唐诗归》三十六卷。

而自运乃贫薄寒乞，此正伯敬所谓“知而未蹈，期而未至，望而未见”者也。仲暗之讥，伯敬固早得失寸心知矣。《钝吟杂录》卷三曰①：“杜陵云：‘读书破万卷，下笔如有神’；近日钟谭之药石也。元微之云：‘怜渠直道当时语，不著心源傍古人’；王李之药石也②。”又曰：“钟伯敬创革弘正嘉隆之体，自以为得真性情也。人皆病其不学。余以为此君天资太俗，虽学亦无益，所谓性情，乃鄙夫鄙妇市井猥媟之谈耳，君子之性情不如此也。”按“鄙夫鄙妇”一语，或可讥公安派所言性灵，于竟陵殊不切当。必有灵心，然后可以读书，此伯敬所自言；与钝吟所以讥呵伯敬者，正复相同。此又予所谓钟谭才若学不能副识之证也。《杂录》卷五谓王李诗法本于沧浪③。钝吟不知钟谭诗法，正亦沧浪之流裔别子。伯敬《感归诗》第十首自注云：“谭友夏谓余以聪明妨禅，语多影响。”《文·往集·答尹孔昭》云：“兄怪我文字大有机锋。我辈文字到极无烟火处，便是机锋。”谭友夏《奏记蔡清宪》亦有“以诗作佛”之论。诗禅心法，分明道破。其评选《诗归》，每不深而强视为深，可解而故说为不可解，皆以诗句作禅家接引话头参也。纳兰容若《渌水亭杂识》卷四称伯敬“妙解《楞严》④，知有根性，在钱蒙叟上⑤”。余窃以为谈艺者之于禅学，犹如先王之于仁义，可以一宿蘧庐，未宜久恋桑下。伯敬引彼合此，看朱成碧。禅亦生缚，忘维摩之诫⑥；学不知止，昧荀子之言⑦。于是鹦鹉唤人，尽为哑子吃蜜。语本《续传灯录》卷十八慈受禅师答僧问⑧。其病痛在此。至以禅说诗，

---

① 《钝吟杂录》：十卷，清冯班撰。

② 王李：明王世贞、李攀龙。

③ 沧浪：宋严羽号沧浪逋客。

④ 纳兰容若：清纳兰性德字。有《渌水亭杂识》四卷。《楞严》：佛经名，十卷，唐天竺沙门般剌密谛主译。

⑤ 钱蒙叟：清钱谦益号，亦号牧斋。

⑥ 维摩：即维摩诘，佛名。《维摩诘经·观众生品》，称天女散花，花至诸菩萨即皆堕落，花至大弟子即着不堕，证俗习未净，禅亦生缚。

⑦ 《荀子·劝学》：“学恶乎始？恶乎终？曰：其数（术）则始乎诵经，终乎读礼。”即学止于读礼。

⑧ 《续传灯录》：即《建中靖国续传灯录》，宋释惟白撰，三十卷。因作者意在续道原所撰之《景德传灯录》，故称《续传灯录》。

则与沧浪、渔洋，正复相视莫逆。渔洋《古夫于亭杂录》卷五云①："钟退谷《史怀》多独得之见②。其评左氏，亦多可喜。《诗归》议论尤多造微，正嫌其细碎耳。至表章陈昂、陈治安两人诗，尤有特识。"渔洋师友如牧斋、竹垞③，裁别明诗，皆矢口切齿，发声征色，以诟竟陵。渔洋非别有会心，岂敢毅然作尔许语乎。《何义门集》卷六《复董讷夫》云④："新城《三昧集》乃钟谭之唾余⑤。"杨圣遗《雪桥诗话》续集卷三记焦袁熹斥新城神韵之说⑥，谓"毒比竟陵更甚"。皆不被眼谩者。世人仅知渔洋作诗，为"清秀李于鳞⑦"，吴乔《答万季野诗问》中语⑧，赵执信《谈龙录》引之⑨。不知渔洋说诗，乃蕴借钟伯敬也。（103—105页）

这一则讲明钟惺、谭元春的竟陵派诗论。竟陵派诗论皆主"灵"字，如谭元春《诗归序》："有教春者曰：公等所为，创调也，夫变化尽在古矣。其言似可听。但察其变化，特世所传《文选》《诗删》之类，钟嵘、严沧浪之语，瑟瑟然务自雕饰而不暇求于灵迥朴润。抑其心目中，别有宿物，而与其所谓灵迥朴润者，不能相关相对欤？夫真有性灵之言，常浮于纸上，决不与众言伍。而自出眼光之人，专其力，壹其思，以达于古人；觉古人亦有炯炯双眸从纸上还瞩人，想亦非苟然而已。"这里讲当时的所谓"变化尽在古矣"，讲的"变化"，指钟嵘严沧浪之语。钟嵘在《诗品序》里说："至于吟咏情性，亦何贵于用事？'思君如流水'，既是即目；'高台多悲风'，亦惟所见；'清晨登陇首'，羌无故实；'明月照积雪'，讵出经史。观古今胜语，多非补假，皆由直寻。"这是说写诗只写所见景

① 《古夫于亭杂录》：六卷，清王士禛撰。

② 钟退谷：明钟惺号。有《史怀》十七卷。

③ 竹垞：清朱彝尊字。有《明诗综》一百卷。

④ 《何义门集》：十二卷，清何焯撰。

⑤ 新城：清王士禛，新城人。有《唐贤三昧集》三卷。

⑥ 杨圣遗：晚近杨钟羲字。有《雪桥诗话》十二卷，二集八卷，三集十二卷，余集八卷。焦袁熹：字广期，清作家。

⑦ 李于鳞：明李攀龙字。

⑧ 吴乔《答万季野诗问》：一卷，清吴乔撰。

⑨ 赵执信：清人。有《谈龙录》一卷。

物，不贵用事，不用经史中故实，这里讲写景诗是对的，但要在写景中表达深层的思想感情，反映复杂的生活感受，要在很短的诗句中表达丰富的内容，这样说就不够了。在这里，竟陵派当在批评公安派三袁袁宏道、袁宗道、袁中道这派诗，写即目所见，不讲用事，不讲表达深层的情思，以鄙俚轻率为趋新，这是改变明代前后七子摹拟汉魏盛唐的做法，但这种变并不正确。这里又讲严沧浪，指《沧浪诗话·诗辨》说："汉魏晋与盛唐之诗，则第一义也。"明代前后七子听了严沧浪的话，作诗摹仿汉魏晋与盛唐之诗，也不行。竟陵派要纠正这两种缺点，所以提出"灵迴朴润"，"真有性灵之言"，"自出眼光"，这是纠正明代前后七子的摹仿说的。

谭元春在《诗归序》里又说："人咸以其所爱之格，所便之调，所易就之字句，得其滞者、熟者、木者、陋者，曰我学之古人，自以为理长味深，而传习之久，反指为大家，为正务。……夫滞、熟、木、陋，古人以此数者，收浑沌之气；今人以此数者，丧精神之原。古人不废此数者，为藏神奇藏灵幻之区；今人专借此数者，为仇神奇仇灵幻之物。"这里讲有真性灵的话，自出眼光，与人云亦云的话不同。这些话可以保留在滞熟木陋的话里，用来藏神奇灵幻的话。今人没有真性灵的话，不能自出眼光，那他的滞熟木陋的话，没有藏神奇灵幻的话，就全无可取了。

钟惺《与高孩之书》里又提出"厚"字："向捧读回示，辱论以惺所评《诗归》，反复于'厚'之一字，而下笔多有未厚者。此洞见深中之言，然而有说。夫所谓反复于'厚'之一字者，心知诗中实有此境也。其下笔未能如此者，则所谓知而未蹈，期而未至，望而未之见也。何以言之？诗至于厚，而无余事矣。然从古未有无灵心而能为诗者。厚出于灵，而灵者不即能厚。弟尝谓古人诗有两派难入手处；有如元气大化，声臭已绝，此以平而厚者也。《古诗十九首》、苏李是也。有如高岩峻壑，岸壁无阶，此以险而厚者也，汉郊祀铙歌、魏武帝乐府是也。非不灵也，厚之极，灵不足以言之也。然必保此灵心，方可读书养气以求其厚。"这里谈到"厚出于灵"，厚指什么呢？谭元春《与舍弟五人书》："舟中无事，间发其（蔡公）回陈志寰先生与伯敬二书，说我人愈朴，性愈厚，是进德之验。又说我笔慧而人朴，心灵而性厚。不知公从何处窥我如此也。”那么厚指为人厚道，诚朴，厚与进德有关，这又是仁厚了。灵指笔慧心灵。钟惺指出有两种厚，一种是“平而厚”，指性情真率和平，诗从肺腑中流出，自然真诚，这就是灵。一种是险而厚，品格高峻，有原则性，不可侵犯，语言卓绝，其锋不可犯，这也是一种灵。灵即有真性灵，自出眼光。“厚出于灵”，即有了自出眼光的见解，才显出人的仁厚或险厚来。答则人云亦云，就显不出仁厚或险厚来了。

钱先生认为：“以说诗论，则钟谭识趣幽微，非若中郎之叫嚣浅卤。盖钟谭于诗，乃所谓有志未遂，并非望道未见，故未可一概抹杀言之。”（102页）即认为竟陵派的钟谭诗论，胜过公安派的三袁。试看袁宏道的《叙小修诗》：“大都独抒性灵，不拘格套，非从自己胸臆流出，不肯下笔。有时情与境合，顷刻千言，如水东注，令人夺魂。其间有佳处，亦有疵处。佳处自不必言，即疵处亦多本色独造语。然余则极喜其疵处。”又《灵涛阁集序》：“或曰：‘（江）进之文超逸爽朗，言切而旨远，其为一代才人无疑。诗穷新极变，物无遁情，然中有一二语近俚近俳，何也？’余曰：此进之矫枉之作，以为不如是，不足矫浮泛之弊，而阔时人之目也。然在古亦有之，有以平而传者，如‘睫在眼前人不见’之类是也；有以俚而传者，如‘一百饶一下，打汝九十九’之类是也；有以俳而传者，如‘迫窘诘曲几穷哉’之类是也。古今文人，为诗所困，故逸士辈出，为脱其粘而释其缚。”公安派主张“独抒性灵，不拘格套”，“自胸臆流出”，这是好的。但喜其疵处，赞成“近俚近俳”，认为可以“脱其粘而释其缚”，这就不对了。因此，朱彝尊《明诗综》卷五十七《袁宏道》说：“《诗话》，隆（庆）万（历）间，王（世贞）李（攀龙）之遗派充塞，公安昆弟（三袁）起而非之，以为唐自有古诗，不必选（《文选》）体；中晚（唐）皆有诗，不必祖盛（唐）；欧（阳修）苏（轼）陈（师道）黄（庭坚）各有诗，不必唐人。唐时色泽鲜妍，如旦晚脱笔砚者，今诗才脱笔砚，已是陈言，岂非流自性灵与出自剽拟所从事异乎！一时闻者涣然神寤，若良药之解散，而沉疴之去体也。乃不善学者取其集中俳谐调笑之语，如《西湖》云：‘一日湖上行，一日湖上坐，一日湖上住，一日湖上卧。’《偶见白发》云：‘无端见白发，欲哭翻成笑。自喜笑中意，一笑又一跳。’”按公安派讲的“独抒性灵，不拘格套”，“自胸臆流出”，即竟陵派说的“有性灵之言”，“自出眼光”的意思。但竟陵派反对公安派的疵处，反对公安派的俳谐调笑之作，要求“冥心放怀，期在必厚”，要求有“平而厚”，“险而厚”；要求“察其幽情单绪，孤行静寄于喧杂之中，而乃以其虚怀定力，独往冥游于寥廓之外，如访者之几于一逢，求者之幸于一获，入者之欣于一至。不敢谓吾之说，非即向者千变万化不出古人之说，而特不敢以肤者狭者熟者塞之也”（钟惺《诗归序》）。这样孤怀静寄、虚怀定力来探索诗的真精神，反对公安派的“以肤者狭者熟者塞之”，就胜过公安派的诗论了。

钱先生又指出竟陵派的诗论胜过王士禛的神韵派，称竟陵派“以‘厚’为诗学，以‘灵’为诗心，贤于渔洋之徒言妙悟，以空为灵矣”。王士禛的神韵说：“‘白云抱幽石，绿篆媚清涟’，清也；‘表灵物莫赏，蕴真谁与传’，远也。‘何必丝与竹，山水有清音’，‘景昃鸣禽集，水木湛清华’，清远兼之也。总其妙在神韵矣。”“朦胧萌坼，情之来也；明隽清圆，词之藻也。”（《带经堂诗话》卷三）这些话讲神韵，写景要选取有诗意的景物，像云水竹石，山水鸣禽，情意即含蓄在景物之中，像“白云抱幽石”的“抱”，“绿篆媚清涟”的“媚”，用拟人化手法，即有情味。“表灵”指景物的灵异。“蕴真”指蕴藏仙人，这里即含有极赞美的意思。这样就写得景清而意远。再说写情由境来透露，不明说，所以朦胧，只露一点苗头，所以萌坼，是含蓄不露。神韵派写景像一张艺术照相，选取有诗意的景物来写。神韵派写情，只透露一点苗头，让读者去体会。不论写景抒情，都力求含蓄。这样的作品，写得成功的，可备一格。神韵说的产生，由于王士禛看到明代前后七子学唐诗，只学到腔调形式，只是模仿，没有真性情真感受。因此提出神韵说，写出自己对景物的艺术美和真感受，这是比模仿腔调形式要高出一筹。这是要作者确实有见于景物的艺术美，确实在生活中有真感受才行。否则，作者并没有真的看到景物的艺术美，并没有从生活中有真感受，那他用神韵说来写诗，就不免“以空为灵”了。那就不如竟陵派的“以‘厚’为诗学，以‘灵’为诗心”了。

钱先生也指出竟陵派的缺点：“胸中不厚”，“自运乃贫薄寒乞”。引《钝吟杂录》称杜甫诗：“读书破万卷，下笔如有神。”为钟谭之药石，即讥钟谭读书少，学力不够。又引元稹诗：“怜渠直道当时语，不著心源傍古人。”为王李之药石，指王世贞、李攀龙的模仿古人。即“傍古人”，不是“直道当时语”。按朱彝尊《明诗综》卷六十《钟惺》：“张文寺云：‘伯敬（钟惺）入中郎（袁宏道）之室，而思别出奇，以其道易天下，多见其不自量也。”又卷六十六《谭元春》：“友夏（谭元春）别出蹊径，特为雕刻。要其才情不奇，故失之纤；学问不厚，故失之陋；性情不贵，故失之鬼；风雅不道，故失之鄙。一言以蔽之，总之不读书之病也。”归结到不读书，与上文所说一致。钱先生认为钟谭有见识，只是学力不够，所以钟惺自言“知而未蹈，期而未至，望而未见”。钱先生又指出钟谭论诗的《诗归》也有缺点，即对诗“作禅家接引话头参”，“每不深而强视为深，可解而故说为不可解”。如《唐诗归》卷十四丁仙芝《京中守岁》：“守岁多燃烛，通宵莫掩扉。客愁当暗满，（钟云：此‘满’字与‘巷中情思满’的‘满’字同妙。）春色向明归。（钟云：‘当暗满’‘向明归’，各有实境，解不出。）……”这首诗写在京中作客，除夕守岁，通宵不睡。守岁故多燃烛，通夜不睡，到烛烧完了，室内暗了，客愁满了。这时天快亮了，所以说“春色向明归”。这四句本不难解。钟惺说“解不出”，即可解而“故为不可解”。“当暗满”“向明归”，讲得确切，但并不深，说成“解不出”，似“不深而强作深”。在烛暗时指出“客愁”“满”，在天明时指出“春色”“归”，这就似“作禅家接引话头参”，并不通过“当暗满”“向明归”来作即景抒情的描写的探索，停留在“接引话头参”上，便成为“解不出”了。论诗应该冲破参禅，就创作的角度来作解释。停留在“解不出”上就不对了。所以说“谈艺者之于禅学，犹如先王之于仁义，可以一宿蘧庐，未宜久恋桑下”。《庄子·天运》：“仁义，先王之蘧庐（旅舍），可以一宿而不可以久处。”《后汉书·襄楷传》：“浮屠不三宿桑下。”即指用禅家接引话头来读诗，只有参一下，即当转入艺术分析。否则停留在参禅上，粘着不放，如鹦鹉唤人，只能说出向人学来的话，不能说出自家的体会；如哑子吃蜜，能辨别蜜的甜味，却说不出来。

再像《唐诗归》卷十二常建《白龙窟泛舟》：“……环回从所泛，夜静犹不歇。淡然意无限，身与波上月。”（钟云：“‘与’字不可思议，以未了语作结，妙妙。若云：‘身与波上月，淡然意无限。’则于‘与’字有归着，然肤甚矣。”钟云：“结句之妙，有似句之下，尚有说者。非神化之笔，不足以语此。”）这个结尾，写在湖上泛舟，到夜不停，因为此身与波上月有无限的情意，即对月与水波有情意，所以入夜还在泛舟。这个结尾的好处，只说“淡然无限意”，究竟是什么情意没有说，让读者自己去体会。联系上文“应寂中有天，明心外无物”。当时“夜静”，所以说“应寂”，在寂静中别有天地，是什么天地呢？是“心外无物”，是心中想的。当时诗人心中可以有各种想法，也是“意无限”的。这是跳出禅家接引话头，从诗意的推测说的。钟惺认为“‘与’字不可思议”，即“可解而说为不可解”。说把结末两句一颠倒，“肤甚矣”，也说得不可解。说结句下尚有说是对的，即余味不尽，可供体会，说成“神化之笔”，又是“不深而强为深”了。这确是钟谭的缺点。

钱先生又指出王士禛推重钟惺的《史怀》，说他评《左传》多可喜。如论城濮之战：“善制胜者，审机执权，中有主而外不测，操纵在我，而于天下无所不用；无所不用，而后敌失其所以胜，此制胜之道也。晋文公城濮之战，……总以善用曹卫为主。曹卫，楚之与国。楚之有曹卫，犹晋之有宋也。楚伐宋，晋不救宋而执曹伯，分曹卫之田以畀宋，以累楚人之心，而宋之围自解。及楚人请复卫侯而封曹，乃私许复曹卫以携之，曹卫告绝于楚，而晋又有曹卫。曹卫之形反化为宋而楚孤，楚孤而晋之胜楚，不待战而决矣。”这里通过城濮之战，研究晋国所以制胜之道，是可喜的。再称他表彰陈昂、陈治安两人诗，按钟惺作《白云先生传》，即称陈昂的诗，称徐渭诗逊昂。王士禛能赏识钟惺，一定看到他的好处。何焯称王士禛《三昧集》乃钟谭的唾余。王士禛的选《唐贤三昧集》，偏向王维、孟浩然、韦应物、柳宗元一边，采取司空图《诗品》的“不著一字，尽得风流”的说法，专以冲和淡远为主，不取“掣鲸鱼碧海”的李白、杜甫诗。这跟钟谭的“察其幽情单绪”有类似处，所以说“乃钟谭之唾余”。至于说神韵说“毒比竟陵更甚”，指神韵说的流弊，流于空洞，入于模糊影响，与明七子的貌为盛唐，同样是一种空腔，所以吴乔称王士禛诗为“清秀李于鳞”，即也属于明七子李攀龙派，只是清秀些罢了。钱先生又指出，王士禛的说诗，跟钟惺提倡的“幽情单绪，孤行静寄”有相通处，不过讲得蕴藉含蓄罢了。这是钱先生对王士禛说诗的评价。

二〇　论阮大铖诗

（一）

余尝病谢客山水诗①，每以矜持矫揉之语，道萧散逍遥之致，词气与词意，苦相乖违。圆海况而愈下②；听其言则淡泊宁静，得天机而造自然，观其态则挤眉弄眼，龋齿折腰，通身不安详自在。《咏怀堂诗》卷二《园居诗》刻意摹陶，第二首云："悠然江上峰，无心入恬目"，显仿陶《饮酒》第五首之"采菊东篱下，悠然见南山"。"悠然"不足，申之以"无心"犹不足，复益之以"恬目"，三累以明己之澄怀息虑而峰来献状。强聒不舍，自炫此中如镜映水照，有应无情。"无心"何太饶舌，著痕迹而落言诠，为者败之耳。《戊寅诗》如《微雨坐循元方丈》云："隐几憺忘心，惧为松云有"；夫子綦"隐几"，嗒焉丧我，"心"既"憺忘"，何"惧"之为。岂非言坐忘而实坐驰耶。又如《昼憩文殊庵》云："息机入空翠，梦觉了不分。一禽响山窗，亦复嗤为纷。"自诩"息机"泯分别相，却心嗔发为口"嗤"，如欲弹去乌臼鸟、打起黄莺儿者，大异乎"鸟鸣山更幽"之与物俱适、相赏莫违矣。诗中好用"恬"、"憺"字，连行接叶，大类躁于鸣"恬"、矜于示"憺"。又好用"睇"、"骛"字，自以为多多益善，徒见其陈陈相因。窃谓圆海诗品，亦如号"恬目"而流"睇"，名

---

① 谢客：南朝宋谢灵运，小名客儿。以写山水诗著名。

② 圆海：明阮大铖字。有《咏怀堂诗集》四卷。

“憺虑”而横“骛”，缩屋称贞而“勿惜卷帘通一顾”也。又按《戊寅诗》有《缉汝式之见过谷中》亦云：“坐听松风响，还嫌谷未幽”，较之白香山《松声》之“谁知兹檐下，满耳不为喧”，境界迥异，绝类拗相公之言“一鸟不鸣山更幽”①，翻案好胜之争心，溢于言表矣。(504 页)

这一则论谢灵运和阮大铖的诗，都有矫揉造作之病。先看谢灵运的诗，钟嵘《诗品》把他列入上品，称他的诗“尚巧似，而逸荡过之”。陈延杰注：“如《石壁精舍还湖中作》：‘昏旦变气候，山水含清晖。’《游南亭》诗：‘密林含余清，远峰隐半规。’并得其巧似者。张景阳巧构形似之言，此学其体焉，但超过耳。”即认为谢诗巧于描写物象。《诗品》又说：“然名章迥句，处处间起，丽典新声，络绎奔会。”讲他的诗里有名篇秀句，有丽藻新声。刘勰《文心雕龙·明诗》：“庄老告退，而山水方滋。俪采百字之偶，争价一句之奇，情必极貌以写物，辞必穷力而追新。”这里的“庄老告退”，指玄言诗隐退了。“山水方滋”，指谢灵运的山水诗兴起。讲他讲究词藻，工于摹写物象，追求新词，都讲他的诗好。方东树《昭昧詹言》卷五，称“陶公说不要富贵，是真不要。康乐本以愤惋，而诗中故作恬淡，以比陶公，则探其深浅远近，居然有江湖涧沚之别”。这里指出他的诗本以愤惋，故作恬淡，心情与辞气不一致。钱先生在这里指出他的“词气与词意，苦相乖违”，即“以矜持矫揉之语，道萧散逍遥之致”，当由于愤惋的心情，故作恬淡所致。如《登江中孤屿》：“江南倦历览，江北旷（久）周旋。怀新道转迥（远），寻异景（光景）不延。乱流趋孤屿，孤屿媚中川。云日相辉映，空水共澄鲜。表灵物莫赏，蕴真（仙人）谁为传。想像昆山（昆仑山，仙人住处）姿，缅邈区中缘。始信安期（仙人名）术，得尽养生年。”这首诗写景，像“乱流趋孤屿，孤屿媚中川。云日相辉映，空水共澄鲜”。工于写景，像用一“媚”字，把孤屿拟人化，表达他对孤屿在川中的欣赏。赞美天空中是云日辉映，望出去是天水澄鲜。也即“萧散逍遥之致”。但在“表灵物莫赏，蕴真谁与传”里，言此

① 拗相公：宋王安石性执拗，有人称为拗相公。

山的灵异如此表著而世人不赏，即使蕴藏仙人又有谁能传说呢？这里就有愤惋了。所以“想像昆山姿，缅邈区中缘”，要想望仙山，就远离人世了。这就是用愤惋不平的心情，来赞美山水景物之美，即用矜持矫揉之语，道萧散闲适之致了。

钱先生再讲阮大铖的《咏怀堂集》诗，讲他表面上摹仿陶渊明诗，表示他的淡泊宁静，但看他的辞气，就透露出他弄虚作假。如陶渊明的“采菊东篱下，悠然见南山”，在悠然自得中，偶然见南山的美好景物是无心偶会，并非着意追求。阮大铖摹仿它，作“悠然江上峰，无心入恬目”。陶的无心偶会，是自然流露。阮点明“无心”，就是有意这样说，又怕不够，再加入“恬目”，所以钱先生批评他“著痕迹而落言诠”，显出有意作假了。再像《庄子·齐物论》：“南郭子綦隐几而坐，嗒焉似丧其偶。”即忘掉自己。阮大铖作“隐几憺（安然）忘心，惧为松云有”。既然已经忘掉自己，怎么还有惧呢？那么所谓坐忘实是坐驰。再像既说“息机”，机心已经没有了，那么听见一鸟的鸣声，怎么“亦复嗤为纷”呢？这就跟“蝉噪林逾静，鸟鸣山更幽”，避人世的尘嚣，爱山林的幽静，听蝉噪鸟鸣就听不到车马喧声而感到山林的幽静完全不同了。从这里看到钱先生的论诗，能分别词气与词意，作深入探索了。

（二）

阮圆海欲作山水清音①，而其诗格矜涩纤仄，望可知为深心密虑，非真闲适人，寄意于诗者。按《咏怀堂诗》，钩棘其词，清羸其貌，隐情蹑理，鼠入牛角，车走羊肠。其法则叶石林所谓“减字换字”②，其格则皇甫持正所谓“可惋在碎”③。万历后诗有此饾心饤肝、拗嗓刺目之苦趣恶道。孤忠奇节如倪鸿宝④，亦濡染厥习。譬之《列朝诗集》丁十

① 阮圆海：明阮大铖字。有《咏怀堂诗集》四卷。

② 叶石林：宋叶梦得号。有《石林诗话》一卷。

③ 皇甫持正：唐皇甫湜字。有《皇甫持正集》六卷。

④ 倪鸿宝：明倪元璐字。有《倪文贞公文集》十七卷，续编三卷，讲编四卷，诗集四卷。

二、十六所摘王季重、王亦房魔道诸联①，入诸倪集，可乱楮叶。所言之物，实而可征；言之词气，虚而难捉。世人遂多顾此而忽彼耳。作《文中子》者②，其解此矣。故《事君》篇曰："文士之行可见"，而所引以为证，如："谢庄、王融，纤人也，其文碎。徐陵、庾信，夸人也，其文诞。"余仿此。莫非以风格词气为断，不究议论之是非也。吴氏《青箱杂记》卷八虽言文不能观人③，而卷五十一则云："山林草野之文，其气枯碎。朝廷台阁之文，其气温缛，晏元献诗但说梨花院落、柳絮池塘④，自有富贵气象；李庆孙等每言金玉锦绣，仍乞儿相"云云。岂非亦不据其所言之物，而察其言之词气乎。是以同一金玉锦绣，而王禹玉之"至宝丹"，与归处讷所嘲"镀金牙齿咬银匙"，见《鉴诫录》卷十⑤。区以别矣。且也，人之言行不符，未必即为"心声失真"。常有言出于至诚，而行牵于流俗。蓬随风转，沙与泥黑；执笔尚有夜气，临事遂失初心。不由衷者，岂惟言哉，行亦有之。安知此必真而彼必伪乎。（163—164 页）

这一则讲从作品的词气风格可以观测人的品性。先从明阉党阮大铖的《咏怀堂诗集》谈起，讲他欲作山水清音，即欲摹仿陶渊明诗来写山水。如《园居诗》："悠然江上峰，无心入恬目。"钱先生称为"'悠然'不足，申之以'无心'，犹不足，复益之以'恬目'，三累以明己之澄怀息虑而峰来献状"。与陶渊明《饮酒》诗的"采菊东篱下，悠然见南山"对比，陶诗真的写出悠然自得。阮大铖虽讲"悠然"，是并不真的悠然自得，就怕读者不相信他的"悠然"，再说个"无心"，再说个"恬目"，这就弄巧成拙，越显出他的这样用心，并不"悠然"了。这就从语气里显出人品来。陶渊明性情真率，吐属自然。阮大铖城府很深，为人阴险，从语气中也透露出来。钱先生称他的做法，是叶石林所谓"减字换字法"。按《石林诗

① 《列朝诗集》：清钱谦益编。王季重：明王思任字。王亦房：明王留字。

② 《文中子》：隋王通私谥文中子。有《文中子》十卷。

③ 《青箱杂记》：十卷，宋吴处厚撰。

④ 晏元献：宋晏殊谥。

⑤ 《鉴戒录》：十卷，五代何光远编。

话》卷下："江淹《拟汤惠休诗》曰：'日暮碧云合，佳人殊未来。'古今以为佳句。然谢灵运'圆景早已满（指月圆），佳人犹未还'，谢玄晖'春草秋更绿，公子未西归'，即是此意。尝怪两汉间所作骚文，未尝有新语，直是句句规模屈宋，但换字不同耳。至晋宋以后，诗人之词，其弊亦然。"这是说，阮大铖的《园居诗》命意就是抄陶渊明的，不过用的换字法罢了。又称皇甫湜"可惋在碎"，即指"三累以明己之澄怀息虑"，有"三累"故"在碎"了。

钱先生又举王恩任、王留魔道诸联。《列朝诗集》丁集卷十二："季重为诗，才情大用，漫无复持择，入鬼入魔，恶道岔出。如《天长道中》云：'地懒无文草，天愚多暗云。'《雨泊》云：'春霖篷翕蝶，江浪柁餐猪。'《快雨》云：'荷静香催噎，楼疏气破笼。'"这是讲王恩任的诗。《列朝诗列》丁集卷十六说：王亦房"浸淫于时调，横纵跌宕，于先人之矩矱遂将缅而去之。其诗有曰：'纱为槐羽翼，衣作扇仇雠。'又曰：'暑令天不韵，酒作夜常规。'又曰：'树将风太暱，烟与月何仇。'又曰：'暑退虫多口，凉多鸟子身。'则不独谓之诗魔，已转入恶道中矣。"这是讲王留的诗。这两家诗，都是背理违情，走入魔道的。

钱先生又引王通《文中子》的话，说明语气和风格可以看出人的品格来，像谢庄、王融，其文琐碎，所以称为纤人；徐陵、庾信，其文夸张，所以称为夸人。吴处厚说：隐士在山林草野，文气枯槁琐碎，与朝廷台阁的文词、雍容华贵的文气不同。宋晏殊诗"梨花院落溶溶月，柳絮池塘淡淡风"，自有富贵人家的气象。因为北宋的富贵人家，有梨花院落，柳絮池塘。李庆孙缺乏富贵人家的生活，虽羡慕金玉锦绣，不免露出寒酸相。陈师道《后山诗话》称"王岐公（王珪字禹玉）诗，喜用金玉珠璧，以为富贵，而其兄谓之至宝丹"。王珪是富贵中人，他讲金玉珠璧，反映了他的生活，从中显出富贵气象。归处讷缺乏富贵人家的生活，所以他讲的"镀金牙齿咬银匙"，还不能与"至宝丹"相比。作品是反映生活的，忠实地反映生活的作品，才可信。缺乏生活而虚构的作品不可信，缺乏真性情的作品，摹仿古人，性情不同，也容易显出造作的痕迹来。

二一　论叶燮诗

叶星期与孟举同乡友好①，《黄叶村庄诗集》有星期序，星期作《原诗》，谓："宋诗不亚唐人，譬之石中有宝，不穿凿则宝不出"；"昌黎乃宋诗之祖，与杜苏并树千古"；"议论为诗，杜甫最多，李杜皆以文为诗"；又谓："严沧浪、高廷礼为诗道罪人②"，夫严高皆力倡盛唐诗者也。自作《己畦诗集》，尖刻瘦仄，显然宋格，《两浙輶轩录》卷五邓汉仪曰③："燮诗以险怪为工"，又引钱仁荣曰："燮诗不惊人不道"，盖少见多怪，不知其师法所在也。沈归愚为星期弟子④，渔洋所谓"横山门下，尚有诗人"者。按见《竹啸轩诗钞》卷七。《国朝诗别裁》记叶氏论诗语："一曰生，二曰新，三曰深"，与归愚说诗，不啻冰炭。师为狂狷，弟则乡愿；归愚谨饬，不忍攻其函丈，谢厥本师，遂力为之讳。《国朝诗别裁》论《己畦集》、《原诗》语，皆饰词也。归愚宗仰盛唐，故作《叶先生传》、《己畦诗集序》，虽言横山诗"好新"，而复称其"气盛"，且记其尊杜、韩、苏三人。按《己畦文集》卷八《密游集序》推陶、杜、韩、苏为极至，然《己畦诗集》虽屡有和杜、韩、苏之作，而纤密无气韵，与孟举、晚村作风相类⑤。归愚之言，失之甚远。《文集》卷八《百家唐诗序》谓："贞元、元和时，韩、

---

① 叶星期：清叶燮字，号已畦，人称横山先生。有《原诗》四卷、《已畦诗文集》二十一卷。孟举：清吴之振字，号黄叶村农。有《黄叶村庄诗集》十卷。

② 高廷礼：明高棅字。有《唐诗品汇》九十卷。

③ 《两浙輶轩录》：四十卷，清阮元辑。

④ 沈归愚：清沈德潜字。有《国朝诗别裁》三十二卷，《竹啸轩诗钞》十八卷。

⑤ 晚村：清吕留良号。有《吕晚村文集》八卷。

柳、刘、钱、元、白凿险出奇，为古今诗运关键。后人称诗，胸无成识，谓为中唐，不知此中也者，乃古今百代之中，而非有唐之所独，后此千百年，无不从是以为断”云云，是以“中唐”之“中”，为“如日中天”之“中”，凌驾盛唐而上。岂归愚师法所在乎，不曰开元，而曰贞元、元和之际，又隐开同光诗派“三元”并推之说矣①。（144—145 页）

这一则讲清人叶燮的诗论和诗。叶燮推重宋诗，认为宋诗不次于唐诗。贬宋诗的，称宋人以议论为诗的缺点，叶燮认为议论为诗，杜甫最多，不应贬。又贬宋人以文为诗，叶燮认为李杜皆以文为诗。贬宋诗的有严羽、高棅，所以叶燮以严、高为诗道罪人。叶燮认为“议论为诗，杜甫最多”。杜甫的抒情诗，在议论中抒发强烈的感情，所以仍是诗，不同于空谈理论。如《蜀相》：“丞相祠堂何处寻，锦官城外柏森森。映阶碧草自春色，隔叶黄鹂空好音。三顾频烦天下计，两朝开济老臣心。出师未捷身先死，长使英雄泪满襟。”这首诗，后四句是议论。但这四句的议论是从谒武侯祠，看到了武侯祠的柏森森，及映阶碧草和听到隔叶黄鹂，引起“自春色”“空好音”的感触，发出了对诸葛亮的深厚激情，因此概括他的一生才有“三顾频烦”一联，引起对诸葛亮无限崇敬悲切的心情，才有“出师未捷”一联。在这四句的议论里充满激情，所以是强烈的抒情诗。杜诗的议论都是这样的。苏轼的议论，如《题西林壁》：“横看成岭侧成峰，远近高低各不同，不识庐山真面目，只缘身在此山中。”后两句是议论，但这个议论。是从苏轼身在庐山的感受中体会到的一种哲理，不是抽象的议论，是结合形象的一种感触，是颇近于理趣的诗。叶燮肯定以议论为诗，当从这样的角度来理解。

再说叶燮的诗，沈德潜《清诗别裁》里说：“先生论诗，一曰新，一曰深。凡一切庸熟陈旧浮浅语，须扫而空之。今观其集中诸作，意必钩玄，语必独造，宁不谐俗，不肯随俗，戛戛于诸名家中，能拔戟自成一队者。”如《杨花》：“小蛮腰瘦不胜情，断粉飘云殢舞裀。莫使漫天飞不住，

① 三元并推之说：晚清陈衍主宋诗，谓“诗莫盛于三元”，三元指上元开元、中元元和（指唐诗）、下元元祐（指宋诗）。当时称这派诗为同光体，实主宋诗。

楼中尚有未归人。”这是咏柳絮，从白居易的“杨柳小蛮腰”来，用小蛮腰来比柳条，把断粉飘云来比柳絮，结合小蛮在裀席上舞，说成殢留在舞裀上。再结合王昌龄《闺怨》：“忽见陌头杨柳色，悔教夫婿觅封侯。”所以说“莫使漫天飞不住，楼中尚有未归人”。又如《梅花开到九分》：“亚枝低拂碧窗纱，镂月烘霞日日加。祝汝一分留作伴，可怜处士已无家。”沈德潜评：“从九分着意，不忍卒读。”因为梅花已开到九分，所以提出“一分留作伴”。这就是尖新之句，显然宋诗格调。有人怪他“以险怪为工”，不知这正是宋诗格调，所以称为“少见多怪”。沈德潜是宗唐诗的，所以跟叶燮的宗宋诗，“不啻冰炭”。但沈德潜不忍攻击老师，替他回护，说他推尊杜、韩，钱先生指出，叶燮和杜韩之作，纤密无气韵，还不是唐诗格调。后人推重中唐诗为古今百代之中最佳，可作为晚清同光体诗的推重“三元”的先声，同光体也是推重宋诗的。

二二　论方苞

姚南菁记查夏重谓方望溪诗“不能佳”①，劝其无作，鲍倚云谓望溪所撰夏重墓志，“何足以传”夏重。《望溪集》卷十《翰林院编修查君墓志铭》道及夏重之诗者，只云：“朋齿中以诗名者皆若为君屈。……及与交久长，见其于时贤中，微若自矜异，然犹以诗人目之。”岂夏重不许望溪能诗，望溪耿耿于怀，遂勿愿称夏重之工诗耶？夫夏重以诗名家，兹乃不正写大书而涉笔旁衬，且先出以疑词曰“若为屈”，则夏重之诗未必果胜“时贤”也，继复语气轻藐，似“诗人”之“目”卑不足道，而夏重亦“微若”不甘自命者。微词曲笔，直是刺讥，岂徒“不足以传”而已。只字勿道夏重规其毋作诗事，倘隐衷芥蒂，言之有忸怩欤？然望溪叙事阔略，必有词自解。卷六《与孙以宁书》力辨所撰孙奇逢传中不详其“讲学宗旨”②，“平生义侠”，“门墙广大”，以为“此皆末迹”，“事愈详而义愈隘”，且引《史记·留侯世家》语为己张目③，谓其“明示后世缀文之士以虚实详略之权度”。文过饰说，似是而非。夫史公云：“留侯所从容与上言天下事甚众，非天下所以存亡，故不著”，专指留侯所“言天下事”中之琐小者，界域甚明。不然，“老父予书”，史公诧其事“可怪”；“图状

---

① 姚南菁：清姚字。有《援鹑堂笔记》五十卷。查夏重：清查慎行字。有《敬业堂集》五十卷。方望溪：清方苞字。有《望溪集》八卷。

② 孙奇逢：号夏峰，清学者。有《读易大旨》五卷等著。

③ 《史记》：一百三十卷，汉司马迁撰。

如好女”，史公叹人不可“貌取”；此等岂“天下之所以存亡”，何以悉“著”不遗哉？作诗之于查夏重，讲学之于孙夏峰，正如“功力”之于留侯，传志中安能率尔默尔乎？唐人如陈子昂《率府录事孙君墓志铭》只字不道过庭之书（《祭率府孙录事文》则称其“墨妙”）①，李华《故翰林学士李君墓志铭》只字不道太白之诗②，李邕《故云麾右武卫大将军赠秦州都督彭国公谥曰昭公李府君神道碑》只字不道思训之画③，李商隐《刑部尚书致仕赠尚书右仆射太原白公墓碑铭》只字不道居易之诗④。相形之下，望溪《编修查君墓志》已非含毫邈然矣。此类碑志庶足资望溪援例解嘲，然望溪未必知，即知又或不屑也。（《钱锺书研究》，23—24 页）

这一则讲方苞的文品不好。查慎行劝方苞不要写诗，他因此专写古文，写古文有成就，成为桐城派的开创者。查慎行的劝导是对他有好处的。他写查慎行的墓志，对查劝他不要写诗的话一点不提，而对查的以诗名家，反而微文讥刺。他写孙奇逢传不讲孙的讲学宗旨，孙是学者，他的成就就在讲学宗旨，不讲他的讲学宗旨，就是淹没他的成就。从这两篇中显出他的文品不好。他还要文过饰非。他在《与孙以宁书》里说：“所示群贤论述，皆未得体要，盖其大致不越三端：或详讲学宗旨及师友渊源；或条取生平义侠之迹；或盛称门墙广大，海内响仰者多。此三者，皆征君之末迹也。三者详而征君之志事隐矣。”方苞写孙奇逢传，人家看了不满意，认为孙奇逢的为人，有三个特点：一是他的讲学宗旨比较突出，主张身体力行；二是他的义侠之迹，在明末乱世，他能够率领几百家据守险要，保全乡里；三是他的门墙广大，教育了很多人才。对孙奇逢一生这三个突出成就，方苞在传里一个都不讲，这怎么算写传呢？那不成了抹杀孙

---

① 陈子昂：唐诗人。有《陈拾遗集》十卷。过庭：孙过庭，唐书法家。有《书谱》一卷。

② 李华：唐文人。有《李遐叔文集》四卷。太白：唐李白字。

③ 李邕：唐文人兼书法家。有《李北海集》六卷。思训：李思训，唐代著名画家。

④ 李商隐：字义山，唐诗人。有《李义山文集笺注》十卷。

奇逢的为人，只说些空话吗？孙以宁就这样向他转述大家的意见。从这些意见看，方苞对孙奇逢不满，故意不讲他为人的特点，说些空话了事。方苞面对人家提的意见，还借司马迁作张良传的《留侯世家》来搪塞。他说："古之晰于文律者，所载之事，必与其人之规模相称。太史公传陆贾，其分奴婢装资，琐琐者皆载焉。若萧、曹世家而条举其治绩，则文字虽增十倍，不可得而备矣。故尝见义于《留侯世家》曰：'留侯所从容与上言天下事甚众，非天下所以存亡，故不著。'此明示后世缀文之士以虚实详略之权度也。"即认为孙奇逢突出的三点，都不重要，按照司马迁写萧何、曹参、张良传记的体例，都不必写。

钱先生指出方苞的文过饰非。说司马迁讲的，凡张良所讲天下事中的琐小的，即不能突出张良的特点的，可以不写。能突出张良的特点的，像在桥上的老人把鞋子掉在桥下，要张良拾起来给他穿上，后来送给张良一本兵法书；写看张良的画像个好女，这等琐屑的事都写了。可见只要有关人物的特点的事都应该写，才能把人物突出来。那么孙奇逢的讲学宗旨，是他的突出成就，传里怎能不讲呢？这个驳斥极为有力。方苞又提到司马迁写萧曹世家。再看《萧相国世家》，写："高祖以吏繇咸阳，吏皆送奉钱三，何独以五。"刘邦做小吏，要到咸阳服劳役，众吏送当百钱三个，萧何独送五个，即众吏每人送三百文，萧何送五百文。又"秦御史欲入言征何，何固请得毋行"。秦御史大夫要把萧何调到京里去，萧何坚决要求不要调。这两件琐碎的事，都记了。因为这两事突出萧何在做小吏时，就对刘邦比较好，不愿离开刘邦，说明萧何对刘邦的关系不同一般，所以记下，也是抓萧何的特点。所以方苞不写孙奇逢的为人特点，借司马迁写世家来做掩饰，完全是文过饰非。钱先生又指出，方苞要替自己掩饰，可以引陈子昂写孙过庭墓志，不讲孙过庭的专长书法；李华写李白墓志铭，不讲李白的诗；李邕写李思训的神道碑，不讲李思训的画；李商隐写白居易的墓碑铭，不讲白居易的诗。这些碑志文，可以用来替他辩解。但方苞不一定知道，就是知道或又看不起这些文章。这里指出方苞的学识不足，或者他喜欢用司马迁来装门面。

二三　论钱载诗

（一）

萚石辎轩屡出①，足迹甚广。游历登临之作，皆全力以赴，而呆滞闷塞，类于朽木腐鼓，尘羹土饭。言情古诗以《僮归》十七首最为传诵，然词费意沓，笔舌拈弄纠绕，有故作蔼如仁者之态，无沛然肺肝中流出之致，吾宁取其《寄善元楷》、《怀妇病》、《闻张夫人讣》之朴挚敦实，不扬声作气也。言情近体，世多称《到家作》第二首之"儿时我母教儿地，母若知儿望母来。三十四年何限罪，百千万念不如灰"；七律对仗如此流转，自亦难能，而腔吻太厉，词意太尽，似逊其《先孺人生日》之"茫茫纵使重霄彻，杳杳难将万古回"，沈哀隐痛，较耐讽咏。《六月初三夜哭子》下半首云："桑园栖骨冷，萤火照魂孤。再来知爱惜，鞭扑忍相俱"；因情造境，由哀生悔。元微之《哭子》第五首云②："节量梨栗愁生疾，教示诗书望早成。鞭扑校多怜校少，又缘遗恨哭三声"；萚石"再来"二句，绝望中仍为期望之词，用意又进。《追忆诗》二十九首悼亡之作，皆苦平钝，惟第二首之"来生便复生同室，已是何人不是君"，透过一层，未经人道；他人只说到晏叔原词所谓③："欲将恩爱结来生，只恐来生缘又

① 萚石：清钱载字。有《萚石斋诗集》五十卷。
② 元微之：唐元稹字。有《元稹集》六十卷。
③ 晏叔原：宋晏几道字。有《小山词》一卷。

短”耳。此绝与并时沈确士《归愚诗钞》卷十四《七夕词》第四首之“只有生离无死别，果然天上胜人间”①，异曲同工，可为悼亡七绝两奇作。（182 页）

这一则讲清钱载的诗。钱载曾任广西乡试正考官，江南乡试副考官，江西乡试正考官，提督山东学政，奉命祭告陕西、四川岳渎，所以说“輶轩（使臣所乘车）屡出，足迹甚广”。他的游历登临之作，如《白云观》（在北京）：“岂为南宗别（观为长春真人丘处机羽化之地），重寻大极墟。先生蓑好在，止杀语何如（丘处机劝元帝止杀）？柏子微风际，梅花细雨余。十年登阁意，只益鬓毛疏。”这诗当是全力以赴之作。他的《僮归》十七首，引第一首：“僮沈仆于钱，乃祖父以来。父衍（放恣）忤我祖，遣去辞其侪。卅年数飘转，担薪鬻官街。一日我父起，秋风扫庭槐。我旁见僮父，泥首堂南阶。自言有此儿，多病奴已衰。谅当委沟壑，乞主怜孤孩。僮留父竟去，去去不复回。明旦忽有耗，溘然随黄埃。”写接受沈仆的幼儿，有蔼如仁者之态，但对于赶走沈仆的事，与沈仆病死，无悼惜的话，无仁者沛然肺肝中流出之致。再看《到家作》第二首：“久矣东墙绿萼梅，西墙双桂一风摧。儿时我母教儿地，母若知儿望母来。三十四年何限罪，百千万念不如灰。曝檐破袄犹藏箧，明日焚黄只益哀。”张维屏《听松庐诗话》：“萚石七律，偶举其一，如《到家作》第二首云云，字字沉痛，字字动荡，其佳处未尝不从古人来，却能于古人之外，自成面目。”再看《壬戌三月五日先孺人生日痛成》：“笼翮思飞孰与哀，哺雏未返母先摧。茫茫纵使重霄彻，杳杳难将万古回。厨下米薪如手办，堂前风雨莫花开。读书两字从头误，直悔男儿堕地来。”钱先生认为《到家作》的两联对仗如此流转，即意思连贯而下，自亦难能。但认为缺少含蓄，不如《先孺人生日》中一联的沈哀隐痛。钱先生又举《六月初三夜哭子》的因情造境，由哀生悔，较元稹《哭子》诗用意更进一层。按结合“桑园”“萤火”的“因情造境”说，也胜过元稹诗。钱先生又谈到钱载的悼亡诗透过

① 沈确士：清沈德潜字。有《归愚诗钞》二十卷。

一层，未经人道。用来和沈德潜的《七夕词》的一联相比，沈诗只说天上牛女的生离，胜过人间夫妇的死别，不如钱诗的深情沉痛。张维屏《听松庐诗话》："萚石先生诗，不名一家，大要以清真镵刻为主，有时或入于涩滞，而必切事以抒辞，有时或出以纤新，而必切景以造句，必诗中空架子假门面之语，皆扫而空之，故集中时有独到处。"这样指出钱载诗的成就和不足处，可以和钱先生的评论互参。

（二）

萚石诗多有学东野者①，如《古琴》、《雪夜》两五古；有似竟陵派者②，如《骤雨过南湖》一五律，其"发动凉于树，船来活似萍"一联，乃钟谭句样，好以乡谈里谚入诗，而自加注释，如《葑门口号》之"修娖""白相"。则又似放翁惯技③。然所心摹手追，实在昌黎之妥贴排奡，不仅以古文章法为诗，且以古文句调入诗。清代之以文为诗，莫先于是，莫大于是，而亦莫滥于是。固宜推为先觉，亦当悬为厉禁。至其尽洗铅华，求归质厚，不囿时习，自辟别蹊；举世为荡子诗，轻唇利吻，独甘作乡愿体，古貌法言。即此一端，亦豪杰之士。萚石早岁，未尝不作风致空灵之诗，今都删不入集，而见自注中。参观《匏庐诗存》卷七《题国朝名家诗集》④。如《秦淮河上》之"辛夷开后水榭，乙鸟飞来画帘"；《溪馆偶题》之"春色欲寻有处，少年能驻何时"；《志略》之"十月花廾春自小，三竿日出睡方深"；体格轻巧者只存一二。壮悔之心，矫枉之旨，灼然可见。虽然，萚石力革诗弊，而所作几不类诗，仅稍愈于梅宛陵尔⑤。决海救焚，焚收而溺至；引酖止渴，渴解而身亡。此明道所以有"扶醉汉"之叹也⑥。（176 页）

---

① 萚石：清钱载字。东野：唐孟郊字。
② 竟陵派：明代竟陵人钟惺、谭元春倡导的一个诗派。
③ 放翁：宋陆游自号放翁。
④ 《匏庐诗存》：清沈涛（号匏庐）撰，四卷。另有文集四卷，诗话三卷。
⑤ 梅宛陵：宋梅尧臣，世称宛陵先生。有《宛陵集》六十卷。
⑥ 明道：宋程颢，称明道先生。扶醉汉：教学者如扶醉汉，扶得东来西又倒。

这一则对清钱载的诗作全面的论述。认为他的诗有学孟郊的，如《古琴》："岁久纹斯断，材良尾不焦。弹非无汲郡，制或自雷霄。木落高山石，天寒大海潮。以之横膝坐，讵独万情超。"如《雪夜》："霰粒晚如米，飘瞥遂无声。窗灯冋（jiǒng，透明）初夜，街柝沉三更。洋洋竟焉薄，寒切寓屋身。凄凄隔我梦，默默思我亲。老梅外塾倚，修竹中厨邻。荒鸡喔喔鸣，天意其为春。我行非践地，我出非干人。悔殊昔贤读，而岂有私贫。"孟郊写的多五言古诗，在艺术风格上，善于把真实的体验和感受，凝聚在简短的篇幅里，构思铸语，入木三分。《古琴》诗写伯牙鼓琴，志在高山。钟子期曰："善哉！峨峨兮若泰山。"志在流水，钟子期曰："善哉！洋洋兮若江河。"见《列子·汤问》。钱载把它凝聚成"木落高山石，天寒大海潮"，两句五言古诗，融入他的《古琴》诗中，木落则高山石出，天寒起大海潮音。用"木落""天寒"来作陪衬，把"若江河"变成大海潮音，更显突出。又如《雪夜》的"凄凄隔我梦，默默思我亲"。雪夜思亲，不能入睡，不能在梦中相见，钱载也凝聚成两句五言古诗，在艺术风格上是学孟郊的。

竟陵派钟惺、谭元春的诗，标举幽深孤峭的宗旨，观察到别人不注意处。而钱载的《骤雨过南湖》就像竟陵派诗，他的《骤雨过南湖》："乱激水心白，微开天角青。数渔归草舍，一笛隐花汀。发动凉于树，船来活似萍。煮茶人漫汲，中恐带龙腥。"写骤雨则有风，故"发动凉于树"，船在水上飘，故"船来活似萍"。骤雨则雨点大，故"乱激水心白"，用一"白"字，写出独特感受。骤雨是阵雨，天边一角有云开见青天的，"微开天角青"，这也是独特体会。钱先生又指出钱载以乡谈里谚入诗，如《葑门口号》："残雨遥天挂螮蝀，女儿裙带两心同。荷花船好便修妮，薄相来消荡口风。"自注："修妮、薄相，皆吴下谚。薄读如勃。"修妮，收拾好的意思。薄相，今作白相，游玩的意思。到荡口去白相，荡口是地名。此外，钱先生又讲钱载学习韩愈的以文为诗，如"《观画图》之'人事无常画中画，画中看画无人会。我今犹是画中人，画外居然发长喟'。"（《谈艺录》179 页）萚石这方面的诗，见另一则"萚石辎轩屡出"节。钱先生又指出“清代之以文为诗，莫先于是，莫大于是，而亦莫滥于是”。“萚石輶轩屡出”节，指出他的《到家作》第二首、《先孺人生日》诗，可作为以文为诗中的“莫大于是”的例子。至于“莫滥于是”，当指他用虚字作诗。“萚石诗用虚字，殊多滥恶。古体中每以虚字凑足一句字数。……《望岱》曰：‘孔子未云天下小，我皇复以圣人登。性之善者斯为准，春若生时物可凭。’”（同上 180 页）

钱先生又指出萚石早岁作风致空灵之诗，如“辛夷开后水榭，乙鸟飞来画帘”。辛夷即玉兰花，春天开花。乙鸟指燕子，春天飞来。这两句有诗情画意。再像“春色欲寻有处，少年能驻何时”，写得比较空灵。但后来他都删了，力革举世为荡子诗的毛病，写得拙朴，仅稍胜过梅尧臣。钱先生《宋诗选注》的《梅尧臣》里说：“他要矫正华而不实、大而无当的习气，就每每一本正经的用些笨重干燥不很像诗的词句来写琐碎丑恶不大入诗的事物，例如聚餐后害霍乱、上茅房看见粪蛆、喝了茶肚子里打咕噜之类。可以说是从坑里跳出来，不小心又恰恰掉在井里去了。”

二四 论学人之诗

（一）

同光以前，最好以学人诗者，惟翁覃溪①；随园《论诗绝句》已有夫己氏“抄书作诗”之嘲②。而覃溪当时强附学人，后世蒙讥“学究”。参观《越缦堂日记》同治二年正月二十四日③。以诊痴符，买驴券之体④，夸于世曰：“此学人之诗”；窃恐就诗而论，若人固不得为诗人，据诗以求，亦未可遽信为学人。萚石、覃溪⑤，先鉴勿远。颜黄门《家训·文章》篇曰⑥：“但成学士，自足为人。必乏天才，勿强命笔。”人之小有词翰，略窥学问，春华则艳惭庶子，秋实又茂谢家丞；譬之童牛角马，两无所归，卮言日出，别标名目。《晚晴簃诗汇·序》论清诗第二事曰⑦：“肴核坟典，粉泽苍凡。证经补史，诗道弥尊。”此又囿于汉学家见地。必考证尊于词章，而后能使词章体尊。王仲任《论衡·超奇》篇说“儒生”、“通人”、“文

① 翁覃溪：清翁方纲字。有《复初斋文集》三十五卷，《诗集》七十卷。

② 随园：清袁枚号。他在《论诗绝句》里称“夫己氏”，即某甲，指翁方纲，称他把“抄书当作诗”。

③ 《越缦堂日记》：清李慈铭撰。

④ 诊痴符：指无才学而自夸出丑的。见《颜氏家训·文章》。买驴券：“博士买驴，书券三纸，未有驴字。”见《颜氏家训·勉学》。

⑤ 萚石：清钱载号。有《萚石斋文集》二十五卷，《诗集》五十卷。

⑥ 颜黄门：北齐颜之推，官黄门侍郎。有《颜氏家训》二十卷。

⑦ 《晚晴簃诗汇》：二百卷，清徐世昌辑。

人”、“鸿儒”之别①，而论定之曰：“儒生过俗人，通人胜儒生，文人逾通人，鸿儒超文人。”所谓“鸿儒”者，能“精思著文，连结篇章”。又《佚文》篇曰：“论发胸臆，文成手中，非说经艺人所能为”；又《书解》篇曰：“著作者为文儒，说经者为世儒。世儒业易为，文儒业卓绝。”是则著书撰文之士，尊于经生学人多矣。此汉人绪论，为汉学者不应不知。东汉而后，举士大率“孝廉”“秀才”二途；秀才策文艺，孝廉策经学，晋宋积重秀才。《南齐书》卷三十九《刘瓛、陆澄列传》言此甚明②。故澄号当世硕儒，以读《易经》不解，撰《宋书》不成，王俭遂有“书厨③”之诮。北朝崇质轻文，经学盛于南朝。而《北齐书》卷四十四《儒林传》载刘昼自恨不学属文④，作《六合赋》，自谓绝伦，吟讽不辍，乃叹曰：“儒者劳而少功，见于斯矣。我读儒书二十余年，而答策不第。始学为文，便得如是。”又载马敬德研求《左传》，生徒甚众，将举为孝廉，固辞不就，诣州求举秀才；秀才例取文士，州将以其纯儒，无意推荐。可见学人之望为文人而不可得。（178—179 页）

这一则从翁方纲讲起，讲到诗歌与学术不同。袁枚论诗讲性灵，批评翁方纲以抄书当作诗。当时翁方纲提倡“学人之诗”，所以被讥为“学究”。诗歌与学术不同，这点颜之推在《颜氏家训》里已经讲了，讲学术的可以成为学士，即学者。不必勉强作诗。倘没有才华，就作不好诗，缺少学问，就成不了学者。扬雄在《太玄经》三《更》中说：“童牛角马”，好比像牛则无角，像马则有角，都不像，“两无所归”了。《晚晴簃诗汇·序》里讲：排列三坟五典的典籍，用作的《苍颉》《凡将》篇的古小学书，即要证经补史来作诗，认为诗道更受人尊重。这是受到汉学家的局限，认为考证学比词章尊贵，所以要把考证学运用到诗歌创作中去。钱先生认为这种看法是不对的。因此引王充《论衡》中的说法，把读经的称为

① 王仲任：后汉王充字。有《论衡》八十五篇。
② 《南齐书》：五十九卷，梁萧子显撰。
③ 书厨：王俭讥陆澄为书厨，见《南齐书·陆澄传》。
④ 《北齐书》：五十卷，唐李百药撰。

儒生，创作文章的称为鸿儒，认为创作文章的人胜过儒生。汉朝以后，研究经书的考孝廉，创作文艺的考秀才，晋宋时看重秀才。又举陆澄、刘昼、马敬德三例，说明学人望为文人而不可得，即文人会创作文艺，胜过儒生。

这里谈到翁方纲，提倡“学人之诗”，即“肌理说”。他在《诗法论》里说：“法之立也，有立乎其先立乎其中者，此法之正本探源也。有立乎其节目，立乎其肌理界缝者，此法之穷形尽变也。”“夫惟法之立本者，不自我始之，则先河后海，或源或委，必求诸古人也。夫惟法之尽变者，大而始终条理，细而一字之虚实单双，一音之低昂尺黍，其前后接笋乘承转换开合正变，必求诸古人也。”（《复初斋文集》八）他讲法，有正本探源之法，是立本的，有先河后海，这个本指什么，如“诗言志”，“诗缘情”，这就是立本，是求之古人。有穷形尽变之法，讲大而始终条理，细而用字论音到承接转换，那怎样穷形尽变呢？根据不同的言志缘情，作出穷形尽变来，因为各人的情态不同，所以表达不同情态的文辞也不同，这就需要穷形尽变了。这样，“肌理说”有两种理，一是立本的理，即求情理，这是救神韵派诗的空虚；二是条理的理，即穷形尽变的理，纠正格调派的模仿。但“学人之诗”，还是受当时考证学的影响，以金石考订为诗，这又走入歧途。他的立本，不是以表达情理为本，以金石考证为本，他的穷形尽变，不是讲表达不同的情理，讲表达不同的金石考订之学，成了学人的韵语，不成为诗人的诗了。

（二）

夫以萚石之学①，为学人则不足，而以为学人之诗，则绰有余裕。此中关捩，煞耐寻味。钟记室《诗品·序》云②：“大明、泰始，文章殆同

① 萚石：清钱载字。有《萚石斋诗集》五十卷。
② 钟记室：梁钟嵘，为晋安王记室。有《诗品》三卷。

书抄，拘挛补衲，蠹文已甚。虽谢天才，且表学问。”学人之诗，作俑始此。杜少陵自道诗学曰：“读书破万卷，下笔如有神”①；信斯言也，则分其腹笥，足了当世数学人。山谷亦称杜诗“无字无来历”②。然自唐迄今，有敢以“学人之诗”题目《草堂》一集者乎③。同光而还，所谓“学人之诗”，风格都步趋昌黎④；顾昌黎掉文而不掉书袋，虽有奇字硬语，初非以僻典隐事骄人。其《答李翊书》曰：“非三代两汉之书不观”，学而自画，已异于博览方闻。《进学解》曰：“口不绝吟于六艺之文，手不停披于百家之编。贪多务得，细大不捐”；又一若河汉无涯涘，足以为学人者。然读《答侯继书》，则昌黎用意自晓。《书》曰：“仆少好学问，自五经之外，百氏之书，未有闻而不求，得而不观者。然所志惟在其意义，至礼乐之名数，阴阳土地星辰方药之书，未尝一得门户”云云，则亦如孔明之“仅观大略⑤”，渊明之“不求甚解⑥”。舍名数而求意义，又显与戴东原《答是仲明书》背道以趣⑦，盖诗人之学而已。故得殷侑《公羊传注》，答书至云：“每逢学士真儒，愧生颜变，不复自比于人。”昌黎不自居学人，即此可证。唐后首学昌黎诗，升堂窥奥者，乃欧阳永叔，永叔固即刘原父所讥为“欧九不读书”者⑧。阎百诗《困学纪闻笺》卷二十谓⑨：“盖代文人无过欧公，而学殖之陋，亦无过公”；傅青主以百诗为附和原父⑩。要之欧公不得为学人也。清人号能学昌黎者，前则钱萚石，后则程春海、郑子

① 杜少陵：唐杜甫，自称少陵野老。《奉赠韦左丞丈》中有“读书”两句。

② 山谷：宋黄庭坚，自号山谷道人，他说：“老杜作诗，退之作文，无一字无来处。”见《答洪驹父书》。

③ 《草堂》一集：指《杜少陵集》。杜甫到成都，建有草堂。

④ 昌黎：唐韩愈，自称昌黎韩愈。有《韩昌黎集》。

⑤ 仅观大略：《三国志·诸葛亮传》注引《魏略》：“亮独观其大略。”

⑥ 不求甚解：晋陶渊明《五柳先生传》：“好读书，不求甚解。”

⑦ 戴东原：清戴震字。他的《与是仲明论学书》：“由字以通其词，由词以通其道，必有渐。”“则知一字之义，当贯群经本六书然后为定。”

⑧ 欧阳永叔：宋欧阳修字。有《文忠集》一百五十三卷。刘原父：宋刘敞字。有《公是集》五十四卷。

⑨ 阎百诗：清阎若璩字。

⑩ 傅青主：清傅山字。有《霜红龛集》四十卷。

尹①，而朱竹君不与焉②。萚石实非学人，诗佳处亦都在放笔直干，非以餖飣奥衍开生面。程郑皆经儒博识，然按两家遗集，挽硬盘空，鳌呿鲸掣。悟无本"胆大过身"之旨③，得昌黎以文为诗之传，堪与宋之王广陵鼎足而三④；妙能赤手白战，不借五七字为注疏考据尾闾之泄也。（177—178页）

这一则讲"学人之诗"，清钱载的诗是"学人之诗"，他做"学人"不够，作"学人之诗"有多余，即学问有余。因为钟嵘《诗品·序》称："大明、泰始中，文章殆同书抄。"即在南北朝宋孝武帝大明，宋废帝泰始中（457—471），作诗多用故事，近乎抄书。用古语来申今情，显得拘挛；凑合故事，好像打补丁。这样来写诗，用不到很多学问。但"学人之诗"与"诗人之诗"不同。像杜甫"读书破万卷"，他的学问，可以抵几个学人。但杜甫的诗不是用故事填凑的，所以杜甫是"诗人之诗"，不是"学人之诗"。晚清"同光体"诗，"同光体者，苏堪（郑孝胥）与余戏称同（同治）光（光绪）以来诗人不墨守盛唐者"（陈衍《沈乙庵诗序》）。同光体诗学习韩愈的诗，韩愈掉文而不掉书袋，掉文指诗中有奇字硬语，不掉书袋，即不编织古语故事来作诗。韩愈对于经史百家之书无不读，但他的志趣只在求意义，相当于略观大意，与清代考证学的从考证文字、音韵、训诂、名物、制度等不同，因此他研究的是"诗人之学"，跟学人之学不同。他不认为自己是"学人"。欧阳修继承韩愈，他的研究学问，也是"诗人之学"，有利于写诗文，不用力于考证，所以他也不是"学人"。清代的钱载学韩愈，也不成为学人，诗也有佳处。稍后的程恩泽、郑珍学韩愈的以文为诗，与宋的王令硬语盘空、气概阔大的鼎足而三，他们做的是"诗人之学"，不同于"学人之诗"。

---

① 程春海：清程恩泽字。有《程侍郎遗集》十卷。郑子尹：清郑珍字。有《巢经巢诗抄》九卷。

② 朱竹君：清朱筠字。有《笥河文集》十二卷。

③ 无本：唐贾岛为僧时名无本。有《长江集》十卷。

④ 王广陵：宋王令，广陵人。有《广陵集》三十卷。

钱先生在这里从“学人之诗”讲起，结合钱先生《宋诗选注》王安石篇来看，钱先生讲了四种诗：（一）以学人而为诗人的诗，如杜甫的“读书破万卷，下笔如有神”。就“破万卷”说，已经是学人，但不靠编织故事以为诗，还是写出诗人之诗。（二）虽够不上称学人，但好学问或“不求甚解”，即以“诗人之学”而为“诗人之诗”，如韩愈、欧阳修、陶渊明。（三）既是学人，有时又搬弄词藻典故来作诗人之诗，成为搬弄典故词藻的诗。如王安石的诗。（四）“文章殆同书抄”的“学人之诗”，如《诗品》中说的。

二五　论赵翼诗

瓯北诗格调不高，而修辞妥贴圆润，实冠三家①。能说理运典，恨锋铓太露，机调过快，如新狼毫写女儿肤，脂车轮走冻石坂。王麓台论画山水云②："用笔须毛，毛则气古味厚。"瓯北诗笔滑不留手，脱稍加蕴藉，何可当耶。予尝妄言：诗之情韵气脉须厚实，如刀之有背也，而思理语意必须锐易，如刀之有锋也。锋不利，则不能入物；背不厚，则其入物也不深。瓯北辈诗动目而不耐看，犹朋友之不能交久以敬，正缘刃薄锋利而背不厚耳。(134 页)

这一则讲赵翼诗。赵翼有《论诗》："满眼生机转化钧，天工人巧日争新。预支五百年新意，到了千年又觉陈。""李杜诗篇万口传，至今已觉不新鲜。江山代有才人出，各领风骚五百年。""只眼须凭自主张，纷纷艺苑漫雌黄。矮人看戏何曾见，都是随人说短长。""少时学语苦难圆，只道工夫半未全。到老始知非力取，三分人事七分天。""诗解穷人我未穷，恐因诗尚不曾工。熊鱼自笑贪心甚，既要工诗又怕穷。"从这五首诗看，赵翼论诗，主张争新，因为天工人巧都在争新，是符合自然和社会的变化的。要独具只眼，有自己的主张。要人工和天分的结合，像风格，跟个性有关，这就跟天分有关。钱先生称他的诗，修辞妥贴圆润，能说理运典，这

---

① 瓯北：清赵翼字。三家：赵翼、袁枚、蒋士铨三家。

② 王麓台：王原祁号，清画家。

五首诗就可作例。《论诗》讲他的诗论，即属说理，说得明白畅达。再看他的用典，有融化的功夫，如“预支五百年新意”，就用了《孟子·公孙丑下》：“五百年必有王者兴，其间必有名世者。”但用得使人不感到他在用典。再像“诗解穷人我未穷”，用了欧阳修《梅圣俞诗集序》：“予闻世谓诗人少达而多穷。”再像“熊鱼自笑贪心甚”，用了《孟子·告子上》：“鱼，我所欲也；熊掌，亦我所欲也。”这样用典，用得自然而不像在用典。

钱先生指出他锋铓太露，机调过快。如“李杜诗篇万口传，至今已觉不新鲜”，比起杜甫称“王杨卢骆当时体”为“不废江河万古流”来，即李杜诗是“不废江河万古流”的。就显得赵翼论李杜，不免“锋铓太露，机调太快”了。再像“矮人看戏何曾见，都道随人说短长”也一样。再像《杂题八首》之一：“每夕见明月，我已与熟悉。问月可识我，月谓不记忆。……神龙行空中，蝼蚁对之揖。礼数虽则多，未必遂鉴及。”这后四句也是锋铓太露，机调过快。

二六　论田雯尊宋诗

清初渔洋以外，山左尚有一名家，极尊宋诗，而尤推山谷者，则田山姜是也①。《古欢堂杂著》卷一力非论诗分唐宋而二之，谓“梅、欧、王、苏、黄、陆②，皆登少陵之堂，入昌黎之室”。卷二谓七言古“至唐末式微。欧阳崛起，直接杜韩而光大之。山谷从杜韩脱化，创新辟奇，风标娟秀，陵前轹后，有一无两。宋人尊为江西派，与子美俎豆一堂，实非悠谬”，又谓山谷七绝“新洁如茧丝出盆，清飏如松风度曲，下笔迥别”。卷三驳谢茂秦之薄苏黄③。《文集·序》卷一《芝亭集序》谓：“宋人之诗，山谷为冠；摩垒堂堂，谁与为敌”；真笃于好而敢于言者矣。然余细绎山姜撰述，复征《香祖笔记》卷九所记其处方改药名轶事④，乃知山姜弘衍之才，而好涂泽挦撦以为博奥。故《杂著》卷一主用奇字，有“访子云亭，熏班马香之语⑤”；卷六谓“生平于佳句善字，每好摘录，人有饾饤之讥”，乃引山谷《答曹荀龙书》以自解；同卷论古文亦引山谷“陈言使妍妙”之说。则其所得于山谷者，恐亦不过朱少章所谓山谷之“昆体工

① 田山姜：清田雯，字纶霞，号山姜。有《古欢堂集》三十六卷，《古欢堂杂著》四卷。

② 梅、欧、王、苏、黄、陆：梅尧臣、欧阳修、王安石、苏轼、黄庭坚、陆游。

③ 谢茂秦：谢榛字，明后七子之一。有《诗家直说》二卷。

④ 《香祖笔记》：十二卷，清王士禛撰。

⑤ 子云：扬雄字。班马：班固、司马迁。皆汉作家。

夫”①，洪觉范所谓“言用不言名”②，叶石林所谓“减字换字法”耳③。故《杂著》卷一祖明七子而斥《列朝诗集传》④，参观《文集》卷一《木斋诗序》。盖七子学古，亦妆点字面，牧斋《读杜小笺》识语⑤，至以“山谷隔日疟”斥之者也。卷二论放翁七律，亦美其取料。着眼得力，在此等处，于神韵气骨，所窥殊浅也。如评放翁七古曰：“登杜韩之堂，入苏黄之室”，非章子厚所谓“海行言语”而何⑥。（110—111 页）

这一则讲田雯，先讲田雯的论诗，推宋诗，推重黄庭坚诗。认为黄庭坚诗从杜甫、韩愈脱化，创新辟奇，可以继承杜甫。又驳谢榛的看轻苏轼、黄庭坚。田雯在《古欢堂杂著》卷三说：“《诗法》曰：‘《事文类聚》不可用，盖宋事多也。’后引苏、黄之诗以为式，……茂秦视苏、黄诗为何物耶？”谢榛认为作诗用宋事是一病，引苏、黄诗作例，田雯认为不对，即肯定苏、黄诗的用事。但他主张用奇字，钱先生指出他有“访子云亭，熏班马香”之语。按《古欢堂杂著》卷一：“奇字亦前人所常用，而于古体最宜，不知者诵以为怪。嗟夫，诗文固不必怪也。然班、马等赋，所以使人蒐眼渹耳（犹言惊奇）者，政由时出奇字以衬复之。方今文章尚古，吾党之士，独不欲访子云之亭，而熏班、马之香欤？”其实扬雄文艰深而浅陋，遭到后人批评，不必学。而司马相如、班固的赋，因为汉人通小学，在描状物态时，用了汉代的语言，到后代人认为奇字，在他们当时只是用当时的语言，说他们好用奇字，并不确切。至于清代人，要用清代已不通行的汉赋中字，就更不对了。田雯还称黄庭坚的“陈言使妍妙”，指要用古人用过的陈言。所谓“昆体工夫”，指摹仿李商隐体，洪觉范在《冷斋夜话》里讲夺胎换骨法，“不易其意而造其语，谓之换骨法”，当即

① 朱少章：宋朱弁字。有《曲洧旧闻》十卷。
② 洪觉范：宋释惠洪。有《冷斋夜话》十卷。
③ 叶石林：宋叶梦得字。有《石林诗话》一卷。
④ 《列朝诗集传》：十卷，清钱谦益著。
⑤ 牧斋：清钱谦益号。有《读杜小笺》三卷。
⑥ 章子厚：宋章惇字。有《章申公九事》一卷。

"言用不言名"。至于"减字换字法"，即用古字换今字。至于明七子学古，"文必秦汉，诗必盛唐"，是摹仿秦汉文，盛唐诗，也有用秦汉时文字来装点字面的。因此田雯的袒明七子而斥钱谦益《列朝诗集传》的批评明七子，是不对的。田雯的《杂著》卷二说："陆务观（游）七律不下千篇，其间取料寄兴，无不令人解颐，有作诗之乐，而无伤于大雅。"着眼在陆游的取料上，所窥殊浅。《杂著》又说："陆务观挺生其间，祓濯振拔，自成一家，真未易才。七言古诗登杜、韩之堂，入苏、黄之室，虽工力不及前人，亦一杰构。"钱先生称这样说是"海行言语"，当指不中肯、不确切意。钱先生在《宋诗选注》里讲陆游诗的两个特点："一方面是悲愤激昂，要为国家报仇雪耻，恢复丧失的疆土，解放沦陷区的人民；一方面是闲适细腻，咀嚼出日常生活的深永滋味，熨贴出当前景物的曲折的情状。"这两点都有他的特色，与杜、韩、苏、黄不同，田雯没有看到这些。田雯的诗，如《翠微寺》："诘曲历石齿，沿溪树溟濛。招提门何向，陂陀无人踪。峭崖立万仞，惆怅林路穷。岂知披榛莽，纡回流水通。一僧出汲水，竹庠行相从。长绠下深涧，剨豁惊蛰龙。淅淅石湫雨，泠泠葛花风。前循略彴去，木杪闻清钟。"这首诗是比较清淡的，但还用了"剨（huō）"，象声字，而不用"哗"字。"略彴"即小桥，但他不用通行的"小桥"两字，这里还显出换字法来。

二七　论诗文之累

黄公谓“诗文之累，不由于谤而由于谀”①，其理深长可思。余则欲更进一解曰：诗文之累学者，不由于其劣处，而由于其佳处。《管子·枢言》篇尝谓②：“人之自失也，以其所长者也”，最是妙语。盖在己则窃憙擅场，遂为之不厌，由自负而至于自袭，乃成印板文字；其在于人，佳则动心，动心则仿造，仿造则立宗派，宗派则有窠臼，窠臼则变滥恶，是则不似，似即不是，以彼神奇，成兹臭腐，尊之适以贱之，祖之翻以祧之，为之转以败之。故唐诗之见弃于世，先后七子拟议尊崇③，有以致之也；宋诗之见鄙于人，闽赣诸贤临摹提倡④，有以致之也。他若桐城之于八家⑤，湖外之于八代⑥，皆所谓溺爱以速其亡，为弊有甚于入室操戈者。虽明人好立宗派如钟伯敬辈⑦，亦略窥斯指，故集中《潘稚恭诗序》力辟“竟陵诗

---

① 黄公：清贺裳字。有《载酒园诗话》三卷。

② 《管子》：二十四卷，旧题周管仲撰。

③ 先后七子：明代嘉靖年间，李梦阳、何景明、徐祯卿、边贡、康海、王九思、王廷相号称前七子；李攀龙、谢榛、梁有誉、宗臣、王世贞、徐中行、吴国伦号称后七子。

④ 闽赣诸贤：指清同光体诗人，作宋诗的。闽指陈衍、郑孝胥、陈宝琛，都是福建人。赣指陈三立、陈衡恪、陈方恪，都是江西人。

⑤ 桐城：指清方苞、刘大櫆、姚鼐，都是桐城人，他们的古文人称桐城派。八家：指唐宋八大家，韩愈、柳宗元、欧阳修、王安石、苏洵、苏轼、苏辙、曾巩。

⑥ 湖外：指清王闿运、邓辅纶，都是湖南人。八代：指汉、魏、晋、宋、齐、梁、陈、隋八代，他们作魏晋派诗文。

⑦ 钟伯敬：明钟惺字，为竟陵派的代表人物。

派”之说，以为“物之有迹者必敝，有名者必穷”。《尺牍新钞》一集卷五载吾乡堵廷棻一书云①：“以踵习之流极，议作者之滥觞。照眉之黡已粗，苎村之颦不绿，昔人所以恨于临摹者，谓真色人难学，其毒甚于诋诃也。”真痛乎言之矣。蠹生于木，还食其木；本是师子虫，反把师子坏。《隋书》卷四十五高祖尝叹②：“譬如猛兽，物不能害，反为毛间虫所损食”；云门说法③，不许弟子稗贩，有以夫。（171—172 页）

这一则讲诗文之累，即诗文之失与得，有辩证观点。《管子·枢言》说：“人之自失也，以其所长者也。故善游者死于梁池，善射者死于中野。”梁池当指桥下水流湍激处。善游泳的自恃善游，游泳到水漩涡处，被卷入漩涡中死去。善射的自恃善射，老在中野射鸟兽，被猛兽所害。这即是失由于得。作者也这样，像陆游工于作诗，长于作对仗。但诗作得多了不免诗句命意前后相袭。如《唐安徙家来和义》：“身如林下僧，处处常寄包；家如梁上燕，岁岁旋作巢”；《病中简仲弥性等》云：“心如泽国春归雁，身是云堂早过僧”；《寒食》云：“身如巢燕年年客，心羡游僧处处家”；《秋日怀东湖》云：“身如巢燕临归日，心似堂僧欲动时”；《夏日杂题》：“情怀万里长征客，身世连床旦过僧。”（《谈艺录》126 页）这就是“遂为之不厌，由自负而至于自袭”了。再就历代诗的盛衰演变说，袁宏道《雪涛阁集序》说：

夫法因于敝而成于过者也。矫六朝骈丽饤饾之习者，以流丽胜。饤饾者固流丽之因也，然其过在轻纤。盛唐诸人以阔大矫之。已固大矣，又因阔而生莽；是故续盛唐者以情实矫之。已实矣，又因实而生俚；是故续中唐者以奇僻矫之。然奇则其境必狭，而僻则为不根以相胜，故诗之道至晚唐而益小。有宋欧苏辈出，大变晚习，于物无所不收，于法无所不有，于情无所不畅，于境无所不取，……然其敝至以

① 《尺牍新钞》：清周亮工辑，十二卷。
② 《隋书》：八十五卷，唐魏徵、颜师古等撰。
③ 云门：南汉高僧文偃，俗姓张，居韶州云门山，因称。

文为诗。……

这里指六朝崇尚骈丽，骈丽之失在编织典故；矫编织典故的得之于流丽，流丽之失在轻纤。矫轻纤的得之于阔大，阔大的失在粗莽；矫粗莽的得之于情实，情实的失在俚俗。矫俚俗的得之于奇僻，奇僻之失在偏狭。说明失的产生即由得，得的流弊即是失，由失又产生得。有得就有谀，有谀就使得造成流弊，即转为失。有失就有人起而矫正，由矫正而有所得。得失就这样转化。晚唐诗失在纤靡，宋诗用扩大境界来矫正它。宋诗走入以学问为诗，所以明代前后七子又走上模拟汉魏盛唐的路，因此同光体又提倡学习宋诗。至南社派诗人起来又攻击同光体。所谓“物之有迹者必敝，有名者必穷”。有迹有名，必有人称誉而引起模仿，产生流弊，所以必敝必穷。这就是“踵习之流极”，踵着有名有迹者去模仿，就产生流弊。流弊产生以后，“议作者之滥觞”，认为开始创作一种新的流派或新的风气的也受到议论批评。这样，“照眉之靥已粗，苎村之颦不绿”，绝代佳人西施的美也遭到批点了。模仿名作的好比狮子虫，他们的模仿损害名作，好比狮子虫损害狮子。不过应该指出的是：明代七子模仿盛唐诗，使人家厌弃盛唐诗转学宋诗。但盛唐大诗人李杜，真像韩愈《调张籍》说的“李杜文章在，光焰万丈长”，并不因为明七子的模仿而损害他们的伟大；宋代欧苏作为大诗人的地位，并不因同光体的模仿而有损害。西施作为绝代佳人，并不因东施效颦而变丑。

二八　评黄遵宪诗

（一）

近人论诗界维新，必推黄公度①。《人境庐诗》奇才大句，自为作手。五古议论纵横，近随园、瓯北②；歌行铺比翻腾处似舒铁云③；七绝则龚定庵④。取径实不甚高，语工而格卑；伧气尚存，每成俗艳。尹师鲁论王胜之文曰⑤：“赡而不流”；公度其不免于流者乎。大胆为文处，亦无以过其乡宋芷湾⑥。差能说西洋制度名物，掎摭声光电化诸学，以为点缀，而于西人风雅之妙、性理之微，实少解会。故其诗有新事物，而无新理致。譬如《番客篇》，不过胡稚威《海贾诗》⑦。《以莲菊桃杂供一瓶作歌》，不过《淮南子·俶真训》所谓⑧：“槐榆与桔柚，合而为兄弟；有苗与三危，

① 黄公度：黄遵宪字，清末诗人。有《人境庐诗草》十一卷。

② 随园：清袁枚字子才，有随园别墅。有《随园诗话》十六卷，补遗十卷，《小仓山房诗集》二十六卷。瓯北：清赵翼号。有《瓯北诗话》十卷，续二卷，《瓯北集》五十三卷。

③ 舒铁云：清舒位字。有《瓶水斋诗集》十六卷。

④ 龚定庵：清龚自珍号。有《定庵文集》三卷及《龚定庵全集》。

⑤ 尹师鲁：宋尹洙字。有《河南集》二十七卷。王胜之：宋王益柔字。

⑥ 宋芷湾：清宋湘字。有《红杏三房诗》五卷。

⑦ 胡稚威：清胡天游字。有《石笥山房文集》六卷，诗集十二卷。

⑧ 《淮南子》：汉淮南王刘安撰，二十卷。

通而为一家”；查初白《菊瓶插梅》诗所谓①：“高士累朝多合传，佳人绝代少同时”；公度生于海通之世，不曰“有苗三危通一家”，而曰“黄白黑种同一国”耳。凡新学而稍知存古，与夫旧学而强欲趋时者，皆好公度。盖若辈之言诗界维新，仅指驱使西故，亦犹参军蛮语作诗②，仍是用佛典梵语之结习而已。(23—24页)

这一则讲清末黄遵宪的诗。在康有为、梁启超提倡维新运动时期，康有为在《与菽园论诗》中说：“新世魂奇异境生，更搜欧亚造新声。”主张在诗歌上融合欧亚，创造异境新声。梁启超与夏曾佑、谭嗣同等提倡“诗界革命”。梁启超《夏威夷游记》中说：“欲为诗界之哥伦布、玛赛郎，不可不备三长：第一要新意境，第二要新语句，而又须以古人之风格入之，然成其为诗。”“时彦中能为诗人之诗，而锐意欲造新国者，莫如黄公度。”钱先生认为“若辈之言诗界维新，仅指驱使西故”，所以称他们为“诗界维新”，不称为“诗界革命”。钱先生推“《人境庐诗》奇才大句，自为作手”。黄遵宪的“奇才大句”是怎样造成的？黄遵宪在《人境庐诗草自序》中写：“仆尝以为诗之外有事，诗之中有人。今之世异于古，今之人亦何必与古人同。尝于胸中设一诗境：一曰，复古人比兴之体；一曰，以单行之神，运排偶之体；一曰，取《离骚》乐府之神理而不袭其貌；一曰，用古文家伸缩离合之法以入诗。其取材也，自群经三史，逮于周秦诸子之书，许郑诸家之注，凡事名物名切于今者，皆采取而假借之。其述事也，举今日之官书会典方言俗谚，以及古人未有之物，未辟之境，耳目所历，皆笔而书之。其炼格也，自曹、鲍、陶、谢、李、杜、韩、苏讫于晚近小家，不名一格，不专一体，要不失乎为我之诗。”康有为《人境庐诗草序》：“及久游英美，以其自有中国之学，采欧美人之长，荟萃熔铸而自得之。尤倜傥自负，横览举国，自以无比。而诗之精深华妙，异境日辟，

① 查初白：清查慎行字。有《敬业堂集》五十卷。

② 参军蛮语作诗：《世说新语·排调》：“郝隆为桓公（温）南蛮参军，三月三日会，作诗。揽笔便作一句云：‘娵隅跃清池。’桓问：‘娵隅是何物？’答曰：‘蛮名鱼为娵隅。’桓公曰：‘作诗何以作蛮语？’”

如游海岛，仙山楼阁，瑶花缟鹤，无非珍奇矣。”这样推重黄遵宪的诗。钱先生有不同看法。认为他的五古议论纵横，近袁枚、赵翼，歌行铺比翻腾处似舒位，七绝则龚自珍。语工而格卑，伧气尚存，每成俗艳。大胆为文，亦无以过其乡宋湘。对于“无以过其乡宋芷湾”的评语，钱仲联先生说：“以单行之气运用于七律，正是宋湘诗的专长，而作者生长在宋湘的家乡，很早从《红杏山房诗》中有所濡染，也是无可置疑的，所以在他的早期作品中如《武夷道中作》等五律里，还明显地保存着学习宋湘诗的痕迹。”（《人境庐诗草笺注》前言）至于“伧气尚存，每成俗艳”的评语，又见下论黄遵宪诗。

钱先生对别人赞黄遵宪诗的新境界、新意境有不同看法，认为“差能说西洋制度名物，掎摭声光化电诸学，以为点缀，而于西人风雅之妙，性理之微，实少解会。故其诗有新事物，而无新理致”。钱先生论严复、王国维诗，就是从新理致着眼的。这样观察，就比较深刻了。推重黄遵宪诗有新理想的，如梁启超《饮冰室诗话》：“《人境庐集》中有一诗，题为《以莲菊桃杂供一瓶作歌》，半取佛理，又参以西人植物学、化学、生理学说，实足为诗界开一新壁垒。”又像《番客篇》，写南洋华侨风俗及其悲惨遭遇。这些诗就是写新内容的。钱先生认为这些诗还没有新理致。钱先生认为《番客篇》，不过像胡稚威的《海贾诗》，写海上商人的生活。像《以莲菊桃杂供一瓶作歌》（黄遵宪在新加坡华侨佘山楼养病，那里“杂花满树，无冬无夏，余手摘莲菊桃李同供瓶中”，见《己亥杂诗》自注），以莲菊桃花合在一起来抒发不同种族的团结思想，像《淮南子·俶真训》里以“槐榆与桔柚”合在一起，来比把苗族迁到三危，使苗族与三危地区的人合为一家；像查初白《菊瓶插梅》，来比高士合传，佳人同时。不过黄遵宪生在清末，所以不说“有苗三危通一家”，而说“黄白黑种同一国”了。这是说，黄遵宪诗里写的，类似的内容前人也有写过，不过时代不同，说法稍有不同罢了。又提到“赡而不流”，说黄遵宪的诗，赡而不免于流。即内容丰富而文辞不够凝炼吧。

（二）

评黄公度诗一节，词气率略，鄙意未申。吴雨僧先生颇致不满[①]，尝谓余曰："'新学而稍知存古'，亦大佳事。子持论无乃太苛乎。"先生素推崇公度，曩在清华大学为外语系讲授中国旧诗，以公度之作为津梁。余事不挂心，鬼来擘口，悚谢而已。钱君仲联笺注《人境庐诗》[②]，精博可追冯氏父子之注玉溪、东坡[③]，自撰《梦苕庵诗话》，亦摘取余评公度"俗艳"一语，微示取瑟而歌之意[④]。胡步曾先生命余订其《忏庵诗》[⑤]，因道及《谈艺录》，甚许此节。先生论诗，初与胡适之矛盾相攻，后与雨僧先生凿枘不合，二人之所是，先生辄非之；余未渠以其言自壮也。余于晚清诗家，推江弢叔与公度如使君与操[⑥]。弢叔或失之剽野，公度或失之甜俗，皆无妨二人之为霸才健笔。乾嘉以后，随园、瓯北、仲则、船山、频伽、铁云之体[⑦]，汇合成风；流利轻巧，不矜格调，用书卷而勿事僻涩，写性灵而无忌纤佻。如公度乡献《楚庭耆旧遗诗》中篇什[⑧]，多属此体。公度所删少作，辑入《人境庐集外诗》者，正是此体。江弢叔力矫之，同光体作者力矫之，王壬秋、邓弥之亦力矫之[⑨]；均抗志希古，欲回波断流。公度独不绝俗违时而竟超群出类，斯尤难能罕觏矣。其《自序》有曰："其炼格也，自曹、鲍、陶、谢、李、杜、韩、苏讫于晚近小家"，岂非明示

---

① 吴雨僧：吴宓字。曾任清华大学教授。

② 钱仲联：钱萼孙字，东吴大学教授。有《人境庐诗笺注》。

③ 冯氏父子：清冯浩注李商隐诗，有《玉溪生诗集笺注》；冯应榴注苏轼诗，有《苏文忠公诗合注》。

④ 取瑟而歌：《论语·阳货》："孺悲欲见孔子，孔子辞以疾。将命者出户，取瑟而歌，使之闻之。"

⑤ 胡步曾：胡先骕字，曾任东南大学教授。

⑥ 江弢叔：清江湜字。有《伏敔堂诗录》十五卷，《续录》四卷。

⑦ 随园、瓯北、仲则、船山、频伽、铁云：清袁枚、赵翼、黄景仁、张问陶、郭麐、舒位。

⑧ 《楚庭耆旧遗诗》：前集二十一卷，清伍崇耀辑。

⑨ 王壬秋、邓弥之：清王闿运、邓辅纶。

爱古人而不薄近人哉。道广用宏，与弢叔之昌言：“不喜有明至今五百年之作”（符兆纶《卓峰堂诗钞》弁首弢叔序①，参观谢章铤《赌棋山庄文集》卷二《与梁礼堂书》②），区以别矣。梁任公以夏穗卿、蒋观云与公度并称“诗界三杰”③，余所睹夏蒋二人诗，似尚不成章。邱沧海虽与公度唱酬④，亦未许比肩争出手。余称王静庵以西方义理入诗，公度无是，非谓静庵优于公度，三峡水固不与九溪十八涧争幽蒨清泠也。观《人境庐集外诗》，则知公度入手取径。后来学养大进，而习气犹余，熟处难忘，倘得沧浪其人，或当据以析骨肉而还父母乎。辑者不甚解事。如《春阴》七律四首，乃腰斩为七绝八首；《新嫁娘诗》五十一首自是香奁拟想之词，“闺艳秦声”之属，乃认作自述，至据公度生子之年编次。此类皆令人骇笑，亟待订正。《日本杂事诗》端赖自注，椟胜于珠。假吾国典实，述东瀛风土，事诚匪易，诗故难工。如第五十九首咏女学生云：“捧书长跪借红毹，吟罢拈针弄绣襦。归向爷娘索花果，偷闲钩出地球图。”按宋芷湾《红杏山房诗草》卷三《忆少年》第二首云⑤：“世间何物是文章，提笔直书五六行。偷见先生嘻一笑，娘前索果索衣裳。”公度似隐师其意，扯凑完篇，整者碎而利者钝矣。（347—348 页）

这一则再论黄遵宪诗。钱先生在上一则里论黄遵宪诗，评他“伧气尚存，每成俗艳”。钱先生在清华大学念书时，老师吴宓是不赞成这样批评的，吴宓《人境庐诗草自序跋》：“谨按嘉应黄公度先生，为中国近世大诗家。《人境庐集》，久已流传，脍炙人口。二十余年前，梁任公尝称其最能以新思想新事物熔入旧风格，推为诗界革新之导师。”钱仲联《梦苕庵诗话》称：“《人境庐诗》，论者毁誉参半，如梁任公、胡适之辈，则推之为大家。如胡步曾及吾友徐澄宇以为疵累百出，谬戾乖张。钱锺书则又以卑

---

① 符兆纶：有《卓峰草堂诗钞》二十卷。
② 谢章铤：有《赌棋山庄文集》七卷。
③ 梁任公：梁启超字。夏穗卿：夏曾佑字。蒋观云：蒋智由字。
④ 邱沧海：邱逢甲号。
⑤ 宋芷湾：宋湘号。有《红杏山房诗钞》十三卷。

格俗艳评之。予以为论公度诗，当着眼大处，不当于小节处作吹毛之求。其天骨开张、大气包举者，真能于古人外独辟町畦。抚时感事之作，悲壮激越，传之他年，足当诗史。至论功力之深浅，则晚清做宋人诗一派，尽有胜之者。公度之长处，固不在此也。”这里不同意贬低黄遵宪诗的说法，包括“卑格”“俗艳”的说法在内，但并不具体批驳，所谓“取瑟而歌”之意。胡先骕（字步曾）《读郑子尹巢经巢诗集》：“梁任公所著《清代学术概论》云：‘直至末季，始有金和、黄遵宪、康有为，元气淋漓，卓然称大家。’此语大足以证明任公之于诗实浅尝者也。”“黄公度、康更生之诗，大气磅礴则有之，然过欠剪裁，瑕累百出，殊未足称元气淋漓也。”徐英《论近代国学》：“金和、黄遵宪、康有为之诗，谬戾乖张，丑怪已极。而梁启超谓其元气淋漓，卓然大家。阿其所好，非通论也。”这是对黄遵宪诗本有不同评价。

钱先生又称：“余于晚清诗家，推江弢叔与公度如使君与操。”曹操煮酒论英雄，称：“天下英雄，惟使君（刘备）与操耳。”认为江湜与黄遵宪诗可以匹敌。邵祖平《无尽藏斋诗话》，称江湜《伏敔堂诗录》：“大概长处在意致新缓，气势流畅，随笔写来，不窘篇幅。而短则在贪多就熟，步骤太快。步骤太快之病，比之作山阴道上客，光景虽好，终嫌行步匆忙，不能深细领略也。”钱先生称黄遵宪诗赡而不免于流，江湜诗也这样，“贪多就熟，步骤太快”，赡即多，步骤太快即不免于流了。

钱先生又讲黄遵宪时与乾嘉以后时的风气，认为乾嘉以后各家的诗，形成一种风气，流利轻巧，不矜格调，写性灵忌纤佻。遵宪少作也近这种风格。黄遵宪后来的诗，“不绝俗违时而竟超群出类”，即不反对这种风气，却能够超群出类。他怎样超群出类？钱仲联说：“在黄遵宪当时的中国诗坛，笼罩着浓厚的复古云雾。主要出现了这样几个流派：一是模仿汉魏六朝的湖湘派，以邓辅纶、王闿运为首；一是模仿宋诗的江西派和闽派，当时号称‘同光体’，以陈三立、沈曾植、陈衍为首；一是标榜唐人风格的，以张之洞为首，他的门人樊增祥、易顺鼎隶属于这一派；一是模仿西昆体的，以李希圣、曾广钧、曹元忠为首。‘同光体’在这个时期独占上风。这些流派，模古的目标不同，其为模古则一。”“遵宪自称他的诗为‘新派诗’。”（《人境庐诗草笺注》前言）黄遵宪的诗不同于当时几派的模仿古人。钱先生又指出：“其《自序》有曰：‘其炼格也，自曹、鲍、陶、谢、李、杜、韩、苏讫于晚近小家’，岂非明示爱古人而不薄近人哉。道广用宏”，所以又和江湜不同，能“超群出类”。

钱先生又称黄遵宪大胆为文处，无以过其乡宋湘的诗。按顾莼《红杏山房诗钞题辞》：“淋漓元气，充塞高厚。人随化运，孰能窥牖？有大力者，负之而走。陶冶在心，端倪在手。或一卷书，或一杯酒。兴来莫遏，挥斥万有。”这里讲的，跟黄遵宪诗有一致处。如“元气淋漓”，“人随化运”，“挥斥万有”都是。这里又指出黄遵宪《日本杂事诗》咏女学生一首，仿宋湘《忆少年》，但宋湘是反映少年时生活，是确切的。黄遵宪缺乏日本女学生生活，所以扯凑完篇，显得“整者碎而利者钝”了。又称他的《新嫁娘诗》是“闺艳秦声”之属。钱先生评黄遵宪诗的“俗艳”，或指这一部分的诗。黄遵宪自序称“其炼格也，自曹、鲍、陶、谢、李、杜、韩、苏讫于晚近小家”。但也说“然余固有志焉而未能逮也”，他自认为没有达到。钱先生认为他的五古近袁枚、赵翼，歌行似舒位，七绝则龚自珍，取径实不甚高，并没有做到从陶、谢、李、杜、韩、苏炼格，所以说他“格卑”。大胆为文处，不超过宋湘，不能改变“格卑”的评语。

二九　评严复诗

严几道号西学巨子①，而《愈野堂诗》词律谨饬，安于故步；惟卷上《复太夷继作论时文》一五古起语云：“吾闻过缢门，相戒勿言索”，喻新句贴。余尝拈以质人，胥叹其运古入妙，必出子史，莫知其直译西谚也。点化熔铸，真风炉日炭之手②，非“喀司德”、“巴立门”、“玫瑰战”、“蔷薇兵”之类③，恨全集只此一例。其他偶欲就旧解出新意者，如卷下《日来意兴都尽、涉想所至、率然书之》三律之“大地山河忽见前，古平今说是浑圆。偪仄难逃人满患，炎凉只为岁差偏”；“世间皆气古尝云，汽电今看共策勋。谁信百年穷物理，反成浩劫到人群。”直是韵语格致教科书，羌无微情深理。几道本乏深湛之思，治西学亦求卑之无甚高论者，如斯宾塞、穆勒、赫胥黎辈；所译之书，理不胜词，斯乃识趣所囿也。（24 页）

这则讲严复的诗。严复是清末维新运动中最大的翻译家，介绍赫胥黎的《天演论》到中国来，产生了极大的影响。又介绍了斯宾塞的《群己权界论》《穆勒名学》等等。钱先生在这里推重他直译西谚的两句诗。这两

① 严几道：民国严复字。有《愈野堂诗集》二卷。

② 风炉日炭：指自然融化。

③ 喀司德：地名的译音，又译作喀斯特。此地为石灰岩所成，英文的岩溶就是 Karst。巴立门：Parliament 的译音，即国会。玫瑰战、蔷薇兵：指的是同一个历史事件，或译作玫瑰战争，或译作蔷薇战争。十五世纪英国都铎王朝兰开斯特家族与约克家族为争夺王位，不断发生战争，双方各佩戴标记，兰开斯特一方是红玫瑰（蔷薇），约克一方是白玫瑰（蔷薇）。

句诗的好处，达到化境，比采用外国译名或典故来作诗的不同。又指出他用西洋的物理化学来作诗，成了“格致教科书”，不成为诗了。在这里，说明艺术与科学的不同。这里又指出严复的翻译，“理不胜词”。大概严复对于古文是有修养的。严复在《〈天演论〉译例言》里说：“译事三难：信，达，雅。”又说：“故信达而外，求其尔雅。”“实则精理微言，用汉以前字法句法，则为达易，用近世利俗文字，则求达难。”因此他用古文来翻译西洋名著，文辞雅正，但有“理不胜词”的缺点。

严复论诗是有见解的，像他《说诗用琥韵》：“光景随世开，不必唐宋判。大抵论诗功，天人各一半。诗中常有人，对卷若可唤。捻花示微笑，悟者一笑粲。”认为诗是跟着时代的发展，开出新的光景来，所以不必分唐诗宋诗。论诗的功力，天性和学力各占一半。要诗中有人，要有悟入。这里他讲不分唐宋是对的，但这话里还含有不想跳出唐宋的范围，所以还是维新派诗，不是革命派诗。这也说明严译名著，对于西洋文学艺术方面的著作还注意不够，受这方面的影响也不够，所以钱先生作出那样的批评。

三〇　评王国维诗和论

老辈惟王静安[①]，少作时时流露西学义谛，庶几水中之盐味，而非眼里之金屑。其《观堂丙午以前诗》一小册，甚有诗情作意，惜笔弱词靡，不免王仲宣“文秀质羸”之讥[②]。古诗不足观；七律多二字标题，比兴以寄天人之玄感，申悲智之胜义，是治西洋哲学人本色语。佳者可入《饮冰室诗话》[③]，而理窟过之。如《杂感》云：“侧身天地苦拘挛，姑射神人未可攀[④]。云若无心常淡淡，川如不竞岂潺潺。驰怀敷水条山里[⑤]，托意开元武德间[⑥]。终古诗人太无赖，苦求乐土向尘寰。”此非柏拉图之理想[⑦]，而参以浪漫主义之企羡乎。《出门》云：“出门惘惘知奚适，白日昭昭未易昏。但解购书那计读，且消今日敢论旬。百年顿尽追怀里，一夜难为怨别

---

① 王静安：王国维字，号观堂。有《观堂集林》二十卷等书。

② 王仲宣：王粲字，魏七子之一。钟嵘《诗品》称他“文秀而质羸”。

③ 《饮冰室诗话》：梁启超著。

④ 姑射神人：《庄子·逍遥游》：“藐姑射之山，有神人居焉，肌肤若冰雪，淖约若处子。”

⑤ 敷水：在陕西华阴县西。条山：中条山，指中条山脉的华山。

⑥ 开元武德：武德，是唐高祖年号。开元，是唐玄宗年号。武德、开元之间，主要是唐太宗贞观之治，是唐朝极盛时期。不称武德、开元，称开元、武德，是律诗要调平仄关系。

⑦ 柏拉图：古希腊哲学家，著有《理想国》，寄托他的理想。

人。我欲乘龙问羲叔①，两般谁幻又谁真。”此非普罗太哥拉斯之人本论②，而用之于哲学家所谓主观时间乎。“百年顿尽”一联，酷似唐李益《同崔邠登鹳雀楼》诗之“事去千年犹恨速，愁来一日即知长”③；宋遗老黄超然《秋夜》七绝亦云：“前朝旧事过如梦，不抵清秋一夜长”；皆《淮南子·说山训》：“拘囹圄者，以日为修；当死市者，以日为短”之意。张茂先《情诗》即曰④：“居欢惕夜促，在戚怨宵长”；李义山《和友人戏赠》本此指而更进一解曰⑤：“猿啼鹤怨终年事，未抵熏炉一夕间。”然静安标出“真幻”两字，则哲学家舍主观时间而立客观时间，牛顿所谓“绝对真实数学时间”者是也⑥。句如“人生过后唯存悔，知识增时转益疑”，亦皆西洋哲学常语；宋儒林之奇《拙斋纪闻》曰⑦：“疑字悔字，皆进学门户”，用意无此曲折。所撰《红楼梦评论》第四章申说叔本华人生解脱之旨⑧，引自作“生平颇忆挈卢敖”一七律为例；可见其确本义理，发为声诗，非余臆说也。(24—25页)

这一则讲王国维的诗，认为他的少作流露出西方哲学思想，是融化在诗里的。可惜笔力较弱。他的七律诗里运用比兴手法，来寄托西方的哲学思想。比起《饮冰室诗话》里讲的诗，更富于思想性。像他的《杂感》诗，写人在天地间苦于受到拘束，要求仙人的超脱做不到。云岂无心，还是出岫；川岂不竞，还是争流。因此私心追求的是唐代的盛世，苦于向人间追求乐土，这是寄托着柏拉图的理想国，具有浪漫主义的企求。他的

---

① 羲叔：即羲和，神话中太阳的御者，驾着龙拉着载太阳的车在天上巡行。不称羲和称羲叔，因这里要用个仄声字。

② 普罗太哥拉斯：古希腊诡辩家。

③ 李益：唐代诗人。

④ 张茂先：张华字，晋诗人。

⑤ 李义山：李商隐字，唐代诗人。

⑥ 牛顿：十七、十八世纪英国物理学家。他把时间空间看作是同运动着的物质相脱离的，相互间也并无联系，因而提出了“绝对时间”和“绝对空间”的观点。

⑦ 《拙斋纪闻》：宋林之奇（号拙斋）撰，即《道山纪闻》。

⑧ 叔本华：十八、十九世纪德国哲学家。他认为人的生活意志在现实世界中是无法满足的，必须否定生活意志以求解脱。

《出门》一首写欢乐的时候时间过得快，百年易尽；愁苦的时候时间过得慢，一夜也难过，这两者究竟谁幻谁真。这不是含有西洋哲学家说的主观时间吗？王静安提出“真幻”两字，含有主观时间是虚幻的，客观时间是真实的意思。

王国维在《静安文集》里有《红楼梦评论》，第四章《红楼梦之伦理学上之价值》中，称：“往者引一律曰：‘生平颇忆挈卢敖，东过蓬莱浴海涛。何处云中闻犬吠，至今湖畔尚乌号。人间地狱真无间，死后泥洹枉自豪。终古众生无度日，世尊只合老尘嚣。’何则？小宇宙之解脱，视大宇宙之解脱以为准故也。”这里引的诗说，生平颇想带了卢敖去求仙，卢敖是秦始皇派他入海求仙的方士，但求不到仙人。《论衡·道虚》里提到淮南王得道，鸡犬升天。但听不到云中犬吠，说明得道升天是假的。《史记·封禅书》讲黄帝在鼎湖跨龙上天，其臣抱弓射龙而不得，不能扳龙上天，因抱弓而号，称为乌号。这也说黄帝的臣子上不了天。总之是求仙无望。留在人间是痛苦的，人间和地狱一样。佛家称僧死为涅槃，即脱离一切烦恼，进入自由无碍的境界。涅槃即泥洹。说死后得到涅槃徒然是自豪的话。终古众生没有得超度的日子，众生不能解脱，佛也不能解脱，所以佛也老在尘世，解脱不了。这首诗宣扬叔本华的思想，认为人的生活意志无法满足，所以人生是痛苦的。王国维在《红楼梦评论》里宣扬叔本华思想，用来解释《红楼梦》。钱先生用它来证明王国维上引的诗中也是用西方哲学思想来写的。按叔本华是唯心主义哲学家，他的人生充满痛苦的说法，他因袭印度吠坛多派和佛教的说法，是不正确的。

三一　评苏曼殊论诗人

苏曼殊数以拜伦比太白仙才①，雪莱比长吉鬼才②。不知英诗鬼才，别有所属，惟贝多士可以当之③。至于拜伦之入世践实，而谓之“仙”，雪莱之凌虚蹈空，而谓之“鬼”，亦见此僧于文字海中飘零，未尝得筏登岸也。(50 页)

这一则论苏曼殊，苏曼殊有《题拜轮（伦）集》：“秋风海上已黄昏，独向遗编吊拜伦。词客飘零君与我，可能异域为招魂。”又《题师梨（雪莱）集》：“谁赠师梨一曲歌，可怜心事正蹉跎。琅玕欲报从何报，梦里依稀认眼波。”又说：“拜伦犹中之李白，师梨犹中土李贺，鬼才也。”钱先生指出“拜伦入世践实”，不得称“仙”，“雪莱之凌虚蹈空”，不宜称“鬼”。按拜伦一八一二年在国会发表演说，谴责英国统治集团对工人的血腥镇压。一八二三年投入希腊民族独立战争，即所谓“入世实践”。雪莱在一八一九年写诗剧《解放了的普罗米修斯》，采用古代神话题材，表达了反抗专制统治的斗争必将获胜的信念，和空想社会主义的理想，所以说他“凌虚蹈空”，因此说曼殊的比拟不当。

---

①　苏曼殊：原名玄瑛，后为僧，号曼殊，近代文学家。拜伦：十九世纪英国浪漫主义诗人。

②　雪莱：十八、十九世纪英国浪漫主义诗人。

③　贝多士：十九世纪英国诗人。

肆

SI

文学评论

WENXUEPINGLUN

一　以文拟人，形神一贯

余尝作文论中国文评特色①，谓其能近取诸身，以文拟人；以文拟人，斯形神一贯，文质相宜矣。举证颇详。郑君朝宗谓余②：“渔洋提倡神韵③，未可厚非。神韵乃诗中最高境界。”余亦谓然。拙文中已引宋张茂献《文箴》、方虚谷《瀛奎律髓》评许浑《春日题韦曲野老村舍》诗语、明唐顺之记《李方叔论文》④，而说明之矣。人之骨肉停匀，血脉充和，而胸襟鄙俗，风仪凡近，则伧父堪供使令，以筋力自效耳。然尚不失为健丈夫也。若百骸六脏，赅焉不存，则神韵将安寓着，毋乃精气游魂之不守舍而为变者乎。故无神韵，非好诗；而只讲有神韵，恐并不能成诗。此殷璠《河岳英灵集·序》论文⑤，所以“神来、气来、情来”三者并举也。渔洋“三昧”，本诸严沧浪，不过指含蓄吞吐而言，《池北偶谈》卷十八引汾阳孔文谷所说“清远”是也。而按《沧浪·诗辨》，则曰：“诗之法有五：体制、格力、气象、兴趣、音节。诗之品有九：高、古、深、远、长、雄

---

① 指《中国固有的文学批评的一个特点》，见于《文学杂志》一卷四期，一九三七年八月。附于本书之后。

② 郑朝宗：福建厦门大学中文系教授。

③ 神韵：清王士禛（渔洋山人）提倡神韵说，要求诗歌“天然澄淡”“风神韵致”“不著一字，尽得风流”，强调“兴会神到”“得意忘言”，推崇唐代的王维、孟浩然一派诗。

④ 张茂献：宋人章颖字茂献，存疑。方虚谷：元代方回号。有《瀛奎律髓》四十九卷。许浑：唐代诗人。唐顺之：明代古文家。有《荆川集》十二卷。

⑤ 《河岳英灵集》：唐代殷璠辑唐诗选集，三卷。

浑、飘逸、悲壮、凄婉。其大概有二：优游不迫、沉着痛快。诗之极致有一：曰入神。诗而入神，至矣尽矣，蔑以加矣。惟李杜得之”云云。可见神韵非诗品中之一品，而为各品之恰到好处，至善尽美。选色有环肥燕瘦之殊观①，神譬则貌之美而赏玩不足也；品庖有蜀腻浙清之异法②；神譬则味之甘而余回不尽也。必备五法而后可以列品，必列九品而后可以入神。参观《庄子·天运》篇论柤梨桔柚，《论衡·自纪》篇论美色、悲音、酒食。优游痛快，各有神韵。放翁《与儿辈论文章偶成》云：“吏部、仪曹体不同③，拾遗、供奉各家风④。未言看到无同处，看到同时已有功。”窃谓倘易“已”字为“始”字，则鉴赏更深一层，譬如沧浪之论“入神”是也。沧浪独以神韵许李杜，渔洋号为师法沧浪，乃仅知有王韦；撰《唐贤三昧集》，不取李杜，盖尽失沧浪之意矣⑤。故《居易录》自记闻王原祁论南宗画⑥，不解“闲远”中何以有“沉着痛快”；至《蚕尾文》为王芝廛作诗序⑦，始敷衍其说，以为“沉着痛快”，非特李、杜、昌黎有之，陶、谢、王、孟莫不有。然而知淡远中有沉着痛快，尚不知沉着痛快中之有远神淡味，其识力仍去沧浪一尘也。明末陆时雍选《古诗镜》、《唐诗镜》⑧，其《绪论》一编，标举神韵，推奉盛唐，以为“常留不尽，寄趣在有无之间”。盖隐承沧浪，而于李杜皆致不满。讥太白太利，为才使；讥少陵失中和，出手钝，病在好奇。《诗病在过》一条中，李、杜、韩、白胥遭指摘，独推尊右丞、苏州。一则以为摩诘不宜在李杜下，再则以为诗贵色韵，韦兼有之。斯实上继司空表圣《与王驾评诗》之说，而下接渔洋者。后人因非薄

---

① 环肥燕瘦：相传唐玄宗贵妃杨玉环与汉成帝后赵飞燕，一肥一瘦，均有姿色。

② 蜀腻浙清：川菜与浙菜有浓腻清淡之别。

③ 吏部：吏部侍郎韩愈。仪曹：唐以前有此官称，即礼部员外郎，柳宗元曾官礼部员外郎。

④ 拾遗：左拾遗杜甫。供奉：供奉翰林李白。

⑤ 严羽以李杜诗为“入神”之作，王士禛推神韵为诗中最高境界，但选辑《唐贤三昧集》，收王维、孟浩然、韦应物、柳宗元等四十多家，唯独不收李杜。

⑥ 《居易录》：清王士禛撰，三十四卷。王原祁：清代画家。

⑦ 《蚕尾文》：即王士禛撰《蚕尾集》十卷，续集二卷，后集二卷。

⑧ 明陆时雍选辑《古诗镜》三十六卷，《唐诗镜》五十四卷。

渔洋，而亦归罪沧浪；涂说乱其皂白，俗语流为丹青，恐古人不受此诬也。翁覃溪《复初斋文集》卷八有《神韵论》三首[1]，胸中未尽豁云霾，故笔下尚多带泥水。然谓诗“有于高古浑朴见神韵者，有于风致见神韵者，有在实际见神韵者，亦有虚处见神韵者，神韵实无不该之所”云云，可以矫渔洋之误解。惜未能为沧浪一白真相。胡元瑞《诗薮》内编卷五曰[2]：“作诗大要，不过二端；体格声调、兴象风神而已。体格声调，有则可循；兴象风神，无方可执。故作者但求体正格高，声雄调鬯；积习之久，矜持尽化，形迹俱融，兴象风神，自尔超迈。譬则镜花水月：体格声调，水与镜也；兴象风神，月与花也。必水澄镜朗，然后花月宛然；讵容昏鉴浊流，求睹二者。”窃欲为胡氏更进一解曰：讵容水涸镜破，求睹二者。姚姜坞《援鹑堂笔记》卷四十四云[3]：“字句章法，文之浅者也，然神气体势皆由之而见。”其犹子惜抱本此意[4]，作《古文辞类纂·序目》云：“所以为文者八，曰：神理、气味、格律、声色。神理、气味者，文之精也；格律、声色者，文之粗也。然苟舍其粗，则精者亦胡以寓焉。”此沧浪说之注脚也。古之谈艺者，其所标举者皆是也；以为舍所标举外，诗无他事，遂取一端而概全体，则是者为非矣。诗者，艺之取资于文字者也。文字有声，诗得之为调为律；文字有义，诗得之以侔色揣称者，为象为藻，以写心宣志者，为意为情。及夫调有弦外之遗音，语有言表之余味，则神韵盎然出焉。《文心雕龙·情采》篇云：“立文之道三：曰形文，曰声文，曰情文。”按 Ezra Pound 论诗文三类[5]，曰 Phanopoeia，曰 Melopoeia，曰 Logopoeia，与此词意全同。惟谓中国文字多象形会意，故中国诗文最工于刻画物象，则稚骏之见矣。人之嗜好，各有所偏。好咏歌者，则论诗当如乐；好雕绘者，则论诗当如画；好理趣者，则论诗当见道；好性灵者，则论诗当言志；好于象外得悬解

① 翁覃溪：清翁方纲号。有《复初斋文集》三十五卷。

② 胡元瑞：明胡应麟字。有《诗薮》内编六卷，外编六卷，续编二卷，杂编六卷。

③ 姚姜坞：清姚范字。有《援鹑堂笔记》五十卷。

④ 惜抱：清姚鼐有惜抱轩，因称惜抱先生。编有《古文辞类纂》七十四卷。

⑤ Ezra Pound：译音庞德，美国现代派诗人兼评论家。

者，则谓诗当如羚羊挂角，香象渡河。而及夫自运谋篇，倘成佳构，无不格调、词藻、情意、风神，兼具各备；虽轻重多寡，配比之分量不同，而缺一不可焉。(40—42 页)

中国古代文论，以神韵为诗中的最高境界，乃是近取于身，以文拟人者。神韵本是指人的风神气度，从人的骨肉血脉之体中，看出人的胸襟、风仪，这跟教养志趣有关。以神韵谈艺最早见于南齐谢赫《古画品录》，所谓“神韵气力”。唐张彦远《历代名画记》亦云：“鬼神人物有生物之状，须神韵而后生。”司空图论诗“神而自神”，在酸咸之外（《与李生论诗》），是以神味为主。殷璠论诗以神、气、情三者并举（《河岳英灵集序》），皆不离近取于身，以文拟人之“神”。可见，无神韵者非好诗，但只有神韵者也不一定能成为好诗。

严羽讲诗法有五：体制、格力、气象、兴趣、音节；五法必备，而后列品。诗品有九：高、古、深、远、长、雄浑、飘逸、悲壮、凄婉；九品之后，“优游不迫，沉着痛快”，可以入神，乃诗之最高境界。可见神韵不是诗法，也不是诗品中的一品，而是各品之至善至美者，严羽以为唯有李白、杜甫之诗当称入神之作。明胡应麟云：“盛唐气象混成，神韵轩举”（《诗薮·内篇》），陆时雍《诗镜总论》云：“诗之佳，拂拂如风，洋洋如水，一往神韵行乎其间”，皆标举神韵，亦推盛唐。但陆氏不同意严羽推李杜为大家，而以王维“写色清微”，“披情着性”，韦应物“有色有味，吐秀含芳”，高适“调响气佚，颇得纵横”，岑参“好为巧句”为唐诗名手。神韵说始自严羽，陆时雍隐承，但具体认识有如此之不同。钱先生指出陆氏实是“上继司空图《与王驾评诗》之说，而下接渔洋者”。王士禛选辑《唐贤三昧集》不取李杜，虽主神韵说，仅知有王维、韦应物，实则并未尊崇严羽的主张，他以为“优游不迫，沉着痛快”，不仅李白、杜甫、韩愈有，陶潜、谢灵运、王维、孟浩然亦有，而不知李、杜、韩的“沉着痛快”中亦有陶、谢、王、孟之淡远。后人在批评王士禛时，每每归罪于严羽，毫无道理。翁方纲论诗，谓神韵无处不在，可以矫正王士禛对严羽的误解。

明胡应麟提出作诗的要点，一是体格声调，一是兴象风神。前者关于诗的体制、风格和声律，比较具体，有章可循；后者关于诗的意象气韵，比较抽象，不易捉摸。他还以巧妙的比喻解释说：体格声调犹如水与镜，兴象风神犹如月与花，必水清镜明，然后才能映照出水中月、镜中花，否则水浊镜昏，则花月皆不可见。清姚范论诗认为，字句章法虽是起码要求，但神气体势均得由一定的字句章法才能表现，达不到起码的要求，也无从表现高尚的境界。姚鼐论诗文，以神理、气味为文之精，格律、声色为文之粗，但如舍弃格律和声色，神理和气味便无从表现。这些意见均可作为严羽“五法备，而后列品；九品后，可以入神”的注脚。

总之，诗是可以吟咏的文字艺术，必须有声调格律等形式上的要求，也应有写心宣志等内容上的要求，及至达到“调有弦外之遗音，语有言表之余味，则神韵盎然出焉”的最高境界。刘勰论文，以形文、声文、情文为文采，讲究对偶、声律、词藻，美国的现代派诗人论文有三类，即所谓显像的诗文、音乐的诗文、语言的诗文，与刘勰的意思是相同的。

综观中外谈艺者，大多是从上述几个方面立论的，偶有不同也是侧重点的差异。而钱先生总结得最为周全：善歌者，论诗应如乐；善绘者，论诗应如画；善理趣者，论诗应见道；善性灵者，论诗应言志；善于象外求悬解者，论诗应如羚羊挂角，无迹可求。但是，及至自己写作时，无一不讲究布局谋篇，格调、词藻、情意、风神，均不肯舍弃，只是轻重安排不同而已。

二 好诗似曾相识

前人亦曾道此体会。《庄子·则阳》取譬于“旧国旧都，望之畅然”者也①。《真诰》卷八《甄命授》②：“学道譬如万里行，比造所在，寒暑善恶，草木水土，无不经见也”；《五灯会元》卷六神照本如偈③：“处处逢归路，头头达故乡。本来成现事，何必待思量”；张子韶《横浦心传录》卷上④：“见道者如见故物，则他物不能易；闻道者如闻妻儿声，则他人声自不相投”；言义理也。王伯良《曲律》卷三《论句法》⑤：“我本新语，而使人闻若是旧句，言机熟也”；言词章也。均证斯境。西方作者，不乏同心之言。如约翰生甚赏葛雷凭吊墟墓诗中四节⑥，曰：“创辟崭新，未见有人道过，然读之只觉心中向来宿有此意。”圣佩韦重读古希腊牧歌宗工⑦，因曰：“此真经典之作也。读之使人如觅获夙心，如枨触旧事。”德·桑克提斯评雨果一诗集⑧，文中言此尤妙：“好诗可比气味投合之人，觌面倾心，一见如故，有似曾相识之感。其意态初不陌生，仿佛偶曾梦

① 《庄子》：周代庄周撰，共三十三章，《则阳》是其中一章。

② 《真诰》：梁陶弘景撰，二十卷。

③ 《五灯会元》：宋释普济撰，二十卷。

④ 张子韶：宋张九成字。有《横浦心传录》，即《横浦语录》，二卷。

⑤ 王伯良：明王骥德字。有《曲律》四卷。

⑥ 约翰生：十八世纪英国词书编纂家。葛雷：十八世纪英国诗人。

⑦ 圣佩韦：十九世纪法国文学批评家。

⑧ 德·桑克提斯：十九世纪意大利评论家。雨果：十九世纪法国著名作家、浪漫主义文学运动的领袖人物。

见，或不记何时底处尝一经眼，今赖诗人昭示，赫然斯在。柏拉图所持宿记论①，苟削其荒唐寓言，未尝不深入情理也。”此皆述者自言也。作者自言，亦复印可。海涅曰②：“新意萌生，辄如往事忆起。毕达歌拉斯尝云③，宿生转世为今生而一灵不昧，诗人得句时，颇有此感。”霍姆士托为书中人语曰④：“吾生平每得一佳句，乍书于纸，忽觉其为百年陈语，确信曾在不忆何处见过。”子才所拈尹似村兰、陈古渔毅两句，实能妙契文心，而向来无留意者。故复标举数家，以补旧引济慈语而博其趣焉⑤。《红楼梦》第三回宝玉初见黛玉云：“虽没见过，却看着面善；心里倒像是旧相认识，恍若远别重逢的一般”；词章惬心赏心，与男女倾心同心，若是班乎。（573—575 页）

胡敬尝与《秘殿珠林》、《石渠宝笈》编纂之役⑥，得睹内廷藏弆名迹。其《崇雅堂骈体文钞》卷三《明东林诸贤墨迹记》道朱子书踪云：“元晦留书，与魏武同其笔势⑦”，则似耳熟于俗说，率尔漫语，未必本之禁中目验也。（《钱锺书研究》14 页）

袁枚在《随园诗话》卷八云：“诗虽新，似旧才佳。尹似村云：‘看花好似寻良友，得句浑疑是旧诗。’古渔云：‘得句浑疑先辈语，登筵初僭少年人。’”他引尹兰、陈毅句，皆在说明诗的一种境界，“似旧才佳”，如同济慈所说：“好诗当道人心中事，一若忆旧而得者”，即方德耐尔所谓“新知如夙习”、柏拉图所谓“宿记”，也就是这里所说的“似曾相识”。无论《庄子》、《真诰》、本如法师和张九成所说，皆指一种“一见如故”“似曾相识”的境界，这是从义理上说的。

---

① 柏拉图：古希腊哲学家。
② 海涅：十八、十九世纪德国著名诗人。
③ 毕达哥拉斯：古希腊哲学家。
④ 霍姆士：十九世纪英国诗人。
⑤ 济慈：十八、十九世纪英国诗人。
⑥ 胡敬：清代作家，字以庄，号书农。历充武英殿、文颖馆编修，参预敕撰《秘殿珠林》二十四卷、《石渠宝笈》四十四卷等。有《崇雅堂文集》二十卷。
⑦ 魏武：三国魏武帝曹操。

从词章上说，王骥德《论句法》的“新语如旧句”，便是指艺术上达到的一种娴熟程度。西方作者也不乏相同的看法，如葛雷说的读新句，只觉心中早有此意；圣佩韦重读古希腊牧歌，如触动旧事；海涅说新意萌生，如往事忆起；霍姆士觉得佳句是百年陈语，等等。袁枚所引尹、陈两句，与探索作文的用心和道理是相合的，《庄子》取譬于“旧国旧都”，《真诰》取譬于学道如万里行，所遇无不经见，虽不直接与文心相关，道理都是一样的，皆在说明“熟”是艺术上的一个最高境界。《红楼梦》写宝玉初见黛玉，“像是旧相认识，恍若远别重逢”，就是写宝玉对黛玉的好印象，气味相投，一见如故。胡敬看到朱熹的墨迹，觉得与曹操的笔势相同，实际上他不可能真正看到过曹操书写时的笔势，而是常听到这样的说法，也跟着这样说了。这里实际指出好诗写的是人人心中之所有，人人笔下之所无。因为是人人心中之所有，所以看来熟；因为是人人笔下之所无，所以说好。所谓人人笔下之所无，即写的虽与古人写的有相类处，但艺术上必是创新的，也是前人所无的，所以说好。

三　论圆

珠、弹久成吾国评诗文惯喻，复益数例。《全唐文》卷一百三十一王无功《游北山赋》[1]：“赋成鼓吹，诗如弹丸”；早驱遣谢玄晖语入文[2]。梅圣俞《宛陵集》卷九《回陈郎中诗集》[3]：“明珠三百琲，一一径寸圆。”曾吉甫《茶山集》卷一《赠空上人》[4]：“今晨出数篇，秀色若可餐。清妍梅着雪，圆美珠走盘。”章冠之《自鸣集》卷五《王梦得念久出远归惠诗次韵》[5]：“别后新诗圆似弹。”陈寿老《篔窗集》卷七《又题叶子春诗》[6]：“夫弹丸者，非以其圆且熟耶。”《文心雕龙》尚有《定势》之“圆者规体，其势也自转。方者矩形，其势也自安”，《熔裁》之“首尾圆合，条贯统序”，《声律》之“切韵之动，势若转圆”；其他泛指才思赅备，则如《明诗》之“随性适分，鲜能通圆”，《论说》之“义贵通圆，辞忌枝碎”，《丽辞》之“理圆事密”，《指瑕》之“虑动难圆”[7]。陈宗之

---

① 王无功：王绩字，唐代作家。

② 谢玄晖：谢朓字，南齐作家。他称诗“圆美流转如弹丸”。

③ 梅圣俞：梅尧臣字，宋代作家。有《宛陵集》六十卷。

④ 曾吉甫：曾几字，号茶山居士，宋代作家。有《茶山集》八卷。

⑤ 章冠之：章甫字，自号易足居士，宋代作家。有《自鸣集》六卷。

⑥ 陈寿老：陈耆卿字，宋代作家。有《篔窗集》十卷。

⑦ 《文心雕龙》：南齐末年刘勰撰。全书五十篇，《定势》《熔裁》《声律》《明诗》等，均是其中的篇名。

《前贤小集拾遗》卷四周孚《洪致远屡来问诗、作长句遗之》①："古人作诗有成法，句欲圆转字欲活"；况夔笙《蕙风词话》卷一②："笔圆下乘，意圆中乘，神圆上乘。能圆见学力，能方见天分。"盖自六朝以还，谈艺者于"圆"字已闻之耳熟而言之口滑矣。(432—433 页)

历来谈艺者几乎都说到诗文"忌直贵曲"的道理，也常以"珠""圆"的比喻用作诗文评论。比如这里举引王绩"诗如弹丸"、梅尧臣"明珠""径寸圆"、曾几"圆美珠走盘"、章甫"新诗圆似弹"等说法，业已成为评论诗文艺术的标准，正如陈耆卿所谓圆熟，周孚所谓句圆字活，况周颐所谓"笔圆""意圆""神圆"。这里指出，以上说法不是他们自己的发明，早在六朝，南朝齐的谢朓已经提到，最早的文论专著《文心雕龙》的作者刘勰也多次论及。比如《定势篇》讲确定文章的体裁风格时，主张按照内容自然形成的趋势，圆者自然会转动，方者自然会安定，不必执意去追求方圆；《熔裁篇》讲练辞练意，主张写作时从头至尾次序井然，语气衔接，声调连贯，圆而无隙，照顾周全；《声律篇》讲声调，主张按照自然形成的格律，将声调的抑扬、高下、长短等交互使用，调配得当，顿挫有律，流美婉转，才能达到和谐。《明诗篇》是专门讲诗的，诗有多种体裁和风格，三言、四言、五言，诗人要按照自己的性情所致，确定所采用的体裁和风格，因此他认为很难做到兼善各体的通圆；《论说篇》专门讲论述文字，主张先要有理论，有论点，立论周全，切忌枝蔓，使道理讲通，等等，可见刘勰把"圆"看作是艺术上成熟的表现，不是能够一蹴而就的。

"珠""圆"在古代诗文中也常用来描述不易捕捉的乐音，如白居易的《琵琶行》，描绘琵琶女弹奏的情景："大弦嘈嘈如急雨，小弦切切如私语。嘈嘈切切错杂弹，大珠小珠落玉盘。"把千变万化的琵琶声，用具体可感

---

① 陈宗之：陈起字，宋代作家。辑有《前贤小集拾遗》五卷。周孚：字信道，宋代作家。

② 况夔笙：况周颐字，近代词论家。有《蕙风词话》五卷，续编二卷。

的事物表现，就用了“大珠小珠”，取其圆转流美，又落于玉盘之上，真是玉润珠圆，清脆悦耳。再如元稹的《小胡笳引》，形容姜宣弹小胡笳，奏出哀怨幽愤之声，是“绕指辘辘圆衮衮”，手指像井上的辘轳一般滚动，可见其指法的灵活，弹出的声音自然会有回环婉转之势。《谈艺录》有专门“说圆”的篇章，钱先生以丰富的例证，将古今中外谈艺者以圆为贵的思想展示出来，指出：“形之浑简完备者，无过于圆”，就连“先哲言道体道妙，亦以圆为象”，“译佛典者亦定‘圆通’‘圆觉’之名”，可见“圆之时义大矣”。推之谈艺，主此说者尤多，如谢朓、元稹、白居易、司空图、梅尧臣、苏轼、叶适、赵师秀等等，都以珠圆玉润为上，德国评论家蒂克称圆形之无起止是大学问、大艺术；英国女散文家李浮侬论述写作，对用词造句、布局谋篇、情节线索，皆主圆；苏格兰诗人斯密史亦将诗比作“星圆”。

其实，圆即曲，也就是婉转。如杜甫的《月夜》：

> 今夜鄜州月，闺中只独看。遥怜小儿女，未解忆长安。香雾云鬟湿，清辉玉臂寒。何时倚虚幌，双照泪痕干。

这是杜甫只身投奔肃宗，途中被安史叛军掳至长安时写的，当时妻子在陕西鄜州，杜甫对月怀念妻子，写下这首诗。但他不是直写自己的怀念，而是曲折地写妻对他的怀念，用儿女不解忆衬托妻的“独看”，更显出他们分离后各自的孤独。颈联是杜甫想象妻子久久望月怀念自己，夜深不睡，以致云鬟湿，玉臂寒。尾联更展开想象，盼望团聚时，两人同看月，回想到这一段历史造成的分离，终将重逢，便不必再流泪了。全诗句句曲折，扣紧怀人，抒情线索和布局安排，皆是“圆”的。像这样的诗例很多，如张若虚的《春江花月夜》、李商隐的《夜雨寄北》等等都是抒情婉转、声律流美的诗作。

钱先生在论诗文贵曲、贵圆的同时，指出论人相反，贵直。梁简文帝云：“立身之道，与文章异。立身须先谨重，文章且须放荡。”（《诫当阳公大心书》）可见，文以圆熟为上，而人若圆，则易流于滑，多不为人喜。

况周颐对“圆”所作的具体分析很有见地，笔圆通过学习磨炼较易达到，意圆则须更深的学力，神圆是上乘，最高的境界，也是论诗文的最高标准。

四　论“不著一字，尽得风流”

司空表圣《诗品·含蓄》曰[①]：“不著一字，尽得风流。”“不著”者、不多著、不更著也。已著诸字，而后“不著一字”，以默佐言，相反相成，岂“不语哑禅”哉。马拉梅、克洛岱尔辈论诗[②]，谓行间字际、纸首叶边之无字空白处与文字镶组，自蕴意味而不落言诠，亦为诗之干体。盖犹吾国古山水画，解以无笔墨处与点染处互相发挥烘托，岂“无字天书”或圆光之白纸哉[③]。破额山人《夜航船》卷八嘲八股文名师“无无生”[④]，传“全白真无”文诀，妙臻“不留一字”之高境；休休亭主之“不著一字，尽得风流”[⑤]，与无无生之“不留一字，全白真无”，毫厘千里焉。陆农师

---

① 《诗品》：唐司空图（字表圣）撰，一卷。分二十四诗品，《含蓄》是其一。

② 马拉梅：十九世纪法国诗人。克洛岱尔：十九、二十世纪法国外交家、作家。

③ 圆光白纸：圆光即放自佛菩萨头顶上的圆轮光，这里是指一种神秘的法术，术者颂咒语，使人对着白纸观看，说能见到种种幻象。

④ 破额山人：清人，撰《夜航船》八卷，不署姓名。卷八《无无生》：“闽省名宿，姓全名白，上下千古，一举而空之，曰犬羊虎豹，以文章别之耳。自我思之，不如一鞹为藏拙，故平生目他人文无一字，而己亦不肯留一字于人，人号之曰无无生。甫出母胎即识一‘无’字，比白居易只少一‘之’字，故自号半香山人。”“自幼读书……味同嚼蜡，不如不读为高。比握管为文，眼高手疏……最后竟不见一字。其议论曰：天贵无，地贵无，日月贵无，上天之载，无声无臭……我所谓无者，原以极不无而造到极无一境。……于是，游其门者，悉以全白真无之一法。……生家堂室对联轴挂，纯以白纸裱作空款段，不著半点笔墨。问其故，曰：‘天地间皆有好处可寻，独笔墨一门，寻不出好处，无好处而在眼前者谓之赘瘤。’……大僚慕其名，招之试以帖括，自辰牌至漏尽，卒无一字，曳白呈上，大僚叹绝曰：‘不著一字，尽得风流。’”

⑤ 休休亭主：唐司空图，因隐居处造有休休亭，故得此名。

《埤雅》卷十三《杨》论《折杨》、《皇华》之曲曰①："《记》曰：'清庙之瑟，朱弦而疏越，一唱而三叹，有遗音者矣。'② 若此，诗之至也。《中庸》曰③：'上天之载，无声无臭。'至矣。"夫《乐记》言"有遗音"也，《中庸》言原"无声"也；农师连类论诗，是混"含蓄"于"全白"矣。易顺鼎实甫《丁戊之间行卷》有九言体一首④，《伯严同毛实君、廖笙陔、郑砚孙游衡山，遇雨而归，四人者皆无诗，代为解嘲》⑤："眼前奇景那可乏奇句，此四人者不答皆摇头。得无误信司空表圣说，不著一字谓足称风流。"以文为戏而望文生义，毋庸苛论，顾亦征易氏之误解司空表圣说。不然，易"信"字为"解"字，未始不可嘲戏"四人者"也。(414—415 页)

诗是语言的艺术，而一首好诗，往往意在言外，自蕴意味。这里指出司空图的"不著一字，尽得风流"，不是一个字也不著，而是不多著。好比用形象来表达情意，只讲形象，不用一字来点出情意。就像图画上的空白、音乐中的休止，别有一番蕴味。马拉梅、克洛岱尔论诗，将诗句的字际行间和上下左右的空白，都看作可助诗体产生美感的组成部分，就像中国的山水画，多不将画面布满，而留有无笔墨处，或加盖印章，使其与有笔墨处互为衬托，相映成趣，给观赏者留有更多想象的余地。诗也一样。初唐陈子昂的《登幽州台歌》：

前不见古人，后不见来者。念天地之悠悠，独怆然而涕下。

仅用了二十二个字，两句五言，两句骚体，却表现了诗人对整个天地人生、悠悠忽忽的无限感慨，他被排挤打击的悲愤，他替天下受到同样打

---

① 《埤雅》：宋陆佃（字农师）撰，二十卷。《折柳》：即《折杨柳》，乐府歌辞。《皇华》：即《皇皇者华》，《诗经·小雅》篇名。这里是指送别和颂扬之曲。

② 《记》：指《礼记·乐记》。一唱三叹：言反复咏唱。

③ 《中庸》：《礼记》中的一篇，宋朱熹将其抽出，与《大学》《论语》《孟子》合为四书。

④ 易顺鼎：清末作家。有《丁戊之间行卷》十卷。

⑤ 伯严：陈三立字，同光体诗人。

击的人同声垂泪，这样的内容诗中一字不提，却尽得风流了。

《礼记·乐记》中讲的“一唱三叹，有遗音者”，是“不著一字”的另一种表现。即一遍又一遍地反复咏唱，有言外之音。对于言外之音，一字不提，也是不著一字，所谓“有遗音”者，也就是能给人回味的余地。比如《古诗十九首》的《行行重行行》：

> 行行重行行，与君生别离。相去万余里，各在天一涯。道路阻且长，会面安可知？胡马依北风，越鸟巢南枝。相去日已远，衣带日已缓。浮云蔽白日，游子不顾反。思君令人老，岁月忽已晚。弃捐勿复道，努力加餐饭。

这是一首明白如话、雅润清丽的离别相思之作，全诗十六句，反复说的都是相思离别之苦，但对于“浮云蔽白日，游子不顾反”的内容，“浮云蔽白日”究竟指什么？为什么会造成“游子不顾反”？一字不提，这就是有遗音，也是“不著一字”，读之使人悲哀，久久不能平复。产生这样的艺术力量，与诗的一唱三叹，反复咏吟，使情感逐渐加深的写作方法和思致深远而有余意的艺术风格有很大关系。

这一则最后讲到司空图的“不著一字，尽得风流”曾受到易顺鼎的误解和讥嘲，因为他用了“误信”两字，显是望文生义，从这八个字的字面上去理解，以为“不著一字”是一个字也不著，这倒是像那位八股文名师无无生传授的“全白真无”文诀，真的是不留一字。倘改作“误解”，就对了。显然，司空图的“不著”不等于“不留”，而是说的一种不多著字的艺术手法。

五　论水月镜花

《傅与砺诗集》冠以揭傒斯序①，有曰："刘会孟尝序余族兄以直诗②，其言曰：诗欲离欲近；夫欲离欲近，如水中月，如镜中花。"今本《须溪集》中无此序③；《揭文安集》亦未收《傅诗集序》④，仅卷八《吴清宁文集序》称辰翁云："须溪衰世之作也，然其论诗，数百年来一人。"傅诗揭序所引辰翁语，虽碎金片羽，直与《沧浪·诗辨》言"神韵"如"水中之月，镜中之象，透彻玲珑，不可凑泊"云云⑤，如出一口。"不可凑泊"、"欲离欲近"，即释典所言"不即不离"。僧肇《释宝藏论·离微体静品》第二⑥："离者，体不与物合，亦不与物离。譬如明镜，光映万象，然彼明镜，不与影合，亦不与体离。"唐译《华严经·十通品》第二十八⑦："譬如日月、男子、女人、舍宅、山林、河泉等物，于油于水于宝于明镜等清净物中而现其影；影与油等，非一非异，非离非合，虽现其中，

---

① 《傅与砺诗集》：元傅若金（字与砺）撰，二十卷。揭傒斯：字曼硕，元代作家。

② 刘会孟：宋刘辰翁字。

③ 《须溪集》：宋刘辰翁撰，十卷。

④ 《揭文安集》：元揭傒斯撰，十四卷。

⑤ 《沧浪·诗辨》：宋严羽撰，一卷。分诗辨、诗体等五节论述。

⑥ 僧肇：晋代名僧。有《释宝藏论》一卷，亦称《肇论》。《离微体静品》是其中一节。

⑦ 唐译《华严经》：唐实叉难陀译，八十卷。

无所染着。”唐译《圆觉经》①：“世界犹如空花乱起乱灭，不即不离，无缚无脱。”禅宗拈此为话头，而易其水镜之喻，如《五灯会元》卷十七黄龙祖心曰②：“唤作拳头则触，不唤作拳头则背”，又禅林《僧宝传》卷十二荐福古曰③：“譬如火聚，触之为烧，背之非火。”然则目辰翁为沧浪“正传”，似无不可，何止胡元瑞所谓“别传”哉④。“不触不背”、“不即不离”，视儒家言之“无适无莫”（《论语·里仁》）似更深入而浅出也。辰翁《陈简斋诗集序》亦《须溪集》所漏收，有云：“诗道如花，论高品则色不如香，论逼真则香不如色”；则犹陆农师《埤雅》卷十三引“俗谚”云⑤：“梅花优于香，桃花优于色。”“香”自是诗中神韵佳譬。《苕溪渔隐丛话后集》卷三十三载张芸叟《评诗》⑥，于王介甫曰⑦：“如空中之音，相中之色，人皆闻见，难有着摸”；正借释氏语，特不切介甫诗耳。声与色固“难着摸”，香只是气味，更不落迹象，无可“逼真”。西方诗人及论师每称香气为花之神或灵魂或心事流露，颇相发明。（426—427 页）

《沧浪诗话》曰：“语忌直，脉忌露。”渔洋《师友诗传续录》曰⑧：“严仪卿以禅理喻诗⑨，内典所云⑩：不即不离，不脱不粘，曹洞所谓参活句⑪，是也”；《香祖笔记》曰⑫：“余尝观荆浩论山水而悟诗家三昧⑬。其

① 唐译《圆觉经》：唐佛陀多罗译，一卷。

② 《五灯会元》：宋释普济撰，二十卷。

③ 《僧宝传》：宋释惠洪撰，三十二卷。总括五宗，传八十一人。

④ 胡元瑞：胡应麟字，明代作家。有《诗薮》内、外、杂、续四编。

⑤ 《埤雅》：宋代作家陆佃（字师农）撰，二十卷。

⑥ 《苕溪渔隐丛话》：宋胡仔（自号苕溪渔隐）撰，前集六十卷，后集四十卷。《诗评》：宋代作家张舜民（字芸叟）撰。

⑦ 王介甫：王安石字，宋代作家。

⑧ 《师友诗传续录》：清刘大勤问，王士禛答，一卷。

⑨ 严仪卿：宋严羽字。

⑩ 内典：佛之教典。

⑪ 曹洞：唐良价禅师，一称洞山。

⑫ 《香祖笔记》：清王士禛撰，十二卷。

⑬ 荆浩：后梁山水画家，字浩然，自号洪谷子。有《山水诀》。三昧：犹奥妙。

言曰：远人无目，远水无波，远山无皴。”按魏尔兰谓[①]：“佳诗贴切而不粘着，如水墨晕。”即此旨也。《沧浪诗话》曰：“不涉理路，不落言诠。羚羊挂角，无迹可求。妙处莹彻玲珑，不可凑泊，如空中之音，相中之色，水中之月，镜中之象。按《宾退录》卷二载张芸叟‘评本朝名公诗’[②]：‘王介甫如空中之音，相中之色，欲有寻绎，不可得矣。’《困学纪闻》卷十八纪栾城论文[③]，‘以不带声色为妙’。言有尽而意无穷，一唱三叹之音。”《诗镜》曰[④]：“诗被于乐，声之也。声微而韵悠然长逝者，声之所不得留也。凡情不奇而自法，景不丽而自妙者，韵使之也。食肉者不贵味而贵臭[⑤]，闻乐者不闻响而闻音。”与前所引法德两国诗流论诗妙入乐不可言传云云[⑥]，更如符节之能合。魏尔兰比诗境于“蝉翼纱幕之后，明眸流睇”，言其似隐如显，望之宛在，即之忽稀，正沧浪所谓“不可凑泊”也。(275—276 页)

这里第一则从宋代诗人刘辰翁《须溪集》漏收两篇文章的片言只语谈起，论述了诗歌艺术的风格，贵在神韵的道理。

刘辰翁在为揭傒斯兄诗集序中说：“诗欲离欲近，如水中月，如镜中花”；在《陈简斋诗集序》中说：“诗道如花，论高品则色不如香，论逼真则香不如色”，确是见解非凡。与他大约同时期的严羽，在《沧浪诗话·诗辨》中讲到诗的神韵，也有水中月、镜中象、“透澈玲珑，不可凑泊”的说法，讲到诗之品，也有深远飘逸，如空中音、相中色的说法，看法完全一致。“透澈玲珑，不可凑泊”八个字，就是“欲离欲近”的意思，也就是佛典上所说的“不即不离”，僧肇所说的“不与影合，亦不与体离”，“非离非合”，如同水中看月，镜中看花，可望而不可即，透澈有余而终不

---

① 魏尔兰：十九世纪法国诗人。

② 《宾退录》：宋赵与时撰，十卷。张芸叟：宋张舜民字。

③ 《困学纪闻》：宋王应麟撰，二十卷。栾城：宋苏辙。有《栾城集》五十卷等。

④ 《诗镜》：即《诗镜总论》一卷，明陆时雍撰。

⑤ 臭（xiù）：气味。

⑥ 法德两国诗流：指法国诗人魏尔兰、马拉梅、瓦勒里与德国浪漫派诗人瓦根洛特、蒂克、诺瓦利斯等，议论相近，认为诗不必言之有物，如乐无意，又如乐含义。

可得。水如明镜，月映其中，月影与月既不能相合，也不能相离。可见他们都是以禅喻诗，解释诗的艺术性贵在形象思维，贵在神韵。

刘、严论诗的见解很高，因为他们悟到了艺术的真谛。姑且举唐代诗人孟浩然的《春晓》来说明：

春眠不觉晓，处处闻啼鸟。夜来风雨声，花落知多少！

这诗里含有一夜不睡的意思，从“夜来风雨声”里透露出来。这里又含有破晓时入睡的意思，所以称“不觉晓”，这跟“处处闻啼鸟”有关，因“闻啼鸟”知天已放晴，所以安然入睡。从不睡到入睡，正透露出诗人对花事的关心。这些心情的变化，都不加点明，是用形象思维的写法。

刘辰翁又以花喻诗，花好在香不在色，譬如梅花，只要远远闻到她淡雅的香气，便可以想到高雅之美，无须看到她的形象。好诗也一样，神韵和情趣好比花香，不在乎写了什么或用什么形式。再譬如桃花的美则在色不在香，必得亲眼看到她的艳丽时，才会觉得她美，比起梅花自然不如，在诗也是略逊一筹的。张舜民解释空中音、相中色的妙处是“人皆闻见，难有着摸”，而“香”更是缥缈无迹，看不见，捉不到，留不住，迁不去的气味，用“香”来喻诗的神韵，实在恰切。西方诗人曾称香味是花的灵魂，那么，也可以说神韵是诗的灵魂了。

第二则引严羽说：“语忌直”，王士禛讲曹洞禅师所谓的“参活句”，都是针对诗文艺术手法和风格说的。王士禛在《香祖笔记》里总结出诗家的秘诀，即：“远人无目，远水无波，远山无皴。”因为“目”“波”“皴”需在近处方能看见，这是生活常识，电影中特写镜头的处理是写近景，“远人无目，远水无波，远山无皴”是写远景。魏尔兰说的“贴切而不粘着”，似不如严羽说的更为形象，“透澈玲珑”就是“贴切”，“不可凑泊”就是“不粘着”，如空中音、相中色、水中月、镜中象，就是“贴切而不粘着”。这也说明似隐如显、朦胧模糊的含蓄境界，如纱幕后的明眸流睇，有着无穷的吸引力。陆时雍说诗重在音节，与德国的蒂克主张诗以声调写心言志，十分吻合。诺瓦利斯也说作诗“仅有声音之谐，文字之丽”，“诗之高境亦如音乐，浑含大意，婉转而不直捷”。可见，中外谈艺者无论用什么比喻说诗，意思大致是共同的，即：诗应有含蓄的风格，要达到一种“似隐如显，望之宛在，即之忽稀”的境界。

六　诗有别才别趣

自“同光体①”起，诸老先倡“学人之诗”。良以宋人诗好钩新摘异，炫博矜奇，故沧浪当日，深非苏黄，即曰：“近代诸公乃作奇特解会，以才学为诗。其作多务使事，用字必有来历，押韵必有出处，唐人之风变矣”云云。东坡谓孟襄阳诗“少作料”，施愚山《蠖斋诗话》至发“眼中金屑”之叹；而清初时浙派宋诗亦遭“饾饤”之讥②。加之此体巨子，多以诗人而劬学博闻，挥毫落纸，结习难除，亦固其然。然与其言“学人”之诗，来獭祭兔园、抄书作诗之诮，不如言诗人之学，即《沧浪诗话》“别才非学而必读书以极其至”之意，亦即《田间诗说》所云“诗有别学”是也③。沧浪之说，周匝无病。朱竹垞《斋中读书》五古第十一首妄肆诋諆④，盖“贪多”人习气。李审言丈读书素留心小处⑤，乃竟为竹垞推波张焰，作诗曰：“心折长芦吾已久⑥，别才非学最难凭”。本事见《石遗室诗话》卷十七。陈石遗丈初作《罗瘿庵诗叙》⑦，亦沿竹垞之讹；及《石遗室

① 同光体：清同治光绪时期的诗歌流派，以陈三立、陈衍、沈曾植为代表，不专宗盛唐，以“江西诗派”为榜样，又称“宋诗派”，在诗坛上与“南社”相抗衡。

② 浙派宋诗：清初吴之振与吕留良、黄宗羲等编刊《宋诗抄》一百六卷，即为浙派宋诗。

③ 《田间诗说》：清钱澄之（字幼光，自称田间老人）撰。

④ 朱竹垞：朱彝尊号，清代文学家。有《曝书亭集》八十卷。

⑤ 李审言：近人李详字。丈：敬称。

⑥ 长芦：朱彝尊晚号小长芦钓鱼师。

⑦ 陈石遗：近人陈衍号。有《石遗室诗话》三十二卷，《石遗室文》十二卷。

文》四集为审言诗作叙，始谓：沧浪未误，“不关学言其始事，多读书言其终事，略如子美读破万卷、下笔有神也”云云。余按“下笔有神”，在“读破万卷”之后，则“多读书”之非“终事”，的然可知。读书以极其至，一事也；以读书为其极至，又一事也。二者差以毫厘，谬以千里。沧浪主别才，而以学充之；石遗主博学，而以才驭之，虽回护沧浪，已大失沧浪之真矣。沧浪不废学，先贤多已言之，亦非自石遗始。宋小茗《耐冷谭》卷八曰①：“少陵云：‘读书破万卷，下笔如有神’，此千古学诗者之极则。《沧浪诗话》云：‘诗有别才，非关书也；诗有别趣，非关理也；然非多读书多穷理，则不能极其至。’持论本极周密。自解缙《春雨杂述》截取沧浪首四句②，以为学诗者不必读书，诗道于是乎衰矣。仆昔有：‘沧浪漫说非关学，谁破人间万卷书’之语，亦由少年无学，循习流俗人之说，使沧浪千古抱冤。”钱星湖《衎石斋纪事续稿》卷五《颐采堂诗序》曰③：“自严沧浪论诗曰妙悟，曰入神，后人不喻，辄曰何必博闻。此竹垞之所深斥也。顾吾观严氏之说，谓：‘诗有别才，非关书也；诗有别趣，非关理也；然非多读书，多穷理，则不能极其至。’是虽严氏亦何能废书哉。”陈恭甫《左海文集》卷六《萨檀河白华楼诗钞叙》曰④：“严沧浪云：‘诗有别才，非关书也；诗有别趣，非关理也；然非多读书，多穷理，则不能极其至。’卓哉是言乎。犛牛不可以执鼠，干将不可以补履；郑刀宋斤、迁乎地而勿良，楂梨桔柚、相反而皆可于口。此别才之说也。五沃之土无败岁，九成之台无枉木；饮于江海，杯勺皆波涛；采于山薮，寻尺皆松枞。此多读书之说也。解牛者目无全牛，画马者胸有全马，造弓者择干于太山之阿，学琴者之蓬莱山，此多穷理之说也。世徒执别才一语，为沧浪诟病，亦过矣。”谢枚如《赌棋山庄余集》卷三引《屏麓草堂诗话》

① 宋小茗：清宋咸熙字。有《耐冷谭》十六卷。

② 解缙：字大绅，明代作家。有《春雨杂述》一卷。

③ 钱星湖：清钱仪吉，字蔼人，号衎石。有《衎石斋纪事稿》十卷，《续稿》十卷。

④ 陈恭甫：陈寿祺字，清代作家。有《左海文集》十卷，乙集二卷。

载何歧海说①，谓："近世瞀儒摘别才不关书一语②，以资掊击。"余考钟嵘《诗品》曰："古今胜语，多非补假，皆由直寻，即沧浪别才不关书之说也。杜工部云：'读书破万卷，下笔如有神'；苏文忠云：'博观而约取，厚积而薄发'，又云：'退笔如山未足珍，读书万卷始通神'；即沧浪非多读书不能极其至之说也。瞀儒所执以诋沧浪，为皆沧浪所已言，可谓悖者之悖，以不悖为悖者矣。"张亨甫《文集》卷三③：《答朱秦洲书》略谓："沧浪言别才别趣，亦言读书穷理，二者济美，本无偏颇。后人执此失彼，既昧沧浪之旨，复坏诗教之防。欲救今日为诗之弊，莫善于沧浪"云云。亨甫所谓"今日诗弊"，乃指南袁、北翁而言④。参观《文集》卷四《刘孟涂诗稿书后》。一时作者，不为随园、瓯北之佻滑⑤，则为覃溪、竹君之考订⑥；卷三《与徐廉峰太史书》。譬如不归杨则归墨⑦，故欲以沧浪为对症之药。窃谓凡诗之空而以为灵，塞而以为厚者，皆须三复《沧浪·诗辨》；渔洋未能尽沧浪之理，冯班《钝吟杂录·纠缪》一卷亦只能正沧浪考证之谬。（207—209页）

《沧浪诗话》谓："诗有别才，非关书也；有别趣，非关理也。然非多读书，多穷理，不能极其至"，又谓："学诗者以识为主。"按《随园诗话》卷三曰："方子云云：'学荒翻得性灵诗'，刘霞裳云：'读书久觉诗思涩'。非真读书真能诗者不能道。"参观卷六王梦楼云条。又曰："作史三长才学识，诗亦如之，而识为最先。非识则才学俱误，北朝徐遵明指其心曰：'吾今而知真师之所在。'识之谓欤。"卷四曰："陶篁村谓作诗须视天分⑧，非关学习。磨铁可以成针，磨砖不可以成针。"卷五曰："人有满腔

---

① 谢枚如：清谢章铤字。有《赌棋山庄余集》十四卷。
② 瞀儒：指愚蒙文人，愚夫子。
③ 张亨甫：清张际亮字。有《张亨甫文集》六卷。
④ 南袁、北翁：指袁枚、翁方纲。
⑤ 瓯北：赵翼号，清代诗论家。佻滑：轻薄不实。
⑥ 覃溪、竹君：指翁方纲、朱筠。
⑦ 不归杨则归墨：指杨朱、墨翟。杨氏为我，墨氏兼爱，哲学主张相反。
⑧ 陶篁村：清陶无藻号。

书卷，无处张皇，当为考据或骈文，何必借诗卖弄。凡诗之传者，都是性灵，不关堆垛。”卷六曰：“司空表圣论诗，贵得味外味。余谓今之作诗者，味内味尚不能得，况味外味乎。”《补遗》卷一引李玉洲曰：“多读书为诗家最要事，欲其助我神气。其隶事与否，作者不自知，读者亦不知，方谓之真诗。”与沧浪宗旨，有何不同。盖性之灵言其体，悟之妙言其用，二者本一气相通。悟妙必根于性灵，而性灵所发，不必尽为妙悟；妙悟者，性灵之发而中节，穷以见几，异于狂花客慧、浮光掠影。此沧浪之说，所以更为造微。子才引司空表圣，尤机锋泄漏，表圣固沧浪议论之先河；《与李生论诗书》所谓：“味在酸咸之外，远而不尽，韵外之致”，即沧浪之神韵耳。子才所引徐遵明指心事，出《魏书·儒林传》，酷肖禅宗不立阶梯、直指心源之说。《补遗》卷三《诗佛歌》亦云：“一心之外无他师。”彼法常言：迷心徇文，如执指为月。《观心论》中云：“伤念一家门徒，不染内法，著外文字。偷记注而奔走，负经论而浪行。”《宗镜录》卷九十二引。有檀越问安国①：“和尚是南宗北宗”，答云：“我非南宗北宗，心为宗”；又问：“和尚曾看教否”，答云：“我不曾看教。若识心，一切教看竟。”《宗镜录》卷九十八引，参观卷九十四引证。与子才说诗，若合符节矣。(200—201 页)

严羽的《沧浪诗话》是一部系统的以禅喻诗、偏重于论诗的艺术性之专门著作，对宋诗的弊病和诗坛上的宗派模拟，“好钩新摘异，炫博矜奇”，提出严厉的驳难。因此，自它问世以后，产生了相当大的影响，对若干问题的认识也引起了不少争论。

这里两则是专就才、学、识方面的问题，作出公正的评价，并指出袁枚的《随园诗话》与严羽的《沧浪诗话》、司空图的《诗品》一脉相承的关系。

一、严羽在《沧浪诗话·诗辨》中的第一句话，便是“诗者以识为主”，“识”在这里是指对诗应具有的一种审美、品味、辨别高下的能力，

① 檀越：梵语，施主之义。安国：即齐安国师，嗣法于马祖。

也就是严羽说的对于入门“路头”的判断力，因此，他将“识”看得头等重要。他又说：“诗有别才，非关书也；诗有别趣，非关理也：然非多读书，多穷理，则不能极其至。”讲的是“才”与“学”的问题，基本精神是重别才而不废学。钱先生认为：与其言“学人之诗”，遭抄书作诗之讥，不如言诗人之学，也就是严羽所谓别才非学，但必须读书极其至，亦即钱澄之所谓“诗有别学”。然而严羽的不废书，以读书达到最高境界的主张，却历遭非难，明黄道周指别才非学为“欺诳天下后生”的瞎说（《漳浦集》卷二十三《书双荷庵诗后》），明遗民周容以反问为责难说：“盛唐诸大家，有一字不本于学者否？”并诬严说为“流弊”（《春酒堂诗话》）。清朱彝尊指桑骂槐，诋毁说：“坐坛坫诗，不知自量”（《静志居诗话》卷十八），其实他仅注意严羽的别才非书，未注意下文，竟指严羽“不晓事”；汪师韩反击说：“不学博依不能安诗”（《诗学纂闻》）；近人李详亦为朱彝尊之诬推波助澜，说别才非学靠不住，陈衍开始沿袭朱彝尊的错误，后为李详诗作序时，才说严羽的“非关书”，是指开始作诗时，因此不误。清人徐经《雅歌堂甓坪诗话》卷二有赞同严羽别才非学的话：“诗学自有一副才调，具于性灵”，“古人未尝不力学，而诗则工拙各异”，是因“才自有别，非一倚于学所能得”；张宗泰《书瓯北集后》（《鲁岩所学集》），亦支持严羽别才非书的立论，他从古今文人学士中有鸿才硕学、博通坟典者，于吟咏无一字留传的事实，证明诗乃别才非书；宋咸熙诗话《耐冷谭》亦称严羽“持论本极周密”，他指责明人解缙截取严羽《诗话》首四句，断章取义，以为学诗者不必读书，影响很坏，甚至“诗道于是乎衰矣”，他开始也是非难严羽的，及至学富之后改变了看法。钱仪吉在《颐彩堂诗序》里也肯定严氏论诗曰妙悟，曰入神，并未有废书之说。陈寿祺《萨檀河白华楼诗钞叙》亦称严氏别才非书、读书穷理“能极其至”之说“卓哉”，他还用了一系列比喻说明诗乃别才之说，认为诗抒性情与读书穷理是两种功夫，而多读书，就像饮于江海的人，可于杯勺中想见波涛，宰牛者一点一点动刀，画马者须胸有全马的构想，对此若不“穷理”，便难以成功。张际亮《答朱秦洲书》亦称严氏别才别趣，归之于读书穷理，是

"二者兼美，本无偏颇"，并以为可救清诗之弊。这里认为凡诗之少料而以为灵，或诗之多料而以为厚者，皆须反复读三遍《沧浪诗话·诗辨》，至于冯班的《钝吟杂录·纠缪》，仅是纠正其《考证》的部分错误。这里还指出，陈衍说"多读书言其终事"不确，因杜甫读破万卷之后，方下笔有神，可见"多读书"非"终事"，严氏主张别才，以学补充；陈衍主张博学，以才驾驭，所以同是主张读书，意义却大不同。

二、钱先生举引若干例证，说明袁枚《随园诗话》论诗以妙悟为主，论文章以神韵为归，与严羽《沧浪诗话》、司空图《诗品》的立论暗暗相合，有着一种承继的关系。如：严氏别才别趣、非书非理、读书穷理之说，在《随园诗话》中能找到很好的解释，其卷三引方子云和刘霞裳的诗句，"学荒翻得性灵诗"和"读书久觉诗思涩"，是读书、作诗的经验之谈，因为读书和吟咏是运用两种不同的思维方式，读书要求记忆、理解、融会贯通，无论运用归纳或演绎，皆属逻辑思维，而吟咏则是抒发情怀或描景状物，纯属形象思维，所以袁氏说"非真读书真能诗者不能道"，与严氏主张暗合。同卷中袁氏又说："作史三长才学识，诗亦如之，而以识为最先"，这与严氏入门"路头"之说完全一致。《诗话》卷四引陶元藻的话是肯定"作诗须视天分"的说法，认为"与诗近者，虽中年后，可以名家；与诗远者，虽童而习之，无益也"，并用磨铁成针，磨砖不成针，比喻别才，显然，袁氏同意陶氏意见，又与严氏别才说相合。《诗话》卷六有一则引司空图论诗，透露了他们的相通之处；司空图论诗贵味外味，袁氏甚为赞赏，他以为今之作诗者味内味尚未得到，只好以出新意、去陈言为第一着。为此他深感遗憾。他的《诗话补遗》卷一引李玉洲言，表明他赞同"多读书为诗家最要事"，因为"必须胸有万卷者"，才能助神气，"若有心矜炫淹博，便落下乘"，这与严氏反对"以文字为诗，以才学为诗，以议论为诗"，"多务使事，不问兴致"，以及用字押韵必有依据等，有碍表达性情的宗旨亦甚相合。谢章铤《赌棋山庄余集》引何歧海说：袁氏别才不关书之说，亦即钟嵘《诗品》所谓古今胜语多非补假，皆由直寻之说，也就是严羽的别才不关书之说。这里通过若干具体见解的比较，捋顺了前后几部诗话的关系："子才引司空表圣，尤机锋浅漏，表圣固沧浪议论之先河"，袁氏提倡神韵，亦即司空《与李生论诗书》所谓"韵外之致"。袁氏不好禅，甚至一再反对严氏借禅喻诗，或禅语之说，这里举引《诗话补遗》卷三的《诗佛歌》竟与《宗镜录》所引之《观力论》相同，说明袁氏亦在以禅说诗，他不明白禅具有一种哲理，而他在讲道理时虽非禅，亦合于禅。这一点很少有人道及。

七　以禅喻诗

严沧浪《诗辨》曰："诗有别才非书，别学非理，而非多读书穷理，则不能极其至。"曰"别才"，则宿世渐熏而今生顿见之解悟也；曰"读书穷理以极其至"，则因悟而修，以修承悟也。可见诗中"解悟"，已不能舍思学而不顾；至于"证悟"，正自思学中来，下学以臻上达，超思与学，而不能捐思废学。犹夫欲越深涧，非足踏实地，得所凭借，不能跃至彼岸；顾若步步而行，趾不离地，及岸尽裹足，惟有盈盈隔水，脉脉相望而已。Kierkegaard 以跳越为人生经验中要事①。沧浪继言："诗之有神韵者，如水中之月，镜中之象，透澈玲珑，不可凑泊②。不涉理路，不落言诠"云云，几同无字天书。以诗拟禅，意过于通，宜招钝吟之纠缪③，起渔洋之误解④。禅宗于文字，以胶盆粘着为大忌；法执理障，则药语尽成病语，故谷隐禅师云⑤："才涉唇吻，便落意思，尽是死门，终非活路。"见《五灯会元》卷十二。此庄子"得意忘言"之说也。若诗自是文字之妙，非言无以寓言外之意；水月镜花，固可见而不可捉，然必有此水而后月可印潭，有此镜而后

---

① Kierkegaard：十九世纪中叶丹麦唯心主义哲学家、作家克尔恺郭尔。

② 不可凑泊：犹不可瞎凑、胡弄应付之意。

③ 指清代冯班（号钝吟）所撰之《严氏纠缪》一卷。

④ 指清代王士禛对严羽《沧浪诗话》的误解，将意在言外看作言中不必有意；将弦外之音看作弦上无音；将有话不说看作无话可说。

⑤ 谷隐禅师：青原七世，襄州智静悟空大师。

花能映影。王弼《周易略例》谓“得意在忘象，得象在忘言”①，王炎《读易笔记·自序》驳之曰②：“是未得鱼兔，先弃筌蹄之说也。”诗中神韵之异于禅机在此；去理路言诠，固无以寄神韵也。沧浪又曰：“言有尽而意无穷”；夫神韵不尽理路言诠，与神韵无须理路言诠，二语迥殊，不可混为一谈。《钝吟杂录》卷五驳沧浪云③：“诗者言也，但言微不与常同，理玄或在文外。安得不涉理路，不落言诠。”又云：“禅家死句活句与诗法并不相涉。禅家当机煞活，若刻舟求剑，死在句下，便是死。诗有活句，隐秀之词也；直叙事理，或有词无意，死句也。禅须参悟；若‘高台多悲风’、‘出入君怀袖’，参之何益。沧浪不知参禅”云云。按前段驳沧浪是也，后段议论便是刻舟求剑、死在句下，钝吟亦是钝根④。禅句无所谓“死活”，在学人之善参与否。譬如《参同契》云⑤：“执事原是迷，契理亦非悟”；此石头扫空事障理障之妙谛。而达观未离窠臼⑥，不肯放下，活语变死，药语成病，宜来谷隐之呵矣。（99—100页）

古人说诗，有曰：“不以词害意”而须“以意逆志”者，有曰：“诗无达诂”者，有曰：“文外独绝”者，有曰：“含不尽之意见于言外”者。不脱而亦不粘，与禅家之参活句，何尝无相类处。参而悟入，则古人说诗又有曰：“其源出于某⑦”者，有曰：“精熟《文选》理⑧”者，有曰：“读书破万卷⑨，下笔如有神”者，有曰：“得句法于某”者，有曰“脱胎

① 《周易略例》：三国魏经学家王弼撰，一卷。

② 《读易笔记》：宋王炎撰，是其《双溪类稿》中的一种。

③ 《钝吟杂录》：清冯班撰，十卷。

④ 钝根：指本性迟钝。

⑤ 《参同契》：此指唐衡山石头山和尚希迁撰者，主要是在发明禅理。希迁称石头和尚，省称石头。

⑥ 达观：明僧可真字，世号紫柏大师。

⑦ 其源出于某：见梁钟嵘《诗品》讲各家诗，其源出于某家。

⑧ 精熟《文选》理：见杜甫《宗武生日》诗。

⑨ 读书破万卷：见杜甫《奉赠韦左丞丈》诗。

换骨”者①。钝吟真固哉高叟矣。其乡后学王东溆《柳南续笔》卷三引钱圆沙语②：“诗文之作，未有不以学始之，以悟终之者”；以为可补沧浪之说，钝吟并妙悟而诋之过矣云云。实则沧浪之意本如是，初不须补也。胡元瑞《诗薮》内编卷二谓③：“禅必深造而后能悟；诗虽悟后，仍须深造。”亦属强生分别。禅与诗、所也，悟、能也。用心所在虽二，而心之作用则一。了悟以后，禅可不著言说，诗必托诸文字；然其为悟境，初无不同。且悟即“造”之至“深”；如须“深造”，尚非真悟。宜曰：禅家讲关捩子④，故一悟尽悟，快人一言，快马一鞭。《传灯录》卷六载道明语⑤。一指头禅可以终身受用不尽。见《传灯录》卷十一。诗家有篇什，故于理会法则以外，触景生情，即事漫兴，有所作必随时有所感，发大判断外，尚须有小结裹。顾大慧杲老大悟至一十八遍⑥，小悟不计其数，则禅家亦未尝如元瑞所谓“一悟便了”也。(101 页)

沧浪《答吴景仙书》自负：“以禅喻诗，莫此亲切，是自家实证实悟者。”夫“大抵禅道惟在妙悟，诗道亦在妙悟”，尚属泛言；诗“入神”境而文外独绝，禅彻悟境而思议俱断，两者触类取譬，斯乃“亲切”矣。沧浪“不涉理路，不落言诠者，上也”，犹《五灯会元》卷十二谷隐曰：“才涉唇吻，便落意思，尽是死门，终非活路。”即瓦勒利论文所谓⑦：“以文字试造文字不传之境界。”然诗之神境，“不尽于言”而亦“不外于言”，禅之悟境，“语言道断”，斯其异也（参观第 100 页《补订》一）。

---

① 脱胎换骨：不易其意而选其语，谓之换骨法；窥入其意而形容之，谓之夺胎法。见释惠洪《冷斋夜话》。

② 王东溆：清王应奎号。有《柳南随笔》六卷，续笔四卷。钱圆沙：清钱陆灿号。

③ 胡元瑞：明胡应麟字。有《诗薮》内编六卷，外编六卷，续编二卷，杂编六卷。

④ 关捩子：物的紧要处。

⑤《传灯录》：宋景德元年，吴沙门原道备录释迦以来之法语，三十卷。

⑥ 大慧杲：宋杭州经山之佛日禅师，名宗杲。大悟：指能破一切迷妄而开真知的廓然之悟。

⑦ 瓦勒利：现代法国诗人。

当世西方谈士有径比马拉美及时流篇什于禅家“公案”或“文字瑜伽”者①；有称里尔克晚作与禅宗方法宗旨可相拍合者②；有谓法国新结构主义文评巨子潜合佛说③，知文字之为空相④，“破指事状物之轮回”，得“大解脱”者。余四十年前，仅窥象征派冥契沧浪之说诗⑤，孰意彼土比来竟进而冥契沧浪之以禅通诗哉。撰《谈艺录》时，上庠师宿⑥，囿于冯钝吟等知解，视沧浪蔑如也。《谈艺录》问世后，物论稍移，《沧浪诗话》颇遭拂拭，学人于自诩“单刀直入”之严仪卿⑦，不复如李光昭之自诩“一拳打蹶”矣⑧。兹赘西方晚近“诗禅”三例，窃比瀛谈，聊舒井观耳。(595—596 页)

这里是从解悟、证悟、诗悟、禅悟讲起，以帮助对《沧浪诗话》的认识和理解。首先须明白什么是悟。悟，就是觉，觉悟的意思，是对迷而言。清陆世仪《思辨录辑要》里关于悟有个绝妙的比喻，他说：“人性中皆有悟，必工夫不断，悟头始出。如石中皆有火，必敲击不已，火光始现。然得火不难，得火之后，须承之以艾，继之以油，然后火可不灭。故悟亦必继之以躬行力学。”（卷三）《谈艺录·妙悟与参禅》中更进而讲到“悟有迟速，系乎根之利钝、境之顺逆，犹夫得火有难易，系乎火具之良楛（kǔ）、风气之燥湿。速悟待思学为之后，迟悟更赖思学为之先。”比喻同样绝妙，亦深入浅出，清楚明白。所谓速悟、迟悟，似亦如禅家所谓顿

---

① 马拉美：十九世纪法国诗人。文字瑜伽：通过文字使口与意符，意与身合，三者相交的佛教语。

② 里尔克：十九、二十世纪德国诗人。

③ 法国新结构主义：是二十世纪六十年代在法国兴起的一种分析文化现象的方式，这种方式起源于费·德·索绪尔分析语言的各种方法，以为文化也像语言一样有结构，目的在于揭示相似性。

④ 空相：佛家语。指直空的体相。

⑤ 象征派：近世西方文艺的一个流派，注重情调象征化的表现，有时流于晦涩难解，犹如严羽的以禅论诗。

⑥ 庠：学校。

⑦ 严仪卿：宋严羽字。

⑧ 李光昭：清人。有《铁树堂诗抄》三卷。

悟、渐悟。

一、严羽《沧浪诗话·诗辨》中所说诗有别才非书、别趣非理，多读穷理，以极其至，是以禅喻诗。这里认为其“别才”是“宿世渐熏而今生顿见之解悟”，宿世，是佛家语，指前世；渐熏，犹言天才遗传。这里说的“别才”是指天生具有的才能，比方有人具有天生的好嗓子，这个好嗓子是从遗传得来的，这就是宿世渐熏而今生顿见。“读书穷理，以极其至”，是经过后天的学习锻炼来达到极高的境界。这两者可以结合，有了好嗓子还要学习唱歌，可见诗的“解悟”，离不开悟后的修行，也就是多读书的磨炼。证悟则是“因修而悟”，是先经过不断读书和思考的磨炼，由浅入深，从自身的思学中来。这里用了一个欲跨深涧，必得跳跃的比喻，如果足不踏实地，步步而行，便不能跃至彼岸。丹麦作家克尔恺郭尔亦将跳跃看作是“人生经验中要事”。这是指质的飞跃。

二、严羽又说：诗有神韵，如水月镜象，“透澈玲珑，不可凑泊”，“不涉理路，不落言诠”。又是以禅喻诗。他认为禅道在于妙悟，诗道亦在妙悟，即不借助才学和议论，这实际上就是形象思维。诗不靠学术和议论得来，靠的是形象思维，所谓似隐如显，如水月镜象，朦胧可见，不可凑泊；禅理中有诗悟，即不即不离，如水月不能离月，水又不等同于月，恍惚迷离，无迹可求。这番以诗喻禅的道理，用今天的话来说，就是诗用形象思维，通过形象反映生活，形象与生活之间应当有一个距离，它既离不开生活，又不等同于生活。所以说严羽是以禅喻诗。

三、严羽又说：“言有尽而意无穷”，认为这是诗有神韵的一种高境界，即是通过形象来表达情思，不是靠议论可以达到，因此不必涉理路，只要把握言不说尽，意在言外的写作方法，使其朦胧含蓄，便自具神韵。冯班在其《杂录》卷五的《严氏纠缪》中，从儒家主张诗言志的立场出发，批驳严氏以禅喻诗或以诗喻禅的故弄玄虚，而强调诗是语言艺术，不能不涉理路，就是不懂诗可以通过形象来表达思理。至于冯氏所谓“禅家死句活句”云云，这里认为禅句无所谓“死活”，而在于是否善于参禅，是否了悟。对于诗来说，自古以来大诗人的“入神”之作不少，但后人若死死去模仿，“生吞活剥”或是“句剽字窃”，便是剖舟求剑，死在句下，所以作诗需不落窠臼，意从心出，把握住“言有尽而意无穷”的方法，即通过形象来表达情思，方可具有神韵，达到最高境界。

四、清人钱陆灿说：诗以学始，诗以悟终，以为是补严说，实则与严羽所谓别才非书、别趣非理是一致的。胡应麟以为禅必深造而后能悟，诗虽悟后仍须深造，是将禅与诗区分过清，实则禅与诗用心所在虽有不同，但求悟是相同的，均须了悟，不悟不进。而了悟之后，禅与诗不同了，禅不必写为文字，诗则必得以文字表达了悟到的东西，将随时的感发写出来，所以说禅与诗在悟境阶段是相同的，释家道明认为禅在了悟之后，如果尚须深造者，即不是真悟，因为禅家最紧要的就是悟，一悟尽悟，受用终生，胡应麟与道明的看法是一致的。但是，宗杲禅师至老有大悟十八次，小悟不计其数，可见也不是一悟尽悟。所以说不论是解悟、证悟、禅悟、诗悟、了悟都不是止境，都不是与书与学无关的。

五、严羽《答吴景仙书》说：以禅喻诗，是他自己闭门凿破此片田地，自己实证实悟禅道与诗道均在妙悟者，非拾人唾涕得来，因而倍感亲切。严羽所言“不涉理路，不落言诠”，与宋释普济撰《五灯会元》引谷隐所言相同，也就是瓦勒利论文所谓用文字来写文字不传的境界。然而，诗的入神之境界不尽在言中，但亦不能在言外，而禅的悟境则勿需语言文字表达，这就是诗悟与禅悟之不同。对比西方也有所谓文字瑜伽，即文字与禅义相应，也有说里尔克晚年作品与禅义相合，也有说法国新结构主义之评论者讲文字为空相，能破一切事物描状的无始无终，得以摆脱所有束缚而自由自在。可见不仅西方的象征派观点与严羽的以禅论诗相合。上述这些文论亦皆与佛相通。

八　论神韵、性灵、格调

胡元瑞《诗薮·杂编》卷五曰："南渡人才，非前宋比，而谈诗独冠古今。严羽崛起烬余，涤除榛棘，如西来一苇，大畅玄风①。昭代声诗②，上追唐汉，实有赖焉。刘辰翁虽道越中庸③，玄见邃览，往往绝人，自是教外别传，骚坛具目。"又曰："千家注杜④，犹五臣注《选》⑤。辰翁评杜，犹郭象注庄⑥，即与作者意不尽符，而玄理拔骊黄牝牡之外⑦。"又称其评："含蓄远致，令人意消。"牧斋以辰翁为竟陵远祖，元瑞以辰翁为沧

---

① 玄风：即指严羽《沧浪诗话》借禅喻诗。

② 昭代：明代，明代前后七子论诗受严羽影响。

③ 刘辰翁：宋人。有《须溪集》十卷。他宣传《庄子》思想，但不同于禅学。

④ 千家注杜：元高楚芳辑《集千家注杜工部诗集》二十卷，《文集》二卷。《四库全书》收此入集部，未署辑者名。此书中有刘辰翁评语，《四库》云："辰翁评所见至浅，其标举尖新字句，殆为竟陵之先声。王士禛乃比之郭象注庄，殆未为笃论。"（卷一百四十九）

⑤ 五臣注《选》：梁萧统选编《文选》，由唐吕延祚组织吕延济、刘良、张诜、吕向、李周翰五人作注，称五臣注。

⑥ 郭象注庄：晋郭象（字子玄）尝为《庄子》注，与作者原意不同。

⑦ 拔骊黄牝牡之外：《淮南子·道应》："（秦穆公）使人（九方堙）求马，三月而反，报曰：'已得马矣，在于沙丘。'穆公曰：'何马也？'对曰：'牡而黄。'使人往取之，牝而骊。"指抛开表面现象，认识本质。

浪别子，《总目》顾谓渔洋好辰翁为不可解①。夫渔洋梦中既与沧浪神接，室中更有竟陵鬼瞰②，一脉相承，以及辰翁，复奚足怪。辰翁《须溪集》卷六《评李长吉诗》谓："樊川反复称道③，形容非不极至，独惜理不及骚。不知贺所长，正在理外"；评柳子厚《晨起诣超师院读经》诗云："妙处有不可言。"如此议论，岂非钟谭《诗归》以说不出为妙之手眼乎。评《王右丞辋川集·辛夷坞》云："其意亦欲不著一字，渐可语禅"；又每曰："不用一词"，"无意之意，更似不须语言"。如此议论，岂非沧浪无迹可求、尽得风流之绪余乎。渔洋《论诗绝句》曰："解识无声弦指妙，柳州那得似苏州④"，宜其旷世默契矣。清人谈艺，渔洋似明之竟陵派；归愚祖盛唐⑤，主气格，似明之七子；随园标性灵，非断代，又似明之公安派。余作《中国诗与中国画》一文⑥，说吾国诗画标准相反；画推摩诘，而诗尊子美，子美之于诗，则吴道子之于画而已⑦。《尺牍新钞》三集卷十一载程青溪《与减斋书》云⑧："竟陵诗淡远又淡远，以至于无，叶荣木画似之⑨。"恽南田《瓯香馆集》卷十二甚称钟伯敬画⑩，谓"得之于诗，从荒

---

① 牧斋：清钱谦益号。他认为刘辰翁评杜诗，破碎纤仄，开后来竟陵派的评唐诗之风。胡应麟认为刘辰翁评杜诗是沧浪的别派。纪昀《四库全书总目》："辰翁论诗，以幽隽为宗，逗后来竟陵弊体。所评杜诗，每舍其大而求其细，王士禛顾极称之。好恶之偏，殆不可解。"（卷一百五十《笺注评点李长吉歌诗四卷》）

② 王士禛（渔洋）讲神韵受《沧浪诗话》影响，又受竟陵派影响，称为"蕴藉钟伯敬"。

③ 樊川：杜牧，字牧之，唐代诗人。有《樊川集》。

④ 柳州：柳宗元，字子厚，尝为柳州刺史。苏州：韦应物，尝为苏州刺史。均唐代文学家。

⑤ 归愚：沈德潜号，清文学家。

⑥ 此文收入《开明书店二十周年纪念文集》《旧文四篇》《七缀集》，修改稿刊于《中国社会科学院研究生院学报》1985 年 1 期。

⑦ 吴道子：吴道玄字，唐代画家。

⑧ 《尺牍新钞》：清周亮工选辑，十二卷。二选十六卷，三选十五卷。程青溪：清程廷祚，字启生，自号青溪居士。

⑨ 叶荣：字淡生，号樗叟，清代画家。长于山石木画。木画者，于佳木上杂嵌染色物作画。

⑩ 恽南田：恽格号，又号白云外史，清代诗人兼画家。有《瓯香馆集》十二卷。

寒一境悟入，程孟阳、李长蘅皆不及①”。按“欲寄荒寒无善画”，王介甫句也。伯敬之诗，去程李远甚，而以其诗境诗心成画，品乃高出二子。此亦足为吾论佐证。（105—106 页）

中国历代诗论家辈出，对他们之间的关系和各自立论的特点，也不乏研究者。这一则讲三点：

一、南宋刘辰翁的评诗起了承上启下的作用。明胡应麟十分肯定严羽和刘辰翁“谈诗独冠古今”，并隐示辰翁评杜的“玄理拔骊黄牝牡之外”。钱谦益《注杜诗·略例》谓：“辰翁评杜点缀其尖新隽冷。近日之评杜者，钩深摘异，以鬼窟为活计，此辰翁之牙后慧。”钱先生指出，所谓“鬼窟活计”者，即指钟惺、谭元春《诗归》言，所以他认为刘辰翁又是“竟陵远祖”。这里举引刘辰翁在《须溪集》卷六中对李贺诗的评论，对柳宗元《晨起诣超师院读经》诗的评论，意思朦胧含混，文字玄虚，钟惺、谭元春《诗归》里的评语受其影响不小，如评朱淑真《晴和》云：“作绝句，亦有律诗之妙”；评《清昼》云：“语有微至，随意写来自妙。所谓气逼而神肖也。”（《名媛诗归》卷十九，钟惺评语）这是其中意思比较明晰者，而“妙极”“妙不可言”之类评语颇不少。刘辰翁评王维《辛夷坞》里的“无意之意”，“不著一字，渐可语禅”，其议论声口，颇带有严羽无迹可求的影响。所以明胡应麟认为刘辰翁为沧浪别子。

二、《四库全书总目》称“士禛谈诗，大抵源出严羽，以神韵为宗”，又称刘辰翁论诗“王士禛极称之，殆不可解”（卷一百五十），不知为何不解。王士禛的诗多唐音，标举神韵，“强调兴会神道”，选辑《唐贤三昧集》《神韵集》，遵循的是“语中有语，名为死句，语中无语，名为活句”（《居易录》引《林间录》载洞山语）富有禅理的宗旨，评诗论诗也多以禅喻诗，实与严羽一脉相承，刘辰翁受严氏影响，所以王士禛称许刘辰翁是很自然的。钱先生认为清人谈艺，多所依傍，王士禛如明代竟陵派；沈德潜宗盛唐，主气格，如明代七子；袁枚倡性灵，又如明之三袁。这是清

---

① 程孟阳：程嘉燧字，清代诗人。李长蘅：李流芳字，清代诗人兼画家。

代最有代表性的王、沈、袁三家所主张的所谓神韵说、格调说、性灵说与明代谈艺者的承继关系。

三、诗与画同是艺术作品，有它们的共同性，钱先生在《中国诗与中国画》一文中说：唐人称“书画异名而同体”（张彦远《历代名画记》），宋人则强调诗画异体同貌，如张舜民称“诗是无形画，画是有形诗”（《画墁集》），亦即画是无声诗，诗是有形画。这个概念在西方早已有之，如古希腊诗人艾德门茨说：“画为不语诗，诗是能言画。”（《希腊抒情诗》）既同是艺术，又各自具有特殊性，而中国传统的谈艺者，其评论标准往往相反。如王维，既是画家，又是诗人，他的诗画风格完全一致，在画的方面被尊为南宗画的创始人，能坐第一把交椅，而在诗的方面，虽是神韵诗的大师，也要让给“集大成”的杜甫坐首席。为什么？钱先生指出：“中国传统文艺批评对诗和画有不同的标准：评画时赏识王士禛所谓‘虚’以及相联系的风格，而评诗时却赏识‘实’以及相联系的风格。”这个分歧，钱先生举引一个很好的例证，即苏轼《王维吴道子画》诗，有云：“吾观画品中，莫如二子尊”，“吴生虽妙绝，犹以画工论”，“摩诘得之于象外，有如仙翮谢笼樊”。就是说，以画品论，王维高于吴道子，而以画风和诗风比较，谈艺者又以吴道子与杜甫并称，也就是说，“诗工”杜甫的诗风，只能与品位低于王维的“画工”吴道子的画风相比。这一则中钱先生又添引一个例证，即钟惺的诗大不如程嘉燧、李流芳的诗，而以钟氏之诗心诗境成画，品第高出程、李，这类艺术现象是值得研究的。

九 性灵与学力

随园论诗主性灵，薄格律，亦曰："诗是性情，近取诸身足矣。"《诗话补遗》卷一。初学读《随园诗话》者，莫不以为任心可扬，探喉而满，将作诗看成方便事。只知随园所谓"天机凑合"，参观卷二"村童牧竖皆吾师"条，卷三"意境最宽有妇人女子村氓浅学"条，卷十五"下笔构思全凭天分"条。忘却随园所谓"学力成熟"；参观卷四"萧子显自称"条，卷五"诗有有篇无句者"条，又"作古体诗天籁须自人求"一条，《补遗》卷六"诗如射"条。粗浮浅率，自信能诗。故随园此书，无补诗心，却添诗胆。所以江河不废，正由涯岸不高；惟其平易近人，遂为广大教主①。钱梅溪《履园丛话》卷八云②："自太史《随园诗话》出，诗人日渐多；自宗伯三种《别裁》出③，诗人日渐少。"可以见矣。郭频伽《灵芬馆诗话》卷八云④："浙西诗家，颇涉饾饤⑤。随园出而独标性灵，未尝教人不读书也。余见其插架之书，无不丹黄一过，《文选》、《唐文粹》尤所服习⑥，朱墨围毋虑数十遍。其用心如此。承学者既乐其说之

---

① 广大教主：唐张为撰《诗人主客图》，以白居易为广大教主，这里借来比袁枚。

② 钱梅溪：钱泳字，清代作家。有《履园丛话》二十四卷。

③ 宗伯：清沈德潜官礼部侍郎，故称宗伯。编有《唐诗别裁》二十卷，《清诗别裁》三十二卷，与周准合编《明诗别裁》十二卷。

④ 郭频伽：清郭麐号。有《灵芬馆诗话》十二卷，续六卷。

⑤ 饾饤（dòu dìng）：指文辞因袭堆垛，与作者的实际水准不相符。

⑥ 《唐文粹》：宋姚铉辑，一百卷。

易，不复深造自得，轻薄为文者又从而嗤点之，此少陵所谓汝曹者也[1]。”余按元微之《上令狐相公诗启》云：“新进小生不知文有宗主，妄相仿效，而又从而失之。遂至于支离褊浅之词，皆目为元和诗体。”随园轻俗，差类元白。按微之《酬孝甫见赠》十绝称少陵云：“怜渠直道当时语，不着心源傍古人。”或有引此语以说随园宗旨者，却未确切。微之《乐府古题序》曰：“自风雅至于乐流，莫非讽兴当时之事，以贻后代之人。沿袭古题，唱和重复，于文或有短长，于义成为赘剩。尚不如寓意古道，刺美见事，犹有诗人引古以讽之意焉。近代惟诗人杜甫《悲陈陶》、《哀江头》、《兵车》、《丽人》等。即事名篇，无复依傍。予少时，与友人白乐天、李公垂辈谓是为当[2]，遂不复拟赋古题。”又《和李校书新题乐府序》曰：“世理则词直，世忌则词隐。予遭理世而君盛圣，故直其词。”据此二节，则“直道时语、不傍古人”者，指新乐府而言，乃不用比兴、不事婉隐之意，非泛谓作诗不事仿古也。是之者毋为微之所谓“新进小生”，而非之者亦求免于少陵所谓“轻薄尔曹”，斯两得矣。夫直写性灵，初非易事。性之不灵，何贵直写。即其由虚生白，神光顿朗，心葩忽发，而由心至口，出口入手，其果能不烦丝毫绳削而自合乎。心生言立，言立文明，中间每须剥肤存液之功，方臻搬皮皆真之境。往往意在笔先，词不逮意，意中有诗，笔下无诗；亦复有由情生文，文复生情，宛转婵媛，略如谢茂秦《四溟诗话》所谓“文后之意者”[3]，更有如《文心雕龙·神思》篇所云“方其搦翰，气倍词前，暨乎篇成，半折心始”者[4]。曾涤生《求阙斋日记类钞》下卷己未十一月云[5]：“古文一事，寸心颇有一定之风格。而作之太少，不足以自证自慰”；辛未五月云：“每一作文，下笔之先，若有佳境，既下笔则一无是处”；辛酉二月云：“往年深以学书为意，苦思力索，困心衡虑，但胸中有字，手下无字。近岁不甚思索，但笔不停挥，十年前胸中之字，竟能达之腕下，可见思与学不可偏废。”此皆个中过来人甘苦有得之谈。即随园亦不得不言：“天籁须自人功求”也。《诗话》卷四。（204—206 页）

① 尔曹：杜甫有诗《戏为六绝句》之二云：“王杨卢骆当时体，轻薄为文哂未休。尔曹身与名俱灭，不废江河万古流。”讥刺轻薄后生诋毁前辈。

② 李公垂：李绅字，唐诗人。

③ 谢茂秦：谢榛字，明代作家。有《四溟诗话》四卷，即《诗家直说》。

④ 《文心雕龙》：南齐文评家刘勰撰。

⑤ 曾涤生：清曾国藩字。有《求阙斋日记类钞》二卷。

袁枚云："诗者，人之性情也。近取诸身而足矣。其言动心，其色夺目，其味适口，其音悦耳，便是佳诗。"（《随园诗话补遗》卷一）这是他对诗的总的看法，主张抒写性情，也就是韩愈所谓"词必己出"，或写自身最为熟识的，以为使语言、色调、韵味、声律做到令人满意的程度，便是好诗。因此，袁枚主张留意自身周围的生活，他说："非止可师之人而师之也；村童牧竖，一言一笑，皆吾之师，善取之皆成佳句。"如有野僧为他送行，曰："可惜园中梅花盛开，公带不去！"他因此而得句云："只怜香雪梅千树，不得随身带上船。"（《随园诗话》卷二）他认为"诗境最宽"，然有大学问的人，也有一辈子写不出诗的，相反倒是有些学识不高的妇人女子、村夫凡子，会偶有佳句，所以只能"求诗于书中，得诗于书外"（《诗话》卷三）。这个看法与他主张抒写性情是一致的，他认为"诗文自须学力，然用笔构思全凭天分"（《诗话》卷十五），正如陆游所谓："文章本天然，妙手偶得之。"袁枚强调"天分"，也不完全否定"工力"，亦正如叶酉所说："人功未极，则天籁亦无因而至。虽云天籁，亦须从人功求之。"（《诗话》卷五引）对此，袁枚有具体形象地说明："诗如射也，一题到手，如射之有鹄，能者一箭中，不能者千百箭不能中。能之精者，正如其心；次者中其心之半；再其次者，与鹄相离不远；其下焉者，则旁穿杂出，而无可捉摸焉。其中不中，不离'天分学力'四字。孟子曰：'其至尔力，其中非尔力。'至是学力，中是天分。"（《诗话补遗》卷六）也就是说能不能作诗靠天分，作诗好不好靠学力，诗之大家，必是天分高、学力足的人。学力靠孜孜不倦的努力可以得到，而天分则是与生俱来的。对有天分者，学力可以促其更加发展；对少天分者，学力亦可助其另辟他业。袁枚的这个主张平易近人，一旦公之于世，便鼓舞了一班自以为有天分者摇笔欲试作诗，所以钱先生评其《诗话》曰："无补诗心，却添诗胆。"钱泳也说：《诗话》出，诗人日渐多，而沈德潜三种《别裁》出，诗人日渐少。这一方面说明袁、沈主张固有不同，另一方面也说明人们对袁、沈主张的认识，仅限于"粗浮浅率"而有所偏颇。

袁枚主张抒写性情，并非不要读书，郭麐便亲见袁枚用功之勤，以此指责有些人仅喜欢袁说作诗之易，并不求上进；有的人又对袁说嗤点不已。郭麐批评的这两种人，在我国历来不少见，正如元稹所指的“新进小生”（《上令狐相公诗启》），杜甫所指的“轻薄尔曹”（《戏为六绝句》）。直写性灵，其实并不是易事，“性之不灵，何贵直写”，即便写出，也不会有意义。

总之，这一则认为文学创作必待“心葩忽发，而由心至口，出口入手”，心生而言立，言立而文明。惟其如此，也往往会有“意在笔先，词不逮意，意中有诗，笔下无诗”者；或有“由情生文，文复生情”，互为启发，产生谢榛所谓“文后意者”；亦或有刘勰所谓开始觉得有很多可写，及至写成却比开始想的打了折扣，因为“出口入手”，需要靠语言表达，这中间有个距离，不是人人都能做到得心应手的。这里举引曾国藩的几段日记，其中都说到“出口入手”的不容易。如：下笔前似有佳境，下笔时一无是处；“胸中有字，手下无字”等，而后来，他不甚思索了，却笔耕不停，反而将往昔写不出的胸中字写出来了，由此，曾国藩得出结论：“思与学不可偏废。”这一则所举引的看法，都是过来人的经验之谈，也就是袁枚的“天籁须自人功求”的见解，值得学习作诗文者借鉴。

一〇　神韵与典、远、谐、则

《随园诗话》卷三驳“绝代销魂王阮亭”之说曰[①]：“阮亭之色并非天仙化人，使人心惊。不过一良家女，五官端正，吐属清雅，又能加宫中之膏沐，薰海外之名香，取人碎金，成其风格。”盖谓渔洋以人工胜也。窃以为藏拙即巧，用短即长；有可施人工之资，知善施人工之法，亦即天分。虽随园亦不得不称其纵非绝色，而“五官”生来尚“端正”也。然一不矜持，任心放笔，则譬如飞蓬乱首，狼藉阔眉，妍姿本乏，风流顿尽。吾乡邹绮《十名家诗选》所录、《观自得斋丛书》中收为《渔洋山人集外诗》者，是其显例。如《香奁诗》云：“香到浓时尝断续，月当圆处最婵娟”，“肠当断处心难写，情到钟时骨自柔”；恶俗语几不类渔洋口吻。引申随园之喻，其为邢夫人之乱头粗服耶[②]，抑西子之蒙不洁耶[③]。奚足与彭羡门作艳体倡和哉[④]。汪钝翁《说铃》载彭王倡和集事[⑤]；《松桂堂集》中艳体七律，绮合葩流，秀整可喜，异于渔洋之粗俗贫薄。即其卷三十一之《金粟闺词》、卷三十二之《春闺

---

① 《随园诗话》：清袁枚（字子才）撰，十六卷，补遗十卷。王阮亭：清王士禛号，别号渔洋山人。撰有《带经堂全集》九十二卷，《渔洋山人集外诗》二卷等。

② 邢夫人：汉武帝宠爱尹夫人与邢夫人，尹夫人见邢夫人后自愧不如。

③ 西子：西施。

④ 彭羡门：清彭孙遹，自号羡门生。有《松桂堂全集》三十七卷，其中有艳体诗《香奁唱和集》《金粟词》。

⑤ 汪钝翁：清汪琬号，又称钝庵。有《说铃》一卷。

杂咏》，虽多冶而伤雅，然心思熨贴，仿佛王次回①。渔洋诗最不细贴，未解办是也。渔洋天赋不厚，才力颇薄，乃遁而言神韵妙悟，以自掩饰。一吞半吐，撮摩虚空，往往并未悟入，已作点头微笑，闭目猛省，出口无从，会心不远之态。故余尝谓渔洋诗病在误解沧浪②，而所以误解沧浪，亦正为文饰才薄。将意在言外，认为言中不必有意；将弦外余音，认为弦上无音；将有话不说，认作无话可说。赵饴山《谈龙录》谓渔洋"一鳞一爪，不是真龙"③。渔洋固亦真有龙而见首不见尾者，然大半则如王文禄《龙兴慈记》载明太祖杀牛而留尾插地④，以陷土中欺主人，实空无所有也。妙悟云乎哉，妙手空空已耳。施愚山《蠖斋诗话》自比其诗于"人间筑室，一砖一木，累积而成"⑤，渔洋之诗"如华严楼阁，弹指即现"，有一顿一渐之别。《渔洋诗话》亦载厥说。则愚山又为妙悟之说所欺；渔洋楼阁乃在无人见时暗中筑就，而复掩其土木营造之迹，使有烟云蔽亏之观，一若化城顿现。其迂缓实有倍于愚山者。缪筱山《烟画东堂小品》于一《王贻上与林吉人手札》、陶澍跋云⑥："如《蠡勺亭》诗'沐日浴月'四字，初欲改'虎豹驿马'，既欲改'驿马'为'水兕'⑦。此等字亦在拈髭求安之列，岂所谓'华严楼阁'者，固亦由寸积尺累而始成耶。"正与余言相发。《啸亭杂录》卷八记渔洋诗思蹇涩⑧，清圣祖出题面试⑨，几致曳白；兹事虽小，可以见大。观其词藻之钩新摘隽，非依傍故事成句不能下笔，与酣放淋漓，挥毫落纸，作风雨而起云烟者，固自异撰。然读者只爱其清雅，而不

---

① 王次回：王彦泓字，明诗人。有艳体诗《疑雨集》。

② 沧浪：宋严羽自号沧浪逋客。有《沧浪诗话》。

③ 赵饴山：清赵执信晚号饴山老人。有《谈龙录》一卷。

④ 王文禄：字世廉，明代文人。有《龙兴慈记》一卷。

⑤ 施愚山：清施闰章号。有《蠖斋诗话》。

⑥ 缪筱山：清缪荃孙字。有《烟画东堂小品》，见《艺风堂文集》中。陶澍：清人，有《印心石屋文抄》三十五卷。

⑦ 驿马：兽名，有牛尾，白身，一角，音如虎，见《山海经·北山经》。水兕：兽名，似牛，青色，一角，重千斤，见《左传》疏引刘欣期《交州记》。

⑧ 《啸亭杂录》：清礼亲王昭梿撰，十卷，续录三卷。

⑨ 清圣祖：康熙帝。

甚觉其饾饤，此渔洋之本领也。要之渔洋谈艺四字“典、远、谐、则”，所作诗皆可几及，已非易事。明清之交，遗老“放恣”杂驳之体，如沈椒园廷芳《隐拙轩文钞》卷四《方望溪先生传》附《自记》所云①，诗若文皆然。“贪多”之竹垞，能为馈贫之粮；“爱好”之渔洋，方为拯乱之药②。功亦伟矣。愚山之说，盖本屠长卿来③；《鸿苞集》卷十七《论诗文》云：“杜甫之才大而实，李白之才高而虚。杜是造建章宫殿千门万户手，李是造清微天上五城十二楼手。杜极人工，李纯是气化。”（97—98页）

渔洋论诗，宗旨虽狭，而朝代却广。于唐宋元明集部，寓目既博，赏心亦当。有清一代，主持坛坫如归愚、随园辈④，以及近来巨子，诗学诗识，尚无有能望项背者。故其自作诗多唐音，近明七子，遂来“清秀于鳞”之讥⑤，而其言诗，则凡合乎“谐远典则”之标准者，虽宋元人亦所不废。是以曰：“几人眼见宋元诗”；又曰：“涪翁掉臂出清新”；又曰：“豫章孤诣谁能解”⑥；又曰：“生平一瓣香，欲下涪翁拜”；又曰：“近人言诗，好分唐宋。欧、梅、苏、黄诸家⑦，才力学识，皆足陵跨百代，使俯首撦拾吞剥，彼遽不能耶，其亦有所不为耶”；又曰：“宋景文诗无字无来历⑧，明大家用功之深，如此者绝少。宋人诗何可轻议耶”；又曰：“胡元瑞论歌行⑨，颇知留眼宋人，然于苏黄，尚未窥堂奥⑩”；又曰：“山谷诗得未曾有”；又曰：“从来学杜者，无如山谷。”翁覃溪《复初斋诗集·

---

① 沈廷芳：清代作家。有《隐拙轩文钞》二十卷，诗集三十卷。

② 赵执信《谈龙录》称“朱贪多，王爱好”，即指朱彝尊、王士禛。

③ 屠长卿：明屠隆字。有《鸿苞集》四十八卷。

④ 归愚：沈德潜号，清代文学家。

⑤ 于鳞：明代后七子李攀龙字。讥王士禛为“清秀于鳞”，乃赵执信《谈龙录》引吴乔《答万季野诗问》中语。

⑥ 涪翁、豫章：皆黄庭坚。

⑦ 指欧阳修、梅尧臣、苏轼、黄庭坚，皆宋代作家。

⑧ 宋景文：宋祁，字子京，谥“景文”，宋代作家。

⑨ 胡元瑞：明胡应麟字。有《诗薮》。

⑩ 堂奥：指深处。

渔洋五七言诗钞重订本镌成赋寄叶花溪》十二首有云①："拨灯逆笔诚悬溯②，昆体工夫熟后生③。耆旧襄阳争识得④，槎头缩项有前盟⑤"；自注："先生尝言：少陵与襄阳不同调，而能赏识其诗。先生于山谷、道园亦然⑥。"覃溪手批《渔洋精华录·叙州山谷先生旧游都不及访》诗评云："山谷诗境质实，渔洋则空中之味也。然同时朱竹垞学最博，全以博学入诗，宜其爱山谷。然同时竹垞最不嗜山谷，而渔洋乃最嗜之，此其故何也。"又云："渔洋先生与山谷绝不同调，而能知山谷之妙。"皆可为余说佐证。然覃溪疑问，颇赘而无谓。仅就皮相论之，山谷诗擅使事，以古语道今情，正合渔洋所谓"典"；宜其赏音，何不可解之有。（106—107页）

这两则分别论析王士禛的诗和诗论。

就王士禛的诗来说，钱先生指出他善于掩饰自己天赋之不足，能以人工取胜，正如袁枚所喻，"不过一良家女，五官端正，吐属清雅"，然稍放纵，不加检点，便蓬头垢面，风姿全无。如他的《香奁诗》，写浓香、圆月、断肠、钟情，香艳至为俗气，给人"狼藉阔眉"之感，比如这里举到"香到浓时尝断续""情到钟时骨自柔"这类诗句，几乎不像出自王士禛手笔。汪琬，士禛友，改官翰林时，别纳小姬，王士禛为之戏作《花烛词三首》云："花间灵鹊报新除，才子今年典石渠。未必风流输小宋，两行红烛照修书。碧玉回身奈此宵，汝南鸡唤夜迢迢。从今倦听兰台鼓，莫更薰衣事早朝。……"尤其不堪一读。在论诗方面，他亦善掩饰才力之薄，而

---

① 翁覃溪：清翁方纲号。有《复初斋诗集》三十二卷。

② 拨灯：书法名，指实掌虚，易于运笔，如拇指、食指、中指执灯挑而拨油灯灯芯。逆笔：书法名，笔锋先内后外，先下后上。诚悬溯：柳公权，字诚悬，唐书法家。以上书法追溯从柳公权来。

③ 昆体工夫：宋杨亿等的西昆体模仿李商隐，商隐实学杜甫。即书法追溯到柳，诗法追溯到杜。

④ 襄阳：唐孟浩然，襄阳人。

⑤ 槎头缩项：鳊鱼，缩项，味美。孟浩然《岘潭作》："试垂竹竿钓，果得槎头鳊。"杜甫《解闷》之六："即今耆旧无新语，漫钓槎头缩项鳊。"这是说杜甫赞美孟浩然的诗。这里指王士禛能赏识黄庭坚诗。

⑥ 道园：虞集号，元代作家。有《道园学古录》《道园遗稿》。

言神韵妙悟，玄虚难解，佯作解会，故钱先生认为王士禛诗病在于误解严羽诗论。严羽论诗主张意在言外，弦外余音，是要求诗在艺术上达到一种含蓄而具神韵的境界，而王士禛将意在言外，认为言中不必有意；将弦外余音，理解为弦上无音，将有话不说，理解成无话可说。如照王士禛误解了的要求作诗，只能是真、浅、露三字，恰恰是犯了严羽的大忌。陆鎣《问花楼诗话》载：赵执信尝向王士禛请教声调，王秘不相告，论诗又多异同，赵执信即作《谈龙录》相讥，虽有泄私怨之嫌，但他转引吴乔的话说："朱贪多，王爱好"是对的。钱先生也有同感，认为王士禛确有如真龙而见首不见尾者，即有成功之作，然大半是像以牛尾插地，骗主人说牛已入土中，其实是空无所有。施闰章称王士禛诗"如华严楼阁，弹指即现，又如仙人五城十二楼，缥缈俱在天际"，犹如禅家所谓顿现，而自称作诗犹如渐现。这里指出闰章此说是上了王士禛妙悟之说的当，以为他会顿悟，实则王士禛每于写作前都早有准备，只不过是以顿现的方式将作品示人。缪荃孙也揭穿过王士禛文思并非敏捷的秘密。更有甚者，昭梿记王士禛诗思非但不敏，而且迟钝，康熙帝曾出题面试，他几乎交白卷，因为他选词用句必得有所依傍，否则不能下笔。但是读者毫不在意他是否有所因袭堆垛，惟爱其诗的清新淡雅，可见，王士禛作诗善于藏拙的本领有多大，这不能不说也是一种难得的天分。他谈艺注重"典、远、谐、则"四字，在创作实践中皆能付诸实现，这也不是一般人能做到的。

就王士禛的诗论而言，钱先生指出他论诗的特点是宗旨狭窄，涉及朝代却广。"典、远、谐、则"是他对诗的要求，具体说就是作诗须做到典雅、深远、合谐、正宗，只要达到此标准者，他对唐宋元明人皆不废弃，但选辑《唐贤三昧集》时，虽标为正宗，却又不收李杜元白，论诗也不满王杨卢骆，这个矛盾说明：王士禛标举的神韵，实无具体内容，易流于空泛，而他所好的"典、远，谐、则"，要求过分，又易于掩却真性灵。因此，他自己作诗或论他人的诗作，都受到局限。此外，钱先生又举引王士禛论诗的诗例，认为他并没有另眼相看宋元诗，他欣赏黄庭坚的"清新"和"孤诣"，认为历来学杜者没有赶上黄庭坚的；推崇欧阳修、梅尧臣、黄庭坚诸家的“才力学识”皆逾越百代；认为宋祁诗字字有来历，用功颇深，即使明代的大家也有所不及；指出胡应麟虽看重宋人，却未能深识苏轼、黄庭坚。翁方纲注意到王士禛诗有“空中之味”，与黄庭坚诗实不同调，然王士禛却最喜欢黄庭坚的诗；朱彝尊以博学入诗，与黄庭坚诗实是同调，照理说他应喜欢黄庭坚的诗，而他又恰恰最不喜欢黄诗。这是一个矛盾的现象，翁方纲为此而疑惑不解。钱先生认为这并不难解释，仅就表面上看，黄庭坚诗虽擅长使事用典，但能“以古语道今情”，正合于王士祺主张作诗“典雅”的宗旨。

一一　活法与死法

《艇斋诗话》载江西先辈谈艺要旨①，谓吕东莱论诗“讲活法”②。《后村大全集》卷九十五《江西诗派小序》亦引东莱作《夏均父集序》云③：“学诗当识活法。活法者，规矩备具，而出于规矩之外，变化不测，而不背于规矩。谢玄晖有言④：‘好诗如弹丸’，此真活法也。”后村按谓：“以宣城诗考之，如锦工机锦，玉人琢玉，穷巧极妙，然后能流转圆美。近时学者误认弹丸之喻，而趋于易；故放翁诗云：‘弹丸之论方误人。’然则欲知紫薇诗者，观此集序，则知弹丸之语，非主于易”云云。按琢玉工乃陈克《九僧诗序》中语。夫诗至于圆，如学道证圆通，非轻滑也。赵章泉以东莱与涪翁并称⑤，屡道圆活，如《淳熙稿》卷十七《与琛卿论诗》一绝曰：“活法端须自结融，可知琢刻见玲珑。涪翁不作东莱死，安得斯文日再中。”“琢刻见玲珑”五字，可以释放翁之惑矣。后村引放翁语，见《答郑虞任》七古，曰：“区区圆美非绝伦，弹丸之说方误人。”放翁自作诗，正不免轻滑之病，而其言如是；其于古今诗家，仿作称道最多者，偏

---

① 《艇斋诗话》：宋曾季貍（号艇斋）撰，一卷。

② 吕东莱：吕本中，学者称东莱先生，宋诗人。有《紫薇诗话》一卷，故人称紫薇。

③ 《后村大全集》：宋刘克庄（字潜夫，号后村）撰，一百九十六卷。

④ 谢玄晖：谢朓字，宣城人，故又称宣城，南朝齐代诗人。

⑤ 赵章泉：宋赵蕃字。有《淳熙稿》二十卷。

为古质之梅宛陵。陈振孙《直斋书录解题》卷十七谓①：“圣俞诗，近世少有喜者，或加毁訾，惟陆务观重之。此可为知者道也。”余按《剑南集》中诗，显仿宛陵者，有《寄酬曾学士》、《过林黄中食柑子》、《送苏召叟入蜀》、《与同官纵谈鬼神》、《哲上人以端砚遗子聿》、《假山》、《春社日》、《熏蚊》之类。《雨夜怀唐安》之“萤依湿草同为旅”，则宛陵《依韵和子充夜雨》之“湿萤依草没”也；《书斋壁》之“菱刺磨成芡实圆”，则宛陵《依韵和晏相公》之“苦词未圆熟，刺口剧菱芡”也。《读宛陵先生诗》云：“欧尹追还六籍醇，先生诗律擅雄浑。导河积石源流正，维岳崧高气象尊。玉磬漻漻非俗好，霜松郁郁有春温。向来不道无讥品，敢保诸人未及门。”又《读宛陵诗》曰：“李杜不复作，梅公真壮哉。岂惟凡骨换，要是顶门开。锻炼无余力，渊源有自来。平生解牛手，余刃独恢恢。”又《书宛陵集后》云：“突过元和作，巍然独主盟。诸家义皆堕，此老话方行。赵璧连城价，隋珠照眼明。粗能窥梗概，亦足慰平生。”《李虞部诗序》云：“歌诗复古，梅宛陵独擅其宗。”《梅圣俞别集序》云：“先生于诗，非待学而能，然学亦无出其右。置字如大禹铸鼎，炼句如后夔作乐；成篇如周公致太平。欲学不得，欲赞不能”云云。唱叹备至，于他家盖未有是。如于少陵，不过悲其志事，作泛称语，不详论诗律也。参观《东屯高斋记》、《草堂拜少陵遗像》五古、《读杜诗》七绝、《读李杜诗》五律等作。欧阳永叔作《圣俞墓志》曰②：“其初喜为清丽闲肆，久则涵演深远，间亦琢刻以出怪巧”；又《水谷夜行》诗云：“梅翁事清切，石齿漱寒濑。”而放翁《示子遹》则曰：“我初学诗日，但欲工藻绘。中年始少悟，渐若窥弘大。怪奇亦间出，如石漱湍濑”；全取欧公称宛陵语以自道。宛陵《和晏相公韵》曰：“因令适性情，稍欲到平淡”；《读邵不疑诗卷》曰：“作诗无古今，唯造平淡难。”《答萧渊少府卷》曰：“大都精意与俗近，笔力驱驾能透迤。”放翁《题萧彦毓诗卷》则云：“诗卷雄豪易得名，尔来闲淡独萧卿”；《追怀曾文清公呈赵教授》则云：“工夫深处却平夷”；《夜坐示桑甥》云：“好诗如灵丹，

① 陈振孙：宋代书录家。有《直斋书录解题》二十二卷。

② 欧阳永叔：欧阳修字，宋代作家。圣俞：梅尧臣字，宋代诗人。

不杂膻荤肠。大巧谢琱琢，至刚反摧藏”；《读近人诗》云：“琢琱自是文章病，奇险尤伤气骨多。君看太羹玄酒味，蟹螯蛤柱岂同科”；《何君墓表》中有“诗欲工、而工非诗之极”一节，皆重言申明平淡之旨。《邵氏闻见后录》谓“鲁直诗到人爱处，圣俞诗到人不爱处”①。按吴可《藏海诗话》引东坡谢李公择惠诗帖云②：“公择遂做到人不爱处”；叶梦得《石林燕语》卷八亦记东坡语云③：“凡诗须做到众人不爱可恶处，方为工。”邵氏盖用苏语。《栾城遗言》载鲁直盛称圣俞诗事④，可参观。《匏庐诗话》卷上乃言⑤：“宋诗能到俗人不爱者，庶几黄豫章”；似仅本放翁诗，未考其源也。放翁则屡用其语，《明日复理梦中作》曰：“诗到无人爱处工”；《山房》曰：“诗到令人不爱时”；《朝饥示子书》曰：“俗人犹爱未为诗。”按此意即昌黎《与冯宿论文书》所谓：“小惭小好、大惭大好”之正面。其于宛陵之步趋壕画，无微不至，庶几知异量之美者矣。抑自病其诗之流易工秀，而欲取宛陵之深心淡貌为对症之药耶。全谢山《鲒埼亭集》外编卷二十六《春凫集序》言东坡作诗为李杜别子⑥，而论诗乃致不满于李杜，言行一若不符。按《渭南文集》卷十五《梅圣俞别集序》曰⑦：“苏翰林多不可古人，惟次韵和陶渊明及先生二家诗而已。”东坡和陶，世所熟知，东坡竺好宛陵，则未之他闻。然二家冲和质淡，与东坡诗格不侔，斯亦放翁前事之师，而谢山之说又得旁证矣。宛陵《依韵和晏相公》所云：“苦词未圆熟，刺口剧菱芡”，即是弹丸之说。严沧浪力排江西派，而其论“诗法”，一则曰“造语须圆”，再则曰“须参活句”，与“江西派图”作者吕东莱之说无以异。放翁《赠应秀才》诗亦谓：“我得茶山一转语⑧，文章切忌参死句。”

---

① 《邵氏闻见后录》：宋邵博撰，三十卷。其前录二十卷是其父邵伯温撰，后录是其续书。

② 《藏海诗话》：宋吴可著，一卷。

③ 《石林燕语》：宋叶梦得著，十卷。

④ 《栾城遗言》：宋苏辙言，苏籀记，一卷。

⑤ 《匏庐诗话》：清沈涛撰，三卷。

⑥ 全谢山：清全祖望字。有《鲒埼亭集》三十八卷，外编五十卷。

⑦ 《渭南文集》：宋陆游撰，五十卷。

⑧ 茶山：曾几，号茶山居士，宋诗人。

故知圆活也者，诗家靳向之公①，而非一家一派之私言也。（115—117页）

古今中外谈艺者论诗，均以“流转圆美”为佳，正像谢朓所说“好诗如弹丸”，这不单是声律上的最高境界，还包括情思的曲折，吐辞的婉转，风格的柔美。吕本中论诗“讲活法”，是指作诗既要按照诗体的规矩，又不受规矩的限制，能有出奇的变化，而又不违反规矩，他以为“如弹丸”正是真活法。刘克庄以谢朓的诗为例，认为他像雕玉工一样，经过穷工雕琢，而后达到“流转圆美”的境界，并非易事。陆游以为“弹丸之论方误人”实在是一种误会。这里指出：诗的圆活不是轻滑，而是赵蕃所说的“琢刻见玲珑”，是要经过一番锤炼的功夫方能达到。陆游作诗，正有轻滑之病，他好仿作别人的诗，而其中以仿古朴质实的梅尧臣诗为最多。陈振孙说，梅诗为当代人所喜欢的较少，唯独陆游喜欢仿作。这一则中举引了若干陆游显仿梅诗的例子，甚至有的诗句仅是稍加变换，如将梅诗“湿萤依草没”仿为“萤依湿草同为旅”等。陆游仿梅诗，确实觉得梅诗好，在《读宛陵先生诗》中称梅诗“源流正”“气象尊”“诗律擅雄浑”；《读宛陵诗》中将梅诗与李杜诗相比，称梅为“解牛手”，于诗“锻炼无余力，渊源有自来”；《书宛陵集后》更将梅集比作价值连城的赵壁、隋珠，只要“粗窥梗概”，便“足慰平生”；他认为梅诗不是学而能，有人即使学，也无法超过他，因为梅诗对每个字的选用安排“如大禹铸鼎”稳重扎实，对每句诗的锤炼“如后夔作乐”巧于变化，对整篇诗的布局“如周公致太平”周密妥切，想学都学不到手。而陆游对杜诗的评价，多是一般性的泛泛称赞，没有具体评论，唯独对梅诗细细咀嚼，赞叹不已。欧阳修曾初喜梅诗之清丽与怪巧，陆游也附合此说。梅尧臣认为自己“苦词未圆熟”（《依韵和晏相公》），崇尚平淡的诗风，认为古今之诗作，平淡亦是难于达到的境界。陆游推崇梅诗，认为他的平淡之意正在于脱俗，不凑热闹，不杂膻荤，不尚雕琢，不造奇险，也正是邵博所谓“尧臣诗到人不爱处”。苏轼更以诗做到众人不爱、可恶处，方为工。所谓“众人不爱”，就是沈

① 靳向：指追求向往。

涛说的“俗人不爱”，陆游在诗中屡用此语，如“诗到无人爱处工”，好诗绝不迎合一般人的口味。钱先生在这一则里提出的这个问题，可用宋玉《对楚王问》来说明，即“其曲弥高，其和弥寡”。曲调有高的，一般人听不懂，要有能欣赏高曲调的人才能听得懂。梅尧臣的诗追求平淡，不易为人们所欣赏，陆游的诗流易工秀，与梅诗的深心淡貌不同，但陆游却能赏识，这很难得。他要用梅诗的深心淡貌，补救他的不足，故竭力推重梅诗。韩愈也有类似的创作体验：每每自己满意的作品，人说不好；自己不满意且不敢出示于人的作品，反而人皆说好，总是小惭小好，大惭大好。对此，韩愈悟到了作文的道理，要“弃俗尚”，“从于寞寂之道”，切忌“争名于时”。此意真可谓寄托深妙的远见卓识。

法国诗人贝莱说他喜欢的都是惹人讨厌的那种东西，英国诗人查普曼也不以没有人喜欢他的诗而感到不满足，都是悟到了作文的道理，不去争名于一时。

总之，无论是梅尧臣追求的平淡，苏轼所谓“众人不爱、可恶处，方为工”，还是韩愈总结的可贵经验，都未离“弹丸”之说。严羽论诗法强调“造语须圆”，“须参活句”，与他反对的江西诗派的吕本中“讲活法”是一致的。可见，艺术上的圆活是各种艺术流派所追求的至高境界。《谈艺录补遗》还讲到作诗有贵活句、贱死句的问题，读诗亦有活参死参之分，如对苏轼《惠崇春江晓景》：“春江水暖鸭先知”句的理解，清人毛奇龄在《西河诗话》中提出：“鹅也先知”，便是死在句下。作诗切题而无寄托是为“死句”，读诗过泥亦为死参，所以说读诗也有圆熟的问题，不能过于拘泥于字面的阐释。

一二　活路与死门

《沧浪诗话》曰："以文字为诗，以议论为诗，以才学为诗，终非古人之诗。"陆仲昭《诗镜》曰①："古人佳处，不在言语间。气太重，意太深，声太宏，色太厉，佳而不佳。诗不患无材，而患材之扬；不患无情，而患情之肆；不患无言，而患言之尽；不患无景，而患景之烦。"王渔洋《居易录》论《唐贤三昧集》引洞山云②："语中无语，名为活句"③，又达观云："才涉唇吻，便落意思。并是死门④，故非活路。"（274—275 页）

严羽《沧浪诗话》上的这段话是有针对性的，他不满意宋人多发议论、爱用典故的通病，所以才说这番话。他是把"以文字为诗，以议论为诗，以才学为诗"作为诗之患提出来的，很有意义。他反对作诗过分追求造句新奇、议论说教、卖弄学问，这不但是对诗歌内容的要求，也包括对形式的要求。明陆时雍提出好诗必忌"气太重、意太深、声太宏、色太厉"，也就是在气势、立意和声色上主张不要过分，适可而止。他另在《诗镜总论》里讥笑晋人的华言巧语，"专寻好意，不理声格"，可见，他

---

① 陆仲昭：明陆时雍字，在辑《古诗镜》《唐诗镜》的基础上，撰有《诗镜总论》一卷。

② 《居易录》：清王士禛（号渔洋山人）撰，三十四卷。又辑有《唐贤三昧集》三卷。洞山：瑞州洞山悟本大师俞良价。

③ 禅宗有死句活句之说。意路不通无义味句，谓之活句；有义味通意路句，谓之死句。洞山又云："语中有语，名为死句。"

④ 死门：绝路。

比较注重诗的韵味和声调，不十分注重立意和情思要有多深。他所谓的诗之患也是从这个角度着眼，在材、情、言、景方面，主张不可太露、太滥、太尽、太乱，强调留有余地者为佳。这个看法是正确的。王士禛编选《唐贤三昧集》的原则是“神韵”和“妙悟”，特别重视神韵与声调的结合，不求立意和情思的深切，很看重全诗的韵味。他引悟本大师和达观的话，是用禅说诗，强调的是欲言又止的含蓄风格，如果是“语中有语”，便是死句，当是指诗要含蓄不露说的，言外之意要各人自己去体会。

一三　诗中理语

子才所称“诗中理语”，皆属人事中箴规。贺黄公《载酒园诗话》卷一以驳严沧浪“诗有别趣非关理”开宗明义①，曰：“然理原不足以碍诗之妙，如元次山《舂陵行》、孟东野《游子行》、韩退之《拘幽操》、李公垂《悯农诗》②，真是六经鼓吹。”是亦只以“理”作道德解会。黄白山《载酒园诗评》卷上驳之曰③：“沧浪理字原说得轻泛，只当作实事二字看，后人误将此字太煞认真，全失沧浪本意”；卷下论陆鲁望《自遣》七绝又曰④：“此沧浪所谓无理而有趣者，理字只如此看，非以鼓吹经史、裨补风化为理也。”其驳黄公解“理”字太隘，是也。然于“沧浪本意”未知得否。沧浪以“别才非书”、“别趣非理”双提并举，而下文申说“以文字为诗，才学为诗”，“多务使事，必有来历出处”，皆“书”边事，惟“以议论为诗”稍著“理”字边际。所数诗流之“江西宗派⑤”，亦只堪示以“书”为作诗之例。南宋诗人篇什往往“以诗为道学”，道学家则好以

① 贺黄公：清贺裳字。有《载酒园诗话》一卷及又编多卷。

② 元次山：元结字。孟东野：孟郊字。韩退之：韩愈字。李公垂：李绅字。均为唐代文学家。

③ 黄白山：清黄山字。有《载酒园诗评》二卷。

④ 陆鲁望：陆龟蒙字，唐代诗人。

⑤ 江西宗派：宋代诗歌流派。宋吕本中作《江西诗社宗派谱》，将反对西昆体，主张“无一字无来历”的黄庭坚、陈师道等二十三人称作江西诗派。

“语录讲义押韵”成诗（参观第八七页补订二）；尧夫《击壤》①，蔚成风会。真西山《文章正宗》尤欲规范词章②，归诸义理。窃疑沧浪所谓“非理”之“理”，正指南宋道学之“性理”；曰“非书”，针砭“江西诗病”也，曰“非理”，针砭《濂洛风雅》也③，皆时弊也。于“理”语焉而不详明者，慑于显学之威也；苟冒大不韪而指斥之，将得罪名教，“招拳惹踢”（朱子《答陈肤仲》书中语）。方虚谷尊崇江西派诗④，亦必借道学自重；严沧浪厌薄道学家诗，却只道江西不是。二事彼此烘衬。余姑妄揣之，非敢如沧浪之“断千百年公案”也。（544—545 页）

这一则举引袁枚的看法已很明确，即“‘诗中理语’，皆属人事中箴规”，也就是袁枚认为“理”就是人事中的规诫。贺裳认为“理原不足以碍诗之妙”，并举元结、孟郊、韩愈、李绅属于教化类的诗，意在说明“理”不能废，也就是贺裳以“理”作道德解。黄山不同意袁枚和贺裳的看法，他认为严羽《沧浪诗话》所谓“诗有别趣非关理”，不是很强调理，并举陆龟蒙的《自谴》七律三十首为例，这三十首诗各有各的意思，相互不连贯，亦不如题目所云非“自谴”不可，而是想到什么写什么，如“五年重别旧山村，树有交柯犊有孙。更感下峰颜色好，晓云才散便当门。”“多情多感自难忘，只有风流共古长。座上不遗金带枕，陈王词赋为谁伤。”他认为这类诗是属于“无理而有趣者”，不一定非得“鼓吹经史”，以教化为理，这是对贺裳“六经鼓吹”对“理”解释过于狭隘的批驳，驳得有理，但不知是否合于严羽本意。

严羽的原话是：“诗有别材，非关书也；诗有别趣，非关理也。”（《沧浪诗话·诗辨》）强调的是“别材”“别趣”，是诗的艺术，而不是不要

---

① 尧夫《击壤》：宋邵雍，字尧夫。有《击壤集》二十卷，是道学家的诗。

② 真西山：真德秀，宋代作家。有《文章正宗》二十卷，续二十卷。

③ 《濂洛风雅》：有两种，一是宋金履祥辑，六卷，选收周敦颐、程颢、程颐、邵雍等道学家的诗；一是清张伯行辑，九卷，也是选收宋道学家的诗。濂，濂溪，指周敦颐；洛，洛阳，指二程。作为道学家的代表。

④ 方虚谷：方回号，元代作家。

“书”、不要“理”，是在说明诗不同于文。若联系到他申明这个主张的话看，便很清楚他是针对什么，他说：“近代诸公乃作奇特解会，遂以文字为诗，以才学为诗，以议论为诗。”显然，他提出“别材”“别趣”是针对宋诗的这些缺陷而说的，宋诗“爱讲道理，发议论；道理往往粗浅，议论往往陈旧，也煞费笔墨去发挥申说”（《宋诗选注序》），所以严羽提出“非关书”“非关理”，主张诗“吟咏情性”“惟在兴趣”“言有尽而意无穷”，不必追究所作是否“务使事”，用字是否“有来历”，押韵是否“有出处”。而这些缺陷在江西诗派中便很典型。南宋诗人又以道学入诗，将诗变成了押韵的公文或“语录讲义”，真德秀更进一步提出词章的规范必有义理。所以，这里认为：严羽的所谓“理”，正是“指南宋道学的‘性理’”；所谓“书”，正是指江西诗病。这样分开来看是由钱先生提出来，是符合实际的正确看法。

一四　评袁枚诗论

（一）

（袁枚）《随园诗话》卷八言："沧浪借禅喻诗，不过诗中一格。宜作近体短章，半吞半吐，以求神韵。若作七古长篇、五言百韵，即以禅喻，自当天魔献舞，花雨弥空，造八万四千宝塔不为多，岂作小神通哉。"《补遗》卷三引梅冲《诗佛歌》仿此。《补遗》卷一言："阮亭好以禅悟比诗，余驳之曰：毛诗三百篇，岂非绝调。不知尔时，禅在何处，佛在何方。"按前之说浅尝妄测，后之说强词夺理。天魔之舞、天花之坠，亦须悟后方证此境。已得根本清净静虑，为所依止，作意思惟；由定地所起作意，了知于意，了知于法，修轻举、柔软、空界等十二想，如是如是，修治其心，有时有分，发生修果五神通等。此圣神通也，非圣神通，犹如幻化，唯可观见，不堪实用。参观《瑜伽师地论》卷三十三[1]。《五灯会元》卷三庞居士偈曰[2]："心通法亦通，十八断行踪。但自心无碍，何愁神不通。"盖静心照物，宿命记持，种种分别，皆随定力；悟心得道，既入佛位，万行庄严，如大摩尼珠具十种性，若纯取事相变幻，认为神通，有违真趣，能障般若。参观《宗镜录》卷十五[3]。以"天花天魔"取诗，则元相之称杜诗"铺张

---

① 《瑜伽师地论》：弥勒菩萨五部大论之一，唐玄奘译，百卷。
② 《五灯会元》：宋释普济撰，二十卷。
③ 《宗镜录》：佛书，吴越延寿禅师撰，百卷。

排比”。正遗山《论诗绝句》所谓：“少陵自有连城璧，争奈微之识珷玞”者也①。子才识趣，无乃类是。沧浪才力甚短，自有侧重近体之病；故《诗法》篇谓②：“律难于古，绝难于律。”《诗辨》篇论诗九品，其五曰“长”，亦未必指篇幅之长而言；然长篇不尽神韵，非不须神韵，是则所谓“难”者，篇幅愈短，愈无回旋补救余地，不容毫厘失耳。按蒋心余好友张瘦铜商言《竹叶厂文集》卷九《题王阮亭禅悦图》第一首略云③：“严沧浪论诗，本色本妙悟。大约可小篇，吞吐含情素。”第二首略云：“陶公千载人，吟成菽粟味。菽粟非禅悦，饱便充肠胃。唐贤讽谕尚，冗长词则费。老杜生天宝，一饭作歔欷。此岂悟所为，可以判品汇。”亦即随园驳沧浪之旨。（198—199 页）

（随园）《诗话》卷四复云：“白云禅师偈云：‘蝇爱寻光纸上钻，不能透处几多难，忽然撞着来时路，始觉平生被眼瞒。’雪窦禅师作偈曰：‘一兔横身当古路，苍鹰才见便生擒；后来猎犬无灵性，空向枯椿旧处寻。’二偈虽禅语，颇合作诗之旨。”参观卷二：“未有不学古人而能为诗者，然而善学者得鱼忘筌，不善学者刻舟求剑”云云。与“羚羊挂角”、“香象渡河”、“舍筏登岸”等宗门比案无以异，分明以禅说诗，何独于沧浪、渔洋有非难哉。子才不好释氏，或未读其书，苟曾一检《传灯》两录④，必多所印可。譬如陶篁村“磨砖作针”语即本《传灯录》卷五怀让禅师“磨砖岂得作镜，坐禅岂得成佛”之说⑤；白云之偈即本《传灯录》卷九神赞禅师一日见其

---

① 遗山：元好问字裕之，号遗山，元代诗人。此诗是指唐元稹（字微之）为杜甫（号少陵野老）撰《墓系铭序》中对杜的评论。

② 《诗法》：严羽《沧浪诗话》中的一篇，共分五篇，还有《诗辨》《诗体》《诗评》《诗证》。

③ 张瘦铜：张埙字商言，号瘦铜，清文人。有《竹叶厂文集》三十三卷。

④ 《传灯录》：亦名《景德传灯录》，宋释道原撰，三十卷。《建中靖国续灯录》，宋释惟白撰，三十卷，是续道原之作，所以称《传灯》两录。

⑤ 陶篁村：清陶元藻号。有《全浙诗话》五十四卷。怀让：第三十三祖慧能大师法嗣南岳禅师，本姓杜。居衡山般若寺。《传灯录》卷五：有沙门道一坐禅，“师问：‘大德坐禅图什么？’一曰：‘图作佛。’师乃取一砖于彼庵前石上磨。一曰：‘师作什么？’师曰：‘磨作镜。’一曰：‘磨砖岂得成镜邪？’师曰：‘坐禅岂得作佛邪？’”

师在窗下看经①，蜂子触窗纸求出，乃曰："世界如此广阔，不肯出，钻他故纸，驴年去得"；雪窦之偈即本《传灯录》卷十七道膺禅师曰②："如好猎狗，只解寻得有踪迹底；忽遇羚羊挂角，莫道迹，气亦不识。"子才不知禅，故不知禅即非禅，殊归一途，亦不自知其非禅而实契合于禅耳。余曩读《世说新语·文学》篇云③："客问乐令旨不至者，乐亦不复剖析文句，直以麈尾柄确几，曰：'至不。'客曰：'至。'乐因又举麈尾曰：'若至者，那得去。'于是客乃悟服"；又云："殷荆州与远公论《易》④，远公笑而不答⑤"；又云："支道林造《即色论》⑥，示王坦之⑦，坦之都无言。支曰：'默而识之乎。'王曰：'既无文殊⑧，谁能见赏。'"窃怪举麈无言，机锋应接，乃唐以后禅宗伎俩，是时达摩尚未东来⑨，何得有是。后见宋刘辰翁批本《世说》，评乐令举麈条云："此时诸道人却未知此。此我辈禅也，在达摩前。"参观《文海披沙》卷一论"旨"字当作"指"⑩，《郁冈斋笔麈》卷一驳禅机之说⑪。叹为妙解。未有禅宗，已有禅机，道人如支郎，即不能当下承当，而有待于拟议。《世说·言语》篇刘尹与桓宣武共听讲《礼记》⑫，"桓公

---

① 神赞：怀让禅师第三世法嗣福川古灵禅师，居大中寺。《传灯录》卷九："其师又一日在窗下看经，蜂子投窗纸求出，师睹之曰：'世界如此广阔，不肯出，钻他故纸，驴年去！'"这是神赞受业后遇百丈和尚开悟后的话。

② 道膺：青原五世，洪州云居禅师，本姓王。《传灯录》卷十七："问：'游子归家时如何？'师曰：'且喜归来。'曰：'将何奉献？'师曰：'朝打三千，暮打八百。'师谓众曰：'如好猎狗，只解寻得有踪迹底，忽遇羚羊挂角时，如何？'师曰：'六六三十六。'又曰：'会么僧？'曰：'不会。'师曰：'不见道，无纵迹。'"

③ 《世说新语》：南北朝宋刘义庆撰，三卷，三十六篇，《文学》是其中篇名。

④ 殷荆州：晋殷仲堪，尝督荆州军事。

⑤ 远公：沙门释惠远，本姓贾。

⑥ 《即色论》：晋释支遁（字道林）撰。

⑦ 王坦之：晋中郎将，字文度。

⑧ 文殊：天竺人，即文殊师利，佛菩萨名，侍佛左右，深通佛法。

⑨ 达摩：天竺人，即菩萨达摩，梁时入华，在嵩山少林寺面壁九年，为在华禅宗初祖。

⑩ 《文海披沙》：明谢肇淛撰，八卷。

⑪ 《郁冈斋笔麈》：明王肯堂撰，四卷。

⑫ 刘尹：晋刘惔，字真长，尝任丹阳尹。桓宣武：晋征西大将军桓温，字元子，谥宣武侯。《礼记》：汉戴圣记，亦称《小戴记》。

时有入心处，便觉咫尺玄门”。《北窗炙輠》卷下载周正夫云①：“渊明诗云：‘山气日夕佳，飞鸟相与还；此中有真意，欲辨已忘言。’时达摩未西来，渊明早会禅”云云。子才诘“禅在何处”，诚所见之不广矣。（201—202页）

故（《随园诗话》）卷十四云：“严冬友常诵厉太鸿《感旧》云②：‘朱栏今已朽，何况倚栏人’；可谓情深。余曰：此有所本也。欧阳詹《怀妓》云③：‘高城不可见，何况城中人。’”按詹此诗，题为《初发太原途中寄所思》，原句曰：“驱马觉渐远，回头长路尘。高城已不见，况复城中人。”明是绵绵思远道，恨空间之阻隔，与太鸿之抚今追往，怅时光之消逝，大不相侔。东坡《法惠寺横翠阁》云：“雕栏能得几时好，不独凭栏人易老”；苟曰太鸿《湖楼题壁》末二语“有所本”，当举坡诗也。（213—214页）

盖子才立说，每为取快一时，破心夺胆，矫枉过正；英雄欺人，渠亦未必谓安。譬如卷四谓④：“今人论诗，动言贵厚贱薄。不知宜厚宜薄，惟以妙为主。以两物论：狐貉贵厚，鲛绡贵薄。以一物论：刀背贵厚，刀锋贵薄。安见厚者定贵，薄者定贱耶。古人之诗，少陵似厚，太白似薄，义山似厚，飞卿似薄⑤，俱为名家”云云。《淮南子·齐俗训》早曰⑥：“玉璞不厌厚，角觡不厌薄⑦”，子才口角玲珑，进而就“一物”发策。然诗之厚者，未必妙于薄者，而诗之妙者，必厚于不妙者。如子才所举“名家”，飞卿自下义山一等；子才亦尝自言：“少陵长于言情，太白不能”；卷

① 《北窗炙輠》：宋施德操（字彦执）撰，二卷。

② 严冬友：清严长明字，又字道甫。厉太鸿：清厉鹗字，号樊榭。厉诗句似见于《湖楼题壁》诗。

③ 欧阳詹：字行周，唐代诗人。

④ 指《随园诗话》卷四。

⑤ 义山：李商隐字。飞卿：温庭筠字。均为晚唐诗人。

⑥ 《淮南子》：汉淮南王刘安撰，二十一卷，《齐俗训》是其中篇名。

⑦ 玉璞：未治之玉石。角觡：古时刀剑鞘上的角饰。

六。论望溪阮亭①，谓“一代正宗，才力自薄”；卷二。论荆公又曰：“诗贵温柔。”卷六。可见贵厚贱薄，渠心亦正同斯理。即就所譬而言，安见诗之非狐貉耶。刀之有背有锋者，固胜于有锋而无背者也。贾谊《新书·连语》记陶朱公论璧“侧厚则价倍”②，因曰：“墙薄咫亟坏，缯薄咫亟裂，器薄咫亟毁，酒薄咫亟酸③。夫薄而可旷日持久者，殆未有也”云云。诗乃立言不朽之一，正须贾生所谓“旷日持久”耳。(218—219 页)

这里四则是讲袁枚论诗特点，多是袁氏自己并不标榜，他人也少有论及的。

一、袁枚认为严羽借禅喻诗，“不必首首如是”，“宜作近体短章，半吞半吐，以求神韵”，若作古体长篇，则如“天魔献舞，花雨弥空”，大有使人眼花缭乱之叹，似乎用不到香象渡河、羚羊挂角的小神通，因此，袁氏主张“相题行事，能放能收”，似乎写长篇无须有悟。他反对王士禛以禅悟论诗，并以禅未入中国之前即有毛诗三百篇的事实驳难王士禛。钱先生指出袁枚对严羽以禅喻诗是“浅尝妄测”，因为无论天魔舞，还是花雨堕，都须悟后才能造得此境。严羽认为“禅道在妙悟，诗道亦在妙悟”，在“悟”这一点上，诗禅相通，诗人觅句，犹如释子参禅，故用作比喻，意在便于说明作诗须有“别才”，也就是诗亦非悟不能，悟后入门，无论写长篇或短章，都是根据诗的内容和诗人各自才情的不同而决定的。严羽才短，故偏重近体，如《沧浪诗话·诗法》谓“律诗难于古诗；绝句难于八句；七言律难于五言律；五言绝难于七言绝”。其所谓难，是因篇幅愈短，愈无回旋余地，如五绝，除去首尾，仅有十字，确实不易把握。然严羽并非认为长篇无须悟入，也并非认为长篇无须神韵。至于禅未入中国之前即有三百篇之说，更暴露出袁枚确实未懂严羽以禅悟“喻”诗仅在于言

---

① 望溪：方苞晚年号望溪。阮亭：王士禛号。均为清代文学家。袁枚诗：“一代正宗才力薄，望溪文集阮亭诗。”

② 《新书》：汉贾谊撰，十卷，五十五篇，《连语》是其中篇名。陶朱公：越国范蠡归隐后称陶朱公。

③ 咫：犹则。

其相同点，均须有悟而后入，并非是说禅等于诗，故这里指为强词夺理。

二、袁枚不好禅说，反对王士禛以禅悟论诗，然《随园诗话》引白云禅师与雪窦禅师之偈，明明是禅悟，而袁枚又认为“颇合作诗之旨”；《诗话》卷二所谓“后来之人，未有不学古人而能为诗者，然而善学者得鱼忘筌，不善学者刻舟求剑”，亦分明是以禅说诗；《诗话》卷四引陶元藻谓作诗须天分，犹磨铁可成针，磨砖不可成针，所以说是别才，不是由学习而成。他的磨铁磨砖之喻，即怀让禅师的禅语。袁枚声称自己反对以禅语比诗，而又恰恰陷入禅喻之中，为什么呢？钱先生指出袁枚既不知何者为禅，也不知禅即非禅，说法虽然不同，而道理只有一个，所以也不知非禅实际上正合乎禅，并举引《世说新语》中对此早有过的议论，说明未有禅宗之前，早已有禅机，比如陶潜《饮酒》之五的“山气日夕佳，飞鸟相与还。此中有真意，欲辨已忘言”句，是写在菩萨达摩未入中国之前，诗中即已充满了禅理、禅趣，诗人以“鸟倦飞而知还”，自比倦于做官而归隐，即景有悟，与禅宗的即景物有所启悟是一致的。

三、袁枚在《诗话》卷四载欧阳修讥元稹自注《桐柏观碑》，并说诗有待于注便非佳诗，这与他主性灵说有关。严长明吟厉鹗《湖楼题壁》诗：“水落山寒处，盈盈记踏青。朱栏今已朽，何况倚栏人？”谓情深可矣，而袁氏寻出处，产生错误，钱先生已指出。据《唐诗纪事》卷三十五云：欧阳詹游太原时爱上一妓，分别后，赋诗以寄所思，诗中还有“万里东北晋，千里西南秦。一履不出门，一车无停轮”句，写他们千里相隔，一留太原不出门，一在返福建故乡的路上，显然是“恨空间的阻隔”，与厉鹗“朱栏已朽”，追忆往昔的“倚栏人”，完全不同。钱先生指出苏轼的“雕栏能得几时好，不独凭栏人易老”，正是厉诗之意所本，可见袁氏对厉诗的理解有误。

四、袁枚谈艺立说，往往图一时之快，未加周密考虑，因此常出现前后所说矛盾之处，时有可商。这里举引《诗话》卷四中的例子，袁氏从一般意义上的贵厚贱薄，讲到诗的厚薄，认为厚者未必贵，薄者未必贱，而宜厚宜薄，以妙为主，并举例说杜甫、李商隐似厚，李白、温庭筠似薄，

"俱为名家"，似乎诗的厚薄不成其为评价原则，亦无贵贱之别、高下之分。其实不然。这里指出：以厚薄作为评价贵贱标准的，最早见于《淮南子》，玉璞厚者贵，角觡薄者佳，宜厚宜薄，因物而异。钱先生说："诗之厚者未必妙于薄者，而诗之妙者，必厚于不妙者。"又以袁枚所举名家分析，指出袁枚论诗的厚薄还是有高下之分的，如《诗话》卷六云："凡作诗，写景易，言情难。景从外来，目之所触，留心便得，情从心出，非有一种芬芳悱恻之怀，便不能哀感顽艳。然亦各人性之所近：杜甫长于言情，太白不能；永叔长于言情，子瞻不能。"所言似有李逊于杜、苏轼逊于欧阳修之意。同卷引王文治语："今聪明才学之士，往往薄视诗文"，其"薄"有"轻"意。卷二云："古文之有方望溪，犹诗之有阮亭；俱为一代正宗，而才力自薄。"此"薄"便有"下"的含义。卷六论王安石又云："诗贵温柔"，显然此"贵"有"重"意。所以说袁枚也是贵厚贱薄，有高下之分的，并不像他自己标榜的"宜厚宜薄，惟以妙为主"。这里钱先生还举引贾谊《新书》记范蠡论璧的一段话十分精彩透辟，证明薄墙、薄缯、薄器、薄酒因其不能"旷日持久"，皆次于厚者，而诗乃是有声韵可吟咏的艺术作品，正需要"旷日持久"，才能流传百世。

（二）

（袁枚）《随园诗话》记汪东山事①，疑亦本之《国朝诗别裁》②，正如其论马相如诗也③。《别裁》卷一汪绎条注："殿撰于胪唱日，马上得句'归计'云云。癸未假归，未十年卒，知诗谶之早成矣！"随园进而以无意

---

① 汪东山：汪绎号，清代作家。有《秋影楼诗集》九卷。《随园诗话》卷十四："汪东山绎，精星学。自知不寿，自赠云：'生计未谋千亩竹，浮生只办十年官。'"

② 《国朝诗别裁》：即《清诗别裁》，清沈德潜编，三十二卷。

③ 马相如：马朴臣字，清代诗人。袁枚在《随园诗话》卷十四论及朴臣。

之“诗谶”为“不寿”之“自知”也①。

《随园诗话》卷十四：“唐荆川云②：‘诗文带富贵气，便不佳。’余谓不然。”因举金德瑛桧门《郊西柳枝》为例③：“长是至尊临幸地，世间离别不曾知。”按吴仰贤《小匏庵诗话》卷一亦称桧门此绝④，谓其似义山《咏柳》：“后庭玉树承恩泽，不信年华有断肠。”按咏柳用斯意者，唐以来数见不鲜。《花间集》卷五毛文锡《柳含烟》第二首⑤：“河桥柳，占芳春。映水含烟拂路，几回攀折赠，暗伤神。乐府吹为横笛曲⑥，能离肠断续。不如移植在金门⑦，近天恩”；第三首：“章台柳⑧，近垂旒。低拂往来冠盖，朦胧春色满皇州，瑞烟浮。直与路边江畔别，免教离人攀折。最怜京兆画蛾眉，纤叶时。”宋李质《艮岳百咏·柳岸》：“牵风拂水弄轻柔，三月花飞满御沟。不似津亭供怅望，一生长得系龙舟”（《宋诗纪事》卷四）⑨。“离别”、“攀折”见于言外。清人如严荪友《秋水集》卷五《万柳堂竹枝词》之二⑩：“问讯平泉金柳枝⑪，陌头飞絮可同时？移根独近金

---

① 汪绎《庚辰胪唱日赴顺天府宴，马上得句云：“归计未谋千亩竹，浮生只办十年官。”归舟试笔，忽忆前语，遂足成八绝句》，诗题中二语见该诗第七首，是自己表明淡于宦情之意，并非“自知不寿”，而袁枚将“归计”改为“生计”，遂指为“自知不寿”，可见其妄。

② 唐荆川：唐顺之，字应德，明代作家。有《荆川集》。

③ 金德瑛：字汝白，号桧门，清代诗人。

④ 吴仰贤：字牧驺，清代诗人。有《小匏庵诗存》十卷，《诗话》收在其中。

⑤ 《花间集》：后蜀赵崇祚辑，十二卷。毛文锡：前蜀词人，字平珪。

⑥ 横笛曲：指《折杨柳曲》，折柳赠别。

⑦ 金门：汉有金马门，指皇宫，意为柳种在宫里不受攀折。

⑧ 章台：汉长安有章台街。汉京兆尹张敞朝罢，走马过章台街，归家为妇画眉，如柳叶细。

⑨ 李质《艮岳百咏》：宋徽宗在汴梁筑土山，砌太湖石，种奇花异树，名艮岳。李质为其作《百咏》。咏《柳岸》，写艮岳的柳树，不像津亭（渡口亭）的柳树受人攀折。《宋诗纪事》：清厉鹗撰，一百卷。

⑩ 严荪友：严绳孙字，清代作家。有《秋水集》十七卷，其中诗八卷，文七卷，词二卷。

⑪ 平泉：平泉庄，唐宰相李德裕别墅。金柳枝：秋后柳丝垂金色。

茎露①，不向春风管别离”；厉太鸿《樊榭山房集》卷七《西湖柳枝词》之六②：“路旁烟态罥朱楼，长送行人千里游。愿作涌金门外柳，生来浑不识离愁”；梁山舟《频罗庵遗集》卷一《玉河柳枝词》之六③：“争向东风拜舞频，六龙此日度龙津④。生来不解销魂事，只送銮舆不送人⑤。”皆亦早向义山夜半传衣⑥，或与平珪梦中神遇矣⑦。然宋之问首拈此意以赋莲花，《全唐文》卷二十四载其《秋莲赋》，有云：“御桥之西，玉池清冷，红蕖菡萏。谬履扃闼，自春徂秋。见其生，视其长，睹其盛，惜其衰。得终天年而无夭折者，良以隔碍仙禁，人莫由窥。向若生于潇湘洞庭，溱洧淇澳，即有吴姬越客，郑女卫童，芳心未成，采撷都尽。”移以咏柳，可牵合攀枝赠别一事，遂饶情致矣。（《钱锺书研究》25—26页）

钱先生在《谈艺录补订》曾指出：袁枚“评近人诗，多凭耳食，一斑片羽，未识厥全”。这一则写袁枚记汪绎事（见《诗话》卷十四），说汪“精星学”，曾为桐城吴贡生女算命，也为自己何时中状元算命，皆对应云云，因其马上得句有“归计未谋千亩竹，浮生只办十年官”而将“归计”改为“生计”，遂说汪氏“自知不寿”，其实此句未有此意，只不过是淡于宦情的表白，同卷记马朴臣有《渔父诗》云：“自把长竿后，生涯即水涯。尺鳞堪易酒，一叶便为家。晒网炊烟起，停舟月影斜。不争鱼得失，只爱傍桃花。”是一首实实在在描绘渔夫生活的诗，然袁枚说“真王、孟也”，其实与王维、孟浩然的诗并不相类。又云：“有人传其‘月影分明三李白，水光荡漾百东坡’，则弄巧而反拙。”钱先生指出此联乃《秦淮水阁醉歌》，极为沈德潜称赏，写醉中的迷离恍惚，见月影仿佛有三个李白，见水波仿

① 金茎露：汉朝用铜柱托盘承露。此指把柳移植宫庭。

② 厉太鸿：厉鹗字，清代文学家。有《樊榭山房集》二十卷。

③ 梁山舟：梁同书号，清代作家。有《频罗庵遗集》十三卷，其中诗三卷，集二卷，文四卷，题跋四卷。

④ 六龙：指六匹马。

⑤ 銮舆：皇帝乘坐的车。

⑥ 义山夜半传衣：李商隐受令狐楚教以作四义，称为夜半传衣。

⑦ 平珪梦中神遇：毛文锡字平珪，指受毛文锡影响。

佛有百个苏轼，绝妙地写出了醉态，而袁氏则指为“弄巧成拙”。此两例正如钱先生在《谈艺录·随园记事之诬》中早已指出的，是其记事不可尽信的证明。

这里又举出袁枚引唐顺之云：“诗文带富贵气，便不佳。”袁不同意此说，并举出金德瑛的《郊西柳枝》：“西直门边柳万枝，含烟带露拂旌旗。长是知尊临幸地，世间离别不曾知。”云此诗“富贵，何尝不佳？”他仅看到诗中写到“至尊临幸”便谓富贵，不知此诗咏柳正在于写离情。吴仰贤拈出此诗之意，谓其似李商隐的《咏柳》，诗云：“为有桥边拂面香，何曾自敢占流光？后庭玉树承恩泽，不信年华有断肠。”柳树多种植于岸边水侧，不像槐树多种植于宫中，即后庭玉树，能够承受到至尊的恩泽，那么，这些得幸的后庭玉树，便不会知道桥边柳树的寂寞悲愁了，因为它只能供离人攀折以赠别。毛文锡的《柳含烟》“河桥柳，占芳春”一首，几乎是李商隐《咏柳》的仿作，只不过用了词的形式，更写出“不如移植在金门，近天恩”，“免教离人攀折”的意思。钱先生指出，自从李商隐《咏柳》之后，还有宋代的李质，清代的严绳孙、厉鹗、梁同书等咏柳多效此意。同时又指出，李商隐《咏柳》通过后庭玉树之荣，反衬桥边垂柳之悴的写法，也不是自己的创造，早在初唐宋之问的《秋莲赋》中已这样赋咏莲花，那是长于御桥之西、清冷玉池中的水莲，红红的荷花，开在宫门之外，自春到秋，人们可以看到它的生长盛衰，可幸的是每一株莲都能“得终天年”，没有中途夭折的。如果它是生长于潇湘洞庭人迹喧嚣之处，早就被那些爱花的游客攀折尽了。李商隐借此意以咏柳，金德瑛又牵合以“攀枝赠别”的意思，更富有情致。

一五　评《红楼梦评论》

王氏于叔本华著作①，口沫手胝，《红楼梦评论》中反复称述，据其说以断言《红楼梦》为“悲剧之悲剧”。贾母惩黛玉之孤僻而信金玉之邪说也；王夫人亲于薛氏、凤姐而忌黛玉之才慧也；袭人虑不容于寡妻也；宝玉畏不得于大母也；由此种种原因，而木石遂不得不离也。洵持之有故矣。然似于叔本华之道未尽，于其理未彻也。苟尽其道而彻其理，则当知木石因缘，侥幸成就，喜将变忧，佳耦始者或以怨耦终；遥闻声而相思相慕，习进前而渐疏渐厌，花红初无几日，月满不得连宵，好事徒成虚话，含饴还同嚼蜡（参观《管锥编》一〇九页、三二六页、一五二四页）。此亦如王氏所谓“无蛇蝎之人物、非常之变故行于其间，不过通常之人情、通常之境遇为之”而已。请即以王氏所征《意志与观念之世界》一书明之②。有曰：“快乐出乎欲愿。欲愿者、欠缺而有所求也。欲餍愿偿，乐即随减。故喜乐之本乃亏也，非盈也。愿足意快，为时无几，而快快复未足矣，忽忽又不乐矣，新添苦恼或厌怠、妄想，百无聊赖矣。艺术于世事人生如明镜写形，诗歌尤得真相，可以征验焉。”叔本华好诵说天竺古籍③，

---

① 叔本华：十八、十九世纪德国厌世主义哲学家。王国维的《红楼梦评论》一文，受其影响颇为明显。《红楼梦》：清曹雪芹撰。

② 《意志与观念之世界》：叔本华的名著，今译为《意志与表象之世界》。

③ 天竺：印度的古称。

姑以佛典为之张目。《大智度论》卷十九《释初品中三十七品》云①："是身实苦，新苦为乐，故苦为苦。如初坐时乐，久则生苦，初行立卧为乐，久亦为苦"；卷二十三《释初品中十想》云："众极由作生，初乐后则苦。"古罗马大诗人卢克来修论人生难足，早曰："一愿未偿，所求惟此，不计其余；及夫意得，他欲即起。人处世间，毕生燥渴，盖无解时，嗷嗷此口，乞浆长开。"叔本华所憎鄙之黑格尔尝曰②："如愿快欲，不能绝待至竟。新欲他愿，续起未休。今日得饱食酣眠，无补于事，明日仍不免复饥馁劳弊耳。"意大利魏利撰《苦乐论》③，谓乐自苦出，本乎亏欠；康德极赏斯语④。若夫餍即成厌（参观《管锥编》四五九页），乐且转苦，心火不息，欲壑难填，十六七世纪哲士诗人亦多体会。十九世纪名小说《包法利夫人》实揭示此义⑤，至明且清。叔本华横说竖说，明诏大号耳。吾国嵇叔夜《答难养生论》有曰⑥："又饥餐者，于将获所欲，则悦情注心。饱满之后，释然疏之，或有厌恶"，亦微逗厥旨。史震林《华阳散稿》卷上《记天荒》有曰⑦："当境厌境，离境羡境"（参观卷下《与赵暗叔书》），尤肃括可乱释典楮叶矣。苟本叔本华之说，则宝黛良缘虽就，而好逑渐至寇仇，"冤家"终为怨耦，方是"悲剧之悲剧"。然《红楼梦》现有收场，正亦切事入情，何劳削足适屦。王氏附会叔本华以阐释《红楼梦》，不免作法自弊也。盖自叔本华哲学言之，《红楼梦》未能穷理窟而抉道根；而自《红楼梦》小说言之，叔本华空扫万象，敛归一律，尝滴水知大海味，而不屑观海之澜。夫《红楼梦》、佳著也，叔本华哲学、玄谛也；利导则两美可以相得，强合则两贤必至相阨。此非仅《红楼梦》与叔本华哲学为然也。西方旧谑，有士语女曰："吾冠世之才子也，而自憾貌寝。

① 《大智度论》：龙树菩萨撰，秦罗什译，百卷，释《大品般若经》者。
② 黑格尔：十八、十九世纪德国唯心主义哲学家。
③ 魏利：十八世纪意大利文学家。
④ 康德：十八世纪德国哲学家。
⑤ 《包法利夫人》：十九世纪法国著名作家福楼拜的长篇小说。
⑥ 嵇叔夜：嵇康字，三国魏诗人。
⑦ 史震林：字岵冈，号瓠冈居士，清代作家。有《华阳散稿》二卷。

卿绝世之美人也，而似太憨生。倘卿肯耦我，则他日生儿，具卿之美与我之才，为天下之尤物可必也。”女却之曰：“此儿将无貌陋如君而智短如我，既丑且愚，则天下之弃物尔。君休矣。”吾辈穷气尽力，欲使小说、诗歌、戏剧，与哲学、历史、社会学等为一家。参禅贵活，为学知止，要能舍筏登岸，毋如抱梁溺水也。（349—352 页）

这一则是对王国维运用叔本华哲学研究《红楼梦》所作的评论。

王国维的《红楼梦评论》一文，收在《王国维遗书》中。在其第二章《红楼梦之精神》中，开始便引叔本华的诗，提出饮食男女是人生的大问题，而王氏认为：“自哲学上解此问题者，则两千年间仅有叔本华之‘男女之爱之形而上学’耳。”他认为生活是痛苦的，“生活之于痛苦，二者一，而非二”，《红楼梦》一书“实示此生活、此痛苦之由于自造，又示其解脱之道，不可不由自己求之”，《红楼梦》就是通过宝黛之事“写人生之苦”，“凡此书中之人，有与生活之欲相关系者，无不与苦痛相终始”，所以他认为《红楼梦》是“彻头彻尾的悲剧”。这是王国维对《红楼梦》的总的看法。

叔本华将悲剧分为三种：一是恶人作祟；二是盲目的运命；三是由于悲剧中人物的位置及关系，使其不得不这样，不必非有蛇蝎之人物与意外之变故。由此，王国维认为前两种悲剧属于罕见者，可以避免，而第三种如《红楼梦》，则是以非常之势力，足以破坏人生之福祉，无时不可坠于面前者。他说：兹就宝玉黛玉之事言之，贾母爱宝钗之婉嫕，而惩黛玉之孤僻，又信金玉之邪说，而思除宝玉之病；王夫人固亲于薛氏；凤姐以持家之故，忌黛玉之才，而虞其不便于己也；袭人闻黛玉说“不是东风压西风，就是西风压东风”之语，惧祸之及，而自同于凤姐，亦自然之势；宝玉之于黛玉，信誓旦旦，而不能言之于最爱他的祖母，遂酿成金玉合木石离的“悲剧中的悲剧”，“此等惨酷可谓天下至惨”，因这不是由于蛇蝎之人物和非常之变故造成的悲剧。因此，他认为《红楼梦》的“美学价值即存于此”（见第三章）。钱先生指出：王国维就宝黛悲剧的分析，说明他“似于叔本华之道未尽，于其理未彻”，如果能尽其道，彻其理，则应当明白“木石因缘，侥幸成就，喜将变忧，佳耦始者或以怨耦终；遥闻声而相思相慕，习进前而渐疏渐厌”。《红楼梦》写宝黛爱情，好就好在没有将他们撮合。钱先生在《管锥编》多次讲到诗文中表现的男女乖离，初非一律，所谓“见多情易厌，见少情易变；但得长相思，便是长相见”（张云璈《相见词》），“最为简括圆赅”。悲剧所以引人入胜的艺术力量，犹如俚语所谓“偷得着不如偷不着”（凌濛初《二刻拍案惊奇》卷九）、“许看不许吃”（李渔《比目鱼》第十出，此转引），有着那么一种欲得到而尚未得到的诱惑。亦正如这一则举引的叔本华所谓“欠缺而有所求”，是一种“欲愿”，从中可以产生快乐，并非全是“苦恼”和“百无聊赖”。钱先生在这里举引了《大智度论》、罗马大诗人卢克莱修、黑格尔、魏利等对苦与乐的论述，如“新苦为乐，故苦为苦。如初坐时乐，久则生苦。初行立卧为乐，久亦为苦”，因此，生活需要有苦乐之调节；又如人生的欲望永远难以满足，“人处世间，毕生燥渴，盖无解时”，“新欲他愿，续起未休”；又如“乐自苦出”，“乐且转苦，心火不息，欲壑难填”等等。法国福楼拜的著名小说《包法利夫人》里的女主人爱玛，对婚姻十分憧憬，及至成为包法利医生夫人时，她失望了，后来地主罗道耳弗与她的频繁幽会，起初带给她的是快乐，但逢场作戏被她看穿以后，便是苦痛，她不得不以砒霜寻得解脱。嵇康所谓饥者思食，饱者厌食，也是在阐明快乐出自苦痛和亏欠。史震林所谓“当境厌境，离境羡境”，讲的是同一个道理。因此，钱先生指出：姑且按照叔本华之说，“则宝黛良缘虽就，而好逑渐至寇仇，‘冤家’终为怨耦，方是‘悲剧之悲剧’”，而《红楼梦》现今不是这样的收场，所以，王国维不当附会叔氏之说阐释《红楼梦》，强合作解，只能使哲学与文学之间更加阻塞。

一六　消纳

屠琴坞倬作《菽原堂集序》①，记查梅史论诗大旨②，主乎“消纳”，尝谓：“沧浪香象渡河，羚羊挂角，只是形容消纳二字之妙。世人不知，以为野狐禅。金元以降冗弱之病，正坐不能消纳耳。《唐书·元载传》：胡椒八百斛，他物称是。举小包大，立竿表景，神而明之，存乎其人”云云。此真解人语，尝试引申之。长短乃相形之词。沧浪不云乎：“言有尽而意无穷”；其意若曰：短诗未必好，而好诗必短，意境悠然而长，则篇幅相形见短矣。古人论文，有曰：“含不尽之意，见于言外”；有曰：“读之惟恐易尽。”果如是，虽千万言谓之辞寡亦可，篇终语了，令人惘惘依依。少陵排律所谓“篇终接混茫”者，是也。否则虽短篇小什，亦觉词费；以才穷意竭，而支扯完篇，明月已尽，夜珠不来③，实不必作此闲言语也。随园不悟“消纳”之旨，宜其斤斤以篇幅为言矣。悟乃人性所本有，岂禅家所得而私。一切学问，深造有得，真积力久则入，禅家特就修行本分，拈出说明；非无禅宗，即并无悟也。（199 页）

这一则主要是讲查揆论诗主张“消纳”，从这一则看来，消纳有两个

---

① 屠琴坞：清屠倬号。有《是程堂诗文集》十卷。

② 查梅史：清查揆号。有《菽原堂集》十四卷。

③ 《唐诗纪事》卷三《上官昭容》：评沈佺期、宋之问二诗曰：“二诗功力悉敌，沈诗落句云：‘微臣雕朽质，羞睹豫章材’，盖词气已竭。宋诗云：‘不愁明月尽，自有夜珠来。’犹陟健举。”

意思：一是即小见大，二是有言外之音。即小见大，如写元载的贪污财物，胡椒尚且有八百斛，那么别的比胡椒更有用的东西，也就多得无法计算了。这就是即小见大的写法。言外之音，即“含不尽之意，见于言外”的写法。这两者的分别，前者是点明的，如“胡椒八百斛，他物称是”，点明还有“他物”，多得像“胡椒八百斛”那样。后者是不点明的，如祖咏《终南望余雪》：“林表明霁色，城中增暮寒。”雪后必冷，这后面一句含有担心平民挨冻的意思，但没有点明。刘勰于《隐秀篇》说：“情在词外曰隐，状溢目前曰秀”，讲的也是这个意思。有言外之音，“读之惟恐易尽”，是作品在读者中产生的艺术效果，这样的作品纵有千言万语，也不能算长，因为它能给人“言有尽而意无穷”之感，正如杜甫所云“意惬关飞动，篇终接混茫”（《寄高适岑参三十韵》）。反之，如果死扣题目，又毫无余味，篇幅再短，字数再少，亦觉词费。一般说“才穷意竭”挤出来的文字，硬支撑完篇的，便觉其长。所以说作品的长短不能单看字数，而要视其内容是否充实，文章是否尚有余味。袁枚不明白这一点，而斤斤计较以篇幅言长短，是不对的，如《孔雀东南飞》有353句，1765个字，是中国五言叙事诗的长篇，但读起来并不觉其长，因为它能用通俗的语言，叙述一个家庭悲剧，这个家庭悲剧在封建社会里具有广泛的代表性，感人至深，正如王世贞所评：“叙事如画，叙情若诉，长篇之圣。”（《艺苑卮言》）所以这首诗虽长，它的含义极为深刻，可供体味。西方十九世纪作家如佩特论文主张“留有读者思量”，马拉梅也认为诗之妙在于情词不尽，与严羽论诗所见相合。

一七　附录

中国固有的文学批评的一个特点

钱锺书

题目这样累赘，我们取它的准确。我们不说中国文学批评，而说中国固有的文学批评，因为要撇开中国文学批评里近来所吸收的西洋成分，我们不说中国旧文学批评，而说中国固有的文学批评，因为中国的文学批评的特点，在中国新文学批评里，多少还保留着。

这里近似东西文化特征的问题，给学者们弄得烂污了，我们常听说，某东西代表道地的东方化，某东西代表真正的西方化，其实那个东西往往名符其实，亦东亦西。哈巴小狮子狗，中国通俗唤作洋狗，《红楼梦》里不就有“西洋花点子哈巴儿”么？而在西洋，时髦少妇大半养哈巴狗为闺中伴侣，呼为北京狗——北京至少现在还是我们的土地。许多东西文化的讨论常使我们联想到哈巴狗。譬如我们旧文学里有一种比兴体的“香草美人”诗，把男女恋爱来象征君臣间的纲常，精通西学而又风流绮腻的师友们，认为这种煞风景的文艺观，道地是中国旧文化的特殊产物，但是在西洋宗教诗里，我们偏找得出同样的体制，只是把神和人的关系来代替君臣了①。中世纪西洋文学尤多此类比兴的作品，但丁就是一个刺眼的例子。

---

① 参观吴宓先生《空轩诗话》第一则。

西洋中世纪神学里的神人之爱保持着名分和距离，破除私情而又非抽象的记号崇拜，跟中国的名教所谓“忠”，十分相像，不比新教神学所讲爱，带有浪漫性的亲昵。因为西洋有这一体诗，所以也有比兴说诗的理论；但丁译诗四义，甚深微妙义，曰“寄记义”，竟完全是我们常州词派的原则。又如章实斋论先秦著作，指出一种“言公”现象，研究章实斋而亦略知西洋文化史的人，立刻会想到“言公”是西洋中世纪的特征，它所根据的人生哲学和艺术观，在现代西洋文艺思想里尚占有强大的势力。“言公”现象跟“香草美人”体的得失是非，我们不能在此地讨论，我们不过借来证明所谓国粹或洋货，往往并非中国或西洋文化的特别标识，一般受过高等教育的野蛮人还未摆脱五十年前中国维新变法，出版《学究新谈》《文明小史》时的心理状态，说到新便想到西洋，说到西洋便想到新，好像西洋历史文物，跟他老人家一样的新见世面，具这种心眼来看文化史，当然处处都见得是特点了。

换句话说，中国所固有的东西，不必就是中国所特有或独有的东西。譬如，中国道学家排斥文学；同样，西方的艺术思想史也不过是一部相斫书，记载着“善的帝国主义”和“美的帝国主义”的冲突。中国道学家的理论，虽未受任何西洋影响，但也算不得中国特有。此类中外相同的问题，不属本文范围。其次，中西对象不同，理论因而差异，我们不该冒失便认为特点；因为两种不同的理论，可以根据着同一原则。譬如中国文章讲平仄，西洋文章讲轻重音；西洋诗的禁忌，并非中国的四声八病，而两者共同遵守着声调和谐的原则；虽不相同，可以相当。此类问题，也不属本文范围。最后，我们讲的是中国文学批评的特色，并非中国特色的文学批评；我们不以一家一说一派而以整个的中国文评为研究对象。譬如，心解派的文学批评，当然是西方特有的文学批评，但是我们决不能说，西方文学批评的特色就是心解术；因为，在心解术成立以前，西洋文评早有二千多年的历史，在心解术应用到文学上以后，西洋文评还有不知多少别具手眼的宗派。

所以，我们所谓中国文评的特点，应是：（一）埋养在自古到今中国谈艺者的意识田地里，飘散在自古到今中国谈艺的著作里，各宗各派各时代的批评家都多少利用过；唯其它是这样的普遍，所以我们有见而相忘。（二）在西洋文评里，我们找不到它的匹偶，因此算得上中国文评的一个特点。（三）却又并非中国语言文字特殊构造的结果，因为在西洋文评里我们偶然瞥见它的影子，证明西洋一二灵心妙悟的批评家，也微茫地、倏忽地看到这一点。（四）从西洋批评家的偶悟，我们可以明白，这个特点在现象上虽是中国特有，而在应用上能具普遍性和世界性；我们的看法未始不可推广到西洋文艺。

这个特点就是：把文章统盘的人化或生命化。《易·系辞》云："近取诸身……以通神明之德，以类万物之情"，可以移作解释；我们把文章看成我们自己同类的活人。《文心雕龙·风骨篇》云："词之待骨，如体之树骸，情之含风，犹形之包气……瘠义肥词"；又《附会篇》云："以情志为神明，事义为骨髓，词采为肌肤，宫商为声气……义脉不流，偏枯文体"；《颜氏家训·文章篇》云："文章当以理致为心肾，气调为筋骨，事义为皮肤"；宋濂《文原下篇》云："四瑕贼文之形，八冥伤文之膏髓，九蠹死文之心"；魏文帝《典论》云："孔融体气高妙"；钟嵘《诗品》云："陈思骨气奇高，体被文质"——这种例子那里举得尽呢？我们自己喜欢乱谈诗文的人，谈到文学批评，也会用什么"气""骨""力""魄""神""脉""髓""文心""句眼"等名词。翁方纲精思卓识，正式拈出"肌理"，为我们的文评，更添上一个新颖的生命化名词。古人只知道文章有皮肤，翁方纲偏体验出皮肤上还有文章。现代英国女诗人薛德莲女士明白诗文在色泽音节以外，还有它的触觉方面，唤作"texture"，自负为空前的大发现，从我们看来"texture"在意义上、字面上都相当于翁方纲所谓肌理。从配得上"肌理"的 texture 的发现，我们可以推想出人化文评应用到西洋诗文也有正确性。因为我们把文章人化了，所以文章欠佳，就仿佛人身害病，一部分传统的诙谐，全从这个双关意义上发出。譬如沈起凤《红心词客传奇》四种之一《才人福》写张梦晋李灵芸挂牌专医诗病，因苏州诗伯诗翁作品不通，开方劝服大黄；又如《聊斋志异·司文郎》一则记盲僧以鼻评文，“刺于鼻，棘于腹，膀胱所不容，直自下部出”，此类笑话可以旁证人化文评在中国的流行。

我们该申说，何以文章人化是我们固有的文评。当然我们可以说，我们在西洋文评里没有见到同规模的人化现象；我们更可以说，我们自己用西洋文字写批评的时候，常感觉到缺乏人化的成语。但是，这两个负面的论证也许太空泛了。我们要在西洋文评里找出代表的例子，来分析，来指明它们的似是而非，它们的貌同心异，算不得人化。我们把例子分为三类，由浅入深，逐类辨析。

第一类像西塞罗的议论。西塞罗云：“美有二种：娇丽者，美女也；庄严者，美男也。”这当然算不得人化；因为西塞罗根本是在讲人体美，所以他下文说须眉丈夫，总得保持庄严本色，切勿软绵绵，懒洋洋，衣冠言动，像个不男不女的戏子。他只说男女刚柔各有其美，并非说文章可分为阴柔阳刚。我们若讲美学思想史，西塞罗的分类极为重要，因为人体美属于美学范围；我们若讲文学批评，此说全不相干。我们当然可把此说推演到文艺上面，但是我们要注意，西塞罗自己并没有推演。一切西洋谈艺著作里泛论美有刚柔男女性的说法，都算不上人化。

第二类西洋普通“文如其人”的理论，像毕丰所谓“学问材料皆身外物，惟文则本诸其人”，歌德所谓“文章乃作者内心真正的印象”，叔本华所谓“文章乃心灵的面貌”，跟我们此地所讲人化，绝然是两回事。第一，“文如其人”并非“文如人”；“文章乃心灵的面貌”并非人化文评的主张认为文章自身有它的面貌。第二，他们所谓人，是指人格人品，不过《文中子·事君篇》“文士之行可见”一节的意见，并不指人身。顾尔蒙唯物化的论文，认为文章是生理作用的产物，健康、饮食、居住以及其他生命机能都影响到文章，这也不是人化或生命化。顾尔蒙只想以作者的生理来解释作者的文笔，生理是文笔外面或背面的东西，而我们的文评直接认为文笔自身就有气骨神脉种种生命机能和构造。一切西洋谈艺著作里文如其人或因文观人的说法，都绝对不是人化。

第三类是西洋文评里近似人化而程度上未达的理论。在文艺思想里，像在宇宙里，一字的差分最难跨越。譬如有关，我们可破；有墙，我们可跨；只有包裹着神明意识的一层皮囊，我们跳不出，在一丝半米上，见了高低好丑。此类例子，不比前两类，在西洋文评里，不易找见。我们拣最亲切有味的来说。郎吉纳斯云："文须如人体，不得有肿胀"，又云："文如人体，非一肢一节之为美，而体格停匀之为美"，昆铁灵云，"人身体康强，血脉足，运动多，筋骨牢固，所以为健丈夫，亦即所以为美丈夫，若专事涂饰，作妇人态，适见其丑，于文亦然"，又云："文章雕饰，必有丈夫气，勿为女子佻冶态"，又云："文章矫揉做作之弊，曰肿胀，曰水蛊，曰肉感"，又云："文章宁可粗硬，不可有女气而软弱。"维威斯的议论要算西洋文评里顶精辟的人化说了，他说："文章者，心灵以及全人之影象也。人品本诸身与心；文品本诸文字及意义。文字有音与形，故文章有体格。字句精炼，音节弘亮，结构充实，则文之体高而大；文字琐碎，音樗薄，词紧促而不舒，则文之体卑且侏。体格而外，文章更有面貌。文之简赅者，其貌圆而润；文之详实者，其貌方以刚。文章亦有肉，有血，有骨。词藻太富，则文多肉；繁而无当，则文多血。文章又有液：字妥句适，理壮辞顺，则文之液也。用字过省，且无比兴譬喻，音节细弱，结构庸俗，则文枯瘦；无血无肉，干皮包散骨，如囊贮石而已。"班琼生也有类似的见解："文字如人，有身体，面貌，皮肤包裹。繁词曲譬，理不胜词，曰多肉之文；词不该理，曰多筋骨之文；音谐字妥，则文有血液。"华兹华斯云："世人以文章为思想之衣服，实则文章乃思想之肉身坐现。"卡莱尔云："世人谓文字乃思想之外衣，不知文字是思想之皮肉，比喻则其筋络。有瘦硬之文，有憔悴穷饿无生气之文，有康健而不免中风危险之文。"佛罗贝论文云："思想与形式分开，全无意义。譬如物体，去其颜色形模，所余不过一场空。思想之为思想，端赖文笔耳。"又云："文章不特为思想之生命，抑且为思想之血液。"这几个例子够举一反三了。

在我们讨论这几个例子以前，我们先要注意，它们在西洋文评里，不过是偶然的比喻，信手拈来，随意放下，并未沁透西洋文人的意识，成为普遍的假设和专门的术语。记牢了这一点，我们然后研究，上面所举第三类例子，跟中国文评的人化，有什么差异，我们分四层来讲。

第一，此类例子大多把文章来比人体，只是一种显喻；我们该注意到“如人体”的“如”字，“于文亦然”的“然”字。顶多也不过隐比，算不得人跟文的化合；我们只要把郎吉纳斯跟刘勰比较，便见分晓。在此类西洋文评里，人体跟文章还是二元的，虽然是平行的二元。在我们的文评里，文跟人无分彼此，混同一气，达到《庄子·齐物论》所谓“类与不类，相与为类，则与彼无以异”的境界。从比喻的“比”字，望文生义，我们便推想得出平行的二元性；在拉丁文里，比喻唤作 translatio，就是我们现在所谓翻译，更明白地流露出被比较的两桩事物的对抗。超越对称的比喻以达到兼融的化合，当然是文艺创造最妙的境界，诗人心理方面天然的辩证法这种心理状态，经波德来雅再三描摹之后，已成为文艺心理的普遍常识，我们不必更事申说。刘勰《文心雕龙·比兴篇》论诗人“蠲物圆览”，那个“圆”字，体会得精当无比。人化文评是“圆览”；人化比喻单是“左顾右盼”。所以，在西洋语文里，借人体机能来评骘文艺，仅有逻辑上所谓偏指的意义，没有全举的意义，仅有形容词的功用，没有名词的功用，换句话说，只是比喻的词藻，算不上鉴赏的范畴。在西洋语文里，我们习惯上只说“一种或这种多肌肉的文章”，不说“一切文章的肌肉”，只说“一种或这种多筋的文章”，不说“一切文章的筋”，除非我们硬要做譬喻，不顾公认的伪语。并且，在我们的文评里，人化的术语多少是中立的，不大有估定价值的意义，可以用来赞美——譬如说“骨重神寒”，也可以用来谴责——譬如说“骨弛肌懈”；而在西方文评里，这种人体比喻形容词本身就是一种估价，从上面维威斯、班琼生的话里，我们一看就知道，他们说文章多骨多肉，就等于说文章不好，同样，现代西洋人说文章多肌肉多筋，就等于说文章好。换句话说，他们用到 fleshy，bony（多肉的，多骨的）等等，都是指文章的变态说，不是指文章的常态说，不仅说文章有肉有骨，还说文章肉肥如豕或骨瘦如豺[1]，不但是存在判断，

① 依照《醒睡录》中故事，改柴作豺，与豕相配。

并且是价值判断，是善恶美丑的批评，不是有无是非的描写。维威斯、班琼生所谓体貌，倒是有中立性的，此点我们下文再讲。大多数西洋谈艺者以文比人，都偏重病态、变态，例如郎吉纳斯所谓肿胀，昆铁灵所谓水蛊肉感。西洋文评里人体比喻本身就是偏重的形容词，难于更加形容，所以西洋作者说到多骨或多肉而止，更无下文；我们的人化术语只是中立的名词，所以我们还可添上种种形容衬托，精微地描画出文章风韵，譬如有“瘦硬通神”的清骨，有“严家饿隶”的穷骨，有轻而浮薄的贱骨，有轻而超妙的“自是君身有仙骨”。以西洋人体譬喻的文评，比了中国人化文评，恰像西洋相人书比了中国《麻衣相法》，一般的粗浅简陋。中国论文跟中国相面风鉴有极密切而一向被忽略的关系。西洋以文比人是估价，我们再举一个例证。我们上文说过，西塞罗论美有男女算不得人化。昆铁灵论文有丈夫气女子态，当然跟姚鼐所谓阳刚之文阴柔之文的分别相接近了；然而我们要注意姚鼐着眼在文章种类的差异，昆铁灵只注意到文章价值的高下。昆铁灵全不明白丈夫气和女子态可以“异曲同工”，他只知道丈夫气是好文章，女子态是坏文章。我们所谓阴柔阳刚是平等相对的文章风格，昆铁灵便有点重男轻女了。进一步说，昆铁灵只认为丈夫气是文章的常态，他所谓女子气并非指女子的本色，倒是指男人的变相；他只知道须眉丈夫不该有巾帼气，他不知道巾帼女子原该有巾帼气，雄媳妇与雌老公一样的讨人厌——也许我错了，雌老公该讨得雄媳妇的喜欢的！西洋人论文有男女，不是中立的分类，而是偏袒的判断，佛罗贝的话表示得极明白，他说：“我只喜欢男性的文句；像拉马丁那种女性的文句，我是不爱的。”

第二，除却比喻的二元以外，第三类例子里还潜伏着一个二元，思想或内容与文笔或外表的二元。华兹华斯那句话，当然有所指。华兹华斯所深恶痛绝的特莱登和朴伯都把衣服来比过文章；例如特莱登云：“文词之于思想，如裙裤之于人身，乃遮羞之衣服也”，朴伯亦有句云：“理以文为衣，勿须绣鞶帨。”华兹华斯、卡莱尔、佛罗贝的说法当然比特莱登、朴伯高明，但是我们该注意，他们这是把思想跟文章对举的：假使文章是肉身，那么思想便是投胎的灵魂，假使文章是皮肉，那么思想便是骨血。灵魂跟肉体自然比衣服跟身体，来得关系密切，不过仍旧是两个平行的单位。刘勰、颜之推的话，比此说深微得多。刘勰、颜之推认为文章一名词在概念上包括“理致”和“气调”，“情志”和“词采”，内容和外表；而在华兹华斯等人的文章概念里，他们所谓文章只指我们所谓“词采”或外表，只能粘贴着思想或内容，并不跟思想或内容融贯一片，所以他们把文章和文字二名往往无别的使用。用逻辑成语来说，刘勰等人所谓“文章是思想的表现”，是一个分析判断，而华兹华斯等人所谓“文章是思想的表现”是一个综合判断；刘勰把一个单位分成几个，华兹华斯要把两个单位合成一个。因此，我们悟到我们所谓文章血脉或文章皮骨，跟西洋人所谓“文章乃思想之血”或“文章乃思想之皮肉”，全不相同。譬如我们说：“学杜得其皮”，我们并非说杜甫诗的风格只是皮毛，杜甫忠君爱国的思想怀抱才是骨髓；我们是说杜甫诗的风格本身就分皮毛和骨髓，李空同学杜仅得其皮，陈后山学杜便得其髓。西洋人在皮毛或肉体的文章风格以外，更立骨髓或精神的文章思想为标准；所以西洋文评所谓 spirit，切不可望文生义，以为等于我们所谓神魄。spirit 一字跟 letter 相对，譬如说《失乐园》一诗字面上（in letter）虽说赞助上帝，而真精神（in spirit）却是主张个人主义，同情于魔鬼；所谓精神完全是指文章思想或意义方面的事，而我们所谓“神采奕奕”“神韵盎然”，一望而知是指的文章风格。这种细密的差分，我们不能粗心浮气，忽略过去。

第三，维威斯、班琼生的议论，是极难得的成片段的西洋人化文评，论多肉的文章一节尤可与刘勰所谓“瘠义肥词”参观。但是此类议论毕竟没有达到中国人化文评的境界。他们只注意到文章有体貌骨肉，不知道文章还有神韵气魄。他们所谓人不过是睡着或晕倒的人，不是有表情，有动作的活人，鉴赏家会告诉我们，活人的美跟塑像的美有一大分别，塑像只有姿，没有态，只有面首，欠缺活动变化的表情；活人的表情好比生命的沸水上面的花泡，而塑像的表情便仿佛水冻成冰，又板又冷。这种意见对于活人们不免恭维太过，因为一大半活人等于泥塑木雕，然而也有它的道理。表情是性情品格、身世修养在体貌上的流露，说它是外貌，却又映射着内心，譬如风骚女人的花眼，强盗的杀相；假使体貌算是外表，性格算是内容，那么表情就抵内外词意融通一贯的文章风格。《孟子·尽心章》云："仁义礼智根于心，其生色者，睟然见于面，盎于背，施于四体，四体不言而喻"；《离娄章》云："存乎人者，莫良于眸子：胸中正，则眸子瞭焉，胸中不正，则眸子眊焉；听其言也，观其眸子，人焉廋哉！"这是相面的天经地义，也就是我们人化文评的原则。我们把论文当作看人，便无须像西洋人把文章割裂成内容外表。我们论人论文所谓气息凡俗，神清韵淡，都是从风度或风格上看出来。西洋论文，有了人体模型，还缺乏心灵生命。随便举个中国例子罢，唐顺之《记李方叔论文语》云："文章之无韵，譬之壮夫，其躯干枵然，骨张气盛，而神色昏梦，言动凡浊，则庸俗鄙人而已。"你看，他就跳出骨肉肥瘦等范围了。维威斯、班琼生、卡莱尔只知道文如人有强弱之分，尚未悟到文如人有雅俗之别，我们的文化文评便见得周密了。

第四，我们还有几个小点，要分别清楚。我们所谓气，并非西洋文评里的 atmosphere。我们所指是气息，西洋人所指是气压。气压是笼罩在事物外的背景，譬如说哈代的小说气压沉闷；气息是流动在人身内的节奏，譬如说六朝人文讲究"潜气内转"。气压是物理界的譬喻，气息是生命界的譬喻；一个是外察，一个是内省。孟子所说充塞天地的浩然之气，也是从内散外，并非由外聚内，所以他说"以直养而无害"。西洋文评偶然用气息，只是极粗浅带谴责性的形容词，不是单独中立的名词，譬如说气促的文章。又如德昆西所谓"力的文学"的"力"，也不可跟中国文评所谓力相提并论。德昆西明说"力"是文学跟非文学的区别；我们认为力是阴柔文学与阳刚文学的分别。并且，德昆西所谓"力"，就等于抒情，还偏重内容方面，我们所谓力纯粹是风格方面的一种特质。还有，德昆西的"力"，明是物理界的譬喻，所以他把船帆和船桨做象征；《文心雕龙》的现成比喻"蔚彼风力，严兹骨鲠"，德昆西竟未想到。一切物理界名词，也许都根据生理现象来，不过，何以德昆西未能近取诸身，从本源上立喻？这种偏重外察而忽略内省，跟西方自然科学的发达，有无关系？西洋文评里的 Vigor 一字，略当我们所谓力；不过，Vigor 是带赞美性的笼统字，既非中立，并且把我们所谓气力神骨种种属性都混沌地包括在内。这也足证明，西洋谈艺者稍有人化的趋向，只是没有推演精密，发达完备。

这种人化文评，我们认为是无可非难的。一切艺术鉴赏根本就是移情作用①，譬如西洋人唤文艺鉴赏力为 taste，就是从味觉和触觉上推类的名词。人化文评不过是移情作用发达到最高点的产物。其实一切科学、文学、哲学、人生观、宇宙观的概念，无不根源着移情作用。我们对于世界的认识，不过是一种比喻的，象征的，像煞有介事的诗意的认识。用一个粗浅的比喻，好像小孩子要看镜子的光明，却在光明里发现了自己。人类最初把自己沁透了世界，把心钻进了物，建设了范畴概念；这许多概念慢慢地变硬变定，失掉本来的人性，仿佛鱼化了石。到自然科学发达，思想家把初民的认识方法翻了过来，把物来统制心，把鱼化石的科学概念来压塞养鱼的活水。从我们研究思想史的人看来，移情作用跟泛客观，行为主义跟唯心论，只是一个波浪的起伏，一个原则的变化。因为人化文评只是移情作用，而移情作用是一切文艺欣赏的原则，所以西洋人偶尔也有人化文评的气息，像我们所举第三类的例子，正好像中国古代虽没有完备的形式逻辑，而中国大思想家对于西洋人所讲究的偏全异同问题，也时参妙悟。西洋人讲文章，到佛罗贝要算得头儿脑儿尖儿顶儿，而佛罗贝也最多人化文评的片言只语，譬如他说：“拉马丁的作品里从来没有那种肌肉突出的老句”，又说：“孟德斯鸠的文章紧实如运动家的双头肌肉”，这是值得我们思考的。

人化文评在理论上有何好处呢？要解答这个问题，我们先得知道人体在美学上有何地位。黑格尔（Hegel）曾按照内容或精神与外表或形式的关系把艺术分为三类，第二类古典式的艺术，是表里心物最凑拍的和谐，一种精神的具体化；这种表里神体的调融，在艺术里就是雕刻，在自然现

① 参观朱光潜先生《文艺心理学》36 至 39 页，此地不复引证解释。

象里就是人体，这不是跟我们上文所说人体化文评的一元性，拍得上么？章实斋《文史通义·文德篇》云："古人所言，皆兼本末，包内外，犹合道德文章而一之，未尝就文词之中言其有才有学有识犹有文之德也"，这是人化文评打通内容外表的好注脚。我们因此悟到中国古代谈艺者往往看上去是讲内容，其实是注重外表，譬如载道问题。自然注重内容并不就是载道，不过有许多认为道与内容是一是二，我们此地无暇详说，只能就本文有关系处，略加分析。照我们看，载道在历史上有两种相反的意义：（一）为载道而反对文艺，（二）为文艺而主张载道。第一种是一般道学家科学家的主张，人所共知。不过这种意见，不必就是严格的文学批评，我们先要把它的坐标系（system of reference）弄清。关于此点，我们从前在《论复古》一篇文字里详细辨过；譬如《镜花缘》里林之洋骂淑士与酒保通文，之乎者也，酸气冲人，我们似乎不可标出"掮客生意人文评"的题目，大书特书道："生意人反对文言，主张白话，乃近来新文学运动的先声；尤以漂洋过海的生意人如林之洋为甚，可见受外国文化影响。"道学家反文艺的意见，有它片面的真理①，也不一定是文艺衰落时期的产物。第二种就是一部分古文家或者"倒学家"的意见②。这种意见并非古文家借道来作幌子，或者像袁枚《答友人论文第二书》所谓"文人习气，挟持道以占地步"。少数古文家明白内容的肯定外表，正不亚于外表的肯定内容，思想的影响文笔正不亚于文笔的影响思想。要做不朽的好文章，也要有不灭的大道理；此种说法，我们认为也有真理，我们该辨清，假使绘画的媒介（medium）是颜色线段，音乐的媒介是音调；那么诗文的媒介不就是文字，是文字和文字的意义；假使我们把文字本身作为文学的媒介，不顾思想意义，那么一首诗从字形上看来，只是不知所云的墨迹，从字音上听来，只是不成腔调的声浪。所以，意义思想在文章里有极重要的地位。照此说来，"倒学家"主张文以载道，并非为道，还是为文章；并非为内

① 参考朱光潜先生《文艺心理学》101 页。

② 倒学家：这是程子批评韩愈的妙语。

容，还是为内容的外表。又要说到相面了：要像个上等文明人，须先从学问心术上修养起，决非不学无术，穿了燕尾巴衣服，喝着鸡尾巴酒，便保得住狐狸尾巴不显出野蛮原形的。“倒学家”主张文以载道，就等于风鉴家劝你修心补相。关于整个载道问题的涵义，我们将来还想详细讨论。

中国文评还有其他特点，本篇只讲人化。我们希望已经把此点论列清楚。

后记：去年十一月底，纽约大学现代文学教授 John Bakeless 君来牛津看我，谈起要做一部文学批评史，来补充 Saintsbury 大作的缺漏，添上中国文评俄国文评两部分。关于中国文评方面，他要求我合作。因为种种关系，当时谨谢不敢。但是这个善意的提议使我整理我个人对于中国文评的思想，得到几个结论，先偷空写成此篇。承我兄弟锺英给了不少帮助，写寄所引中国书籍原文，免却我记忆的错漏；又承友人 K. J. Spalding 先生把所引西文例证审定一遍，免却穿凿，并此志谢。

二十六年五月二十三日

说明：本文原有若干西文注释，是文章中西人意见的原文，因排版困难，故删去，特向钱先生致歉。

伍

WU

文体论

WENTILUN

一　论诗乐离合

焦理堂《雕菰集》卷十四《与欧阳制美论诗书》略谓①："不能已于言，而言之又不能尽，非弦诵不能通志达情。可见不能弦诵者，即非诗。周、秦、汉、魏以来，至于少陵、香山②，体格虽殊，不乖此恉。晚唐以后，始尽其词而情不足，于是诗文相乱，而诗之本失矣。然而性情不能已者，不可遏抑而不宣，乃分而为词，谓之诗余。诗亡于宋而遁于词，词亡于元而遁于曲。譬如淮水之宅既夺于河，而淮水汇为诸湖也"云云。按《通志》卷四十九《乐府总序》谓③："古之诗，今之词曲也。若不能歌之，但能诵其文而说其义理可乎。奈义理之说既胜，则声歌之乐日微，章句虽存，声乐无用"；《正声序论》复申厥说。理堂宗旨实承渔仲，而议论殊悠谬。近有选词者数辈，尚力主弦乐之说，隐与渔仲、理堂见地相同。前邪后许④，未之思尔。诗、词、曲三者，始皆与乐一体。而由浑之划，初合终离。凡事率然，安容独外。文字弦歌，各擅其绝。艺之材职，既有偏至；心之思力，亦难广施。强欲并合，未能兼美，或且两伤，不克各尽其性，每致互掩所长。即使折衷共济，乃是别具新格，并非包综前美。匹

① 焦理堂《雕菰集》：清焦循字理堂，晚年筑楼曰雕菰楼，因名集。集二十四卷。

② 少陵：唐杜甫尝居杜陵，自称杜陵布衣、少陵野老。香山：唐白居易。

③ 《通志》：宋郑樵（字渔仲）撰，二百卷，总述历代史事，分纪传、年谱、略、列传四体。

④ 前邪后许：邪许，见《淮南子·道应训》，此谓前呼后应之举。

似调黑白色则得灰色，以画寒炉死灰，惟此最宜；然谓灰兼黑白，粉墨可废，谁其信之。若少陵《咏韦偃画松》所谓"白摧朽骨，黑入太阴"，岂灰色所能揣侔，正须分求之于粉墨耳。诗乐分合，其理亦然。理堂遽谓不能弦诵即非诗，何其固也。程廷祚《青溪集》卷二《诗论》第十五力驳郑渔仲说①，以为"诗之切学者二，义理、声歌，而乐不与。徒以诗为乐之用，则诗与乐皆失其体"。虽程氏旨在申孔子"诗教"之说②，主以四始六义③，救三风十愆④，而其言殊可节取。曰义理，则意义是也；曰声歌，则诗自有其音节，不尽合拍入破⑤，所谓"何必丝与竹"者也，亦所谓"拗破女儿嗓"者也。参观《养一斋诗话》卷四"诗乐表里"条驳李西涯⑥，又 David Dalches：The Place of Meaning in Poetry 一书。理堂"诗亡"云云，又拾明人唾余。(26—27 页)

钱先生在《诗乐离合，文体递变》一节里说："诗者，文之一体"，"先民草昧，词章未有专门。于是声歌雅颂，施之于祭祀、军旅、昏媾、宴会，以收兴观群怨之效。"可见，诗与音乐的关系。诗的产生最初是由于音乐和舞蹈的需要，它本身没有独立的文学生命。《史记·孔子世家》

---

① 程廷祚《青溪集》：清程廷祚，号青溪。集十二卷。

② 孔子"诗教"：《论语·为政》："子曰：'《诗》三百，一言以蔽之，曰：思无邪。'"

③ 四始六义：《毛诗序》以风、大雅、小雅、颂为四始，《史记·孔子世家》以风、大雅、小雅、颂中的第一篇为始。《诗大序》："诗有六义：一曰风，二曰赋，三曰比，四曰兴，五曰雅，六曰颂。"后人释风、雅、颂为诗之体，赋、比、兴为诗之表现手法。程廷祚在此主要强调诗歌的教化作用。

④ 三风十愆：三风指巫风、淫风、乱风，《尚书·伊训》指责沉于酣饮、歌舞、游畋、犯上的行为。同时指出十愆，与三风内容相同，曰："舞、歌、货、色、游、畋、侮圣言、逆忠直、远耆德、比顽童。"以上都为封建道德所不容。

⑤ 入破：指入乐，犹繁弦急响。

⑥ 《养一斋诗话》：清潘德舆撰，六卷，附《李杜诗话》三卷。"诗乐表里"条："诗与乐相为表里，是一是二？李西涯以诗为六艺之乐，是专于声韵求诗，而使诗与乐混者也。夫诗为乐心，而诗实非乐，若于作诗时便求乐声，则以末汩本而心不一，必至字字句句，平仄清浊，而诗化为词矣。"西涯：明李东阳号。李主张诗乐合一，潘主张诗乐分为二。

云："三百五篇，孔子皆弦歌之，以求合韶武雅颂之音。"就是说那时的诗大半是乐舞的辞曲填充物。

随着社会生活的发展，诗歌本身也在发展，宋郑樵《通志·乐略》云："自后夔以来，乐以诗为本，诗以声为用"，"古之诗，今之词曲也。若不能歌之，但能诵其文而说其义理可乎？"又云："汉朝又立之学官，以义理相授，遂使声歌之音，湮没无闻。"这段话从某种意义上说，正反映了诗歌本身的发展，始与弦歌有关，而后成为一种独立的文学形式。所以清初文学家焦循在《雕菰集》里说的"不能弦歌者即非诗"的看法，是没有从诗歌这一艺术形式本身的发展来看待这个问题，而是执著于郑樵说的"以义理相授，遂使声歌之音，湮没无闻"，以为不能弦诵者便不是诗，这种看法显然不对。

究竟什么是诗，是否只有能弦歌者才是诗，这一则作了精辟的论述：（一）诗、词、曲三者，始皆与乐一体，初合终离。这是艺术自身发展的需要，也是社会生活发展给予的影响。比如《诗经》中的《颂》，时代最早，大都是当时的乐官为乐舞而写的歌辞，这样的诗与乐的关系自然极为密切，而时代较晚的《南风》，多是民间歌谣，当时的乐官采集之后，配以乐舞演唱，这些诗便与乐的关系较小。直至《诗·大序》的出现，明确提出："诗者，志之所之也。在心为志，发言为诗，情动于中而形于言"，这个"言"就是诗，既有志，又有情，完全摆脱了乐舞，而确立了诗的独立位置。为了说明诗乐分合的道理，这里用了一个有趣而恰切的比喻，就是将黑白两色调合而得灰色，可以用来画"寒炉死灰"，若因此便将黑白两色废弃，只留灰色，是不可能的，因为没有了黑白两色之调合，便再也产生不了灰色。所以说，"文学弦歌，各擅其美"，不能欲"兼美"而"强欲并合"，只能随其自然的发展而发展。词、曲的道理亦然。（二）诗自有其音节。郑樵说："义理之说既胜，则声歌之乐日微，章句虽存，声乐无用。"（《通志》）这段话也恰好反映了当时《诗经》没有独立的文学地位，而必须依附于乐舞的事实，但绝不能由此得出"不能弦诵者即非诗"的结论。清代文学家程廷祚进一步提出"义理、声歌，而乐不与"的主张，较有道理。诗就是义理与声歌，乐不必介入。义理就是意义，指诗的内容；声歌就是诗自身具有的音节，指诗的语言形式。诗有了这样两项基本要素，还要乐做什么呢？乐自然可以去完成属于它自身的艺术使命了。

二　文体递变

金刘祁《归潜志》卷十三始言①："唐以前诗在诗，至宋则多在长短句，今之诗在俗间俚曲。"明曹安《谰言长语》卷上亦曰②："汉文、唐诗、宋性理、元词曲。"七子祖唐祧宋③，厥词尤放。如《李空同集》卷四十八《方山精舍记》曰④："宋无诗，唐无赋，汉无骚。"《何大复集》卷三十八《杂言》曰⑤："经亡而骚作，骚亡而赋作，赋亡而诗作。秦无经，汉无骚，唐无赋，宋无诗。"胡元瑞《诗薮》内编卷一曰⑥："宋人词胜而诗亡矣，元人曲胜而词亦亡矣"；又曰："西京下无文矣，东京后无诗矣"；又曰："骚盛于楚，衰于汉，而亡于魏；赋盛于汉，衰于魏，而亡于唐。"（27—28 页）

夫文体递变，非必如物体之有新陈代谢，后继则须前仆。譬之六朝俪

---

① 刘祁《归潜志》：金末丧乱时，祁（字京叔）归隐乡间，居室名归潜，因以名集，十四卷，多记金事。

② 曹安《谰言长语》：杂记，二卷，多据见闻，发明义理。

③ 七子祖唐祧宋：明前七子是弘治、正德年间的李梦阳、何景明、徐祯卿、边贡、康海、王九思、王廷相，以李、何为代表；后七子是嘉靖、隆庆年间的李攀龙、王世贞、谢榛、宗臣、梁有誉、徐中行、吴国伦，以李、王为代表。他们相同的是提倡复古拟古，师唐废宋。

④ 《李空同集》：明李梦阳（自号空同子）撰，六十六卷。

⑤ 《何大复集》：明何景明（号大复）撰，三十八卷。

⑥ 胡元瑞《诗薮》：明胡应麟（字元瑞）撰，二十卷，分论古今诗体，主张"体以代变""格以代降"，提出神韵，对清代产生神韵说有影响。

体大行[1]，取散体而代之[2]，至唐则古文复盛，大手笔多舍骈取散。然俪体曾未中绝，一线绵延，虽极衰于明，参观沈德符《野获编》钱枋分类本卷十“四六”条[3]。而忽盛于清；骈散并峙，各放光明，阳湖、扬州文家[4]，至有倡奇偶错综者[5]。几见彼作则此亡耶。复如明人八股[6]，句法本之骈文，作意胎于戏曲，岂得遂云制义作而四六院本乃失传耶[7]。诗词蜕化，何独不然。诗至于香山之铺张排比，词亦可谓尽矣，而理堂作许语，岂知音哉[8]。即以含蓄不尽论诗，理堂未睹宋之姜白石《诗说》耶[9]。亦未闻王渔洋、朱竹垞、全谢山之推白石诗为参活句，有唐音耶[10]。按谢山语见《鲒埼亭文集》

---

① 六朝俪体：指吴、东晋、宋、齐、梁、陈时代盛行的骈体，追求对偶是其特点，词采华美、内容贫乏、诗风柔靡是其弊端。

② 散体：形式比较自由，不讲对偶，是偏重内容的文体。

③ 沈德符：明人。有《野获编》三十卷。清钱枋编成分类本。“四六”条：“本朝既废词赋，此道亦置不讲。”指明朝用八股文考试。不用四六文。

④ 阳湖文家：指清代阳湖（今江苏武进）人钱伯坰、恽敬、张惠言等，他们研究骈文。李兆洛编《骈体文抄》三十卷，宣扬骈文，与桐城派古文相抗衡。扬州文家：指汪中，有《述学》内篇三卷，外篇一卷等著。他的骈文导源六朝，极著名。

⑤ 奇偶错综者：李详《论桐城派》，称曾国藩之文“奇偶错综，而偶多于奇……可名为湘乡派”。

⑥ 八股：八股文，明清两代应举的一种文体。试官规定排偶体制，限定字数，代古圣人立言。行文必有破题、承题、起讲、提比、虚比、中比、后比、大结八个层次，死套这种模式写出的文章便是八股文。

⑦ 制义：亦称制艺，即八股。《明史·选举志》：“专取四子书及《易》《书》《诗》《春秋》《礼记》五经命题试士”，“仿宋经义，然以古代语气为之，体用排偶，谓之八股，通谓之制义”。排偶是用排句来对偶，四六文是用四字句、六字句来讲对偶，八股文是从四六演变来的，所以八股兴，对偶体并没有失传。八股文代圣贤立言，院本即杂剧，杂剧代角色说话，犹八股代圣贤说话。八股兴，代人说话的体裁没有失传。

⑧ 香山：白居易自号香山居士，唐代诗人。白居易的诗能尽量通志达情，焦循却说：“非弦诵不能通志达情”，怎么可以称为知音呢？即不知诗。

⑨ 姜白石：姜夔自号白石道人，宋代词人。有《诗说》一卷，论诗主含蓄，与焦循诗亡说不同。

⑩ 王渔洋：清王士禛自号渔洋山人。朱竹垞：清朱彝尊号。全谢山：清全祖望字。以上三人皆推姜夔诗有唐音，与焦循诗亡说不同。

外编卷二十六《春凫集序》①，许增《榆园丛刻·白石道人诗词》评论未收。《白石诗说》独以含蓄许黄涪翁，以为“清庙之瑟，一唱三叹”②，其故可深长思也。“诗亡”之叹，几无代无之。理堂盛推唐诗，而盛唐之李太白《古风》第一首即曰：“大雅久不作，吾衰竟谁陈。正声何微茫，哀怨起骚人。扬马激颓波③，开流荡无垠。废兴虽万变，宪章亦已沦。我志在删述，垂晖映千春。希圣如有立，绝笔于获麟④。”盖亦深慨风雅沦夷，不甘以诗人自了，而欲修史配经，全篇本孟子“诗亡然后《春秋》作”立意⑤。岂识文章未坠，英绝领袖，初匪异人任乎。每见有人叹诗道之穷，伤己生之晚，以自解不能作诗之嘲。此譬之败军之将，必曰“非战之罪⑥”，归咎于天；然亦有曰“人定可以胜天⑦”者矣。亡国之君，必曰“文武之道⑧，及身而尽”；然亦有曰“不有所废⑨，君何以兴”者矣。若而人者，果生唐代，信能掎裳联袂⑩，传觞授简，敦槃之会⑪，定霸文盟哉。恐只是少陵所谓

① 《鲒埼亭文集》外编：清全祖望撰，五十卷。卷二十六《春凫集序》：“次之则南渡姜白石，皆以其深情孤诣，拔出于风尘之表，而不失魏晋以来神韵，淡而弥永，清而能腴，真风人之遗也。”认为姜夔诗有魏晋以来神韵，是唐以后诗所没有的。

② 《白石诗说》许黄涪翁：《白石诗说》：“语贵含蓄……山谷尤谨于此。清庙之瑟，一唱三叹，远矣哉！”黄涪翁，宋黄庭坚号，又号山谷道人。

③ 扬马：扬雄、司马相如，都是汉代辞赋作家。

④ 绝笔于获麟：孔子作《春秋》，到鲁哀公十四年“西狩获麟”，绝笔不再作。

⑤ 孟子：孟轲尊称。《孟子·离娄》章里说到“诗亡，然后《春秋》作”。

⑥ 非战之罪：《史记·项羽本纪》：项羽兵败到东城，说：“此天之亡我，非战之罪也。”

⑦ 人定可以胜天：刘祁《归潜志》卷十二：“人定亦能胜天。”按《周逸书·文传》作“人强胜天”。

⑧ 文武之道：《资治通鉴》卷一百六十五梁元帝下：“焚古今图书十四万卷，……叹曰：‘文武之道，今夜尽矣！’”

⑨ 不有所废：《左传》僖公十年：“里克……对曰：‘不有废也，君何以兴。’”

⑩ 掎裳联袂：牵裙连袖，指人多。潘岳《藉田赋》：“蹑踵侧府，掎裳联袂。”

⑪ 敦槃：诸侯盟会用的礼器，敦以盛食，槃以盛血，为槃血用。

"尔曹"，昌黎所谓"群儿"而已①。而当其致慨"诗亡"之时，并世或且有秉才雄骜者，勃尔复起，如钟记室所谓"踵武前王，文章中兴"者②，未可知也。谈艺者每蹈理堂覆辙，先事武断：口沫未干，笑齿已冷。愚比杞忧③，事堪殷鉴④。理堂执著"诗余"二字，望文生义。不知"诗余"之名，可作两说：所余唯此，外别无诗，一说也；自有诗在，羡余为此，又一说也。诗文相乱云云，尤皮相之谈⑤。

文章之革故鼎新，道无它，曰以不文为文，以文为诗而已。向所谓不入文之事物，今则取为文料；向所谓不雅之字句，今则组织而斐然成章。谓为诗文境域之扩充，可也；谓为不入诗文名物之侵入，亦可也。《司空表圣集》卷八《诗赋》曰⑥："知非诗诗，未为奇奇。"赵闲闲《滏水集》卷十九《与李孟英书》曰⑦："少陵知诗之为诗，未知不诗之为诗，及昌黎以古文浑灏，溢而为诗，而古今之变尽。"盖皆深有识于文章演变之原，而世人忽焉。今之师宿，解道黄公度⑧，以为其诗能推陈出新；《人境庐诗草·自序》不云乎："用古文伸缩离合之法以入诗。"宁非昌黎至巢经巢以文为诗之意耶⑨。推之西土，正尔同揆。理堂称少陵⑩，岂知杜诗之词，

---

① 少陵所谓"尔曹"：杜甫《戏为六绝句》之二："王杨卢骆当时体，轻薄为文哂未休。尔曹身与名俱灭，不废江河万古流。"昌黎所谓"群儿"：韩愈《调张籍》："李杜文章在，光焰万丈长。不知群儿愚，那用故谤伤？"杜韩之意相同，在于讥斥轻薄后生诋毁前辈的言论。

② 钟记室：南朝诗论家钟嵘，两度任记室官，专掌文翰。他在《诗品·总论》说："踵武前王，风流未沫，亦文章之中兴也。"

③ 杞忧：《列子·天瑞》载，杞国有人忧天坠而废寝食。后人乃以此比喻无谓的忧虑或无事自扰。

④ 殷鉴：《诗·大雅·荡》："殷鉴不远，在夏后之世。"殷人灭夏，殷的子孙，应以夏之复亡为诫。

⑤ 诗文相乱：焦循说："晚唐以后，始尽其词而情不足，于是诗文相乱。"即认为诗亡而遁于词。这是皮相之谈，只看表面，其实诗没有亡。

⑥ 《司空表圣集》：唐诗论家司空图（字表圣）撰文集，十卷。

⑦ 赵闲闲：金赵秉文自号闲闲道人。有《滏水集》二十卷。

⑧ 黄公度：清黄遵宪字公度。有《人境庐诗草》十一卷。

⑨ 昌黎至巢经巢：唐昌黎韩愈、清郑珍，皆以文为诗。

⑩ 理堂称少陵：焦循认为杜甫不背于诗乐合一之志，岂知杜诗已乱于文乎！

已较六朝为尽，而多乱于文乎。是以宗奉盛唐如何大复[①]，作《明月篇》序，已谓“子美词固沉着，调失流转”，实歌诗之变体。《瓯北诗集》卷三十八《题陈东浦敦拙堂诗集》复云[②]：“呜呼浣花翁[③]，在唐本别调。时当六朝后，举世炫丽藻。青莲虽不群[④]，余习犹或蹈。惟公起扫除，天门一龙跳。”陈廷焯《白雨斋词话》亦以太白为“复古”[⑤]，少陵为“变古”。何待至晚唐两宋而败坏哉。渔洋《论诗绝句》尝云：“耳食纷纷说开宝，几人眼见宋元诗”[⑥]，堪以移评。经生辈自诩实事求是，而谈艺动如梦人呓语。理堂不足怪也。诗情诗体，本非一事。《西京杂记》载相如论赋所谓有“心”亦有“迹”也[⑦]。若论其心，则文亦往往绰有诗情，岂惟词曲。若论其迹，则词曲与诗，皆为抒情之体，并行不倍。《文中子·关朗》篇曰[⑧]：“诗者、民之情性也。情性能亡乎”；林艾轩《与赵子直书》以为孟子复出[⑨]，必从斯言。盖吟体百变，而吟情一贯。人之才力，各有攸宜，不能诗者，或试其技于词曲；宋元以来，诗体未亡，苟能作诗，而故靳其情，为词曲之用，宁有是理。王静安《宋元戏曲史》序有“汉赋、唐诗、

① 何大复：明前七子重要作家何景明，字仲默，号大复山人。他认为杜诗是唐诗中的变体。

② 《瓯北诗集》：清诗人赵翼（字云松，号瓯北）撰，五十三卷，好以议论入诗。

③ 浣花翁：指唐诗人杜甫，因居成都浣花里，故称。

④ 青莲：李白字太白，号青莲居士，唐诗人。

⑤ 《白雨斋词话》：清陈廷焯（字亦峰）撰，八卷。多推崇常州词派。

⑥ 渔洋《论诗绝句》：清王士禛《精华录训纂》卷五下有《戏效元遗山论诗绝句》三十二首。其中说：“耳食纷纷说开宝，几人眼见宋元诗。”只讲开元天宝的盛唐诗，看不到宋元诗的变化。这里指对杜诗的变化也看不到。

⑦ 《西京杂记》：或谓梁吴均撰，六卷。记司马答盛览问赋：“合纂组以成文，列锦绣而为质，一经一纬，一宫一商，此赋之迹也。赋家之心，包括宇宙，总览人物，斯乃得之于内，不可得而诗。”

⑧ 《文中子》：亦称《中说》，十卷，隋王通之子福郊、福畤纂述，文体仿《论语》。

⑨ 林艾轩：宋林光朝（字谦之）。有《艾轩集》九卷。

宋词、元曲”之说①。谓某体至某朝而始盛，可也；若用意等于理堂，谓某体限于某朝，作者之多，即证作品之佳，则又买菜求益之见矣。元诗固不如元曲，汉赋遂能胜汉文，相如高出子长耶②。唐诗遂能胜唐文耶。宋词遂能胜宋诗若文耶。兼擅诸体如贾生、子云、陈思、靖节、太白、昌黎、柳州、庐陵、东坡、遗山辈之集固在③，盍取而按之。乃有作《诗史》者④，于宋元以来，只列词曲，引静安语为解。惜其不知《归潜志》、《雕菰集》，已先发此说也。顾亦幸未见《雕菰集》耳。集中卷十尚有《时文说》，议论略等尤西堂⑤，亦谓明之时文，比于宋词元曲。然则斯人《诗史》中，将及制艺，以王、薛、唐、瞿、章、罗、陈、艾，代高、杨、何、李、公安、竟陵乎⑥。且在国家功令、八股大行之世，人终薄为俳

① 王静安：近人王国维，字静安，号观堂。他的《宋元戏曲史·序》：“一代有一代之文学，楚之骚，汉之赋，六代之骈语，唐之诗，宋之词，元之曲，皆所谓一代之文学，而后世莫继写者也。”

② 子长：汉司马迁字。

③ 贾生：汉贾谊。子云：汉扬雄字。陈思：三国魏陈思王曹植（字子建）。靖节：晋陶潜（字渊明），私谥靖节。柳州：唐柳宗元（字子厚），任柳州刺史，时号柳柳州。庐陵：宋欧阳修，庐陵人。东坡：宋苏轼（字子瞻），号东坡居士。遗山：金元好问（字裕之），号遗山。都是著名文学家。

④ 《诗史》：指陆侃如、冯沅君著《中国诗史》。

⑤ 《时文说》：“时文家能达不易达之理，能著不易传之神。……故极题之枯寂险阻虚仄不完而寡思渺虑，如飞东于蚕丛鸟道中，鬼乎脱命，争于纤毫，左右驰骋而未见有失。……实于六艺九流诗赋之外别具一格也。”即指八股在达理传神上比于宋元戏曲。尤西堂：清尤侗号。著有《西堂杂俎》等书。

⑥ 王、薛、唐、瞿、章、罗、陈、艾，代高、杨、何、李：《明史》卷二百三十一《薛敷歌传》称祖薛应旂，“应旂雅工场屋文字，与王鏊、唐顺之、瞿景浮齐名，其词文所品题，百不失一”。即指王、薛、唐、瞿。《明史》卷二百八十八《艾南应传》曰：“万历末，场屋文腐烂，南应深疾之，与同郡章世纯、罗万藻、陈际泰，以兴起斯文为任。”称为章、罗、陈、艾。高、杨：高启、杨维桢，为明初著名作家。何、李：何景明、李梦阳，为明代前七子的领袖。公安：明后期，以袁宗道、袁宏道、袁中道三兄弟（号称三袁）为代表的文学流派，因是公安人，称“公安派”。他们反对前后七子复古拟古的论调和表现，认为文学应因时因人而变，不能一味摹拟古人，提倡“独抒性灵，不拘格套”，以卓见真情为文，但也产生了浮而不沉之弊。竟陵：明后期，以钟惺、谭元春为代表的文学流派，因同是选家、竟陵人，称“竟陵派”。他们倡导抒发性灵，反对公安派的粗率轻浮，反对七子复古拟古，又主张学习古人精神，走上了深幽孤峭之途。

体①。(28—31页)

这两则说文体递变的道理，不像物体的演化，必须经过新陈代谢、前仆后继。中国各种文体，渊源于五经。历代文体的变化，有自身的原因，也有社会的原因。王国维在《人间词话》云："四言敝而有楚辞，楚辞敝而有五言，五言敝而有七言，古诗敝而有律绝，律绝敝而有词。盖文体通行既久，染指遂多，自成习套，豪杰之士，亦难于其中自出新意，故遁而作他体以自解脱，一切文体，所以始盛终衰者，皆由于此。"他说的只是文体自身发展的原因，鉴于已有文体出现弊端，才促成新文体的产生。"弊"就是毛病，当某位敏感的文学家发现已有的文体在内容或形式上有着某种毛病或束缚时，便要寻求出路，由《诗经》的四言到形体较为自由的楚辞，然后古诗、五言、七言、律诗、绝句、词、曲，皆是伴随着社会生活的发展变化而产生的新的文体。

这里引金刘祁、明曹安的话，都在说明一个时代有一个时代的文学，一个时代的文学有一个时代的风格。到了明代前后七子李梦阳、何景明、李攀龙、王世贞辈，他们由于不满"台阁体"只追求典雅工丽的形式，不顾及格调的陈腐庸俗，而主张复古拟古，提出偏激之见。如李梦阳说："宋无诗，唐无赋，汉无骚。"(《方山精舍记》)他所谓的"无"，就是"亡"的意思。何景明把这番意思明白地说出了："经亡而骚作，骚亡而赋作，赋亡而诗作。"(《杂言》)他简单地把文学形体的递变，看作是绝对的新陈代谢或前仆后继。明胡应麟也在《诗薮》里发表相同的意见。明郎瑛《七修类稿》进一步提出贵古贱今的主张，认为"文章与时高下，后代自不及前"。如果说一个时代的文章有一个时代的标准是对的，但如果说后代的文学一定不如前代的文学，显然大误。郎瑛走向了另一个极端，若照他的主张，文体无需变化，停留在先秦，仍然读四言诗，或许是他的最高境界。但是社会生活和人类语言都在不断发展、变化，表达情感和模写

① 俳体：指八股文的排偶体。宋洪迈《容斋续笔》十二称《龙筋凤髓判》为俳体，即为对偶文，认为不庄重。

事物的要求自然是越来越丰富，文体也便随之越来越千变万化，多姿多彩，整部文学发展的历史就是如此。

这里举出六朝骈体文盛行，取代了汉魏以来的散体文，开始时由于这种文体追求语言对偶、句式整炼、声韵和谐、辞采华美、使事用典诸多严格的追求而广为流行，发展到后来，更趋于形式的讲求，内容日益贫乏，风格日益柔靡。于是杨炯《王勃集序》，称王勃把“积年绮碎，一朝清廊，翰苑豁如，词林增峻，反诸宏博，君之力也”。王勃起来革除柔靡的文风，但写的还是骈文。诗也如此，陈子昂批评“齐梁间诗，彩丽竞繁，兴寄都绝”，他提倡风雅兴寄，他所写的《咏怀》，还是五言古诗。直到韩愈提倡古文运动，以古文代替骈文，传奇兴起，变文出现，但当时骈文并未中绝，在传奇、变文中就有不少骈俪语。钱先生即指出“俪体未曾中绝”，又指出“忽盛于清”。即就明代说，由于统治者的提倡和应试科举的需要，八股文起，排偶句法的兴起，又重视讲究对偶，到了清代骈文大为盛行，又出现了“骈散并行，各放光明”的境况。这里例举骈体的盛衰发展便可以说明，文学体制的发展可以在同一体制中推陈出新，不是一种文体先亡，之后生出另一种文体，而是犹如调色，黑白呈灰，黑红呈紫，红黄蓝白黑五种原色，可随意随时调配，便会产生越来越多的异样色彩，而原色是绝不能缺少的。钱先生以此比喻文学形体的发展，形象精辟，深入浅出，易于接受。这里还形象地批驳了“彼作则此亡”的立论之误，然而“诗亡”之叹，几乎每个时代都有。盛唐的大诗人李白，在《古风》的第一首便说：“大雅久不作，吾衰竟谁陈。”其实正是他自己成为伟大的诗人！

焦循在《雕菰集》讲到唐以后“诗文相乱，而诗之本失”，“乃分而为词，谓之诗余”，“诗亡于宋”云云，都不可靠。这里指出唐司空图、金赵秉文和清赵翼、黄遵宪等人就唐“以文为诗”，“以古文浑灏，溢而为诗”，“以古文伸缩离合之法以入诗”等诗文相混的文体变化，发表了深有识见的议论，说明诗的体制本身可以有种种发展变化，但诗并没有亡。清人陈廷焯看到李杜在文体和内容上的变化，却没有说清是怎么回事。钱先生指出两点：（一）诗情和诗体“本非一事”，不能混为一谈。《文中子》云：“诗者，民之性情也。性情能亡乎?”性情与人同在，性情不亡，诗也不能亡。非但不亡，诗情和诗体还都会有各自的发展和变化。（二）文分朝代，却不限于某朝。王国维于文体前冠以朝代，如汉赋、唐诗、宋词、元曲等，若是说赋至汉代始盛，诗至唐代始盛，词至宋代始盛，曲至元代始盛，是可以的；但如果像焦循所说，赋只限于汉代，诗只限于唐，词只限于宋，曲只限于元，便成了谬误。一部文学史证明，一代有一代盛行的文体，如元曲胜于元诗，不等于说元无诗；汉赋胜于汉文，也不能说汉赋胜于司马迁的《史记》；诗至唐始盛，词至宋始盛，也很难说唐诗胜于唐文，宋词胜于宋诗、宋文，具体到某位文学家也是如此，不能说司马相如的赋写得好，就说司马迁的文写得不好，实际上他们“各擅其绝”，“各放光明”，并峙文坛。但有的文体，它的高低有定，像八股文的排偶，称为俳体，正说明它体制的低下。

三　诗文的侵入与扩充

林谦之光朝《艾轩集》卷五《读韩柳苏黄集》一篇①，比喻尤确。其言曰："韩柳之别犹作室②。子厚则先量自家四至所到，不敢略侵别人田地。退之则惟意之所指，横斜曲直，只要自家屋子饱满，不问田地四至，或在我与别人也。"即余前所谓侵入扩充之说。子厚与退之以古文齐名，而柳诗婉约琢敛，不使虚字，不肆笔舌，未尝如退之以文为诗。艾轩真语妙天下者。《池北偶谈》卷十八引林艾轩论苏黄之别③，犹丈夫女子之接客，亦见此篇。（34 页）

关于诗文侵入扩充的文学现象，焦循指为"诗文相乱"，确是浮浅之见。把一向认为不宜入文的事物，取作为文的材料；把一向认为不雅的字句，组织成文采斐然可观的篇章，钱先生认为说是"诗文境域之扩充，可也"。金赵秉文深为"少陵知诗之为诗，未知不诗之为诗"而遗憾，赞赏韩愈"以古文浑灏，溢而为诗"（《滏水集·与李孟英书》），确是高见。这一则举林光朝的一段韩柳比较的说法，颇为形象。他说韩愈与柳宗元的不同犹如造屋子，柳宗元先丈量自家应占的面积，不敢有丝毫出圈，而韩

---

① 《艾轩集》：宋林光朝（字谦之）撰，九卷，附录一卷。

② 韩：指唐韩愈，字退之。柳：指唐柳宗元，字子厚。

③ 《池北偶谈》：清王士禛撰，以所居池北书库为书名，二十三卷。苏：宋苏轼。黄：宋黄庭坚。

愈则先想好自己需要如何安排，依自己的心愿，不管是否会侵占到他人的地盘。以诗而论，柳诗是按诗的意境来写，韩诗是以文为诗，打破诗文的局限。这个比喻很形象，将造屋的丈量面积，比作恪守文体的限制，与韩愈的开拓境界自然不同了。

这一则还引了林光朝论苏黄之别的比喻，亦十分形象、精彩。他说：苏轼与黄庭坚，“譬如丈夫见客，大踏步便出去，若女子便有许多妆裹，此坡谷之别也”。苏轼如丈夫，大踏步出去，黄庭坚如女子，还要修饰一番，也可以说一个畅达豪放，“从心所欲，不逾矩”；一个深奥莫测，犹如“隔帘听琵琶”（黄庭坚《跋翟公巽所藏石刻》），风格迥然不同。

韩愈“以文入诗”，他的《南山诗》《陆浑山火》《月蚀诗》等，都写得认真而洒脱，想怎样写便怎样写，本来古体诗在句数、对仗、平仄、押韵方面就没有一定的要求，所以他更不束缚自己的笔，《南山》中连用“或”字五十一句，全是散文，描述山石草木全用铺张的排比句，确是一种打破常规的大胆尝试。韩愈力求标新立异，别创一体与他的侵入扩充之举直接相关，他的“以文入诗”对诗的发展究竟值不值得称道，历来众说纷纭，毁誉参半。比如司空图在《题柳柳州集后》说：“韩吏部歌诗数百首，其驱驾气势，若掀电挟雷，撑抉于天地之间，物状奇怪，不得不鼓舞而徇其呼吸也。”柳宗元也很看重韩愈的诗，每“得韩愈所寄诗，先以蔷薇露灌手，薰玉蕤香后发读”，并称赞韩诗为“大雅之文”（冯贽《云仙杂记》）。而宋人陈师道却持不同意见，他说韩愈“于诗本无解处，以才高而好”，“以文入诗，故不工尔”（《后山诗话》）。沈括也说韩诗只是押韵之文，格不近诗（《苕溪渔隐丛话》引）。清王夫之更讥讽说：“以险韵、奇字、古句、方言矜其饾辏之巧，巧诚巧矣，而于心情兴会，一无所涉，适可为酒令而已。”（《姜斋诗话》）但是，不论怎么说，韩愈对后来产生的影响不容忽视，清叶燮《原诗》说：“韩愈为唐诗之一大变，其力大，其思雄，崛起特为鼻祖，宋之苏（舜钦）、梅（尧臣）、欧（阳修）、苏（轼）、王（安石）、黄（庭坚），皆愈之发其端，可谓极盛。”说韩愈为唐诗之一大变，又是宋诗若干大家诗风的鼻祖，这个看法很有见地。

诗文侵入扩充之说，对评价古代作家和今日文学的发展，有理论上的启发意义，它将引导打破一些形式上的框框，去评价古代作家的贡献，去正视今日作家对于新的文学样式的大胆尝试。

四　以文为诗与以诗为词

刘会孟论词①，与其论诗一揆②，若一反《后山诗话》评韩“以文为诗”、苏“以诗为词”之“非本色”者③。《须溪集》卷六《辛稼轩词序》云：“词至东坡，倾荡磊落，如诗如文，如天地奇观，岂与群儿雌声较工拙。然犹未至用经用史，率雅颂入郑卫也④。自辛稼轩前⑤，用一语如此者，必且掩口。乃稼轩横竖烂漫。乃知禅家棒喝⑥，头头皆是。”（362页）

这一则从宋代诗人刘辰翁论词与论诗采用同一个准则说起，刘辰翁《须溪集》卷六《赵仲仁诗序》云：“文人兼诗，诗不兼文。杜虽诗翁，散语可见，惟韩苏倾竭变化，如雷霆河汉，可惊可快，必无复可憾者，盖以其文人之诗也。”（见《谈艺录》34页）这是说文人如韩愈、苏轼可以以文为诗，诗人杜甫，诗不兼文，他的文不出名。这里赞美韩苏的以文为诗，突破诗文的界限。宋代另一位诗人陈师道在《后山诗话》里说：“退之以文为诗，子瞻以诗为词，如教坊雷大使之舞，虽极天下之工，要非本色。”评韩愈“以文为诗”，苏轼“以诗为词”，说明他反对“以文为诗”

① 刘会孟：宋刘辰翁字，号须溪。有《须溪集》七卷。

② 揆（kuí）：准则。

③ 《后山诗话》：宋陈师道（号后山）撰，一卷。韩：唐代韩愈。苏：宋代苏轼。

④ 率雅颂入郑卫：雅颂是雅正的，郑卫是浮靡的，把雅正的词混入浮靡的词中。

⑤ 辛稼轩：辛弃疾，字幼安，号稼轩居士，宋词人。

⑥ 禅家棒喝：佛教禅宗祖师接待初学，常当头一棒，大喝一声，提出问题，促人觉悟。

“以诗为词”，主张保持诗和词的本色。刘辰翁赞美韩苏对各自采用的文体都有所突破，也就是前面讲到的侵入扩充之说。韩诗苏词均“非本色”，都不是诗和词本来所要求的样子，说韩愈以文侵入了诗，或是说他的诗扩充到文句亦可；说苏轼以诗侵入了词，或是说他的词扩充到诗句亦可，总之，他们都不恪守诗词本色的束缚，都有所突破。

诗与文的体制不同，诗有字句韵律的限制，散文就没有这些限制。比如韩愈的《晚春》：

> 草木知春不久归，百般红紫斗芳菲。杨花榆荚无才思，惟解漫天作雪飞。

便是一首严守字句韵律的七言律绝。再如《嗟哉董生行》：

> 淮水出桐柏山，东流遥遥千里不能休。淝水出其侧，不能千里百里入淮流。寿州属县有安丰，唐贞元时，县人董生召南隐居行义于其中。……

光看这几句，就打破了四言、五言、七言诗的句式，犹如散文，有九字句、十三字句，除了押韵，几乎是散文了。

再说词和诗的区别，词多写儿女私情，诗可以写风云之气；词媚，诗严正，看《花间集》就可知道。苏轼以诗入词，如《江城子·密州出猎》：

> 老夫聊发少年狂。左牵黄，右擎苍。锦帽貂裘，千骑卷平冈。为报倾城随太守，亲射虎，看孙郎。

只看这上片，就有风云之气。所以刘辰翁说：“词至东坡，倾荡磊落，如诗如文。”到辛弃疾之前，发展到用经用史，牵雅颂入郑卫，“横竖烂漫”，屡屡用典，表现出更多的扩充与自由。辛弃疾的词或激昂慷慨，或温柔伤感，或议论畅达，或吊古伤今，正如刘克庄所说：“公所作，大声鞺鞳，小声铿锵，横绝六合，扫空万古。”（《辛稼轩集序》）辛弃疾自闽中罢归，隐居瓢泉时写的一首《贺新郎》便很典型。

甚矣，吾衰矣。怅平生、交游零落，只今余几！白发空垂三千丈，一笑人间万事。问何物、能令公喜？我见青山多妩媚，料青山、见我应如是。情与貌，略相似。　一尊搔首东窗里，想渊明、《停云诗》就，此时风味。江左沉酣求名者，岂识浊醪妙理。回首叫、云飞风起。不恨古人吾不见，恨古人、不见吾狂耳。知我者，二三子。

这类散文化的词出现，对当时的文坛，无异是一记当头棒喝，足以引起对文体变革的注意。

五　柏梁体

堆垛物名，仿“柏梁体①”之句，唐宋以下，作者偶为之，不复覙缕②。所见莫如诸襄七锦《绛跗阁诗集》之乐此不疲者③，兹举五七言古近体各一例。卷一《述怀》第三首：“蓑笠铚耨斛④，弓庐陶旊段⑤。砗磲玛瑙珠⑥，鱼菽盐豉蒜”；卷八《又赋玉瓮诗》：“卣罍敦匚甗匜鬲⑦，觚盉角洗槃盂彝⑧”；《七虫篇》：“鼃黾蛾螳鼠雀蝉⑨，飞鸣跳伏阶庭前”；卷十《六和塔宋刊四十二章经》：“沈贺钱陈董，虞洪宋李韩。隶真行狎草，长短瘠肥宽”⑩。先于徐文靖所为者⑪，南宋郑青山清之《安晚堂诗集》卷

---

① 柏梁体：七言古体联句。相传汉武帝筑柏梁台宴群臣时的七言联句，句句押平声韵，称柏梁体。

② 覙缕：细述。

③ 诸襄七：清诸锦字，有《绛跗阁诗集》十一卷。

④ 铚（zhì）：大镰刀。耨（nòu）：除草的农具。斛（tiāo）：古量器。

⑤ 旊（fǎng）：捏土为瓦器。段：锥击成物。

⑥ 砗磲：同车渠，海中软体动物的贝壳。

⑦ 卣（yǒu）：古代中型酒器。罍（léi）：古盛酒器。敦（duì）：盛黍稷器。匚（fǔ）：礼器，盛稻粱用。甗（yǒn）：古炊器，分两层。匜（yí）：洗手盛水器。鬲（lì）：炊具，一层。

⑧ 觚（gū）：古酒器。盉（hé）：温酒器。彝：青铜祭器。

⑨ 鼃：同蛙。黾（měng）：金线蛙。

⑩ 《六和塔宋刊四十二章经》：杭州六和塔上刻有宋刊《四十二章经》，这经是沈、贺、钱、陈、董、虞、洪、宋、李、韩十个人写的，他们用了隶、真、行、狎、草五种书法来写，有长、短、瘠、瘦、宽多种形体。

⑪ 徐文靖：字位山，清学者。工于考证古体。

七《病后再和前韵》第二首[1]："事业镂冰何所有，之乎者也已焉哉。"《随园诗话》卷四载张璨《戏题》[2]："书画琴棋诗酒花，当年件件不离他。而今七事都更变，柴米油盐酱醋茶"，张南山《花地集》卷二《曾朴园》[3]："烟霞泉石风花月，柴米油盐茶醋糖"；《两般秋雨庵随笔》卷四引郭臣尧《捧腹集·村学诗》[4]："赵钱孙李周吴郑[5]，天地玄黄宇宙洪[6]"；又柏梁体之打诨也[7]。（523—524页）

《明诗综》卷八范嵩《过太平府有感》[8]："昨夜月明乡梦醒，杜鹃啼上杜鹃花。"

清人唯金和能于叙事长篇中着堆垛物名句，爽利贯注，不滞不佻，远非诸锦、张维屏所能及。《秋蟪吟馆诗钞》卷二《原盗》之八[9]："井灶庖廥厕[10]，楣槛屏柱墙；一一搰之烂[11]，惟恐屋不伤。盆钵鼎豆壶[12]，几匮橱椸床[13]；一一撞之碎，惟恐物不戕"；又《六月初二日纪事》："先期大飨聊止啼，军帖火急一卷批；牛羊猪鱼鹅鸭鸡，茄瓠葱韭菰菔藜[14]，桃杏栌芍菱藕梨[15]，酒盐粉饵油酱醯[16]。"运用柏梁体可谓能手矣。（《谈艺录》增订本补正，《钱锺书研究》22页）

---

① 郑清之：原名郑燮。有《安晚堂诗集》六十卷。

② 《随园诗话》：清袁枚撰，十六卷，补遗十卷。

③ 张南山：清张维屏字。

④ 《两般秋雨庵随笔》：清梁绍壬撰，八卷。

⑤ 《百家姓》读本的首句。

⑥ 《千字文》读本的首句。

⑦ 打诨：以诙谐的语言相戏谑。

⑧ 《明诗综》：清朱彝尊编，一百卷。

⑨ 《秋蟪吟馆诗钞》：清金和撰，六卷。此处所引《原盗》句，《清诗纪事》题作《痛定篇十三日》。

⑩ 廥（kuài）：藏刍稿处。

⑪ 搰：掘穿。

⑫ 豆：高脚盘。

⑬ 椸（yí）：床前小几。

⑭ 菰：茭白。菔：即莱菔。俗称萝卜。藜：一种野菜。

⑮ 栌：栌橘。

⑯ 醯：醋。

提到柏梁台诗，最早的是《东方朔别传》《汉武帝集》，稍晚的是《艺文类聚》《古文苑》。清人顾炎武认为是伪作，游国恩据颜延之《庭诰》云“挚虞文论，足称优洽，《柏梁》以来，继作非一，所纂至七言而已”，进而考证这首托于古人以文为戏之作，似乎在挚虞的《文章流别集》里已经录入，则其作不能早于魏晋。而魏晋时代尚清谈，一些士大夫遇事互相调笑时，有用联句语、联句诗、联句赋者，如《世说新语·言语篇》记谢太傅寒雪日集儿女讲论文义事，雪下大了，公曰：“大雪纷纷何所似”，兄子曰：“撒盐空中差可拟”，兄女曰：“未若柳絮因风起”，便可以看作是韵同义贯的咏雪联句诗。

相传的柏梁台诗，首句是“皇帝曰：日月星辰和四时。”接着是“梁王曰：骖驾驷马从梁来。”各述各自职位需要说的意思，“皇帝曰”“梁王曰”的内容都与他们的身份相称。又如“丞相曰：总领天下诚难哉。大司农曰：陈粟万石扬以箕”等等，亦复如是。全篇共二十六句，都用某某曰以下七字句的形式，句末皆谐声用韵，形成联句体的格式，同时带有游戏谐谑的意味，人称这种诗体为“柏梁体”。发展到后来，仿此体堆垛物名，也不限于七言联句，更极尽俳谐之能事。

这里讲唐宋以后的作者很少有人再写这类诗作，但清代的诸锦喜用此体，举了他的四首作品，使读者可以从中看到“柏梁体”的特点及其流变。《述怀》每句五字，连用二十字，从日常用品到贵重物品，从海产到调味品，内容全不搭界，却包括了生活的全部，读起来句句有韵，无一虚字，仿佛是在游戏。《七虫篇》写七种小虫，有飞的，有叫的，有爬的，有跳的，聚在门前，好不热闹，这可能是天气变化前后的某种景象，除“前”字外，一句全是名词：“鼍黾蛾螳鼠雀蝉”；一句四个动词：“飞鸣跳伏”，两个名词“阶庭”，堆垛成诗，还颇有味道。清经史学家徐文靖是讲求实学的人，也尝有柏梁体戏作。南宋的郑清之，在《病后再和前韵》中，一连堆垛七个虚字，再生动不过地反映了他病后对毕生事业无限感慨、痛苦无奈的心情，真是“之乎者也已焉哉”，一言难尽。张璨的《戏题》，也是自己生活的写照。头两句写他家境尚好时的生活；“书画琴棋诗酒花，当年件件不离他”，自在潇洒，后来他的父亲跛了，家道败落，需要他日日亲自侍奉，生活起了变化，一天七件事成了“柴米油盐酱醋茶”，前后两样的生活内容，都是实实在在的实物名词堆垛于诗中。清梁绍壬所引的郭臣尧的《村学诗》，虽不能令人捧腹大笑，但也把村学读书的内容，默写出来了。

清金和很善于写长篇叙事诗，其中也有堆垛物名的诗句，向不为人注意，《清诗纪事》所引到的若干诗评中，也未有道及这个特点的，钱先生指了出来。《原盗》是一首百六七十韵的长诗，这里引出堆垛的二十个字的器物名称，囊括了家中的动产和不动产，在强人手下，统统“捐之烂”，“撞之碎”，把太平天国军队进攻时的猛烈形象，勾勒得惟妙惟肖。《六月初二日记事》，堆垛了二十八个物名，这是太平天国军的一张军帖征用的物名，其中没有山珍海味，都是平常的荤素菜蔬和果品调料，也只有当他们造了统治阶级的反之后才能得到。一首长诗中连用四句品物的堆垛，既烘托出当时十万火急的气氛，又有着一定的史料价值。

读过钱先生举引的柏梁体诗，与最初此类诗作比较，可以看到它的发展和变化，形式上仍保持句句押韵，表面上也保持了游戏取乐的特色，实际内容则有了很大拓展，它既能表达诗人的情感，又能反映现实生活，是值得注意和研究的。

六　章咒气与偈颂气

纪晓岚《点论李义山诗集》卷下评《戊辰会静中出贻同志二十韵》云①："终恨有章咒气②"；《点论苏文忠诗集》卷四评《读道藏》云："作僧家诗③，不可有偈颂气④；作道家诗⑤，不可有章咒气。此固未免于章咒。"（546 页）

李商隐《戊辰会静中出贻同志二十韵》这首诗讲的"会静"，指道家凝神养静修炼说，在这时候，作者想象飞腾，就会想到许多神仙故事，如说：

> 大道谅无外，会越自登真。丹元子何索？在己莫问邻。蒨璨玉琳华，翱翔九真君。……

这是说，修炼神仙的方法，想来只有一种，没有别的。合于这种方法，可以超越人世，自然"登仙"。"丹元子"指道家修心养神的一种方法，怎样求得这种方法，在于自己的修炼，不必去问别人。修炼得道后就

① 纪晓岚：清纪昀字。

② 章咒气：毫无文采，如同奏书，文尽意尽。

③ 僧家诗：指出家人不食人间烟火之作。

④ 偈（jì）颂气：佛教里的赞美诗有一定格式，不论几言，必四句为一偈，到将颂赞之意说尽为止，毫无文采。

⑤ 道家诗：指那些上天入地求仙访道之作。

可以会见神仙，像会见仙人上元夫人，看到她穿着非常美丽的玉带，看到仙人九真君，在天上飞翔。这样写，就同道士写的章咒讲到神仙的话相似了。清纪昀评点李商隐此诗说："诗无风旨可采"，"杂之通明（陶弘景）《真诰》中，殆不可辨。然终恨有章咒气。"《真诰》所记皆神仙授受真诀的事，叙述典雅，像给上级写的公文，恭敬庄重至极，朱熹曾怀疑陶弘景撰写此书时，从佛家的《四十二章经》里窃得不少，特别是关于下地狱、托生等荒诞之说，更是窃自佛书中。这里纪昀没有说李商隐从《真诰》中作手脚，但也指出他写得跟《真诰》一样。其实李商隐根本没有升仙的事，李诗中写升仙经历，就是从《真诰》中学来的。所谓"章咒气"，就是指诗从《真诰》里来，带有《真诰》的章咒气。然而，苏轼的《读道藏》却不同：

> 嗟余亦何幸，偶此琳宫居。宫中复何有？戢戢千函书。盛以丹锦囊，冒以青霞裾。王乔掌关籥，蚩尤守其庐。乘闲窃掀搅，涉猎岂暇徐。至人悟一言，道集由中虚。心闲反自照，皎皎如芙蕖。千岁厌世去，此言乃籧篨。人皆忽其身，治之用土苴。何暇及天下，幽忧吾未除。

苏轼的诗，是一篇诗体读书笔记，先写《道藏》的来历和存放，以及如何珍视等等，后写道家虚心求悟，像荷花的皎洁。否则厌世而去，气绝之后，用粗竹席裹尸。人皆不注意学道，归于土苴（泥和枯草），何暇治天下，这是我的幽忧。这首诗写出作者对《道藏》的看法，跟道士的章咒气不同，也就是说苏轼的诗写得比李商隐好。指出诗的风格应避免有章咒气，避免有偈颂气。

七　以诗品作诗

以“诗品”作诗，可上溯《诗·大雅·烝民》：“吉甫作诵①，穆如清风”；少陵“翡翠兰苕”②，退之“鲸牙龙角”③，滥觞于是矣。（《钱锺书研究》11 页）

以“诗品”作诗，可以追溯到《诗经·烝民》，尹吉甫作诗送别仲山甫，称所作的诗“穆如清风”，用诗句来讲这首诗。用诗句来讲诗的，叫以“诗品”作诗。最突出的是唐代司空图的《诗品》二十四首，是二十四篇评诗之作，又是二十四首诗，即以诗来评诗。“穆如清风”便是以诗句来评诗，所以是最早的以诗评诗。

杜甫的《戏为六绝句》：“或看翡翠兰苕上，未掣鲸鱼碧海中。”也是以诗评诗，用诗句来评两种风格：一种翡翠兰苕，是秀丽的风格；一种鲸鱼碧海，是雄伟的风格。韩愈的《调张籍》：“刺手拔鲸牙，举瓢酌天浆。”是赞美一种雄奇的风格。又《送无本师归范阳》：“蛟龙弄角牙，造次欲手揽。”是赞美一种惊险的风格。此外如刘禹锡的《翰林白二十二学士见寄诗一百韵》：“玉琴清夜人不语，琪树春朝风正吹。郢人斤斫无痕迹，仙人

---

① 吉甫：周宣王时大臣尹吉甫，助宣王中兴。

② 少陵：杜甫。句见《戏为六绝句》之四：“或看翡翠兰苕上，未掣鲸鱼碧海中。”

③ 退之：韩愈。句见《调张籍》：“刺手拔鲸牙，举瓢酌天浆。”又《送无本师归范阳》：“蛟龙弄角牙，造次欲手揽。”贾岛初为浮屠，名无本。

衣裳弃刀尺。”钱先生在《谈艺录补订》里称为以诗评诗的“佳例”。元好问的《论诗绝句三十首》也是以诗体谈艺者，然杜韩以诗评诗最为著名。

为具体了解以诗评诗之体，特列举元好问《论诗绝句》中的几首，以助从中窥见运用绝句形式写作诗论、诗评的一斑。如第一首：“汉谣魏什久纷纭，正体无人与细论。谁是诗中疏凿手？暂教泾渭各清浑。”开宗明义，他对汉魏以来诗作“纷纭”、孰为“正体”、无人评说的情况不很满意，才决意自己以诗评诗。三十首绝句，从汉魏的古诗到宋诗，摘其要者几乎都发表了意见，形成一组有系统有见解的文学批评佳作。元好问对陶潜的评论是：“一语天然万古新，豪华落尽见真淳。南窗白日羲皇上，未害渊明是晋人。”陶诗语言天然浑成、内容真淳自然的特点，他很赞赏。元好问是以建安风骨为论诗准则，所以对刘琨、张华，有自己的看法：“曹刘坐啸虎生风，四海无人角两雄。可惜并州刘越石，不教横槊建安中。”“邺下风流在晋多，壮怀犹见《缺壶歌》。风云若恨张华少，温李新声奈尔何？”他认为好诗要有风骨，要有悲壮慷慨之气，刘琨正以悲壮取胜，所以赏识；张华虽然儿女情多于风云气，但他以为也胜过李商隐、温庭筠。对待民间文学，他推崇具有清新刚健之气的《敕勒歌》：“慷慨歌谣绝不传，穹庐一曲本天然。中州万古英雄气，也到阴山《敕勒川》。”引此四章，便可看出元好问的好恶，他对历代文坛诗作，都发表了自己的意见，有理论，有文采，使其成为以诗体论诗的重要作品。

八　传记通于小说

平景荪《樵隐昔寱》卷十四《书望溪集书左忠毅公逸事后》云①："篇中自'史前跪'以下数行文字，奕奕有生气。然据史可法《忠正集》崇祯乙亥十一月祭忠毅文云②：'逆珰陷师于狱，一时长安摇手相戒，无往视者。法不忍，师见而颦蹙曰：尔胡为乎来哉！'忠正述当日情事，必不追讳，岂易以一言哉。《龙眠古文》一集左光先《枢辅史公传》亦只云③：'予已至此，汝何故来死！'"按《戴南山全集》卷八《左忠毅公传》记此事云④："光斗呼可法而字之曰：'道邻，宜厚自爱！异日天下有事，吾望子为国柱⑤。自吾被祸，门生故吏，逆党日罗而捕之⑥。今子出身犯难，殉硁硁之小节，而撄奸人之锋。我死，子必随之，是再戮我也！'"又与史、左两文所记不甚合。然《望溪文集》卷九《左忠毅公逸事》中此节文自佳⑦："史前跪，抱公膝而呜咽。公辨其声，而目不可开，乃奋臂，以指拨眦，目光如炬。怒曰：'庸奴，此何地也，而汝来前。国家之事，糜烂

---

① 平景荪：清平步青字。有《樵隐昔寱》二十卷。左忠毅公：明诤臣左光斗，为阉党魏忠贤所害，惨死狱中。

② 《忠正集》：明名臣史可法撰，四卷。

③ 《龙眠古文一集》：二十四卷，李雅、何永银辑。左光先：左光斗弟。

④ 《戴南山全集》：清戴名世（字南山）撰，十四卷。

⑤ 国柱：国家栋梁。

⑥ 逆党：指阉党魏忠贤。

⑦ 《望溪文集》：清古文家方苞（晚号望溪）撰，十八卷。又撰《望溪集》八卷。

至此。老夫已矣，汝复轻身而昧大义，天下事谁可支拄者。不、速去，无俟奸人构陷。'”无愧平氏所称“奕奕有生气”。盖望溪、南山均如得死象之骨，各以己意揣想生象，而望溪更妙于添毫点睛，一篇跳出。史传记言乃至记事，每取陈编而渲染增损之，犹词章家伎俩，特较有裁制耳（参观《管锥编》117页又《宋诗选注》论范成大《州桥》）。刘子玄读史具眼[1]，尚未窥此，故坚持骊姬“床笫私”语之为纪实[2]，只知《庄子》、《楚辞》之为“寓言”、“假说”而不可采入史传（参观《管锥编》一六五页、一二九七页）。于“史”之“通”，一间未达。譬如象之杀舜、子产之放鱼[3]，即真有其事，而《孟子·万章》所记“二嫂使治朕栖”、“郁陶思君尔”、“圉圉焉、洋洋焉”、“得其所哉、得其所哉”等语，断出于悬拟设想。如闻其声，如得其情，生动细贴，堪入小说、院本。儒宗“传记”（参观赵岐《题辞》），何减“园吏”“骚人”之“伪立宾主”哉。当吾国春秋之世，希腊大史家修昔底德自道其书记言[4]，早谓苟非己耳亲聆或他口所传，皆因人就事之宜，出于想当然而代为之词。信不自欺而能自知者。行之匪艰，行而自省之惟艰，省察而能揭示之则尤艰。古希腊人论学谈艺，每于当时为独觉[5]，于后代为先觉，此一例也。（363—365页）

《毛颖传》词旨虽巧[6]，情事不足动人，俳谐之作而已。唐人却有以与传奇小说等类齐举者。李肇《国史补》卷下云[7]：“沈既济撰《枕中记》[8]，庄生寓言之类[9]。韩愈撰《毛颖传》，其文尤高，不下史迁[10]。二

① 刘子玄：刘知几字，唐史学家。有《史通》二十卷。

② 骊姬：春秋时骊戎国之女，晋献公伐骊戎，获骊姬，立为夫人，献公卒，被杀。

③ 象：人名，舜之同父异母兄弟。子产：春秋时公孙侨字。

④ 修昔底德（Thucydides）：古希腊历史学家，著《伯罗奔尼撒战争史》。

⑤ 独觉：独知独觉。

⑥ 《毛颖传》：韩愈假托毛笔为传。

⑦ 《国史补》：唐李肇撰，三卷，多记开元、长庆间事。

⑧ 《枕中记》：唐传奇，写卢生在邯郸遇吕翁事。

⑨ 指《庄子》一书中的寓言。

⑩ 史迁：汉史学家司马迁。有《史记》。

篇真良史才也。”评小说而比于《史记》，许以“史才”，前似未见。《山谷外集》卷十《廖袁州次韵见答》云：“史笔纵横窥宝铉，诗才清壮近阴何”①，自注：“干宝作《搜神记》，徐铉作《稽神录》，用意亦同。”李卓吾、金圣叹辈评《水浒》“比于班马”②，“都从《史记》出来”等议论，阿堵中已引而未发矣③。(384—385 页)

《望溪集》卷二《书〈刺客传〉后》论太史公“增损”《国策》本文④，不啻金针度人⑤。读其《左忠毅公遗事》时，当解此意。参观《管锥编》166 页《增订之二》。(《钱锺书研究》11 页)

这里讲到传记、历史散文与传奇小说有相通处。这是三种不同的文体，钱先生认为从不同文体中可以看到相通之处。平步青为方苞《左忠毅公逸事》叫好，说文字“奕奕有生气”，不是凭空虚赞，而是与史可法的祭忠毅公文和左光先的《枢辅史公传》、戴名世的《左忠毅公传》比较之后得出的结论，很有说服力。

左忠毅公是明代著名的诤臣左光斗，遭到阉党魏忠贤的诬陷，死于狱中。他是人中的伯乐，在史可法还是书生时，便发现他是个人才，给以提携和训导，史可法后来终成抗清名臣。

钱先生举引戴名世、方苞、史可法、左光先四人所写史可法去狱中探望左光斗一段，目的就在于说明不同才力的人运用不同文体所产生的不同效果。现比较如下：

史可法祭文：“法不忍，师见而颦蹙（忧愁不乐）曰：‘尔胡为乎来哉！’”左公只说了这样一句感叹的话，可以看作是史可法亲身经历的真实

---

① 《山谷外集》：宋黄庭坚撰，十七卷。宝铉：晋干宝，撰《搜神记》二十卷；宋徐铉，撰《稽神录》六卷。阴何：梁诗人阴铿、何逊。

② 李卓吾：李贽字，明代思想家。金圣叹：金人瑞字，原名张采，清代评论家。两人评《水浒》，将其比作司马迁《史记》、班固《汉书》。

③ 阿堵：唐代俗语，犹言这个。

④ 《国策》：《战国策》，汉刘向编，共三十三篇。

⑤ 不啻（chì）：犹言不仅，不但。金针度人：犹言传授秘诀。

记录。

左光先《枢辅史公传》：史可法在狱中见到左公，左公说：“予已至此，汝何故来死！”这是弟弟为兄作传时代言的话，提到了“死”，多了一点危险的内容，进了一步。

戴名世《左忠毅公传》：史可法去狱中探望，左公竟说了六十二个字的话，把入狱的前因后果，都说得有条不紊，并对史可法作了日后的交代。显然这些都是戴氏构想中代左公立言。这个写法在当今的作品中常见运用，是作者生怕读者看不明白，才虚构得头头是道，句句是实话，可惜没有顾及当时危急的情势，是否有条件说这些话。

方苞《左忠毅公逸事》最为生动感人。“史前跪，抱公膝而呜咽。”仅用九个字，形象地写出史可法探监之难，左公已遭酷刑之惨，都见于言外。接着写左公听到史的声音，却睁不开眼，“乃奋臂”把眼睛拨开，“目光如炬”，怒斥史，说了四十七个字的话：“庸奴，此何地也，而汝来前。国家之事，糜烂至此。老夫已矣，汝复轻身而昧大义，天下事谁可支拄者。不速去，无俟奸人构陷。”把左史的关系，彼此的情感，以及两人不可一世的气概和会见的气氛，都写得“奕奕有生气”，感人至深。

对此，想到以下几点：

一、方、戴都掌握到史、左狱中会见的实情，好比骨头架子，各人需以自己的揣测和想象附之以血肉，方苞更妙于画龙点睛，更能把握环境，传达史、左两人高贵的品质和情操，以及埋在人们心里对史、左两人的崇敬之情。因此，方苞对人物的刻画和对环境气氛的渲染，都使人觉得合情合理。戴名世则对这些方面把握得不够。

二、文学作品，无论反映历史事件，还是现实生活，都离不开写人与事，而怎样写才能给人以真实感，从戴《传》、方《逸事》的写法可以得到启示：琐细的表面现象不等于真实，而与所写有关的入情入理之言与事，则不可有所遗漏。如《管锥编》117 页写禽言之“拟声达意”，即出于想象。又如《宋诗选注》范成大《州桥》注：“确确切切的传达了他们(沦陷区人民）藏在心里的真正愿望”，“我们读来觉得入情入理”，这也靠想象和体会。不仅文学作品如此，中国工于记言的史籍也不例外。如《管锥编》166页：“《韩非子·解老》曰：‘人希见生象也，而得死象之骨，案其图以想其生也；故诸人之所以意想者，皆谓之象也。’”又如《左传》写骊姬床第私语，介之推与母亲偕逃前的对话，皆是“生无傍证，死无对证者”，所谓“记言”，皆由史家“悬拟设想”，“揣想生象”，虚拟合情合理的言与事，使其达到“如闻其声，如得其情，生动细贴”的效果。所以说文学作品和史传作品，在写法上有相通之处，就在于摆脱不掉虚构和代言。

三、韩愈为毛笔作传，虽以“传”名，实则是以传记文学的手法写作的一篇警世讽时之寓言故事。韩愈把毛笔人化，以戏谑的文词写出，引人大笑，发人深思，柳宗元认为司马迁的《滑稽列传》“皆取乎有益于世者”，“若壅大川”，“必决而放诸陆”（《读韩愈所著毛颖传后题》），李肇亦认为韩愈此文“不下史迁”，“真良史才”（《国史补》），白居易也赞韩愈“立词措意，有班马之风”（《韩愈比部郎中史馆修撰制》）。这些评论皆意在说明文学传记、寓言故事与史传的写法有相通之处。

四、不仅中国有文学作品通史的看法，希腊大史学家修昔底德也称自己书中的记言，并非亲耳所听或他人相告，而是“因人就事”，根据自己的设想揣摩，代为立言。因此，这里指出史家与作家不能自欺欺人，自己应当首先明白这一点。《管锥编》对此有精辟的论述，录于此作为补充。钱先生说：“史家追叙真人实事，每须遥体人情，悬想事势，设身局中，潜心腔内，忖之度之，以揣以摩，庶几入情合理。盖与小说、院本之臆造人物、虚构境地，不尽同而可相通；记言特其一端。”并举例说：“《左传》记言而实乃拟言、代言，谓是后世小说、院本中对话、宾白之椎轮草创，未遽过也。”（《左传正义·隐公》）真是切当宏伟的高论。

五、由此，联想到《管锥编·全宋文卷三四》的一段话颇有深意：“据此以订史，是为捕风捉影，据史以订此，是为杀风景。”又云：“吾国子书（笔记小说类）所载，每复类是。均姓名虽真，人物非真。有论《庄子》中膺篇《盗跖》者，于其文既信伪为真，于其事复认假作真，非痴人之闻梦，即黠巫之视鬼。”可惜，《管锥编》出版迟了，早在一九七五年批儒评法之际，闻知某院校正在新编文学史，其所谓新者之一，便是增加了没有作品的作家盗跖的章节，显然是上了《庄子》的当。由此可见，钱先生所指出的，对治史治文者均有裨益。

九　八股文通于戏曲

八股古称“代言”，盖揣摹古人口吻，设身处地，发为文章；以俳优之道①，抉圣贤之心。董思白《论文九诀》之五曰“代”是也②。宋人四书文自出议论，代古人语气似始于杨诚斋③。及明太祖乃规定代古人语气之例④。参观《学海堂文集》卷八周以清、侯康所作《四书文源流考》⑤，然二人皆未推四书文之出骈文。窃谓欲揣摩孔孟情事，须从明清两代佳八股文求之，真能栩栩欲活。汉宋人四书注疏，清陶世征《活孔子》⑥，皆不足道耳。其善于体会，妙于想象，故与杂剧传奇相通。徐青藤《南词叙录》论邵文明《香囊

---

① 俳优之道：俳优俗谓滑稽戏，此指不庄重的写法。

② 董思白：明董其昌，字元宰，号思白。

③ 四书文：用“四书”（《论语》《孟子》《大学》《中庸》）出题作文，自发议论，宋时称为时文。《学海堂文集》卷八侯康《四书文源流考》：“四书文，今谓之帖括。帖括二字始于唐。”宋宝应二年，杨绾上疏请废帖括，“神宗熙宁四年，用王安石议，更定科举法”。郑灏若《四书文源流考》：“四书之文，原于经义，创自荆公。”但在写作上，这种时文，用排偶句法，代圣贤立言，又似始于宋杨万里（号诚斋）。因侯康《四书文源流考》中又说：“惟杨诚斋传文三首，汪六安传文五首，与今体略同。”

④ 侯康《四书文源流考》：“至代古人语气，则起自明初，乃明太祖与刘基所定。”《明史·选举志》：专取四书五经命题试士，“盖明太祖与刘基所定”。

⑤ 《学海堂文集》：清阮元编，十六卷。其卷八有《四书文源流考》。

⑥ 陶世征《活孔子》：清陶世征平生模学孔子，由一部《论语》追想孔子之神貌，遂写《活孔子》。

记》①，即斥其以时文为南曲，然尚指词藻而言。吴修龄《围炉诗话》卷二论八股文为俗体②，代人说话，比之元人杂剧。袁随园《小仓山房尺牍》卷三《答戴敬咸进士论时文》一书③，说八股通曲之意甚明。焦理堂《易余籥录》卷十七以八股与元曲比附④，尤引据翔实。张诗舲《关陇舆中偶忆编》记王述庵语⑤，谓生平举业得力《牡丹亭》，读之可命中，而张自言得力于《西厢记》⑥。亦其证也。此类代言之体，最为罗马修辞教学所注重⑦，名曰 prosopopoeia⑧，学僮皆须习为之。亦以拟摹古人身分，得其口吻，为最难事。马建忠《适可斋记言》卷二有《上李伯相言出洋工课

---

① 徐青藤《南词叙录》：明徐渭（字文长）自号青藤山人，著《南词叙录》。《叙录》专论南戏，称："以时文为南曲，元末国初未有也。其弊起于《香囊记》。《香囊》乃宜兴老生员邵文明（邵璨字）作，习《诗经》，专学杜诗，遂以《诗经》杜诗语句匀入曲中，宾白亦是文语，又好用故事作对子，最为害事。"即指斥他以时文的排偶句作南曲。

② 吴修龄《围炉诗话》：清吴乔（字修龄）撰，六卷。论八股文为俗体："学时文甚难，学成只是俗体，七律亦然。……自'六经'以至诗余，皆是自说己意，未有代他人说话者也。元人就故事以作杂剧，始代他人说话。八比虽阐发圣经，而非注非疏，代他人说话。"

③ 袁随园：清袁枚（字子才）因卜居江宁小仓山之随园，自号随园老人、仓山居士。

④ 《易余籥录》：清焦循撰，二十卷。卷十七称："元人曲止正旦正末唱，余不唱。其为正旦正末者，必取义夫贞妇忠臣孝子厚德有道之人。余谓八股文口气代其人说话，实为本于曲剧。而如阳货、臧仓等口气之题，宜断作，不宜代其口气，是当以元曲之法如法。"即认为对八股中写到的坏人，不当代坏人口气说话。

⑤ 张诗舲：清诗画家张祥河。有《小重山房集》《南山集》等。王述庵：清王昶，字德甫，号述庵。

⑥ 这里讲戏剧代剧中人说话，与八股代圣贤说话，代人口气相同，所以读了《牡丹亭》《西厢记》，对写八股文有帮助，并可考中。《牡丹亭》：明代戏曲家汤显祖代表作，写杜丽娘与书生柳梦梅的爱情故事。《西厢记》：元代戏曲家王实甫代表作，写书生张珙与崔莺莺的恋爱故事。

⑦ 罗马：古罗马帝国。

⑧ Prosopopoeia：译音"普罗索珀皮亚"，意即修辞学上的拟人法，使虚幻的人物具体化，或使抽象的事物人格化。

书》[1]，记卒业考试，以拉丁文拟古罗马皇贺大将提都征服犹太诏等[2]，即“洋八股”也。(32—33 页)

董思白《论文九诀》不见《容台集》中[3]，李延昰（古文“夏”字）《南吴旧话录》卷四记董行书《制举文九法》手卷[4]，佳绢二十余丈，旧藏李氏，为马士英勒索以去[5]。备载其文，说“代”曰：“代当时作者之口，写他意中事。如《逍遥游》代鷽鸠笑大鹏[6]，说曰：‘我决起而飞’云云。太史公称燕将得鲁连书曰[7]：‘与人刃我宁自刃’”（参观《管锥编》一六四至一六六页）。《容台集·文集》卷二《俞彦直文稿序》亦云：“往闻之先辈云：岭南廖同墅为孝廉时，以行卷谒吾乡陆文裕公。公谓之曰：‘曾读西厢、伯喈否[8]。’廖博雅自命，不读非圣书，颇讶其语不伦。又经月，复以行卷谒公。公曰：‘尚未读二传奇何也。’廖始异其语，归而读之。”倪鸿宝有《孟子若桃花剧序》[9]，见其弟子郑超宗所选《媚幽阁文娱》中[10]，未收入《倪文贞公文集》，略云：“文章之道，自经史以至诗歌，共禀一胎，要是同母异乳，虽小似而大殊。惟元之词剧，与今之时文，如孪生子[11]，眉目鼻耳，色色相肖。盖其法皆以我慧发他灵、以人言

---

① 马建忠：清人，曾游学法国。有《适可斋记言》四卷，《记行》六卷。

② 拉丁文：古意大利罗马人的语言为拉丁语，文字为拉丁文。犹太：指古罗马时代犹太人的故国巴力斯坦。诏：向下属发布的文告。

③ 董思白：董其昌号，明代书画家。有《容台集》二十卷。

④ 《南吴旧话录》：清李延昰（初名我生，字辰山）撰，二十四卷。

⑤ 马士英：明魏忠贤奸党，字瑶草。

⑥ 《逍遥游》：《庄子》名篇，寓言。鷽鸠：斑鸠。《逍遥游》：“蜩（蝉）与学鸠笑之（大鹏，一飞九万里）曰：‘我决（疾貌）起而飞，枪（突）榆枋，时则不至而控于地而已矣，奚以之九万里而南为?’”

⑦ 太史公：司马迁。指《史记·鲁仲连传》。

⑧ 西厢：即《西厢记》。伯喈：元代戏曲家高明（字则诚）撰南戏《琵琶记》的男主人翁，姓蔡名伯喈，赴京应试，中状元后，历经种种磨难，最终与贤妻赵五娘团圆。

⑨ 倪鸿宝：倪元璐，字玉汝，号鸿宝，明代书画家。

⑩ 郑超宗：明郑光勋。有《媚幽阁文娱》一卷。

⑪ 孪生子：双生子。

代鬼语则同。而八股场开，寸毫傀舞。宫音串孔，商律谱孟①；时而齐乞邻偷②，花唇取诨；时而盖驩鲁虎③，涂面作嗔；净丑旦生，宣科打介则同。”贺子翼《激书》卷二《涤习》略云④：“黄君辅学举子业，游汤义仍先生之门。每进所业，先生辄掷之地，曰：‘汝能焚所为文，看吾填词乎。’乃授以牡丹记。闭户展玩，忽悟曰：‘先生教我文章变化，在于是矣。’由是文思泉涌。”袁子才《小仓山房尺牍》卷三《答戴敬咸进士论时文》云⑤：“从古文章皆自言所得，未有为优孟衣冠⑥，代人作语者。惟时文与戏曲则皆以描摩口吻为工，如作王孙贾⑦，便极言媚灶之妙，作淳于髡、微生亩⑧，便极诋孔孟之非。犹之优人，忽而胡妲，忽而苍鹘⑨，忽而忠臣孝子，忽而淫妇奸臣，此其体之所以卑也。”李元玉《人天乐》第十七折亦云⑩：“昔年诸理斋负笈遨游，囊中惟携《西厢》一卷，说道：

---

① 宫音串孔，商律谱孟：指用八股文的排偶句代孔子孟子的口气说话。宫商指音律，八股的排偶句要合于对偶句的音律。

② 齐乞：《孟子·离娄下》“齐人有一妻一妾”，是写齐人出外乞食。邻偷：《孟子·滕文公下》“今有人日攘其邻之鸡者”。

③ 盖驩：《孟子·公孙丑下》，孟子与盖大夫王驩出吊子滕，驩独断独行，孟子不与驩说话。鲁虎：《论语·阳货》讲孔子遇阳虎事。阳虎即阳货。这里是指八股文中代这些人说话，好像戏剧中的生旦净末丑都有。

④ 贺子翼：明贺贻孙字。有《激书》二卷。

⑤ 袁子才：清袁枚字。有《小仓山房尺牍》十卷。

⑥ 优孟衣冠：春秋时，艺人优孟，善诙谐，曾在孙叔敖死后，著其衣冠，代其子争得封地，后人以此称假装似真者。

⑦ 王孙贾：春秋时人，欲使孔子赏识他，对孔子说：“与其媚于奥，宁媚子灶。”为孔子拒绝。奥，黑暗的墙角。

⑧ 淳于髡：战国时人，滑稽多辩。《孟子·离娄上》，淳于髡责问孟子为何不援天下。又《告子下》，淳子髡讥孟名实不副。微生亩：春秋时隐士，尝问孔子：“丘何如是栖栖者与？无乃为佞乎？”孔子曰：“非敢为佞止，疾固也。”

⑨ 胡妲：旦角的一种。周密《武林旧事·舞队》称傀儡戏有粗妲、细妲。苍鹘：戏曲中的副末。《辍耕录》：“鹘能击禽鸟。”

⑩ 李元玉：清李玉字。《人天乐》见《古本戏曲丛刊三集》，撰者署笑苍道人，而《曲海总目提要》谓黄周星撰。第十七折《净旦》：“小生：‘那稗官野史之书，虽是俚词，无非学问，若是会读书之人看之，大可触发聪明，增益意智，所以杨升庵《词品》上说道：天之风月，地之花柳，与人之歌舞，无此不成三才，昔年诸理斋负笈遨游，囊中惟携《西厢》一卷，说道：鸢飞鱼跃，能活文机，莫过于此。冠翁读破万卷，想于此道亦必留心。’”

'能活文机。'"何屺瞻《何义门先生集》卷十《书塾论文》反复于八股须"顺口气"①，正董、倪所谓"写他意中事"、"以人言代鬼语"耳②。陶世征《活孔子》梗概见唐鉴《国朝学案小识》卷八③，余未得而读也。(360—361 页)

一般文学史讲到明清两代文学，多注重小说、戏曲，故使一般读者对诗文知之甚少，尤其是八股文，是怎样一种文体，有些什么特点，了解不多，仅将它看作是应举的必修课。这里两则指出八股文的渊源、与戏曲相通的特色，均为前人所未明确论述的。

一、八股文是骈俪的支流，对仗的引申。清阮元在《揅经室三集》云："洪武永乐四书文甚短，两比四句，即宋四六之流派。是四书排偶之文，上接唐宋四六。"此番话仅将这种文学现象追溯到唐宋四六文句对偶的影响，清人周以清、侯康专门研究四书文的源流，也没有触及四书文出自魏晋六朝的骈文，钱先生在此作了补说。这里不妨举出几个事例，如初唐四杰对比已多，杨炯集里骈体比比皆是，如《群官寻杨隐居诗序》有云："天光下烛，悬少微之一星；地气上腾，发大云之五色。"又"寒山四绝，烟雾苍苍；古树千年，藤萝漠漠。诛茅作室，挂席为门。石隐磷而环阶，水潺湲而匝砌"。又如《大周明威将军梁公神道碑》云："由是五噫标兴，播金石而腾徽；七贵承荣，绾银黄而叠茂。"又"西园坐宴，侣明月而飞文；北土行康，望浮云而展足"等等，都是两两相对的句式。"六代语整而短"，如梁代吴均的《与宋元思书》有云："泉水激石，泠泠作响。好鸟相鸣，嘤嘤成韵。蝉则千转不穷，猿则百叫无绝。"排比对偶句式，亦可见一斑。这里将八股文排偶句的渊源直接追溯到六朝的骈文。八股文只是六朝及唐四六文的发展，每股的字数多于四字六字句。

---

① 何屺瞻：清何焯字，号义门。有《何义门先生集》十二卷。卷十《书塾论文》："八股与讲义区别者，在顺口气，而今人顾乃莫之也。口气非描头画角所能有，举其隅，亦曰观圣贤之气象而已。明季以来……若《论》《孟》文字，口气概乎无辨也。"

② 董、倪：董其昌、倪元璐，皆明代书画家。

③ 唐鉴：字镜海，清人。有《国朝学案小识》十五卷。

二、八股文与杂剧传奇相通。八股文古称“代言”，是就它依据四书五经，揣摹古人思想口吻写作的一种方法而说的，“代言”者，即代替古人说话。这里指出太史公称燕将得鲁连书曰：“与人刃我宁自刃。”（参观《管锥编》）即指出史家已有代言体。“如僖公二十四年介之推与母偕逃前之问答，宣公二年钼麑自杀前之慨叹，皆生无傍证、死无对证者。……盖非记言也，乃代言也，如后世小说、剧本中之对话独白也。左氏设身处地，依傍性格身份，假之喉舌，想当然耳。”而“设身处地，发为文章”很重要，犹如对演员的要求，要求他能进入角色，表现角色。或“代当时作者之口，写他意中事。如《逍遥游》中代鷽鸠讥笑大鹏”说的话，实际上是庄子代鷽鸠讥笑大鹏说的话。清代陶世征，他从《论语》中追想孔子当日的声音笑貌，处处模仿，惟妙惟肖，说明八股文与戏剧相通。明徐渭《南词叙录》指出邵璨的《香囊记》里混有四书文排偶句，让不识字的人也用《诗经》、杜诗来讲话，不是按照角色的口气说话，因而失败了。这里还举引了清人吴乔将八股文的代人说话看作是“俗体”，与元杂剧的代人说话有相似处。袁枚曾说八股通曲，焦循也将八股文与元剧比附，认为元剧不让坏人唱曲，八股文也该不代坏人说话。明清两代盛行八股文，所以研治者也多，但是论说最为透彻的是明倪元璐，他将元剧与八股文看作双胞胎，“眉目鼻耳，色色相肖”。最耐人寻味的是例举两位应试者成功的经验之谈，都说自己所以能考中，有赖于熟读《牡丹亭》《西厢记》的缘故，学会了代人说话的本领。

三、八股文不是中国独有的文体。这里举出罗马的修辞教学也注重普罗索珀皮亚，即拟人法的讲授，让小学生就开始学习怎样使虚幻的人物具体化，或使抽象的事物人格化，他们也认为揣摹古人声口，摹拟古人身份最为难事。这里还举到《马氏文通》的作者马建忠，在留学期间的结业考试，便是代古罗马皇帝拟写诏书，并风趣地称之为“洋八股”。看来，在“代言”这一点上，中外有相类似之处。说明这种代言体要体会古人的神情，用古人的口气说话，是一种学童必须学习的修辞教学。但这种代言体只代古人说话，不说自己的话，所以吴乔称它为“俗体”，贬低它的价值。

陆

LIU

修辞

XIUCI

一　博喻

（一）

（黄庭坚）《观王主簿家酴醾》[1]：“露湿何郎试汤饼[2]，日烘荀令炷炉香[3]。”青神注：“诗人咏花，多比美女，山谷赋酴醾，独比美丈夫；见《冷斋夜话》[4]。李义山诗：‘谢郎衣袖初翻雪[5]，荀令薰炉更换香。’”按引语见《冷斋夜话》卷四，义山一联出《酬崔八早梅有赠兼示》，《野客丛书》卷二十亦谓此联为山谷所祖[6]。《冷斋夜话》又引乃叔渊材《海棠》诗[7]：“雨过温泉浴妃子[8]，露浓汤饼试何郎”，称其意尤佳于山谷之赋酴醾；当是谓兼取美妇人美男子为比也。实则义山《牡丹》云“锦帏初卷卫夫人[9]，绣被犹堆越鄂君[10]”，早已兼比。（341—342 页）

---

① 酴醾：即荼蘼花，蔷薇科。

② 何郎：三国魏何晏，字平叔，面白皙，美姿仪，时有傅粉何郎之称。

③ 荀令：三国魏荀彧，字文若。《襄阳记》载：荀令至人家，坐处三日香气不歇，因有留香之说。

④ 《冷斋夜话》：宋释惠洪（原名洪觉范）撰，十卷。

⑤ 谢郎：南朝宋谢庄，美仪容，尝下殿时雪集衣，皇帝以为瑞兆。

⑥ 《野客丛书》：宋王楙撰，三十卷。

⑦ 渊材：彭渊材，释惠洪叔父，宋音乐家。时洪觉范奇于诗，郑元佐奇于命，渊材奇于乐，谓新冒三奇。

⑧ 指唐玄宗贵妃杨太真，曾于华清宫（在今陕西临潼县南）之温泉沐浴。

⑨ 用孔子反卫，见南子在锦帏中，以比盛开的花。《典略》：“夫人在锦帷中。”

⑩ 用越鄂君以绣被堆拥着越女，比喻牡丹之含苞初放。见西汉刘向《说苑·善说》。

比喻俗谓打比方，在中国诗文中有悠久的传统，《诗经》首篇《关雎》首句即以挚鸟求偶比喻男女间的爱情。这里举引黄庭坚的《观王主簿家酴醾》，咏花以美男子何晏比喻它色白，以荀彧留香比喻它芳香，确实少见。因为一般常见的是以花与女子互相比喻。这一则主要是讲博喻，即用几样东西来喻一种花，李商隐诗在修辞上早已采用这种方法，比如《牡丹》诗的颈联："石家蜡烛何曾剪，荀令香炉可待熏？"以晋代石崇用蜡烛代薪的富有，比喻牡丹的富贵；以荀令不必用香炉熏香，比喻牡丹的香气，这里他不仅用男性喻花，一反以往用美女喻花，而且同时用两个男性喻一种牡丹。还是这首《牡丹》的首联："锦帏初卷卫夫人，绣被犹堆越鄂君。"用南子在锦帏中比喻盛开的牡丹，又用越鄂君以绣被堆拥越女比喻含苞欲放的牡丹，以两种女子的妩媚姿态，比喻牡丹有盛开着的，有欲开的蓓蕾，错落有致，形象十分生动。这里还举引彭渊材的《海棠》诗，一句用杨贵妃出浴之艳丽，喻其娇羞；一句用何晏食汤饼汗出，面色更洁白，喻其色白。并用美女子、美丈夫兼比海棠的姿色，栩栩如生。此外，也有用三种东西作比的，如贺铸的《青玉案》："试问闲愁都几许？一川烟草，满城风絮，梅子黄时雨。"后面三句，是用烟草、风絮、梅雨三种扰人的事物喻愁，比"载不动"的深重之愁更加愁烦。还有用四种、五种东西作比的，钱先生谓之博喻。

（二）

《成唯识论》卷八[①]："心所虚妄变现，犹如幻事、阳焰、梦境、镜

① 《成唯识论》：由护法等十大论师分论，释世亲之三十颂，后由唐玄奘合糅为十卷，是瑜伽一宗的精要。

像、光影、谷响、水月。”则又非十如、八如、六如，而为七如也①。（《钱锺书研究》32 页）

博喻是一连运用多种比喻，像佛教的“十如”就是。诗喻与禅喻有不少是相像的，所以古代诗坛尝有“以禅说诗”者，如宋代严羽（《沧浪诗话》），明代钟惺、谭元春（《诗归》）等，并以读诗为参禅。但禅与诗终究不同，禅可以借诗以证悟，一悟即可以“得鱼忘筌”，不用喻了。用禅喻来解诗悟，一悟以后不能不用喻，喻成为诗的必要部分，没有喻也就没有诗了。诗悟与禅悟在豁然开窍这一点上有相同之处。譬如释家喻法之生灭不止，或喻人的身体无坚无常，或喻心的虚妄，有如幻、如梦、如影、如泡、如电、如响、如露、如浮云等等。诗家喻人生亦有“人生如梦”，“人生如朝露”（曹操《短歌行》），“人生如过眼烟云”等等说法。西方神秘宗师普罗提纳喻世之空妄，有“梦中境”“镜中影”“水中像”的说法，古希腊大诗人平达喻人生有“影之梦”，普洛塔克申释说：“影已虚弱，影之梦更虚弱于影”，将影与梦重叠起来比喻人生，较释家“如梦”“如影”的平列比喻，更加有深意，亦“更为警策”。基督教诗文喻人生之脆促，是无坚无常，诗家喻人生危浅“如琉璃”亦喻其脆促，白居易有《简简吟》：“大都好物不坚牢，彩云易散琉璃脆”等。因此，无论说“十如”“八如”“七如”“六如”等等，都是比喻一种不长久又不易捕捉的东西，意在叹其玄妙，在这一点上，古今中外之释家、文人的比喻互有发明。

---

① 十如：即十个比喻，《诸法释论》第十二举十喻是，如幻、如焰、如水中月、如虚空、如响、如揵闼婆城、如梦、如影、如镜中象、如化。《维摩所说经·方便品》第二说“是身无常、无强、无力、无坚”，于“无常”“无坚”举十喻是：如聚沫、如泡、如炎、如芭蕉、如幻、如梦、如影、如响、如浮云、如电。八如：唐译《华严经·十地品》第二十六之四先后两次举八喻是：如幻、如梦、如影、如响、如水中月、如镜中象、如焰、如化。六如：《金刚经》的“六如”流传最广，即：如梦、幻、泡、影、露、电。明代画家唐寅自号六如，本于此。《华严经》鸠摩罗什译本有“六如”，合真谛、玄奘、义净、菩提流支四译本的“如灯、如星、如云”为“九如”。基督教诗将人生脆促，举十多喻，即，如梦、如泡、如影、如露、如电、如云、如枝头花、如月下雪、如风中叶、如箭脱弦、如鸟过空等。即喻其短促、无常、永不复返。此处所释据《谈艺录补订》。《成唯识论》将心之虚妄举如七喻。

以上所讲全部受益于《谈艺录补订》。这类比喻的运用，在今日中国的民间，愈来愈由虚变实，如喻好景不长，是“兔子尾巴”或“秋后蚂蚱”等等。

二　曲喻

（《随园诗话》）卷五："孟东野咏吹角云[①]：'似开孤月口，能说落星心。'月不闻生口，星忽然有心，穿凿极矣。而东坡赞为奇妙，所谓好恶拂人之性也。"按潘德舆《养一斋诗话》卷一亦云[②]："东野闻角诗云云，东坡云：'今夜闻崔诚老弹晓角，始知此诗之妙。'东坡不喜东野诗，而独喜此二句，异矣。此二句乃幽僻不中理者，东野集中最下之句也。"窃谓句之美恶固不论，若子才所说，则"山头"、"水面"、"石脚"、"河口"等，皆为穿凿。杜老《游道林二寺》咏山谓"重掩肺腑"，《绝句》六首谓"急雨梢溪足，斜晖转树腰"；任蕃题《葛仙井》谓"脉应山心"[③]；皇甫持正赞顾况为"穿破月胁天心"[④]，尤当悬为禁忌。又何拘耶。桂未谷《札朴》卷三尝论木以"头"称[⑤]，盖取义于人。随园不解近取诸身之义，识在经生之下。如宋末朱南杰《学吟·垂虹亭》诗有曰[⑥]："天接水腰"；明郁之章《书扇》至曰："石枯山眼白，霞射水头红"；则真"不中理"耳。且东野此二句见《晓鹤》诗，并非咏角；故有曰："既非人间韵，枉作人间禽。"东坡误而二君沿之。"月口"非谓月有口，乃指口形似月；

① 孟东野：唐孟郊字。咏吹角：题当为《晓鹤》。

② 《养一斋诗话》：清潘德舆撰，十卷。品评《诗经》至清代诗歌的成就、流变。

③ 任蕃：晚唐诗人。

④ 皇甫持正：皇甫湜字，唐诗人。

⑤ 桂未谷：桂馥字东卉，号未谷，清文学家。有《札朴》十卷。

⑥ 《学吟》：集名，一卷。

“星心”非谓星有心，乃指星形类心。鹤喙牛角皆弯锐近新月，东坡殆因此致误。（242 页）

明汪廷讷《狮吼记》第二十一折陈季常惧内①，诨云：“我娘子手不是姜，怎么半月前打的耳巴，至今犹辣。”则由姜之形而引申姜之味。华兹华斯曰②：“语已有月眉、月眼矣。复欲以五官百体尽予此等无知无情之物，吾人独不为己身地耶。”诺瓦利斯曰③：“比喻之事甚怪。苟喻爱情滋味于甜，则凡属糖之质性相率而附丽焉。”盖每立一譬，可从而旁生侧出，孳乳蕃衍。犹树有本根，家有肇祖然。通乎此意，诗人狡狯，或泰然若假可当真，偏足概全，如义山之“莺啼如有泪”、山谷之“白蚁战酣千里血”是也；或爽然于权难作实，隅不反三，如香山《啄木曲》云：“锥不能解肠结，线不能穿泪珠，火不能销鬓雪”，是矣。虽从言之路相反，而同归于出奇见巧焉。（344—345 页）

比喻原是一种修辞手段，借彼喻此，或借此喻彼，都是为了形象而委婉地表达思想或感情，增添文采。这里举引两则比喻，一是取义于人，一是以物喻人，均取其部分的相像或相类作比，新奇而绝妙。

一、孟郊《晓鹤》诗，因月形似口，就以“月口”作比；因星形类心，就以“星心”作比。才气横溢的苏轼对此倍加赞赏，而袁枚才分不如，竟指为穿凿，潘德舆更甚，反以为“不中理”。这个看法的分歧，袁氏认为是“人之性”使然，其实这是文艺素养深浅之分。这里举出不少喻例，如“山头”“水面”“石脚”“河口”等，还有杜甫以“肺腑”咏山，称“溪足”“树腰”，任蕃称“山心”等等，皆是取其部分相像或相类作比，“山头”即山的上端，犹如人头在人体的上端；“树腰”即树的中段，

---

① 汪廷讷：明剧作家。有剧本《狮吼记》二卷。陈季常：宋陈慥字，其妻性妒，慥宴客有声伎，妻以杖击壁，客遂散。苏轼有诗：“忽闻河东狮子吼，拄杖落手心茫然。”

② 华兹华斯：十八、十九世纪英国浪漫主义诗人。

③ 诺瓦利斯：十八世纪末德国浪漫主义诗人。

取其类于人的腰部；“溪足”即水流的尽头，犹如人体下端的足。钱先生指出，这都是“近取诸身之义，识在经生之下”，也就是桂馥所说的“木以头称，盖取义于人”的意思。这种修辞手法，西方也常有人采用，比如这里举出华兹华斯以“月眉”“月眼”作比，也是以五官百体比喻无知无情之物。李商隐有更为拟人的比喻，如“莺啼如有泪”，“蜡炬成灰泪始干”，黄庭坚亦有“白蚁酣战千里血”，等等。这种修辞法的运用，无疑可以增强艺术的感染力。

二、另有一种比喻手法，是以无知无情的物比喻人。如这里举引汪廷讷《狮吼记》杂剧，由生姜形象类手，引申出生姜之味，以生姜之辣味喻人手打人之狠毒，曲折至极，又十分恰切。诺瓦利斯以糖之甜味喻爱情滋味等，中外相通，都是引申开来以物喻人。一个比喻的产生，“犹树有本根，家有肇祖”，从旁可以引申出若干奇妙的比喻，比如白居易《啄木曲》里用锥解肠结、线穿泪珠、火销鬓雪作比，便是举一反三、“出奇见巧”的构想。《管锥编·归妹》节里举引英国诗人作儿歌：“针有头而无发，钟有面而无口，引线有眼而不能视”，与白居易诗，有异曲同工之妙。

钱先生在《读〈拉奥孔〉》（见《旧文四篇》）一文中讲到佛书上的“分喻”，即以部分相类作比，那么也可以说这两则举出的比喻即是“分喻”的例子。

三　曲喻和双关

长吉赋物，使之坚，使之锐，余既拈出矣。而其比喻之法，尚有曲折。夫二物相似，故以此喻彼；然彼此相似，只在一端，非为全体。苟全体相似，则物数虽二，物类则一；既属同根，无须比拟。长吉乃往往以一端相似，推而及之于初不相似之他端。余论山谷诗引申《翻译名义集》所谓①："雪山似象，可长尾牙；满月似面，平添眉目"者也。如《天上谣》云："银浦流云学水声。"云可比水，皆流动故，此外无似处；而一入长吉笔下，则云如水流，亦如水之流而有声矣。《秦王饮酒》云："羲和敲日玻璃声。"日比琉璃，皆光明故；而来长吉笔端，则日似玻璃光，亦必具玻璃声矣。同篇云："劫灰飞尽古今平。"夫劫乃时间中事；平乃空间中事；然劫既有灰，则时间亦如空间之可扫平矣。他如《咏怀》之"春风吹鬓影"，《自昌谷到洛后门》之"石涧冻波声"，《金铜仙人辞汉歌》之"清泪如铅水"，皆类推而更进一层。古人病长吉好奇无理，不可解会，是盖知有木义而未识有锯义耳。（51页）

《大般涅槃经》卷五《如来性品》第四之二论"分喻"云②："面貌端正，如月盛满；白象鲜洁，犹如雪山。满月不可即同于面，雪山不可即是

---

① 《翻译名义集》：宋姑苏景德寺僧法云编，二十卷。以经典所用之语分类编列，遇梵语则译为汉语。

② 《大般涅槃经》：佛经名。分大乘、小乘二经，此乃大乘之《大般涅槃经》，有两本，一种十四卷，一种三十六卷。

白象。”《翻译名义集》卷五第五十三篇申言之曰：“雪山比象，安责尾牙；满月况面，岂有眉目。”即前引《抱朴子》《金楼子》论“锯齿箕舌”之旨①。慎思明辨，说理宜然。至诗人修辞，奇情幻想，则雪山比象，不妨生长尾牙；满月同面，尽可妆成眉目。英国玄学诗派之曲喻②，多属此体。吾国昌黎门下颇喜为之。如昌黎《三星行》之“箕独有神灵，无时停簸扬”；东野《长安羁旅行》之“三旬九过饮，每食惟旧贫”；浪仙《客喜》之“鬓边虽有丝，不堪织寒衣”③；玉川《月蚀》之“吾恐天如人，好色即丧明”④。而要以玉溪为最擅此，着墨无多，神韵特远。如《天涯》曰：“莺啼如有泪，为湿最高花”，认真“啼”字，双关出“泪湿”也；《病中游曲江》曰：“相如未是真消渴⑤，犹放沱江过锦城”，坐实“渴”字，双关出沱江水竭也。《春光》曰：“几时心绪浑无事，得及游丝百尺长”，执著“绪”字，双关出“百尺长”丝也。他若《交城旧庄感事》曰：“新蒲似笔思投日，芳草如茵忆吐时”⑥，亦用此法，特明而未融耳。山谷固深于小李者⑦。（22 页）

史籍所载弈道“杀”字双关之例，似莫早于《晋书·载记·吕纂传》⑧：“纂尝与鸠摩罗什棋⑨，杀什子，曰：‘斫胡奴头！’罗什曰：‘不斫胡奴头，胡奴斫人头。’吕超小字胡奴，竟以杀纂。”山谷“杀之如弈

---

① 《抱朴子》：晋葛洪撰，分内外篇，内篇二十卷，外篇五十卷。

② 英国玄学诗派：指英国十七世纪玄学诗派，以巧于取譬著名，其宗祖为约翰唐。

③ 浪仙：贾岛字，唐代诗人。有《长江集》十卷。

④ 玉川：卢仝自号玉川子，唐代诗人。有《玉川子诗集》一卷。

⑤ 相如消渴：指汉代司马相如患有消渴病，即现代所谓糖尿病。

⑥ 事用汉丙吉救育幼时宣帝，后宣帝立，丙吉倍受恩宠。李商隐因见旧庄芳草成茵，而想到丙吉酒污丞相车茵而不惧，这是诗人自比往昔在幕亦受恩遇。

⑦ 小李：指唐李贺。只活到二十七岁卒。

⑧ 《晋书》：唐房乔等奉敕撰，一百三十卷，分本纪、志、列传、载记编排。吕纂入《载记》。

⑨ 鸠摩罗什：梁高僧，秦主苻坚使吕光伐龟兹，虏鸠摩罗什至凉，后吕纂与之弈棋。

棋”句倘无“如弈棋”三字斡旋，便是“胡奴斫人头”之“杀”，而非“斫胡奴头”之“杀”矣。(《钱锺书研究》10页)

曲喻是修辞的又一种手法，比直接比喻曲折。两物相比，仅有一端相似即可作比，余则全靠读者奇情幻想或引申开去，与双关有相通之处，都是用委婉含蓄的比喻烘托，而意思却在言外，须多转个弯，方能理解。

这里三则举出若干诗例，意在说明曲喻的特点，佛经里称这种比喻为分喻，实际上是同一种修辞手法，仅称谓不同而已。

一、李贺是一位有才气的诗人，他运用比喻的手法纯熟而奇妙，比如他常以一端相似，即作比，以推及不相似的另一端，这里举引了若干诗证，如《天上谣》中的“银浦流云学水声”，将云比水，取其相同的流动状态，则云移如水流，也会像水流发出声音；如《秦王饮酒》中的“羲和敲日玻璃声”，将太阳比玻璃，取其相同的一端，皆明亮有光，玻璃敲之有声，则“羲和敲日”也会发声；又如《咏怀》的“春风吹鬓影”，鬓发长在头的两边，鬓影离不开鬓发，则春风拂面，也就“吹鬓影”；《自昌谷到洛后门》的“石涧冻波声”，将涧比波，取其同出于水，而水冻坚锐有声，则波亦有声；还如《金铜仙人辞汉歌》的“清泪如铅水”，用“如”字，形式上是直接比喻，但若作为明喻便不易解，泪怎么会像铅水，实则是取泪之“清”与铅的青白色相似，泪水与铅水皆有光泽，即作比。古人说李贺“好奇无理”，实是不知有曲喻修辞之妙。

李贺诗中还喜欢用坚锐硬物作比，如《南园》的“晓月当帘挂玉弓”，将月比玉弓，亦取其形状相似，玉光泽透明，故月必似玉的发亮；又如《十二月乐词》的“夜天如玉砌”，指月照云如玉砌状，形式上是直接比喻，取其相似的明亮，实则是取其冷峻晶莹作比。《谈艺录·长吉字法》专门论李贺的修辞手法，同时讲到西人戈蒂埃作诗文，好用金石作比，并说“诗如宝石精镠，坚不受刃乃佳”，赫贝儿的歌词，爱伦坡的文，波德莱尔的诗，皆喜欢取金石硬物作比。

二、英国玄学诗派所谓曲喻，与佛经里的所谓分喻，实际上同是一种修辞手法，即两物相比。如雪山比象，这是一般比喻；象有尾牙，因此也比山有尾牙，这是曲喻。用满月比面，这是一般比喻；面有眉目，比月也有眉目，这是曲喻。韩愈诗中好用这一种修辞法，如“箕独有神灵，无时停簸扬”，箕星之形似簸箕，簸箕可扬糠，因说箕星有扬糠之用；孟郊的“三旬九过饮，每食惟旧贫”，三十天只有九次饮酒，从饮连到食，所以说“每食”了。贾岛的“鬓边虽有丝，不堪织寒衣”，取鬓发变白如丝，丝可以织，所以想到发无丝之用。卢仝“吾恐天如人，好色即丧明”，用天比人，人好色会丧明，联想到天丧明（月蚀）也是好色。李商隐尤好此道，着墨不多，神韵悠远，如“莺啼如有泪，为湿最高花”，取莺啼的啼，有啼哭意，因此联想到莺也有泪，能湿到高花；“相如未是真消渴，犹放沱江过锦城”，取消渴病字面上有消除口渴的双关意义，曲喻能喝干沱江水，但事实上沱江水还是流过锦城，并未因消渴而水竭；“几时心绪浑无事，得及游丝百尺长”，取心绪即思绪的双关意义，思即丝，引申出“百尺长”的“游丝”。又如《过故城府中武威公交城旧庄感事》“新蒲似笔思投日，芳草如茵忆吐时”，取蒲草水中飘浮形似毛笔在水中，诗人由笔联想到他当年投笔从戎之事；又取芳草如茵，由茵联想到汉代丙吉所污之丞相车茵，使诗人忆及当年他在幕府中所受的恩遇，这个比喻似嫌生硬。

三、《晋书·载记·吕纂传》记吕纂与梁高僧鸠摩罗什下棋事，纂杀罗什子（吃棋子）说：“斫胡奴头。”实是指吃掉罗什一个棋子，而罗什说：“不斫胡奴（吕超小字胡奴）头，胡奴斫人头。”是句双关语，一指吃棋子，一指杀人，即吕超将杀吕纂，后来事实正如罗什所言。黄庭坚有句“杀之如弈棋”的“杀”字，则重在杀人，是借用杀棋子作比喻。

四　喻之二柄

淮南王序《离骚经传》①，称屈原"皭然，泥而不滓"②，太史公《屈原·贾生列传》取其语③。然以莲揣称高洁，实为释氏常谈。《四十二章经》即亦云④："吾为沙门，处于浊世，当如莲花，不为泥所污。"宋陆佃《陶山集》卷二《依韵和双头芍药》第六首至云⑤："若使觉王今识汝，莲花宁复并真如"，盖以兹花为释氏表志矣。苏轼《答王定国》："谨勿怨谤谗，乃我得道资。淤泥生莲花，粪土出菌芝"；亦如黄诗之用释语。周敦颐《濂溪集》卷八《爱莲论》⑥："予独爱莲之出淤泥而不染，……花之君子者也"；名言传诵，而有拾彼法牙慧之嫌。故牟巘《陵阳先生集》卷四《荷花》诗序谓此花"陷于老佛几十载⑦，自托根濂溪，始得侪于道"，诗有云："唤醒佛土从前梦。"足征道学家严儒释之坊，于取譬之薄物细故，亦复煞费弥缝也。此喻入明渐成妓女之佳称，如梅鼎祚著录妓之有才德者

① 淮南王：汉刘安。
② 屈原：屈平字，楚作家。《离骚》自称名正则，字灵均。皭（jiào）：洁白貌。
③ 贾生：贾谊，汉代作家。与屈原在《史记》中有合传。
④ 《四十二章经》：佛经之一。后汉摩腾竺法兰共译。
⑤ 《陶山集》：宋陆佃诗文集，十六卷。
⑥ 《濂溪集》：即《周濂溪先生全集》，宋周敦颐撰，十三卷。
⑦ 《陵阳先生集》：宋牟巘（字献之）撰，二十四卷。

为《青泥莲花记》①，钱谦益《列朝诗集》闰四赞王微云②："君子曰：修微青莲亭亭，自拔淤泥。"（参观同卷评杨宛）又《初学集》卷一八《有美一百韵》赞柳如是亦云③："皎洁火中玉，芬芳泥里莲。"道学家必谓莲花重"陷"矣。(《钱锺书研究》8页)

这一则讲喻之二柄。同一比喻或有褒义或有贬义，称为二柄。莲生长于污泥之中，然其根仍白皙洁净，其花仍清香淡雅。古往今来，多用以喻人之品质高洁，处污泥而不染，如刘安赞屈原"泥而不滓"，被《史记·屈原列传》中采用。钱先生指出"以莲揣称高洁，实为释氏常谈"，用以"表志"，这是褒义。但入明以后，此喻产生变化，渐渐成了比喻妓女的美称，如《青泥莲花记》一书记载的全是有才德的妓女，书名即称"青泥莲花"，喻其身为下贱，而品质高洁。钱谦益评女作家王微、柳如是，便以"自拔淤泥""芬芳泥里莲"赞美之，这已含有贬义了。

① 《青泥莲花记》：明梅鼎祚撰，十三卷。

② 钱谦益：清代作家。辑明诗为《列朝诗集》八十一卷。王微：字修微，自号草衣道人，明代女作家。因父死而为妓，初归茅元仪，晚归许誉卿。

③ 《初学集》：钱谦益撰，一百一十卷。与《有学集》五十卷同遭禁毁。柳如是：清代名妓，字蘼芜。后归钱谦益为妾。

五　喻之二柄异边

《豫章黄先生文集》卷十六《福州西禅暹老语录序》云[①]：“盖亦如虫蚀木，宾主相当，偶成文尔。”惠洪喻本东坡《次韵吕梁仲屯田》[②]：“空虚岂敢酬琼玉，枯朽犹能出菌芝”；山谷喻本《大智度论·如是我闻总释论第三》[③]：“诸外道中，设有好语，如虫食木，偶得成字。”山谷此处以“虫蚀木”为褒词，而《山谷内集》卷八《次韵冕仲考进士试卷》：“少年迷翰墨，无异虫蠹木”，又以为贬词，一喻之两柄也（吕居仁《东莱先生诗集》卷十一《赠益谦兄弟》：“尔来所为文，宛转虫蛀木”，亦褒词）[④]。（582—583 页）

（黄庭坚）《次韵答斌老病起独游东园》第一首：“莲花生淤泥，可见嗔喜性。”天社注引《维摩经》[⑤]：“高原陆地，不生莲花，卑湿淤泥，乃生此花。”按是也。《次韵中玉水仙花》第二首：“淤泥解作白莲藕”，天

---

① 《豫章黄先生文集》：黄庭坚（号山谷道人）撰，三十卷。

② 惠洪喻是指他的《和游谷山》：“我惭衰老亦作诗，譬如菌芝出朽木。”（《石门文字禅》卷七）又《题珠上人所蓄诗卷》：“录于文字，未尝有意，遇事而作，多适然耳，譬如枯株，无故蒸出菌芝。”（同上卷二十六）所用之“菌芝”喻。

③ 《大智度论》：龙树菩萨撰，秦罗什译，百卷。释《大品般若经》者。

④ 两柄：战国时哲学家慎到提出二柄是“威德”，韩非提出的二柄是“刑德”，这里所说二柄不是指此，而是借指同一比喻的或褒或贬。《东莱先生诗集》：宋吕本中（字居仁）撰，二十卷。

⑤ 《维摩经》：佛经《维摩诘所说经》之略称，三卷。

社无注。《赣上食莲有感》："莲生淤泥中，不与泥同调"，天社注亦引《维摩经》。盖前两诗谓花与泥即，后诗谓花与泥离；言各有当，同喻而异边之例也。(322 页)

作为一种修辞手法，无论明喻（直接比喻）、暗喻（隐喻）皆是只取两个事物的一端（一边）或一点相似作比，如苏轼《饮湖上初晴后雨》："欲把西湖比西子"，是取西施之美直接比喻；孟郊《晓鹤》："似开孤月口，能说落星心"，是取口形似月，星形类心的暗比；这两则就比喻这种修辞手法，又提出同喻异边和喻之二柄的说法，皆是前人所未道及者。

一、喻之二柄说。钱先生在《管锥编》论《周易正义》的《归妹》节里，对此有详细论述："同此事物，援为比喻，或以褒，或以贬，或示喜，或示恶，词气迥异；修辞之学，亟宜拈示。斯多噶派哲人尝曰：'万物各有二柄'，合采慎到、韩非'二柄'之称，聊明吾旨，命之'比喻之二柄'可也。"二柄者，韩非谓刑德，杀戮之为刑，庆赏之为德，亦即赏罚或褒贬的意思。如黄庭坚《福州西禅暹老语录序》之"虫蚀木"喻，虽然句妙，却非独创，出自佛经《大智度论》的"设有好语，如虫食木"，这个"虫食木"是褒词，喻"偶得成字"，而黄庭坚学得此喻，一云"如虫蚀木，宾主相当，偶成文尔"，与佛经原是褒词同义，喻"偶成文尔"；一云"少年迷翰墨，无异虫蠹木"之"虫蠹木"则为贬词，同一个比喻，便有两种极端不同的意义，这就是喻之二柄。又如《管锥编》中举引两例，即王充《论衡·自纪》中的"如衡之平，如鉴之开"，与诸葛亮的《与人书》中的"吾心如秤，不能为人作轻重"，皆以秤喻人无私心，对人对事"公平允当"，属褒夸之词。而朱熹的："这心之正，却如秤一般，未有物时，秤无不平，才把一物在上面，秤便不平了。"（《朱子语类》）与清人周亮工的："佛氏有'花友''秤友'之喻，花者因时为盛衰，秤者视物为低昂"（《因树屋书影》卷十），皆讥人的趋炎附势，心的不平失正，秤喻又成为贬辞。比喻的二柄，也有用来指同样的事物的，主要是写变化，例如屈原的《离骚》，先是"扈江离与辟芷兮，纫秋兰以为佩"，其"辟芷"与"秋兰"都是以好的香的草为佩；后来"兰芷变而不芳兮"，便变异其体，失去本性了；再接下去“览察椒兰其若兹兮，又况揭车与江离”，椒兰香草都已变坏，何况揭车、江离这些香草；最后在香草均已变恶之时，“惟兹佩之可贵兮，委厥美而历兹”，惟有自己有琼佩之美了。同是兰蕙一个比喻，在一篇文中始为香草，后变丑恶，由褒至贬，亦为喻之二柄。

二、同喻异边。即同一个比喻，可以比作多种意义，如月，可取其弯如眼、如眉、如弓，圆如面、如团、如饼，明如镜、如水、如目，等等。黄庭坚《次韵答斌老病起独游东园》有“莲花生淤泥”句，任渊注引佛经，说莲花本性喜欢淤泥，这是花与泥近；另一首《次韵中玉水仙花》有“淤泥解作白莲藕”，也是花与泥近；而《赣上食莲有感》云：“莲生淤泥中，不与泥同调”，则将莲与泥分离了。但是无论花近泥或是花离泥，都比喻得当，就是同喻异边。西方文学中同喻异边的例子不少，《谈艺录补订》中例举古希腊诗人称蜗牛为“戴屋者”，英国古小说将埃及妇女“足不出户”比作“蜗牛顶屋，不须臾离”，法、意诗人则用蜗牛讥讽比喻“墨守之自了汉”和“恋家鬼”，中国古时将蜗牛戴屋而行，看作是“曲谨庸懦之象”，如清陆世仪《五虫吟和陆鸿逵》之四《蜗以牛名》云：“引重原从利物称，如君只足戴家行”（《桴亭诗集》），“戴家”即蜗牛。英国十七世纪玄学诗派的宗祖约翰唐善于取譬，称颂“蜗牛戴壳之无往而不自适”。皆取蜗牛作比喻，其中有褒有贬，也有无所谓褒贬的，都是同喻异边的好例子。

六　通感与摹状

史吴两注①，均局束字面。阳关三叠②，有声无形，非绘事所能传，故曰："断肠声里无形影。"然龙眠画笔③，写惜别悲歌情状，维妙维肖，观者若于无声中闻声而肠断，故曰："画出无声亦断肠。"即听觉补充视觉之理也（参观《管锥编》四五〇页）。但丁诗言石壁上雕刻歌唱队像④，人巧夺天，观赏时自觉眼耳两识相争，一言："唱声无"，一言："唱声有"，正抉剖此境。王从之《滹南诗话》卷二云⑤："东坡题阳关图⑥：'龙眠独识殷勤处，画出阳关意外声。'予谓可言声外意，不可言意外声也。"东坡语意与山谷同，王氏未解诗旨。曹子建《七启》所谓"造响于

---

① 史：宋代注家史容。此处是指史容为黄庭坚《题阳关图》作注，引白居易"一声一断肠"。吴：宋吴曾。此处是指吴曾《能改斋漫录》卷七为黄庭坚诗作注，引李商隐《赠歌妓》"断肠声里唱阳关"。

② 阳关三叠：曲调名。唐王维《送元二使安西》："渭城朝雨浥轻尘，客舍青青柳色新。劝君更进一杯酒，西出阳关无故人。"后入乐府，以为送别曲。唱时第三句重叠一下，故白居易《对酒》云："相逢且莫推辞醉，听唱阳关第四声。"注云："第四声'劝君更进一杯酒'。"三叠是叠第三句，故第三句成为第四声了。

③ 龙眠：宋代画家李公麟，字伯时，归老于龙眠山，因号龙眠居士。

④ 但丁：十三、十四世纪意大利诗人，有《神曲》，记梦游地狱、净界、天国三界事，常借用比喻述志。

⑤ 《滹南诗话》：金王若虚（字从之）撰，三卷。

⑥ 《阳关图》：宋李公麟据王维《送元二使安西》诗意画的阳关送别图，不少诗人为之题咏。

无声”[1]，可以断章焉。太白《观元丹丘坐巫山屏风》云：“寒松萧瑟如有声。”乐天《画竹歌》云：“举头忽看不似画，低耳静听疑有声。”介甫《纯甫出释惠崇画要余作诗》云：“暮气沉舟暗鱼罟，欹眠呕轧如闻橹。”东坡《韩干马十四匹》云：“后有八匹饮且行，微流赴吻若有声。”放翁《剑南诗稿》卷八十一《曝旧画》云[2]：“翩翩喜鹊如相语，汹汹惊涛觉有声。”楼大防《攻愧集》卷一《题龙眠画骑射抱球戏》云[3]：“静中似有叱咤声，墨淡犹疑锦绣眩。”汤垕《画鉴·高僧试笔图》云[4]：“一僧攘臂挥翰，傍观数士人咨嗟啧啧之态，如闻有声。”攻愧“墨淡”句别写一境，非听觉补充视觉，而视觉自力补充。张彦远《历代名画记》卷二《论画工用搨写》节云[5]：“是故运墨而五色具，谓之得意。”郑毅夫《郧溪集》卷十八《记画》云[6]：“纯淡墨画竹树黄雀者，虽墨为之，如具五彩。云僧贯休画[7]。”李曾伯《可斋杂稿》卷三十四《满江红·甲午宜兴赋僧舍墨梅》云[8]：“犹赖有墨池老手，草玄能白。”王元美《弇州四部稿》卷一百三十八《题石田写生册》云[9]：“以浅色淡墨作之。吾家三岁儿一一指呼不误，所谓妙而真者也。‘意足不求颜色似’，语虽俊，似不足为公解嘲。”盖陈简斋《和张规臣水墨梅》第四首云：“意足不求颜色似，前身相马九方皋”；弇州进一解，谓意足自能颜色具，即张彦远之说也。荷马史诗描摹一金盾上[10]，雕镂人物众多，或战阵，或耕耘，有曰：“犁田发土，泥色俨如黑。然此盾固纯金铸也，盖艺妙入神矣。”美学论师赞叹为得未曾有，

---

① 曹子建：三国魏曹植字，曹操之子。

② 放翁：宋陆游字。有《剑南诗稿》八十五卷。

③ 楼大防：宋楼钥字。有《攻愧集》一百二十卷。

④ 汤垕：元代画论家。有《画鉴》一卷。

⑤ 《历代名画记》：唐张彦远撰，十卷。

⑥ 郑毅夫：宋郑獬字。有《郧溪集》三十卷。

⑦ 僧贯休：本姓姜，字德隐，唐僧。

⑧ 《可斋杂稿》：宋李曾伯撰，三十四卷，又续稿八卷，后续稿十二卷。

⑨ 王元美：明王世贞字，号弇州山人。有《弇州四部稿》一百七十四卷，续稿二百七卷。

⑩ 荷马史诗：指《伊利亚特》。

审美形似之旨已发于此两句中。窃谓攻愧、可斋等诗词断句，正复同耐玩索；墨梅之“草玄能白”，与古希腊人言白粉笔能画出黑人肖像，尤相映成趣。(317—318 页)

这一则讲一种修辞手法，即能把听觉、视觉沟通起来的通感。

宋代画家李公麟绘《阳关图》，刻画“惜别悲歌情状，维妙维肖”，故题诗者众。黄庭坚《题阳关图》云：“断肠声里无形影，画出无声亦断肠。”送别时咏唱三叠之阳关曲是有声无形的，李公麟画不出声音，所以黄诗说“无形影”“无声”，即使如此，还是足以令人断肠的，这其中的道理，就是将视觉与听觉沟通起来，产生出的艺术效果。李公麟画出咏歌的形象，给人以视觉感受，虽然没有咏歌的悲声，但可以调动听觉的联想。正如白居易《琵琶行》里写的“此时无声胜有声”，虽然无声，却起到了有声甚至胜于有声的作用。钱先生在《管锥编·大音希声》中指出，这种修辞手法就是“以耳识幻感补益眼识实觉”。曹植《七启》所谓“造响于无声”，亦即无声酝响之意，于乐止响息之静中，“方能蓄孕大音”。还是以《琵琶行》为例，白居易写琵琶女弹奏之中“凝绝不通声暂歇”，“此时无声胜有声”，正是在酝大响，所以诗中接着写“银瓶乍破水浆迸，铁骑突出刀枪鸣”，就是于声息乐止之后突然爆发的，如同银瓶乍破般清脆的大音，如水浆之冲激声，如铁骑刀枪之铿锵高亢声，这样的“大音”，白居易无法让人听到，他是以文字描绘的视觉形象，勾起人的听觉联想，以此作为补充。所以说李白《观元丹丘坐巫山屏风》时，能从“寒松萧瑟”的画面形象上，听到松树因风鼓动而发出的声音“如有声”，也是以视觉形象引起听觉的幻感为之补充的。白居易《画竹歌》的“疑有声”，王安石《纯甫出释惠崇画要余作诗》的“如闻橹”，苏轼《韩干马十四匹》的“若有声”，陆游《曝旧画》的“觉有声”，楼钥《题龙眠画骑射抱球戏》的“叱咤声”，都是先有画家描绘出的瑟瑟竹林、沉舟撒网、马饮且行、喜鹊惊涛等视觉形象，因为这些形象本身含有声音，诗人自然会以“听觉补充视觉”。而“抱球骑射”“咨嗟啧啧之态”的画面，诗人不必勾起联想，就会以“视觉自力补充”，从而产生动人的艺术力量。

王世贞在《题石田写生册》中说："意足不求颜色似"，所谓意足，即意妙入神，也就是能有沟通人们各种感觉的艺术力量，例如中国的水墨画，全是或浓或淡的墨色，但可以画出动人的雪景，如宋范宽的《雪景寒林图》，图中有群峰耸立，寒林萧瑟，白屋傍山，岸渚汀洲，皑皑白雪，莽苍一片，使水、天、雪、雾构成了一幅凛然寒冷、深远有致的迷人景象。汤垕评说："见之使人凛凛"（《画鉴》），就是这幅画产生的艺术力量，它不仅给人一种美感享受，还使人如临其境，使人感到置身于雪天群山寒林之中。范宽靠的不是五颜六色，仅仅是黑白相间的衬托。古希腊人所谓白粉能画黑人肖像是同样的道理，任其相映成趣。

七　仿拟

（一）

（黄庭坚）《演雅》云："络纬何尝省机织，布谷未应勤种播。"天社注但释虫鸟名，并引杜诗："布谷催春种。"按山谷词意实本《诗·大东》："睆彼牵牛，不以服箱。""维南有箕，不可以簸扬。维北有斗，不可以挹酒浆。"《抱朴子》外篇《博喻》有"锯齿不能咀嚼，箕舌不能别味"一节①，《金楼子·立言》篇九下全袭之②，而更加铺比。山谷承人机杼，自成组织，所谓脱胎换骨者也。（6页）

（黄庭坚）《和陈君仪读太真外传》第二首云："扶风乔木夏阴合，斜谷铃声秋夜深。人到愁来无处会，不关情处总伤心。"青神注引太白诗。按《艇斋诗话》谓全用乐天诗意③："峡猿亦无意，陇水复何情，为到愁人耳，皆为断肠声"，所谓夺胎换骨也。（18页）

东坡《东栏梨花》曰："惆怅东栏一株雪，人生看得几清明"，放翁

① 《抱朴子》：晋哲学家葛洪（自号抱朴子）撰，分内外篇。
② 《金楼子》：梁元帝（自号金楼子）撰，六卷。
③ 《艇斋诗话》：宋曾季狸（号艇斋）撰，一卷。多载江西诗派人的遗闻轶事。

《老学庵笔记》论之曰①："杜牧之有句云：'砌下梨花一堆雪，明年谁此凭栏干。'究竟前人已道之句。"余按东坡《海棠》诗曰："只恐夜深花睡去，高烧银烛照红妆"；冯星实《苏诗合注》以为本义山之"酒醒夜阑人散后，更持红烛赏残花"②。不知香山《惜牡丹》早云："明朝风起应吹尽，夜惜衰红把火看"；东坡斥徐凝为"恶诗"③，而凝自言"一生所遇惟元白"，《翫花》诗第一首云："一树梨花春向暮，雪枝残处怨风来。明朝渐较无多去，看到黄昏不欲回。"唐人衰飒之语，一入东坡笔下，便尔旖旎缠绵④，真所谓点铁成金、脱胎换骨者也。放翁《花时遍游诸家园》云："常恐夜寒花寂寞，锦茵银烛按凉州"；捋拾临摹，相形见绌，视东坡之于小杜，不如远矣。（120—121 页）

这三则主要是讲脱胎换骨或点铁成金的修辞方法，也就是修辞的仿拟。钱先生不作空论，而是从任渊、冯应榴为黄庭坚、苏轼诗的误注谈起。

一、黄庭坚《演雅》里两句，意思是络丝娘（亦称纺织娘）虽名字叫络丝，但并不懂织布；布谷鸟虽名字叫布谷，也不会种谷。钱先生指出，此诗受到《诗经·小雅·大东》的启发。"睆（guān）彼牵牛，不以服箱"，是说那颗明亮的牵牛星，徒称牵牛而不会拉车；"维南有箕，不可以簸扬。维北有斗，不可以挹（yì）酒浆"，是说南方有簸箕星，徒称簸箕

① 《老学庵笔记》：宋陆游（号放翁）撰，十卷，续笔记二卷。多记见闻及轶事旧典。

② 冯星实：冯应榴字，清代注家。其取王梅溪、施补之、查初白诸本，合为《苏诗合注》。

③ 徐凝：唐代诗人。他在杭州开元寺题牡丹诗，为元白所赏，所以有言"一生所遇惟元白"。《诗话总龟》卷十八："（苏轼）施入开元寺，僧求诗，因作一绝云：'帝遣银河一派垂，古来惟有谪仙辞。飞流溅沫知多少，不为徐凝洗恶诗。'"徐凝有《庐山瀑布》："瀑泉瀑泉千丈直，雷奔入江无暂息。今古长如白练飞，一条界破青山色。"大概苏轼认为"界破"是从孙绰《天台山赋》"瀑布飞流而界道"来的，是有所因袭，不如李白《望庐山瀑布》："飞流直下三千尺，疑是银河落九天。"所以称为"恶诗"。

④ 旖旎（yǐ nǐ）：柔和美好之意。

而不能簸扬；北方有斗星，徒称斗而不能舀酒浆。《大东》这种运用比喻的方法，被黄庭坚学到手，变个样儿写进诗里，遂有脱胎换骨之妙。而《金楼子》仿效《抱朴子》的运用比喻，没有经过作者自己的重新组织，而成为抄袭。借鉴前人或他人的作品，能脱胎换骨，加以改造，变成自己的东西，是为高手。

二、抒情诗亦可以借鉴。比如黄庭坚《和陈君仪读太真外传》诗里写到："扶风乔木""斜谷铃声"，本来都是无情的声音，不体现喜怒哀乐，而他却写"不关情处总伤心"。这个写法正合嵇康所论："声音以平和为主，而感物无常；心志以所俟为主，应感而发。"（《声无哀乐论》）声音的哀乐是由心定的。心愁时，所闻皆哀音，所见皆伤情。黄庭坚把握住了这个根本，所以纵有前人已写过类似诗意，到他笔下也能翻出新词，不做生硬的承袭。

三、从前人佳句中受到启发，在自己作品中加以运用，这是常有的事。但是有人善于脱胎换骨，如以上举出黄庭坚的两个例子；有人则只是"运古"，不乏蹈袭之嫌，钱先生指出陆游的若干诗句，貌似写景抒情，实则运古袭古，如《题壁庵》："身并猿鹤为三口，家托烟波作四邻"，本于白居易《解苏州自喜》："身兼妻子都三口，鹤与琴书共一船"，只在用词遣句上模仿，诗句固然好，功劳却没有陆游的。可见脱胎换骨地借鉴并非易事。这里指出苏轼的诗例，《东栏梨花》将梨花比作雪，唐代诗人杜牧已用过这个比喻，喻其白而易谢，意同词同，苏轼未能翻新。而他的《海棠》诗："只恐夜深花睡去，高烧银烛照红妆"，"红妆""睡"将花拟人，柄烛欣赏，有着一份柔和缠绵的情意，"只恐"又流露了惜春伤春之感。在他之先李商隐有过"更持红烛赏残花"的名句，也写惜春之意，但持烛赏的是残谢之花，没有将花拟人。在李商隐之前，白居易的《惜牡丹》中早云："夜惜衰红把火看"，也是怕明天看不到了，而须燃火夜间观赏，句式和词意几乎相同，但苏轼将花拟人化，翻出了新意，融进了感情，所以说是点铁成金。相比之下，陆游的"常恐夜寒花寂寞，锦茵银烛按凉州"，临摹之中仅表达出一份爱花惜花之感，确实逊色。怎样才能学习到脱胎换骨、点铁成金的艺术手法，通过这几首诗的比较，似乎不言自明了。

（二）

（黄庭坚）《送王郎》云："酌君以蒲城桑落之酒，泛君以湘累秋菊之英①，赠君以黟川点漆之墨，送君以阳关堕泪之声②。"天社未注句法出处。胡仔《苕溪渔隐丛话》前集卷二十九谓仿欧公《奉送原父侍读出守永兴》③："酌君以荆州鱼枕之蕉，赠君以宣城鼠须之管④"等语。孙奕《示儿编》卷十谓顾况《金珰玉佩歌》云⑤："赠君金珰大霄之玉佩，金琐禹步之流珠⑥，五岳真君之秘箓，九天文人之宝书"；山谷仿作云云；晁无咎仿作《行路难》云⑦："赠君珊瑚夜光之角枕⑧，玳瑁明月之雕床，一茧秋蝉之丽縠，百和更生之宝香⑨。"按胡孙二说皆未探本。鲍明远《行路难》第一首云⑩："奉君金卮之美酒，瑇瑁玉匣之雕琴，七彩芙蓉之羽帐，九华蒲萄之锦衾"，晁作亦名《行路难》。欧黄两诗又皆送人远行，盖均出于此，与顾歌无与。宋赵与时《宾退录》卷四谓黄诗正用鲍体⑪，明谢榛《四溟山人集》卷二十三《诗家直说》及郭子章《豫章诗话》卷三亦谓本

---

① 桑落：陕西蒲城产的名酒。湘累：被放逐在湘江上的罪臣，指屈原。他在《离骚》里说："夕餐秋菊之落英。"

② 黟川：在安徽。此借指安徽产的墨，甚黑。阳关：即阳关曲，亦称送别曲。

③ 《苕溪渔隐丛话》：宋胡仔撰，前集六十卷，后集四十卷。分类编排，论诗考义者居多。欧公：宋欧阳修。原父：宋刘敞字。

④ 鱼枕之蕉：用鱼头骨来装饰的似蕉叶的酒杯。鼠须管：用鼠须制的笔。

⑤ 《示儿编》：宋孙奕撰，二十三卷。分总说、经说、文说、诗说、杂记等。顾况：唐诗人。

⑥ 金珰大霄之玉佩：金珰，金饰。大霄，当指大云。金琐禹步之流珠：配上金锁，走道士作法的巫步时用的流珠。

⑦ 晁无咎：晁补之字，宋代作家。有《鸡肋集》，七十卷。

⑧ 角枕：用角装饰的枕。

⑨ 百和香：多种香料配制成的香。

⑩ 鲍明远：鲍照字，南朝宋作家。有《鲍参军集》十卷。

⑪ 《宾退录》：宋赵与时撰，十卷。多考证经史，辨析典故，兼及论诗。

鲍诗而加藻润①，是矣。(7 页)

(黄庭坚)《戏答王定国题门两绝句》之二云：“花里雄蜂雌蛱蝶，同时本自不作双。”天社引李义山《柳枝》词云：“花房与蜜脾，蜂雄蛱蝶雌。同时不同类，那复更相思。”按斯意义山凡两用，《闺情》亦云：“红露花房白蜜脾，黄蜂紫蝶两参差。”窃谓盖汉人旧说。《左传》僖公四年②：“风马牛不相及”，服虔注③：“牝牡相诱谓之风。”《列女传》卷四《齐孤逐女传》④：“夫牛鸣而马不应者，异类故也”；《易林》大有之姤云⑤：“殊类异路，心不相慕；牝豕无猳，鳏无室家”；又革之蒙曰⑥：“殊类异路，心不相慕；牝牛牡猳，独无室家”；《论衡·奇怪篇》曰⑦：“牝牡之会，皆见同类之物，精感欲动，乃能授施。若夫牡马见雌牛，雄雀见牝鸡，不相与合者，异类故也。”义山一点换而精彩十倍；冯浩《玉溪生诗详注》于此诗未尝推究本源，徒评以“生涩”二字，天社亦不能求其朔也。(9—10 页)

这里两则讲的是关于仿拟格，是句法和句意的仿拟，前人在造句的方法和造句的含义上，都有不少摹仿，但后人往往不能作探本之论。比如：黄庭坚的《送王郎》，题目已点出是送人远行之作，在即将分手之时，诗人与王郎同饮酒，同泛舟，赠纪念品，唱送别诗，用这样四句排列在一起的排比句法，表达一个送别的意思。宋代的胡仔、孙奕都曾作出探本之论，但均未探出本源。钱先生从晁补之仿作鲍照的《行路难》发现了黄诗句式亦源于鲍照。鲍诗的句法，是一连四句排比，首句用一个动词“奉”字，一个宾词“君”字，然后是美酒、雕琴、羽帐、锦衾，形容词对形容

① 《四溟山人集》：二十四卷，内含《诗家直说》，即《四溟诗话》。《豫章诗话》：六卷。多论其乡人诗，及诗作于其乡者。

② 《左传》：即《左氏春秋》，相传鲁左丘明撰。

③ 服虔：东汉史学家。

④ 《列女传》：汉刘尚撰，七卷。

⑤ 《易林》：梁焦延寿（字赣）撰，十六卷。

⑥ 革之蒙：未详。

⑦ 《论衡》：汉代哲学家王充撰，三十卷。

词，名词对名词，虚词对虚词，十分严格的四句排比式，而这种句式现在发现鲍照用得最早。黄庭坚仿作时，在文字上有所润饰，逐句以动词起句，形成“酌”“泛”“赠”“送”四个动词的相对，更觉结构完整。又如黄庭坚《戏答王定国题门两绝句》中，在诗意上采用了层层递进的句法，用雄蜂与雌蝶的对比句，说明异类之异性不能成双的道理，任渊同样没能寻到本源。钱先生指出，李商隐的《闺情》写到“黄蜂紫蝶两参差”，异类互不吸引的意思，但其本源在《左传》“风马牛不相及”、《列女传》“牛鸣而马不应”，异类之故。焦延寿用母牛和公猪不慕，王充用马牛、鸡雀不合，都是说同一个意思。而李商隐的诗，有脱胎换骨之妙，用“黄蜂紫蝶”换去牛马鸡雀，显得格外优美和精彩。

（三）

韩致尧《三月》颈联云①：“四时最好是三月，一去不回唯少年”，静安此联似之。而“一事能狂便少年”，意更深永。谓老成人而“能狂”，即不失为“少年”，即言倘狂态尚犹存，则少年未渠一去不回也。（352 页）

这里讲修辞的仿拟格。王国维《晓步》中的“四时可爱唯春日，一事能狂便少年”，仿拟韩偓《三月》一联。但韩偓的一联有伤情意，感叹少年的一去不回。王的一联，言老人而有少年精神，钱先生称为“意更深永”，“少年未渠一去不回也”。

① 韩致尧：唐韩偓字。

八　比拟不当

《随园诗话》卷十六引鲍氏女闻钟声诗曰①：“是声来枕畔，抑耳到声边”，子才以为有禅理，与朱子“南安闻钟”相似②。亦属道听途说。朱子《语类》卷一百四记少时同安闻钟鼓，一声未绝，而此心已自走作；乃指人心之出入无时，飘迅不测，钟鼓动而有声，然心之动更疾于钟鼓之动。东坡《百步洪》诗所谓“坐觉一念逾新罗③”是也。《庄子·秋水》曰：“夔怜蚿，蚿怜蛇，蛇怜风，风怜目，目怜心”④；盖念才及而心已至，神行绝迹，极宇宙间之速。按《明儒学案》卷四引夏东岩云⑤：“耳之听止于数百步外，目之明止于数十里外，惟心之思则入于无间。虽千万里之外与数千万年之上，一举念即在于此”云云，是庄子语好注脚。庄子谓“目怜心”，朱子意言“耳怜心”；虽庄子喜天机之自动，朱子恶人心之难静，指趣不同，而取喻一也。流俗遂传朱子闻钟，觉此心把持不住，与伽耶舍那铃鸣心鸣、《传灯录》卷二⑥。慧能旛动心

① 《随园诗话》：清袁枚撰，十六卷，补遗十卷。丹阳鲍氏女自称闻一道人，陆蓑云妻。

② 朱子：宋理学家朱熹。《朱子语类》是朱熹语录，由门生黎靖德辑，一百四十卷。

③ 新罗：古国名。《传灯录》从盛禅师曰：新罗国在海外，一念已逾。

④ 《庄子》：战国时宋人庄周撰，共三十三篇，分内篇、外篇、杂篇。《秋水》是外篇中的一篇。夔（kuí）：一足兽。蚿（xián）：百足虫。

⑤ 《明儒学案》：清黄宗羲（字太冲，号黎洲）撰，六十二卷。

⑥ 伽耶舍那：天竺三十五祖中的第十七祖僧伽难提，受戒后，讫名伽耶舍那。《传灯录》卷二：“他时闻风吹殿铜铃声，尊者问师曰：‘铃鸣邪？风鸣邪？’师曰：‘非风非铃，我心鸣耳。’尊者曰：‘心复谁乎？’师曰：‘俱寂静故。’”《传灯录》：即《景德传灯录》，宋释道原撰，三十卷。

动、同上卷五。本寂闻钟曰[1]：“打着吾心”，《五灯会元》卷十三[2]。诸事略似，亦即《战国策·楚策》一所谓[3]：“寡人心摇摇如悬旌。”此于鲍氏女子诗，了无牵涉。《楞严经》卷三云[4]：“汝更听此只陀园中，食办击鼓，众集撞钟。钟鼓音声，前后相续。此等为是声来耳边，耳往声处。”鲍女之句，盖全袭此。（203—204页）

《随园诗话》中引丹阳鲍氏女《咏溪钟》云：“溪外声徐疾，心中意断连。是声来枕畔？抑耳到声边？”袁枚以为颇近禅理，并认为朱熹少时闻钟自觉心把持不住亦即此意。实则朱熹是指人心的运动速于钟声，钟鼓只有动才有声，而人心之动，“飘迅不测”，如苏轼《百步洪》诗句所云，坐在那里一想便越过新罗国了，是言心之疾，亦即《庄子·秋水》里的一足兽“夔”，多足虫“蚿”，无足的“蛇”，无形的“风”，形在此而光在彼的“目”，深藏于内而神游于外的“心”，其活动的速度，比较起来，心的迅速大大超越风和目。夏东岩说：耳只能听数百步之外，目只能望数十里之外，惟有心之思无止境，那怕万里之外与千年之上，一念即达于彼。庄子说“目怜心”是“喜天机自动”，朱熹说“耳怜心”是“恶人心难静”，一喜一恶虽有不同，而以心喻速是相同的。所以说朱熹少时闻钟声而心动，与伽耶舍那、慧能、本寂诸大师闻声而心鸣心动近似，而与鲍氏女诗所云不是一回事。《楞严经》里所谓“钟鼓音声，前后相续”，一声牵起一声，分不清是“声来耳边，耳往声处”，正是鲍氏女诗意所含哲理的本源，而袁枚未真正解透此意。

---

① 慧能：唐高僧，禅宗东土第六祖，姓卢，谥大鉴禅师。本寂：后梁高僧，曹山本寂禅师。

② 《五灯会元》：宋释普济撰，二十卷。

③ 《战国策》：汉刘向编撰，分东西周、秦、楚、燕、齐、三晋、宋、卫、中山十二国记战国时事。

④ 《楞严经》：佛经，唐般剌密帝译，十卷。

九　以目拟文

仲任此语，乃吾国以目拟文之最早者。《自纪》篇亦云："孟子相贤以眸子明瞭者，察文以义可晓。"①《五灯会元》卷三白居易问惟宽禅师云②："垢即不可念，净无念可乎"；师答："如人眼睛上，一物不可住。金屑虽珍宝，在眼亦为病。"《白氏文集》卷四十一《西京兴善寺传法堂碑》目记此问答③。施尚白《愚山别集》卷一《矆斋诗话·诗用故典》条驳东坡论孟襄阳云④："古人诗入三昧，更无从堆垛学问，正如眼中着不得金屑。坡诗正患多料耳。"范肯堂《再与义门论文设譬》云⑤："双眸炯炯如秋水，持比文章理最工。粪土尘沙不教入，金泥玉屑也难容。"吴文木《儒林外史》第十三回⑥，马纯上与蘧公孙论八股文不宜杂览，所谓"古人说

---

① 仲任：王充字，汉代哲学家。此指王充在《论衡·累害篇》中说："清受尘，白受垢，青蝇所污，常在练素。"《自纪》是王充《论衡》中最后一篇。

② 《五灯会元》：宋释普济撰，二十卷。惟宽禅师：姓祝，号惟宽，谥曰大彻禅师。

③ 《白氏文集》：唐白居易撰，七十一卷。

④ 《愚山别集》：清施闰章（号愚山）撰，二十八卷。其中《矆斋诗话》二卷。东坡：宋苏轼号东坡居士。孟襄阳：孟浩然，襄阳人，唐代诗人。

⑤ 范肯堂：范当世字，初名铸，清代诗人。有《范伯子诗集》。

⑥ 吴文木：吴敬梓号，清代小说家。有长篇小说《儒林外史》五十五回。

得好”一节，亦即惟宽语也①。伪书《瑯嬛记》卷中引《玄观手钞》云②：“吾心如目，妄念如尘埃，必无可入之理。”（164—165 页）

元和十二年（817）惟宽禅师在传法堂说法，白居易向他提了四个问题，其中之一正如这一则所举引的，白居易问：“垢即不可念，净无念可乎?”禅师答曰：“无论垢与净，一切勿起念”，“如人眼睛上，一物不可住。金屑虽珍宝，在眼亦为病”。此语正合谈艺。施闰章在《矱斋诗话》中说苏轼诗“堆垛学问，正如眼中着不得金屑。坡诗正患多料。”所谓“多料”，即本来不应当写入诗的东西，也放进去了，《宋诗选注·苏轼》里，钱先生指出苏诗的“主要毛病是在诗里铺排古典成语”，所以方回、王世贞、胡应麟、谭元春、王夫之对他多设“事障”“如积薪”“芜”等毛病的批评，也正属于“多料”之列。比如《周公庙》七律：“吾今那复梦周公？尚喜秋来过故宫。翠凤旧依山硉兀，清泉长与世穷通。至今游客伤离黍，故国诸生咏雨濛。牛酒不来乌鸟散，白杨无数暮号风。”八句中有四处用古人、古事、古诗。一是孔子曰：“久矣，吾不复梦见周公”（《论语》）；二是周文王元年，有凤集于岐山（查慎行注引《竹书纪年》）；三是《诗经·黍离》句意；四是《诗经·东山》咏周公东征事。当然，这也可以说是用事博，算不上都是诗之患，但是像“伤离黍”指故宫没有了，变成种黍离的田。当时还有周公庙，这样说不够恰当。作诗如人眼睛，范当世说纵使“金泥玉屑”也难容，《儒林外史》里写的马二先生与蘧公孙论八股文不宜杂览，说明也认识到这一点。《琅嬛记》中引《玄观手钞》云：“吾心如目，妄念如尘埃，必无可入之理。”此语也正合谈艺。可见，在修辞时，这是应当注意的问题。

---

① 马纯上：即秀才马二先生，他与作诗名士蘧公孙说：“古人说得好，‘作文之心如人目’，凡人目中，尘土屑固不可有，即金玉屑又是着得的么?”二位均《儒林外史》中人物。

② 《瑯嬛记》：旧题元代伊士珍撰，三卷。内容多荒诞之谈，钱希言《戏瑕》始以为伪书。

一〇　反仿

（王安石）《竹里》：“自有春风为扫门”；雁湖注引贺方回《题定林寺》[1]：“东风先为我开门。”按此诗为李涉或僧显忠作，非荆公诗[2]，参观《宋诗选注·序》二七页；“扫门”注当引李太白《代寿山答孟少府移文书》：“亦遣清风扫门，明月侍坐。”又按王景文《雪山集》卷十五《夜坐起赠范西叔、何子方》云[3]：“青荧一点无人到，赖有西风为掩门。”“东风开门”，“西风掩门”，相映成对，岂所谓“反仿”欤（参观《管锥编》七四六至七页）。谢茂榛《四溟山人全集》卷二十二《诗家直说》论“学诗者当如临字之法”[4]，举例云：“子美‘日出篱东水’，则曰‘月堕竹西峰’，若‘云生舍北泥’，则曰‘云起屋西山’”；虽庸劣诗匠沾沾自喜，正属“反仿”之类。（400 页）

杜牧之《寄杜子》第一首[5]：“狂风烈焰虽千尺，豁得平生俊气无”；放翁《纪梦》第二首：“不知挽尽银河水，洗得平生习气无”，拟议变化，

① 雁湖：李壁号，宋代笺注家。为《王荆公诗》五十卷作注。贺方回：贺铸字，宋代作家。

② 钱先生《宋诗选注·序》云：“这首《竹里》不是王安石所作，是僧显忠的诗，经王安石写在墙上的。”又注：“见《苕溪渔隐丛话·前集》卷五十七。《全唐诗》把《竹里》误收入李涉的诗里。”

③ 王景文：宋王质字。有《雪山集》十六卷。

④ 《四溟山人全集》：明谢榛撰，二十四卷，《诗家直说》收入集中。

⑤ 杜牧之：杜牧字，唐代诗人。

足比美东坡之于牧之矣。易风吹火为河泻水，变发泄之意为荡涤之意，所谓“反仿”也（参观补订荆公诗注第十九条）。（445 页）

《古诗十九首》① ：“胡马依北风，越鸟巢南枝”，而范云《赠沈左卫》②：“越鸟憎北树，胡马畏南风。”此诗家“反仿”古例之尤佳者。（641 页）

仿效是文学创作中常用的一种手法，或在立意上，或在句式上，或在使用比喻，或在某一字句上，仿效前人或他人的作品。仿效必须经过自己的变化，或脱胎换骨，或画龙点睛，或推陈出新，不论仿效得好或不好，都与毫不加以变化的剽袭截然不同。

仿效有正仿、反仿两种。“效西施之颦，学邯郸之步，此为正仿。”如王辟之《渑水燕谈录》卷十载：贡父晚苦风疾，鬓眉皆落，鼻梁且断。一日与子瞻数人小酌，各引古人成语相戏。子瞻戏贡父云：“大风起兮眉飞扬，安得壮士兮守鼻梁。”此便是正面仿套刘邦《大风歌》首尾两句的句式。

这里三则举引若干例句是讲反仿的。“若东则西，若水则火”，此为反仿。比如：王质的“赖有西风为掩门”句，是反仿贺铸的“东风先为我开门”，一个“东风开门”，一个“西风掩门”，“相映成对”，反其意而仿之，是为反仿之例；谢榛举杜甫的“日出篱东水”句，反仿作“月堕竹西峰”，一个“日出”，一个“月堕”，一个“篱东水”，一个“竹西峰”，也是反仿的手法。又如：杜牧的“狂风烈焰虽千尺，豁得平生俊气无”，陆游变火为水，仿作为“不知挽尽银河水，洗得平生习气无”，将“发泄之意”稍加变化为“荡涤之意”，亦是反仿之例。这里举引反仿最好的一个例句，是范云的“越鸟憎北树，胡马畏南风”，完全是从《古诗十九首》的“胡马依北风，越鸟巢南枝”而来。胡马产于北地，越鸟来自南方，所

---

① 《古诗十九首》：东汉时期无名作家的作品。
② 范云：字彦龙，南北朝作家。

以胡马依恋北地，越鸟不愿离开南方，以此比喻思乡恋土的情感。范云在文字上稍加变化，用越鸟厌恶北方，胡马畏惧南方，反其依恋乡土而为憎恶他乡，以反意仿之，在艺术上同样感人。《管锥编》746 页："盖如法炮制，依样葫芦，学邯郸之步，效西子之颦，夫人知为模仿也。反其道以行，以鲁男子之不可仿柳下惠之可，亦模仿而较巧黠焉；《汉书·扬雄传》云：'摭《离骚》而反之，名曰《反离骚》'，是矣。"就是讲反仿的。

一一　拟人与借代

长吉好用“啼”“泣”等字。以咏草木者，则有如《箜篌引》之“芙蓉泣露香兰笑”，《苏小小墓》之“幽兰露，如啼眼”，《伤心行》之“木叶啼风雨”，《湘妃》之“九峰静绿泪花红”，《黄头郎》之“竹啼山露月”，《南山田中行》之“冷红泣露娇啼色”，《新笋》之“露压烟啼千万枝”，《五粒小松歌》之“月明白露秋泪滴”，《春归昌谷》之“细绿及团红，当路杂啼笑”，《昌谷》之“草发垂恨鬓，光露泣幽泪”。夫子山志墓①，故曰：“云惨风愁，松悲露泣”；宾王哀逝②，故曰：“草露当春泣，松风向夕哀”；山谷怀古，故曰：“万壑松声如在耳，意不及此文生哀。”此皆有所悲悼，故觉万汇同感，鸟亦惊心，花为溅泪。若徒流连光景，如《刘子·言苑》篇所谓③：“秋叶泫露如泣，春葩含日似笑。”侔色揣称，如舒元舆《牡丹赋》所谓④：“向者如迎，背者如诀，坼者如语，含者如咽，俯者如愁，仰者如悦，袅者如舞，侧者如跌，亚者如醉，惨者如别。或飐然如招，或俨然如思，或带风如吟，或泫露如悲。”皆偶一为之，未尝不可。岂有如长吉之连篇累牍，强草木使偿泪债者哉。殆亦仆本恨人，此中岁月，都以眼泪洗面耶。咏虫鸟如《秋来》之“衰灯络纬啼寒素”，

---

① 子山：庾信字，北周文学家。

② 宾王：唐代诗人骆宾王。初唐四杰之一。

③ 《刘子》：亦名《新论》，十卷，未署撰人姓氏，当为北齐刘昼（字孔昭）撰。

④ 舒元舆：唐代诗人。

《帝子歌》之“凉风雁啼天在水”，《李夫人》之“孤鸾惊啼秋思发”，《屏风曲》之“城上乌啼楚女眠”，《追赋画江潭苑》之“鬣鬣啼深竹①”，《寄十四兄》之“莎老沙鸡泣”，《房中思》之“卧听莎鸡泣”，徒成滥调，无甚高妙。《与葛篇》之“千载石床啼鬼工”，亦不过杜诗“上泣真宰”之意。惟《宫娃歌》之“啼蛄吊月钩阑下”，《将进酒》之“烹龙炮凤玉脂泣”，一则写景幽凄，一则绘声奇切，真化工之笔矣。(51—52 页)

长吉又好用代词，不肯直说物名。如剑曰“玉龙”，酒曰“琥珀”，天曰“圆苍”，秋花曰“冷红”，春草曰“寒绿”。人知韩孟《城南联句》之有“红皱”、“黄团”②，而不知长吉《春归昌谷》及《石城晓日》之有“细绿”、“团红”也。偶一见之，亦复冷艳可喜，而长吉用之不已。如《咏竹》五律，粘着呆滞，固不必言。《剑子歌》、《猛虎行》皆警炼佳篇，而似博士书券，通篇不见“驴”字。王船山《夕堂永日绪论》讥杨文公《汉武》诗是一“汉武谜”③，长吉此二诗，亦剑谜、虎谜，如管公明射覆之词耳④。《瑶华乐》云：“铅华之水洗君骨，与君相对作真质”；欲持斯语，还评其诗。盖性僻耽佳，酷好奇丽，以为寻常事物，皆庸陋不堪入诗。力避不得，遂从而饰以粉垩⑤，绣其鞶帨焉⑥。微情因掩，真质大伤。牛鬼蛇神，所以破常也；代词尖新，所以文浅也。张戒《岁寒堂诗话》卷上谓长吉诗“只知有花草蜂蝶，而不知世间一切皆诗”⑦，实道着长吉短处。“花草蜂蝶”四字，又实本之唐赵璘《因话录》论长吉语⑧。长吉铺陈追琢，景象虽幽，怀抱不深；纷华散藻，易供挦撦。若陶、杜、韩、苏

① 鬣鬣（fèi fèi）：人熊。

② 韩孟：唐韩愈与孟郊。

③ 王船山：王夫之，字而农，清文学家。号姜斋，因归居衡阳石船山，故以为名。杨文公：杨亿，字大年，宋代作家。

④ 管公明：管辂字，三国魏星相家。

⑤ 粉垩（è）：用白粉涂之。

⑥ 鞶（pán）帨（shuì）：大带子和佩巾。

⑦ 《岁寒堂诗话》：南宋张戒撰，二卷。

⑧ 《因话录》：笔记，六卷。多记佚闻杂事。

大家，化腐为奇，尽俗能雅，奚奴古锦囊中①，固无此等语。蹊径之偏者必狭，斯所以为奇才，亦所以非大才欤。(57—58 页)

这里两则从李贺好用的字，谈到诗文炼字的艺术经验。

一、李贺好用“啼”“泣”等字。

诗文中使用“啼”“泣”等字，不自李贺始，南北朝时的庾信写《周大都督阳林伯长孙瑕夫人罗氏墓志铭》有“云惨风愁，松悲露泣，朗月空嗟，伤神何及”的句子，“风”“云”“松”“露”原是无性灵、无情感的，庾信却写成也会“惨”“愁”“悲”“泣”了；初唐的骆宾王写《乐大夫挽词》之四“草露当春泣，松风向夕哀”，用词方法与庾信同；杜甫的《春望》里有“感时花溅泪，恨别鸟惊心”，也写到花会“溅泪”，鸟会“惊心”。他们这样写，皆为赋咏景物或借以抒发情感，不只是在悲悼性的诗文中才用“啼”“泪”“泣”这样的词，偶一为之，给人一种新鲜感。李贺好用这类字眼入诗，比如写到草木，则“芙蓉泣露香兰笑”；写到虫鸟，则“孤鸾惊啼秋思发”，这里举引了李贺诗中的大量例子，几乎“连篇累牍”，强使草木虫鸟当偿还泪债者，所以便不感到用词的新鲜可喜。唯有《宫娃歌》中的“啼蛄吊月钩阑下”，以一只蝼蛄向着月亮啼鸣，写幽凄的夜景；《将进酒》中的“烹龙炮凤玉脂泣”，用“泣”字写釜中烹炮高档食物的声音，“绘声奇切，真化工之笔”。此外，李贺还喜欢用鬼字，如《春坊正字剑子歌》：“嗷嗷鬼母秋郊哭”；《秋来》：“秋坟鬼唱鲍家诗”；《绿章封事》：“愿携汉戟招鬼书”；《南山田中行》：“鬼灯如漆点松花”；《感讽》：“鬼雨洒空草”；《神泣》：“寒云山鬼来座中，呼星召鬼歆杯盘”等，险怪阴森至极。李贺虽然常用“啼”“泪”“泣”“鬼”等词，但却能陪衬以艳丽之词，所以对后来的李商隐曾产生影响。

二、诗文中用代词，最多见的是双关隐语，使用音不同的字，为的是把要表达的意思不明白说出，使之委婉含蓄。李贺性情怪僻，酷好冷艳奇

---

① 奚奴古锦囊：李商隐《李长吉小传》：“恒从小奚奴，骑距驴，背一古破锦囊，遇有所得，即书投囊中。”

丽之辞，以为日常生活中的寻常事物粗俗，不堪入诗，故不肯直说物名，而用代词，比如：剑曰“玉龙”，酒曰“琥珀”，天曰“圆苍”，秋花曰“冷红”，春草曰“寒绿”。在李贺之前，韩愈与孟郊的联句诗中，亦有指枣曰“红皱”，瓜曰“黄团”的，李贺也有指树草之叶曰“细绿”，花曰“团红”者。这类代字，有的是状其形象，有的是绘其颜色，在诗中偶见，称得上新奇可喜。李贺用这类代字的毛病是用之又用，虽然有所翻新，如《剑子歌》的剑，不代以“玉龙”，而代以“三尺水”；《竹》里以“锦鳞”代鱼等，但因是李贺惯用的修辞法，使人也不觉有所翻新。如《竹》五律：“入水文光动，抽空绿影春。露华生笋径，苔色拂霜根。织可承香汗，裁堪钓锦鳞。三梁曾入用，一节奉王孙。”正如钱先生指出：“粘着呆滞”至极。这八句主要是吟咏了竹子的生性和用途，他不明白直说，竹可以用作织凉席，偏要写“织可承香汗”；可以裁作钓鱼竿，偏要写作“裁堪钓锦鳞”。又如《猛虎行》：“长戈莫舂，强弩莫抨。乳孙哺子，教得生狞。举头为城，掉尾为旌。东海黄公，愁见夜行。道逢驺虞，牛哀不平。何用尺刀？壁上雷鸣。泰山之下，妇人哭声，官家有程，吏不敢听。”“长戈莫舂，强弩莫抨，乳孙哺子，教得生狞”是说长戈不能冲刺猛虎，强弓不能射猛虎。猛虎哺养子孙，即生第二、第三代猛虎。这首四言乐府歌行体诗，无非是写了藩镇犹如猛虎，残害民众，而朝廷姑息，将帅不敢进军讨伐的事，是安史之乱以后诗中常见的情景，但他在诗中多处用事；头为城，尾为旌，出自《吕氏春秋·行论》：鲧为诸侯，欲得三公，而尧不听，“怒甚，猛兽欲以为乱。比兽之角能以为城，举其尾能以为旌”；东海人黄公少时能用法术制蛇御虎事见《西京杂记》；牛公哀病七日变虎事见《淮南子·俶真训》，妇人哭墓，言她的公公、丈夫、儿子都被虎伤事见《礼记·檀弓》，如若不明白这些出典，便不易真正读懂这首诗，虽属“精警佳篇”，也不能不笑他是虎谜，太好用典了。李贺诗作所以会有如此表现，与他的艺术追求很有关系，他总喜欢用美艳的文字去描写笔下的贵公子、苏小小、李夫人、湘妃、宫娃、洛妹、郑姬、美人、屏风、蝴蝶、房中、夜饮等等，力避俗语入诗，已形成他的习惯，如果力避不成，他便将俗语乔装打扮，遂使“微情因掩，真质大伤”，尖新奇特的代词，反倒显得文意浅薄。这里引张戒的评价颇为中肯：李贺“只知有花草蜂蝶，而不知世间一切皆诗”，正说到他的弱点。

总之，李贺“铺陈追琢，景象虽幽，怀抱不深”，钱先生的这番评价尤为恰切。他终究不如陶潜、杜甫、韩愈、苏轼等大家，善于化腐朽为神奇，变粗俗为雅正。他由于性情上的怪僻偏执，限制了自己的生活范围和创作视野，因此，只能成为一位短寿的奇才，而不能成为大才，这是很可惋惜的。

一二　言用与借代

《漫叟诗话》载陈本明所谓“言用勿言体”①，与《冷斋夜话》、《童蒙诗训》所言②，绝非一事。余皮相而等同之，殊愦愦③。陈氏云：“前辈谓作诗当言用，勿言体，则意深矣。若言冷，则云：‘可咽不可漱’，言静，则云：‘不闻人声闻屐声’。”两例皆东坡诗，分别出《栖贤三峡桥》、《宿海会寺》。“言体”者，泛道情状；“言用”者，举事体示，化空洞为坐实，使廓落有着落。吴梦窗《风入松》词④：“黄蜂频探秋千索，有当时纤手香凝”；正以“蜂探”之“用”，确证“香凝”之体（参观《管锥编》六二八至九页）。盖描摹刻画之法，非用“替代字”。此类描绘亦可流为“替代字”：如言“佳人”者，以“用”显“体”、以果明因曰：“一顾倾人城，再顾倾人国”，浸假则“倾城”、“倾国”成姝丽之“替代字”。然铸词本意，初非避“名”，固已直言“北方有佳人”矣。“替代字”略判二类。《冷斋夜话》称荆公诗“言用不言名”，不言“水”、“柳”、“丝”、

---

① 《漫叟诗话》：清代画家谢垣（字东君，号漫叟）撰，一卷。《说郛》（宛委山堂本）无撰人。

② 《冷斋夜话》：宋释惠洪撰，十卷。《童蒙诗训》：宋吕本中撰，三卷。

③ 《谈艺录》247 页把替代字与“言用不言名”混起来，所以在这里指明。替代字，如用“虬户”来代“龙门”。用“苇杖”来代“蒲鞭”。“言用不言名”，如王安石诗：“含风鸭绿鳞鳞起，弄日鹅黄袅袅垂。”上句指水的作用，风吹水上起微波。下句指柳的作用，柳的嫩叶在袅袅垂首。即言用，不言水与柳。

④ 吴梦窗：吴文英字君特，自号梦窗，宋词家。

“麦”，而言“鸭绿”、“鹅黄”、“白雪”、“黄云”；乃拟状事物之性态，以代替事物之名称。韩、孟《城南联句》以“红皱”、“黄团”代“枣”、“瓜”，长吉《吕将军歌》以“圆苍”代“天”，《雁门太守行》以“玉龙”代“剑”，即属此类。《童蒙诗训》论“文章之妙”，如“不说作赋，而说‘雕虫’，不说寄书，而说‘烹鲤’，不说寒食，但云‘禁火’，乃征引事物之故实，以代事物之名称”（参观《宋诗选注》论晏殊）。子才所讥“浙派”用“替代字”，多属此类。一就事物当身本性，一取事物先例成语，二者殊途同揆，均欲避直言说破，而隐曲其词耳。六朝诗文，隶事为尚，借古申今，词归“替代”（参观《管锥编》一四二〇页、一四七四页）。流俗风气，亦相扬扇。《颜氏家训·勉学》至讥[①]：“江南闾里间，强事饰词，呼征质为周郑，谓霍乱为博陆，言食则糊口，道钱则孔方，问移则楚丘，论婚则宴尔，及王则无不仲宣[②]，语刘则无不公干[③]。凡有一二百件。”（563—564 页）

亚理士多德《修辞学》早言文词之高雅者[④]，不道事物之名而写事物之状。古罗马修辞学大师昆体良谓词达首须正名，顾事物之亵秽鄙俗者，其名不宜笔舌，必代以婉曲之言。伟达《诗法》谆谆教人诗中赋咏事物[⑤]，不可明白说破，当衬托隐约，傍示侧指：如称谷神、酒神、海神之名，而不直言谷、酒、海，称父之名以谓子，称地之名以寓土著。与吾国之“言刘必公干”、“杜康解忧”、“天吴效顺”、“魏武子孙”、“青箱世业”、“乌衣子弟”、“苏小乡亲”之类，一何相似。少陵《寄岳州贾司马六丈、巴州严八使君》：“贾笔论孤愤[⑥]，严君赋几篇[⑦]”，谓贾谊、严助；岑嘉州《宿

---

① 《颜氏家训》：北齐颜之推撰，二卷。《勉学》是其中篇名。

② 仲宣：王粲字，三国魏诗人。

③ 公干：刘桢字，三国魏诗人。

④ 亚理士多德：古希腊哲学家。其《诗学》《修辞学》，是文艺理论中的著名著作。

⑤ 伟达：十五、十六世纪意大利作家。

⑥ 借用汉代贾谊为赋吊屈原的痛哭流涕语。

⑦ 借用汉代严助赋颂十数篇事。

关西客舍寄山东严许二山人》①："滩上思严子②，山中忆许由③"，谓严光、许由。皆以两古人名为两今人同姓者之"替代字"，明诗中尤成科臼。(567—568 页)

这两则是讲"言用不言体"与替代字运用的不同。"言用不言体"是一种高深的"描摹刻画"的修辞方法，"化空洞为坐实，使廓落有着落"。如苏轼《宿海会寺》，不写寺里的幽静，写"不闻人声闻履声"，只听见人走路声，听不到人的声音，说明寺院极静，这就是写用不写体。再如汉李延年歌："北方有佳人，绝世而独立。一顾倾人城，再顾倾人国。"他不描写佳人的体，如眉怎样，肩怎样，项怎样，面如什么，腰如什么。只写佳人的作用，一顾可以倾动全城的人，再顾可以倾动全国的人。这首诗明白地说明言用不言体。这样写，比坐实地去描写眉毛、面目、肩项的吸引力更大，更能打动人。

又如吴文英《风入松》词，以"黄蜂频探"这一具体事物，来确证香凝于纤手这种无形的存在。以"果"明"因"的这种修辞法有时也可传为替代字，如"倾城""倾国"之貌，已成了"佳人""姝丽"的代称。"言其用不言其名"，如"含风鸭绿鳞鳞起，映日鹅黄袅袅垂"（《石林诗话》引），释惠洪说王安石诗里用"鸭绿"代字，用"鹅黄"代柳。又"缲成白雪桑重绿，割尽黄云稻正香"，用"白雪"代丝，用"黄云"代麦。钱先生认为这些其实是替代字，与"言用不言体"不同。韩愈与孟郊联句："红皱晒檐瓦，黄团系门衡"（《城南联句》），以"红皱""黄团"代"枣""瓜"。李贺以"圆苍""玉龙"代"天""剑"，也属于这一类，皆"就事物当身本性"而避开直言明说。或以事物成语，"隐曲其词"，如不言作赋、寄书、寒食，而言"雕虫""烹鲤""禁火"。"雕龙"者，即雕镂龙文也，从战国时齐人驺奭为驺衍修饰文字的故实而来；"烹鲤"者，

① 岑嘉州：岑参，曾任嘉州刺史，唐诗人。
② 借用汉代严光耕富春山中，后人名其垂钓处为严陵濑。
③ 借用上古高士许由让天下，隐耕箕山事。

从《古乐府》"呼童烹鲤鱼，中有尺素书"而来；"寒食"者，从中国寒食节禁火之旧俗而来。或"征引事物之故实，以代事物之名称"，但必须注意简缩得当，而不能将故实割裂到不通的地步。如《宋诗选注》论晏殊，举引《赋得秋雨》中的"楚梦先知薤叶凉"，是把楚怀王梦巫山神女事缩为"楚梦"两字，这是缩得好的例子；胡宿把老子讲的"如登春台"事缩为"老台"，便简缩得牵强不通了。或借古申今，如言食为糊口，言钱为孔方，论婚则宴尔，称王则仲宣等等，都是明显的替代词。

亚理士多德把状物代名的修辞手法，看作是"文词之高雅"；昆体良认为事物鄙俗不宜直言者，可代以婉曲之言；伟达说的赋咏事物隐约侧指。这在中国古已有之，比如，言酒必杜康，言刘必公幹。杜甫借贾谊的贾来指贾至，借严助的严来指严武。岑参借严光、许由来比隐居山中的隐士，都是以古人名替代今人同姓者的名字。这种借古申今的替代，到了明代诗文中几乎成为一种程式。

一三　对偶

王东溆《柳南随笔》卷三言此最亲切①。“家露湑翁誉昌精于论诗②，尝语予曰：‘作诗须以不类为类乃佳。’予请其说。时适有笔、砚、茶瓯并列几上，翁指而言曰：‘笔与砚类也，茶瓯与笔砚即不类；作诗者能融铸为一，俾类与不类相为类，则入妙矣。’予因以杜集分韵诗就正，翁举‘小摘园蔬联旧雨，浅斟家酿咏新晴’一联云：‘即如园蔬与旧雨、家酿与新晴，不类也，而能以意联络之，是即不类之类。子固已得其法矣。’”（521 页）

律诗讲究对仗，必得“撮合语言”，使下句与上句相对，清王誉昌说：“作诗须以不类为类乃佳。”钱先生认为：“愈能使不类为类，愈见诗人心手之妙。”（《谈艺录·蒋石斋古人句律之变》）何为类，何为不类？王誉昌举例说笔与砚同是书写工具，是为同类；笔与茶碗，一是书写工具，一是饮茶容器，不属同类。如果作诗者能将不类“融铸为一”，使其相为类，则妙。他又举出王应奎的“小摘园蔬联旧雨，浅斟家酿咏新晴”为例，说明“以意联络”，将“园蔬”与“旧雨”、“家酿”与“新晴”，用“联”字、“咏”字两个动词，便撮合成一佳联。再如杜甫《阆水歌》：“正怜日破浪花出，更复春从沙际归”，“日”与“浪花”、“春”与“沙际”，亦皆

① 王东溆：清王应奎号。有《柳南随笔》六卷，续笔四卷。

② 露湑：清王誉昌字。

不类，也是用动词加以撮合。《白帝》：“高江急峡雷霆斗，翠木苍藤日月昏”，“江峡”与“雷霆”、“木藤”与“日月”，各用“斗”与“昏”动词相联，写白帝城中倾盆大雨带来的翻江倒浪之势和浓云遮蔽天日之态，读之如临其境。由此可以看出以不类为类的修辞法之妙用。

一四　当句对

（黄庭坚）《自巴陵入通城呈道纯》云：“野水自添田水满，晴鸠却唤雨鸠归。”天社注引欧公诗。按《瓯北诗话》卷十二论香山《寄韬光》诗①，以为此种句法脱胎右丞之“城上青山如屋里，东家流水入西邻”②，窃谓未的。此体创于少陵，而名定于义山③。少陵《闻官军收两河》云：“即从巴峡穿巫峡，便下襄阳向洛阳”；《曲江对酒》云：“桃花细逐杨花落，黄鸟时兼白鸟飞”；《白帝》云：“戎马不如归马逸，千家今有百家存。”义山《杜工部蜀中离席》云：“座中醉客延醒客，江上晴云杂雨云”；《春日寄怀》云：“纵使有花兼有月，可堪无酒又无人”；又七律一首题曰《当句有对》，中一联云：“池光不定花光乱，日气初涵露气干。”此外名家如昌黎《遣兴》云：“莫忧世事兼身事，且著人间比梦间。”香山《偶饮》云：“今日心情如往日，秋风气味似春风”；《寄韬光禅师》云：“东涧水流西涧水，南山云起北山云。前台花发后台见，上界钟声下界闻。”（11—12页）

---

① 《瓯北诗话》：清赵翼撰，十卷，《续诗话》二卷。其卷十一云：“古人句法有不宜袭用者。白香山‘东涧水流西涧水，南山云起北山云’，盖脱胎于‘东家流水入西邻’之句，然已逊其酝藉。”

② 右丞：唐王维曾任尚书右丞。

③ 名定于义山：李商隐有《当句有对》诗：“密迩平阳接上兰，秦楼鸳瓦汉宫盘。池光不定花光乱，日气初涵露气干。但觉游蜂饶舞蝶，岂知孤凤忆离鸾。三星自转三山远，紫府程遥碧落宽。”这首诗的修辞特点是八句各自为对，正如题目所称“当句对”。

当句对是对偶中的一种。比如这里例举黄庭坚：“野水自添田水满，晴鸠却唤雨鸠归”，上句用“野水”对“田水”，“水”字重出；下句用“晴鸠”对“雨鸠”，“鸠”字重出。这一则指出，当句对创于杜甫，如“即从巴峡穿巫峡，便下襄阳向洛阳”，上句“巴峡”对“巫峡”，“峡”字重出；下句“襄阳”对“洛阳”，“阳”字重出，全是地名对地名，两句对又相对，颇具用心。李商隐“纵使有花兼有月，可堪无酒又无人”，上句两“有”字相对，同时又与下句两“无”字相对，下句内两“无”字又自相对。白居易“东涧水流西涧水，南山云起北山云”，上句“东涧水”对“西涧水”，重“涧水”两字；下句“南山云”对“北山云”，又重“山云”两字，同时两句又相对。赵翼认为这种句法本于王维不确，钱先生在这里给以改正，认为当句对创于杜甫。

一五　翻案

（黄庭坚）《官亭湖》云："左手作圆右作方，世人机敏便可尔。一风分送南北舟，斟酌神功宜有此。"青神注引《韩非子》等书①，说"左手"句。按东坡《泗州僧伽塔》诗云："至人无心何厚薄②，我自怀私欣所便。耕田欲雨刈欲晴，去得顺风来者怨。若使人人祷辄遂，造物应须日千变。"山谷此四句，乃翻案也。（19 页）

苏轼写《泗州僧伽塔》，中有"至人无心何厚薄，我自怀私欣所便。耕田欲雨刈欲晴，去得顺风来者怨。若使人人祷辄遂，造物应须日千变。今我身世两悠悠，去无所逐来无恋"八句，是他身处太平盛世之中，一个忧患失意者处世态度的宣告："无心何厚薄""去无所逐""来无恋"。因为他看到世间都是一样的心思，耕田时喜雨，收割时盼晴，但是上天不可能一日千变适应世间，所以只能去时顺风，来时逆风，总有顺者，也总有怨者。黄庭坚的《官亭湖》中也有四句表达处世的看法，他否定了苏轼的态度，反其道而行之，提出左手作圆右手作方，世人机敏的便可这样做。"一风分送南北舟"，史容注："《神仙传》曰：时庐山庙有神，于帐中与人言语饮酒，能令官亭湖中分风，船行者举帆相逢。"神使官亭湖中分风，

① 青神：宋笺注家史容。《韩非子·功名》："右手画圆，左手画方，不能两成。"

② 至人：《庄子·天下篇》："不离于真，谓之至人。"指真诚有德、淳正不假的人。

使去的船来的船都顺风，反对苏轼说的“去得顺风来者怨”。史容作注时，没有注意到黄庭坚在作翻案诗，所以他注得不够，应加补注。这就是修辞中的“翻案”。

一六　出处

（黄庭坚）《和答外舅孙莘老》云："道山邻日月。"天社注："道山见上注。"然此诗见卷二，以前诗中未有"道山"字，亦无上注，天社盖误忆也。山谷屡用"道山"字。《和答子瞻忆馆中故事》云："道山非簿领"，天社注："蓬莱道山，天帝图书之府也"；《以团茶洮州绿砚赠无咎文潜》云："道山延阁委竹帛"，天社注："道山见上注"；《送少章》云："鸿雁行飞入道山"，天社注："道山见上注。"姚范《援鹑堂笔记》卷四十云①："道山见《后汉书·窦章传》②。"按《章传》云："是时学者称东观为老氏藏室、道家蓬莱山"，章怀注③："老子为守藏史，并为柱下史。四方所记文书，皆归柱下。事见《史记》。言东观经籍多也。蓬莱、海中神山，为仙府，幽经秘录并皆在焉。"天社注未言出处，宜补。宋人多以"道山"为馆阁之称，观王晔《道山清话》跋可知④。东坡《送鲁元翰》之"道馆虽云乐"，《次韵子由与孔常父唱和》之"蓬山耆旧散"；《老学庵笔记》载孙叔诣《贺秘书新省成表》云⑤："蓬莱道山，一新群玉之构"；范石湖《送吴智叔检详直中秘使闽》诗云⑥："直庐须爱道家山"；

① 《援鹑堂笔记》：清文学家姚范撰，三十四卷。
② 《后汉书》：南朝宋范晔撰，一百二十卷。
③ 章怀：唐章怀太子李贤。
④ 《道山清话》：宋人笔记，一卷。撰者佚名。
⑤ 《老学庵笔记》：宋陆游撰，十卷，续二卷。
⑥ 范石湖：范成大，字致能，号石湖居士，宋文学家。

皆用此事。(7—8 页)

刘君永翔告余，比阅新校印唐许嵩《建康实录》①，乃知唐人用支遁养鹰故实盖出晋许恂集②。珠船忽获，疑冰大涣。《实录》卷八晋穆帝永和三年十二月注："案，许玄度集：遁字道林……好养鹰马，而不乘放，人或讥之，遁曰：'贫道爱其神骏。'"许集未佚时，亦必不如《世说》及《高僧传》之流播③，故谈者多仅知遁之爱马耳。《全唐文》卷二九〇张九龄《鹰鹘图赞序》④："工人图其状，以象武备，以彰才美。……昔支道林常养名马，自云：'重其神骏。'斯图也，非彼人之徒欤!"九龄年辈稍早于嵩⑤，即似未睹许氏家集者；不然，所赞为《鹰鹘图》，道林养鹰及马事，本地风光，题中固有之典，九龄俯拾即是，决不偏举养马而搭天桥作陪衬也。宋末王柏《鲁斋集》卷一一《题贾菊龙眠马图》⑥："昔有名僧，独爱养鹰与马。人问之，曰：'独爱其锋神峻耸耳。'"殆以"骏"不甚宜为"鹰"隼之品目，故窜易原语乎？李邕《鹘赋》亦曰⑦："有俊鹘之超特。"元耶律楚材《过白登和李正之韵》："腾骧谁识孙阳骥⑧，俊逸深思支遁鹰"，正用支遁养鹰事，而言"俊"不言"骏"也。(《钱锺书研究》13—14 页)

用典是一种修辞方法，就是在诗里借用古人古事，表达不易表达或不便直说的意思，以丰富诗意，使其委婉含蓄。刘勰在《文心雕龙·事类篇》开头便说："事类者，盖文章之外，据事以类义，援古以证今者也。"

---

① 《建康实录》：二十卷，记六朝事迹，因六朝皆建都建康，故以为名。

② 支遁：晋僧，字道林，本姓关。好养鹰马，人以为非道人所宜。许恂：晋人，字玄度，与孙绰并为一时文宗，长于诗，其文集三卷已佚。

③ 《世说》：南朝宋刘义庆撰，八卷。后改名《世说新语》。《高僧传》：梁释慧皎撰，十三卷。

④ 《全唐文》：清嘉庆间敕编，一千卷。《鹰鹘图》：画工所画，佚名。

⑤ 嵩：许嵩，唐诗人。

⑥ 王柏：号鲁斋，宋作家。有《鲁斋集》二十卷。

⑦ 李邕：字泰和，后为李林甫所杀，唐代作家。杜甫作《八哀诗》以为悼。

⑧ 孙阳：即孙阳伯乐，春秋秦穆公时人，善相马。

也就是说，用典的目的还在于以古证今，更加深所要表达的思想和感情。一般用典除古人古事外，前人诗文佳句也常被援引。而具体运用这种修辞方法时有着多种手法，有正用、反用、明用、暗用。这里指出黄庭坚在几首诗中屡用“道山”二字，任渊作注，不知黄庭坚是在借用典故取意，钱先生据姚范笔记中提供的线索，在《后汉书·窦章传》的注里，弄清“道山”即蓬莱道山，那里是藏经秘录之处，后人多以此称馆阁。黄庭坚诗正指馆阁，但用此典没有说明出处，是暗用代词的写法。因为王晛在《道山清话》跋中云：“先大父国史在馆阁最久，多识前辈，尝以闻见著《馆秘录》《曝书记》，并此书为三。”可见，道山即指馆阁，也可以说是馆阁的代称。如果读书不博，不了解这个出典，便不能准确地理解诗意。宋人作诗，比较喜欢引用典故，像“道山”二字，陆游、范成大诗也曾引用。诗人作诗用事引典需要恰当和有根据，这就要求具有广博的学识。读诗也一样需要提高理解的素质，否则碰上用事便不易弄懂。比如元稹《三遣悲怀》第三首有句：“邓攸无子寻知命，潘岳悼亡犹费辞。”这是明用西晋邓攸的故事。邓在兵荒马乱中，为拯救亡兄之子，丢弃自己的儿子，以为自己活着还可以生养，但事后十多年妻并未生子，自己也不纳妾，故无子嗣。元稹引此，在于向亡妻表明深沉的爱情：邓攸那样高尚德行的良吏唯其认命，不要子嗣也不纳妾，自己就不能认命吗？元稹引用这个典故的出处是明确的，但意义不仅仅局限在无子嗣上，而是进一步表达了他丧妻之后的无限悲痛。如果不用这个典故，这番心意和情感，绝不可能用七个字表达完美，所以说，诗人欲用事，须多读书；后人欲读懂前人之作，亦须多读书。

这里第二则指明支遁养鹰的出处，见于《建康实录》案语中引许恂集里的记载。这是前人没有指出的。

一七　练字

（一）

（黄庭坚）《荆南签判向和卿用予六言见惠次韵奉酬》第三首："安排一字有神。"天社注："前辈诗曰：吟安一个字。"按卢延让《苦吟》云①："吟安一个字，拈断数茎须"；又《全唐诗》载无名氏句云②："一个字未稳，数宵心不闲。"前者"行布"，句在篇中也；此之"安排"，字在句内也。《文心雕龙·练字》篇曰："善为文者，富于万篇，贫于一字。一字非少，相避为难也"；避重免复，卑无高论。《风骨》篇曰："捶字坚而难移"，则可为安稳之的诠矣。昌黎《纪梦》曰："壮非少者哦七言，六字常语一字难"，其亦谓一字之难安稳欤（参观《管锥编》一二一七页）。夫曰"安排"，曰"安"，曰"稳"，则"难"不尽在于字面之选择新警，而复在于句中之位置贴适，俾此一字与句中乃至篇中他字相处无间，相得益彰。倘用某字，固足以见巧出奇，而入句不能适馆如归，却似生客闯座，或金屑入眼，于是乎虽爱必捐，别求朋合。盖非就字以选字，乃就章句而选字。儒贝尔有妙语曰③："欲用一佳字，须先为之妥觅位置处。"正斯之谓。

---

① 卢延让：唐代作家。
② 《全唐诗》：清康熙敕编，由彭定求等人编成，九百卷。
③ 儒贝尔：十八、十九世纪法国伦理学家。

江西派中人侈说炼字，如范元实言“句法以一字为工”[①]，方虚谷言“句眼”[②]，皆主好句须好字。其说易堕一边。山谷言“安排一字”，乃示字而出位失所，虽好非宝，以其不成好句也。足矫末派之偏宕矣。宋次道《春明退朝录》卷上记宋子京曰[③]：“人之属文，自〔有〕稳当字，第初思之未至也。”强行父《唐子西文录》曰[④]：“等闲一字放过则不可。作诗自有稳当字，第思之未至也。”《朱子语类》卷一百三十九曰[⑤]：“苏子由有一段[⑥]，论人做文章，自有合用底字，只是下不着。”又如郑齐叔云[⑦]：做文字自有稳底字，只是人思量不着。横渠云[⑧]：发明道理，惟命字难。要之做文字，下字实是难。因改谢表曰：“作文自有稳字，古之能文者，才用便用着这样字，如今不免去搜索修改。”钱澄之尤有味乎言之[⑨]。《田间文集》卷八《诗说赠魏丹石》曰：“造句心欲细而句欲苦，是以贵苦吟。情事必求其真，词义必期其确，而所争只在一字之间。此一字确矣而不典，典矣而不显，显矣而不响，皆非吾之所许也。贾浪仙云[⑩]：‘吟安一个字，拈断数茎髭。’”又同卷《陈官仪诗说》曰：“见三唐近体诗，设词造句，洵是良工心苦。未有不由苦吟而得者也。句工只有一字之间，此一字无他奇，恰好而已。所谓一字者，现成在此，然非读书穷理，求此一字终不可得。盖理不彻则语不能入情，学不富则词不能给意，若是乎一字恰好之难也。”异域评文，心契理符。如古罗马佛朗图谆谆教人搜索妥当之字，无他字可以易之者。古天竺论师以卧榻之安适，喻一字之稳当不容同义字

---

① 范元实：范仲温字，宋作家。有《潜溪诗眼》。

② 方虚谷：方回号，元作家。有《瀛奎律髓》四十九卷。

③ 宋次道：宋敏求字，宋作家。有《春明退朝录》三卷。宋子京：宋祁字，宋作家。

④ 强行父：强幼安字，宋作家。有《唐子西文录》一卷。

⑤ 《朱子语类》：宋朱熹语录，门生黎靖德辑，一百四十卷。

⑥ 苏子由：宋苏辙字。

⑦ 郑齐叔：朱熹的学生。

⑧ 横渠：张载，宋理学家。郿县横渠镇人，世称横渠先生。

⑨ 钱澄之：本名钱秉镫，清作家。有《田间集》十卷。

⑩ 贾浪仙：贾岛字，唐诗人。

取替。法国布瓦洛有句云①："一字安排深得力。"近世福楼拜倡言行文首务②，以一字状难写之境，如在目前；字无取乎诡异也，惟其是耳；属词构句，韵谐节雅。即援布瓦洛之句为己张目。复云："意义确切之字必亦为声音和美之字。"盖策勋于一字者，初非只字偏善，孤标翘出，而须安排具美，配合协同。一字得力，正缘一字得所也。兹字状物如睹，匪仅义切，并须音和；与钱澄之所谓："必显，必确，必响"，方得为一字之安而恰好，宁非造车合辙哉。澄之谈艺殊精，识力在并世同宗牧斋之上，此即尝鼎之一脔。然窃自笑食马肝未为知味耳。又按《文心雕龙·练字》已标"重出"、"同字相犯"为"近世"文"忌"，唐以来五七言近体诗更斤斤于避一字复用。进而忌一篇中用事同出一处。如王骥德《曲律》卷三《论用事》第二十一云③："用得古人成语恰好，亦是快事，然只许单用一句。要双句须别处另寻一句对之。"吴天章雯《莲洋集》卷六《斐然纳姬》④："清秋谁和杜秋诗，寂寞樊川恼鬓丝。漫言春到花盈树，遥看阴成子满枝"，翁覃溪批⑤："三用小杜事，于章法似可商。"方植之《昭昧詹言》卷一谓"用事忌出一处、一书"⑥，举"荆凡"对"臧"为例。法国古典主义祖师马雷伯评诗⑦，力戒同字重出之弊；并时作者亦颇化于其说。晚近福楼拜尤惨淡经营，刻意不犯同字，而复深叹斯事之苦；不啻作法自困，景附者却不乏其人。后来邓南遮大言哗众⑧，至谓一字在三页后重出，便刺渠耳。《雕龙》所拈"练字"禁忌，西方古今诗文作者固戚戚有同心焉，并扬搉之。（326—329页）

这一则从设词造句避免重复的角度讲炼字。黄庭坚诗云："安排一字

---

① 布瓦洛：十七、十八世纪法国文学批评家、作家。
② 福楼拜：十九世纪法国批判现实主义小说家。
③ 王骥德：明作曲家。有《曲律》四卷。
④ 《莲洋集》：清吴雯撰，二十卷。
⑤ 翁覃溪：清翁方纲号。
⑥ 《昭昧詹言》：清方东树（字植之）撰，十卷，又续八卷，续录二卷。
⑦ 马雷伯：十六、十七世纪法国诗人。
⑧ 邓南遮：十九世纪末二十世纪初期，意大利诗人、小说家、剧作家。

有神”，卢延让诗云：“吟安一个字，拈断数茎髭。”刘勰《风骨篇》讲“捶字坚而难移”，韩愈诗云吟七言“六字常语一字难”。《管锥编》1217页讲陆云《与兄平原（陆机）书》一八：“‘彻’与‘察’皆不与‘日’韵，思惟不可得，愿赐此一字。”所强调的都是字在句内要安排妥贴，而不全在于选字是否新警。因为无论作文写诗，不能就字选字，而是要就全句，甚至全篇选字。儒贝尔说的为佳字“妥觅位置”也是这番意思。江西诗派中的一些人讲炼字，强调的多是就字选字，如范仲温说：“以一字为工”，方回说“句眼”等，皆主张“好句须好字”，而没有讲句子在篇中的安排，仅仅讲字在句中的安排。刘勰在《练字篇》说“善为文者，富于万篇，贫于一字”，这“一字”便是强幼安“思之未至”的“稳当字”，也就是朱熹说的“只是下不着”的“合用底字”，朱熹的学生也觉得“稳底字”“思量不着”，张载也讲下字实难，可见选字之难。钱秉镫说唐近体诗设词造句佳者，皆“由苦吟而得”，认为“句工只有一字之间，此一字无他奇，恰好而已”，但是，此一字“非读书穷理”“终不可得”。钱氏贵苦吟，追求情事真，词义确，要求“此一字”必典、必显、必响，认为只有理必彻，学必富，才能使语入情，使词合意。

可见，刘勰所谓“难移”之字，强幼安所谓“稳当字”，朱熹所谓“合用底字”，钱秉镫所谓“恰好”的字，古罗马佛朗图教人搜索“无他字可以易之”的字，几乎是同一个意思，要求诗文讲究一个字的安排，稳当到“不容同义字取替”的程度。

刘勰在《文心雕龙·练字》篇中还指出“重出”“同字相犯”是魏晋南北朝时期的文忌，唐以后的五七言近体也忌一字复用，甚至忌用事同出一处，一直到清代，翁方纲评吴雯用事，四句诗“清秋谁和杜秋诗，寂寞樊川恼鬓丝。漫言春到花盈树，遥看阴成子满枝”。第一句“杜秋诗”，指杜牧作的《杜秋娘》诗；第二句“樊川”指杜牧，“恼鬓丝”指杜牧“鬓丝禅榻畔”句；第四句“荫成子满枝”，用杜牧“绿叶成阴子满枝”句。其中一二四三句用杜牧事，并将此提高到章法上看待，十分严格。方东树引诗：“已知臧谷为同失，未审荆凡定孰存。”上句用《庄子·骈拇》，记臧（奴隶）与谷（孩子）二人牧羊，臧挟策读书，谷赌博，二人皆亡羊。下句用《庄子·田子方》："楚王与凡君坐。少焉，楚王左右曰'凡亡'者三。凡君曰：'凡之亡也，不足以丧吾存'……则楚之存，不足以存存。由是观之，则凡未始亡，而楚未始存也。"这是说，凡君说，凡国的灭亡，不能使我灭亡，我还存在。那么楚国的存在，不能使存在的楚王永远存在下去，即楚国虽在，楚王也会死去。即凡未尝亡，楚未尝存。这里的凡指凡君还活着，这里的楚，指楚王还要死的。这两句诗，都用《庄子》典故，方东树认为不可。西方谈艺者马雷伯评诗，福楼拜写作，均讲究"不犯同字"，可见，中外古今诗文作家在炼字问题上，意见是相同的。

（二）

（黄庭坚）《赠高子勉》第三首："拾遗句中有眼，彭泽意在无弦。"天社注："谓老杜之诗，眼在句中，如彭泽之琴，意在弦外也。"按《后山诗注》卷六《答魏衍、黄预勉予作诗》①："句中有眼黄别驾②"，天社注："鲁直自评元祐间字云：'字中有笔，犹禅家句中有眼'；又六言诗云：'拾遗句中有眼'。"即指赠高子勉此首③。《瀛奎律髓》卷四山谷《送舅氏野夫之宣州》④，方虚谷批："明、簇、丰、卧，诗眼也。后山谓'句中有眼黄别驾'，是也。"犹后山之以山谷赞少陵者，回施于山谷。南宋虞寿老《尊白堂集》卷二《赠潘接伴》云⑤："句中有眼人谁识，弦上无声我独知"；独不畏人"知"其全袭山谷句耶。眼为神候心枢（参观《管锥编》七一四又七九一页），《维摩诘所说经·佛国品》第一宝积以偈颂佛⑥，僧

---

① 《后山诗注》：宋任渊（号天社）为陈师道诗撰注，十二卷。
② 黄别驾：宋黄庭坚。
③ 高子勉：高荷字，宋作家。
④ 《瀛奎律髓》：元方回（号虚谷）撰，四十九卷。
⑤ 《尊白堂集》：宋虞俦撰，六卷。
⑥ 《维摩诘所说经》：即《维摩经》三卷，秦罗什译。《佛国品》是其中之一。

肇注至曰[①]："五情百骸，目最为长。"盖亦古来通论。释典遂以眼目喻要旨妙道[②]，如释智昭汇集宗门语句、古德唱说成编[③]，命名曰《人天眼目》。徐文长《青藤书屋文集》卷十八《论中》之五曰[④]："何谓眼。如人体然，百体相率似肤毛，臣妾辈相似也。至眸子则豁然，朗而异，突以警。文贵眼者，此也。故诗有诗眼，而禅句中有禅眼"云云。山谷曰"拾遗句中有眼"，意谓杜诗妙处，耐人讨索探求。而宗派中人如参禅之死在句下[⑤]，摭华逐末，误认独具句眼为不外近体对仗炼字。甚矣其短视隘见也。贺子翼《诗筏》[⑥]，讥宋人"穿凿一二字，指为古人诗眼，乃死眼而非活眼"，有以哉。如吕居仁《童蒙诗训》记潘邠老言[⑦]："七言诗第五字要响，如'返照入江翻石壁，归云拥树失山村'，翻、失是响字。五言诗第三字要响，如'圆荷浮小叶，细麦落轻花'，浮、落是响字。所谓响者，致力处也。"张子韶《横浦心传录》卷上记闻居仁论诗[⑧]，"每句中须有一两字响，响字乃妙指。如'身轻一鸟过'、'飞燕受风斜'，过、受皆句中响字"。《老学庵笔记》卷五记曾致尧评李虚己诗曰"工"而"恨哑"[⑨]，虚己渐悟其法，以授晏元献[⑩]，元献以授二宋[⑪]，后遂失传；"然江西诗人每谓五言第三字、七言第五字要响，亦此意也。"观潘、吕论"响"所举似，非主字音之浮声抑切响，乃主字义之为全句警策[⑫]，能使其余四字六字借重增光者，与曾氏戒"哑"之意，未必尽同。《竹庄诗话》卷一引

---

① 僧肇：秦罗什门下四哲之一，注《维摩经》十卷。

② 释典：释教之典。宋释智昭撰《人天眼目》，六卷，内集禅家诸家之要义。

③ 古德：具有高德的古僧。

④ 徐文长：徐渭字，明作家。有《青藤书屋文集》三十卷。

⑤ 参禅之死在句下：参禅不悟道，只在文字上研究。

⑥《诗筏》：清代作家贺贻孙（字子翼）撰，一卷。

⑦《童蒙诗训》：宋代作家吕本中（字居仁）撰，三卷。潘邠老：潘大临字，宋代作家。

⑧《横浦心传录》：宋代作家张九成（字子韶）撰，三卷，系张九成语录。

⑨《老学庵笔记》：宋陆游撰，十卷。曾致尧、李虚己：均为宋代作家。

⑩ 晏元献：晏殊，字叔同，卒谥元献，宋作家。

⑪ 二宋：宋庠、宋祁兄弟，宋作家。

⑫ 警策：诗文中足以惊动人之处。

《漫斋语录》①："五字诗以第三字为句眼，七字诗以第五字为句眼。古人炼字，只于句眼上炼。"则是潘吕之说矣。方虚谷尤以此明诏大号，贺黄公《载酒园诗话》卷一嗤其《律髓》标举句眼之妄②，以荆公五律为例，八句有"六只眼睛，未免太多"，盖"人生好眼只须两只，何必尽作大悲相"。纪晓岚《律髓刊误》更详驳虚谷③。窃观《冷斋夜话》卷五引荆公"江月转空为白昼，岭云分暝与黄昏"④，"一水护田将绿绕，两山排闼送青来"，东坡"只恐夜深花睡去，高烧红烛照新妆"，"我携此石归，袖中有东海"，而记山谷语曰："此皆谓之句中眼。学者不知此妙语，韵终不胜。"夫荆公两联中"转"、"分"、"护"、"排"、"送"五字，尚可当漫斋、虚谷所言句眼；然多在七言诗中第三字，第五字之"将"，殊不见致力。若东坡四句，绝非以一字见警策者。《容斋续笔》卷八记山谷诗⑤："归燕略无三月事，高蝉正用一枝鸣"，"用"字初曰"抱"，又改曰"占"，曰"在"，曰"带"，曰"要"，至"用"字乃定，今本则作"残蝉正占"。则所炼又在第四字（此联见《山谷外集补》卷三《登南禅寺怀裴仲谋》，"正"作"犹"）。故山谷言"句中眼"，初不同而亦不限于派中人所言"句眼"，章章可识矣。《律髓》卷十四少陵《晓望》，虚谷批："五六以坼、隐、清、闻为眼"；晓岚批："冯云：'寻常觅佳句，五字自然有一字用力处；虚谷每言诗眼，殊愦愦。假如"池塘生春草"句，句眼在何字耶。'""池塘"句与山谷所称东坡四句，足相辅佐。范元实著书，名《潜溪诗眼》⑥，泛论诗事，尚未乖山谷语意。伪书《云仙杂记》卷三、卷八引《钟嵘句眼》（卷五、卷六引《续钟嵘句眼》）⑦，片言只语，指归难

---

① 《竹庄诗话》：宋何溪汶撰，二十四卷。《漫斋语录》：宋人诗话，未知撰人。
② 《载酒园诗话》：清贺裳（字黄公）撰，三卷。
③ 《律髓刊误》：清纪昀（字晓岚）撰，四十九卷。
④ 《冷斋夜话》：宋释惠洪撰，十卷。
⑤ 《容斋续笔》：宋洪迈撰，十六卷。
⑥ 《潜溪诗眼》：宋范仲温（字元实）撰，一卷。
⑦ 《云仙杂记》：唐冯贽（?）撰，十卷。宋以来皆以为伪书。

究。然南朝钟记室拾取北宋黄别驾牙后慧，洵如顾欢所嘲①：“吕尚盗陈恒之齐②，刘季窃王莽之汉”已。（329—331页）

《老学庵笔记》载曾致尧教李虚己以“响字”诀，可与方回《瀛奎律髓》中评语合观。《律髓》卷四十二选虚已《次韵和汝南秀才游净土见寄》诗，方评亦记致尧授以诗诀事，申言曰：“予谓此数语诗家大机括也。工而哑，不如不必工而响。潘邠老以句中眼为响字，吕居仁又有字字响、句句响之说；朱文公又以二人晚年诗不皆响责备焉。学者当先去其哑可也。抑扬顿挫之间，以意为脉，以格为骨，以字为眼，则尽之。”邠老只言“响字”，“句中眼”之说乃出方氏附益。卷一六杜少陵《九日蓝田崔氏庄》：“老去悲秋强自宽，兴来今日尽君欢”；评：“‘强自’与‘尽君’二字正是着力下此，以为诗之骨、之眼也。但低声抑之读五字，却高声扬之读二字，则见意矣。”盖谓句中字意之警策者方是“句眼”，故宜“响”读；若一字音本响亮者，如“敲”音之响于“推”，非即“句眼”。其言与曾氏戒“哑”之旨，未必尽同。卷四二陈后山《赠王聿修、商子常》：“贪逢大敌能无惧，强画修眉每未工”；评：“‘能’字，‘每’字乃是以虚字为眼；非此二字，精神安在？善吟咏古诗者，点缀一二好字，高唱起而知用力着意所在矣。”夫此二句“用力着意所在”，为句首之“贪”、“强”二字，“能”、“每”赖以策勋；方氏墨守潘邠老“七言诗第五字要响”之说，遂舍本逐末，摘“句眼”而如红纱蔽眼矣。卷一少陵《登岳阳楼》，评语开宗明义：“凡圈处是句中眼”。“然即若同卷陈简斋《渡江》：摇楫天平〔圈〕渡，迎人树欲〔圈〕来”；宋之问《登越台》③：“地湿烟常〔圈〕起，山晴雨半〔圈〕来”；杨公济《甘露上方》④：“云捧〔圈〕楼台出天上，风飘〔圈〕钟磬落人间”；皆圈第四或第二字为“句眼”，又乖邠老“五言诗第三字，七言诗第五字要响”之论。进退失据，方氏有

---

① 顾欢：字景怡，南朝齐作家。

② 吕尚：姜子牙。陈恒：即弑齐简公的陈成子。

③ 宋之问：字延清，唐诗人。

④ 杨公济：杨蟠字，宋诗人。

焉。(《钱锺书研究》9—10页)

这两则主要是讲古人作诗，于修词炼字上最为注意的是句中有眼，也称作诗眼，是指诗句中精彩传神的字，是为全句的警策。黄庭坚《赠高子勉》诗里说到杜甫的诗，眼在句中，犹如陶潜之琴，意在弦外；陈师道《答魏衍、黄预勉予作诗》里说黄庭坚句中亦有眼。

一、提出诗眼的根据：《管锥编·太平广记》谈到晋代画家顾恺之作人物画，曾数年不点眼睛，并说："点眼睛便欲语"；苏轼释"阿堵中"语，说"传神之难在目"(《传神记》引)；《孟子·离娄》篇早有此说，"存乎人者，莫良于眸子"；希腊哲学家苏格拉底也说人物像传神在双瞳；列奥巴迪说目是人面上最能表达情性之官；释典也以眼目喻要言妙道。可见，中外古今皆重视眼睛的表现，既然人的"眼为神候心枢"，用今天的话说眼就是心灵的窗户，那么"诗眼"似可看作诗的灵魂了。这里举引徐渭的话说：人体唯眼"豁然，朗而异，突以警。文贵眼者，此也。故诗有诗眼，而禅句中有禅眼"。说得尤为明白。

二、什么是眼：黄庭坚说"拾遗句中有眼"，是指杜诗的妙处，"耐人讨索探求"，与江西诗派的一些人所说近体诗对仗炼字的"句眼"不同，贺贻孙便讥笑过所谓"句眼"，不过是"穿凿一二字，指为古人诗眼"，实际上是"死眼"，而不是自己创作的"活眼"。潘大临说："七言诗第五字要响"，"五言诗第三字要响"，也就是说句中眼要响，"所谓响者，致力处也"，是对炼字的具体要求，正如《漫斋语录》所谓"古人炼字，只于句眼上炼"；吕本中论诗，主张"每句中须有一两字响"，甚至要求字字响，句句响，他认为"响字乃妙指"，从这一则举引的例句看，他与潘大临不同，不限定五言诗的响字必在第三字，如"身轻一鸟过"的"过"字是响字，却是第五字。曾致尧评李虚己诗说："工"而"恨哑"、"不如不必工而响"，可见，他所谓哑者，就是在应当有响字的位置用字不响。从潘、吕论"响"列举的诗例看，如"返照入江翻石壁，归云拥树失山村"，"圆荷浮小叶，细麦落轻花"，"飞燕受风斜"等，并不是单纯主张字音之响，而是主张字义应是全句的警策，因"翻""失""浮""落""受"等字的运用，能使其余的字“借重增光”；曾氏的戒“哑”似偏重于字音的响亮，比较狭窄；《漫斋语录》中明确提出“五字诗以第三字为句眼，七字诗以第五字为句眼”，方回的主张与此相同，贺裳很不以为然，举王安石五律八句竟有“六只眼睛”，当然太多，可见，其意亦偏重炼字。

三、释惠洪在《冷斋夜话》中举引王安石“江月”“一水”两联，与苏轼“只恐”“我携”两联，黄庭坚说“皆谓之句中眼”，然王安石四句中的五个“句眼”，有四个句眼在七言的第三字，仅一个句眼在七言的第五字；而苏轼两联绝不是以一字见警策；洪迈在《容斋续笔》中举引黄庭坚七言“高蝉正用一枝鸣”，指出他反复锤炼修改的是第四字“用”，不是第五字“一”。因此，在欣赏五、七言律诗时，不能机械地按照《漫斋语录》及方回等人之说，于每句的固定位置去寻“句眼”，而是要真正地能欣赏到诗句中耐人寻味的地方。

（三）

（黄庭坚）《次韵向和卿与邹天锡夜语南极亭》第二首：“坐中更得江南客，开尽南窗借月看。”天社注：“孟郊诗：‘借月南楼中。’”按句有“看”字，方能得“借”字力。天社仅睹“借月”字，掇皮而未得髓矣。香山《集贤池答侍中问》云：“池月幸闲无用处，主人能借客游无”；又《过郑处士》云：“故来不是求他事，暂借南亭一望山。”朱庆余《潮州韩使君置宴》诗（一作李频《答韩中丞容不饮酒》）云：“多情太守容闲坐，借与青山尽日看。”贯休《晚望》云①：“更寻花发处，借月过前湾。”无游字、望字、看字、过字，则借字之用不着。后来如陈简斋《至董氏园亭》云②：“帘钩挂尽蒲团稳，十丈虚庭借雨看。”《梅硐诗话》卷中引叶靖逸《九日》云③：“肠断故乡归未得，借人篱落赏黄花”；又赵愚斋《清

① 朱庆余、李频、贯休均唐代作家。

② 陈简斋：宋陈与义号。

③ 《梅硐诗话》：元韦居安撰，三卷。叶靖逸：叶绍翁号，宋代作家。

明》云："惆怅清明归未得，借人门户插垂杨。"《列朝诗集》乙集卷五瞿宗吉《清明》云①："借人亭馆看梨花。"《匏庐诗话》卷上引唐子畏《墨菊》云②："借人篱落看西风。"黄莘田《秋江集》卷一《闲居杂兴》之八云③："借人亭馆看乌山。"作者殊列，均以看字、赏字、插字畅借字之致，山谷手眼亦复尔耳。刘须溪评点《简斋集》④，于"十丈空庭借雨看"句评曰："借字用得奇杰"，似并山谷句忘却矣。(331—332页)

这一则举引唐以来作家白居易、朱庆余、僧贯休、陈与义、叶绍翁、瞿佑、唐寅、黄任等使用"借"字的诗句，从"借"字的用法，说明这句诗写得好，不能单靠一个"借"字的使用，而要靠"看"字的配合。如黄庭坚《次韵向和卿与邹天锡夜语南极亭》："开尽南窗借月看"，这个"借"有暂取或凭借的意思，"借月"做什么?"看"字便是"借"字的着落，用一个动词来做补充，方能显出"借"字"用得奇杰"，如果这句诗无"看"字作为补充，也便用不到"借"字，这只有在统观全句时才会发现，不能单去注意是否是"句眼"。任渊为黄诗作注只用孟郊诗注释"借月"，显然忽略了对全句的审视。这里所举的诗例中，无论是"借客游""借南亭望山""借青山看'，还是"借月过湾""借雨看""借篱落赏花""借门户插杨""借馆看花""借篱落看风""借亭馆看山"，都是相同的句式，"借"字的运用，必须配有目的性的动词才好。

(四)

(黄庭坚)《次韵奉送公定》："惟恐出己上，杀之如弈棋。"青神注引《左传》："宁子视君不如弈棋。"按此句得力在"杀"字，借手谈惯语，

---

① 《列朝诗集》：清钱谦益编，八十一卷。瞿宗吉：瞿佑字，明代作家。

② 《匏庐诗话》：清沈涛（号匏庐）撰，三卷。唐子畏：唐寅字，又字伯虎，明代画家、诗人。

③ 黄莘田：黄任字，清代诗人。

④ 刘须溪：刘辰翁，宋代作家。

以言嫉贤妒能者之排挤无顾藉也。马融《围棋赋》早云[①]："深入贪地，杀亡士卒。"张文成《朝野佥载》卷二记梁武帝"方与人棋，欲杀"一段[②]，"应声曰：'杀却'。"元微之《酬孝甫见赠》第七首咏"无事抛棋"[③]，有云："终须杀尽缘边敌。"北宋张拟《棋经·斜正》篇第九云[④]："棋以变诈为务，劫杀为名"；又《名数》篇第十一历举用棋之名三十有二，其二十七至三十云："有征，有劫，有持，有杀。"后世相沿，如《儒林外史》第五十五回王太曰[⑤]："天下那里还有快活似杀矢棋的。我杀过矢棋，心里快活极了。"写围棋时用"杀"字，因陈落套，当然而不足奇也。移用于朝士之党同伐异，则有醒目惊心之效矣。丁耶诺夫尝谓[⑥]：行业学科，各有专门，遂各具词汇，词汇亦各赋颜色。其字处本业词汇中，如白沙在泥，素丝入染，厕众混同；而偶移置他业词汇，则分明夺目，如丛绿点红，雪枝立鹊。故"杀"字在棋经，乃是陈言；而入此诗，俨成句眼。斯亦修辞"以故为新、以俗为雅"之例也。然"杀"字倘无"如围棋"三字为依傍，则真谓处以重典，死于欧刀；以刑法常语，述朝廷故事，不见精彩。斯又"安排一字"之例焉。（337 页）

《淮南子·齐俗训》[⑦]："夫载哀者，闻歌声而泣。载乐者，见哭者而笑。哀可乐、笑可哀者，载使然也。是故贵虚。"以"载"状心之不虚，善于用字。《后汉书·郑玄传》："寝疾，袁绍令其子谭遣使逼玄随军，不得已；载病到元城县，疾笃"；长吉《出城寄权璩杨敬之》[⑧]："何事还车载病身"；"车载病身"而身则"载病"，一直指而一曲喻，命意不二，均"载物"、"载酒"之"载"。身"载病"，亦犹心之"载哀乐"矣。岑嘉州

① 马融：汉代作家。
② 张文成：唐张鷟字。有《朝野佥载》一卷。
③ 元微之：元稹字，唐代作家。
④ 《棋经》：宋张拟撰，一卷，十三篇。
⑤ 《儒林外史》：清代作家吴敬梓撰，长篇小说。
⑥ 丁耶诺夫：苏联作家。
⑦ 《淮南子》：汉代淮南王刘安撰，二十一卷。
⑧ 长吉：李贺字，唐代诗人。

《题山寺僧房》①："窗影摇群木，墙阴载一峰"，谓峰影适当墙阴，故墙阴中如实以峰影。炼字更精于《淮南》、《范书》也。（377—378 页）

（王安石）《江上》："春风似补林塘破。"按"补"字得力。昌黎《新竹》云："稀生巧补林，并出疑争地"，宋子京《景文集》卷十二《答张学士西湖即席》云②："返霞延落照，余岫补疏林"；荆公不言以甲物补乙物，而言春风风物，百昌苏茁，无阙不补，有破必完，句意尤超。贺方回《庆湖遗老集》卷五《龟山晚泊》云③："长林补山豁，青草际潮痕"，上句与宋子京下句相反相成，而"豁"字即荆公句之"破"字也。（399 页）

（元好问）《蟾池》："从今见蟆当好看，爬沙即上青云端。"按《送王亚夫归许昌》："世间倚伏不可料，井底容有青云梯。"一嘲讽而一慰藉，意同旨异。"好看"即"善视"，另眼相看也。白乐天《路上寄银匙与阿龟》："小子须娇养，邹婆为好看。"古诗文中二字作此用者颇罕。（483 页）

诗文要写得好，炼字与修辞、造句同等重要，唐代著名的苦吟诗人贾岛推敲的故事，在古今诗坛上已尽为人知，卢延让有诗云："吟安一个字，燃断数茎髭。险觅天应闷，狂搜海亦枯。"（《苦吟》）朱熹也说："看文字如酷吏治狱，直是推勘到底，决不恕他，用法深刻，都没人情。"（《朱子语类》卷一百四十）可见炼字颇为不易。这里四则，是从具体诗句探寻炼字、炼句的艺术经验。

一、黄庭坚《次韵奉送公定》："唯恐出己上，杀之如弈棋。""杀"字用得好，把嫉贤妒能者的心胸和嘴脸，刻画得惟妙惟肖，特别是有"如弈棋"三字的衬托，使此"杀"字区别于一般的"刑法常语"的借用，更觉精彩。在黄庭坚之前，马融的《围棋赋》用"杀"字，张鷟《朝野佥

① 岑嘉州：岑参，唐代诗人。曾任嘉州刺史。

② 《景文集》：宋代作家宋祁（字子景）撰，六十二卷。

③ 《庆湖遗老集》：宋贺铸（字方回）撰，九卷。

载》记梁武帝与人弈棋用“杀”字，元稹“无事抛棋”用“杀”字，《儒林外史》里的王太下棋时也用“杀”字，但皆因写到围棋而用，故觉陈言俗套。同是一个“杀”字，用在弈棋上，是“置于本业词汇中，如白沙在泥”，自然平淡，看不出有什么特异，而黄庭坚将“杀”字移置于朝士之间的争斗，则产生了“醒目惊心”的艺术效果，精警而新鲜。这可以说是“以俗为雅”，“以故为新”的例子。

二、刘安在《淮南子·齐俗训》里写到“载哀”“载乐”，是“心”在“载”，也就是“哀”“乐”置居于心上，心里装着“哀”“乐”，故“闻歌”“见哭”之后会产生“泣”或“笑”的不同感情，“载”字形容“心之不虚”，还有所载，所以说“载”字用得好。范晔写《后汉书·郑玄传》时，用了刘安的修辞法，既然“哀”“乐”可“载”于心，那么，“病”亦可“载”于身，即带病之身。这个“载”字的用法，到了李贺笔下又有所丰富，他在《出城寄权璩杨敬之》中有“何事还车载病身”，一个“载”字两番用处，一是“车载病身”，直指；二是“载病”于身，曲喻。岑参《题山寺僧房》里有“墙阴载一峰”句，是写“峰”的影子落在墙上，也就是墙上留置下一个峰的阴影，墙“载”影，“载”字之用，尤为精妙。

三、王安石《江上》诗中有“春风似补林塘破”句，“补”字用得好，又用“春风”来“补”林塘上草木疏稀或秃脱的地方，“句意尤佳”，可以使人想到万木复苏，春意盎然之情景。韩愈《新竹》有“稀生巧补林”句，“稀生”两字不如“破”字新巧，而“补”字又坐实于“林”，显得平平。宋祁“返霞延落照，余岫补疏林”联，对仗不错，颇有意境，但是“补”字用得死，是用起起伏伏的山峰“补”疏疏落落的林木，给人呆板之感。同样，贺铸的“长林补山豁，青草际潮痕”，也对仗得好，只是以长林“补”山之缺处，与宋祁以起伏之山峰“补”林之疏处，句式相同，作意也相反相成，皆以实物补实物，觉得过于落实，韵味不足。

四、元好问《蟾池》以“蛾”“爬沙即上青云端”，嘲讽世间向上爬高位之辈；《送王亚夫归许昌》之“井底容有青云梯”，以“井底”喻许昌虽小，但总会有“青云梯”，会有步步高升的机会的，用意却在安慰与勉励王亚夫。两诗用“青云端”“青云梯”，词意相同而用心各异。又《蟾池》中“从今见蟆当好看”与白居易的“邹婆为好看”，皆用“好看”两字，本意“善视”，这里则同是“另眼相看”之意，在古诗文中此类用法很少见。

（五）

定庵《梦中作四截句》第二首①：“叱起海红帘底月，四厢花影怒于潮”，奇语也。亦似点化孙渊如妻王采薇《长离阁集·春夕》②：“一院露光团作雨，四山花影下如潮。”王句传诵，《随园诗话》卷五即摘之。祖构不乏，如陈云伯《碧城仙馆诗钞》卷二《月夜海上观潮》③：“归来小卧剧清旷，花影如潮满秋帐”；孙子潇《天真阁集》卷十四《落花和仲瞿》第二首④：“满天红影下如潮，香骨虽销恨未销”；黄公度《人境庐诗草》卷三《樱花歌》⑤：“千金万金营香巢，花光照海影如潮。”定庵用“怒”字，遂精彩百倍。其《文续集·说居庸关》：“木多文杏、蘋婆、棠梨，皆怒华”；包天笑钞录《定庵集外未刻诗·纪梦》⑥：“西池酒罢龙娇语，东海潮来月怒明”；盖喜使此字。王怀祖《读书杂志·史记》四《平原君虞卿列传》引《广雅》说“怒”为“健”、“强”之义⑦，《庄子·外物》：“草木怒生”，又《逍遥游》：“大鹏怒而飞”；《全唐文》卷七百二十七舒元舆《牡丹赋》写花酣放云⑧：“兀然盛怒，如将愤泄”，尤可参观《后汉

---

① 定庵：龚自珍号，清代文学家。有《龚定庵合集》。
② 渊如：孙星衍号，清代作家。《长离阁集》：清代女作家王采薇撰，一卷。
③ 陈云伯：清陈文述号。有《碧城仙馆诗钞》八卷。
④ 孙子潇：清孙原湘字。有《天真阁集》三十卷。
⑤ 黄公度：清黄遵宪字。有《人境庐诗草》十一卷。
⑥ 包天笑：近人包公毅，号天笑生。辑有《定庵集外未刻诗》一卷。
⑦ 王怀祖：清王念孙字。有《读书杂志》二卷。
⑧ 《全唐文》：清嘉庆间敕编，一千卷。

书·第五伦传》："鲜车怒马"，章怀注①："谓马之肥壮，其气愤盈也。"王荆公《寄育王大觉禅师》："山木悲鸣水怒流"；《山谷外集》卷一《溪上吟》："汀草怒长"，史容注引《庄子》："草木怒生"，又僧善权诗②："桃李纷已华，草木俱怒长。"张皋文《茗柯文》三编《公祭董浔州文》③："春葩怒抽，秋涛惊滂。"夫枚乘《七发》写"海水上潮"早曰④："突怒而无畏"，"如振如怒"，"发怒底沓"；若"鼓怒溢浪"，"鼓怒作涛"，亦夙于木、郭《海赋》、《江赋》⑤。"潮"曰"怒"，已属陈言；"潮"喻"影"，亦怵人先；"影"曰"怒"，龃龉费解⑥。以"潮"周旋"怒"与"影"之间，骖靳参坐⑦，相得益彰。"影"与"怒"如由"潮"之作合而缔交莫逆，"怒潮"之言如藉"影"之拂拭而减其陈，"影"、"潮"之喻如获"怒"为贯串而成其创。真诗中老斫轮也⑧。（462—463页）

陈文述《碧城仙馆诗钞》卷三《落花》之二："芳径春残飞作雪，画帘风细下如潮。"复用王采薇句；卷二有《题〈长离阁遗集〉》四律，倾倒采薇，以不及师事为恨。汪漱芳《出栈后宝鸡道中作》⑨："直放丹梯下碧霄，四围山影泻如潮"（《晚晴簃诗汇》卷一二五），易"花影"为"山影"，避上句"下"字，遂用"泻"字，有矜气努力之态，甚不自在。阮元《小沧浪笔谈》卷一称引马履泰《出历城东门抵泺口》⑩："荷花怒发疑

---

① 章怀：唐高宗六了，名李贤，立为太子，谥章怀。为范晔修撰一百二十卷《后汉书》作注。

② 僧善权：宋僧，靖安高氏子。有《真隐集》。

③ 张皋文：清张惠言字。有《茗柯文》五卷，分四编。

④ 枚乘：汉代文学家。

⑤ 木、郭：晋代文学家木华，字玄虚，作《海赋》；郭璞字景纯，作《江赋》。

⑥ 龃龉（jǔ yū）：意不相和，常有摩擦。

⑦ 骖靳（cān jìn）：驾车时两旁的马称骖，中间的马称服，骖马的头，当服马胸上的靳（皮带），指前后相随。

⑧ 老斫（zhuó）轮：斫，砍，削。斫轮，砍木头做车轮。后来称对某种事情富有经验者为"斫轮老手"，亦即老手。

⑨ 汪漱芳：字润六，号柳桥，清代作家。有《十梧山房集》。

⑩ 阮元、马履泰：清代作家。阮有《小沧浪笔谈》四卷，马有《秋约庵诗集》八卷。

嗔岸，黄犊闲眠解看人”，征之《秋药庵诗集》卷二，此联作：“荷花乱发瞋沙岸，黄犊闲眠看路人”，当是编集时改定。改本下句确胜原本，“解”字赘疣；上句“瞋”字险诡，原本以“怒”字照应，“疑”字斡旋，煞费周张，终未妥适，况突如其来，并无此二字先容乎？（《钱锺书研究》18—19页）

《永乐大典》卷九〇〇《诗》字引郭昂《偶然作》①：“群犬安然本一家，偶因投骨便相牙〔呀〕。白头野叟俱无问，醉眼留教看落花”，卷二三四六《乌》字引韩明善诗②：“花外提壶柳外莺，老乌傍立太粗生。世间好丑原无定，试倚茅檐看晚晴。”两篇命意亦均师少陵《缚鸡行》，而点破“俱无问”，“原无定”，便浅露矣。（同上20页）

少陵《课小竖斫舍北果林蔓》第二首：“青虫悬就日”；王钦臣《王氏谈录》记其父王洙“尝得句”云③：“槐杪青虫缒夕阳。”均体物佳句，而未道“悬虫低复上”。杨万里《诚斋集》卷八《过招贤渡》之二：“柳上青虫宁许劣，垂丝到地却回身”，则写此。刘辰翁《戏题》：“惊谓青虫堕，垂丝忽上来”，又新意变陈矣。李铁君句见《睫巢集》卷四《幽栖》④，“坠”字当从原作“堕”。（同上20—21页）

这四则引证历代若干诗例加以比较欣赏，从而论述用字、改字方面的艺术经验。

一、龚自珍诗喜用“怒”字，如《忏心》：“佛言劫火遇背销，何物千年怒若潮”；《己亥杂诗》：“怪道乌台牙放早，几人怒马出长安。”这里举引的《梦中作四截句》：“叱起海红帘底月，四厢花影怒于潮”，“怒”字用得尤奇。花之影茁壮纷繁如潮涌，使人可以想见花之繁盛和月之皎

---

① 《永乐大典》：大型类书。明成祖永乐元年敕解缙以韵字类聚经史子集天文地理为一书，二万二千八百七十七卷，现存八百余卷。郭昂：字彦高，元代作家。

② 韩明善：韩性字，元代作家。

③ 王钦臣：宋人。有《王氏谈录》一卷。

④ 李铁君：李锴字，清代作家。有《睫巢集》六卷，后集二卷。

洁。在龚自珍之前，女诗人王采薇已先有创造性的构想，写下了：“一院露光团作雨，四山花影下如潮”的诗句，“下”字用得好，颇有动感，“花影”在“下”，可知月亮在走，给春天充满露光的夜晚凭添了一种神秘色彩。陈文述的“花影如潮满秋帐”，孙原湘的“满天红影下如潮”，黄遵宪的“花光照海影如潮”，也都写花影如潮，但读来觉得皆常见之形容，平淡而呆板，不如龚自珍用“怒”字，“遂精彩百倍”。“怒”字，王念孙引《广雅》，释为“健”“强”之义，李贤为《后汉书·第五伦传》之“鲜车怒马”注，亦作“肥壮”之意解，《庄子》早有“草木怒生”，“大鹏怒而飞”，枚乘《七发》写海水上潮，有“如振如怒”，“发怒底沓”，郭璞《海赋》亦有“鼓怒溢浪”，“鼓怒作涛”，皆在写一种威势，含有“健”“强”意。舒元舆赋牡丹“兀然盛怒”，王安石的“山木悲鸣水怒流”，黄庭坚的“汀草怒长”，僧善权的“草木俱怒长”，张惠言的“春葩怒抽”，或写水流之势，或状草木盛态，但都不如龚自珍的构想新奇。钱先生指出：“潮”曰“怒”，已属陈言；“潮”喻“影”，恐有人先用；“影”曰“怒”，意义不合，颇为费解，而龚自珍则以“潮”周旋于“怒”与“影”之间，使其前后互有依傍，“影”与“怒”由“潮”作合而结交，使“怒潮”这一陈言，借“影”的拂拭而增新意，以“潮”喻“影”，又以“怒”字为之贯串，遂成为独创的神来之笔。

二、王采薇《春夕》：“一院露光团作雨，四山花影下如潮”联，流传以后，仿效者众，陈文述的“芳径春残飞作雪，画帘风细下如潮”，仿王诗句式过于直露，写落花残片竟如飞雪，在微细的风中像潮水般纷纷落下，既夸张，又坐实，不如王作。汪潄芳亦仿王诗句式，作“四围山影泻如潮”，山影必是大片大片地遮下来，用“泻”字无不可，但终究过于雕琢。马履泰的仿作，无论是阮元所引，还是他本集所载，均及不上王作，但比较起来，在这两种版本的四句当中，还是以“荷花乱发瞋沙岸，黄犊闲眠看路人”两句胜，至少是写出了黄河岸边泺口小镇清闲自在的村景，饶有兴味。马履泰将原作“解看人”改作“看路人”较合，因“黄犊”解看人说不通。

三、杜甫的《缚鸡行》虽不常为选家所选，但确是一首意味深长的好诗："小奴缚鸡向市卖，鸡被缚急相喧争。家中厌鸡食虫蚁，不知鸡卖还遭烹。虫鸡于人何厚薄，吾叱奴人解其缚。鸡虫得失无了时，注目寒江倚山阁。"因惜虫而将吃虫的鸡缚起出卖，谁知被卖的鸡也将如虫被吃，鸡虫难以两全，怎么办呢？惟有望江倚阁而已。把人世间的利害，形象地写出，给人留有思索寻味的余地，言有尽而意无穷。仇注杜诗引宋李浩（德远）《东西船行》拟杜诗："东船得风帆席高，千里瞬息轻鸿毛。西船见笑苦迟钝，流汗撑折百张篙。明日风翻波浪异，西笑东船却如此。东西相笑无已时，我但行藏任天理。"用船得风之顺逆，比拟人世，语工意工，可谓脱胎换骨之佳作，然最后一句"行藏任天理"说破了意思，不如杜诗耐人寻味。这里还举引元郭昂的《偶然作》，以目睹投骨于犬，引起犬之相争，仿效杜诗，仅得其皮毛，而未得其神髓，"俱无问"，"醉眼看花"，表现出的是麻木不仁，而非杜诗计无所出之无奈。韩性仿作之第三句"世间好丑原无定"，不形象，而是干巴巴的语言，且一语道破，直而浅。

四、隋薛道衡有"暗牖悬蛛网，空梁落燕泥"，传为佳联，描状惨淡凄凉之景，生动形象，与杜甫的"青虫悬就日，朱果落封泥"，可谓异曲同工之妙，描状宁静闲雅的景象，别有情趣。王洙亦写槐树梢上的青虫，如同拴在夕阳上的景象，宋梅尧臣的《秋日家居》："悬虫低复上，斗雀堕还飞"，状难写之景尤妙，悬虫、斗雀都是活泼泼的形象，"低复上""堕还飞"，生机盎然。杨万里用两句十四个字，刘辰翁用两句十个字，描状一虫"低复上"之态，却呆滞无味，还不如清李锴《幽栖》："斗禽双堕地，交蔓各升篱"两句，十个字状两雀争斗堕地升篱之态，形象可爱，不落陈套。由此可见，仿效前人或他人的作品，不仅限于改几个字便可，而是一种受到启发后产生的新创造，这里同样需要具备创作的才能。

一八　“丧”字异读

《全唐文》卷三二六王维《韦公神道碑铭》：“君子为投槛之猿，小臣若丧家之狗”；杜甫《将适吴楚留别章使君》：“昔如纵壑鱼，今如丧家狗”；此二处“丧家”之“丧”亦即如夏侯文、黄诗之读去声[1]。杜甫《奉赠李八丈曛判官》：“真成穷辙鲋[2]，或似丧家狗。”以“丧家”对“穷辙”，则“丧”又似从《史记》本义读平声矣。（《钱锺书研究》7 页）

同字异读，在汉语中不乏其例，古代汉语尤多，如果不能正确加以区别，有时会影响理解文意。比如这一则举出王维《韦公神道碑铭》中的“小臣若丧家之狗”的“丧”字与杜甫《将使吴楚留别章使君》中的“今如丧家狗”的“丧”字，均应读去声 sàng，而不能读作平声 sāng。正如现代汉语中说“办丧（sāng）事”的“丧”与“丧（sàng）尽天良”的“丧”字不能错读一样。夏湛《抵疑》有云：“当此之时，若失水之鱼，丧家之狗”的丧字，亦读去声，而黄庭坚《次韵德孺惠贶秋字之句》：“顾我今成丧家狗，期君早作济川舟。”任渊注引《史记·孔子世家》的“累累然若丧家之狗”的“丧”字，这里是读平声，指丧事人家的狗，不是指无家可归的狗，但黄庭坚误用作去声，以后便沿用下来。杜甫的“真成穷

[1] 夏侯文：指晋代夏湛《抵疑》一文，见《晋书·夏侯湛传》引。黄诗：指黄庭坚《次韵德孺惠贶秋字之句》。

[2] 辙鲋：见《庄子·外物篇》，鲋鱼困于车辙，斗升之水可以相救，但无人施水。以此比喻穷困无法摆脱的境况。

辙鲋，或似丧家狗”，仇注“丧”字读去声，却又引《史记·孔子世家》读平声，自相矛盾，钱先生指出，以“丧家”对“穷辙”，应从《史记》读平声。汉字四声读音不同，便有不同的含义，这不仅要求诗家注意，读者在鉴赏时亦需分辨清楚。

一九 改词

（《随园诗话》）卷六：“王荆公矫揉造作，不止施之政事。王仲至①：‘日斜奏罢长杨赋，闲拂尘埃看画墙’；最浑成。荆公改为‘奏赋长杨罢’，以为如是乃健。刘贡父②：‘明日扁舟沧海去，却从云里望蓬莱’；荆公改云里为云气，几乎文理不通。唐刘威诗云：‘遥知杨柳是门处，似隔芙蓉无路通’，荆公改为：‘漫漫芙蓉难觅路，萧萧杨柳独知门’；苏子卿咏梅云③：‘只应花是雪，不悟有香来’，荆公改为‘遥知不是雪，为有暗香来’；活者死矣，灵者笨矣。”按此四事须分别言之。前二事是为他人改诗。《诗话总龟》前集卷八引《王直方诗话》载之④。《渔隐丛话》前集卷五十二引《西清诗话》载王仲至事⑤，并荆公语曰：“诗家语如此乃健。”《侯鲭录》卷二《泊宅编》卷上记仲至诗⑥，则上一语作“宫檐日永挥毫罢”。《滹南诗话》卷三论荆公改笔⑦，即曰：“语健而意窒。”按子才不知曾睹

---

① 王仲至：王钦臣字，宋代作家。

② 刘贡父：刘攽字，宋代作家。有《彭城集》四十卷。

③ 苏子卿：清冯班评《瀛奎律髓》僧齐己《早梅》：“此子卿是梁人，非苏武也。”见《乐府诗集》。

④ 《诗话总龟》：宋代阮阅辑，前集四十八卷，后集五十卷。《王直方诗话》：宋王直方（字立之，号归叟）撰。

⑤ 《渔隐丛话》：即《苕溪渔隐丛话》，宋胡仔撰，前集六十卷，后集四十卷。《西清诗话》：宋蔡絛撰，一卷。

⑥ 《侯鲭录》：宋代作家赵令畤撰，八卷。《泊宅编》：宋代作家方勺撰，十卷。

⑦ 《滹南诗话》：金代作家王若虚撰，三卷。另有《滹南遗老集》四十五卷。

《滹南集》否。《诗话》所驳周德卿“文章惊四筵适独坐”云云，即出《滹南文辩》①；然斥山谷时，遍引魏道辅、林艾轩而未及专诋山谷之《滹南诗话》②，何耶。盖唐人诗好用名词，宋人诗好用动词，《瀛奎律髓》所圈句眼可证③；荆公乙“赋”字，非仅倒装字句，乃使“赋”字兼为动词耳。《扪虱新话》卷八记荆公欲改杜荀鹤“江湖不见飞禽影，岩谷惟闻折竹声”④，为“禽飞影”、“竹折声”，其理正同。刘贡父诗今载《彭城集》卷十八，题曰《题馆壁》。按《宋诗纪事》引《彭城集》⑤，题曰《自校书郎出倅泰州作》，疑据本事臆定。“云里”正作“云气”，可见贡父已采用荆公改笔，非如《道山清话》记贡父论荆公改杜诗所谓“只是怕他”者⑥。《侯鲭录》卷二言亲闻贡父向顾子敬诵此诗⑦，亦曰：“却从云气望蓬莱”，与《彭城集》中句同，是贡父服改，的然可据。《诗话总龟》卷八引《王直方诗话》载贡父原诗，作“却将云表”，《渔隐丛话》前集卷五十五亦引《王直方诗话》，作“却将云里”。《宋诗纪事》仅选贡父诗，无引征。夫蓬莱宫阙，本缥缈五云之间；今玉皇案吏既远谪而不得住蓬莱矣，于是扁舟海上，回首云深，望觚棱而恋魏阙，此贡父之意也。“将云表”所以不妥者，在云之表，云远而蓬莱更远，可见云而不可见表，故不得将而望也。“将云里”所以不妥者，在云之里，云外而蓬莱内，云可见而里不可见，故不得将而望也。“从云里”所以不妥者，似乎身在天上，从云中望出，非身浮海上，从云外望入，词意欠明晰也。“却从云气望蓬莱”者，谓姑从云气而想望蓬莱宫阙，望者想望也，深得逐臣依国，慰情胜无之用心，何不通之有。后二事所改句，皆即见荆公本集中。改刘威《游东湖处士园林》一联⑧，见《段氏园亭》七律；改苏子卿“梅花落”

---

① 《滹南文辩》：四卷，见《滹南遗老集》中。

② 魏道辅：魏泰字，宋代作家。有《临汉隐居诗话》一卷。林艾轩：林光朝，宋代作家。

③ 《瀛奎律髓》：元代作家方回（字万里，号虚谷）辑，四十九卷。

④ 《扪虱新话》：宋代作家陈善撰，八卷。

⑤ 《宋诗纪事》：清代作家厉鹗撰，一百卷。

⑥ 《道山清话》：宋代笔记，一卷，宋王某撰。

⑦ 顾子敬：顾临字，宋代作家。

⑧ 刘威：唐代诗人。

二句，见《梅花》五绝。此则非改他人句，而是袭人以为己作，与王刘两事，迥乎不同。以为原句不佳，故改；以为原句甚佳，故袭。改则非胜原作不可，袭则常视原作不如，此须严别者也。

荆公诗精贴峭悍，所恨古诗劲折之极，微欠浑厚；近体工整之至，颇乏疏宕；其韵太促，其词太密。又有一节，不无可议。每遇他人佳句，必巧取豪夺，脱胎换骨，百计临摹，以为己有；或袭其句，或改其字，或反其意。集中作贼，唐宋大家无如公之明目张胆者。本为偶得拈来之浑成，遂着斧凿拆补之痕迹。子才所摘刘苏两诗，即其例证。《能改斋漫录》卷八载五代沈彬诗[①]："地限一水巡城转，天约群山附郭来"，荆公仿之作"一水护田将绿绕，两山排闼送青来"。《石林诗话》载荆公推少陵"开帘宿鹭起，丸药流莺啭"为五言模楷[②]，因仿作"青山扪虱坐，黄鸟挟书眠"。《渔隐丛话》后集卷二十五谓荆公选《唐百家诗》，有王驾《晴景》云："雨前初见花间蕊，雨后兼无叶底花。蛱蝶飞来过墙去，应疑春色在邻家"；想爱其诗，故集中亦有诗云："雨来未见花间蕊，雨后全无叶底花。蜂蝶纷纷过墙去，却疑春色在邻家"，改七字，"语工意足"。他若《自遣》之"闭户欲推愁，愁终不肯去。底事春风来，留愁不肯住"，则"攻许愁城终不破，荡许愁城终不开。闭户欲推愁，愁终不肯去。深藏欲避愁，愁已知人处"之显形也。《径暖》之"静憩鸡鸣午，荒寻犬吠昏"，则"一鸠鸣午寂，双燕话春愁"之变相也。《次韵平甫金山会宿》之"天末海门横北固，烟中沙岸似西兴。已无船舫犹闻笛，远有楼台只见灯"，则"天末楼台横北固，夜深灯火见扬州"之放大也。《钟山即事》之"茅檐相对坐终日，一鸟不鸣山更幽"，按《老树》七古亦有"古诗鸟鸣山更幽，我意不若鸣声收"之句。则"蝉噪林逾静，鸟鸣山更幽"之翻案也。《闲居》之"细数落花因坐久，缓寻芳草得归迟"，则"兴阑啼鸟换，坐久落花多"之引申也。五律《怀古》、七律《岁晚怀古》则渊明《归去来辞》等之捃华

---

① 《能改斋漫录》：宋吴曾撰，十八卷。

② 《石林诗话》：宋代作家叶梦得撰，三卷。

也。此皆雁湖注所详也①。他如《即事》："我意不在影，影长随我身。我起影亦起，我留影逡巡"，则太白《月下独酌》："月既不解饮，影徒随我身。我歌月徘徊，我舞影零乱"之摹本也。《自白土村入北寺》："独寻飞鸟外，时渡乱流间。坐石偶成歇，看云相与还"，又《定林院》："因脱水边履，就敷岩上衾。但留云对宿，仍值月相寻"，则右丞《终南别业》："行到水穷处，坐看云起时"，及《归嵩山作》："流水如有意，暮禽相与还"之背临也。《示无外》："邻鸡生午寂，幽草弄秋妍"，则韦苏州《游开元精舍》："绿阴生昼静，孤花表春余"之仿制也。《次韵吴季野题澄心亭》："跻攀欲绝人间世，缔构应从物外僧"，则章得象《巾子山翠微阁》②："频来不是尘中客，久住偏宜物外僧"之应声也。《春晴》："新春十日雨，雨晴门始开。静看苍苔纹，莫上人衣来"，则右丞《书事》："轻阴阁小雨，深院昼慵开。坐看苍苔色，欲上人衣来"之效颦也。子才所举荆公学刘威一联，曾裘甫《艇斋诗话》已言之③，雁湖亦未注。按与公唱酬之叶涛《望旧庐有感》："已愧问人才识路，却悲无柳可知门"，自注：《江令寻宅》诗云："见桐犹觅井，看柳尚知门。"荆公诗盖兼用此意，曾袁仅知其一。又如荆公晚岁作《六年》一绝句，其三四句云："西望国门搔短发，九天宫阙五云深"，窃疑即仿所改刘贡父之"明日扁舟沧海去，却将云气望蓬莱"也。《次韵平甫金山会宿》又演杨公济《陪裴学士游金山回》一联为两联④，盖渔猎并及于时人，几如张怀庆之生吞活剥矣⑤。子才讥荆公《梅花》五绝，《诚斋集》卷一百十四《诗话》已云⑥："苏子卿云：'只应花是雪，不悟有香来'，介甫云：'遥知不是雪，为有暗香来。'述者不及作者。陆龟蒙云⑦：'殷勤与解丁香结，从放繁枝散诞春'；介甫云：'殷勤为解丁香结，放出枝头自在春。'

---

① 雁湖：李壁号雁湖居士，宋代注家。有《王荆公诗注》。

② 章得象：宋代作家。

③ 曾裘甫：曾季狸字，宋代作家。有《艇斋诗话》一卷。

④ 杨公济：杨蟠字，宋代作家。

⑤ 张怀庆：刘肃《大唐新语·谐谑》："有枣强尉张怀庆好偷名士文章……人谓之谚曰：'活剥王昌龄，生吞郭正一。'"

⑥《诚斋集》：宋作家杨万里撰，一百三十三卷。

⑦ 陆龟蒙：晚唐诗人。

作者不及述者。”语甚平允。而方虚谷《瀛奎律髓》卷二十齐己《早梅》下批曰：“一字之间，大有径庭。知花之似雪，而云不悟香来，则拙矣。不知其为花，而视以为雪，所以香来而知悟。荆公似更高妙。”曲为回护，辛弘智、常定宗之争“转”字①，惜未得此老平章。唐东方虬咏《春雪》云：“春雪满空来，触处似花开。不知园里树，若个是真梅”；仿苏子卿，又在荆公以前。公在朝争法，在野争墩，故翰墨间亦欲与古争强梁，占尽新词妙句，不惜挪移采折，或正摹，或反仿，或直袭，或翻案。生性好胜，一端流露。其喜集句，并非驱市人而战，倘因见古人佳语，掠美不得，遂出此代为保管，久假不归之下策耶。(243—247页)

袁枚认为“诗不可不改，不可多改。不改，则心浮；多改，则机窒”(《随园诗话》卷三)；吕本中认为“文字频改，工夫自出”(《诗人玉屑》卷八引《童蒙诗训》)；蔡居厚认为“诗语大忌用工太过。盖炼句胜则意必不足，语工而意不足，则诗必弱”(《诗人玉屑》卷六引《蔡宽夫诗话》)；钱锺书先生认为“诗文斟酌推敲，恰到好处，不知止而企更好，反致好事坏而前功抛。锦上添花，适成画蛇添足”(《谈艺录补遗》)。吕本中的话是对初学者学习写作诗文说的，蔡、袁、钱三位则是对作家说的，所以，都是对的。

王安石喜欢改自己的诗，也喜欢改他人的诗，在文学史上是出了名的。钱先生在《宋诗选注·泊船瓜洲》的“春风又绿江南岸”注中，便指出王安石讲究修辞的事。据说这个“绿”字是经过十多次修改后定下来的，最初是“到”字，后改为“过”字、“入”字、“满”字等。钱先生指出，“绿”字这种用法在唐诗早已屡见，如丘为《题农父庐舍》：“东风何时至？已绿湖上山”，李白《侍从宜春赋柳》：“东风已绿瀛洲草”等，可见，王安石选定“绿”字，不会与唐人无关。

---

① 辛弘智、常定宗之争“转”字：未详。按《瀛奎律髓》方回评齐己《早梅》，称李雁湖注引“只应花是雪，不悟有香来”，谓介甫略转换耳。或辛常两人争转换之说，惜不得方回为之评定。平章即评论，此老指方回。

这一则从袁枚分析王安石改字谈起，举引了大量诗例，指出哪些是锦上添花者，哪些是画蛇添足者，均分别作出具体论析，可以为诗文修辞引为鉴戒。

一、王钦臣有诗句曰："日斜奏罢长杨赋"，王安石改为"日斜奏赋长杨罢"，袁枚认为如此改"乃健"，王若虚认为"语健而意窒"，钱先生认为"唐人诗好用名词，宋人诗好用动词"，王安石将"赋"字与"罢"字调换，不仅为倒装字句，而是要使"赋"字兼动词用，这与陈善记王安石欲将杜荀鹤的"江湖不见飞禽影，岩谷惟闻折竹声"，改为"禽飞影""竹折声"（《扪虱新话》）的道理一样。

二、刘攽有诗句云："明日扁舟沧海去，却从云里望蓬莱"，王安石将"云里"改为"云气"，袁枚认为改得"文理不通"，这里指出《彭城集》所收正是王氏改笔，赵令畤曾亲闻刘攽诵此诗亦与改笔同（见《侯鲭录》），这说明刘攽已接受了王氏的修改。然《诗话总龟》引《王直方诗话》载刘攽此诗原作为"却将云表"，而胡仔引《王直方诗话》载原作为"却将云里"。钱先生就"将云表""将云里""从云里""从云气"四种写法分析说：蓬莱宫阙，本在缥缈五云之间，今玉皇案吏远谪，不再住蓬莱，扁舟海上，回望云深，身虽在海上，而心仍在宫阙，应是刘攽诗的本意。那么，说"云表"，即云的表面，人在地上，看不到云的上面，所以不妥；说"云里"，指云的里面，人在地上，看不到云的里面，也不妥；说"云气"，即云，人在地上，可以看见云，表现出一个被逐之臣想望宫阙，依恋故国之情，文理皆通。所以钱先生认为王安石将"云里"改为"云气"是对的。

三、刘威《游东湖处士园林》有联云："遥知杨柳是门处，似隔芙蓉无路通"，王安石改为"漫漫芙蓉难觅路，萧萧杨柳独知门"，收入自己集里，改题目作《段氏园亭》。刘威的诗自然流畅，明白如话，他远远地看到园林，从繁茂的树丛里望过去，想到有杨柳树的地方大概是园门，实际上并没有看到门，但是满地的芙蓉花阻隔着，竟找不到可通往园门的路，把园林的欣欣向荣的景致描绘出来。王安石改诗，对仗得好，但却失去了刘威原诗的气氛和情趣。

四、苏子卿有诗句云“只应花是雪，不悟有香来”，王安石改为“遥知不是雪，为有暗香来”，袁枚说是将活者改死，灵者改笨。改笔不如原作。钱先生指出：王安石改苏子卿的诗，题作《梅花》五绝，已收入王安石本集，并说：“袭人以为己作，与王（钦臣）刘（威）两事，迥乎不同。以为原句不佳，故改；以为原句甚佳，故袭。改则非胜原作不可，袭则常视原作不如，此须严别者。”而王安石则是“每遇他人佳句，必巧取豪夺，脱胎换骨，百计临摹，以为己有；或袭其句，或改其字，或反其意”。偶然得到浑成之句，也要留下“斧凿拆补”的“痕迹”，如改刘攽、苏子卿两诗即是例证。但也有仿模的成功之作，比如：沈彬有诗“地隈一水巡城转，天约群山附郭来”，王安石仿作为“一水护田将绿绕，两山排闼送青来”，比沈彬的诗多有警策。“一水”“两山”对仗工整，把湖阴先生住处的周围环境先行点出，“将绿绕”“送青来”，则具体写水写山，对仗极工，将死改活，将笨改灵，使其成为名句。

总之，这里指出王安石有些诗，或是他人诗的显形，或是他人诗的变相，或是他人诗的放大，或是他人诗的引申；或摹本于他人诗，或背临于他人诗，或仿制于他人诗，或应声于他人诗，或效颦于他人诗，或撏华于他人诗，几乎是把他人的作品，当作了自己创作的源泉，这些李壁注中均未指出。通过钱先生对王安石改诗的分析，充分说明了应当怎样对待修改的道理。

二〇　“鸭先知”辩

按《西河合集·诗话》卷五有一则①，记与汪蛟门论宋诗②，略云：“汪举‘春江水暖鸭先知’，不远胜唐人乎。予曰：此正效唐人而未能者。‘花间觅路鸟先知’，此唐人句也。觅路在人，先知在鸟，鸟习花间故也，先者，先人也。若鸭则先谁乎。水中之物皆知冷暖，必以鸭，妄矣。”颇能诡辩。王渔洋《居易录》及《渔洋诗话》遽概括西河言为“鹅岂不先知”③，遂成笑枋；西河弟子张文檒《螺江日记》卷六已力辩其诬④。《随园诗话》卷三论曹能始诗⑤，曾引《西河诗话》，不应此处尚沿流俗之讹。反驳亦未为不是，惜尚非扼要。东坡此句见题《惠崇春江晚景》第一首：“竹外桃花三两枝，春江水暖鸭先知。蒌蒿满地芦芽短，正是河豚欲上时。”是必惠崇画中有桃、竹、芦、鸭等物，故诗中遂遍及之。正钟记室《诗品·序》所谓⑥：“思君如流水，既是即目；高台多悲风，亦惟所见。”“先”者，亦“先人”也。西河未顾坡诗题目，遂有此灭裂之谈⑦。张谓

---

① 《西河合集》：清毛奇龄（字大可，号西河）撰。其中有《诗话》八卷。
② 汪蛟门：汪懋麟，字季角，号蛟门，清代诗人。
③ 王渔洋：清王士禛号。有《居易录》三十四卷，《渔洋诗话》三卷。
④ 《螺江日记》：清张文檒撰，八卷，续编四卷。
⑤ 曹能始：曹学佺字，明代作家。
⑥ 钟记室：梁钟嵘，曾任记室官。有《诗品》三卷。
⑦ 灭裂：犹言卤莽轻薄。

《春园家宴》①："竹里行厨人不见，花间觅路鸟先知"，即西河所谓"唐人"。东坡诗意，实近梁王�《雪里梅花》："水泉犹未动，庭树已先知。"东坡《游桓山会者十人》五古又云："春风在流水，凫雁先拍拍"；此意盖数用也。(221—222 页)

清人毛奇龄诋毁苏轼诗，汪懋麟不附合其意，反问："竹外桃花三两枝，春江水暖鸭先知"，能说不佳吗？毛氏曰："鹅也知，鸭比谁先知？"这一曲解早已传为笑柄。袁枚《随园诗话》卷三载此事，只言毛氏诋苏诗太过，未加深辨，亦未击中要害；王士禛很不赞同毛氏之说，但也仅是对他揶揄讥笑。这一则辨析甚为透辟。

一、苏轼此诗题曰《惠崇春江晚景》，是为宋僧惠崇画的《春江晚景》作的题画诗，竹外桃花，群鸭浮水，白蒿满地，新芦吐芽，必是画面上实有之景，题画诗必受画面实景的制约，而不能离开画面任意涂写。至于诗中的"水暖"和"河豚欲上"，是画家无法表现的，而是诗人透过桃花三两枝、白蒿满地、芦苇吐芽的季节描绘，自然联想到初春时节该是河豚沿江而上的时候。说此诗写得好，就在于苏轼能生动地展现惠崇绘制的初春江边晚景的画面。可见毛氏竟连苏诗题目也未细看，只能说是出于成见。

二、毛奇龄说苏诗"春江水暖鸭先知"是仿唐张谓《春园家宴》里的"花间觅路鸟先知"，并说："觅路在人，先知在鸟"，鸟习花间，所以觅路能先于人，而"鸭先谁乎？"这里指出：鸭亦先人知，因鸭游于春江水中，而人仅目睹所见，所以"先"者，先人也。其诗意不同于张谓的《春园家宴》，而是与梁王筠的《雪里梅花》相近，"水泉犹未动，庭树已先知"，"鸭先知"与"庭树先知"，均是先于人知春到人间了，而张谓诗则是鸟先知途，意思不同。

① 张谓：字正言，唐代诗人。

二一 窠臼

陈简斋写雨[1]，有一窠臼。《简斋诗集》卷一一《浴室观雨》：“谁能料天工，办此颖脱手”；卷一五《夏雨》：“天公终老手，一笑破日永”；又《积雨喜霁》：“天公信难料，变化真神速。”若卷一五《夏日》：“虽然不成雨，风起亦快哉。白团岂办此，掷去羞薄才”；卷二八《大龙湫》：“小儒叹造化，办此何雄哉”；可以连类。放翁仿作稠叠[2]。《剑南诗稿》卷一六《晓望海山》：“苍龙下曳尾，卷雨洒炎热。造物信老手，忽作万里秋”；卷二五《夏秋之交久不雨，方以旱为优，忽得甘澍，喜而有作》：“天公终老手，谈笑活焦枯”；又《七月十七日大雨极凉》：“天公老手亦岂难，雨来黑云如坏山。瓦沟淙淙万银竹，变化只在须臾间”；卷四六《鱼池水涸，车水注之》：“试手便同三日雨，满陂已活十千鱼”；卷七八《喜晴》：“天公真老手，谈笑功皆成。”韩稚圭诗中早已屡道此意[3]，《安阳集》卷六《喜雨》：“始信云龙施美利，岂劳功力费毫铢”；卷八《喜雨》：“立解焦枯非甚力，不知神化此谁权”；卷一八《喜雨》：“须臾慰满三农望，却敛神功寂似无”；卷一九《久旱喜雨》：“恩被无垠才数刻，尽思人力欲何为”；殊苦造语平钝，惟“须臾”二句稍佳，皆不如简斋之简快令人眼明也。(《钱锺书研究》17—18 页)

---

① 陈简斋：陈与义号，宋代作家。有《简斋集》十六卷。
② 放翁：陆游号，宋代作家。有《剑南诗稿》八十五卷。
③ 韩稚圭：韩琦字，宋代作家。有《安阳集》五十卷。

陈与义的诗在南宋颇有名气，他从学黄庭坚、陈师道入手，进而学习杜诗，在诗的形式上常得杜诗声调宏亮、词句清新明白之妙。他效仿前人之作，也多能脱胎换骨，而不是一味死模呆仿，如《题江参山水横轴》：“此中只欠陈居士，千仞冈头一振衣。”句式和前句均从崔德符《看宋大夫画山水》的“个中只欠崔夫子，满帽秋风信马行”得到启发，而后句则是来自左思《咏史》的名句：“振衣千仞冈，濯足万里流。”这里陈与义得崔德符顾影自怜之意，不是“满帽秋风信马行”，而是注入了左思的豪迈奇伟、不可一世的气势，便成了陈与义自己的诗，反映了他自己的精神，可以说是善于脱胎者，《谈艺录补订》论析颇详。

这一则指出陈与义写雨有一个模式，总是从天工造化神奇的意义上去写，言天工“谁能料”“信难料”，极言天工的神奇是出乎人们意料的，“天公终老手”“变化真神速”，皆明白如话，自然流畅，不雕饰，不造作，故能引起大诗人陆游的一再效仿。如“造物信老手”，“天公老手亦岂难”，“变化只在须臾间”，皆是仿与义的构想，落笔亦仿他的句式，甚至还有一字未改者，如“天公终老手”。陆游不知道天工造化神奇的构想并不是陈与义的发明创造，早在韩琦的诗中便是这样写雨，然而他的诗如“恩被无垠才数刻，尽思人力欲何为”，“造语平钝”，意思也不精警，没有陈与义的诗醒人耳目，所以韩琦的诗虽然写在陈与义之前，却并没有引起陆游的注意。

二二　修辞疵累

（王国维）丙午以前诗中有《题友人小像》云：“差喜平生同一癖，宵深爱诵剑南诗。”今观所作，平易流畅，固得放翁之一体；制题宽泛，亦近放翁。若《五月十五夜坐雨》之“水声粗悍如骄将，山色凄凉似病夫”，则尤类朱竹垞《书剑南集后》所指摘者①。修辞时有疵累②，如《晓步》一律，世所传诵，而“万木沈酣新雨后，百昌苏醒晓风前，四时可爱唯春日，一事能狂便少年”，中间四句皆平头以数目起，难免算博士之诮③。又如前所引《杂感》颈联：“驰怀敷水条山里，托意开元武德间”，即仿放翁《出游归鞍上口占》：“寄怀楚水吴山里，得意唐诗晋帖间”句调。不曰“羲皇以上”或“黄、农、虞、夏”，而曰“开元武德”，当是用少陵《有叹》结句：“武德开元际，苍生岂重攀。”“敷水条山”四字，亦疑节取放翁《东篱》诗：“每因清梦游敷水，自觉前身隐华山”，以平仄故，易“华山”为“条山”。然“敷水华山”乃成语，唐于邺《题华山麻处士所居》即云：“冰破听敷水，雪晴看华山。”静安语迹近杂凑，属对不

---

① 朱竹垞：朱彝尊号，清代文学家。他的《曝书亭集》卷五十二《书剑南集后》：“诗家比喻，六义之一，偶然为之可尔。陆务观《剑南集》句法稠叠，读之终卷，令人生憎，若‘身似老僧犹有发，门如村舍强名官’；‘迹似春萍本无抵，心如秋燕不安巢’；‘身似在家狂道士，心如退院病禅师’……”

② 疵累：毛病、过失。

③ 算博士：唐初骆宾王文好以数对，时人号为算博士。

免偏枯。“路歧①”一典，三数叶内屡见不一见，亦异于段柯古之事无复使者也②。（25—26 页）

王国维深于词曲，不以诗名，偶有所作，亦有妙语佳句，如《嘲杜鹃》：“自家惯作他乡客，犹自朝朝劝客归。”又“岁岁天涯啼血尽，不知催得几人归”（《静安诗稿》）。再如《题友人三十小像》：“差喜平生同一癖，宵深爱诵剑南诗。”均明白如话，自然流畅，亦说出爱诵陆游诗的癖好。这一则指出王国维的诗“固得放翁之一体，制题宽泛，亦近放翁。”如这里举引的《杂感》颈联，即仿陆游句调，对照起来看，十分明显。但修辞不讲究，时有割裂成语之嫌，如钱先生所指，“敷水条山”系改成语“敷水华山”杂凑而成。

这一则是指出王国维诗的毛病，如“水声粗悍如骄将，天色凄凉似病夫”句，用“如”“似”两个直接比喻，陆游诗中也喜用这样的比喻，受到朱彝尊的批评，以为“句法稠叠，读之终卷，令人生憎”。

钱先生还指出王国维诗在修辞上“时有疵累”，如七律《晓步》：“兴来随意步南阡，夹道垂杨相带妍。万木沉酣新雨后，百昌苏醒晓风前。四时可爱惟春日，一事能狂便少年。我与野鸥申后约，不辞旦旦冒寒烟。”其颔联、颈联的每句皆以数字领起，“万木”“百昌”“四时”“一事”。王国维喜作对仗句，但像这一类修辞，时有所见，如《读史》中两句：“三方并帝古未有，两贤相厄我所闻”（以下引诗均见钱仲联《清诗纪事》）；《蜀道难》中两句：“十年持节遍西南，万里皇华光道路”；《隆裕皇太后挽歌辞》中两句：“一身原护落，九庙幸安全”；还有“百年顿尽追怀里，一夜难为怨别人”等，用数目字太多，也是缺点。

① 路歧：宋人说伶人事，每涉及歧路义，因称伶人为路歧。
② 段柯古：段成式字，唐代作家。

二三　句式变化

自香山律诗句法多创，尤以《寄韬光禅师》诗，极七律当句对之妙，沾匄后人不浅①，东坡《天竺寺》诗至叹为连珠叠璧②；其《酬主簿》等诗又开七律隔句扇对之体；《岁日家宴戏示弟侄》首句云："弟妹妻孥子侄孙③"，实填名词，无一虚字，盖移"柏梁体④"入律寺。按渔洋《池北偶谈》卷十三、《香祖笔记》卷二、陆以湉《冷庐杂识》卷五考柏梁体句⑤，皆未引此。又渔洋论五言，未引牧之《感怀》之"齐、蔡、燕、魏、赵"，《郡斋独酌》之"尧、舜、禹、武、汤"，东坡《张寺丞益斋》之"风雨晦明淫，跛躄瘖聋盲"；论七言未及刘伯温《二鬼诗》之"肠胃心肾肝肺脾，耳目口鼻牙舌眉"⑥。至明人遂并以柏梁体作七律对仗，邓林《皇荂曲·赋江郊渔弋》腹联云⑦："鸿鹄鹍鹏雕鹗鹘，鳟鲂鲦鲤鳂鳍鲈"，大胆出奇。清徐文靖以"之乎者也矣焉哉"为一句冠首⑧，作七言长句十章。桂未谷

---

① 沾匄（gài）后人：谓后人受其益。

② 苏轼《天竺寺》称白居易这首诗"空咏连珠吟叠璧"，赞美当句对为连珠叠璧。

③ 子侄孙：《白居易集》作"小侄甥"。

④ 柏梁体：古诗之一体，为句句押平声韵的七言古体诗。

⑤ 渔洋：清王士禛，号渔洋山人。有《池北偶谈》二十六卷，《香祖笔记》十二卷。《冷庐杂识》：清陆以湉撰，笔记，八卷。

⑥ 刘伯温：刘基字，明文学家。有《诚意伯文集》二十卷。

⑦ 邓林：明文学家。有《退庵遗稿》七卷。腹联：律诗八句四联，此指中间的两联。

⑧ 徐文靖：清人。有《当涂县志》三十三卷。

《题翁覃溪双钩文衡山分书》两绝句之一云[①]：“朱竹垞、陈元孝、傅青主、郑汝器、顾云美、张卯君、王觉斯[②]，气势居然远擅场。”皆香山有以启之也。李义山自开生面，兼擅临摹；少陵、昌黎、下贤、昌谷无所不学[③]，学无不似，近体亦往往别出心裁。《七月二十八日夜听雨梦后》通篇不对，始创七律散体，用汪韩门《诗学纂闻》说[④]。《题白石莲华寄楚公》《赠司勋杜十三员外》前半首亦用散体[⑤]。《当句有对》一首几备此体变态，《子初郊墅》复增益以“看山对酒君思我，听鼓离城我访君”[⑥]；虽韦元旦《人日应制》[⑦]：“青韶既肇人为日，绮胜初成日作人”，李绅《江南暮春寄家》[⑧]：“洛阳城见梅迎雪，鱼口桥逢雪送梅”，先有此格，而弥加流动。（187—188页）

诗的修辞手法多种多样。这一则举引白居易、李商隐的诗，指出他们在律诗句法上多有创新和变化，如白居易的当句对、隔句对外，又移“柏梁体”入诗，李商隐创七律散体，都是对诗体改革的贡献。

这里先说白居易在律诗句法上的创新。

一、当句对。如白居易（香山）《寄韬光禅师》云：“一山门作两山门，两寺原从一寺分。东涧水流西涧水，南山云起北山云。前台花发后台

---

① 桂未谷：桂馥号，清杂剧家。有《未谷诗集》四卷。

② 朱竹垞：朱彝尊字。陈元孝：陈恭尹字。傅青主：傅山字。初名鼎臣，字青竹。郑汝器：郑簠字。顾云美：顾苓字。张卯君：张在辛字。王觉斯：王铎字。以上均为清代文学家。

③ 下贤：沈亚之字。昌谷：李贺家在福昌之昌谷。以上均为唐代诗人。

④ 汪韩门：清汪师韩。有《诗学纂闻》一卷。

⑤ 李商隐《赠司勋杜十三员外》：“杜牧司勋字牧之，清秋一首《杜秋诗》。前身应是梁江总，名总还曾是总持。心铁已从干镆利，鬓丝休叹雪霜垂。汉江远吊西江水，羊祜韦丹尽有碑。”这首诗前半首用散体，即第三四句不对，不合律诗的要求。

⑥ 李商隐《子初郊墅》：“雪山对酒君思我，听鼓离城我访君。腊雪已添墙下水，斋钟不散槛前云。阴移竹柏浓还淡，歌杂渔樵断更闻。亦拟村南买烟舍，子孙相约事耕耘。”第一句用“君”“我”，第二句用“我”“君”，这两字重复，而又交错，写得流动。

⑦ 韦元旦：唐诗人。

⑧ 李绅：唐诗人。

见，上界钟声下界闻。遥想吾师行道处，天香桂子落纷纷。”钱先生称这首诗极七律当句对之妙。其首联当句有对：“一山”对“两山”，“两寺”对“一寺”；颔联“东涧”对“西涧”，“南山”对“北山”；颈联“前台”对“后台”，“上界”对“下界”，十分工整、对仗。

二、隔句对，亦称扇面对，即上联出句对下联出句，上联对句对下联对句，如白居易《夜闻筝中弹〈潇湘送神曲〉感旧》七律中的腹联：“缥缈巫山女，归来七八年。殷勤湘水曲，留在十三弦。”其“缥缈”对“殷勤”，“巫山女”对“湘水曲”，且“巫山”“湘水”又皆是地名；其“归来”对“留在”，“七八年”对“十三弦”，且“七八”“十三”皆为数字，可谓对仗工整。

三、白居易始以“柏梁体”入诗，如《岁日家宴戏示弟侄》中，首句云：“弟妹妻孥子侄孙”，七个字皆名词，这里还举引杜牧、苏轼的诗，亦尝以实物名词入律诗；尤饶兴味的是刘基的《二鬼诗》，以腹腔之内脏名对面部之器官名，“肠胃心肾肝肺脾，耳目口鼻牙舌眉”，全是人类自身之名称，十分有趣。至明代的邓林，在《皇荂曲》中，腹联全用飞禽和鱼类名，钱先生称他“大胆出奇”。到了清人笔下，更是五花八门，徐文靖一连七字用虚字，桂馥全填姓氏，虽是承袭杜牧之全填诸侯国名，但亦有所翻新。

李商隐自是大家手笔，继白居易创隔句对，移“柏梁体”入诗之后，独出心裁，创七律散体，通篇不对，如《七月二十八日夜与王郑二秀才听雨后梦作》：

> 初梦龙宫宝焰燃，瑞霞明丽满晴天。旋成醉倚蓬莱树，有个仙人拍我肩。少顷远闻吹细管，闻声不见隔飞烟。逡巡又过潇湘雨，雨打湘灵五十弦。瞥见冯夷殊怅望，鲛绡休卖海为田。亦逢毛女无憀极，龙伯擎将华岳莲。恍惚无倪明又暗，低迷不已断还连。觉来正是平阶雨，独背寒灯枕手眠。

声调合律，唯独不对偶，是以散体入律的大胆创新。其《当句有对》：

密迩平阳接上兰，秦楼鸳瓦汉宫盘。池光不定花光乱，日气初涵露气干。但觉游蜂饶舞蝶，岂知孤凤忆离鸾。三星自转三山远，紫府程遥碧落宽。

其颔联当句有对，“池光”对“花光”，“日气”对“露气”，两句又相对。颈联“游蜂”对“舞蝶”，“孤凤”对“离鸾”，两句也相对。此外李商隐诗又有前半首用散体的；还有前后两句用复字交错的（见本文注）。这类诗作似可说明李商隐在诗体开拓上敢于尝试，有所贡献。

二四 章法

（《随园诗话》）卷六："时文之学①，有害于诗，而暗中消息，又有一贯之理。余案头置某公诗一册，其人负重名。郭运青侍讲来读之，引手横截于五十字之间，曰：诗虽工，气脉不贯，其人殆不能时文者耶。余曰：是也。后与程鱼门论及②，程韪其言。余曰：韩、柳、欧、苏俱非为时文者③，何以诗皆流贯。程曰：韩、柳、欧、苏所为策论应试之文④，即今之时文也；不曾从事于此，则心不细而脉不清。余曰：然则今之工时文而不能诗者何故。程曰：庄子有言，仁义者，先王之蘧庐也⑤，可以一宿而不可以久处；今之时文之谓也。"参观卷八《程鱼门云时文有害古文》条。按渔洋早有此论⑥。《池北偶谈》卷十三谓："予尝见一布衣有诗名者，其诗多格格不达，以问汪钝翁⑦。钝翁云：此君坐未尝解为时文故耳；时文虽无与诗古文，然不解八股，即理路终不分明。近见王恽《玉堂嘉话》一条⑧，鹿厂先生曰：作文字当从科举中来，不然而汗漫披猖，是出入不由户也。亦

---

① 时文：指应举所用的八股文。

② 程鱼门：清程晋芳字，初名廷。

③ 韩：唐韩愈。柳：唐柳宗元。欧：宋欧阳修。苏：宋苏轼。

④ 韩、柳、欧、苏都写过奏议文、诏令文，全是公牍文的写法，后来的八股文与之有相通处。

⑤ 蘧（qú）庐：驿站所设之房舍，供过往之人休息的地方。

⑥ 渔洋：清王士禛号渔洋山人。有《池北偶谈》二十六卷。

⑦ 汪钝翁：清汪琬，字苕文，号钝翁。

⑧ 《玉堂嘉话》：元王恽撰，八卷。

与此言同。”《带经堂诗话》卷二十七张宗柟附识复申论渔洋之意[①]。鹿厂语见《玉堂嘉话》卷二。汪、程两家语亦中理，一言蔽之，即：诗学亦须取资于修辞学耳。五七字工而气脉不贯者，知修辞学所谓句法，而不解其所谓章法也。(242—243 页)

这一则从袁枚与程晋芳对时文的议论谈起，主要在于说明作诗无论叙事或抒情，都有章法、句法的问题。比如怎样定势立意，怎样安排顺序层次、衔接照应，怎样选词造句、表情达意，怎样注意韵律，使形式完美等等。这一切早在刘勰的《文心雕龙》里就从各个角度有所论述。明清两代盛行的时文，在束缚作家的思想感情上，确实有害于诗，但它所苛求于章法上的启、承、转、合，对作诗的气脉贯通不无好处。比如袁枚举出的韩愈、柳宗元、欧阳修、苏轼，他们作诗都是独抒胸臆，表达自己的真实情感和独有个性，同时又是讲究修辞、造句和整体结构的。比如：柳宗元的《江雪》：

千山鸟飞绝，万径人踪灭。孤舟蓑笠翁，独钓寒江雪。

诗用白描手法，摹写雪天江景，四句的安排顺序非常恰当，首两句写大背景，向上望是“鸟飞绝”，向远望是“人踪灭”，写出茫茫一片雪的世界。后两句写孤舟渔翁独钓，点出渔翁来，这就从大环境的雪景转到人物，结句又由人写到雪境，呼应开首，点出独钓。从这里看到了全篇结构的完整。又如苏轼《题西林壁》：

横看成岭侧成峰，远近高低各不同。不识庐山真面目，只缘身在此山中。

取看山为喻，说明了当局者迷、旁观者清的道理，同时又是描绘庐山的佳作。这四句的安排，首两句写山景，后两句以发议论的方式来写，议论紧紧扣住前两句，是从写景中得出来的。开头从横看侧看来说，承接句点出

---

① 《带经堂诗话》：清王士禛述，张宗柟辑，三十卷。

"远近高低"，即承接开头，指远看近看，从高处看，从低处看，"各不同"又是承接首句的横看侧看的说明，两句就是这样紧密结合的。第三句是转，转到理论上去，结句加以说明。这首诗的结构就是如此紧密。总之，这两首诗都具有诗人独特的风格，思理分明，一气呵成。袁枚认为这是与他们尝作策应之文，有过细密的思维锻炼有关，所以在诗中才能做到心细脉清，巧于安排。这个见解很有道理。袁枚对时文的分析看法是正确的，他不一概而论，在《随园诗话》卷八中说："时文之学，不宜过深，深则兼有害于诗"，而不仅仅"有害于古文"了。程晋芳将时文比作驿站，偶住一宿无妨，不可久处，也是看到时文在句法、章法上有助于诗的写作。

柒

QI

风格

FENGGE

一　南北文学风格之别

文人相轻，故班固则短傅毅①；乡曲相私，故齐人仅知管晏②。合斯二者，而谈艺有南北之见。虽在普天率土大一统之代，此疆彼界之殊，往往为己长彼短之本。至于鼎立之局，瓜分之世，四始六义之评量③，更类七国五胡之争长④，亦风雅之相斫书矣⑤。《三国志·吴志·张纮传》裴注引陈琳书曰⑥："自仆在河北，与天下隔。此间率少于文章，易为雄伯⑦，故使仆受此过差之谈，非其实也，今景兴在此⑧，足下与子布在披⑨，所谓

---

① 班固：汉代著名史学家，著有《汉书》。傅毅与班固共校典书。曹丕《典论·论文》："文人相轻，自古而然。傅毅之与班固，伯仲之间耳，而固小（看轻）之。与弟超书曰：'武仲以能作文为兰台令史，下笔不能自休。'"

② 管：春秋管仲，相齐桓公。晏：春秋晏婴，相齐景公。《孟子·公孙丑上》："公孙丑问曰：'夫子当路于齐，管仲、晏子之功可复许乎？'孟子曰：'子诚齐人也，知管仲、晏子而已矣。'"

③ 四始六义：按《毛诗大序》谓诗有四始，据郑玄说，以风、小雅、大雅、颂为王道兴衰所由始。六义即风、赋、比、兴、雅、颂。

④ 七国：指战国时的封建诸侯国秦、楚、燕、齐、韩、赵、魏，彼此争雄。五胡：东晋南北朝时北方西部的少数民族匈奴、羯、鲜卑、氐、羌。

⑤ 相斫书：《三国志·魏书·王肃传》注引《魏略》谓隗禧称《左传》为"相斫书"。

⑥ 南朝刘宋时史学家裴松之，为晋陈寿撰之《三国志》作注。陈琳：建安七子之一，有文集十卷。

⑦ 雄伯：出类拔萃。

⑧ 景兴：王朗字，三国魏经学家。

⑨ 子布：张昭字，三国吴史学家。

小巫见大巫①，神气尽矣。”已为北文不如南文张本②。李延寿《北史·文苑传序》略谓③：“洛阳江左，文雅尤甚。江左贵乎清绮④，河朔重乎气质⑤。气质则理胜其词，清绮则文过其意。理深者便于时用，文华者宜于咏歌。此南北词人得失之大较也。”按但言“质胜”，即是文输⑥。是以北朝文士，邢邵、魏收实为冠冕⑦，而《北齐书·魏收传》载邵讥收“于任昉，非宜模拟，亦大偷窃”⑧，收斥邵“于沈约集中作贼⑨”；则皆步武江南，未能自出机杼⑩。张鷟《朝野佥载》记庾信入北⑪，谓北中文事，“惟韩陵温子昇碑堪共语⑫，余皆驴鸣犬吠聒耳”。南人轻北，其来旧矣。宋自靖康南渡⑬，残山剩水，隅守偏安，以淮南淮北之鸡犬声相闻⑭，竟成南海北海之马牛风不及⑮。元遗山以骚怨弘衍之才⑯，崛起金季，苞桑之惧，

① 小巫：陈琳自比。大巫：指三国吴张纮、张昭。孙策创业，张氏二人并为参谋，后张纮辅佐孙权，陈琳自认不如他们。

② 张本：犹伏笔。为北文不如南文之说预先造了舆论。

③ 李延寿：唐代史学家，撰有南北史。

④ 江左：指南朝文人。他们作诗文注重表现清丽脱俗和华美艳丽的文采。

⑤ 河朔：指北朝文人。他们作诗文注重表现质直的气度。

⑥ 质胜、文输：指北朝文学不如南朝。

⑦ 邢邵：北齐文学家，时温子昇为文士之冠，世称“温邢”，温死，又称“邢魏（收）”。撰有文集三十卷。魏收：北齐作家，与温子昇、邢邵有三才之称，有文集七十卷。

⑧ 《北齐书》：唐李百药撰，五十卷。任昉：后汉文史家，有诗文三十四卷，《杂传》二百四十七卷。

⑨ 沈约：梁文史家，有文集百卷。

⑩ 自出机杼：指创造、创作。

⑪ 张鷟《朝野佥载》：唐人笔记，一卷。庾信：北朝文学家。初仕南朝梁，后仕西魏、北周。

⑫ 《朝野佥载》记庾信自南朝至北方，时温子昇作《韩陵山寺碑》，为庾信所称赏。

⑬ 靖康南渡：宋钦宗靖康二年（1127），北宋亡，宋高宗南渡建南宋。

⑭ 鸡犬声相闻：见《老子》八十章。这里是比喻淮南淮北相距之近。

⑮ 南海北海之马牛风不及：《左传》僖公四年：“楚子使与师言曰：‘君处北海，寡人处南海，惟是风马牛不相及也。”北海与南海的不相及，好比马与牛不相引诱。这里指淮南淮北分属两个王朝。

⑯ 元遗山：元好问字，元代文学家。有《遗山诗集》二十卷、《中州集》十卷。弘衍：广博。

沧桑之痛①，发为声诗，情并七哀，变穷百态。北方之强，盖宋人江湖末派②，无足与抗衡者，亦南风之不竞也③。虽以方虚谷之自居南宋遗老、西江后劲④，《桐江续集》卷二十四《次韵高子明投赠》七律论北方词章，亦不得不曰："尚有文才与古班，诗律规随元好问。"汪尧峰好捋撦南宋作家⑤，而《钝翁类稿》卷八《读宋人诗》第四首亦曰："后村傲睨四灵间⑥，尚与前贤隔一关。若向中原整旗鼓，堂堂端合让遗山。"遗山论诗，《中州》名集，实寓南宋偏安之意；故苏天爵《国朝文类》卷三十八所载宋流人家铉翁《题中州诗集后》⑦，即云："壤地有南北，而人物无南北，道统文脉无南北。虽在万里外，皆中州也。而况于在中州者乎"，《则堂集》失收⑧。可谓义正而词婉者。（150—151页）

这一则讲诗文有南北风格的区别，这是由于南北地域不同，文化风俗不同，学风不同，诗文风格也就有所不同。特别是中国历史上由于政治原因，有过两次南北分治，先是南北朝的长期分裂，后是南宋与金的对峙，造成了南北的隔阂，文学上出现南北不同的风格，评论上也有南北之见。

一、南北朝时期，文评者的南北之见，多表现在南人轻北。比如陈琳因去河北投袁绍，处在文人较少的环境中，成了出类拔萃的文学家，但

---

① 苞桑之惧：即亡国之惧。《易·否》："其亡其亡，系于苞桑。"沧桑之痛：沧海变桑田，即亡国之痛。

② 江湖末派：南宋陈起编《江湖集》，有《前集》《后集》《续集》等，少则二十八家，多至六十四家，为江湖诗人，称江湖派。《四库总目》称："宋末诗格卑靡，所录不必尽工。"

③ 南风不竞：《左传》襄公十八年："师旷曰：'不害。我弦歌北风，又歌南风，南风不竞，多死声。"即南不如北。

④ 方虚谷：元方回号。因生于南宋，宋降元后，自称遗老，为江西派后劲。有《桐江集》八卷，《续集》三十七卷。

⑤ 汪尧峰：汪琬，字苕文，号钝翁，晚号尧峰，清文学家。有《钝翁类稿》六十二卷，《续稿》三十卷。

⑥ 后村：刘克庄，自号后村居士，宋作家。四灵：南宋的四位诗人徐照（字灵辉）、徐玑（号灵渊）、赵师秀（号灵秀）、翁卷（字灵舒）。

⑦ 《国朝文类》：即《元文类》，七十卷，元代苏大爵编。

⑧ 《则堂集》：宋家铉翁撰，六卷。

是，在他给江苏广陵同乡张纮的信中，表示与张纮、张昭相比，还自惭不如，为北文不如南文之说先造了舆论。

温子昇、邢邵、魏收，都是北朝文学的佼佼者，但从《北齐书·魏收传》看，邢魏所以成名，因为邢邵师法沈约，魏收师法任昉，然“皆步武江南，未能自出机杼”，所以，邢魏互相讥笑为“偷窃”“作贼”。《朝野佥载》也记载了南人庾信到了北方，瞧不起北文，以为只有写《韩陵山寺碑》的温子昇才配与他共语。可见，“南人轻北，其来旧矣”。这里指出，所以有南人轻北的原因，主要是与中国长期以来积淀的文化心理因素有关，一是文人相轻，二是乡曲相私。

南北的文学风格，究竟不同在哪里，据李延寿在《北史·文苑传》里说，南方文风文雅，贵清绮，重形式，文辞华美，以诗擅胜，宜于咏歌；北方文风质朴，贵刚直，重内容，气质高昂，以文见长，便于实用。概括地说，就是北文理胜其辞，南文辞过其意。因为南人北人的自然环境、生活习惯不同，造成性情气质上的差异，已带有传统性，反映到诗文上自然有不同风格。

先说民歌的风格，南北就明显的不同，南方多委婉曲折的情诗，如“朝思出前门，暮思还后渚。语笑向谁道，腹中阴忆汝”（《子夜歌》）。对恋人的思念深沉含蓄。北方民歌抒情的气势豪宕，境界宏阔，情感粗犷，如“敕勒川，阴山下，天似穹庐，笼盖四野。天苍苍，野茫茫，风吹草低见牛羊”（《敕勒歌》）。

再说文人的风格，南方重形式和音调，如梁沈约的《登北固楼》：

> 六代旧山川，兴亡几百年。繁华今寂寞，朝市昔喧阗。夜月琉璃水，春风柳色天。伤时为怀古，垂泪国门前。

又吴均《发湘江赠亲故别》之三：

> 君留朱门里，我至广江濆。城高望犹见，风多听不闻。流苹方绕绕，落叶尚纷纷。无由得共赏，山川间白云。

虽是不同题材的诗，却都写得委婉含蓄，自然流畅，给人一种格调清新之感，在音律上已有了律句的格调。北方文人作品的风格，不像民歌的特色鲜明，可能是由于模仿南风，反而缺少北方豪放的气概。如魏收《挟琴歌》：

春风宛转入曲房，兼送小苑百花香。白马金鞍去未返，红妆玉箸下成行。

又，邢邵《思公子》：

绮罗日减带，桃李无颜色。思君君未归，归来岂相识。

这两位都是北朝著名的文学家，可是诗作流传下来的不多，就从这几首明白如话的诗来看，他们确实受到南方香艳诗的影响不小，其中虽也不乏清远敦厚之趣，却不给人格调刚健之感。抛开文暂且不谈，单以诗相比，南北朝时期，北方确实逊于南方，直到南方的庾信到北周，王褒也留在北方以后，他们以清新绮艳的风格吸引了北方文士竞相模仿，才出现了南北风格互为影响的新局面。

二、北宋灭亡，南宋偏安临安（今杭州）以后，使文坛起了变化。淮南淮北虽如往常鸡犬之声相闻，但已成为南宋与金不同的两个社会。太原的元好问，具有汉民族良好的文化教养和他本人过人的天赋，身处金国，国破家亡之痛，使他在多方面显露出才华，成为金朝文坛上的大家。他文师韩欧，诗师杜甫，词学周邦彦，多方面丰富自己，“发为声诗”，“变穷百态”，不是南方的江湖末派可以相比的。清汪琬好摘取南宋作家诗，但他在评论宋人诗时，把元好问推作中原的代表，这个评价并不过分。让我们看一看元好问诗的风格，如：

南朝辞臣北朝客，栖迟零落无颜色。阳平城边握君手，不似铜驼洛阳陌。去年春风吹雁回，今年雁逐秋风来。春风秋风雁声里，行人日暮心悠哉。长江大浪金山下，吴儿舟船疾如马。西湖十月赏风烟，想得新诗更潇洒。（《送张君美往南中》）

又，《怀州子城晚望少室》：

> 河外青山展卧屏，并州孤客倚高城。十年旧隐抛何处？一片伤心画不成。谷口暮云知郑重，林梢残照故分明。洛阳见说兵犹满，半夜悲歌意未平。

两诗沉挚悲凉，读来可歌可泣，创造出自己的声调，自己的风格。

最后钱先生举引元苏天爵的话作这一则的小结：地域有南北之分，人无南北之分，因为南北继承的文化传统是共同的，无论南北相距多么遥远，也都是中州文化。元代以后的诗文发展更证实了苏氏的论断。可见苏天爵的见解是“义正而词婉”。

二　唐宋诗风格之别

唐诗、宋诗，亦非仅朝代之别，乃体格性分之殊。天下有两种人，斯分两种诗。唐诗多以丰神情韵擅长，宋诗多以筋骨思理见胜。严仪卿首倡断代言诗①，《沧浪诗话》即谓“本朝人尚理，唐人尚意兴”云云。曰唐曰宋，特举大概而言，为称谓之便。非曰唐诗必出唐人，宋诗必出宋人也。故唐之少陵、昌黎、香山、东野②，实唐人之开宋调者；宋之柯山、白石、九僧、四灵③，则宋人之有唐音者。《杨诚斋集》卷七十九《江西宗派诗序》曰④：“诗江西也，非人皆江西也。”《刘后村大全集》卷九十

---

① 严仪卿：宋诗论家严羽字，号沧浪逋客。有《沧浪诗话》一卷，分诗辨、诗体、诗法、诗评、诗证五类论述宋以前诗。

② 少陵：唐杜甫自称少陵野老。昌黎：唐韩愈，郡望昌黎。香山：唐白居易号香山居士。东野：唐孟郊字。

③ 柯山：宋张耒号。白石：宋姜夔号白石道人。九僧：指宋代九诗僧：淮南惠崇，剑南希画，金华保暹，南越文兆，天台行肇，汝州简长，青城维凤，江东宇昭，峨眉怀古。有集《九僧诗》，已佚。四灵：指南宋后期浙江永嘉四诗人：徐照（字灵辉），徐玑（号灵渊），赵师秀（号灵秀），翁卷（字灵舒），四人字号中皆有“灵”字。

④ 《杨诚斋集》：宋杨万里（号诚斋）撰，一百三十三卷。江西诗派：宋诗流派之一，以黄庭坚、陈师道为代表。吕本中《江西诗社宗派图》列出陈师道、潘大临、谢逸、洪刍、饶节、僧祖可、徐俯、洪朋、林敏修、洪炎、汪革、李錞、韩驹、李彭、晁冲之、江端本、杨符、谢薖、夏倪、林敏功、潘大观、何顗、王直方、僧善权、高荷等二十五人。他们效法杜甫、韩愈，主张无一字无来历，追求奇崛、用典，提倡“脱胎换骨”，致使形式雕琢。

五《江西诗派小序》仍以后山、陵阳、子勉、均父、二林等皆非江西人为疑①，似未闻诚斋此论。诗人之分唐宋，亦略同杨序之恉。（2 页）

后见吴雨僧先生宓《艮斋诗草序》②，亦持是说。夫人禀性，各有偏至。发为声诗，高明者近唐，沉潜者近宋，有不期而然者。故自宋以来，历元、明、清，才人辈出，而所作不能出唐宋之范围，皆可分唐宋之畛域③。唐以前之汉、魏、六朝，虽浑而未划，蕴而不发，亦未尝不可以此例之。叶横山《原诗》内篇卷二云④：“譬之地之生木，宋诗则能开花，而木之能事方毕。自宋以后之诗，不过花开而谢，谢而复开。”蒋心余《忠雅堂诗集》卷十三《辩诗》云⑤：“唐宋皆伟人，各成一代诗。宋人生唐后，开辟真难为。元明不能变，非仅气力衰。能事有止境，极诣难角奇。”可见五七言分唐宋，譬之太极之有两仪⑥，本乎人质之判“玄虑”、“明白”，见刘邵《人物志·九征》篇⑦。按即 Jung：psychologischs Typen 所分之 Introvert 与 Extravert⑧。非徒朝代时期之谓矣。乃尚有老宿⑨，或则虐今荣古，谓宋诗时代太近，何不取法乎上；或则谓唐诗太古，宜学荀卿之法后王⑩。均堪绝倒。

---

① 《刘后村大全集》：宋刘克庄（号后村）著，一百九十六卷。后山：宋陈师道号后山居士。陵阳：宋韩驹，字子苍，有《陵阳集》。子勉：宋高勉字。均父：宋夏倪字。二林：指江西诗派的林敏修、林敏功。

② 吴宓：近人，又字雨生，号藤影荷声馆主。

③ 畛域：界限。

④ 叶横山：清叶燮号，原名叶星期。有《原诗》四卷。论诗之源流、本末、正变、盛衰、作法等。

⑤ 蒋心余：清蒋士铨字。有《忠雅堂诗集》二十七卷。

⑥ 太极之有两仪：《周易·系辞传》：“易有太极（天地未分以前的元气），是生两仪（天地）。”

⑦ 刘邵：三国魏人。有《人物志》三卷。

⑧ Jung：译名荣格，瑞士现代心理分析学家。其《心理学类型》所分之内向性格与外向性格。

⑨ 老宿：指老成有学问的人。

⑩ 荀卿：战国时人，著名哲学家荀况的尊称。法后王：见《荀子·非相》，取法于当代的君王，是荀况针对孔孟法先王而提出的，他认为法若与当代君王不一致，便要走到斜路上去。

且又一集之内，一生之中，少年才气发扬，遂为唐体①，晚节思虑深沉，乃染宋调②。若木之明③，崦嵫之景④，心光既异，心声亦以先后不侔⑤。明之王弇州⑥，即可作证。弇州于嘉靖七子，实为冠冕；言文必西汉，言诗必盛唐。《四部稿》中⑦，莫非实大声弘之体。然《弇州续稿》一变矜气高腔，几乎剟言之瘢，刮法之痕，平直切至。屡和东坡诗韵。《续稿》卷四十一《宋诗选序》自言，尝抑宋诗者，“为惜格故”，此则“非申宋”，乃欲“用宋”。卷四十二《苏长公外纪序》于东坡才情，赞不容口，且曰：“当吾之少壮时，与于鳞习为古文词⑧，于四家殊不能相入⑨，晚而稍安之。毋论苏公文，即其诗最号为雅变杂糅者，虽不能为吾式，而亦足为吾用。”《读书后》卷四《书苏诗》后曰⑩：“长公诗在当时，天下争趣之，如诸侯王之求封于西楚。其后则若垓下之战⑪，正统离而不再属。今虽有好之者，亦不敢公言于人。其厄亦甚矣。余晚而颇不以为然。”下文详言东坡神明乎少陵诗法之处，可与早作《四部稿》卷百四十七《艺苑卮言》论东坡语参观。然

---

① 唐体：诗之一体。指长于丰神情韵的诗作，不限于唐代人的作品。

② 宋调：诗之一体。指以筋骨思理取胜的诗作，不限于宋代人的作品。

③ 若木之明：若木，《山海经·大荒北经》指日出处的一种树，此指人的早年。

④ 崦嵫：山名，在今甘肃省天水市西，古人称为日落处。

⑤ 不侔：不等。

⑥ 王弇州：明王世贞号弇州山人。

⑦ 《四部稿》：王世贞撰，一百七十四卷。《续稿》二百零七卷。王氏才学富赡，虽称文必西汉，诗必盛唐，然其早年诗作近于唐体，晚年作风有变，渐操宋调。

⑧ 于鳞：明李攀龙字。

⑨ 四家：王世贞《苏长公外纪序》：“今天下以四姓目文章大家，独苏长公之作最为便爽，而其所撰论策之类，于时为最近，故操觚之士鲜不习苏公文者。”这是于四姓文章中独推苏轼。王世贞、李攀龙两人少时不喜欢韩愈、柳宗元、欧阳修、苏轼的文章，他们少时论文，言必称秦汉之故。

⑩ 《读书后》：王世贞撰，八卷。

⑪ 求封西楚，垓下之战：项羽灭秦后，分封诸侯王。垓下战后，兵败自刎。用以比喻苏诗之遭遇。

《卮言》以东坡配香山、剑南为正宗而外之广大教化主①，又曰："苏之于白，尘矣"；此则径以苏接杜，识见大不同。《四部稿》卷四十六《醉后放言》云："死亦不须埋我，教他蚁乐鸢愁"，全本东坡"闻遭刘伶死便埋"一绝，则是弇州早作已染指苏诗矣。虽词气尚负固矜高，不肯遽示相下，而乃心则已悦服。故钱牧斋《列朝诗集》丁集、周栎园《因树屋书影》卷一皆记弇州临殁②，手坡集不释。要可征祖祧唐宋，有关年事气禀矣。按此特明弇州早晚年诗学之不同，非谓弇州晚年诗胜早年也。吴梅村《家藏稿》卷三十《太仓十子诗序》有"拯晚近诗弊者，芟抹弇州盛年用意之瑰词雄响，而表晚岁颓然自放之言，诎申颠倒"云云③，议论极公。弇州《续稿》中篇什，有意无韵，木强率直，实不如前稿之声情并茂；盖变未至道，况而愈下者也。近来湖外诗家④，若陈抱碧、程十发辈⑤，由唐转宋，适堪例类。唐宋诗之争，南宋已然，不自明起；袁子才《与施兰垞书》、《随园诗话》卷十六引徐朗斋语等调停之说⑥，当时亦早有。如戴昺《东野农歌集》卷四《答妄论唐宋诗体者》云⑦："不用雕馊呕肺肠，词能达意即文章。性情原自无今古，格调何须辨宋唐。"不知格调之别，正本性情；性情虽主故常，亦能变运。岂曰强生区别，划水难分；直恐自

---

① 香山：唐白居易号香山居士。剑南：宋陆游，字务观，自号放翁，有《剑南诗稿》。广大教化主：唐张为撰《诗人主客图》一卷，以白居易为"广大教化主"。王世贞《艺苑卮言》卷四："诗自正宗之外，如昔人所称广大教化主者，于长庆得一人，曰白乐天；于元丰得一人焉，曰苏子瞻；于南渡后得一人，曰陆务观：为其情事景物之悉备也。就苏之与白，尘矣；陆之与苏，亦劫也。"钱先生认为"苏之与白，尘矣"，当指白居易较苏轼为尘俗，所以说"径以苏接杜"，以苏轼直接杜甫。

② 《列朝诗集》：清钱谦益（号牧斋）选辑，八十一卷。约收明代两千多诗人之代表作。《因树屋书影》：清周亮工（字元亮，号栎园）著，十卷。

③ 吴梅村：清吴伟业号。有《吴梅村家藏稿》五十八卷。

④ 湖外：指湖南湖北。

⑤ 陈抱碧：当见于程十发《湘社集》四卷中。程十发：近人程颂万号。有《十发庵类稿》三十二卷，附《湘社集》四卷。

⑥ 袁子才：清袁枚字，号随园老人。有《小仓山房文集》三十五卷，《随园诗话》十六卷。袁枚《答施兰论诗书》："夫诗无所谓唐宋也。唐宋者，一代之国号耳，与诗无与也。诗者，各人之性情也，与唐宋无与也。"徐朗斋：清徐嵩号。《随园诗话》卷十六："徐朗斋嵩曰：'……吾恨李氏不及姬家耳！倘唐朝亦如周家八百年，则宋、元、明三朝诗，俱号称唐诗；诸公何用争哉！须知论诗只论工拙，不论朝代。譬如金玉，生于今之土中，不可谓非宝也。'"

⑦ 戴昺：字东野，宋人。有《东野农歌集》五卷。

有异同，抟沙不聚。《庄子·德充符》肝胆之论①，东坡《赤壁赋》水月之问②，可以破东野之惑矣。(3—5 页)

这里两则讲唐诗、宋诗之别，主要不在朝代的区别，而是由于两种不同的风格，譬如天下有两种人，便有两种性情，也就分出两种诗来。

一、风格是人的性情决定的，相同的朝代里，也会出现不同风格的作品。王国维在《人间词话》里称唐诗、宋词，是以朝代区分盛行的文体，唐以诗胜，宋以词胜。钱先生称唐诗、宋诗是以风格区别的，他在《宋诗选注序》里讲得很透彻，这里袭用序中举引唐释皎然和宋姜夔的话来说明。皎氏云："反古曰复，不滞曰变。若唯复不变，则陷于相似之格，其状如驽骥同厩，非造父不能辨"，"复忌太过"，"变若造微，不忌太过"，"若乏天机，强效复古，反令思扰神沮"（《诗式·复古通变体》），这是唐人作诗、评诗的标准，把"通变"看得比"复古"重要，写作上重在表现自我。姜氏云："不求与古人合而不能不合，不求与古人异而不能不异"(《白石道人诗集序》)，这是宋人的话，只能在"合"中求"异"，甚至从古人作品中寻求作诗的灵感和榜样，再以说理、议论、故实入诗，形成了一种与唐诗不同的风格。宋代诗论家严羽第一个提倡断代论诗，便是为了研究诗歌发展到各个时期所表现的带有总体性的特征，他说宋人"尚理"，唐人"尚意兴"，是一个大致的概括，于诗前冠以唐、宋，也是为了称谓的方便，并不是说唐诗必出自唐人之手，宋诗必出自宋人之手，而是说诗"尚理"者近宋，"尚意兴"者近唐。袁枚《随园诗话》卷八亦云："诗分唐宋，至今人犹恪守。不知诗者，人之性情；唐宋者，帝王之国号。人之性情，岂因国号而转移哉?"

这里说"唐诗多以丰神情韵擅长，宋诗多以筋骨思理见胜"，也是一

① 《庄子·德充符》："自其异者视之，肝胆楚越也。自其同者视之，万物出一也。"这是说，从异者看，唐诗中也有宋体；从同者看，宋诗中也有唐体。

② 苏轼《前赤壁赋》："客亦知夫水与月乎？……盖将自其变者而观之，则天地曾不能以一瞬；自其不变者而视之，则物与我皆无尽也。"这是说，从变看，唐诗也有变；从不变看，唐宋诗都是不可变的。

个大致的概括，在于指出所谓唐体、宋调的不同特征。比如杜甫、韩愈，都是唐代大诗人，而他们的作品却为宋调开了路。像杜甫的《又呈吴郎》：

堂前扑枣任西邻，无食无儿一妇人。不为困穷宁有此，只缘恐惧转须亲。即防远客虽多事，便插疏篱却甚真。已诉征求贫到骨，正思戎马泪盈巾！

这首诗中间两联在发议论，在说理，不在写意兴，不正是开宋诗的说理吗？再像韩愈的《龊龊》：

龊龊当世士，所忧在饥寒。但见贱者悲，不闻贵者叹。大贤事业异，远抱非俗观。报国心皎洁，念时涕汍澜。……

不也是在说理吗？

宋人诗作而有唐音者，这里列举张耒、赵师秀的诗作，可以看到他们的风格。如张耒《初见嵩山》：

年来鞍马困尘埃，赖有青山豁我怀。日暮北风吹雨去，数峰清瘦出云来。

真是潇洒自如，情景交融，丰神情韵均类唐诗。又如赵师秀《约客》：

黄梅时节家家雨，青草池塘处处蛙。有约不来过夜半，闲敲棋子落灯花。

其诗清新圆润。写景抒情之亲切，宛如出自唐人之手。说唐诗、宋诗主要是指诗的风格，正如杨万里说江西诗派，“诗江西，非人皆江西”，都是指诗的风格而言。江西诗派的首领黄庭坚是江西人，他以“会粹百家句律之长，究极历代体制之变”的主张，团结了一批诗人，共同取法于各体的优点来作诗，形成一个风格接近的诗派，世人遂以江西称之，不是说这个诗派的成员都是江西人，也不是说这个诗派的诗都是在江西写的。

二、时代与地域对文学风格的形成有一定的影响，但决定作品风格的主要是人的禀性。钱先生讲的“高明者近唐，沉潜者近宋”，也是指诗的两种不同风格。宋以后诗人辈出，似都未能跳出唐体、宋调。唐以前各代诗作的风格，似也可这样分析。正如叶燮在《原诗》里的比喻。木生于地，开出宋诗这朵奇葩，宋以后的诗，只是花开花谢、复开复谢的差别，终究离不开宋调。“木”便是人的秉性。蒋士铨《辩诗》也是这个意思。诗分唐宋，仿佛在天地未分之前，元气混而为一之时，便已经有了天地之别。魏刘邵撰《人物志》，把人的品性判作思虑深沉型和单纯开朗型，也就是荣格《心理学类型》里分的内向性格和外向性格，这两种不同的品性，与朝代时期或地域环境，不能说没有关系，但都关系不大。

三、唐体宋调没有高下优劣之分，只是两种不同的风格。而风格之别，本于性情，性情不是一成不变，风格也会随之变化。譬如人的一生，早年才气横溢，喜为唐体，暮年老成持重，易操宋调，王世贞就是一个明显的例子。早年他的诗作多“矜气高腔”，如《登太白楼》：“昔闻李供奉，长啸独登楼。此地一垂顾，高名百代留。白云海色曙，明月天门秋。欲觅重来者，潺湲济水流。”海阔天空，气势音节均似李白；到了晚年，他的作风有变，“平直切至”，如《太保歌》：“太保入朝门，缇骑若云屯。进见中贵人，人人若弟昆。太保从东来，一步一风雷。行者阑入室，居者领其颏。……”写奸相严嵩耀武扬威的声势，历历在目，却风格朴实。王世贞对苏轼的看法也有前后的区别，少壮时是排苏，后来好苏，临死时竟“手坡集不释”。可见，继承唐体宋调与年事、秉性的关系颇大，但这并不是说王世贞晚年诗作就一定胜于早年。

总之，唐宋诗的风格不同，孰胜孰负，南宋以来一直争论不休，袁枚曾举引徐嵩的话：“论诗只论工拙，不论朝代。譬如金玉，出于今之土中，不可谓非宝。败石瓦砾，传自洪荒，不可谓之宝。”（《随园诗话》卷十六）袁枚举引徐嵩的这段话，该使人明白对于唐宋诗，似乎已无必要决出胜负了。

三　杜律的雄浑与韧瘦

李拔可丈尝语余①："元遗山七律诚不可磨灭②，然每有俗调。如'翠被匆匆梦执鞭'一首，似黑头黄三③；'寝皮食肉男儿事'一首，似武生杨小楼④。"诚妙于取譬。遗山七律，声调茂越，气色苍浑，惜往往慢肤松肌，大而无当，似打官话，似作台步；粉本英雄，斯类衣冠优孟⑤。吴修龄《围炉诗话》卷六戏题陈卧子《明诗选》曰⑥："甚好四平戏，喉声彻太空。人人关壮缪，出出大江东⑦。锣鼓繁而振，衫袍紫又红。座中脑尽裂，笑煞乐村童。"与李丈之评遗山，消息相通。尝试论之。

少陵七律兼备众妙，衍其一绪，胥足名家。譬如中衢之尊⑧，过者斟

---

① 李拔可：近人李宣龚字，为同光体诗人。

② 元遗山：元好问号，元作家。

③ 黑头黄三：已故著名京剧演员黄润甫，架子花脸，有"活曹操"之称，著名演员侯喜瑞、郝寿臣是他的学生。

④ 武生杨小楼：已故著名京剧演员，曾演《长坂坡》《青石山》《湘江会》等，武戏文唱，梅兰芳极称誉他。

⑤ 衣冠优孟：春秋时楚人优孟，在孙叔敖卒后，曾着其衣冠，为其子争得封地。

⑥ 吴修龄：吴乔字，清作家。有《围炉诗话》六卷。陈卧子：陈子龙字，明作家。

⑦ 四平戏：一称平调戏，介于昆曲二黄间的一种曲调。关壮缪：三国蜀关羽谥。元代关汉卿《关大王独赴单刀会》杂剧关羽唱"大江东去"。

⑧ 中衢之尊：《淮南子·缪称》："圣人之道，犹中衢（路中）而设尊（樽，杯）耶，过者斟酌，多少不同，各得其所宜。"

酌，多少不同，而各如所愿。陈后山之细筋健骨①，瘦硬通神，自为渊源老杜无论矣。即如杨铁崖在杭州嬉春俏唐之体②，何莫非从少陵“江上谁家桃树枝”、“今朝腊日春意动”、“春日春盘细生草”、“二月饶睡昏昏然”、“霜黄碧梧白鹤栖”、“江草日日映愁生”等诗来③；以生拗白描之笔，作逸宕绮仄之词，遂使饭颗山头客④，化为西子湖畔人⑤，亦学而善变者也。然世所谓“杜样⑥”者，乃指雄阔高浑，实大声弘，如：“万里悲秋常作客，百年多病独登台”；“海内风尘诸弟隔，天涯涕泪一身遥”；“指麾能事迴天地，训练强兵动鬼神”；“旌旗日暖龙蛇动，宫殿风微燕雀高”；“锦江春色来天地，玉垒浮云变古今”；“风尘荏苒音书绝，关塞萧条行路难”；“路经滟滪双蓬鬓，天入沧浪一钓舟”；“伯仲之间见伊吕，指挥若定失萧曹”；“三峡楼台淹日月，五溪衣服共云山”；“五更鼓角声悲壮，三峡星河影动摇”一类。山谷、后山诸公仅得法于杜律之韧瘦者⑦，于此等畅酣饱满之什，未多效仿。

惟义山于杜⑧，无所不学，七律亦能兼兹两体。如《即日》之“重吟细把真无奈，已落犹开未放愁”，即杜《和裴迪》之“幸不折来伤岁暮，若为看去乱乡愁”是也。而世所传诵，乃其学杜雄亮诸联，如《二月二日》之“万里忆归元亮井，三年从事亚夫营⑨”，即杜《登高》之“万里

---

① 陈后山：陈师道号后山居士，宋诗人。

② 杨铁崖：明作家杨维桢读书铁崖山，因号铁崖。嬉春俏唐体：杨维桢在杭州所作风华绮丽的诗体。

③ 少陵：唐杜甫自称少陵野老。

④ 饭颗山头客：是李白《戏赠杜甫》：“饭颗山（在长安）头逢杜甫，头戴笠子日卓午。借问别来太瘦生，总为从前作诗苦。”讲杜甫的瘦。

⑤ 西子湖：即西湖，因苏轼诗有“欲把西湖比西子”句而得名。指嬉春俏唐体如西子湖畔人的丰满。

⑥ 杜样：以杜诗作榜样。

⑦ 韧瘦：指杜诗中细密老练、沉郁瘦硬的风格。

⑧ 义山：李商隐字，唐诗人。

⑨ 元亮井：东晋陶潜字元亮，此指《归田园居》：“井灶有遗处。”亚夫营：汉周亚夫驻军细柳，汉文帝前去劳军，称他为“真将军”。此指李商隐在柳仲郢幕府作幕僚。从事：办事。又，州刺史的佐史称从事史。

悲秋常作客，百年多病独登台”是也；《安定城楼》之“永忆江湖归白发，欲回天地入扁舟①”，即杜《别李剑州》之“路经滟预双蓬鬓，天入沧浪一钓舟”是也，而“回天地”三字，又自杜之“指麾能事回天地”来；《蜀中离席》之“雪岭未归天外使，松州犹阻殿前军②”，即杜《秋尽》之“雪岭独看西日落，剑门犹阻北人来”是也。

中晚唐人集中，杜样时复一遭。如郑都官《漂泊》之“十口漂零犹寄食，两川消息未收兵”③；至顾逋翁《湖南客中春望》之“风尘海内怜双鬓，涕泪天涯惨一身”④，几为明七子之始作俑者矣⑤。

下逮北宋，欧公有“沧波万古流不尽，白鸟双飞意自闲”⑥；“万马不嘶听号令，诸蕃无事乐耕耘”。东坡有“令严钟鼓三更月，野宿貔貅万灶烟”⑦。皆即东坡评七言丽句所自道仿杜“旌旗日暖”、“五更鼓角”诸联者。苏门诸子中，张文潜七律最格宽语秀⑧，有唐人风。《柯山集》中《遣兴次韵和晁应之》先后八首尤苦学少陵；如“清涵星汉光垂地，冷觉鱼龙气近人”，“暗峡风云秋惨淡，高城河汉夜分明”，“双阙晓云连太室，九门晴影动天津⑨”，“山川老去三年泪，关塞秋来万里愁”；他如《夏日》之“错落晴山移斗极，阴森暗峡宿风雷”。胥弘畅不类黄陈辈⑩，而近元明人。顾不过刻画景物，以为伟丽，无苍茫激楚之致。至南渡偏安，陈简斋

---

① 入扁舟：坐小船回到江湖上去，暗用范蠡助越王勾践灭吴后泛舟五湖归隐事。

② 雪岭：雪山。天外史：《旧唐书·吐蕃传》：“宝应二年三月，遣李之芳、崔伦使于吐蕃，至其境而留之。”松州：今四川松潘县。殿前军：京城神策军（禁卫军）。当时边兵给养薄，要求改隶神策军，可以增加给养，称神策行宫。这两句指战乱未息。

③ 郑都官：郑谷，唐诗人，曾任都官郎中。

④ 顾逋翁：顾况字，唐诗人。

⑤ 明七子：指明代诗歌流派前后七子。

⑥ 欧公：宋欧阳修。

⑦ 东坡：宋苏轼号东坡居士。

⑧ 张文潜：宋张耒字。有《柯山集》五十卷。

⑨ 双阙：宫门前的两个望楼。太室：即嵩山。九门：指皇宫有九门。天津：银河中的九星，称“天津九星”。

⑩ 胥：皆。黄：黄庭坚。陈：陈与义。

流转兵间①，身世与杜相类，惟其有之，是以似之。七律如：“天翻地覆伤春色，齿豁头童祝圣时”；“乾坤万事集双鬓，臣子一谪今五年”；“登临吴蜀横分地，徙倚湖山欲暮时”；“五年天地无穷事，万里江湖见在身”；“孤臣白发三千丈，每岁烟花一万重”；雄伟苍楚，兼而有之。学杜得皮，举止大方，五律每可乱楮叶②。是以刘辰翁序《简斋集》③，谓其诗“望之苍然，而肌骨匀称，不如后山刻削”也。陆放翁哀时吊古④，亦时仿此体，如：“万里羁愁添白发，一帆寒日过黄州”；“四海一家天历数，两河百郡宋山川”；“楼船夜雪瓜洲渡，匹马秋风大散关⑤”；“细雨春芜上林苑，颓垣夜月洛阳宫”。而逸丽有余，苍浑不足，至多使地名，用实字，已隐开明七子之风矣。

元遗山遭际，视简斋愈下，其七律亦学杜之肥，不学杜之瘦⑥，尤支空架，以为高腔。如《横波亭》诗之类，枵响窾言⑦，真有“甚好四平戏”之叹。然大体扬而能抑，刚中带柔，家国感深，情文有自。

及夫明代，献吉、于鳞继之⑧，元美之流⑨，承赵子昂“填满”之说⑩，仿杜子美雄阔之体，不择时地，下笔伸纸，即成此调。复稍参以王

---

① 陈简斋：陈与义号，宋诗人。

② 可乱楮叶：比喻模仿逼真。宋人用象牙刻成楮叶，“乱之楮叶之中而不可别也”，见《韩非子·喻老》。

③ 《简斋集》：宋陈与义撰，十六卷。

④ 陆放翁：宋陆游号。

⑤ 楼船：战舰。瓜洲渡：在镇江斜对岸。绍兴三十一年十一月，金主完颜亮南侵，宋将虞允文在瓜洲一带抗击，金兵溃退。大散关：在今陕西宝鸡市西南，宋与金以大散关为界。乾道八年，陆游在王炎幕府，计划进军大散关。

⑥ 指学杜甫的雄阔高浑，实大声宏之作，即杜之肥；不学杜甫的沉郁苦涩、细密老练之作，即杜之瘦。

⑦ 元好问《横波亭》中两联：“万里风涛接云海，千年豪杰壮山丘。疏星淡月鱼龙夜，老木清露鸿雁秋。”枵响窾（kuǎn）言：若响空祠，内容虚空。

⑧ 献吉：明李梦阳字。于鳞：明李攀龙字。

⑨ 元美：明王世贞字。

⑩ 赵子昂：元赵孟頫字。“填满”说：王世贞《艺苑卮言》卷一称绝句：“离首即尾，离尾即首，而腰腹亦自不可少，妙在愈小而大，愈促而缓。”或即此意。

右丞《早朝》、《雨中春望应制》①，李东川《寄卢员外、綦毋三》②，祖咏《望蓟门》之制③，每篇必有人名地名。舆地之志，点鬼之簿④，粗豪肤廓，抗而不坠，放而不敛。作悲凉之语，则林贞恒《福州志》所谓“无病呻吟”也⑤；逞弘大之观，则吴修龄《围炉诗话》所谓“瞎唐体⑥”也。穷流溯源，简斋、遗山，实不啻为之导焉。人知明七子之为唐诗高调，安知简斋、遗山亦宋元诗之易流于高声硍者乎⑦。故明人虽不取宋诗，而每能赏识简斋。胡元瑞于七子为应声之虫⑧，《诗薮·外编》卷五则云：“南宋古体推朱元晦，近体无出陈去非⑨”，又云：“师道得杜骨，与义得杜肉”，又云：“陈去非弘壮，在杜陵廊庑。”盖朱之学选，陈之学杜，蹊径与七子相似也⑩。吴修龄于七子为吠影之狗，而《围炉诗话》卷四亦谓：“陈去非能作杜句。”草蛇灰线⑪，消息可参。

近人俞恪士《觚庵诗》之学简斋⑫，郭春榆《匏庐诗》之师遗山⑬，郭为较胜，而不能朴属微至，则二家之所同病也。陆祁孙《合肥学舍札记》

① 王右丞：唐王维曾官尚书右丞。其《和贾至早朝》：“九天阊阖开宫殿，万国衣冠拜冕旒。”又《雨中春望》：“云里帝城双凤阙，雨中春树万人家。”

② 李东川：唐诗人李颀，东川人。《寄司勋卢员外》：“归鸿欲度千门雪，侍女新添五夜香。”《寄綦毋三》：“南川粳稻花侵县，西岭云霞色满堂。”

③ 祖咏：唐诗人。其《望蓟门》：“沙场烽火侵胡月，海畔云山拥蓟城。”

④ 舆地之志，点鬼之簿：指地名、古人名之作。唐杨炯用古人名作文，人称为“点鬼簿”，见张鷟《朝野佥载》。

⑤ 林贞恒：林嫌字，明作家。

⑥ 瞎唐体：清吴乔《围炉诗话》卷一：“明之瞎盛唐诗，字面焕然，无意无法，直是木偶被文绣耳。”

⑦ 高声硍：钟高而上小下大，声藏于上，其声不扬。见《周典·春官·典同》。

⑧ 指胡应麟在《诗薮》论诗宗王世贞之说，主张“体以代变”“格以代降”，与七子之见颇近。

⑨ 朱元晦：朱熹字，宋经学大家。陈去非：宋陈与义字。

⑩ 蹊径：门径。

⑪ 草蛇灰线：金圣叹批《水浒》：“有草蛇灰线法，……骤看之有如无物，及至细寻，其中便有一条线索，拽之通体俱动。”

⑫ 俞恪士：近人俞明震字。有《觚庵诗存》，四卷。

⑬ 郭春榆：近人郭曾炘。有《匏庐诗》。

卷六云①："工部七律二种。'幸不折来伤岁暮，若为看去乱乡愁'；义山而后，久成绝调。'伯仲之间见伊吕，指挥若定失萧曹'；务观、裕之、献吉、卧子尚能学之"云云。窃谓第一种句，宋人如陈后山、曾茶山皆能学之②。晚唐李咸用《绯桃》云："未醉已知醒后忆，欲开先为落时愁"；南宋杨诚斋《普明寺见梅》云："犹喜相看却恨晚，故应更好半开时"；亦尚存遗响。故钱龙锡评义山"重吟、已落"一联云③："闲冷处偏搜得到，宋人之工全在此。"冯注引。祁孙失之未考耳。陈卧子大才健笔，足以殿有明一代之诗而无愧，又丁百六阳九之会④，天意昌诗，宜若可以悲壮苍凉，上继简斋、遗山之学杜。乃读其遗集，终觉伟丽之致，多于苍楚。在本朝则近青邱、大复⑤，而不同献吉；于唐人则似东川、右丞，而不类少陵。祁孙之言，亦未识曲听真。然知以放翁、遗山与明之七子并举，则具眼人语也。(172—175 页)

七言律诗，发展到杜甫笔下，已经成熟，无论在结构、声律、对仗、炼字、炼句等方面，都已积累了完整的艺术经验，足以使他成为"兼备众妙"的大师。后来学习杜诗的人，只要认真"衍其一绪"者，还没有不"胥足名家"的。

这一则便是沿着学杜者的足迹，论杜诗七律的两种不同风格：一种是雄浑沉郁，饱满声宏的；一种是生拗白描，逸宕绮仄的。陈师道的"细筋健骨，瘦硬通神"，是学杜甫后一种风格；杨维桢的嬉春俏唐体，是学杜甫前一种风格而加以变化。历来学杜者，多学其后一种风格，而较少学到他的前一种风格，唯有李商隐无所不学，能兼两体。

钱先生指出杜甫逸宕绮仄的诗，如《风雨看舟前落花戏为新句》：

---

① 陆祁孙：清陆继辂字。有《合肥学舍札记》十二卷。

② 曾茶山：曾几自号茶山居士，宋作家。有《茶山集》三十卷。

③ 钱龙锡：钱机山，字稚文，讳龙锡，明遗民学者。

④ 丁百六阳九之会：碰上灾难。术数家以四六一七年为一元，入元后的一〇六年有灾难，称百六阳九。此指明亡。

⑤ 青邱：高启，字季迪，因居吴淞江之青丘，自号青丘子，明诗人。大复：何景明号，明作家。

江上人家桃树枝，春寒细雨出疏篱。影遭碧水潜勾引，风妒红花却倒吹。吹花困懒傍舟楫，水光风力俱相怯。赤憎轻薄遮人怀，珍重分明不来接。……

这诗从春寒细雨风吹中写落花，不说风吹雨打桃花落，却说桃花倒影水中，水中的倒影暗中勾引桃花落下去，这就是设想的超逸。又说吹落的桃花憎恨落到人的怀里显得轻薄，不肯接近人，这是设想的奇特。加以辞采绮丽，所以称为逸宕绮仄，是柔婉的。再像《十二月一日》：

今朝腊月春意动，云安县前江可怜。一声何处送书雁，百丈谁家上濑船。未将梅蕊惊愁眼，要取椒花媚远天。明光起草人所羡，肺病几何朝日边。

这首诗从腊月的冬至一阳生，说到春意发动，写到眼前的云安县前的江水可爱。听到一声雁叫，想到雁足传书，想到家书；看到江边用纤拉船，百丈指纤，这就想到坐船出峡。又从春意动，想到梅花还没开放，不能供愁眼欣赏。又想到元旦快到了，朝廷上在元旦要献椒花颂，怎么献上朝廷。又想到从前在明光宫起草文件为人所羡，现在在云安县害肺病不知何时能够回京。设想曲折，也属于婉曲格。

钱先生又指出杜甫雄阔高浑、实大声宏的诗，属于刚健的风格。如《登高》：

风急天高猿啸哀，渚清沙白鸟飞回。无边落木萧萧下，不尽长江滚滚来。万里悲秋常作客，百年多病独登台。艰难苦恨繁霜鬓，潦倒新停浊酒杯。

这诗前四句写景，“风急天高”，“落木萧萧”，“长江滚滚”，极写景象的阔大。后四句抒怀，“万里悲秋”，“百年多病”，写空间的广阔，时间的绵长，所谓雄阔，也属于刚健的风格。再像《登楼》：

花近高楼伤客心，万方多难此登临。锦江春色来天地，玉垒浮云变古今。北极朝廷终不改，西山寇盗莫相侵。可怜后主还祠庙，日暮聊为梁父吟。

这首诗，“锦江”句指空间的广阔，“玉垒”句指时间的久远。“西山寇盗”指吐蕃入侵，属“万方多难”之一，但朝廷像北辰星不改，所以望吐蕃莫相侵。想到成都的后主还是有祠庙的，感叹时无诸葛亮。这首诗雄阔高浑，也属于刚健的风格。

钱先生又指出李商隐学杜甫，也有这两种风格。如《即日》：

一岁林花即日休，江间亭下怅淹留。重吟细把真无奈，已落犹开未放愁。山色正来衔小苑，春阴只欲傍高楼。金鞍忽散银壶滴，更醉谁家白玉钩。

这首仿杜甫《和裴迪登蜀州东亭送客逢早梅相忆见寄》：

东阁官梅动诗兴，还如何逊在扬州。此时对雪遥相忆，送客逢春可自由。幸不折来伤岁暮，若为看去乱乡愁。江边一树垂垂发，朝夕催人自白头。

这首诗写裴迪在东亭送客逢早梅，好像何逊在东阁看到官梅作诗。客中送客，又是逢春思乡，更难为怀。幸亏没有折梅寄来，免得使人引起对岁暮的感伤。倘使看到折梅，更引起乡愁，扰乱心曲。但又想到江边梅树快要开放，早晚催人愁思，使人发白。这诗用意曲折，婉转抒情，风格是柔婉的。再看李商隐的《即日》一首，一年的林花即日要完了，诗人迟留在江间亭下赏花，无可奈何。有的花已落，使人发愁；有的花尚开，还可赏玩。山色正来笼罩小苑，春阴只欲依傍高楼，已到黄昏。金鞍忽散，何处能求一醉呢？这首诗“重吟”一联，情思婉曲，全诗属于婉曲格。

钱先生又指出李商隐《安定城楼》中的一联，仿照杜甫《别李剑州》的一联。杜甫《将赴荆南寄别李剑州》：

使君高义驱今古，寥落三年坐剑州。但见文翁能化俗，焉知李广未封侯。路经滟滪双蓬鬓，天入沧浪一钓舟。戎马相逢更何日？春风回首仲宣楼。

李商隐《安定城楼》：

迢递高城百尺楼，绿杨枝外尽汀洲。贾生年少虚垂涕，王粲春来更远游。永忆江湖归白发，欲回天地入扁舟。不知腐鼠成滋味，猜意鹓雏竟未休。

杜甫的一首，写李剑州有高义，与古今有高义的人并驾齐驱。做了三年刺史，像汉朝文翁那样能移风易俗，但又像李广那样未得封侯。后四句讲自己，将要出三峡到荆南去，水路经过险滩滟滪堆，两鬓蓬松，坐着一钓舟进江汉交汇处的沧浪之水。在戎马战乱中不知何日相逢，估计在春风来时到荆南，登上王粲所登的楼来回头望你。诗中“路经”一联，写得惊险而广阔，加上“双蓬鬓”“一钓舟”的感叹，显得雄浑，风格是刚健的。

再看李商隐的一首。他登上高城的高楼，看到城外的景物，感叹自己像汉朝贾谊年轻时受到排挤而落泪，此指他虽考上了博学宏词，却被人把名字抹去。又像三国时王粲去投靠刘表，而他李商隐是到泾原去投靠王茂元，都属寄人篱下。他去考试是想进入朝廷，要旋转乾坤使唐朝中兴，到那时他满头白发，就到永远怀念的江湖上，坐着扁舟回去。至于考试求取功名，不过是猫头鹰得到腐鼠，这里他正告他人不要妄加猜疑凤凰（李商隐自比）要夺取腐鼠，表明他睥睨功名利禄。这首诗的“永忆”一联表达了李商隐的远大抱负，是雄阔高浑的。全诗的风格是刚健的，思想是深刻的。

钱先生又指出宋人如黄庭坚、陈师道、曾几，元人如元好问，明人如陈子龙等，都有悲壮苍凉之诗，明胡应麟《诗薮》云“师道得杜骨”亦指此。现在读一读陈师道的《舟中》：

恶风横江江卷浪，黄流湍猛风用壮。疾如万骑千里来，气压三江五湖上。岸上空荒火夜明，舟中坐起待残更。少年行路今头白，不尽还家去国情。

“恶风卷浪”“湍猛风壮”是写江上景象的雄阔，从中可以看出那股苍坚瘦劲和刚健的风格，只能得法于杜诗。黄庭坚《寄黄几复》：

我居北海君南海，寄雁传书谢不能。桃李春风一杯酒，江湖夜雨十年灯。持家但有四立壁，治病不蕲三折肱。想见读书头已白，隔溪猿哭瘴溪藤。

起笔从不经意处写来，由两人相隔路途之遥，“传书不能”，写到他们少时的友情和今日的遭际，在章法上如此沉着顿挫的诗并不多见，也不能不得益于杜诗。元好问《眼中》：

眼中时事益纷然，拥被寒窗夜不眠。骨肉他乡各异县，衣冠今日是何年。枯槐聚蚁无多地，秋水鸣蛙自一天。何处青山隔尘土，一庵吾欲送华颠。

从眼中所见之纷然、“寒夜不眠”写起，写到骨肉他乡，各在一方，极写亡国之痛，沉郁悲凉，不止章法学杜，气色苍浑亦似杜。钱先生对元好问学杜律指出两点，均是前人所未道及者：一是“大体扬而能抑，刚中带柔，家国感深，情文有自”，“声调茂越，气色苍浑”；二是“往往慢肤松肌，大而无当，似打官话，似作台步；粉本英雄，斯类衣冠优孟”。将元好问学杜的长处和不足都说到了。其长处多是属于思想感情方面的表达，而短处似在艺术形式上有装腔作势之嫌，亦即尚未达到纯熟自然的地步。陈与义的家世与杜甫相类，他学杜诗与元好问相同的是“学杜之肥，不学杜之瘦”，喜仿杜甫宏阔之体，引为高调，胡应麟又将其与师道相比，说“与义得杜肉”，于雄伟苍楚之外，注意到声律和炼句，如《登岳阳楼》：

洞庭之东江水西，帘旌不动夕阳迟。登临吴蜀横分地，徙倚湖山欲暮时。万里来游还望远，三年多难更凭危。白头吊古风霜里，老木苍波无限悲。

从岳阳楼的处地空阔写起，登临可望吴蜀，万里来游远望，不禁吊古伤情，写得自然流畅，声调响亮，不用奇字，不作奇想，无限悲凉之意，读来抑扬顿挫，句句感人。明陈子龙学陈与义和元好问，实则是学杜。他的《辽事杂诗》之一：

卢龙雄塞倚天开，十载三逢敌骑来。碛里角声摇日月，回中烽色动楼台。陵园白露年年满，城郭青磷夜夜哀。共道安危任樽俎，即今谁是出群才。

忧国伤时，风格悲壮苍凉，但这类诗在其集中并不多见。

四　公安竟陵与前后七子

竟陵出于公安。《列朝诗集》丁十二《谭元春传》引金陵张文寺云："伯敬入中郎之室，而思别出奇"①；袁小修《珂雪斋近集》卷三《花雪赋引》亦谓②："伯敬论诗，极推中郎。其言出而世之推中郎者益众。"翁覃溪《复初斋诗集》卷七十《俪笙和予白斋之作、因论白诗、兼寄玉亭协揆》③："白苏斋渐启钟谭④"，则误伯修为中郎，欲与"初白庵"、"白庵"凑合耶⑤，抑于公安、竟陵家法道听途说也⑥。观谭友夏《合集》卷八

---

① 《列朝诗集》：清钱谦益编，明诗选本，八十一卷。附作者小传。在《钟惺传》里附见《谭元春传》，有张文寺说："伯敬入中郎之室。"即明代诗歌流派竟陵派（钟惺字伯敬，与谭元春均为湖广竟陵人。）是从明代诗歌流派公安派（袁宏道字中郎）中出来的。

② 袁小修：明袁中道字。有《珂雪斋近集》四卷。袁宏道与兄袁宗道、弟袁中道并称三袁，湖广公安人（今属湖北）。为公安派创始者。文学上强调抒写"性灵"，于诗文不满明前后七子摹拟、复古主张。企图在一定程度上突破儒家思想的束缚。三袁中袁宏道成就较大。

③ 翁覃溪：清翁方纲号。有《复初斋诗集》七十卷。

④ 白苏斋：袁宗道字伯修，书斋名，因好白居易、苏轼诗，故名。是袁宏道启钟、谭，这里说成袁宗道，所以说他误了。

⑤ 与"初白庵"、"白庵"凑合：把袁宏道误作袁宗道，是不是要把白苏斋同初白斋（清查慎行，号初白）、白斋（清陆绍曾）凑合呢？

⑥ 竟陵：明代诗歌流派，以钟惺、谭元春为代表。于诗文反对摹古，但又以公安派的作品为轻率，倡导幽深孤峭，追求形式上的险僻，作品因而流于冷涩。

《东坡诗选序》、《袁中郎先生续集序》，则中郎之子述之已化于竟陵①；小修《珂雪斋近集》卷二《答须水部日华书》、卷三《蔡不瑕诗序》、《花雪赋引》皆于乃兄几如阳明于朱子之作"晚年定论"②，亦不能谨守家学而坚公安壁垒矣。中郎甚推汤若士③，余见陈伯玑《诗慰》选若士子季云诗一卷④，赫然竟陵体也，附录傅占衡序果言其"酷嗜钟谭"。中郎又亟称王百谷⑤，《诗慰》选百谷子亦房诗一卷，至有"非友夏莫辨"之目。盖竟陵"言出"，取公安而代之，"推中郎者"益寡而非"益众"。后世论明诗，每以公安、竟陵与前后七子为鼎立骖靳⑥；余浏览明清之交诗家，则竟陵派与七子体两大争雄，公安无足比数。聊拈当时谈艺语以显真理惑。(417—418 页)

竟陵、公安，共事争锋，议论之异同，识见之高下，乃如列眉指掌⑦。凡袁所赏浮滑肤浅之什，谭皆摈弃；袁见搬弄禅语，辄叹为超妙，谭则不为口头禅所谩，病其类偈子。盖三袁议论隽快，而矜气粗心，故规模不弘，条贯不具，难成气候。钟谭操选枋，示范树鹄⑧，因末见本，据事说

---

① 谭友夏：明谭元春字。有《合集》二十三卷。《谭友夏合集·东坡诗选序》："斯选也，袁中郎先生有阅本存于家，予得之其子述之。"又《袁中郎先生续集序》："公安袁述之行其先中郎续集而属予序，其言曰：'先子不可学，学先子者，辱先子者也。子不为先子者，实是先子知己，惟子可以叙先子。"从这两段话看，袁中郎子述之已化为竟陵派了。

② 小修：袁中道字。又有《珂雪斋集》二十四卷。《珂雪斋集·答须水部日华书》："中郎之后，不能复有中郎，亦不可复有中郎也。"又《蔡不暇诗序》："不效七子诗，亦不效袁氏少年未定诗，而宛然复传盛唐之神，则善矣。"又《花雪赋引》："友人竟陵钟伯敬意与予合，其为诗清绮邃逸，每推中郎。"袁中道在这三篇文里，完全肯定竟陵，把公安变成竟陵。好比王守仁（阳明）作《朱子晚年定论》，把朱子晚年之说说成与陆九渊理论相同了。

③ 汤若士：汤显祖字，明戏曲家。

④ 陈伯玑：清陈允衡字，评选《诗慰》初集、续集。

⑤ 王百谷：明王穉登字。

⑥ 前后七子：明代诗歌流派。前七子以李梦阳、何景明为代表；后七子以李攀龙、王世贞为代表。公安、竟陵与前后七子三派鼎立，并驾齐驱。

⑦ 列眉指掌：指眉毛、五指排列极清楚。

⑧ 钟惺与谭元春合编几种《诗归》选本，可以作为示范。

法，不疲津梁①。惊四筵而复适独坐，遂能开宗立教矣。（425 页）

贺子翼《诗筏》颇左袒竟陵②，一则云：“《沧浪诗话》大旨不出悟字③，钟谭《诗归》大旨不出厚字④。二书皆足长人慧根。”即谓沧浪、竟陵冥契同功。徐电发釚《南州草堂集》卷十九《云门厂公响雪诗序》云⑤：“自严沧浪以禅理论诗，有声闻、辟支之说⑥，遂开钟谭幽僻险怪之径，谓冥心静寄，似从参悟而入。一若诗之中，真有禅者。”尤为发微之论。焦广期以渔洋比钟谭⑦，窃疑邓孝威已隐示斯意⑧，《尺牍新钞》二集载孝威《与孙豹人》⑨：“竟陵诗派诚为乱雅⑩，所不必言。然近日宗华亭者⑪，流于肤殻，无一字真切；学娄上者⑫，习为轻靡，无一字朴落。矫之者阳夺两家之帜，而阴坚竟陵之垒；其诗面目稍换，而胎气逼真，是仍钟谭之嫡派真传也。”“华亭”、陈卧子也，“娄上”、吴梅村也，皆七子体而智过其师者也；“夺两家帜”者，岂非王阮亭耶。计子发《鱼计轩诗话》载凌缄亭《偶作》第二首亦云⑬：“新城重代历城兴，清秀赢将牧老称

① 不疲津梁：犹架桥引渡，不懈地将作品流传下去。

② 贺子翼：明贺贻孙字。有《诗筏》一卷。

③ 《沧浪诗话》：宋严羽撰，一卷。分诗辨、诗体、诗法、诗评、诗证五类，对汉魏以来诗进行评论。《诗辨》：“大抵禅道惟在妙悟，诗道亦在妙悟。”

④ 《诗归》：明钟惺、谭元春编选，五十一卷。钟惺《与高孩之观察》：“诗至于厚而无余事矣……然必保此灵心，方可读书养气，以求其厚。”

⑤ 《南州草堂集》：明徐釚（字电发）撰，三十卷。

⑥ 严羽在《诗辨》里讲到禅家有大小乘，上乘具正法眼，悟是第一义；小乘声闻、辟支乘，皆非正也。郭绍虞《沧浪诗话校释》谓：佛家有三乘：菩萨乘、辟支乘、声闻乘。菩萨乘普济众生，称大乘；辟支、声闻仅求自度，称小乘。辟支，梵语独觉之义，非由师承，独自悟道；声闻，乃由诵经听法而悟道者。

⑦ 焦广期：清焦袁熹字。渔洋：清王士禛，字贻上，号阮亭，又号渔洋山人。

⑧ 邓孝威：清邓汉仪字。有雅颂领袖之称。

⑨ 《尺牍新钞》：清周亮工辑，十二卷。

⑩ 乱雅：雅指正声，即乱正声。

⑪ 华亭：明陈子龙字卧子，松江华亭人。

⑫ 娄上：清吴伟业字骏公，号梅村。

⑬ 计子发：清计发字。有《鱼计轩诗话》一卷。

（自注：时谓王阮亭为‘清秀李于鳞’，钱牧斋亟称之，何耶）①。细读羼提轩里句②，又疑分得竟陵镫（自注：新城有绝似钟谭者）。”然渔洋作诗，讲究声调，自负盗古人不传之秘；竟陵于此事却了无解会，故《尺牍新钞》二集卷十五雷士俊《与孙豹人》云：“大抵钟谭论说古人情理入骨，亦是千年仅见，而略于音调，甚失诗意。诗以言志，声即依之。钟谭《诗归》，譬之于人，犹瘖哑也③。”则渔洋说诗堪被“蕴藉钟伯敬”之称，而作诗又可当“响亮谭友夏”之目矣。（425—426 页）

前后七子、公安、竟陵，是明代文坛上的几个诗歌流派。前七子以李梦阳、何景明为代表，反对杨士奇、杨荣、杨溥追求形式典雅、内容粉饰的台阁体，提倡文必秦汉，诗必盛唐，复古拟古。后七子以李攀龙、王世贞为代表，更把复古拟古推向高潮，严守古格古律。公安派三袁，不满意七子的复古，主张独抒性灵，不拘格套，在某种意义上说，解放了文体，但又陷入俚俗。竟陵派既反对机械摹拟，又反对俚俗文风，自认为是在矫正七子之偏，补救公安之失，但又陷入出僻险怪的途径。

这里三则明确指出的有以下几点：

一、“竟陵出于公安”，竟陵派在时间上后于公安。钱谦益选辑《列朝诗集》，撰《谭元春传》引张文寺的话说钟惺“入中郎室”，中郎的弟弟中道亦说钟惺论诗极推中郎，这说明钟惺的诗论是从公安派的代表人物袁宏道那里来的，清代文学家翁方纲也认为袁家“渐启钟谭”。再看三袁的后代和追随者，如“中郎之子述之已化于竟陵”；袁中道晚年亦未能坚守公安派的主张；倍受袁宏道推崇的戏曲家汤显祖，其子季云“酷嗜钟谭”，诗亦“赫然竟陵体”；王稚登之子亦房诗，亦与谭诗难分难辨。这些例证说明竟陵诗论是从公安来的。公安的俚俗，公安后人也不满意，所以多化于竟陵。因此，袁中道称钟惺论诗极推宏道的话“其言出而世之推中郎者

---

① 新城：清王士禛，新城人。历城：李攀龙，历城人。指王士禛代李攀龙兴起，不过是清秀李于鳞（李攀龙字），得到钱谦益（牧斋）的称赞。

② 羼提轩：清王士禛的斋名，指王士禛。

③ 瘖哑：哑人。

益众”，不尽符合上述例证的事实，应当注意后来的发展变化，已是愈来愈转向竟陵。

二、以往论明诗，总是说公安、竟陵与七子三足鼎立，论其贡献，弊端和影响不相上下，这个说法似也不准确。因为竟陵诗论出自公安，后来超越公安，便成了与七子两派“中分诗坛，对垒树帜”（《谈艺录补订》），而“公安无足比数”。清邓显鹤在《岳归堂全集序》里云：“有明之诗凡三变”，“以茶陵倡于前，以竟陵殿其后”，而其中一变是七子的拟古体，而非公安；清方以智亦云：“近代学诗，非七子，则竟陵。”（《通雅》卷首）王霖也云：“聚讼纷纷堪一笑，谩推王李折钟谭”（《读唐宋元明人诗》），将王世贞、李攀龙与钟惺、谭元春对举；贺贻孙《诗筏》也是将竟陵与七子相提并论，“度长诘短”，参之以公安者极少。这是就诗论说的。这些清人的言论，反映了竟陵的影响确实比公安深远。

三、为什么公安派反对七子最为猛烈，反而没能成为七子的对手，而让位于竟陵派，这里指出有几种原因：第一，钟谭合作编选过风行一时的《古诗归》《唐诗归》，凡是公安派欣赏的“浮滑肤浅”之作和搬弄禅语的超妙之作，钟谭一概摈弃不选，通过选诗和评诗，亮出自己的主张和识见，造成了一定的影响；而公安派多是发议论，没有树鹄示范，后人又多不能“谨守家学而坚公安壁垒”，所以“规模不弘”，“难成气候”。第二，在文学观点上，清人贺贻孙极推竟陵，将其与宋代诗论家严羽的诗论相比；在创作实践上，世称雅颂领袖的邓汉仪称“竟陵诗派诚为乱雅”，指出其诗风的特点；晚明陈子龙、吴伟业，于七子与竟陵之中，期望能矫其偏，补其失，实则仍是未离竟陵，陈吴的诗不过是“面目稍换，而胎气逼真，是仍钟谭之嫡派真传”，这也就是说竟陵诗风后不乏人。

到了清代，能兼七子与竟陵之美者，是王士禛，他在诗坛上有一代宗匠之称，善为古文，兼工诗词，著述丰富，诗论与诗作均可“夺两家帜”，还有选本《古诗选》《十种唐诗选》《二家诗选》《唐贤三昧集》《唐人万首绝句》等，是兼学士与文人于一身的大家。实际上，他只是“清秀李于鳞”，“响亮谭友夏”罢了。

五　王士禛论专名助远神

王渔洋《池北偶谈》卷十八取徐祯卿《在武昌作》云[①]：“洞庭叶未下，潇湘秋欲生。高斋今夜雨，独卧武昌城。重以桑梓念[②]，凄其江汉情。不知天外雁，何事乐长征”；称为“千古绝调，非太白不能作”。而李莼客《越缦堂日记》同治三年十一月十三日云[③]：“祯卿此诗，格固高而乏真诣。既云洞庭，又云潇湘，又云江汉，地名错出，尤为诗病。”然渔洋闻莼客语，必以为大杀风景；盖渔洋所赏，正在地名之历落有致。故《古夫于亭杂录》称温飞卿“高风汉阳渡，初日郢门山”，以为有初唐气格，高出“鸡声茅店月，人迹板桥霜”一联之上。《池北偶谈》尝赏梅宛陵[④]，而所标者，不过“扁舟洞庭去，落日松江宿”。《香祖笔记》卷二所举七律佳联，“神韵凑泊”，如高季迪之“自下有山皆绕郭，清明无客不思家”，曹能始之“春光白下无多日，夜月黄河第几湾”，程松圆之“瓜步江空微有雨，秣陵天远不宜秋”[⑤]，自作之“吴楚青苍分极浦，江山平远入新秋”；作吴天章诗集序[⑥]，最称其“泉绕汉祠外，雪明秦树根”，“至今尧

---

① 王渔洋：清王士禛号。有《池北偶谈》二十六卷，《香祖笔记》十二卷，《古夫于亭杂录》六卷。徐祯卿：字昌谷，明代作家。

② 桑梓：乡里。

③ 李莼客：清李慈铭号。有《越缦堂日记》。

④ 梅宛陵：梅尧臣，宋诗人。

⑤ 高季迪：高启字。曹能始：曹学佺字。程松圆：程嘉燧号。均是明代文学家。

⑥ 吴天章：吴雯字，清诗人。有《莲洋集》。

峰上，犹上尧时日”等句。皆借专名以助远神者。《池北偶谈》卷八又云：“世谓王右丞雪里芭蕉[1]，其诗亦然。如‘九江枫树几回青，一片扬州五湖白’，下连用兰陵镇、富春郭、石头城诸地名；皆辽远不相属。大抵古人诗画，只取兴会神到”云云。由是观之，明七子用地名而不讲地理[2]，实遥承右丞。右丞诗如送《崔五太守》七古，十六句中用地名十二。渔洋自作诗，亦好搬弄地名。故吴西谷《笏庵诗》卷八《读渔洋集戏题》云[3]：“秦祠汉冢知多少，动费先生雪涕零”；张南山《听松庐诗·读渔洋集》云[4]：“一代正宗兼典雅，开编惟觉地名多。”岂知“典雅正宗”，多赖“地名”乎。（293—294 页）

这一则讲诗之“典雅正宗”，多赖地名。唐人诗中好用地名，宋江西诗派偏不好用地名，这也是唐宋诗的一个区别。清宋长白《柳亭诗话》卷二十四引金观察便说“唐人诗中用地名者多气象”；遂认为明人深得此法，于诗中凑以地名或人名，使“句句填实”，“气象辉煌”。钱先生认为：明人学盛唐，虽以此为捷径，但唐人作诗用人名地名，“尚有用意，非徒点缀”，“明人学唐，纯取气象之大，腔调之阔，以专名取巧”（《谈艺录·诗中用人地名》）。可见明人学唐多注重皮毛。王士禛《池北偶谈》举引徐祯卿《在武昌作》五言诗八句，前四句“洞庭叶未下，潇湘秋欲生。高斋今夜雨，独卧武昌城”，其中三句用地名：“洞庭”“潇湘”“武昌”，后四句“重以桑梓念，凄其江汉情。不知天外雁，何事乐长征”，一句用地名“江汉”，所以王士禛称之为“千古绝调”。李慈铭颇不以为然，认为“既云洞庭，又云潇湘，又云江汉，地名错出”，指为诗病。王士禛所以称赏，正是在于地名的错落有致。他还称晚唐温庭筠《送人东游》诗中的“高风汉阳渡，初日郢门山”一联，两句连用地名，是“初唐气格”。王士禛赞

① 雪里芭蕉：王维画雪里芭蕉，见沈括《梦溪笔谈》卷十七。

② 明七子：这里是指李梦阳、何景明、边贡、李攀龙、王世贞、谢榛等，于五七言诗中多用地名。

③ 吴西谷：吴清鹏字，清作家。有《笏庵诗》二十卷。

④ 张南山：张维屏字，清作家。有《听松庐诗》十六卷。

赏梅尧臣诗，所举诗例亦是有“洞庭”“松江”地名者，他认为以地名入诗，“神韵凑泊”，如高启：“白下有山皆绕郭，清明无客不思家”，用“白下”地名，亦能助以远神。王维诗善用地名，如《同崔傅答贤弟》：

> 洛阳才子姑苏客，桂苑殊非故乡陌。九江枫树几回青，一片扬州五湖白。扬州时有下江兵，兰陵镇前吹笛声。夜火人归富春郭，秋风鹤唳石头城。周郎陆弟为俦侣，对舞前溪歌白苎。曲几书留小史家，草堂棋赌山阴墅。衣冠若话外台臣，先数夫君席上珍。更闻台阁求三语，遥想风流第一人。

其中“洛阳”“姑苏”“九江”“扬州”“兰陵镇”“富春郭”“石头城”等，皆遐远不接，错落有致，“兴会神到”。钱先生指出：明代七子用地名不讲地理，实是承袭王维作诗好用专名的特点。再如王维的《送崔五太守》：

> 长安厩吏来到门，朱文露网动行轩。黄花县西九折坂，玉树宫南五丈原。褒斜谷中不容幰，唯有白云当露冕。子午山里杜鹃啼，嘉陵水头行客饭。剑门忽断蜀川开，万井双流满眼来。雾中远树刀州出，天际澄江巴字回。使君年纪三十余，少年白皙专城居。欲持画省郎官笔，回与临邛父老书。

十六句中用地名有“长安”“黄花县”“九折坂”“五丈原”“嘉陵”“剑门”“蜀川”“双流”“刀州”（即益州）“澄江”“临邛”十一个。王士禛极称唐诗的这一特点，自己作诗也好搬弄地名，故吴清鹏以诗相戏，张维屏也评王士禛诗是“一代正宗兼典雅，开编惟觉地名多”，这是因为吴、张两位不知“典雅正宗”，正有赖于“地名”的映衬，以造成一种气象辉煌的气势和风格。其实王士禛的话也不确。王维前一首诗，是写给朋友的，朋友是洛阳人在姑苏作客，所以提“洛阳才子姑苏客”。当时扬州有战事，这个战事牵涉到兰陵镇、富春郭、石头城。又诗中称扬州用古地名，这样，诗中所讲的地名，都在扬州以内。又“九江枫树几回青”，是用典，写对朋友的怀念，后杜甫《梦李白》也有“魂来枫林青”。所以这诗中所用的地名，都跟当时的战事有关，不是毫无意义的。王维的第二首诗是送友从长安到四川去做官，写他从长安家中出去，经过黄花县九折坂、五丈原、褒斜谷、子午山、嘉陵江、剑门、双流、刀州、巴江、临邛。这正说明王维对友人的关切，注意到他经过这些地方的情况，并非辽远不相属。王士禛提出王维诗里的地名辽远不相属是不对的。他所以这样说，是替自己文过饰非。赵执信《谈龙录》云：

> 山阳阎百诗（若璩），学者也。《唐贤三昧集》（王士禛编）初出，百诗谓余曰：“是多舛错，或校者之失，然亦足为选者累。如王右丞（维）诗：‘东南御亭（在苏州西）上，莫使有风尘。’‘御’误‘卸’，江淮无卸亭也。孟襄阳（浩然）诗：‘行侣时相问，涔阳（在湖南）何处边?’‘涔’误‘浔’，涔阳近湘水，浔阳（在江西九江）则辽绝矣。祖咏诗：‘西还不遑宿，中夜渡京水（在河南）。’‘京’误‘泾’，京水正当圃田之西，泾水则已入关矣（在陕西）。”余深韪其言，寓书阮翁。阮翁后著《池北偶谈》，内一条云：“诗家惟论兴会，道里远近，不必尽合。如孟诗：‘暝帆何处泊，遥指落星湾。’落星湾在南康（在江西）”云云。盖潜解前语也。噫，受言实难。夫遥指云者，必此夕梁泊也，岂可为浔阳解乎?

在这里，阎若璩提出三个错字都是对的。王维《送元中丞转运江淮》，御亭在苏州西，正属江淮都运官管辖的地区，作卸亭，没有这个地名了。孟浩然《夜渡湘水》，想到屈原《九歌·湘君》“望涔阳兮极浦”，就问起涔阳来，很自然。倘作浔阳，在九江，就跟渡湘水无关了。祖咏《夕次圃田店》，在圃田，自然想到京水，倘作泾水，一下到陕西，显然不合。王士禛引孟浩然《下灨石》诗：“暝帆何处宿，遥指落星湾。”这只船在江西航行，夜里可以到落星湾，落星湾在江西，正合。王士禛不肯承认错误，文过饰非，举例又不合，是错的。再看徐祯卿的诗，他独卧在武昌，时令是秋天快要来了，就想到《九歌》：“袅袅兮秋风，洞庭波兮木叶下。”秋还未到，所以说“洞庭叶未下，潇湘秋欲生”，从洞庭想到潇湘，极自然。他在武昌，想到家乡，想到漂泊在江汉区域，也很自然，李慈铭的批评不够恰当，还是钱先生讲得好，唐人作诗用地名“尚有用意”，“明人学唐，纯取气象之大”，就跟风格有关了。

六　钱载的幽修漏与瘦透皱

《乾嘉诗坛点将录》评萚石曰①：“远而望之幽修漏，近而视之瘦透皱，不知者曰老学究”；“幽修漏”切“萚”，“瘦透皱”切“石”，皆本“深”字生发，与㑊伽意合。虽然，六字谈何容易。蒋超伯《通斋诗话》云②：“英石之妙，在皱瘦透。此三字可借以论诗。起伏蜿蜒斯为皱，皱则不衍，昌黎有焉③。削肤存液斯为瘦，瘦则不腻，山谷有焉④。六通四辟斯为透，透则不木，东坡有焉⑤。支离非皱，寒俭非瘦，卤莽灭裂非透。吁，难言矣。”窃不自揆，为引申之曰：静而不嚣，曲而可寻，谓之幽，苏州有焉⑥；直而不迫，约而有余，谓之修，彭泽有焉⑦；澄而不浅，空而生明，谓之漏，右丞有焉⑧。瘦透皱者，以气骨胜，诗得阳刚之美者也；幽修漏者，以韵味胜，诗得阴柔之美者也。萚石体秉阳刚，然无瘦硬通神之骨、灵妙写心之语，凌纸不发，透纸不过，劣得“皱”字，每如肥老妪慢肤多折而已。（194 页）

---

① 《乾嘉诗坛点将录》：清舒位（字立人，号铁云）撰，一卷。萚石：清钱载。有《萚石斋诗集》五十卷。

② 蒋超伯：清人。有《通斋诗话》一卷。

③ 昌黎：唐韩愈郡望昌黎。

④ 山谷：宋黄庭坚自号山谷老人。

⑤ 东坡：宋苏轼号东坡居士。

⑥ 苏州：唐韦应物曾任苏州刺史。

⑦ 彭泽：晋陶潜曾任彭泽令。

⑧ 右丞：唐诗人王维官至尚书右丞。

这一则引舒位评论钱载的诗，用“幽修漏”与“皱瘦透”六个字说明其风格，蒋超伯认为“皱瘦透”三字可借以论诗，是为三种不同的风格。

一、起伏蜿蜒为皱，皱则不衍，韩愈有此风格。如《醉留东野》：

昔年因读李白杜甫诗，长恨二人不相从。吾与东野生并世，如何复蹑二子踪！东野不得官，白首夸龙钟。韩子稍奸黠，自惭青蒿倚长松。低头拜东野，愿得终始如駏蛩（比肩兽）。东野不回头，有如寸莛撞巨钟。吾愿身为云，东野变为龙。四方上下逐东野，虽有离别何由逢！

这首杂言诗，写得起伏转折，从李杜的不能相从说起，说到我与东野不能再步后尘。接着写东野的穷困，再写到自己有依靠得官；又转到自己拜东野，愿共相聚；转而又写东野不理他，如寸草撞钟无回音；再转写到我要追随东野，最后结语收在题上，所以说是皱而不衍。

二、削肤存液为瘦，瘦则不腻，黄庭坚有此风格。如《病起荆江亭即事十首》之八：

闭门觅句陈无已，对客挥毫秦少游。正字不知温饱未？西风吹泪古藤州！

此诗黄庭坚写他在想念两个好朋友，一个是陈师道，在做正字小官。他想念陈师道，知道他家境困窘，爱苦吟，只点了“闭门觅句”，怕他挨饿受冻。他想秦观，只点了“对客挥毫”，为他在藤州身故流泪。诗写得再俭省不过了，所以说是“削肤存液”了吧。

三、六通四辟为透，透则不木，苏轼有此风格。如《和子由渑池怀旧》：

人生到处知何似？应似飞鸿踏雪泥。泥上偶然留指爪，鸿飞那复计东西！老僧已死成新塔，坏壁无由见旧题。往日崎岖还记否？路长人困蹇驴嘶！

这首诗写得“六通四辟”，先从雪泥鸿爪写起，从雪上的鸿爪，通到过去在庙里见到的老僧，再通到在庙里壁上的旧题，再通到往日走在崎岖的路上，再通到当时的人困驴嘶。这里也是四辟，从雪上的鸿爪开辟到庙里的老僧，开辟到壁上的旧题，开辟到往日的崎岖，开辟到人困驴嘶。六通即四辟，所以透。

钱先生又引申之，以“幽修漏”三字，借以说明三种风格，是为创见。

一、“静而不嚣，曲而可寻，谓之幽”，韦应物有此风格。如《秋夜寄丘员外》：

> 怀君属秋夜，散步咏凉天。山空松子落，幽人应未眠。

秋夜而感到松子落，正说明幽静之极，静而不嚣。想到空山松子落时，幽人应未眠，在领略这个幽静的境界，说明思想的曲而可寻。

二、“直而不迫，约而有余，谓之修”，陶潜有此风格。如《归园田居》：

> 种豆南山下，草盛豆苗稀。晨兴理荒秽，带月荷锄归。道狭草木长，夕露沾我衣。衣沾不足惜，但使愿无违。

这首诗前面的叙述质直而不迫促，结尾两句简约而有余味，从“愿无违”里包含有《归去来兮辞》的用意在内，体味不尽。

三、“澄而不浅，空而生明，谓之漏”，王维有此风格。如《竹里馆》：

> 独坐幽篁里，弹琴复长啸。深林人不知，明月来相照。

首句的境界是清澄，加上“弹琴复长啸”，显得并不浅俗。虽然人不知，有明月来相照，这正是空而生明。

这一则最后概括地说：诗的风格显示出“皱瘦透”者，具有阳刚之美，如韩、苏、黄的诗，“以气骨胜”；诗的风格显示出“幽修漏”者，具有阴柔之美，如陶、王、韦的诗，“以韵味胜”。由此，钱先生指出舒位品评钱载诗的风格特点不确切，因为钱诗于气欠透，于骨欠硬，于皴则如老妇之松皮多折，所论甚是。如《宜亭新柳》之二："如梦难寻巷与坊，旧游半系故人肠。驱车欲去惊寒食，走马归来已夕阳。镜照未尝眉皱敛（哭孝廉），泥沾曾不絮颠狂（哭明经）。净瓶只合皈无尽，洒作春空露水香。"这首诗前六句与悼人有关，但前五句与新柳无关，题作"新柳"，总觉得隔起一层，是否折多相遮也？

图书在版编目(CIP)数据

钱锺书《谈艺录》读本/周振甫,冀勤编著.—成都:巴蜀书社,
2018.12
ISBN 978-7-5531-1087-5

Ⅰ.①钱… Ⅱ.①周… ②冀… Ⅲ.①诗话—中国—
古代 Ⅳ.①I207.22

中国版本图书馆 CIP 数据核字(2018)第 284827 号

钱锺书《谈艺录》读本 周振甫 冀 勤 编著

责任编辑 康丽华
封面设计 冀帅吉
出　　版 巴蜀书社
　　　　 成都市槐树街 2 号 邮编 610031
　　　　 总编室电话:(028)86259397
网　　址 www.bsbook.com
发　　行 巴蜀书社
　　　　 发行科电话:(028)86259422 86259423
经　　销 新华书店
照　　排 成都完美科技有限责任公司
印　　刷 自贡市华华广告印务有限公司
　　　　 电话(0813)2308383
版　　次 2019 年 1 月第 1 版
印　　次 2019 年 1 月第 1 次印刷
成品尺寸 240mm×170mm
印　　张 35
字　　数 500 千
书　　号 ISBN 978-7-5531-1087-5
定　　价 120.00 元

本书若有印装质量问题,请与工厂调换